पेंगुइन स्वदेश

भगवद्‌गीता

डॉ. सर्वेपल्ली राधाकृष्णन् भारत के प्रथम उप-राष्ट्रपति और द्वितीय राष्ट्रपति रहे। वे भारतीय संस्कृति के संवाहक, प्रख्यात शिक्षाविद, महान दार्शनिक और एक आस्थावान हिन्दू विचारक थे। उनके इन्हीं गुणों के कारण सन् 1954 में भारत सरकार ने उन्हें सर्वोच्च सम्मान भारत रत्न से अलंकृत किया था। उनका जन्मदिन (5 सितम्बर) भारत में शिक्षक दिवस के रूप में मनाया जाता है।

भगवद्गीता

डॉ. सर्वेपल्लि राधाकृष्णन्

पेंगुइन स्वदेश
पेंगुइन रैंडम हाउस इंप्रिंट

पेंगुइन स्वदेश

यूएसए। कनाडा। यूके। आयरलैंड। ऑस्ट्रेलिया। सिंगापुर
न्यू ज़ीलैंड। भारत। दक्षिण अफ्रीका। चीन

पेंगुइन स्वदेश, पेंगुइन रैंडम हाउस ग्रुप ऑफ़ कंपनीज़ का हिस्सा है,
जिसका पता global.penguinrandomhouse.com पर मिलेगा

पेंगुइन रैंडम हाउस इंडिया प्रा. लि.,
चौथी मंज़िल, कैपिटल टावर-1, एम जी रोड,
गुरुग्राम 122 002, हरियाणा, भारत

पेंगुइन
रैंडम हाउस
इंडिया

प्रथम हिंदी संस्करण हिन्द पॉकेट बुक्स द्वारा 2004 में प्रकाशित
यह संस्करण ~~हिन्द पॉकेट बुक्स~~ द्वारा 2018 में प्रकाशित
प्रस्तुत हिंदी संस्करण पेंगुइन स्वदेश में पेंगुइन रैंडम हाउस द्वारा 2025 में प्रकाशित

10 9 8 7 6 5 4 3 2

इस पुस्तक में व्यक्त विचार लेखक के अपने हैं, जिनका यथासंभव तथ्यात्मक
सत्यापन किया गया है और इस संबंध में प्रकाशक एवं सहयोगी
प्रकाशक किसी भी रूप में उत्तरदायी नहीं हैं।

ISBN 9789353490102

मुद्रक : रेप्रो इंडिया लिमिटेड

www.penguin.co.in

FSC
www.fsc.org
MIX
Paper from
responsible sources
FSC® C047271

This is a legitimate digitally printed version of the book and therefore might not have certain extra finishing on the cover.

महात्मा गांधी को

विश्वविख्यात दार्शनिक

डॉ. सर्वेपल्लि राधाकृष्णन्

के अन्तर्राष्ट्रीय ख्याति प्राप्त गौरव ग्रन्थ

- भगवद्गीता
- सत्य की ओर
- भारतीय संस्कृति : कुछ विचार
- धर्म और समाज
- हमारी विरासत
- रचनात्मक जीवन
- सत्य की खोज
- उद्देश्यपूर्ण जीवन
- हमारी सस्कृति

सभी पुस्तकें हिन्द पॉकेट बुक्स से उपलब्ध

विषय-सूची

भूमिका

युद्ध और युद्धोत्तर कालों की प्रवृत्ति विज्ञानों के मूल्य को और विशेष रूप से उनके व्यावहारिक प्रयोगों के महत्त्व को प्रमुखता देने की ओर रहती है। ये विज्ञान युद्धों को चलाने और शान्ति के समय नागरिकों को सुख-सुविधा देने की दृष्टि से महत्त्वपूर्ण हैं। परन्तु यदि हमें जीवन में मनुष्य के दृष्टिकोण को विशाल और बुद्धिमत्तापूर्ण बनाना हो, तो हमें शास्त्रीय विद्याओं पर भी ज़ोर देना चाहिए। विज्ञानों का शास्त्रीय विद्याओं से सम्बन्ध मोटे तौर पर साधन और साध्य का सम्बन्ध कहा जा सकता है। साधनों के प्रति अत्यधिक उत्साह में हमें साध्यों को दृष्टि से ओझल नहीं कर देना चाहिए। उचित और अनुचित की धारणाएं विज्ञान के क्षेत्र में नहीं हैं, फिर भी अन्ततोगत्वा मानवीय कर्म और आनन्द का आधार इन धारणाओं को केन्द्र बनाकर किया गया विचारों का अध्ययन ही है। किसी भी सन्तुलित संस्कृति में इन दोनों विशाल अर्धभागों में समस्वरता स्थापित की जानी चाहिए। भगवद्गीता जीवन के सर्वोच्च लक्ष्यों को हृदयंगम करने में महत्त्वपूर्ण सहायता देती है।

भगवद्गीता के अनेक संस्करण हैं और इसके कई अच्छे अंग्रेज़ी अनुवाद भी हो चुके हैं; और यदि यह मान लिया जाए कि अंग्रेज़ी पाठकों के लिए केवल एक अनुवाद-भर की आवश्यकता है, तो इस एक और अनुवाद का कोई औचित्य न होगा। जो लोग गीता को अंग्रेज़ी में पढ़ते हैं, उनके लिए भी, यदि उन्हें इसका अर्थ हृदयंगम करने में पथभ्रान्त न होना हो, तो टिप्पणियों की कम-से-कम उतनी आवश्यकता तो है ही, जितनी कि गीता को संस्कृत में पढ़ने वालों के लिए है। प्राचीन टीकाओं में हमें यह संकेत मिलता है कि उन टीकाकारों और उनके समकालीन लोगों की दृष्टि में गीता का क्या अर्थ था। प्रत्येक धर्मग्रन्थ के दो पक्ष होते हैं, एक तो सामयिक और नश्वर, जो उस काल और देश के लोगों के विचारों से सम्बन्धित होता है, जिसमें कि वह धर्मग्रन्थ रचा गया होता है; और दूसरा शाश्वत और अनश्वर पक्ष, जो सब देशों और

कालों पर लागू हो सकता है। बौद्धिक अभिव्यक्ति और मनोवैज्ञानिक भाषा काल की उपज हैं, जब कि शाश्वत सत्य सब कालों में, जीवन में अपनाए ज़ा सकते हैं और बौद्धिक दृष्टि की अपेक्षा एक उच्चतर दृष्टि द्वारा देखे जा सकते हैं। किसी भी प्राचीन ग्रन्थ की प्राणशक्ति उसकी इस शक्ति में निहित होती है कि वह समय-समय पर ऐसे लोगों को जन्म दे सके, जो उस ग्रन्थ में प्रतिपादित सत्यों को अपने अनुभव से पुष्ट कर सकें और उनकी ग़लतियों को सुधार सकें। टीकाकार हमें अपने अनुभव की बात बताते हैं और धर्मग्रन्थ के प्राचीन विवेक को एक नये रूप में, ऐसे रूप में, जो उनके काल से संगत था और जो उनकी आवश्यकताओं के अनुकूल था, प्रकट करते हैं। सब बड़े-बड़े सिद्धान्त, जैसा कि शताब्दियों के काल-प्रवाह में अनेक बार हुआ है, उस काल के प्रतिक्षेपों के रंग में रंगे रहते हैं, जिस काल में वे प्रकट होते हैं और उन पर उस व्यक्ति की छाप रहती है, जो उन्हें नये सिरे से प्रस्तुत करता है। हमारा काल भिन्न है। हमारी विचार की पद्धति, वह मानसिक पृष्ठभूमि, जिससे कि हमारे अनुभव सम्बन्धित हैं, ठीक वैसी नहीं है, जैसी कि प्राचीन टीकाकारों की थी। आज हमारे सम्मुख विद्यमान मुख्य समस्या मानव-जाति के मेल-मिलाप की समस्या है। इस प्रयोजन के लिए गीता विशेष रूप से उपयुक्त है, क्योंकि इसमें धार्मिक चेतना के पृथक्-पृथक् और प्रकट रूप में परस्पर-विरोधी दीख पड़ने वाले रूपों का समन्वय करने का प्रयत्न किया गया है और धर्म की उन मूल धारणाओं पर ज़ोर दिया गया है, जो न तो प्राचीन हैं और न आधुनिक, बल्कि शाश्वत हैं; और अतीत, वर्तमान और भविष्यत की मानवता के अंग-प्रत्यंग से सम्बन्धित हैं। इतिहास हमारे सम्मुख समस्याए प्रस्तुत करता है और यदि हम प्राचीन सिद्धान्तों को नये रूपों में पुनः प्रस्तुत करते हैं, तो इसलिए नहीं कि हम वैसा करना चाहते हैं, अपितु इसलिए कि वैसा हमें करना ही होता है। शाश्वतता के सत्यों का इस प्रकार पुनःकथन ही हमारे इस काल में एकमात्र ऐसा उपाय है, जिसके द्वारा कोई महान् धर्मग्रन्थ मानव-जाति के लिए सजीव रूप में मूल्यवान् हो सकता है। इस बात को दृष्टि में रखते हुए बुद्धिमान् पाठक शायद सामान्य भूमिका और टिप्पणियों को उपयोगी पा सके। ऐसे अनेक स्थल हैं, जहां गीता की विस्तृत व्याख्याओं को लेकर विद्वानों में मतभेद हैं। मैंने टिप्पणियों में केवल उन मतभेदों

की ओर संकेतमात्र कर दिया है, क्योंकि यह पुस्तक उस सामान्य पाठक को दृष्टि में रखकर तैयार की गई है, जो अपने आध्यात्मिक परिवेश का विस्तार करना चाहता है, गीता का विशेषज्ञ बनना चाहने वालों को नहीं।

किसी भी अनुवाद को अपना उद्देश्य पूरा करने के लिए इतना स्पष्ट होना चाहिए, जितना कि उसकी विषयवस्तु उसे स्पष्ट होने दे सके। अनुवाद सुपाठ्य तो होना चाहिए, परन्तु वह उथला न हो; वह आधुनिक होना चाहिए, किन्तु सहृदयता से शून्य नहीं। परन्तु गीता के किसी भी अनुवाद में वह प्रभाव और चारुता नहीं आ सकती, जो मूल में है। इसका माधुर्य और शब्दों का जादू किसी भी अन्य माध्यम में ज्यों का त्यों ला पाना बहुत कठिन है। अनुवादक का यत्न विचार को ज्यों का त्यों प्रस्तुत करने का रहता है, परन्तु वह शब्दों की आत्मा को पूरी तरह सामने नहीं ला सकता। वह पाठक में उन मनोभावों को नहीं जगा सकता, जिनमें कि वह विचार उत्पन्न हुआ था और न वह पाठक को द्रष्टा की भाव-समाधि में ही पहुंचा सकता है और न उसे वह दिव्य-दर्शन ही करा सकता है, जिसे वह स्वयं करता है। इस बात का अनुभव करते हुए, मैंने मूल पाठ भी दे दिया है, जिससे जो लोग संस्कृत जानते हैं, वे मूल संस्कृत पर विचार करते हुए गीता के अर्थ को पूर्णतया हृदयंगम करने में समर्थ हों।

— राधाकृष्णन्

भगवद्गीता

स्वय भगवान् नारायण ने अर्जुन को जिसका उपदेश दिया था, प्राचीन मुनि व्यास ने जिसे महाभारत के बीच में संकलित किया है, जो अद्वैतज्ञान का अमृत बरसाने वाली तथा पुनर्जन्म का नाश करने वाली है, ऐसी अट्ठारह अध्यायों वाली हे मां भगवती गीता, मैं तेरा ध्यान करता हूं।[1]

"यह प्रसिद्ध गीताशास्त्र सम्पूर्ण वैदिक शिक्षाओं के तत्त्वार्थ का सार-संग्रह है। इसकी शिक्षाओं का ज्ञान सब मानवीय महत्त्वाकांक्षाओं की सिद्धि कराने वाला है।"[2]

"मुझे भगवद्गीता में एक ऐसी सान्त्वना मिलती है, जो मुझे 'सर्मन ऑन दि माउण्ट' (बाइबल का एक प्रसंग) तक में नहीं मिलती। जब निराशा मेरे सामने आ खड़ी होती है और जब बिल्कुल एकाकी मुझको प्रकाश की कोई किरण नहीं दिखाई पड़ती, तब मैं गीता की शरण लेता हूं। जहां-तहां कोई-न-कोई श्लोक मुझे ऐसा दिखाई पड़ जाता कि मैं विषम विपत्तियों में भी तुरन्त मुस्कुराने लगता हूं—और मेरा जीवन बाह्य विपत्तियों से भरा रहा है—और यदि वे मुझपर अपना कोई दृश्यमान, अमिट चिह्न नहीं छोड़ सकीं, तो इसका सारा श्रेय भगवद्गीता की शिक्षाओं को ही है।"

—**मोहनदास कर्मचन्द गांधी**, यंग इण्डिया (1925), पृ० 1078-79

---

1. ओउम् पार्थाय प्रतिबोधितां भगवता नारायणेन स्वयं,
व्यासेन ग्रथितां पुराणमुनिना मध्ये महाभारतम्।
अद्वैतामृतवर्षिणीं भगवतीमष्टादशाध्यायिनी-
मम्ब त्वामनुसन्दधामि भगवद्गीते भवद्वेषिणीम् ॥

2. समस्तवेदार्थसारसंग्रहभूतम् समस्तपुरुषार्थसिद्धिम्। भगवद्गीता पर शंकराचार्य की टीका की भूमिका।

परिचय

1. इस ग्रन्थ का महत्त्व

'भगवद्गीता' एक दर्शनग्रन्थ कम और एक प्राचीन धर्मग्रन्थ अधिक है। यह कोई गुह्य ग्रन्थ नहीं है, जो विशेष रूप से दीक्षित लोगों के लिए लिखा गया हो और जिसे केवल वे ही समझ सकते हों, अपितु एक लोकप्रिय काव्य है, जो उन लोगों की भी सहायता करता है 'जो अनेक और परिवर्तनशील वस्तुओं के क्षेत्र में भटकते फिर रहे हैं।' इस पुस्तक में सब सम्प्रदायों के उन साधकों की महत्त्वाकांक्षाओं को वाणी प्रदान की गई है, जो परमात्मा के नगर की ओर आन्तरिक मार्ग पर चलना चाहते हैं। हम वास्तविकता को उस अधिकतम गहराई पर स्पर्श करते हैं, जहां मनुष्य संघर्ष करते हैं, विफल होते हैं और विजय पाते हैं। शताब्दियों तक करोड़ों हिन्दुओं[1] को इस महान् ग्रन्थ से शान्ति प्राप्त होती

---

1. गीता का प्रभाव बहुत अधिक रहा है। यह प्रारम्भिक दिनों में चीन और जापान तक फैला हुआ था और बाद में पश्चिम के देशों में भी फैल गया। बौद्ध धर्म की महायान शाखा के दो प्रमुख ग्रन्थों, 'महायानश्रद्धोत्पत्ति' (महायान में श्रद्धा का जागरण) और 'सद्धर्मपुण्डरीक' (सच्चे धर्म का कमल) पर गीता की शिक्षाओं का गहरा प्रभाव है। यह बता देना मनोरंजक होगा कि 'जर्मन धर्म' के अधिकृत भाष्यकार जे॰ डब्ल्यू॰ होअर ने, जो संस्कृत का विद्वान् था और कुछ वर्ष तक भारत में धर्मप्रचारक का काम करता रहा था, जर्मन धर्म में गीता को बहुत महत्त्वपूर्ण स्थान दिया है। उसने गीता को 'एक अनश्वर महत्त्व का ग्रन्थ' बताया है। उसका कथन है कि यह पुस्तक "हमें न केवल गम्भीर अन्तर्दृष्टि प्रदान करती है, जो सब कालों में और सब प्रकार के धार्मिक जीवन के लिए प्रामाणिक है, अपितु इसमें साथ ही इण्डो-जर्मन धार्मिक इतिहास के एक सबसे महत्त्वपूर्ण दौर का अत्यन्त प्रामाणिक निरूपण भी किया गया है···यह हमें इण्डो-जर्मन धर्म की मूल प्रकृति और उसकी आधारभूत विशेषताओं के सम्बन्ध में भी मार्ग दिखाती है।" वह गीता के केन्द्रीभूत सन्देश को इन शब्दों में प्रस्तुत करता है : "हमसे जीवन के अर्थ को हल करने के लिए नहीं कहा गया, अपितु उस कर्म को खोज निकालने के लिए, जिसकी हमसे अपेक्षा की जाती है, और उस कर्म को करने के लिए और इस प्रकार कर्म द्वारा जीवन की पहेली को सुलझाने के लिए कहा गया है।" (अप्रैल 1940 के हिब्बर्ट जर्नल में पृष्ठ 341 पर उद्धृत।) परन्तु गीता का कर्म का सन्देश जीवन के दर्शन पर आधारित है : गीता चाहती है कि कर्म में

(शेष अगले पृष्ठ पर)

रही है। इसमें संक्षिप्त और मर्मस्पर्शी शब्दों में एक आध्यात्मिक धर्म के उन मूलभूत सिद्धान्तों की स्थापना की गई है, जो दुराधारित तथ्यों, अवैज्ञानिक कट्टर सिद्धान्तों या मनमानी कल्पनाओं पर टिके हुए नहीं हैं। आध्यात्मिक बल के एक लम्बे इतिहास के साथ यह आज भी उन सब लोगों को प्रकाश देने का काम कर रही है, जो इसके विवेक की गम्भीरता से लाभ उठाना चाहते हैं। इसमें एक ऐसे संसार पर ज़ोर दिया गया है, जो उसकी अपेक्षा कहीं अधिक विस्तृत और गम्भीर है, जिसे कि युद्ध और क्रान्तियां स्पर्श कर सकती हैं। आध्यात्मिक जीवन के पुनर्नवीकरण में यह एक सबल रूपनिर्धारक तत्त्व है और इसने संसार के महान् धर्मग्रन्थों में अपना एक सुनिश्चित स्थान बना लिया है।

गीता का उपदेश किसी एक विचारक या विचारकों के किसी एक वर्ग द्वारा सोच निकाली गई आधिविद्यक प्रणाली के रूप में प्रस्तुत नहीं किया गया; यह उपदेश एक ऐसी परम्परा के रूप में प्रस्तुत किया गया है, जो मानव-जाति के धार्मिक जीवन में से प्रकट हुई है। इस परम्परा को एक ऐसे गम्भीर द्रष्टा ने स्पष्ट शब्दों में कहा है, जो सत्य को उसके सम्पूर्ण पहलुओं की दृष्टि से देख सकता है और उसकी उद्धारक शक्ति में विश्वास रखता है। यह हिन्दू धर्म के किसी एक सम्प्रदाय का प्रतिनिधित्व नहीं करती, अपितु समूचे रूप में हिन्दू धर्म का प्रतिनिधित्व करती है; न केवल हिन्दू धर्म का, बल्कि जिसे धर्म कहा जाता है, उस सबका, उसकी उस विश्वजनीनता के साथ प्रतिनिधित्व करती है, जिसमें काल और देश की कोई सीमाएं नहीं हैं।[1] इसके समन्वय में मानवीय आत्मा का,

---

जुटने से पहले हम जीवन के अर्थ को समझें। यह विचार के गौरव की उपेक्षा करके कर्म (व्यवहार) के प्रति अन्धभक्ति का समर्थन नहीं करती। इसका कर्म का दर्शन इसके आत्मा के दर्शन से निकला है, ब्रह्मविद्यान्तर्गतकर्मयोगशास्त्र। नैतिक कर्म आधिविद्यक अनुभूति से निकला है। शंकराचार्य का कथन है कि गीता का उद्देश्य हमें बन्धन से छूटने का उपाय सिखाना है, केवल कर्म करने की प्रेरणा देना नहीं, शोकमोहादिसंसारकर्मनिवृत्यर्थ, गीता शास्त्रम् न प्रवर्तकम्।

1. तुलना कीजिए ऐल्डुअस हक्सले : "गीता शाश्वत दर्शन के कभी भी रचे गए सबसे स्पष्ट और सबसे सर्वांग-सम्पूर्ण सारांशों में से एक है। इसीलिए न केवल भारतीयों के लिए अपितु सम्पूर्ण मानव-जाति के लिए इसका इतना स्थायी मूल्य है ... सम्भवतः भगवद्गीता शाश्वत दर्शन का सबसे अच्छा सुसंगत आध्यात्मिक विवरण है।" स्वामी प्रणवानन्द और क्रिस्टोफर इशर्वुड द्वारा लिखित भगवद्गीता की भूमिका (1945)।

असभ्य लोगों की अपरिष्कृत जड़पूजा से लेकर सन्तों की सृजनात्मक उक्तियों तक, समस्त सप्तक समाया हुआ है। जीवन के अर्थ और मूल्य के सम्बन्ध में गीता द्वारा प्रस्तुत किए गए सुझाव, शाश्वत जीवन के मूल्यों की भावना और वह रीति, जिसके द्वारा परम रहस्यों को तर्क के प्रकाश द्वारा आलोकित कर दिया गया है, और नैतिक अन्तर्दृष्टि मन और आत्मा के उस मतैक्य के लिए आधार प्रस्तुत कर देते हैं, जो इस संसार को एक बनाए रखने के लिए परम आवश्यक है; यह संसार सभ्यता के बाह्य तत्त्वों की सार्वभौम स्वीकृति के कारण भौतिक रूप से तो एक बन ही चुका है।

जैसा कि गीता की पुष्पिका से प्रकट है, भगवद्गीता अधिविद्या और नीतिशास्त्र, ब्रह्मविद्या और योगशास्त्र, वास्तविकता (ब्रह्म) का विज्ञान और वास्तविकता (ब्रह्म) के साथ संयोग की कला, दोनों ही है। आत्मा के सत्यों को केवल वे लोग ही पूरी तरह समझ सकते हैं, जो कठोर अनुशासन द्वारा उन्हें ग्रहण करने के लिए अपने-आप को तैयार करते हैं। आत्मिक ज्ञान प्राप्त करने के लिए हमें अपने मन को सब प्रकार के विक्षेपों से रहित करना होगा और हृदय को सब प्रकार की भ्रष्टता से स्वच्छ करना होगा।[1] फिर, सत्य के ज्ञान का परिणाम जीवन का पुनर्नवीकरण होता है। आत्मजगत् जीवन के जगत् से बिलकुल अलग-थलग नहीं है। मनुष्य को बाह्य लालसाओं और आन्तरिक गुणों में विभक्त कर देना मानवीय जीवन की अखंडता को खंडित कर देना है। ज्ञानवान् आत्मा ईश्वर के राज्य के एक सदस्य के रूप में कार्य करती है। वह जिस संसार को स्पर्श करती है, उस पर प्रभाव डालती है और दूसरों के लिए उद्धारक बन जाती है।[2] वास्तविकता (ब्रह्म) के दो प्रकार, एक अनुभवातीत (लोकोत्तर) और दूसरा अनुभवगम्य (लौकिक), एक-दूसरे से घनिष्ठ रूप से सम्बद्ध हैं। गीता के प्रारम्भिक भाग में मानवीय कर्म की समस्या का प्रश्न

---

1. तुलना कीजिए :

ज्योतिरात्मनि नान्यत्र समं तत्सर्वजन्तुषु।
स्वयं च शक्यते द्रष्टुं सुसमाहितचेतसा ॥

"परमात्मा की ज्योति आत्मा में रहती है, अन्यत्र कहीं नहीं। यह सब प्राणियों में समान रूप से चमकती है और इसे अपने मन को समाधि में शान्त करके स्वयं देखा जा सकता है।"

2. 4, 35

उठाया गया है। हम किस प्रकार उच्चतम आत्मा में निवास कर सकते हैं और फिर भी संसार में काम करते रह सकते हैं ? इसका जो उत्तर दिया गया है, वह हिन्दू धर्म का परम्परागत उत्तर है। यद्यपि यहां इसे एक नये सन्दर्भ के साथ प्रस्तुत किया गया है।

अधिकृत पदसंज्ञा[1] की दृष्टि से गीता को उपनिषद् कहा जाता है, क्योंकि इसकी मुख्य प्रेरणा धर्मग्रन्थों के उस महत्त्वपूर्ण समूह से ली गई है, जिसे उपनिषद् कहा जाता है। यद्यपि गीता हमें प्रभावपूर्ण और गम्भीर सत्य का दर्शन कराती है, यद्यपि यह मनुष्य के मन के लिए नये मार्ग खोल देती है, फिर भी यह उन मान्यताओं को स्वीकार करती है, जो अतीत की पीढ़ियों की परम्परा का एक अंग हैं और जो उस भाषा में जमी हुई हैं, जो गीता में प्रयुक्त की गई है। यह उन विचारों और अनुभूतियों को मूर्तिमान और केन्द्रित कर देती है, जो उस काल के विचारशील लोगों में विकसित हो रही थीं। इस भ्रातृघाती संघर्ष को उपनिषदों के प्राचीन ज्ञान, प्रज्ञा पुराणी पर आधारित एक आध्यात्मिक सन्देश के विकास के लिए अवसर बना लिया गया है।[2]

उन अनेक तत्त्वों को, जो गीता की रचना के काल में हिन्दू धर्म के अन्दर एक-दूसरे से होड़ करने में जुटे हुए थे, इसमें एक जगह ले आया गया है और उन्हें एक उन्मुक्त और विशाल, सूक्ष्म और गम्भीर सर्वांग-सम्पूर्ण समन्वय में मिलाकर एक कर दिया गया है। इसमें गुरु ने विभिन्न विचारधाराओं को, वैदिक बलिदान की पूजा-पद्धति को, उपनिषदों की लोकातीत ब्रह्म की शिक्षा को, भागवत के ईश्वरवाद और करुणा को, सांख्य के अद्वैतवाद को और योग की ध्यान-पद्धति को परिष्कृत किया है और उनमें आपस में मेल बिठाया है। उसने हिन्दू-जीवन और विचार के इन सब जीवित तत्त्वों को एक सुगठित एकता में

---

1. पुष्पिका से तुलना कीजिए : भगवद्गीतासु उपनिषत्सु।
2. 'वैष्णवीय तन्त्रसार' के एक लोकप्रिय श्लोक में यह बात कही गई है कि गीता उपनिषदों की मूल शिक्षाओं को ही नये रूप में प्रस्तुत करती है। उपनिषदें गौएं हैं। ग्वाले का पुत्र कृष्ण दूध दुहने वाला है। अर्जुन बछड़ा है। बुद्धिमान् मनुष्य पीने वाला है और अमृतरूपी गीता बढ़िया दूध है।

    सर्वोपनिषदो गावो दोग्धा गोपालनन्दनः।
    पार्थो वत्सः सुधीर्भोक्ता दुग्धं गीतामृतं महत् ॥

गूंथ दिया है। उसने निषेध की नहीं, अपितु अर्थावबोध की पद्धति को अपनाया है और यह दिखा दिया है कि किस प्रकार वे विभिन्न विचारधाराएं एक ही उद्देश्य तक जा पहुंचती हैं।

2. काल और मूल पाठ

भगवद्गीता उस महान आन्दोलन के बाद की, जिसका प्रतिनिधित्व प्रारम्भिक उपनिषद् करते हैं, और दार्शनिक प्रणालियों के विकास और उनके सूत्रों में बांधे जाने के काल से पहले की रचना है। इसकी प्राचीन वाक्य-रचना और आन्तरिक निर्देशों से हम यह परिणाम निकाल सकते हैं कि यह निश्चित रूप से ईसवी-पूर्व काल की रचना है। इसका काल ईसवी-पूर्व पांचवीं शताब्दी कहा जा सकता है, हालांकि बाद में भी इसके मूल पाठ में अनेक हेर-फेर हुए हैं।[1]

हमें गीता के रचयिता का नाम मालूम नहीं है। भारत के प्रारम्भिक साहित्य की लगभग सभी पुस्तकों के लेखकों के नाम अज्ञात हैं। गीता की रचना का श्रेय व्यास को दिया जाता है, जो महाभारत का पौराणिक संकलनकर्ता है। गीता के अट्ठारह अध्याय महाभारत के भीष्मपर्व के 23 से 40 तक के अध्याय हैं।

यह कहा जाता है कि उपदेश देते समय कृष्ण के लिए युद्धक्षेत्र में अर्जुन के सम्मुख 700 श्लोकों को पढ़ना सम्भव नहीं हुआ होगा। उसने कुछ थोड़ी-सी महत्त्वपूर्ण बातें कही होंगी, जिन्हें बाद में लेखक ने एक विशाल रचना के रूप में विस्तार से लिख दिया। गर्बे के मतानुसार, भगवद्गीता पहले एक सांख्य-योग-सम्बन्धी ग्रन्थ था, जिसमें बाद में कृष्ण-वासुदेव-पूजा पद्धति आ मिली और ईसवी-पूर्व तीसरी शताब्दी में इसका मेल-मिलाप कृष्ण को विष्णु का रूप मानकर वैदिक परम्परा के साथ बिठा दिया गया। मूल रचना ईसवी-पूर्व 200 में लिखी गई थी और इसका वर्तमान रूप ईसा की दूसरी शताब्दी में किसी वेदान्त के अनुयायी द्वारा तैयार किया गया है। गर्बे का सिद्धान्त सामान्यतया अस्वीकार किया जाता है। होपकिन्स का विचार है कि "अब जो कृष्णप्रधान रूप मिलता है, वह पहले कोई पुरानी विष्णुप्रधान कविता थी और उससे भी

1. राधाकृष्णन् की 'इण्डियन फिलॉसफ़ी', खण्ड 1, पृ. 522-25

पहले वह कोई एक निस्सम्प्रदाय रचना थी, सम्भवतः विलम्ब से लिखी गई कोई उपनिषद्।"[1] हौल्ट्ज़मन गीता को एक सर्वेश्वरवादी कविता का बाद में विष्णुप्रधान बनाया गया रूप मानता है। कीथ का विश्वास है कि मूलतः गीता श्वेताश्वतर के ढंग की उपनिषद् थी, परन्तु बाद में उसे कृष्णपूजा के अनुकूल ढाल दिया गया। बार्नेट का विचार है कि गीता के लेखक के मन में परम्परा की विभिन्न धाराएं गड्डमड्ड हो गईं। रूडोल्फ़ ओटो का कथन है कि "मूल गीता महाकाव्य का एक शानदार खण्ड थी और उसमें किसी प्रकार का कोई सैद्धान्तिक साहित्य नहीं था।" कृष्ण का इरादा "मुक्ति का कोई लोकोत्तर उपाय प्रस्तुत करने का नहीं था, अपितु अर्जुन को उस भगवान् की सर्वशक्तिशालिनी इच्छा को पूरा करने की विशेष सेवा के लिए तैयार करना था, जो युद्धों के भाग्य का निर्णय करता है।"[2] ओटो का विश्वास है कि सैद्धान्तिक अंश प्रक्षिप्त हैं। इस विषय में उसका जैकोबी से मतैक्य है, जिसका विचार है कि विद्वानों ने मूल छोटे-से केन्द्र-बिन्दु को विस्तृत करके वर्तमान रूप दे दिया है।

इन विभिन्न मतों का कारण यह तथ्य प्रतीत होता है कि गीता में दार्शनिक और धार्मिक विचार की अनेक धाराएं अनेक ढंगों से घुमा-फिराकर एक जगह मिलाई गई हैं; अनेक परस्पर-विरोधी दीख पड़ने वाले विश्वासों को एक सीधी-सादी एकता में गूंथ दिया गया है, जिससे वे सच्ची हिन्दू भावना से उस काल की आवश्यकता को पूरा कर सकें और इन सब विश्वासों के ऊपर इस भावना ने परमात्मा की चारुता बिखेर दी है। गीता विभिन्न विचारधाराओं में मेल बिठाने में कहां तक सफल हुई है, इस प्रश्न का उत्तर सारे ग्रन्थ को पढ़ने के बाद पाठक को अपने लिए स्वयं देना होगा। भारतीय परम्परा में सदा ही यह अनुभव किया गया है कि परस्पर असंगत दीख पड़ने वाले तत्त्व गीता के लेखक के मन में मिलकर एक हो चुके थे और जो शानदार समन्वय उसने सुझाया है

---

1. रिलिजन्स ऑफ़ इण्डिया (1908), पृ. 389। इसके विषय में फ़र्कुहार लिखता है कि "यह एक पुरानी पद्य उपनिषद् है, जो सम्भवतः श्वेताश्वतर के बाद लिखी गई है और जिसे किसी कवि ने कृष्णवाद के समर्थन के लिए ईसवी सन् के बाद गीता के वर्तमान रूप में ढाल दिया है।" 'आउटलाइन ऑफ़ दि रिलिजस लिटरेचर ऑफ़ इण्डिया' (1920), अनुभाग 95
2. ओरिजिनल गीता, अंग्रेजी अनुवाद (1939), पृ. 12, 14

और स्पष्ट किया है, वह सच्चे आत्मिक जीवन को बढ़ाता है, भले ही गीताकार ने उसे युक्तियां देकर विस्तारपूर्वक सिद्ध नहीं किया।

अपने प्रयोजन के लिए हम गीता के उस मूल पाठ को अपना सकते हैं, जिसे शंकराचार्य ने अपनी टीका में अपनाया है, क्योंकि इस समय गीता की वही सबसे पुरानी विद्यमान टीका है।[1]

3. प्रमुख टीकाकार

गीता शताब्दियों से हिन्दू धर्म का एक प्राचीन धर्मग्रन्थ मानी जाती रही है, जिसकी प्रामाणिकता उपनिषदों और 'ब्रह्मसूत्र' के बराबर है और ये तीनों मिलकर प्रामाणिक ग्रन्थत्रयी (प्रस्थानत्रय) कहलाती हैं। वेदान्त के आचार्यों के लिए यह आवश्यक हो गया कि वे अपने विशेष सिद्धान्तों को इन तीन प्रामाणिक ग्रन्थों के आधार पर उचित ठहराएं और इसीलिए उन्होंने इन पर टीकाएं लिखीं, जिनमें उन्होंने यह प्रतिपादित किया कि किस प्रकार ये मूलग्रन्थ उनके विशिष्ट दृष्टिकोण की शिक्षा देते हैं। उपनिषदों में परब्रह्म के स्वभाव के सम्बन्ध में और संसार के साथ उसके सम्बन्ध के बारे में विभिन्न प्रकार के सुझाव विद्यमान हैं। ब्रह्मसूत्र इतना सामासिक और अस्पष्ट है कि उसमें से अनेक प्रकार के अर्थ निकाल लिए गए हैं। गीता में अपेक्षाकृत अधिक सुसंगत दृष्टिकोण प्रस्तुत किया गया है, इसलिए उन टीकाकारों का काम अपेक्षाकृत अधिक कठिन हो जाता है, जो उसकी व्याख्या अपना मतलब निकालने के लिए करना चाहते हैं। भारत में बौद्ध धर्म के ह्रास के बाद विभिन्न मत उठ खड़े हुए, जिनमें से प्रमुख अद्वैत अर्थात् द्वैत का न होना, विशिष्टाद्वैत अर्थात् सोपाधिक अद्वैत, द्वैत अर्थात् दो की सत्ता को स्वीकार करना और शुद्धाद्वैत अर्थात् विशुद्ध अद्वैत थे। गीता की विभिन्न टीकाएं आचार्यों द्वारा उनके अपने सम्प्रदायों के समर्थन और दूसरे सम्प्रदायों के खण्डन के लिए लिखी गईं। ये सब लेखक गीता में अपने-अपने धार्मिक विचारों और अधिविद्या की प्रणालियों को ढूंढ़ पाने

---

1. कश्मीरी संस्करणों में मूल पाठ में जो थोड़े-बहुत अन्तर दिखाई पड़ते हैं, उनका गीता की सामान्य शिक्षाओं पर कोई प्रतिकूल प्रभाव नहीं पड़ता। देखिए, एफ़० ए० श्रेडर की पुस्तक 'दि कश्मीर रिसैन्शन ऑफ़ दि भगवद्गीता' (1930)।

में समर्थ हुए, क्योंकि गीता के लेखक ने यह सुझाव प्रस्तुत किया है कि वह शाश्वत सत्य, जिसे हम खोज रहे हैं और जिससे अन्य सब सत्य निकले हैं, किसी एक अकेले गुर में बांधकर बन्द नहीं किया जा सकता। फिर, इस धर्मग्रन्थ के अध्ययन और मनन से हमें उतना ही अधिक जीवित सत्य और आध्यात्मिक प्रभाव प्राप्त हो सकता है, जितना ग्रहण कर पाने में हम समर्थ हैं।

शंकराचार्य की टीका (ईसवी सन् 788-820) इस समय विद्यमान टीकाओं में सबसे प्राचीन है। इससे पुरानी भी अन्य टीकाएं थीं, जिनका निर्देश शंकराचार्य ने अपनी भूमिका में किया है, परन्तु वे इस समय प्राप्त नहीं होतीं।[1] शंकराचार्य ने इस बात को ज़ोर देकर कहा है कि वास्तविकता या ब्रह्म एक ही है और उससे भिन्न दूसरी वस्तु कोई नहीं है। यह दिखाई पड़ने वाला विविध-रूप संसार अपने-आप में वास्तविक नहीं है; यह केवल उन लोगों को वास्तविक प्रतीत होता है, जो अज्ञान में (अविद्या में) जीवन बिताते हैं। इस संसार में फंस जाना एक बन्धन है, जिसमें हम सब फंसे हुए हैं। यह दुर्दशा हमारे अपने प्रयत्नों से नहीं हटाई जा सकती। कर्म व्यर्थ हैं और वे हमें इस अवास्तविक विश्व-प्रक्रिया (संसार) से, कारण और कार्य की अन्तहीन परम्परा से मज़बूती से जकड़ देते हैं। केवल इस ज्ञान से, कि विश्वव्यापी ब्रह्म और व्यक्ति की आत्मा एक ही वस्तु है, हमें मुक्ति मिल सकती है। जब यह ज्ञान उत्पन्न हो जाता है, तब जीव विलीन हो जाता है; भटकना समाप्त हो जाता है और हमें पूर्ण आनन्द और परम सुख प्राप्त होता है।

ब्रह्म का वर्णन केवल उसके अस्तित्व के रूप में ही किया जा सकता है, क्योंकि वह सब विशेषणों से परे है; विशेष रूप से कर्ता, कर्म, और ज्ञान की क्रिया के सब भेदों से ऊपर है। इसलिए उसे व्यक्ति-रूप में नहीं माना जा सकता और उसके प्रति कोई प्रेम या श्रद्धा नहीं की जा सकती।

---

1. आनन्दगिरि शंकराचार्य की भगवद्गीता की टीका पर अपनी टीका में, दूसरे अध्याय के दसवें श्लोक में, कहता है कि वृत्तिकार ने, जिसने ब्रह्मसूत्र पर बड़ी विशाल टीका लिखी है, गीता पर भी एक वृत्ति या टीका लिखी थी, जिसमें यह बताया गया था कि न तो अकेला ज्ञान और न अकेला कर्म आध्यात्मिक मुक्ति तक ले जा सकता है, अपितु इन दोनों के सम्मिलित अभ्यास से हम उस लक्ष्य तक पहुंच सकते हैं।

शंकराचार्य का मत है कि जहां मन को शुद्ध करने के लिए साधन के रूप में कर्म अत्यन्त आवश्यक है, वहां ज्ञान प्राप्त हो जाने पर कर्म दूर छूट जाता है। ज्ञान और कर्म एक-दूसरे के ठीक वैसे ही विरोधी हैं, जैसे प्रकाश और अन्धकार।[1] वह ज्ञान-कर्मसमुच्चय[2] के दृष्टिकोण को स्वीकार नहीं करता। उसका विश्वास है कि वैदिक विधियां केवल उन लोगों के लिए हैं, जो अज्ञान और लालसा में डूबे हुए हैं। मुक्ति के अभिलाषियों को कर्मकाण्ड की विधियों का परित्याग कर देना चाहिए। शंकराचार्य के मतानुसार, गीता का उद्देश्य इस बाह्य (नाम-रूपमय) संसार[4] का पूर्ण दमन है, जिसमें कि सारा कर्म होता है, यद्यपि शंकराचार्य का अपना जीवन ज्ञान-प्राप्ति के बाद भी कर्म करते जाने का उदाहरण है।

शंकराचार्य के दृष्टिकोण का विकास आनन्दगिरि ने, जो सम्भवत: तेरहवीं शताब्दी में हुए, श्रीधर (ईसवी सन् 1400) ने और मधुसूदन (सोलहवीं शताब्दी) ने तथा अन्य कुछ लेखकों ने किया। महाराष्ट्रीय सन्त तुकाराम और ज्ञानेश्वर महान् भक्त थे, यद्यपि अधिविद्या में उन्होंने शंकराचार्य के मत को स्वीकार किया।

रामानुज (ईसा की ग्यारहवीं शताब्दी) ने अपनी टीका में संसार की अवास्तविकता और कर्म-त्याग के मार्ग के सिद्धान्त का खण्डन किया। उसने यामुनाचार्य द्वारा अपने 'गीतार्थसंग्रह' में प्रतिपादित व्याख्या का अनुसरण किया। ब्रह्म सर्वोच्च वास्तविकता, आत्मा है। परन्तु वह निर्गुण नहीं है। उसमें आत्मचेतना है और अपना ज्ञान भी है, और संसार के सृजन की और अपने जीवों को मुक्ति प्रदान करने की सचेत इच्छा भी उसमें है। सब आदर्श गुणों, असीम और अनन्त गुणों का वह आधार है। वह सारे संसार से पहले और सारे संसार से ऊपर है।

---

1. 4, 37; 4, 33
2. तस्माद् गीतासु केवलादेव तत्त्वज्ञानान्मोक्ष प्राप्तिः, न कर्मसमुच्चितात्। भगवद्गीता की शंकराचार्य की टीका, 2, 11। भले ही कर्ममुक्ति का तात्कालिक कारण न भी हो, तो भी यह रक्षा करने वाले ज्ञान को प्राप्त करने का एक आवश्यक साधन है। शंकराचार्य ने इसे स्वीकार किया है : "कर्मनिष्ठया ज्ञाननिष्ठाप्राप्तिहेतुत्वेन पुरुषार्थहेतुत्वं न स्वातंत्र्येण।"
3. अविद्याकामवत् एव सर्वाणि श्रौतादीनि दर्शितानि।
4. गीताशास्त्रस्य प्रयोजनं परं निःश्रेयसम्, सहेतुकस्य संसारस्य अत्यन्तोपरामलक्षणम्। भगवद्गीता पर शंकराचार्य की टीका की भूमिका।

उस जैसा दूसरा कोई नहीं है। वैदिक देवता उसके सेवक हैं, जिन्हें कि उसने बनाया है और उनके नियत कर्त्तव्यों को पूरा करने के लिए उन-उनके स्थानों पर उन्हें नियुक्त किया है। संसार कोई माया या भ्रम नहीं है, बल्कि सत्य और वास्तविक है। संसार और परमात्मा ठीक वैसे ही एक हैं, जैसे शरीर और आत्मा एक हैं। वे समूचे रूप में एक हैं, परन्तु साथ ही अपरिवर्तनीय रूप से परस्पर भिन्न भी हैं। सृष्टि से पहले संसार एक सम्भावित (गर्भित या अव्यक्त) रूप में रहता है, जो इस समय विद्यमान और विभिन्न प्रकट रूपों में विकसित नहीं हुआ होता। सृष्टि होने पर यह नाम और रूप में विकसित हो जाता है। संसार को परमात्मा का शरीर बताकर यह सुझाव प्रस्तुत किया गया है कि संसार किसी विजातीय तत्त्व से, जो दूसरा मूल तत्त्व हो, बना हुआ नहीं है, अपितु इसे भगवान् ने स्वयं अपनी प्रकृति में से ही उत्पन्न किया है। परमात्मा इस संसार का बनाने वाला है और स्वयं परमात्मा से ही यह संसार बना भी हुआ है। आत्मा और शरीर की उपमा संसार की ईश्वर पर पूर्ण निर्भरता को सूचित करने के लिए प्रयुक्त की गई है, ठीक उसी प्रकार जैसे कि शरीर आत्मा पर निर्भर होता है। यह संसार केवल ईश्वर का शरीर नहीं है, अपितु उसका अवशिष्ट भाग है, ईश्वरस्य शेष:, और यह वाक्यांश संसार की पूर्ण पराश्रितता और गौणता का सूचक है।

सब प्रकार की चेतना में यह पूर्वधारणा विद्यमान है कि एक कर्ता होगा और एक कर्म होगा; और यह उस चेतना से भिन्न है, जिसे रामानुज ने आश्रित तत्त्व (धर्मभूत द्रव्य) माना है, जो स्वयं बाहर निकल पाने में समर्थ है। अहं (जीव) अवास्तविक नहीं है और मुक्ति की दशा में वह लुप्त नहीं हो जाता। उपनिषद् के प्रसंग, तत् त्वम् असि, 'वह तू है' का अर्थ यह है कि "ईश्वर मैं स्वयं हूं"; ठीक उसी प्रकार, जैसे मेरी आत्मा मेरे शरीर का आत्म है। परमात्मा आत्मा को संभालने वाला, उसका नियन्त्रण करने वाला मूल तत्त्व है; ठीक उसी प्रकार, जैसे आत्मा शरीर को संभालने वाला मूल तत्त्व है। परमात्मा और आत्मा एक हैं; इसलिए नहीं कि दोनों ठीक एक ही वस्तु हैं, बल्कि इसलिए कि परमात्मा आत्मा के अन्दर निवास करता है और उसके अन्दर तक प्रविष्ट हुआ है। वह आन्तरिक मार्गदर्शक है, अन्तर्यामी, जो आत्मा के अन्दर खूब गहराई में निवास करता है और इस रूप में उसके जीवन का मूल तत्त्व है। परन्तु अन्तर्व्यापिता तद्रूपदा (तादात्म्य) नहीं है। काल और शाश्वतता, दोनों में ही जीव स्रष्टा से पृथक् रहता है।

रामानुज ने गीता पर अपनी टीका में एक प्रकार का वैयक्तिक रहस्यवाद विकसित किया है। मानवीय आत्मा के सुगुप्त स्थानों में परमात्मा निवास करता है; परन्तु आत्मा उसे तब तक पहचान नहीं पाती, जब तक आत्मा को मुक्तिदायक ज्ञान प्राप्त नहीं हो जाता। यह मुक्तिदायक ज्ञान हमें अपने सम्पूर्ण मन और आत्मा द्वारा परमात्मा की सेवा करने से प्राप्त हो सकता है। पूर्ण विश्वास केवल उन लोगों के लिए सम्भव है, जिन्हें दैवीय कृपा इसके लिए वरण कर (चुन) लेती है। रामानुज यह स्वीकार करता है कि गीता में ज्ञान, भक्ति और कर्म इन तीनों का वर्णन है। परन्तु उसका मत है कि गीता का मुख्य बल भक्ति पर है। रामानुज ने पाप की घृणितता, भगवान् को पाने की तीव्र लालसा, परमात्मा के सर्वविजयी प्रेम में विश्वास और श्रद्धा की अनुभूति और ईश्वर द्वारा वरण कर लिए जानें की अनुभूति पर ज़ोर दिया है।

रामानुज के लिए भगवान् विष्णु है। वही केवल एकमात्र सच्चा देवता है, जिसके दिव्य गौरव में अन्य कोई साझी नहीं है। मुक्ति वैकुण्ठ या स्वर्ग में परमात्मा की सेवा और साहचर्य का नाम है।

मध्व ने (ईसवी सन् 1199-1276 तक) भगवद्गीता पर दो ग्रन्थ 'गीताभाव्य' और 'गीता-तात्पर्य' लिखे। उसने गीता में से द्वैतवाद के सिद्धान्त खोज निकालने का प्रयत्न किया है। उसका कथन है कि आत्मा को एक अर्थ में परमात्मा के साथ तद्रूप मानना और दूसरे अर्थ में उससे भिन्न मानना आत्म-विरोधी बातें हैं। जीव और परमात्मा को शाश्वत रूप से एक-दूसरे से पृथक् माना जाना चाहिए, और उन दोनों में आंशिक या पूर्ण एकता का किसी प्रकार समर्थन नहीं किया जा सकता। 'वह तू है' इस प्रसंग की व्याख्या वह यह अर्थ बताकर करता है कि हमें मेरे और तेरे के भेदभाव को त्याग देना चाहिए और यह समझना चाहिए कि प्रत्येक वस्तु भगवान् के नियन्त्रण के अधीन है।[1] माध्व का मत है कि गीता में भक्ति-पद्धति पर बल दिया गया है।

निम्बार्क (ईसवी सन् 1162) ने द्वैताद्वैत के सिद्धान्त को अपनाया है। उसने 'ब्रह्मसूत्र' पर भी टीका लिखी और उसके शिष्य केशव कश्मीरी ने गीता पर एक टीका लिखी, जिसका नाम 'तत्त्वप्रकाशिका' है। निम्बार्क का मत है कि

1. मदीयं तदीयम् इति भेदम् अपहाय सर्वम् ईश्वराधीनम् इति स्थितिः। भागवत-तात्पर्य।

आत्मा (जीव), संसार (जगत्) और परमात्मा एक-दूसरे से भिन्न हैं। फिर भी आत्मा और संसार का अस्तित्व और गतिविधि परमात्मा की इच्छा पर निर्भर है। निम्बार्क की रचनाओं का मुख्य वर्ण्य-विषय भगवान् की भक्ति है।

वल्लभाचार्य (ईसवी सन् 1479) ने उस मत का विकास किया, जिसे शुद्धाद्वैत कहा जाता है। जीव, जब वह शुद्ध अवस्था में होता है और माया द्वारा अन्धा हुआ नहीं रहता, और परब्रह्म एक ही वस्तु हैं। आत्माएं ईश्वर का ही अंश हैं, जैसे चिनगारियां अग्नि का अंश होती हैं, और वे भगवान् की कृपा के बिना मुक्ति पाने के लिए आवश्यक ज्ञान प्राप्त नहीं कर सकतीं। मुक्ति पाने का सबसे महत्त्वपूर्ण साधन भगवान् की भक्ति है। भक्ति प्रेममिश्रित धर्म है।[1]

गीता पर और भी अनेक टीकाकारों ने, और हमारे अपने समय में बालगंगाधर तिलक और श्री अरविन्द ने भी टीकाएं लिखी हैं। गीता पर गांधीजी के अपने अलग विचार हैं।

सामान्यतया यह माना जाता है कि व्याख्याओं में अन्तर व्याख्याकार द्वारा अपनाए गए दृष्टिकोणों के कारण है। हिन्दू परम्परा का यह विश्वास है कि ये विभिन्न दृष्टिकोण एक-दूसरे के पूरक हैं। भारतीय दर्शनशास्त्र की प्रणालियां भी अलग-अलग दृष्टिकोण या दर्शन ही हैं, जो एक-दूसरे के पूरक हैं और विरोधी नहीं। भागवत में कहा गया है कि ऋषियों ने मूल तत्त्वों का ही वर्णन अनेक रूपों में किया है।[2] एक लोकप्रिय श्लोक में, जो हनुमानरचित माना जाता है, कहा गया है : "शरीर के दृष्टिकोण से मैं तेरा सेवक हूं, जीव के दृष्टिकोण से मैं तेरा अंग हूं और आत्मा के दृष्टिकोण से मैं स्वयं तू ही हूं; यह मेरा दृढ़ विश्वास है।"[3] परमात्मा का अनुभव उस स्तर के अनुसार 'तू' या 'मैं' के रूप में होता है, जिसमें कि चेतना केन्द्रित रहती है।

---

1. प्रेमलक्षणा श्रद्धा। अमृत-तरंगिणी।
2. "इति नानाप्रसंख्यानं तत्त्वानां कविभिः कृतम्।"
3. देहबुद्ध्या तु दासोऽहं, जीवबुद्ध्या त्वदंशकः।
   आत्मबुद्ध्या त्वमेवाहमिति मे निश्चिता मतिः ॥
   (चतुर्थ पाद में पाठभेद है : 'इति वेदान्तडिण्डिमः' —अनुवादक।)
   साथ ही देखिए आनन्दगिरि का 'शंकरदिग्विजय'।

4. सर्वोच्च वास्तविकता

अपनी आधिविद्यक स्थिति (अभिमत) के समर्थन में गीता में कोई युक्तियां प्रस्तुत नहीं की गईं। भगवान् की वास्तविकता ऐसा प्रश्न नहीं है, जिसे ऐसी तर्क-प्रणाली द्वारा हल किया जा सके, जिसे मानव-जाति का विशाल बहुमत समझ पाने में असमर्थ रहेगा। तर्क अपने-आप, किसी व्यक्तिगत अनुभव के निर्देश के बिना हमें विश्वास नहीं दिला सकता। आत्मा के अस्तित्व के सम्बन्ध में प्रमाण केवल आत्मिक अनुभव से प्राप्त हो सकता है।

उपनिषदों में परब्रह्म की वास्तविकता की बात ज़ोर देकर कही गई है। यह परब्रह्म अद्वितीय है। उसमें कोई गुण या विशेषताएं नहीं हैं। यह मनुष्य की गूढ़तम आत्मा के साथ तद्रूप है। आध्यात्मिक अनुभव एक सर्वोच्च एकता के चारों ओर केन्द्रित रहता है, जो ज्ञाता और ज्ञेय के द्वैत पर विजय पा लेती है। इस अनुभव को पूरी तरह हृदयंगम कर पाने की असमर्थता का परिणाम यह होता है कि उसका वर्णन एक शुद्ध और निर्विशेष के रूप में किया जाता है। ब्रह्म स्वतन्त्र सत्ता के रूप में विद्यमान निर्विशेषता है। वह अन्तःस्फुरणा में, जो कि उसका अपना अस्तित्व है, अपना विषय स्वयं ही होता है। यह वह विशुद्ध कर्ता है, जिसके अस्तित्व को बाह्य या वस्तुरूपात्मक जगत् में नहीं छोड़ा जा सकता।

यदि ठीक-ठीक कहा जाए, तो हम ब्रह्म का किसी प्रकार वर्णन नहीं कर सकते। कठोर चुप्पी ही वह एकमात्र उपाय है, जिसके द्वारा हम अपने अटकते हुए वर्णनों और अपूर्ण प्रमापों की अपर्याप्तता को प्रकट कर सकते हैं।[1] बृहदारण्यक

---

1. लाओत्से से तुलना कीजिए : "वह ताओ, जिसे कोई नाम दिया जा सकता है, सच्चा ताओ नहीं है।" "निराकार की वास्तविकता और जिसका आकार है, उसकी अवास्तविकता सबको मालूम है। जो लोग ज्ञान-प्राप्ति के मार्ग पर चल रहे हैं, वे इन बातों की परवाह नहीं करते, परन्तु अन्य लोग इन चीज़ों पर वाद-विवाद करते हैं। ज्ञान-प्राप्ति का अर्थ है—विवाद न करना। वाद-विवाद करने का अर्थ है—ज्ञान की प्राप्ति न होना। प्रकट रूप में दीख पड़ने वाले ताओ का कोई वस्तुरूपात्मक मूल्य नहीं है; इसलिए बहस करने की अपेक्षा मौन रहना अधिक अच्छा है। इसे वाणी द्वारा प्रकट नहीं किया जा सकता; इसलिए यह अधिक अच्छा है कि कुछ कहा ही न जाए। यही महान् उपलब्धि कही जाती है।" सूटहिल : दि थ्रि रिलिजन्स ऑफ़ चाइना; दूसरा संस्करण (1923), पृ. 56-57। जब बुद्ध से ब्रह्म और निर्वाण की प्रकृति के सम्बन्ध में प्रश्न किया गया, तो उसने शान्त मौन धारण कर लिया। ईसा ने भी, जब उससे पौण्टियस पाइलेट ने सत्य की प्रकृति के विषय में प्रश्न किया था, तब इसी प्रकार की चुप्पी साध ली थी। (शेष अगले पृष्ठ पर)

उपनिषद् का कथन है : "जहां प्रत्येक वस्तु वस्तुतः स्वयं आत्मा ही बन गई है, वहां कौन किसका विचार करे और किसके द्वारा विचार करे? सार्वभौम ज्ञाता का ज्ञान हम किस वस्तु के द्वारा प्राप्त कर सकते हैं?"[1] इस प्रकार तर्कमूलक विचार की ज्ञाता और ज्ञेय के बीच की द्वैत की भावना से ऊपर उठा जाता है। वह शाश्वत (ब्रह्म) इतना असीम रूप से वास्तविक है कि हम उसे एक का नाम देने की भी हिम्मत नहीं कर सकते, क्योंकि एक होना भी एक ऐसी धारणा है, जो लौकिक अनुभव (व्यवहार) से ली गई है। उस परमात्मा के सम्बन्ध में हम केवल इतना कह सकते हैं कि वह अद्वैत है।[2] और उसका ज्ञान तब प्राप्त होता है, जब कि सब द्वैत उस सर्वोच्च एकता में विलीन हो जाते हैं। उपनिषदों में उसका नकारात्मक वर्णन दिया गया है कि ब्रह्म यह नहीं है, यह नहीं है (नेति नेति)। "वह स्नायुरहित है; वह किसी शस्त्र से विद्ध नहीं है और उसे पाप छूता नहीं है।"[3] "उसकी कोई छाया या कालिमा नहीं है। उसके अन्दर या बाहर जैसी वस्तु कुछ नहीं है।"[4] भगवद्गीता में अनेक स्थानों पर उपनिषदों के इस दृष्टिकोण का समर्थन किया

प्लौटिनस से तुलना कीजिए : यदि कोई प्रकृति से यह पूछे कि वह उत्पादन क्यों करती है, तो यदि वह सुनने और बोलने को इच्छुक हो, तो वह यह उत्तर देगी कि तुम्हें यह बात पूछनी नहीं चाहिए, बल्कि मौन रहते हुए समझनी चाहिए। जैसे मैं मौन रहती हूं, क्योंकि मुझे बोलने की आदत नहीं है।

1. 2, 4, 12-14
2. 'कुलार्णव-तन्त्र' से तुलना कीजिए :

   अद्वैतं केचिदिच्छन्ति द्वैतमिच्छन्ति चापरे।
   मम तत्त्वं विजानन्तो द्वैताद्वैतविवर्जितम्॥

   कुछ संस्करणों में 'विजानन्तो' के स्थान पर 'न जानन्ति' पाठ है।
3. ईशोपनिषद् 8। भगवान्, तद् एकम्, निर्गुण और निर्विशेष है; "वह न तो विद्यमान है और न अविद्यमान।" ऋग्वेद, 10, 129। माध्यमिक बौद्ध परम वास्तविकता को ख़ाली या शून्य कहते हैं, जिससे कहीं उसे कोई अन्य नाम देकर वे उसे भ्रमवश सीमित न कर बैठें। उनकी दृष्टि में यह वह वस्तु है, जिसका ज्ञान तब होगा, जबकि सब विरोधी वस्तुएं सर्वोच्च एकता में विलीन हो जाएंगी। सेण्ट जॉन ऑफ डेमस्कस से तुलना कीजिए : "यह कह पाना असम्भव है कि परमात्मा अपने-आप में क्या है और उसके विषय में इस ढंग से वर्णन कर पाना अधिक सही है कि अन्य सब वस्तुओं का वर्जन कर दिया जाए। वस्तुतः वह अपने-आप होने के अलावा और कुछ भी नहीं है।"
4. बृहदारण्यक उपनिषद् 3, 8, 8। महाभारत में भगवान्, जो कि आचार्य है, नारद को बताता है कि उसका वास्तविक रूप "देखा नहीं जा सकता, सूंघा नहीं जा सकता, छुआ नहीं जा सकता;

(शेष अगले पृष्ठ पर)

गया है। भगवान् को 'अव्यक्त, अचिन्त्य और अविकार्य' बताया गया है।[1] 'वह न सत् है और न असत्।'[2] भगवान् के लिए परस्पर-विरोधी विशेषण यह सूचित करने के लिए प्रयुक्त किए गए हैं कि उस पर अनुभवगम्य धारणाएं लागू नहीं की जा सकतीं। "वह गति नहीं करता और फिर भी वह गति करता है। वह बहुत दूर है, पर फिर भी पास है।"[3] इन विशेषणों से भगवान् का दुहरा स्वरूप सामने आता है। एक तो उसका सत् (अस्तित्वमय) स्वरूप और एक नाम-रूपमय स्वरूप। वह 'परा' अर्थात् लोकातीत है और 'अपरा' अर्थात् अन्तर्व्यापी है; संसार के अन्दर और बाहर दोनों जगह विद्यमान है।[4]

परब्रह्म की अवैयक्तिकता उसका सम्पूर्ण महत्त्व नहीं है। उपनिषदों में दिव्य गतिविधि और प्रकृति में आग लेने की पुष्टि की गई है और हमारे सम्मुख एक ऐसे परमात्मा का रूप प्रस्तुत किया गया है, जो केवल असीम और केवल ससीम से कहीं अधिक है। जिस जिज्ञासा के कारण प्लेटो को अकादेमी के ज्योतिषियों को यह आदेश देने की प्रेरणा मिली कि वे प्रकट दीख पड़ने वाली वस्तुओं (प्रतीतियों) से बचें, उसी रुचि के कारण उपनिषदों के ऋषियों को संसार को अर्थपूर्ण समझने की प्रेरणा मिली। तैत्तिरीय उपनिषद् के शब्दों में—

वह गुणों से रहित है, अंगों से रहित है, अजात (जो उत्पन्न नहीं हुआ) है, शाश्वत है, नित्य है और निष्कर्म है।" देखिए शान्तिपर्व 339, 21-38। यह "अज्ञान का बादल है" या जिसे एरियोपेगाइट ने 'अत्यन्त दीप्तिमान अन्धकार' कहा है, या ऐकहार्ट के शब्दों में, "दिव्यता का निःशब्द मरुस्थल ··· जो ठीक-ठीक कोई अस्तित्व नहीं है।" ऐंगेलस सिलेसियस से तुलना कीजिए : "परमात्मा केवल कुछ नहीं है। उसका सम्बन्ध न इस काल से और न इस स्थान से है।" प्लौटिनस से भी तुलना कीजिए : "वह सबका जनक होते हुए भी उन सबमें से कोई नहीं है। न वह वस्तु है, न गुण, न बुद्धि, न आत्मा; वह न गति में है, न स्थिरता में है, न देश में है, न काल में है; वह अपनी परिभाषा आप ही है। उसका रूप निराला ही है, या और ठीक कहा जाए, तो वह रूपहीन है; वह उससे पहले विद्यमान था, जब रूप या गति या विश्राम उत्पन्न हुआ। ये सब वस्तुएं अस्तित्व से सम्बन्धित हैं और अस्तित्व को बहुविध बनाती हैं।" (ऐनीड्स, मैक्कैना-कृत अंग्रेज़ी अनुवाद 6, 9)।

1. 2, 25
2. 13, 12; 13, 15-17
3. ईशोपनिषद् 5। साथ ही देखिए मुण्डकोपनिषद् 2, 1, 6-8; कठोपनिषद् 2, 14; बृहदारण्यक उपनिषद् 2, 37; श्वेताश्वतर उपनिषद् 3, 17
4. बहिरन्तश्च भूतानाम्। 13, 15

"भगवान् वह है, जिससे ये सब वस्तुएं उत्पन्न होती हैं, जिससे ये सब जीवित रहती हैं और जिसमें विदा होते समय ये सब विलीन हो जाती हैं।" वेद के अनुसार, "परमात्मा वह है, जो अग्नि में है और जो जल में है, जिसने लिखित विश्व को व्याप्त किया हुआ है। उसे, जो कि पौधों में और पेड़ों में है, हम बारम्बार प्रणाम करते हैं।"[1] "यदि यह सर्वोच्च आनन्द आकाश में न होता, तो कौन परिश्रम करता और कौन जीवित रहता ?"[2] ईश्वरवादी यह स्वर श्वेताश्वतर उपनिषद् में और भी प्रमुख हो उठता है। "वह जो एक है और जिसका कोई रूप-रंग नहीं है, अपनी बहुविध शक्ति को धारण करके किसी गुप्त उद्देश्य से अनेक रूप-रंगों को बनाता है और आदि में और अन्त में विश्व उसी में विलीन हो जाता है। वह परमात्मा है। वह हमें ऐसा ज्ञान प्रदान करे, जो शुभ कर्मों की ओर ले जाता है।"[3] फिर "तू स्त्री है, तू ही पुरुष है; तू ही युवक है और युवती भी है; तू ही वृद्ध पुरुष है, जो लाठी लेकर लड़खड़ाता चलता है; तू ही नवजात शिशु है; तू सब दिशाओं की ओर मुख किए हुए है।"[4] फिर, "उसका रूप देखा नहीं जा सकता। आंख से उसे कोई नहीं देखता। जो लोग उसे इस प्रकार हृदय द्वारा और मन द्वारा जान लेते हैं कि उसका निवास हृदय में है, वे अमर हो जाते हैं।"[5] वह सार्वभौम परमात्मा है, जो अपने-आप ही यह विश्व भी है, जिसे उसने अपने ही अन्दर धारण किया हुआ है। वह हमारे अन्दर विद्यमान प्रकाश है, 'हृद्यन्तर्ज्योतिः'। वह भगवान् है, जीवन और मृत्यु जिसकी छाया हैं।[6]

उपनिषदों में हमें भगवान् का वर्णन अविकार्य और अचिन्त्य के रूप में मिलता है और साथ ही यह दृष्टिकोणं भी मिलता है कि वह विश्व का स्वामी है। यद्यपि वह समस्त वस्तुओं का स्रोत है, फिर भी वह अपने-आप में सदा

1. यो देवोऽग्नो योप्सु यो विश्वं भुवनमाविवेश,
   यो ओषधिषु यो वनस्पतिषु तस्मै देवाय नमोनमः।
2. को ह्वेवान्यात् कः प्राण्यात् यदेष आकाश आनन्दो न स्यात्?
3. 4, 1
4. 4, 3
5. 4, 20
6. ऋग्वेद 10, 121, 2 : साथ ही देखिए कठोपनिषद् 3, 1 । ड्यूटरोनोमी से तुलना कीजिए : "मैं मारता हूं और जिलाता हूं।" 32, 39

अविचल रहता है।[1] शाश्वत वास्तविकता न केवल अस्तित्व को संभाले रखती है, अपितु वह संसार में सक्रिय शक्ति भी है। परमात्मा अनुभवातीत, दुष्प्राप्य प्रकाश में निवास करने वाला है, पर साथ ही वह ऑगस्टाइन के शब्दों में, "आत्मा के साथ उससे भी अधिक घनिष्ठ है, जितना कि आत्मा स्वयं आत्मा के साथ है।" उपनिषद् में एक वृक्ष पर बैठे दो पक्षियों का उल्लेख है, जिनमें से एक तो फल खाता है, परन्तु दूसरा खाता नहीं है; वह देखता-भर है। वह आनन्द से दूर रहने वाला मौन साक्षी है।[2] अव्यक्तिकता (निर्गुण) और व्यक्तिकता (सगुण) मन की मनमानी रचनाएं या कल्पनाएं नहीं, ये तो शाश्वत को देखने की दो विधियां हैं। भगवान् अपने परम, स्वतः विद्यमान रूप में ब्रह्म है परब्रह्म; और संसार का स्वामी और सृजन करने वाला भगवान्, जिसके अन्दर सब विद्यमान है और जो सबका नियन्त्रण करता है, वह ईश्वर कहलाता है। "चाहे भगवान् को निर्गुण माना जाए, चाहे सगुण, इस शिव को सनातन समझना चाहिए। जब उसे सृष्टि से पृथक् करके देखा जाता है, तो वह निर्गुण होता है और जब उसे सब वस्तुओं के रूप में देखा जाता है, तब वह सगुण होता है।"[3] यदि यह संसार एक विश्व है और कोई अरूप अनिश्चितता नहीं है, तो यह परमात्मा की देखरेख के कारण ही है। भागवत में बताया गया है कि वह एक वास्तविकता, जो अविभक्त चेतना के ढंग की है, ब्रह्म, भगवान्, आत्मा या परमात्मा कहलाती है। वही

1. रूमी से तुलना कीजिए : "तेरा प्रकाश सब वस्तुओं से साथ-ही-साथ मिला हुआ है और सबसे अलग भी है।" शम्स-ए-तबरीज (निकल्सनकृत अंग्रेज़ी अनुवाद) गीत 19।
2. मुण्डकोपनिषद् 3, 1, 1-3 । बोएहमी से तुलना कीजिए : "अन्धकार का गम्भीर समुद्र उतना ही विशाल है, जितना कि प्रकाश का निवास-स्थान; और वे एक-दूसरे से ज़रा भी दूर नहीं हैं, बल्कि एक-दूसरे से मिले-जुले साथ-साथ विद्यमान हैं और उनमें से किसी का भी न आदि है, न अन्त।" थ्री प्रिंसिपल्स, 14, 76
3. निर्गुणः सगुणश्चेति शिवो ज्ञेयः सनातनः।
   निर्गुणः प्रकृतेरन्यः सगुणः सकलः स्मृतः ॥
4. वदन्ति तत् तत्त्वविदः तत्त्वं यज्ज्ञानमद्वयम्।
   ब्रह्मेति परमात्मेति भगवानिति शब्द्यते ॥
   साथ ही तुलना कीजिए :
   उत्पत्तिं च विनाशं च भूतानामगतिं गतिम्।
   वेत्ति विद्यामविद्यां च स वाच्यो भगवानिति ॥

सर्वोच्च मूल तत्त्व है; वही हमारे अन्दर विद्यमान वास्तविक आत्मा है और साथ ही वही पूजनीय परमात्मा है। भगवान् अनुभवातीत भी है, विश्वरूप भी है और वैयक्तिक वास्तविकता भी है। अपने अनुभवातीत रूप में वह विशुद्ध आत्म है, जिस पर किसी कर्म या अनुभव का कोई प्रभाव नहीं पड़ता। वह अलिप्त और असंग है। अपने गतिशील विश्वरूप में वह न केवल सारे विश्व की क्रिया को संभालता है, बल्कि उसका शासन करता है; और यही वह आत्म है, जो सबके अन्दर एक ही है और सबसे ऊपर है और व्यक्ति के अन्दर विद्यमान है।[1]

परमात्मा बुराई के लिए अप्रत्यक्ष रीति के सिवाय और किसी प्रकार उत्तरदायी नहीं है। यदि यह विश्व ऐसे सक्रिय व्यक्तियों से बना हुआ है, जो अपने कर्म का चुनाव स्वयं करते हैं, जिनको प्रभावित तो किया जा सकता है, किन्तु नियन्त्रित नहीं किया जा सकता, क्योंकि परमात्मा कोई तानाशाह नहीं है, तो इसमें संघर्ष अवश्यम्भावी है। यह मानने का, कि संसार में स्वतन्त्र आत्माएं विद्यमान हैं, अर्थ यह है कि बुराई सम्भव और सम्भाव्य है। एक यान्त्रिक जगत् की तुलना में उसका दूसरा विकल्प जोखिम और अभियान का जगत् है। यदि ग़लतियों, कुरूपता और बुराई की सब प्रवृत्तियों का वर्जन कर देना हो, तो सत्य, शिव और सुन्दर की खोज हो ही नहीं सकती। यदि सत्य, सुन्दर और शिव के इन आदर्शों की सचेत कामना होनी हो, तो उनके विरोधी मिथ्या, कुरूपता और बुराई को केवल अव्यक्त सम्भावना नहीं रहना होगा, अपितु वे ऐसी सकारात्मक प्रवृत्तियां होंगी, जिनका हमें प्रतिरोध करना है। गीता के लिए यह संसार अच्छाई और बुराई के मध्य होने वाले एक सक्रिय संघर्ष की भूमि है, जिसमें परमात्मा की गहरी दिलचस्पी है। वह अपने प्रेम की सम्पत्ति उन मनुष्यों की सहायता करने के लिए लुटाता है, जो उन सब वस्तुओं का प्रतिरोध करते हैं, जो मिथ्या, कुरूपता और बुराई को जन्म देती हैं। क्योंकि परमात्मा पूर्णतया अच्छा है और उसका प्रेम असीम है, इसलिए वह संसार के कष्टों के सम्बन्ध में चिन्तित है। परमात्मा सर्वशक्तिमान् है, क्योंकि उसकी शक्ति की कोई बाह्य सीमाएं नहीं हैं।

---

1. बृहदारण्यक उपनिषद् पर शंकराचार्य की टीका से तुलना कीजिए; 3, 8, 12। मोटे तौर पर हम कह सकते हैं कि अपने अनुभवातीत, विश्वरूप और व्यक्तिगत पक्ष की दृष्टि से परमात्मा ईसाई धर्म के पिता, पुत्र और पवित्र आत्मा की त्रयी से मेल खाता है।

संसार की सामाजिक प्रकृति परमात्मा पर नहीं थोपी गई, अपितु वह परमात्मा की इच्छा से बनी है। इस प्रश्न के उत्तर में, कि क्या परमात्मा अपनी सर्वज्ञता से इस बात को पहले से जान सकता है कि मनुष्य किस ढंग से आचरण करेंगे और वे कर्म का चुनाव कर पाने की स्वतन्त्रता का सदुपयोग या दुरुपयोग करेंगे हम केवल यह कह सकते हैं कि परमात्मा जिस वस्तु को नहीं जानता, वह सत्य नहीं है। वह जानता है कि प्रवृत्तियां अनिर्धारित हैं और जब वे वास्तविक रूप धारण कर लेती हैं, तो उसे उनका ज्ञान हो जाता है। कर्म का सिद्धान्त परमात्मा की सर्वशक्तिमत्ता को सीमित नहीं करता। हिन्दू विचारक ऋग्वेद की रचना के काल तक में प्रकृति की तर्कसंगतता और नियमपरायणता को जानते थे। ऋत या व्यवस्था सब वस्तुओं में विद्यमान है। नियम का राज्य परमात्मा की इच्छा और संकल्प है और इसलिए उसे परमात्मा की शक्ति की सीमा नहीं माना जा सकता। संसार के व्यक्तिक (सगुण) स्वामी का एक कालमय पक्ष है, जिसमें परिवर्तन होते रहते हैं।

गीता में वैयक्तिक परमात्मा के रूप में भगवान् पर बल दिया गया है, जो अपनी प्रकृति में इस अनुभवगम्य संसार का सृजन करता है। वह प्रत्येक प्राणी के हृदय में निवास करता है।[1] वह सब बलियों का आनन्द देने वाला और स्वामी है।[2] वह हमारे हृदय में भक्ति जताता है और हमारी प्रार्थनाओं को पूर्ण करता है।[3] वह सब मान्यताओं का मूल स्रोत और उन्हें बनाए रखने वाला है। पूजा और प्रार्थना के समय उसका हमसे व्यक्तिगत सम्बन्ध स्थापित होता है।

वैयक्तिक ईश्वर इस विश्व की सृष्टि, रक्षा और संहार करता है।[4] भगवान् की दो प्रकृतियां हैं—एक उच्चतर (परा) और दूसरी निम्नतर (अपरा)।[5] जीवित आत्माएं उच्चतर प्रकृति का प्रतिनिधित्व करती हैं और भौतिक माध्यम निम्नतर

---

1. 18, 61
2. 9, 42
3. 7, 22
4. जैकब बोएहमी से तुलना कीजिए : "सृष्टि पिता का कार्य थी। अवतार पुत्र का काम था, जब कि सृष्टि का अन्त पवित्र आत्मा के कार्य द्वारा होगा।"
5. 7, 4-5

प्रकृति का प्रतिनिधि है। परमात्मा उस आदर्श योजना और उस सुनिर्दिष्ट माध्यम, दोनों का ही बनाने वाला है, जिनके द्वारा आदर्श वास्तविक बनता है, धारणात्मक वस्तु विश्व बन जाता है। धारणात्मक (काल्पनिक) योजना को सुनिर्दिष्ट रूप देने के लिए एक परिपूर्ण अस्तित्व की, क्षमताशील भौतिक माध्यम में वस्तुओं का रूप ढाल देने की आवश्यकता होती है। एक ओर जहां परमात्मा के विचार अस्तित्वमान होने के लिए प्रयत्नशील हैं, वहां यह अस्तित्वमय संसार पूर्णता तक पहुंचने के लिए भी प्रयत्नशील है। दैवीय योजना और क्षमताशील भौतिक तत्त्व, ये दोनों उस परमात्मा से निकले हैं, जो आदि, मध्य और अन्त, ब्रह्मा, विष्णु और शिव है। अपने सृजनशील विचारों से युक्त परमात्मा ब्रह्मा है। वह परमात्मा, जो अपना प्रेम सब ओर लुटाता है और इतने धैर्य के साथ कार्य करता है कि उस धैर्य की तुलना केवल उसके प्रेम से की जा सकती है, विष्णु है, जो निरन्तर संसार की रक्षा के कार्य में लगा रहता है। जब धारणात्मक वस्तु विश्व बन जाती है, जब स्वर्ग पृथ्वी पर उतर आता है, तब हमें एक पूर्णता प्राप्त होती है, जिसका प्रतिनिधि शिव है। परमात्मा एक साथ ही ज्ञान, प्रेम और पूर्णता तीनों है। इन तीनों कृत्यों को पृथक्-पृथक् नहीं किया जा सकता। ब्रह्मा, विष्णु और शिव मूलतः एक हैं, भले ही उनकी कल्पना तीन अलग-अलग रूपों में की गई हो। गीता की रुचि संसार को मुक्ति दिलाने की प्रक्रिया में है, इसलिए विष्णु-पक्ष पर अधिक बल दिया गया है। कृष्ण भगवान् के विष्णु रूप का प्रतिनिधि है।

विष्णु ऋग्वेद का एक अत्यन्त प्रसिद्ध देवता है। वह महान्, व्यापक है। विष्णु शब्द विश् धातु से बना है, जिसका अर्थ है—व्याप्त करना।[1] वह आन्तरिक नियामक है, जो सारे संसार को व्याप्त किए हुए है। वह निरन्तर बढ़ती हुई मात्रा में शाश्वत भगवान् की स्थिति और गौरव को अपने अन्दर समेटता जाता है। तैत्तिरीय आरण्यक में कहा गया है : "नारायण की हम पूजा

1. अमर (कोश) का कथन है : व्यापके परमेश्वरे। विष्णु का मूल विश् धातु में भी कहा जाता है, जिसका अर्थ है प्रवेश करना। तैत्तिरीय उपनिषद् का कथन है : "इस संसार को रचने के बाद वह इसमें प्रवेश कर गया।" साथ ही देखिए, पद्मपुराण : भगवान् के रूप में विष्णु प्रकृति में प्रवेश कर गया। स एव भगवान् विष्णुः प्रकृत्याम् आविवेश।

करते हैं; वासुदेव का हम ध्यान करते हैं और इस कार्य में विष्णु हमारी सहायता करे।"[1]

गीता का उपदेश देने वाले कृष्ण[2] को विष्णु के साथ, जो कि सूर्य का प्राचीन देवता है, और नारायण के साथ, जो ब्रह्माण्डीय स्वरूप वाला प्राचीन देवता है और देवताओं और मनुष्यों का लक्ष्य या विश्राम-स्थान है, एकरूप कर दिया गया है।

वास्तविक भगवान् विश्व के ऊपर उठा हुआ सनातन, स्थानातीत और कालातीत ब्रह्म है, जो स्थान और काल में इस दृश्यमान विश्व को संभाले हुए है। वह सार्वभौम आत्मा है परमात्मा, जो विश्व के रूपों और गतियों की आत्मा है। वह परमेश्वर है, जो व्यक्तिगत आत्माओं और प्रकृति की गतियों का अध्यक्ष है और विश्व के अस्तित्व का नियन्त्रण करता है। वह पुरुषोत्तम भी है, सर्वोच्च पुरुष, जिसकी द्विविध प्रकृति विश्व के विकास में व्यक्त होती है। वह हमारे अस्तित्व को पूर्ण कर देता है; हमारी बुद्धि को प्रकाशित करता है और उसकी गुप्त कमानियों को गतिमान कर देता है।[3]

पुरुषोत्तम से लेकर नीचे तक सब वस्तुएं सत् और असत् की द्वैतता का अंग हैं, यहां तक कि परमात्मा तक में भी निषेधात्मकता या माया का तत्त्व विद्यमान है, भले ही वह उसका नियन्त्रण क्यों न करता हो! वह अपनी सक्रिय

---

1. 10, 1, 6। नारायणाय विद् महे वासुदेवाय धीमहि तन्नो विष्णुः प्रचोदयात्। नारायण कहता है : "सूर्य की भांति होने के कारण मैं सारे संसार को किरणो से आच्छादित करता हूं और मैं सब प्राणियों का धारण करने वाला हूं और इसीलिए मैं वासुदेव कहलाता हूं।" महाभारत, 12, 341, 41
2. कर्षति सर्व कृष्णः। जो सबको अपनी ओर खींचता है या सबमें भक्ति जगाता है, वह कृष्ण है। 'वेदान्त-रत्न-मंजूषा' में (पृ. 52) कहा गया है कि कृष्ण का यह नाम इसलिए है, क्योंकि वह अपने भक्तों के पापों को दूर कर देता है, पापं कर्षयति, निर्मूलयति। 'कृष्ण' शब्द कृष् धातु से बना है, जिसका अर्थ है खुरचना। क्योंकि वह अपने भक्तों के सब पापों को और बुराई के अन्य स्रोतों को खुरच देता है, इसलिए वह कृष्ण कहलाता है। कृष्टेर्विलेखनार्थस्य रूपं भक्तजनपापादिदोषकर्षणात् कृष्णः। गीता पर शंकराचार्य की टीका, 6, 34
3. वह अज्ञानियों को ज्ञान का प्रकाश देता है, निर्बलों को शक्ति का बल देता है, पापियों को क्षमा की मुक्ति देता है, दुःखियों को दया की शान्ति देता है, बेचैनों को चैन देता है... ज्ञानम् अज्ञानानां, शक्तिरशक्तानाम्, क्षमा सापराधानाम्, कृपा दुःखिनाम्, वात्सल्यं सदोषानाम्, शीलं मन्दानाम् आर्जवं कुटिलानाम्, सौहार्द्र दुष्टाहृदयानाम्, मार्दवं विश्लेषभीरूणाम्। (शेष अगले पृष्ठ पर)

प्रकृति (स्वां प्रकृतिं) को सामने लाता है और उन आत्माओं का नियन्त्रण करता है, जो अपनी-अपनी प्रकृति द्वारा निर्धारित दिशाओं में अपनी भवितव्यता को पूरा कर रही हैं। एक ओर जहां यह सब काम भगवान् इस संसार में प्रयुक्त की जा रही निजी शक्ति द्वारा करता है, वहां दूसरी ओर उसका एक और पक्ष है, जो इस सबसे बिलकुल अछूता रहता है। वह अवैयक्तिक, परम और साथ ही साथ अन्तर्व्यापी संकल्प है। वह सबका कारण है, पर उसका कोई कारण नहीं। वह सबको गति देने वाला है, पर उसे गति देने वाला कोई नहीं। मनुष्य और प्रकृति में निवास करने वाला भगवान् इन दोनों से अधिक महान् है। सीमाहीन स्थान और काल में रखा यह असीम विश्व उसके अन्दर विश्राम कर रहा है, पर परमात्मा इसमें विश्राम नहीं कर रहा।[1] गीता के परमात्मा को विश्व की प्रक्रिया के साथ एकरूप नहीं समझा जा सकता, क्योंकि वह इससे परे है।[2] इस संसार में भी वह अपने कुछ पक्षों में अधिक व्यक्त है, और कुछ में कम। सर्वेश्वरवाद का हीनतर अर्थ में आरोप गीता के दृष्टिकोण पर नहीं किया जा सकता। जहां यह ठीक है कि वास्तविकता एक ही है, जो सर्वोच्च रूप से पूर्ण है, वहा प्रत्येक वस्तु, जो सुनिर्दिष्ट और वास्तविक है, उतने ही समान रूप से पूर्ण नहीं है।

साथ ही तुलना कीजिए : "तू सुख और आनन्द है, तू शान्ति का धाम है; तू प्राणियों के दुःख का नाश करता है और उन्हें सुख देता है।"

> आनन्दामृतरूपस्त्वं त्वं च शान्तिनिकेतनम्।
> हरसि प्राणिनां दुःखं विदधासि सदा सुखम् ॥

"तू अशक्तों का आश्रयदाता है और पापियों का त्राता है।"

> दीनानां शरणं त्वं हि, पापिनां मुक्तिसाधनम्।

इसे भी देखें : "तू जो तेजस्वी है, मुझे भी तेज से भर दे; तू जो वीर्यवान् है, मुझे वीर्ययुक्त कर दे; तू जो बलयुक्त है, मुझे भी बल दे; तू जो ओजस्वी है, मुझे भी ओजमय कर दे; तू जो (अनुचित के विरुद्ध) रोष से परिपूर्ण है, मुझमें भी वह रोष भर दे; तू जो सहनशील है, मुझे भी सहनशीलता से भर दे।" तेजोऽसि तेजो मयि धेहि, वीर्यम् असि वीर्यम् मयि धेहि, बलम् असि बलं मयि धेहि, ओजोऽसि ओजो मयि धेहि, मन्युरसि मन्युं मयि धेहि, सहोऽसि सहो मयि धेहि। शुक्ल यजुर्वेद, 19, 9

1. 9, 6, 10
2. 10, 41-42
3. 10, 21-37

5. गुरु कृष्ण

जहां तक भगवद्गीता की शिक्षा का प्रश्न है, इस बात का कोई महत्त्व नहीं है कि इसका उपदेश देने वाला कृष्ण कोई ऐतिहासिक व्यक्ति है या नहीं। महत्त्वपूर्ण बात भगवान् का सनातन अवतार है, जो इस विश्व में और मनुष्य की आत्मा में पूर्ण और दिव्य जीवन को लाने की शाश्वत प्रक्रिया है।

परन्तु कृष्ण की ऐतिहासिकता के पक्ष में बहुत काफ़ी प्रमाण विद्यमान हैं। छान्दोग्य उपनिषद् में देवकीपुत्र कृष्ण का उल्लेख है और उसे घोर आंगिरस[1] का शिष्य बताया गया है। घोर आंगिरस, कौशीतकि ब्राह्मण[2] के अनुसार, सूर्य का पुजारी था। बलिदान के अर्थ की व्याख्या करने और यह बताने के बाद, कि पुरोहितों के लिए सच्ची दक्षिणा तप, दान, ईमानदारी, अहिंसा और सत्यभाषण आदि सद्गुणों का अभ्यास ही है,[3] इस उपनिषद् में कहा गया है कि "जब घोर आंगिरस ने यह बात देवकीपुत्र कृष्ण को समझाई तो उसने यह भी कहा कि अन्तिम समय में मनुष्य को इन तीन विचारों की शरण लेनी चाहिए : 'तू अविनश्वर (अक्षत) है; तू अविचल (अच्युत) है; तू सारे जीवन का सार (प्राण) है।' "[4] इस उपनिषद् में घोर आंगिरस की शिक्षाओं और गीतों में कृष्ण की शिक्षाओं में परस्पर बहुत अधिक समानता है।

कृष्ण का महाभारत की कथा में भी बहुत महत्त्वपूर्ण स्थान है, जहां उसे अर्जुन के मित्र के रूप में प्रस्तुत किया गया है। पाणिनि ने वासुदेव और अर्जुन को पूजा का पात्र बतलाया है।[5] कृष्ण प्राचीन यदुवंश की वृष्णि या सात्वत शाखा में उत्पन्न हुआ था। इस वंश का स्थान सम्भवतः मथुरा के आसपास कहीं था। मथुरा का नाम इतिहास-परम्परा और गाथा में कृष्ण के नाम के साथ जुड़ा

---

1. 3, 17, 6
2. 30, 6
3. तपो दानम् आर्जवम् अहिंसा सत्यवचनम्। देखिए भगवद्गीता, 16, 1-3
4. भगवद्गीता से तुलना कीजिए; 8, 11-13। सम्भवतः उसने ऋग्वेद के आठवें मण्डल के चौहत्तरवें सूक्त की रचना की थी, क्योंकि उसे कौशीतकि ब्राह्मण में कृष्ण आंगिरस कहा गया है। 30, 9
5. 4, 3, 98

हुआ है। कृष्ण वैदिक धर्म के याजकवाद का विरोधी था और उन सिद्धान्तों का प्रचार करता था, जो उसने घोर आंगिरस से सीखे थे। वैदिक पूजा-पद्धति से उसका विरोध उन स्थानों में प्रत्यक्ष दिखाई पड़ता है, जहां इन्द्र पराजित होने के बाद कृष्ण के सम्मुख झुक जाता है।[1] गीता में उन लोगों का भी उल्लेख है, जो कृष्ण की शिक्षाओं के सम्बन्ध में शिकायत करते हैं और कृष्ण पर अश्रद्धा करते हैं।[2] महाभारत में ऐसे संकेत हैं, जिनसे पता चलता है कि कृष्ण की सर्वोच्चता बिना उसे चुनौती दिए स्वीकार नहीं की गई थी। महाभारत में कृष्ण को एक ऐतिहासिक व्यक्ति[3] और भगवान् का अवतार, दोनों ही रूपों में प्रस्तुत किया गया है। कृष्ण ने सात्वतों को सूर्य की पूजा करना सिखाया था और सम्भवत: सात्वतों ने अपने गुरु कृष्ण को उस सूर्य के साथ एकरूप मान लिया, जिसकी पूजा उसने उन्हें सिखाई थी।[4] ईसवी-पूर्व चौथी शताब्दी तक वासुदेव की पूजा-पद्धति भलीभांति स्थापित हो चुकी थी। बौद्ध ग्रन्थ 'निद्देस' (ईसवी-पूर्व चौथी शताब्दी) में जो कि पालि सिद्धान्त-ग्रन्थों में सम्मिलित किया गया है, लेखक ने अन्य सम्प्रदायों के साथ-साथ वासुदेव और बलदेव के उपासकों का उल्लेख किया है। मैगस्थनीज़ (ईसवी पूर्व 320) ने लिखा है कि हैराक्लीज़ की पूजा सौरासैनोई (शूरसेन) लोगों द्वारा की जाती थी, जिनके देश में दो बड़े शहर मैथोरा (मथुरा) और क्लीसोबोरा (कृष्णपुर) हैं। तक्षशिला के यूनानी भागवत हीलियोडोरस ने बेसनगर के शिलालेख (ईसवी-पूर्व 180) में वासुदेव को देवादेव (देवताओं का देवता) कहा है। नानाघाट के शिलालेख में, जो ईसवी-पूर्व पहली शताब्दी का है, प्रारम्भिक श्लोक में अन्य देवताओं के साथ-साथ वासुदेव

---

1. "मैं देवताओं का इन्द्र हूं, परन्तु तुम्हें गौओं के ऊपर इन्द्र की शक्ति प्राप्त हो गई है। गोविन्द के रूप में मनुष्य सदा तुम्हारी स्तुति करते रहेंगे।" हरिवंश, 4004
2. 3, 32; 9, 11; 18, 67
3. कृष्ण के बाल्य-जीवन की कहानी गाथाओं और कल्पनाओं के साथ मिली-जुली भागवत और हरिवंश पुराण में प्राप्त होती है।
4. भागवत के अनुसार सात्वत लोग भगवान् की भगवान् और वासुदेव के रूप में पूजा करते हैं। 9, 9, 50। यामुनाचार्य ने अपने ग्रन्थ 'आगमप्रामाण्य' में कहा है कि जो लोग आत्मा को पवित्रता के साथ भगवान् की पूजा करते हैं, वे भागवत और सात्त्वत कहलाते हैं। सत्त्वाद् भगवान् भज्यते यैः परः पुमान् ते सात्वता भागवता इत्युच्यन्ते द्विजोत्तमैः।

की भी स्तुति की गई है। राधा, यशोदा और नन्द जैसे प्रमुख व्यक्तियों का उल्लेख बौद्ध गाथाओं में भी मिलता है। पतंजलि ने पाणिनि पर टीका करते हुए अपने महाभाष्य में 4, 3, 98 में, वासुदेव को भागवत कहा है। यह पुस्तक 'भगवद्गीता' कहलाती है, क्योंकि भागवत धर्म में कृष्ण को श्री भगवान् समझा जाता है। कृष्ण ने जिस सिद्धान्त का प्रचार किया है, वह भागवत धर्म है। गीता में कृष्ण ने कहा है कि वह कोई नई बात नहीं कह रहा, अपितु केवल उसी बात को दुहरा रहा है, जो पहले उसने विवस्वान् को बताई थी और विवस्वान् ने मनु को और मनु ने इक्ष्वाकु को बताई थी।[1] महाभारत में कहा गया है कि "भागवत धर्म परम्परागत रूप से विवस्वान् से मनु को और मनु से इक्ष्वाकु को प्राप्त हुआ था।"[2] ये दो सम्प्रदाय, जो एक ही रूप में प्रारम्भ किए गए थे, अवश्य एक ही रहे होंगे। कुछ अन्य प्रमाण भी हैं। नारायणीय या भागवत धर्म के प्रतिपादन में कहा गया है कि पहले इस धर्म का उपदेश भगवान् ने भगवद्गीता में किया था।[3] फिर यह भी बताया गया है कि "इसका उपदेश भगवान् ने कौरवों और पांडवों के युद्ध में उस समय किया था, जबकि दोनों पक्षों की सेनाए युद्ध के लिए तैयार खड़ी थीं और अर्जुन मोहग्रस्त हो गया था।"[4] यह एकेश्वरवादी (ऐकान्तिक) धर्म है।

गीता में कृष्ण को उस परब्रह्म के साथ तद्रूप माना गया है, जो इस बहुरूप दीखने वाले विश्व के पीछे विद्यमान एकता है, जो सब दृश्य वस्तुओं के पीछे विद्यमान अपरिवर्तनशील सत्य है, जो सबसे ऊपर है और सर्वान्त-व्यापी है। वह प्रकट भगवान् है,[5] जिसके कारण मर्त्य लोगों को उसे जानना सरल हो जाता है। अनश्वर ब्रह्म की खोज करने वाले उसे ढूंढ़ अवश्य लेते हैं, परन्तु उसके लिए उन्हें बड़ा तप करना पड़ता है। इस रूप में वे भगवान् को सरलता से पा सकते

1. 4, 1, 3
2. शान्तिपर्व, 348, 51-52
3. कथितो हरिगीतासु। शान्तिपर्व 346, 10
4. समुपोढेष्वनीकेषु कुरुपाण्डवयोर्मृधे।
   अर्जुने विमनस्के च गीता भगवता स्वयम्।। शान्तिपर्व, 348, 8
5. 12, 1 से आगे।

हैं। वह परमात्मा कहा जाता है, जिसमें यह अर्थ निहित है कि वह सर्वातीत है। वह जीवभूत है, अर्थात् सबका प्राणरूप है।

हम किसी ऐतिहासिक व्यक्ति को भगवान् किस प्रकार मान सकते हैं? हिन्दू विचारधारा में किसी व्यक्ति को परमात्मा के साथ एकरूप मानना साधारण बात है। उपनिषदों में बताया गया है कि पूर्णतया जागरित आत्मा, जो परब्रह्म के साथ वास्तविक सम्बन्ध को समझ लेती है, इस बात को देख लेती है कि वह मूलतः परब्रह्म के साथ एकरूप है और वह अपने ब्रह्म के साथ एकरूप होने की घोषणा भी कर देती है। ऋग्वेद 4, 26 में वामदेव कहता है : "मैं मनु हूं, मैं सूर्य हूं। मैं विद्वान् ऋषि कक्षिवान् हूं। मैंने अर्जुनी के पुत्र ऋषि कुत्स की पूजा की है। मैं विद्वान् उशना हूं। मेरी ओर देखो ···।" कौशीतकि उपनिषद् (3) में इन्द्र प्रतर्दन से कहता है : "मैं प्राण हूं; मैं चेतन आत्मा हूं; मुझे जीवन और प्राण मानकर मेरी पूजा करो। जो मुझे जीवन या अमरता मानकर मेरी पूजा करता है, वह इस संसार में पूर्ण जीवन प्राप्त करता है; वह स्वर्गलोक में जाकर अमरता और अनश्वरता प्राप्त करता है।"[1] गीता में लेखक कहता है : "राग, भय और क्रोध से मुक्त होकर, मुझमें लीन होकर, मुझमें शरण लेकर अनेक लोग ज्ञानमय तप द्वारा पवित्र होकर मेरे रूप को प्राप्त हो चुके हैं।"[2] जीव अपने से भिन्न किसी ऐसी वस्तु का सहारा लेता है, जिसके प्रति वह अपने-आप को समर्पित कर सके। इस समर्पण में ही उसका रूपान्तरण है। मुक्त आत्मा अपने शरीर को शाश्वत की अभिव्यक्ति के लिए वाहन के रूप में प्रयुक्त करती है। कृष्ण ने जिस दिव्यता का दावा किया है, यह सब सच्चे आध्यात्मिक अन्वेषकों को प्राप्त होने वाला सामान्य प्रतिफल है। वह कोई ऐसा नायक नहीं है, जो कभी पृथ्वी पर चलता-फिरता था और अपने प्रिय मित्र और शिष्य को उपदेश देने के बाद

---

1. शंकराचार्य ने इस पर टीका करते हुए कहा है : "इसका अर्थ यह है कि इन्द्र ने, जो कि एक देवता है, शास्त्रों के अनुसार ऋषियों को प्राप्त होने वाली दृष्टि से अपने-आप को परब्रह्म के रूप में देखते हुए यह कहा है कि 'मुझे जानो', ठीक उसी प्रकार जैसे कि इसी सत्य को देखते हुए वामदेव को अनुभव हुआ था कि 'मैं मनु हूं, मैं सूर्य हूं।' श्रुति में (अर्थात् बृहदारण्यक उपनिषद् में) यह कहा गया है, 'उपासक उस देवता के साथ, जिसे वह सचमुच देखता है, एकरूप हो जाता है'।"
2. 4, 10। ईसा ने अपना जीवन एकान्त-प्रार्थना, ध्यान और सेवा में बिताया था। वह भी हम लोगों का भांति प्रलोभित हो जाता था। उसे महान् रहस्यवादियों की भांति आध्यात्मिक अनुभूतियां होती

(शेष अगले पृष्ठ पर)

इस पृथ्वी को छोड़कर चला गया है, अपितु वह तो सब जगह विद्यमान है और हम सबके अन्दर विद्यमान है; और वह सदा हमें उपदेश देने को उसी प्रकार तैयार रहता है, जैसा कि वह कभी भी किसी को भी उपदेश देने के लिए तैयार था। वह कोई ऐसा व्यक्तित्व नहीं है, जो कि अब समाप्त हो चुका हो, अपितु वह तो अन्तर्वासी आत्मा है, जो हमारी आध्यात्मिक चेतना का लक्ष्य है।

परमात्मा साधारण अर्थ में कभी जन्म नहीं लेता। जन्म और अवतार की वे प्रक्रियाएं, जिनमें सीमित हो जाने का अर्थ निहित है, उस पर लागू नहीं होतीं। जब यह कहा जाता है कि परमात्मा ने अपने-आप को किसी खास समय या किसी खास अवसर पर प्रकट किया, तो उसका अर्थ केवल इतना होता है कि ऐसा प्रकट होना किसी सीमित अस्तित्व को लेकर होता है। ग्यारहवें अध्याय में सारा संसार परमात्मा के अन्दर दिखाया गया है। संसार की कर्ताश्रित और वस्तु-रूपात्मक प्रक्रियाएं भगवान् की केवल उच्चतर और निम्नतर प्रकृतियों की अभिव्यक्तियां-मात्र हैं। फिर भी जो भी कोई वस्तु शानदार, सुन्दर और सबल है, उसमें परमात्मा का अस्तित्व कहीं अधिक अच्छी तरह अभिव्यक्त होता है। जब किसी सीमित व्यक्ति में आध्यात्मिक गुण विकसित हो जाते हैं और उसमें गहरी अन्तर्दृष्टि और उदारता दिखाई पड़ती है, तब वह संसार के भले-बुरे का निर्णय करता है और एक आध्यात्मिक और सामाजिक उथल-पुथल खड़ी कर देता है; तब हम कहते हैं कि परमात्मा ने अच्छाई की रक्षा और बुराई के विनाश के लिए और धर्म के राज्य की स्थापना के लिए जन्म लिया है। व्यक्ति के रूप

थीं और एक बार आत्मिक यन्त्रणा के क्षण में, जब उसे परमात्मा की उपस्थिति की अनुभूति होनी बन्द हो गई, वह चिल्ला उठा : "मेरे परमात्मा, मेरे परमात्मा, तूने मुझे क्यों छोड़ दिया है?" (मार्क 15, 34)। वैसे सारे समय वह परमात्मा पर स्वयं को आश्रित अनुभव करता रहा। "पिता मुझसे बड़ा है" : (जॉन 14, 28)। "तू मुझे अच्छा क्यों कहता है? एक परमात्मा को छोड़कर और कोई अच्छा नहीं है।" (ल्यूक 18, 19)। "परन्तु उस दिन और उस समय के विषय में कोई नहीं जानता; स्वर्ग में रहने वाले देवदूत भी नहीं; पुत्र भी नहीं; केवल पिता जानता है।" (मार्क 13, 32)। "पिता, मैं तेरे हाथों में अपनी आत्मा को सौंपता हूं।" (ल्यूक 23, 46)। यद्यपि ईसा को अपनी अपूर्णताओं का ज्ञान था, फिर उसने परमात्मा की चारुता और प्रेम को पहचाना और स्वेच्छापूर्वक अपने-आप को पूर्णतया उसके सम्मुख निवेदित कर दिया। इस प्रकार वह सारी अपूर्णता से मुक्त हो गया और परमात्मा में शरण लेकर वह दिव्यता के स्तर तक पहुंच गया। "मैं और पिता एक हैं।" (जॉन 10, 30)।

में कृष्ण उन करोड़ों रूपों में से एक है, जिनके द्वारा विश्वात्मा अपने-आप को प्रकट करता है। गीता के लेखक ने ऐतिहासिक कृष्ण का उल्लेख उसके शिष्य अर्जुन के साथ-साथ अनेक रूपों में से एक रूप के तौर पर किया है।[1] अवतार मनुष्य के आध्यात्मिक साधनों और प्रसुप्त दिव्यता का प्रदर्शन है। यह दिव्य गौरव का मानवीय रूपरेखा की सीमाओं में संकुचित हो जाना उतना नहीं है, जितना कि मानवीय प्रकृति का भगवान् के साथ एकाकार होकर ईश्वरत्व के स्तर तक ऊंचा उठ जाना।

परन्तु ईश्वरवादियों का कथन है कि कृष्ण एक अवतार है अर्थात् ब्रह्म का मानवीय रूप में अवतरण। यद्यपि भगवान् जन्म नहीं लेता या उसमें कोई परिवर्तन नहीं होता, फिर भी वह बहुत बार जन्म ले चुका है। कृष्ण विष्णु का मानवीय साक्षात् रूप है। वह भगवान् है, जो संसार को ऐसा प्रतीत होता है, मानो उसने जन्म ले लिया है और शरीर धारण कर लिया है।[2] दिव्य ब्रह्म द्वारा मानवीय स्वभाव को अंगीकार कर लेने से ब्रह्म की अखण्डता समाप्त नहीं होती और न उसमें कोई वृद्धि ही होती है, ठीक उसी प्रकार जैसे संसार के सृजन से ब्रह्म की अखण्डता पर कोई प्रभाव नहीं पड़ता। सृष्टि और अवतार दोनों का सम्बन्ध व्यक्त जगत् से है, परमात्मा से नहीं।[3]

---

1. 10, 37
2. शंकराचार्य ने लिखा है : स च भगवान् ज्ञानैश्वर्यशक्तिबलवीर्यतेजोभिः सदा सम्पन्नः त्रिगुणात्मिकां वैष्णवीं स्वां मायां मूलप्रकृतिं वशीकृत्य अजोऽव्ययो भूतानामीश्वरो नित्यशुद्धबुद्धमुक्तस्वभावोऽपि सन् स्वमायया देहवान् इव जात इव लोकानुग्रह कुर्वन्निव लक्ष्यते। 'अंशेन सम्बभूव' का अर्थ यह नहीं है कि कृष्ण भगवान् के अंश से उत्पन्न हुआ है या वह भगवान् का अंशावतार है। आनन्दगिरि ने 'अंशेन' की व्याख्या करते हुए यह अर्थ निकाला है कि "अपनी इच्छा से रचे गए तात्विक रूप में," स्वेच्छानिर्मितेन मायामयेन स्वरूपेण। जहां अपोसल-सम्प्रदाय में परमात्मा के पुत्र की मानवीय प्रकृति पर ज़ोर दिया गया है, "जिसका गर्भाधान पवित्र आत्मा ने किया था, जिसे कुमारी मेरी ने जन्म दिया था, जिसने पौण्टियस पाइलेट के अधीन कष्ट सहे, जिसे क्रॉस पर चढ़ाया गया था, जो मरा था और जिसे दफ़नाया गया था," वहां नाइसीन सम्प्रदाय ने इतनी बात और जोड़ दी है कि "वह स्वर्ग से नीचे आया और शरीर बन गया।" यह 'नीचे आना' या 'परमात्मा का उतरकर शरीर धारण कर लेना' ही अवतार है।
3. हूकर से तुलना कीजिए : परमात्मा का मनुष्य के साथ वह स्तुत्य सम्मिलन उस उच्चतर स्वभाव में कोई परिवर्तन उत्पन्न नहीं कर सकता; क्योंकि परमात्मा के लिए और कोई भी वस्तु इतनी स्वाभाविक नहीं है, जितना कि उसका किसी भी परिवर्तन का विषय न बनना।" ऐक्लीजियेस्टीकल पॉलिटी (1888 का संस्करण) खण्ड, 2, पृ. 234

यदि असीम परमात्मा सदा सीमित अस्तित्वों में प्रकट रहता है, तो उसका किसी एक विशिष्ट समय में विशेष रूप से और किसी एक मानवीय स्वभाव को ग्रहण करके प्रकट होना उसी गतिविधि को स्वेच्छापूर्वक पूर्ण करना-भर है, जिसके द्वारा दैवीय प्रचुरता स्वतन्त्रतापूर्वक अपने-आप को पूर्ण करती है और ससीम की ओर झुकती रहती है। इसके फलस्वरूप उसके अलावा कोई नई समस्या खड़ी नहीं होती, जो सृष्टि के कारण खड़ी होती है। यदि कोई मानव-शरीर परमात्मा की मूर्ति के रूप में गढ़ा जा सकता है, यदि आवर्तनशील ऊर्जा की सामग्री में नये नमूने रचे जा सकते हैं, यदि इन रीतियों से शाश्वतता को आनुक्रमिकता में समाविष्ट किया जा सकता है, तो दिव्य वास्तविकता (ब्रह्म) अपने अस्तित्व के परम स्वरूप को एक पूर्णतया मानवीय शरीर के रूप में और उस मानवीय शरीर के द्वारा प्रकट कर सकती है। मध्यकालीन दार्शनिक धर्म-विज्ञानियों ने हमें बताया है कि परमात्मा सब प्राणियों में 'सार, सान्निध्य और शक्ति द्वारा' विद्यमान रहता है। परम, असीम, स्वत: विद्यमान और अविकार्य का ससीम मानव-प्राणी के साथ, जो सांसारिक व्यवस्था में फंसा हुआ है, सम्बन्ध कल्पनातीत रूप से घनिष्ठ है, हालांकि इस सम्बन्ध की परिभाषा कर पाना और उसका स्पष्टीकरण कर पाना कठिन है। उन महान् आत्माओं को, जिन्हें हम अवतार कहते हैं, परमात्मा, जो मानव के अस्तित्व और गौरव के लिए उत्तरदायी है, इस अस्तित्व और गौरव को आश्चर्यजनक रूप से नवीन रूप दे देता है। अवतारों में उस सनातन का, जो विश्व की प्रत्येक घटना में विद्यमान है, आनुक्रमिकता में प्रवेश एक गम्भीरतर अर्थ में प्रकट होता है। हमें स्वतन्त्र इच्छाशक्ति प्रदान करने के बाद परमात्मा हमें छोड़कर अलग खड़ा नहीं हो जाता कि हम स्वेच्छापूर्वक अपना निर्माण या विनाश कर सकें। जब भी कभी स्वतन्त्रता के दुरुपयोग के फलस्वरूप अधर्म बढ़ जाता है और संसार की गाड़ी किसी लीक में फंस जाती है, तो संसार को उस लीक में से निकालने के लिए और किसी नये रास्ते पर उसे चला देने के लिए वह स्वयं जन्म लेता है। अपने प्रेम के कारण वह सृष्टि के कार्य को उच्चतर स्तर पर ले जाने के लिए बार-बार जन्म लेता है। महाभारत के एक श्लोक के अनुसार, विश्व की रक्षा के लिए सदा उद्यत भगवान् के चार रूप हैं। उनमें एक पृथ्वी पर रहकर तप करता है; दूसरा ग़लतियां करने वाली मानवता के कार्यों पर सतर्क दृष्टि रखता

है; तीसरा मनुष्य-जगत् में कर्म में लगा रहता है और चौथा रूप एक हज़ार साल की नींद में सोया रहता है।[1] पूर्ण निष्क्रियता ही ब्रह्म के स्वभाव का एकमात्र पक्ष नहीं है। हिन्दू परम्परा में बताया गया है कि अवतार केवल मानवीय स्तर तक ही सीमित नहीं है। कष्ट और अपूर्णता की विद्यमानता का मूल मनुष्य के विद्रोही संकल्प में नहीं बताया गया, अपितु परमात्मा के सृजनात्मक प्रयोजन और वास्तविक संसार के मध्य विद्यमान विषमता में बताया गया है। यदि कष्ट का मूल मनुष्य के 'पतन' को माना जाए, तो हम निर्दोष प्रकृति की अपूर्णताओं की, उस भ्रष्टता की, जो सब जीवित वस्तुओं में विद्यमान है, और रोग के विधान (व्यवस्था) की व्याख्या नहीं कर सकते। इस निदर्शक प्रश्न से, कि मछलियों को कैंसर क्यों होता है, किसी प्रकार पिंड नहीं छुड़ाया जा सकता। गीता बताती है कि एक दिव्य स्रष्टा है, जो अगाध शून्य पर अपने रूपों का आरोप करता है। प्रकृति एक अपरिष्कृत पदार्थ है, एक अव्यवस्था, जिसमें से व्यवस्था का विकास किया जाना है; एक रात्रि जिसे प्रकाशित किया जाना है। जब भी दोनों के संघर्ष में गतिरोध उत्पन्न हो जाता है, तभी उस गतिरोध को दूर करने के लिए दैवीय हस्तक्षेप होता है। इसके अतिरिक्त एक अद्भुत प्रकाशन की धारणा विश्व के सम्बन्ध में हमारे वर्तमान दृष्टिकोणों के साथ कठिनाई से ही मेल खाती है। कबीलों का परमात्मा धीरे-धीरे पृथ्वी का परमात्मा बना और पृथ्वी का परमात्मा अब विश्व का परमात्मा, सम्भवत: अनेक विश्वों में से एक विश्व का परमात्मा बन गया है। यह बात सोचने की भी नहीं है कि भगवान् का सम्बन्ध केवल क्षुद्रतम ग्रहों में एक इस ग्रह के केवल एक अंश से ही है।

अवतार का सिद्धान्त आध्यात्मिक जगत् के नियम की एक वाक्पटुतापूर्ण अभिव्यक्ति है। यदि परमात्मा को मनुष्यों का रक्षक माना जाए, तो जब भी कभी बुराई की शक्तियां मानवीय मान्यताओं का विनाश करने को उद्यत प्रतीत होती

---

1. चतुर्मूर्तिरहं शश्वल्लोकत्राणार्थमुद्यत:।
आत्मानं प्रविभज्येह लोकानां हितमादधे ॥
एका मूर्तिस्तपश्चर्यां कुरुते मे भुवि स्थिता।
अपरा पश्यति जगत् कुर्वाणं साध्वसाधुनी ॥
अपरा कुरुते कर्म मानुषं लोकमाश्रिता।
शते चतुर्थी त्वपरा निद्रां वर्षसहस्रिकीम् ॥ —द्रोणपर्व, 29, 32-34

हों, तब परमात्मा को अपने-आप को प्रकट करना ही चाहिए। अवतार परमात्मा का मनुष्य में अवतरण है, मनुष्य का परमात्मा में आरोहण नहीं, जैसाकि मुक्त आत्माओं के मामले में होता है। यद्यपि प्रत्येक चेतन सत्ता इस प्रकार का अवतरण है, परन्तु वह केवल एक आच्छादित प्रकटन है। ब्रह्म की आत्मचेतन सत्ता और उसी की अज्ञान से आवृत्त सत्ता में अन्तर है।

अवतरण या अवतार का तथ्य इस बात का द्योतक है कि ब्रह्म का एक पूर्ण सप्राण और शारीरिक प्रकटन से विरोध नहीं है। यह सम्भव है कि हम भौतिक शरीर में जी रहे हों और फिर भी हममें चेतना का पूर्ण सत्य विद्यमान हो। मानवीय प्रकृति कोई बेड़ी नहीं है, अपितु यह दिव्य जीवन का एक उपकरण बन सकती है। हम सामान्य मर्त्य लोगों के लिए जीवन और शरीर-अभिव्यक्ति के अज्ञानपूर्ण, अपूर्ण और अक्षम साधन होते हैं, परन्तु यह आवश्यक नहीं कि वे सदा ऐसे ही हों। दिव्य चेतना इनका उपयोग अपने प्रयोजन के लिए करती है, जब कि अस्वतन्त्र मानवीय चेतना का शरीर, प्राण और मन की शक्तियों पर ऐसा पूर्ण नियन्त्रण नहीं रहता।

यद्यपि गीता अवतार में इस विश्वास को स्वीकार करती है कि ब्रह्म संसार में किसी प्रयोजन को पूरा करने के लिए अपने-आप को सीमित कर देता है और तब भी उसके उस सीमित शरीर में पूर्ण ज्ञान विद्यमान रहता है; साथ ही यह शाश्वत अवतार पर भी बल देती है, अर्थात् कि परमात्मा मनुष्य में विद्यमान रहता है, दिव्य चेतना मानव-प्राणी में सदैव विद्यमान रहती है। ये दो दृष्टिकोण ब्रह्म के अनुभवातीत और अन्तर्व्यापी पहलुओं के द्योतक हैं और ये दोनों एक-दूसरे के विरोधी नहीं समझे जा सकते। गुरु कृष्ण, जो मानव-जाति के आध्यात्मिक प्रबोधन में रुचि ले रहा है, अपने अन्दर विद्यमान ब्रह्म की गहराई में से बोल रहा है। कृष्ण का अवतार हमारे अन्दर विद्यमान आत्मा के प्रकटन का, अन्धकार में छिपे हुए ब्रह्म के प्रकाशन का एक उदाहरण है। भागवत के अनुसार[1], "मध्य रात्रि में, जब कि घने से घना अन्धकार था, घट-घटव्यापी

---

1. निशीथे तु तमोद्भूते जायमाने जनार्दने,
देवक्यां देवरूपिण्यां विष्णुः सर्वगुहांशयः....।
वसुदेवगृहे साक्षाद् भगवान् पुरुषः परः जनिष्यते। —भागवत 11. 23 (शेष अगले पृष्ठ पर)

भगवान् ने अपने-आप को दिव्य देवकी में प्रकट किया, क्योंकि भगवान् सब प्राणियों के हृदय में स्वयं छिपा हुआ है।"[1] उज्ज्वल प्रकाश काली से काली रात में प्रकट होता है। रहस्यों और प्रकाशनों की दृष्टि से रात बहुत समृद्ध है। रात्रि की उपस्थिति प्रकाश की उपस्थिति को कम वास्तविक नहीं बना देती। सच तो यह है कि यदि रात न हो, तो मनुष्य को प्रकाश की अनुभूति ही न हो। कृष्ण के जन्म का अर्थ है—अन्धकारमयी रात्रि में विमोचन (उद्धार) का तथ्य। कष्ट और दासत्व के क्षणों में विश्व के उद्धारकर्ता का जन्म होता है।

कृष्ण का जन्म वासुदेव और देवकी से हुआ कहा जाता है। जब हमारी सत्त्व प्रकृति शुद्ध हो जाती है,[2] जब ज्ञान के दर्पण से वासनाओं की धूल को हटाकर उसे स्वच्छ कर दिया जाता है, तब विशुद्ध चेतना का प्रकाश उसमें प्रतिबिम्बित होता है। जब सब कुछ नष्ट हो गया प्रतीत होता है, तब आकाश से प्रकाश फूट पड़ता है और वह हमारे मानवीय जीवन को इतना समृद्ध कर देता है कि उसे शब्दों द्वारा कहकर नहीं बताया जा सकता। सहसा एक चमक होती है; हमें आन्तरिक आलोक प्राप्त होता है और जीवन बिलकुल नया और ताज़ा दिखाई पड़ने लगता है। जब हमारे अन्दर ब्रह्म का जन्म होता है, तब हमारी आंखों से केंचुली उतर जाती है और कारागार के द्वार खुल जाते हैं। भगवान् प्रत्येक प्राणी के हृदय में निवास करता है और जब उस गुप्त निवास-स्थान का पर्दा फट जाता है, तब हमें दिव्य नाद सुनाई पड़ता है, दिव्य प्रकाश प्राप्त होता है और हम दिव्य शक्ति से कार्य करने लगते हैं। शरीरधारिणी

ईसा के शरीरधारण के सम्बन्ध में जो कुछ कहा गया है, उससे तुलना कीजिए : "जब सब वस्तुए शान्त निस्तब्धता में मग्न थीं और रात्रि अपने तीव्र पथ का आधा भाग पार कर चुकी थी, तब तेरा सर्वशक्तिमान् शब्द स्वर्ग में तेरे राजसिंहासन से नीचे आया। ऐलेलुइया।" अवतार के सिद्धान्त ने ईसाई-जगत् को काफ़ी कुछ विक्षुब्ध किया। एरियस का मत था कि पुत्र (ईसा) पिता के बराबर नहीं, अपितु उसके द्वारा उत्पन्न किया गया है। यह दृष्टिकोण, कि वे एक-दूसरे से पृथक् नहीं हैं, अपितु एक ही सत्ता के केवल विभिन्न पक्ष हैं, सैबैलियस का सिद्धान्त है। पहली विचारधारा में पिता और पुत्र की पृथकता पर और पिछले सिद्धान्त में उन दोनों की एकता पर ज़ोर दिया गया है। अन्त में जो दृष्टिकोण प्रचलित हुआ वह यह था कि पिता और पुत्र बराबर हैं और एक ही तत्त्व हैं; परन्तु वे एक-दूसरे से पृथक् व्यक्ति हैं।

1. 10, 20; 18, 61

2. सत्त्वं विशुद्धं वसुदेवशब्दितम्। भागवत्। देवकी दैवी प्रकृति है, दिव्य प्रकृति।

मानवीय चेतना ऊपर उठकर अजन्मा शाश्वत के रूप में बदल जाती है। कृष्ण का अवतार भगवान् का शरीर में रूपान्तरण उतना नहीं है, जितना कि मनुष्यत्व को ऊंचा उठाकर भगवान् में रूपान्तरण।

यहां गुरु शनैः-शनैः शिष्य को उस स्तर तक पहुंचने के लिए मार्ग दिखाता है, जिस पर वह स्वयं पहुंचा हुआ है, मम साधर्म्यम् (मेरे साथ समानता)। शिष्य अर्जुन उस संघर्ष करती हुई आत्मा का प्रतीक है, जिसने अभी तक उद्धार करने वाले सत्य को उपलब्ध नहीं किया है। वह अन्धकार, असत्य, सीमिंतता और मरणशीलता की शक्तियों से, जो उच्चतर संसार के मार्ग को रोके हुए हैं, युद्ध कर रहा है। जब उमका सम्पूर्ण अस्तित्व किंकर्त्तव्यविमूढ़ हो जाता है, जब उसे यह पता नहीं चलता कि उचित कर्त्तव्य क्या है, तब वह अपने उच्चतर आत्म में, जिसका प्रतीक जगद्गुरु,[2] संसार-भर को उपदेश देने वाला

---

1. मेरे विचार से ईसाइयों के पुनरुत्थान के सिद्धान्त का अर्थ यही है। ईसा का शारीरिक पुनरुत्थान महत्त्वपूर्ण वस्तु नहीं है, अपितु दिव्य (ब्रह्म) का पुनरुत्थान महत्त्वपूर्ण वस्तु है। मनुष्य का पुनर्जन्म, जो उसकी आत्मा के अन्दर एक ऐसी घटना के रूप में होता है, जिसके फलस्वरूप उसे वास्तविकता (ब्रह्म) का गम्भीरतर ज्ञान हो जाता है और परमात्मा तथा मनुष्य के प्रति उसका प्रेम बढ़ जाता है, सच्चा पुनरुज्जीवन है, जो मानवीय जीवन को उसके अपने दिव्य स्वरूप और लक्ष्य की चेतना तक ऊंचा उठा लेता है। परमात्मा अविराम सृजनशीलता है, अनवरत कर्म। वह मनुष्य का पुत्र है, क्योंकि मनुष्य पुनः उत्पन्न परमात्मा ही तो है। जब सनातन और सामयिक के बीच का पर्दा हट जाता है, तब मनुष्य परमात्मा के साथ-साथ और उसके संकेत पर चलने लगता है। ऐंगेलस सिलेशियस से तुलना कीजिए :

    चाहे ईसा हज़ार बार
    बैथैलहम में जन्म ले,
    पर यदि उसने तेरे अन्दर जन्म नहीं लिया
    तो तेरी आत्मा अब भी भटकी हुई है;
    गलगोथा पर खड़ा क्रॉस
    तेरी आत्मा की रक्षा कभी न करेगा;
    तेरे अपने हृदय में खड़ा क्रॉस
    ही तुझे पूर्ण बना सकता है।

2. तुलना कीजिए :

    अज्ञानतिमिरान्धस्य ज्ञानाञ्जनशलाकया।
    चक्षुरुन्मीलितं येन तस्मै श्रीगुरुवे नमः॥

मैं उस दिव्य गुरु को नमस्कार करता हूं, जो अज्ञान के रोग से अन्धे हो गए लोगों की आंखों को ज्ञान का अंजन डालकर खोल देता है।

कृष्ण है, शरण लेता है और उससे ज्ञान देने की कृपा करने की प्रार्थना करता है। "मैं तेरा शिष्य हूं; मेरी चेतना को प्रकाशित कर; मुझमें जो कुछ तमोमय है, उसे हटा दे, जो कुछ मैं गंवा चुका हूं, अर्थात् कर्म का एक स्पष्ट नियम, वह मुझे फिर प्रदान कर।" शरीर के रथ में सवार योद्धा अर्जुन है, परन्तु सारथी कृष्ण है और उसे ही इस यात्रा का मार्गदर्शन करना है। प्रत्येक व्यक्ति शिष्य है, पूर्णता तक पहुंचने का महत्त्वाकांक्षी, भगवान् का जिज्ञासु; और यदि वह सचाई से श्रद्धा के साथ अपनी खोज जारी रखता है, तो लक्ष्य भगवान् ही मार्गदर्शक भगवान् बन जाता है। जहां तक गीता की शिक्षाओं की प्रामाणिकता का प्रश्न है, इस बात का महत्त्व बहुत कम है कि इसका लेखक कोई ऐतिहासिक व्यक्ति है या मनुष्य के रूप में अवतरित स्वयं भगवान्; क्योंकि आत्मा की वास्तविकताएं अब भी वही हैं, जो आज से हज़ारों साल पहले थीं और जाति एवं राष्ट्रीयता के अन्तर उन पर कोई प्रभाव नहीं डालते। असली वस्तु सत्य या सार्थकता है, और ऐतिहासिक तथ्य उसकी मूर्ति से अधिक कुछ भी नहीं है।[1]

6. संसार की स्थिति और माया की धारणा

यदि ब्रह्म का मूल स्वरूप निर्गुण अर्थात् गुणहीन और अचिन्त्य (अर्थात् जिसके विषय में कुछ सोचा भी न जा सके) हो, तो संसार एक ऐसी व्यक्त वस्तु है, जिसका सम्बन्ध परब्रह्म से तर्कसंगत ढंग से नहीं जोड़ा जा सकता। ब्रह्म की अपरिवर्तनीय शाश्वतता में सब चल और विकसमान वस्तुए आधारित हैं। उसके

1. स्पिनोज़ा से तुलना कीजिए : "मुक्ति प्राप्त करने के लिए शरीरधारी के रूप में ईसा को जानना बिलकुल आवश्यक नहीं है; परन्तु तथाकथित परमात्मा के उस शाश्वत पुत्र के सम्बन्ध में (डी ऐटर्नो इल्लो डेई फ़िलियो), जो परमात्मा का सनातन ज्ञान है, जो सब वस्तुओं में और मुख्य रूप से मनुष्य के रूप में और सबसे अधिक विशेष रूप में ईसा में व्यक्त हुआ है, बात ठीक इससे उल्टी है; उसके ज्ञान के बिना कोई मनुष्य परम आनन्द की अवस्था तक नहीं पहुंच सकता; क्योंकि इसके सिवाय और कोई वस्तु उसे यह नहीं सिखा सकती कि क्या सत्य है और क्या मिथ्या, क्या अच्छा है और क्या बुरा।" इस प्रकार स्पिनोजा ऐतिहासिक ईसा और आदर्श ईसा में भेद करता है। ईसा की दिव्यता एक ऐसा धर्म-सिद्धान्त है, जो ईसाइयों की अन्तरात्मा में पनपा है। खीस्तशास्त्रीय सिद्धान्त एक ऐतिहासिक तथ्य की धर्मविज्ञानी व्याख्या है। इस सम्बन्ध में लोइसी का कथन है : "ईसा का पुनरुज्जीवन उसके भौतिक जीवन का अन्तिम कार्य, मनुष्यों के बीच उसकी सेवा का अन्तिम कार्य नहीं था, अपितु धर्मप्रचारकों की श्रद्धा और ईसाई धर्म की आध्यात्मिक स्थापना का पहला कार्य था।" मॉड पीटर : लोइसी (1944), पृ. 65-66

द्वारा ही उनका अस्तित्व है और भले ही वह किसी वस्तु का भी कारण नहीं है — कुछ नहीं करता, किसी बात का निर्धारण नहीं करता, फिर भी उसके बिना वे वस्तुएं रह नहीं सकतीं। यह संसार तो ब्रह्म पर निर्भर है, परन्तु ब्रह्म इस संसार पर निर्भर नहीं है। यह एकपक्षीय निर्भरता और परम वास्तविकता तथा संसार के मध्य सम्बन्ध की तर्कपूर्ण अचिन्तनीयता 'माया' शब्द से सामने आ जाती है। यह संसार ब्रह्म की भांति कोई मूल अस्तित्व (सत्) नहीं है और न यह केवल अनस्तित्व (असत्) ही है। इसकी परिभाषा सत् या असत्, दोनों में से किसी के भी द्वारा नहीं की जा सकती।[1] धार्मिक अनुभूतियों द्वारा आत्मा की परम वास्तविकता के आकस्मिक आविर्भाव के कारण हम बहुत बार संसार को अशुद्ध ज्ञान या मिथ्यार्थ ग्रहण के बजाय भ्रम (माया) समझने लगते हैं। यह एक परिसीमन है, जो अमापित और अमाप्य से पृथक् वस्तु है। परन्तु यह परिसीमन किसलिए है? इस प्रश्न का उत्तर तब तक नहीं दिया जा सकता, जब तक हम अनुभूतिमूलक स्तर पर हैं।

प्रत्येक धर्म में परम वास्तविकता की कल्पना इस रूप में की गई है कि वह हमारी काल-व्यवस्था से, जिसका आदि और अन्त है, जिसमें गति और उतार-चढ़ाव हैं, असीम रूप से ऊपर है। ईसाई धर्म में परमात्मा को इस रूप में प्रदर्शित किया गया है कि उसमें परिवर्तनशीलता नहीं है या अदल-बदल की छाया तक नहीं है। वह आदि से अन्त तक देखता हुआ शाश्वत वर्तमान में निवास करता है। यदि वही बात होती, तो दिव्य जीवन और इस विविध-रूप संसार में एक ऐसा पक्का भेद हो जाता, जिसके कारण इन दोनों में किसी भी प्रकार का सम्मिलन असम्भव हो जाता। यदि परम वास्तविकता एकाकी, निष्क्रिय और अविचल हो तो काल, गति और इतिहास के लिए कोई अवकाश ही न होगा; काल अपनी परिवर्तन और अनुक्रमिकता की प्रक्रियाओं के साथ केवल एक आभास-मात्र बन जाएगा। परन्तु परमात्मा एक सप्राण मूल तत्त्व है, एक व्यापक अग्नि। यह प्रश्न किसी ऐसी प्रबल सत्ता का नहीं है, जिसके साथ विविध-रूपता का आभास जुड़ा हुआ है या किसी ऐसे सप्राण परमात्मा का, जो इस बहुविध विश्व में कार्य कर रहा है। ब्रह्म यह भी है और वह भी।

1. सदसद्भ्याम अनिर्वचनीयम्।

शाश्वतता का अर्थ काल या इतिहास का निषेध नहीं है। यह समय का रूपान्तरण है। काल शाश्वतता से निकलता है और उसी में पूर्णता को प्राप्त होता है। भगवद्गीता में शाश्वतता और काल में कोई विरोधिता नहीं है। कृष्ण के अंकन द्वारा शाश्वत और ऐतिहासिक के मध्य एकता द्योतित की गई है। ऐहिक गतिविधि का सम्बन्ध सनातन की आन्तरिकतम गम्भीरताओं के साथ है।

आत्मा सब द्वैतों से ऊपर रहती है; परन्तु जब उसे विश्व के दृष्टिकोण से देखा जाता है, तो वह अनुभवातीत विषय-वस्तु के सम्मुख खड़े अनुभवातीत कर्ता के रूप में बदल जाती है। कर्ता और विषय-वस्तु एक ही वास्तविकता के दो ध्रुव हैं। वे परस्पर असम्बद्ध नहीं हैं। वस्तु-रूपात्मकता का मूल तत्त्व, मूल प्रकृति, जो सम्पूर्ण अस्तित्व की अव्यक्त सम्भावना है, ठीक उसी प्रकार की वस्तु है, जिस प्रकार की वस्तु सृजनात्मक शब्द ब्रह्म, ईश्वर है। सनातन 'अह' अर्धसनातन 'नाह' के सम्मुख रहता है, नारायण जल में ध्यानमग्न रहता है। क्योंकि 'नाह', प्रकृति, आत्मा का एक प्रतिबिम्ब-मात्र है, इसलिए यह आत्मा के अधीन है। जब परब्रह्म में निषेधात्मकता का तत्त्व आ घुसता है, तब उसकी आन्तरिकता अस्तित्व (नाम-रूप) धारण की प्रक्रिया में प्रकट होने लगती है। मूल एकता विश्व की सम्पूर्ण गतिविधि से गर्भित हो उठती है।

विश्व की प्रक्रिया सत् और असत् के दो मूल तत्त्वों की पारस्परिक क्रिया है। परमात्मा ऊपरी सीमा है, जिसमें असत् का न्यूनतम प्रभाव है और जिसका असत् पर पूर्ण नियन्त्रण है, और भौतिक तत्त्व या प्रकृति निचली सीमा है, जिस पर सत् का प्रभाव न्यूनतम है। विश्व की सारी प्रक्रिया सर्वोच्च परमात्मा की प्रकृति पर क्रिया है। प्रकृति की कल्पना एक सकारात्मक सत्ता के रूप में की गई है, क्योंकि इसमें प्रतिरोध करने की शक्ति है। प्रतिरोधक रूप में यह बुरी है। केवल परमात्मा में पहुंचकर यह पूरी तरह से छिन्न और परास्त हो पाती है। शेष सारी सृष्टि में यह कुछ कम या अधिक रूप में प्रकाश पर आवरण डालने वाली शक्ति है।

गीता आधिविद्यक द्वैतवाद का समर्थन नहीं करती, क्योंकि असत् का मूल तत्त्व सत् पर निर्भर है। भगवान् के दर्शन के लिए असत् वास्तविकता में एक

आवश्यक महत्त्वपूर्ण वस्तु है। संसार जो कुछ है, उसका कारण तनाव है। काल और परिवर्तन का संसार पूर्णता तक पहुंचने के लिए निरन्तर प्रयत्नशील है। असत्, जो सब अपूर्णताओं के लिए ज़िम्मेदार है, संसार में एक आवश्यक तत्त्व है, क्योंकि यही वह सामग्री है, जिसमें परमात्मा के विचार मूर्त होते हैं।[1] दिव्य रूप (पुरुष) और भौतिक तत्त्व (प्रकृति) एक ही आध्यात्मिक समस्त के अंग हैं। जब सारा संसार बन्धन से मुक्त हो जाता है, जब यह निर्दोषता की स्थिति तक ऊंचा उठ जाता है, जब यह पूर्णतया आलोकित हो जाता है, तब भगवान् का प्रयोजन पूरा हो जाता है और संसार फिर अपनी मूल विशुद्ध सत् अवस्था में पहुंच जाता है, जो सब विभेदों से ऊपर है।

असत् क्यों है? पतन, या 'परम सत्' से अस्तित्वमान् (नाम-रूपमय) होने की स्थिति क्यों होती है? यह प्रश्न दूसरे शब्दों में यह पूछना है कि सत् और असत् के मध्य अविराम संघर्ष वाला यह संसार किसलिए बना है? परम सत्, एक परमात्मा, संसार के पीछे भी है, परे भी और संसार में भी है। वह साथ ही सर्वोच्च सप्राण परमात्मा भी है, जो संसार से प्रेम करता है और अपनी दया द्वारा उसका उद्धार करता है। संसार अपने क्रमिक सोपान-तन्त्र के साथ जो कुछ है, उस रूप में यह क्यों है? हम केवल इतना कह सकते हैं कि अपने-आप को इस रूप में प्रकट करना भगवान् का स्वभाव है। हम संसार के होने का कारण नहीं बतला सकते; हम केवल इसकी प्रकृति के विषय में बतला सकते हैं, जो अस्तित्वमान् होने की प्रक्रिया में सत् और असत् के बीच चल रहे संघर्ष के रूप में है। विशुद्ध सत् संसार से ऊपर है और विशुद्ध असत् निम्नतम विद्यमान वस्तु से भी नीचे है। यदि हम उससे भी नीचे जाएं, तो हम शून्य तक पहुंच जाएंगे, जो बिलकुल परम अनस्तित्व है। सच्चे अस्तित्वमान् जगत्, संसार, में हमें सत् और असत् के दो मूल तत्त्वों के बीच संघर्ष दिखाई पड़ता है।

पारस्परिक क्रिया की पहली उपज ब्रह्माण्ड है, जिसके अन्दर व्यक्त सत् की सम्पूर्णता निहित रहती है। बाद में होने वाले सब विकास उसके अन्दर

---

1. प्रॉक्लस से तुलना कीजिए, जो भौतिक तत्व को 'परमात्मा के शिशु' के रूप में मानता है, जिसे अवश्य ही आत्मा में रूपान्तरित किया जाना है।

बीज-रूप में रहते हैं। उसके अन्दर अतीत, वर्तमान और भविष्य, एक सर्वोच्च 'अब' (अधुना) में निहित रहते हैं। अर्जुन सारे विश्व-रूप को एक विशाल आकृति में देखता है। वह ब्रह्म के रूप को अस्तित्व की सम्पूर्ण सीमाओं को तोड़ते हुए, सम्पूर्ण आकाश और विश्व को व्याप्त करते हुए देखता है, जिसमें लोक जलप्रपातों की भांति बह रहे हैं।

जो लोग भगवान् को अव्यक्तिक (निर्गुण) और सम्बन्धहीन मानते हैं, वे आत्म-प्रकाशन की शक्ति समेत ईश्वर की धारणा को अज्ञान (अविद्या) का परिणाम मानते हैं।[1] विचार की वह शक्ति, जो उन रूपों को उत्पन्न करती है जो क्षणिक हैं और इसीलिए शाश्वत वास्तविकता की तुलना में अवास्तविक हैं, इन रूपों को उत्पन्न करने के कारण अविद्या कहलाती है। परन्तु अविद्या किसी इस या उस व्यक्ति का विलक्षण गुण नहीं है। यह भगवान् की आत्म-प्रकाशन की शक्ति कही जाती है। भगवान् का कथन है कि भले ही वह वस्तुतः अजन्मा है, परन्तु वह अपनी शक्ति द्वारा, आत्ममायया,[2] जन्म लेता है। माया शब्द 'मा' धातु से बना है, जिसका अर्थ है — बनाना, रचना करना और मूलतः इस शब्द का अर्थ था — रूप उत्पन्न करने की क्षमता। वह सृजनात्मक शक्ति, जिसके द्वारा परमात्मा विश्व को गढ़ता है, योगमाया कहलाती है। इस बात का कोई संकेत नहीं है कि माया द्वारा या परमात्मा मायी, की रूप गढ़ने की शक्ति द्वारा उत्पन्न किए गए रूप, घटनाएं और वस्तुएं केवल भ्रम हैं।

कभी-कभी माया को मोह का स्रोत भी बताया जाता है। "प्रकृति के इन तीन गुणों से मूढ़ होकर यह संसार मुझे नहीं पहचान पाता, जो कि मैं उन तीनों

---

1. शंकराचार्य का कथन है कि "वे नाम और रूप, जिन्हें आत्मा की प्रकृति के अज्ञान के फलस्वरूप परमेश्वर में विद्यमान समझा जाता है और जिनके विषय में यह कह पाना सम्भव नहीं है कि वे भगवान् से भिन्न हैं या अभिन्न, श्रुति और स्मृति ग्रन्थों में सर्वत्र परमेश्वर की माया, शक्ति और प्रकृति कहे गए हैं।" ब्रह्मसूत्र पर शांकर भाष्य, 2; 1, 14
2. 4, 6। "भगवान् ने अपनी योग की शक्ति का प्रयोग करके लीला करने की इच्छा की।"
भगवान् अपि रन्तुं मनश्चक्रे योगमायाम् उपाश्रितः। भागवत 10, 29, 1
दिव्य गतिविधि किसी अपने प्रयोजन को सामने रखकर प्रारम्भ नहीं की गई, क्योंकि परमात्मा तो नित्यतृप्त है। यह अनासक्ति का तत्त्व लीला शब्द के प्रयोग द्वारा स्पष्ट किया गया है। लोकवत्तु लीलाकैवल्यम्। ब्रह्मसूत्र, 2, 1, 33। राधा उपनिषद् में कहा गया है कि वह एक परमात्मा संसार की विविध गतिविधियों में सदा क्रीड़ा करता रहता है। एको देवो नित्यलीलानुरक्तः। 4, 3

गुणों से ऊपर अनश्वर हूं।"[1] माया की शक्ति के कारण हमारे अन्दर एक भ्रमित करने वाली आंशिक चेतना आ जाती है, जो वास्तविकता को देखने में असमर्थ रहती है और दृश्य तत्त्व के जगत् में रहती है। परमात्मा का वास्तविक अस्तित्व प्रकृति की क्रीड़ा और इसके गुणों द्वारा आवृत्त हो जाता है। संसार को भ्रामक इसलिए कहा जाता है, क्योंकि परमात्मा अपने-आप को अपनी सृष्टि के पीछे छिपा लेता है। संसार अपने-आप में धोखा नहीं है, अपितु यह धोखे का निमित्त बन जाता है। वास्तविकता को जानने के लिए हमें सब रूपों को छिन्न-भिन्न करके आवरण के पीछे पहुंचना होगा। यह संसार और इसके परिवर्तन परमात्मा का तिरोधान (छिप जाना) बन जाते हैं या स्रष्टा को उसकी सृष्टि द्वारा धुंधला या अदर्शनीय कर देते हैं। मनुष्य की प्रवृत्ति अपने मन को स्रष्टा की ओर प्रेरित करने के बजाय संसार के विषयों की ओर झुकने की रहती है। परमात्मा एक महान् छलिया प्रतीत होता है, क्योंकि वह इस संसार को और इन्द्रियों के विषयों को उत्पन्न करता है और हमारी इन्द्रियों को बहिर्मुख कर देता है।[2] अपने-आप को धोखा देने की प्रवृत्ति इन्द्रियों के विषयों को प्राप्त करने की इच्छा में निहित है। यह इच्छा वस्तुतः मनुष्य को परमात्मा से दूर ले जाती है। संसार की चमक-दमक हम पर अपना जादू फेर देती है और हम उससे प्राप्त होने वाले पुरस्कारों के दास बन जाते हैं। यह दुनिया या वस्तु-रूपात्मक प्रकृति या संसार पतित, दास और विजातीय है और यह कष्टों से भरा हुआ है, क्योंकि आन्तरिक सत्ता से विजातीय बन जाना कष्ट है। जब यह कहा जाता है कि 'मेरी इस दिव्य माया को जीतना बहुत कठिन है' तो इसका अर्थ यह होता है कि हम संसार और उसकी गतिविधियों को आसानी से भेदकर उनके पीछे नहीं पहुंच सकते।[3]

---

1. 7, 13। नारद पंचरात्र से तुलना कीजिए : "वह एक भगवान् सदा सबमें और प्रत्येक में रहता है। सब प्राणी उसके कर्म से ही उत्पन्न होते हैं, परन्तु वे उसकी माया द्वारा ठगे जाते हैं।" 2, 1, 22। महाभारत में कहा गया है : "हे नारद, जो तुम देखते हो, वह माया है, जिसे मैंने उत्पन्न किया है। यह मत समझो कि मेरे रचे हुए संसार में जो गुण पाए जाते हैं, वे मुझमें विद्यमान हैं।"

   माया ह्येषा मया सृष्टा यन्मां पश्यसि नारद।
   सर्वभूतगुणैर्युक्तं नैव त्वं ज्ञातुमर्हसि ॥ —शान्तिपर्व 339, 44

2. कठोपनिषद्, 4, 1
3. 7, 14; साथ ही देखिए ईशोपनिषद् 16

यहां पर हम उन विभिन्न अर्थों में अन्तर कर सकते हैं, जिनमें 'माया' शब्द का प्रयोग किया गया है, और गीता में इसका स्थान नियत कर सकते हैं। (1) यदि परम वास्तविकता संसार की घटनाओं से अप्रभावित रहती है, तो इन घटनाओं का होना एक ऐसा रहस्य बन जाता है, जिसकी व्याख्या हो ही नहीं सकती। गीता का लेखक 'माया' शब्द का प्रयोग इस अर्थ में नहीं करता, भले ही उसके विचार में यह अर्थ कितना ही निहित क्यों न रहा हो। एक आदिहीन और साथ ही अवास्तविक अविद्या की धारणा, जो इस सारे संसार की प्रकृति का कारण है, गीता के लेखक के मन में नहीं आई। (2) व्यक्तिक ईश्वर के सम्बन्ध में यह बताया गया है कि वह अपने सत् और असत् को मिलाता है। उसके अन्दर ब्रह्म की अनिवार्यता भी है और साथ ही अस्तित्वमान् होने का विकार या परिवर्तन भी है।[1] माया वह शक्ति है, जो उसे परिवर्तनशील प्रकृति को उत्पन्न करने में समर्थ बनाती है। यह ईश्वर की शक्ति या ऊर्जा या आत्मविभूति है; अपने-आप को अस्तित्वमान् बनाने की शक्ति। इस अर्थ में ईश्वर और माया परस्पराश्रित हैं, और आदिहीन हैं।[2] गीता में भगवान की इस शक्ति को माया कहा गया है।[3] (3) क्योंकि परमात्मा अपने अस्तित्व के दो तत्त्वों, प्रकृति और पुरुष, भौतिक तत्त्व और चेतना द्वारा संसार को उत्पन्न कर सकता है, इसलिए वे दोनों तत्त्व भी परमात्मा की (उच्चतर और निम्नतर) माया कहे जाते हैं।[4] (4) क्रमशः माया का अर्थ निम्नतर प्रकृति हो जाता है, क्योंकि पुरुष को तो वह बीज बताया गया है, जिसे भगवान् संसार की सृष्टि के लिए प्रकृति के गर्भ में डालता है। (5) क्योंकि यह व्यक्त जगत् वास्तविकता को मर्त्य प्राणियों की दृष्टि से छिपाता है, इसलिए इसे भी भ्रामक ढंग का बताया गया है।[5] यह संसार कोई भ्रान्ति नहीं है, यद्यपि इसे परमात्मा से असम्बद्ध केवल प्रकृति का यान्त्रिक निर्धारण समझ लेने के कारण हम इसके दैवीय तत्त्व को समझने में असमर्थ रहते हैं। तब यह भ्रान्ति का कारण बन जाता है। दैवीय माया

1. 9, 19
2. देखिए शाण्डिल्य सूत्र, 2, 13 और 15; श्वेताश्वतर उपनिषद्, 4, 10
3. 18, 61; 4, 6
4. 4, 16
5. 7, 25 और 14

अविद्या माया बन जाती है। परन्तु यह केवल हम मर्त्यों के लिए, जो सत्य तक नहीं पहुंच सकते, अविद्या माया है; परन्तु परमात्मा के लिए, जो सब-कुछ जानता है और इसका नियन्त्रण करता है, यह विद्या माया है। ऐसा लगता है कि परमात्मा माया के एक विशाल आवरण में लिपटा हुआ है।[1] (6) क्योंकि यह संसार परमात्मा का एक कार्य-मात्र है और परमात्मा इसका कारण है और क्योंकि सभी जगह कारण कार्य की अपेक्षा अधिक वास्तविक होता है, इसलिए यह संसार, जो कि कार्य-रूप है, कारण-रूप परमात्मा की अपेक्षा कम वास्तविक कहा जाता है। संसार की यह आपेक्षिक अवास्तविकता अस्तित्वमान् होने की प्रक्रिया की आत्मविरोधी प्रवृत्ति द्वारा पुष्ट हो जाती है। अनुभव के जगत् में विरोधी वस्तुओं में संघर्ष चलता रहता है और वास्तविक (ब्रह्म) सब विरोधों से ऊपर है।[2]

7. व्यक्तिक आत्मा

वास्तविकता (ब्रह्म) स्वभावत: असीम, सर्वोच्च, निष्कलुष और अपनी एकता और परम आनन्द से इस प्रकार युक्त है कि उसमें किसी विजातीय तत्त्व का प्रवेश नहीं हो सकता। विश्व की प्रक्रिया में वे द्वैत और विरोध उत्पन्न होते हैं, जो असीम और अविभक्त वास्तविकता को आंख से ओझल कर देते हैं। तैत्तिरीय उपनिषद के शब्दों में विश्व की प्रक्रिया भौतिक तत्त्व[3] (अन्न), जीवन (प्राण), मन (मनस्), बुद्धि (विज्ञान) और परम आनन्द (आनन्द) की पांच अवस्थाओं में से गुज़री है। सब वस्तुओं को जीवन की सृजनात्मक दौड़ में भाग लेने के कारण उन्हें एक आन्तरिक प्रेरणा दी गई है। मानव-प्राणी विज्ञान या बुद्धि की चौथी अवस्था में है। वह अपने कर्मों का स्वामी नहीं है। उसे उस सार्वभौम

---

1. जो माया अविद्या को उत्पन्न नहीं करती, वह सात्त्विकी माया कहलाती है। जब यह दूषित हो जाती है, तब यह अज्ञान या अविद्या को जन्म देती है। ब्रह्म जब पहले प्रकार की माया में प्रतिबिम्बित होता है, तब वह ईश्वर कहलाता है और जब वह पिछले प्रकार की माया में प्रतिफलित होता है, तो वह जीव या व्यक्तिक आत्मा कहलाता है। यह परवर्ती वेदान्त है : देखिए पंचदशी, 1, 15—17, गीता इस दृष्टिकोण से परिचित नहीं है।
2. 2, 45; 7, 28; 9, 33
3. शाब्दिक अर्थ है भोजन।

वास्तविकता का ज्ञान है, जो इस सारी योजना के पीछे कार्य कर रही है। वह भौतिक तत्त्व, जीवन और मन को जानता प्रतीत होता है। उसने एक बड़ी सीमा तक भौतिक जगत्, प्राणि जगत् और यहां तक कि मन के अस्पष्ट क्रिया-कलापों पर अधिकार कर लिया है, परन्तु अभी तक वह पूर्णतया प्रबुद्ध चेतना नहीं बन सका। जिस प्रकार भौतिक तत्त्व के बाद जीवन और जीवन के बाद मन और मन के बाद बुद्धि का स्थान आता है, उसी प्रकार बुद्धिमान् मनुष्य एक उच्चतर और दिव्य जीवन के रूप में विकसित होगा। निरन्तर अधिकाधिक आत्मवृद्धि प्रकृति की तीव्र प्रेरणा रही है। संसार के लिए परमात्मा का ध्येय या मनुष्य के लिए ब्रह्माण्डीय भवितव्यता यह है कि इसी मर्त्य शरीर द्वारा अमर महत्त्वाकांक्षा को प्राप्त किया जाए; इस भौतिक शरीर और बौद्धिक चेतना में और इसी के द्वारा दिव्य जीवन को उपलब्ध किया जाए।

ब्रह्म मनुष्य के अन्तर्तम में निवास करता है और उसे विनष्ट नहीं किया जा सकता। यह आन्तरिक ज्योति है, एक छिपा हुआ साक्षी, जो सदा बना रहता है और जो जन्म-जन्मान्तर में अनश्वर है। उसे मृत्यु, जरा या दोष छू नहीं सकते। यह जीव का, जो आत्मिक व्यष्टि है, मूल तत्त्व है। जीव परिवर्तित होता है और जन्म-जन्मान्तर में उन्नति करता जाता है और जब आत्मा का ब्रह्म के साथ पूर्ण एकत्व स्थापित हो जाता है, तब वह उस आत्मिक अवस्था में पहुंच जाता है, जो उसकी भवितव्यता है; और जब तक वह दशा नहीं आती, तब तक वह जन्म और मरण के फेर में पड़ा रहता है।

प्रत्येक प्राणी में अस्तित्व के सब रूप पाए जाते हैं, क्योंकि मानवीय रूप के सुनिर्धारित लक्षणों के नीचे भौतिकता, संगठन और पशुत्व की रूपरेखाएं विद्यमान हैं। भौतिक तत्त्व, प्राण और मन, जो इस संसार को भरे हुए हैं, हमारे अन्दर भी विद्यमान हैं। जो शक्तियां बाह्य जगत् में कार्य कर रही हैं, उनका अंश हममें भी है। हमारी बौद्धिक प्रकृति आत्मचेतना को उत्पन्न करती है और वह आत्मचेतना मानवीय व्यष्टि को प्रकृति के साथ उसकी मूल एकता से ऊपर उठा देती है। समूह के साथ मिले रहने की सहज प्रवृत्तिज भावना से उसे जो सुरक्षा अनुभव होती है, वह जाती रहती है और वह सुरक्षा की भावना फिर एक ऊंचे स्तर पर पहुंचकर अपने व्यक्तित्व को बिना गंवाए दुबारा प्राप्त की जानी है।

अपने आत्म के संघटन द्वारा संसार के साथ उसकी एकता एक सहज प्रेम और निःस्वार्थ कार्य द्वारा उपलब्ध की जानी है। प्रारम्भिक दृश्य में अर्जुन प्रकृति के संसार और समाज के सम्मुख खड़ा है और वह अपने-आप को बिलकुल अकेला अनुभव करता है। वह सामाजिक प्रमापों के सम्मुख झुककर आन्तरिक सुरक्षा प्राप्त करना नहीं चाहता। जब तक वह अपने-आप को एक क्षत्रिय के रूप में देखता है, जिसका काम लड़ना है, जब तक वह अपनी पदस्थिति और उसके कर्त्तव्यों से जकड़ा हुआ है, तब तक उसे अपने वैयक्तिक कर्म की पूरी सम्भावनाओं का पता नहीं चलता, हममें से अधिकांश लोग सामाजिक जगत् में अपने विशिष्ट स्थान को प्राप्त करके अपने जीवन को एक अर्थ प्रदान करते हैं और एक सुरक्षा की अनुभूति, एक आत्मीयता की भावना प्राप्त करते हैं। साधारणतया सीमाओं के अन्दर रहते हुए हम अपने जीवन की अभिव्यक्ति के लिए अवसर पा लेते हैं और सामाजिक दिनचर्या बन्धन अनुभव नहीं होती। व्यक्ति अभी तक उभर नहीं पाया है। वह सामाजिक माध्यम से भिन्न रूप में अपने विषय में सोच भी नहीं पाता। अर्जुन सामाजिक प्राधिकार के सम्मुख पूर्णतया विनत होकर अपनी असहायता और दुश्चिन्ता की अनुभूति पर विजय पा सकता था, परन्तु वह उसके विकास को रोकना होता। किसी भी बाह्य प्राधिकार के सम्मुख झुककर प्राप्त की गई सन्तोष और सुरक्षा की भावना आत्मा की अखण्डता के मोल पर खरीदी जाती है। आधुनिक विचारधाराओं, जैसे कि एकतन्त्रवाद, का कथन है कि व्यक्ति की रक्षा उसको समाज में लय करके ही की जा सकी है। वे यह भूल जाते हैं कि समाज का अस्तित्व केवल मानवीय व्यक्तित्व का पूर्ण विकास करने के लिए है। अर्जुन अपने-आप को सामाजिक सन्दर्भ से अलग कर लेता है; अकेला खड़ा होता है और संसार के संकटपूर्ण और असहाय बना देने वाले पहलुओं का सामना करता है। अकेलेपन और दुश्चिन्ताओं पर विजय पाने के लिए झुक जाना मानवोचित रीति नहीं है। अपनी आन्तरिक आध्यात्मिक प्रकृति का विकास करके हमें संसार के साथ एक नये प्रकार की आत्मीयता की अनुभूति होती है। हम उस स्वतन्त्रता तक ऊपर उठ जाते हैं, जहां आत्मा की अखण्डता पर आंच नहीं आती। तब हम सक्रिय सृजनशील व्यक्तियों के रूप में अपने-आप को पहचान लेते हैं और तब हम बाह्य प्राधिकार के अनुशासन के अनुसार जीवन नहीं बिताते, अपितु स्वतन्त्र

सत्यनिष्ठा के आन्तरिक नियम के अनुसार जीवन बिताते हैं।

व्यक्तिक आत्मा ईश्वर[1] का एक अंश है; भगवान् का एक काल्पनिक नहीं, अपितु वास्तविक रूप, परमात्मा का एक सीमित व्यक्त रूप। आत्मा, जो कि परमेश्वर से निकली है, भगवान् से निकास के रूप में उतनी नहीं है, जितनी कि उसके अंश के रूप में। वह अपना आदर्श उसी श्रेष्ठ मूल तत्त्व से प्राप्त करती है, जो एक पिता के रूप में है, जिसने उसे अस्तित्व प्रदान किया है। आत्मा का महत्त्वपूर्ण अस्तित्व दिव्य बुद्धि से उत्पन्न होता है और जीवन में उसकी अभिव्यक्ति उस भगवान् के दर्शन द्वारा होती है, जो भगवान् उसका पिता और उसका सदा विद्यमान साथी है। इसकी विशिष्टता उस दिव्य आदर्श और उन इन्द्रियों तथा मन के उस पूर्वापर-सम्बन्ध द्वारा निर्धारित होती है, जिन्हें यह अपने पास खींच लेती है। सार्वभौम एक सीमित मनोमय-प्राणमय-अन्नमय कोष में साकार हुआ है![2] कोई भी व्यक्ति ठीक अपने साथी जैसा नहीं है। कोई भी जीवन किसी दूसरे जीवन की पुनरावृत्ति नहीं है, फिर भी सब व्यक्ति ठीक एक ही नमूने पर बने हैं। जीव का सार, मानव-व्यक्तित्व को अन्य सबसे पृथक् करने वाली विशेषता, एक ख़ास सृजनशील एकता है, एक आन्तरिक सोद्देश्यता, एक योजना, जिसने अपने-आप को क्रमशः एक सावयव एकता के रूप में साकार किया है। जैसा हमारा उद्देश्य होता है, वैसा हमारा जीवन होता है। व्यक्ति जो भी रूप धारण करता है, वह अवश्य ही अधिलंघित हो जाता है, क्योंकि वह सदा अपने-आप से ऊपर उठने का यत्न करता है; और यह प्रक्रिया तब तक चलती रहेगी, जब तक कि अस्तित्वमानता अपने उद्देश्य सत् तक न पहुंच जाए। जीव परमात्मा के अस्तित्व में होने वाली गतियां हैं, जो व्यक्ति-रूप धारण कर चुकी हैं। जब जीव अनात्म और उसके रूपों के साथ एक मिथ्या एकात्मकता में फंस जाता है, तब वह बन्धन में पड़ जाता है; पर जब उचित ज्ञान के विकास द्वारा वह आत्म और अनात्म की सच्ची प्रकृति को हृदयंगम कर लेता है और अनात्म द्वारा उत्पन्न किए गए उपकरणों को आत्म द्वारा पूर्णतया

1. 15, 7। आत्मा के इस दिव्य तत्त्व को कई नाम दिए गए हैं—शीर्ष, भूमि, अन्ध गर्त, चिनगारी, अग्नि, आन्तरिक ज्योति।

2. 13, 21

प्रकाशित होने देता है, तब वह स्वतन्त्र हो जाता है। यह प्राप्ति बुद्धि या विज्ञान के यथोचित कार्य करते रहने द्वारा ही सम्भव है।

मनुष्य के सम्मुख जो समस्या है, वह है—उसके व्यक्तित्व के संघटन की, एक ऐसे दिव्य अस्तित्व के विकास की, जिसमें कि आत्मिक मूल तत्त्व आत्मा और शरीर की सब शक्तियों का स्वामी हो। यह संघटित जीवन आत्मा द्वारा रचा जाता है। शरीर और आत्मा के मध्य अन्तर, जो मनुष्य को प्रकृति के जीवन से जोड़े रखता है, अन्तिम नहीं है। वह अन्तर उस आमूलवादी अर्थ में विद्यमान नहीं है, जिसमें कि डैस्कार्टीज ने उसे बताया है। आत्मा का जीवन शरीर के जीवन में ठीक उसी प्रकार रमा रहता है, जैसे शारीरिक जीवन का प्रभाव आत्मा पर रहता है। मनुष्य में आत्मा और शरीर की एक सप्राण एकता है। वास्तविक द्वैत आत्मा और प्रकृति के बीच है। स्वतन्त्रता और परवशता के बीच संघटित व्यक्तित्व में, हम देखते हैं कि प्रकृति पर आत्मा की, परवशता पर स्वतन्त्रता की विजय होती है। गीता, जो इन दोनों को भगवान् के दो पहलुओं के रूप में देखती है, बताती है कि हम प्रकृति को आत्मिक बना सकते हैं और उसमें एक अन्य गुण का आधान कर सकते हैं। हमें प्रकृति को कुचलने या उसका विनाश करने की आवश्यकता नहीं है।

स्वाधीनता या नियतिवाद की समस्या का अर्थ केवल वहीं तक कुछ है, जहां तक उसका सम्बन्ध मानव-व्यक्तियों से है। यह समस्या उस परब्रह्म पर लागू नहीं होती, जो सब विरोधों से ऊपर है; और न यह वनस्पतियों और पशुओं की उन जातियों पर ही लागू होती है, जो मनुष्य से नीचे हैं। यदि मनुष्य केवल सहजवृत्ति से चलने वाला सीधा-सादा प्राणी हो, यदि उसकी इच्छाएं और उसके निर्णय केवल आनुवंशिकता और परिवेश की शक्तियों के ही परिणाम हों, तब नैतिक निर्णय बिलकुल असंगत हैं। हम सिंह को उसकी भयंकरता के कारण बुरा नहीं कहते और न मेमने की, उसकी विनम्रता के लिए, प्रशंसा ही करते हैं। मनुष्य को स्वतन्त्रता प्राप्त है।[1] जीवन के सम्पूर्ण दर्शन का वर्णन करने के बाद गुरु अर्जुन से कहता है कि उसे जैसा अच्छा जान पड़े, वैसा वह करे।[2] गीता

1. स्वतन्त्रः कर्ता। —पाणिनि

2. 18, 63

के सारे उपदेश में मनुष्य से यह अपेक्षा की गई है कि वह अच्छाई को चुने और सचेत प्रयत्न द्वारा उसे प्राप्त करे। परन्तु इस चुनाव की स्वतन्त्रता में अनेक बाधाएं भी हैं।

मनुष्य एक जटिल बहुआयामी (मल्टी-डाइमेंशनल) प्राणी है, जिसके अन्दर भौतिक तत्त्व, जीवन, चेतना, बुद्धि और दिव्य ज्योति के विभिन्न तत्त्व विद्यमान हैं। जब वह उच्चतर स्तर पर कार्य करता है, तब वह स्वतन्त्र होता है और वह अन्य तत्त्वों का उपयोग अपने प्रयोजन की पूर्ति के लिए करता है। परन्तु जब वह वस्तु-रूपात्मक प्रकृति के स्तर पर होता है, जब वह अनात्म से अपने भेद को पहचान नहीं पाता, तब वह प्रकृति के यन्त्रजात का दास बन जाता है। परन्तु जब वह मिथ्या रूप से अपने-आप को वस्तु-रूपात्मक विश्व के साथ एक समझ रहा होता है और यह अनुभव कर रहा होता है कि वह प्रकृति की आवश्यकताओं के अधीन है, उस समय भी वह एकदम हताश नहीं होता, क्योंकि अस्तित्व के सब स्तरों पर एक ही आत्मा काम कर रही होती है। भौतिक तत्त्व भी भगवान् का ही एक प्रकट रूप है। प्रकृति के निम्नतम रूपों में भी सहजता और सृजनशीलता का एक ऐसा तत्त्व विद्यमान है, जिसकी यान्त्रिक शक्तियों के रूप में व्याख्या नहीं की जा सकती। हमारे अस्तित्व के प्रत्येक स्तर की एक अपनी चेतना है, उसके अपने ऊपरी विचार हैं, अनुभूति, विचार और कर्म के उसके अपने ढंग हैं, जो आदत से बने हुए हैं। जीव को अपनी अस्पष्ट और सीमित चेतना को बनाए रखने का हठ नहीं करना चाहिए, क्योंकि वह भी इसकी वास्तविक प्रकृति का विकृत रूप है। जब हम इन्द्रियों का दमन कर देते हैं और उन्हें अपने वश में रखते हैं, तब आत्मा की शिखा उज्ज्वल और निर्मल रूप से जलने लगती है, 'जैसे वायुहीन स्थान में रखा दीपक जल रहा हो।' चेतना का प्रकाश अपने स्वाभाविक रूप में रहता है और अनुभवगम्य आत्म, जिसमें कि अनुभव के उतार-चढ़ाव चलते रहते हैं, बुद्धि द्वारा नियन्त्रित रहता है। इस बुद्धि में चेतना का प्रकाश प्रतिबिम्बित होता है। तब हम प्रकृति के इस नाटक से ऊपर उठ जाते हैं और उस वास्तविक आत्मा का दर्शन करते हैं, जिससे सृजनात्मक शक्तियां निकली हैं; हमारा सम्बन्ध उससे नहीं रहता, जिसे चलाया-फिराया जाता है और तब हम प्रकृति के हाथों में असहाय उपकरण नहीं रहते। तब हम उच्चतर जगत् के स्वतन्त्र सहभागी बन

जाते हैं, जो निम्नतर जगत् में भाग ले रहे हैं। प्रकृति नियतिवाद की व्यवस्था है, परन्तु एक रुद्ध (बन्द) व्यवस्था नहीं है। आत्मा की शक्तियां उसे प्रभावित कर सकती हैं और उसकी गति की दिशा को मोड़ सकती हैं। आत्मा का प्रत्येक कार्य सृजनात्मक कार्य है, जब कि अनात्म के सब कार्य वस्तुत: निष्क्रिय हैं। हम मूल वास्तविकता के सम्मुख, अस्तित्व की गम्भीरताओं के सम्मुख, अपने आन्तरिक जीवन में ही आते हैं। कर्म का नियम अनात्म के क्षेत्र में पूरी तरह लागू होता है, जहां प्राणिशास्त्रीय और सामाजिक आनुवंशिकता दृढ़ता से जमी हुई है। परन्तु कर्ता में स्वाधीनता की सम्भावना है; प्रकृति के नियतिवाद पर, संसार की अनिवार्यता पर विजय पाने की सम्भावना है। कर्ता मनुष्य को वस्तु-रूपात्मक मनुष्य के ऊपर विजय प्राप्त करनी चाहिए। वस्तु बाहर से भाग्य-नियत होने की द्योतक है : कर्ता का अर्थ है—स्वतन्त्रता, अनिर्धारितता। जीव अपनी आत्मसीमितता में, अपनी मनोवैज्ञानिक और सामाजिक स्वत:चालितता में सच्चे कर्ता का एक विकृत रूप है। कर्म के नियम पर आत्मा की स्वाधीनता की पुष्टि द्वारा विजय प्राप्त की जा सकती है। गीता में कई स्थानों पर[1] यह बात स्पष्ट रूप से कही गई है कि आधिदैविक और आधिभौतिक के बीच कोई आमूलत: द्वैत नहीं है। विश्व की वे शक्तियां, जिनका मनुष्य पर प्रभाव पड़ता है, निम्नतर प्रकृति की प्रतिनिधि हैं। परन्तु उसकी आत्मा प्रकृति के घेरे को तोड़ सकती है और ब्रह्म के साथ अपने सम्बन्ध को पहचान सकती है। हमारा बन्धन किसी विजातीय तत्त्व पर आश्रित रहने में है। जब हम उससे ऊपर उठ जाते हैं, तब हम अपनी प्रकृति को आध्यात्मिक के अवतार के लिए माध्यम बना सकते हैं। संघर्षों और कष्टों में से गुज़रकर मनुष्य अपनी अच्छे और बुरे में से चुनाव कर सकने की स्वतन्त्रता से ऊपर उठकर उस उच्चतर स्वतन्त्रता तक पहुंच सकता है, जो निरन्तर वरण की हुई अच्छाई में निवास करती है। मुक्ति आन्तरिक सत्ता, कर्तात्मकता, की ओर वापस लौट जाना है। बन्धन वस्तु-रूपात्मक जगत् का, आवश्यकता का, पराश्रितता का दास होना है।

न तो प्रकृति और न समाज ही हमारे आन्तरिक अस्तित्व पर हमारी अनुमति के बिना आक्रमण कर सकता है। मानव-प्राणियों के सम्बन्ध में तो

1. देखिए 7, 5

परमात्मा भी एक विलक्षण सुकुमारता के साथ कार्य करता है। वह मनाकर हमारी स्वीकृति प्राप्त करता है, परन्तु कभी हमें विवश नहीं करता। मानवीय व्यक्तियों की अपनी-अपनी अलग पृथक् सत्ताएं हैं, जो उनके विकास में परमात्मा के हस्तक्षेप को सीमित रखती हैं। संसार एक यान्त्रिक ढंग से किसी पहले से व्यवस्थित योजना को पूरा नहीं कर रहा। सृष्टि का उद्देश्य ऐसे आत्मों को उत्पन्न करना है, जो स्वेच्छा से परमात्मा की इच्छा को पूरा कर सकें। हमसे अपने मनोवेगों को नियन्त्रित करने के लिए, अपने चित्त-विक्षेप और परिभ्रान्तियों को हटा देने के लिए, प्रकृति की धारा से ऊपर उठने के लिए और बुद्धि के द्वारा अपने आचरण को नियमित करने के लिए कहा जाता है, क्योंकि अन्यथा हम उस लालसा के शिकार बन जाएंगे, "जो लालसा कि पृथ्वी पर मनुष्य की शत्रु है।"[1] गीता में व्यक्ति की भले या बुरे का चुनाव कर सकने की स्वाधीनता पर और उस ढंग पर, जिससे कि वह इस स्वतन्त्रता का प्रयोग करता है, जोर दिया गया है। मनुष्य के संघर्षों को, उसकी विफलता और आत्म-अभियोजन (दोषारोपण) की भावना को मर्त्य मन की त्रुटि कहकर या द्वन्द्वात्मक प्रक्रिया का दौर-मात्र कहकर नहीं टाल देना चाहिए। ऐसा करना जीवन की नैतिक आवश्यकता को अस्वीकार करना होगा। जब अर्जुन सनातन (भगवान्) की उपस्थिति में अपनी आतंक और भय की भावना को प्रकट करता है, जब वह क्षमा के लिए प्रार्थना करता है, तो वह कोई अभिनय नहीं कर रहा, अपितु एक संकट की दशा में से गुज़र रहा है।

प्रकृति निरपेक्ष रूप से सब बातों का निर्धारण नहीं कर देती। कर्म एक दशा है, भवितव्यता नहीं। यह किसी भी काम के पूरा होने के लिए आवश्यक पांच घटक तत्त्वों में से एक है। ये पांच घटक तत्त्व हैं—अधिष्ठान अर्थात् वह आधार या केन्द्र, जिस पर हम कार्य करते हैं; कर्ता अर्थात् करने वाला; करण अर्थात् प्रकृति के साधक उपकरण; चेष्टा अर्थात् प्रयत्न और दैव अर्थात् भाग्य।[2] इनमें से अन्तिम मानवीय शक्ति से भिन्न शक्ति या शक्तियां हैं, विश्व का वह मूल तत्त्व, जो पीछे खड़ा रहकर कार्य का संशोधन करता रहता है और कर्म और कर्मफल के रूप में उसका फल देता रहता है। हमें इन दो बातों में भेद करना

1. 3, 37; 6, 5-6

2. 18, 14

चाहिए। एक तो वह अंश है, जो प्रकृति की व्यवस्था में अनिवार्य है, जहा रोकथाम का कोई फल नहीं होता, और दूसरा वह अंश है, जिसमें प्रकृति को नियन्त्रित किया जा सकता है और उसे अपने प्रयोजन के अनुकूल ढाला जा सकता है। हमारे जीवन में ऐसी कई बातें हैं, जो ऐसी शक्तियों द्वारा निर्धारित कर दी गई हैं, जिन पर हमारा कोई बस नहीं है। हम इस बात का चुनाव नहीं कर सकते कि हम कैसे या कब या कहां या जीवन की किन दशाओं में जन्म लें। पुनर्जन्म के सिद्धान्त के अनुसार, इन बातों का चुनाव भी स्वयं हमारे द्वारा ही किया जाता है। हमारे पूर्वजन्म के कर्मों द्वारा ही हमारे पूर्वजों, हमारी आनुवंशिकता और परिवेश का निर्धारण होता है। परन्तु जब हम इस जीवन के दृष्टिकोण से देखते हैं, तो हम कह सकते हैं कि हमारी राष्ट्रिकता, जाति, माता-पिता या सामाजिक हैसियत के सम्बन्ध में हमसे कोई परामर्श नहीं किया गया था। परन्तु इन मर्यादाओं के होते हुए भी हमें चुनाव की स्वतन्त्रता है। जीवन ताश के एक खेल की तरह है। हमने खेल का आविष्कार नहीं किया और न ताश के पत्तों के नमूने ही हमने बनाए हैं। हमने इस खेल के नियम भी खुद नहीं बनाए और न हम ताश के पत्तों के बंटवारे पर ही नियन्त्रण रख सकते हैं। पत्ते हमें बांट दिए जाते हैं, चाहे वे अच्छे हों या बुरे। इस सीमा तक नियतिवाद का शासन है। परन्तु हम खेल को बढ़िया ढंग से या खराब ढग से खेल सकते हैं। हो सकता है कि एक कुशल खिलाड़ी के पास बहुत खराब पत्ते आए हों और फिर भी वह खेल में जीत जाए। यह भी सम्भव है कि एक खराब खिलाड़ी के पास अच्छे पत्ते आए हों और फिर भी वह खेल का नाश करके रख दे। हमारा जीवन परवशता और स्वतन्त्रता, दैवयोग और चुनाव का मिश्रण है। अपने चुनाव का समुचित रूप से प्रयोग करते हुए हम धीरे-धीरे सब तत्त्वों पर नियन्त्रण कर सकते हैं और प्रकृति के नियतिवाद को बिलकुल समाप्त कर सकते हैं। जहां भौतिक तत्त्व की गतियां, वनस्पतियों की वृद्धि और पशुओं के कार्य कहीं अधिक पूर्णतया नियन्त्रित रहते हैं, वहां दूसरी ओर मनुष्य में समझ है, जो उसे संसार के कार्य में विवेकपूर्वक सहयोग करने में समर्थ बनाती है। वह किन्हीं भी कार्यों को स्वीकार या अस्वीकार कर सकता है; उनके लिए अपनी सहमति दे सकता है या सहमत होने से इनकार कर सकता है। यदि वह अपने बुद्धिमत्तापूर्ण संकल्प का प्रयोग नहीं करता, तो वह अपनी मनुष्यता के प्रतिकूल आचरण कर रहा है। यदि वह अपने मनोवेगों और वासनाओं के

अनुसार अन्धा होकर कार्य करता जाता है, तो वह मनुष्य की अपेक्षा पशु की भांति अधिक आचरण कर रहा होता है। मनुष्य होने के कारण वह अपने कार्यों को उचित सिद्ध करता है।

हमारे कुछ कार्य केवल देखने में ही हमारे होते हैं। उनमें स्वत:प्रवृत्ति की भावना केवल दिखावटी होती है। कई बार हम उन प्रेरणाओं के अनुसार कार्य करते होते हैं, जो सम्मोहन की दशा में हमें दी जाती हैं। भले ही हम यह समझें कि हम उन कार्यों को सोच-समझकर, अनुभव करते हुए और अपनी इच्छा से कर रहे हैं, परन्तु सम्भव है, हम उस दशा में भी उन प्रेरणाओं को ही अभिव्यक्त कर रहे हों, जो हमें सम्मोहन की दशा में दी गई थीं। जो बात सम्मोहन की स्थिति के विषय में सत्य है, वही हमारे उन अनेक कार्यों के विषय में भी सत्य है, जो देखने में भले ही स्वत:प्रवृत्त जान पड़ते हों, परन्तु वस्तुत: वैसे नहीं होते। हम बिलकुल नई सम्मतियों को दुहरा देते हैं और यह समझते हैं कि वे हमारे अपने चिन्तन का परिणाम हैं। स्वत:प्रवृत्त कर्म कोई ऐसी बाध्यतामूलक गतिविधि नहीं है, जिसकी ओर व्यक्ति को उसके अपने एकाकीपन या असहायता द्वारा धकेल दिया गया हो। यह तो सम्पूर्ण आत्म का स्वतन्त्र कर्म है। व्यक्ति को स्वत:प्रवृत्त या सृजनात्मक गतिविधि को सम्भव बनाने के लिए अपने प्रति पारदर्शक बन जाना चाहिए और उसके अन्दर विद्यमान विभिन्न तत्त्वों का एक आधारभूत समेकन हो जाना चाहिए। यह व्यक्ति का कर्त्तव्य है कि वह अपने रजस् और तमस् पर अपनी सत्त्व प्रकृति द्वारा, जो वस्तुओं को सच्चाई और कर्म के उचित विधान की खोज में रहती है, नियन्त्रण करे। जब हम अपनी सत्त्व-प्रकृति के प्रभाव में रहकर कर्म कर रहे होते हैं, तब भी हम पूर्णतया स्वतन्त्र नहीं होते। सत्त्व-गुण भी हमें उतना ही बांधता है, जितना कि रजस् और तमस्। केवल इतना अन्तर है कि तब हमारी सत्य और पुण्य की कामनाएं अपेक्षाकृत उच्चतर होती हैं। 'अहं' की भावना तब भी कार्य कर रही होती है। हमें अपने 'अहं' से ऊपर उठना होगा और बढ़ते हुए उस सर्वोच्च आत्मा तक पहुंचना होगा, जिसकी कि अहं भी एक अभिव्यक्ति है। जब हम अपनी व्यक्तिगत सत्ता को भगवान् के साथ एक कर देते हैं, तब हम त्रिगुणात्मक प्रकृति से ऊपर उठ जाते हैं। हम त्रिगुणातीत[1] हो जाते हैं और संसार के बन्धन से मुक्त हो जाते हैं।

1. 14, 21

8. यागशास्त्र

भारतीय दार्शनिक विचार की प्रत्येक प्रणाली हमारे सम्मुख सर्वोच्च आदर्श तक पहुंचने की एक व्यावहारिक पद्धति प्रस्तुत करती है। भले ही हम प्रारम्भ विचार से करते हैं, परन्तु हमारा उद्देश्य विचार से परे निश्चायक अनुभव तक पहुंचना होता है। दार्शनिक प्रणालियां केवल आधिविद्यक सिद्धान्त ही नहीं बतलातीं, अपितु आध्यात्मिक गति-विज्ञान भी सिखाती हैं। यह कहा जा सकता है कि यदि मनुष्य ब्रह्म का ही एक अंश है, तो उसे उद्धार की उतनी आवश्यकता नहीं है, जितनी कि अपनी वास्तविक प्रकृति को पहचानने की। यदि उसे यह अनुभव होता है कि वह पापी है, जो परमात्मा से बिछुड़ गया है, तो उसे कोई ऐसी विधि बताई जाने की आवश्यकता है, जिसके द्वारा उसे यह बात याद आ जाए कि वह वस्तुतः परमात्मा का एक अंश है और इसके प्रतिकूल होने वाली कोई भी अनुभूति केवल भ्रान्ति है। यह ज्ञान बौद्धिक नहीं है, अपितु मनुष्य का अवयवभूत है। इसलिए मनुष्य की सम्पूर्ण प्रकृति का सुधार करने की आवश्यकता है। भगवद्गीता हमारे सम्मुख केवल एक अधिविद्या (ब्रह्मविद्या) ही प्रस्तुत नहीं करती, अपितु एक प्रकार का अनुशासन (योगशास्त्र) भी प्रस्तुत करती है। योग शब्द 'युज्' धातु से बना है, जिसका अर्थ है बांधना या जोड़ना। योग का अर्थ है—अपनी आत्मिक शक्तियों को एक जगह बांधना, उन्हें सन्तुलित करना और उन्हें बढ़ाना।[1] अपने व्यक्तित्व के तीव्रतम केन्द्रीकरण द्वारा अपनी ऊर्जाओं को इकट्ठा जोड़कर और सन्नद्ध करके हम संकीर्ण 'अह' से अनुभवातीत व्यक्तित्व तक पहुंचने का मार्ग बनाते हैं। आत्मा अपने-आप को अपने कारागार से बाहर खींच लाती है। कारागार से निकलकर वह बाहर खड़ी होती है और अपने आन्तरिकतम अस्तित्व तक पहुंच जाती है।

गीता हमारे सम्मुख एक सर्वांग-सम्पूर्ण योगशास्त्र प्रस्तुत करती है, जो विशाल, लचकीला और अनेक पहलुओं वाला है; जिसमें आत्मा के विकास और ब्रह्म तक पहुंचने के विविध दौर सम्मिलित हैं। विभिन्न प्रकार के योग उस आन्तरिक अनुशासन के विशिष्ट प्रयोग हैं, जो आत्मा की स्वतन्त्रता और एकता

---

1. इसका प्रयोग विभिन्न अर्थों में होता है : (क) युज्यते एतद् इति योगः, (ख) युज्यते अनेन इति योगः, (ग) युज्यते तस्मिन् इति योगः।

के एक नये ज्ञान और मनुष्य-जाति के एक नये अर्थ तक ले जाता है। इस अनुशासन से सम्बद्ध प्रत्येक वस्तु योग कहलाती है, जैसे ज्ञानयोग अर्थात् ज्ञान का मार्ग; भक्तियोग अर्थात् भक्ति का मार्ग, या कर्मयोग अर्थात् कर्म का मार्ग।

मानवीय स्तर पर पूर्णता प्राप्त करना एक ऐसा कार्य है, जो सचेत प्रयत्न द्वारा पूरा किया जाना है। हमारे अन्दर कार्य कर रही परमात्मा की मूर्ति हममें एक अपर्याप्तता की भावना उत्पन्न करती है। मनुष्य को एक यह भावना सताने लगती है कि सारी मानवीय प्रसन्नता दिखावटी, क्षणिक और अनिश्चित है। जो लोग केवल जीवन की ऊपरी सतह पर ही जीते हैं, हो सकता है, उन्हें यह बेचैनी, यह आत्मा की तड़प अनुभव न होती हो और उनमें यह खोजने की इच्छा न जागती हो कि उनका सच्चा हित किस बात में है। वे मानवीय पशु (पुरुषपशु) हैं; और पशुओं की भांति वे पैदा होते हैं, बड़े होते हैं, मैथुन करते हैं और अपनी सन्तान छोड़ जाते हैं और खुद मर जाते हैं। परन्तु जो लोग मनुष्य के रूप में अपने गौरव को अनुभव करते हैं, वे इस बेसुरेपन को तीव्रता से अनुभव करते हैं और समस्वरता और शान्ति के सिद्धान्त की खोज करते हैं।

अर्जुन उस प्रकार की मानवीय आत्मा का प्रतिनिधि है, जो पूर्णता और शान्ति तक पहुंचने की खोज कर रही है। परन्तु प्रारम्भिक अनुभाग में हम देखते हैं कि उसका मन आच्छन्न है; उसके विश्वास अनिश्चित हैं और उसकी सम्पूर्ण चेतना परिभ्रान्तिग्रस्त है। जीवन की दुश्चिन्ताएं तीव्र चुभन के साथ उसे स्पर्श करती हैं। प्रत्येक व्यक्ति के जीवन में कभी-न-कभी ऐसा समय आता है, (क्योंकि प्रकृति को किसी बात की जल्दी नहीं है) जबकि वह जो कुछ भी अपने लिए कर सकता है, वह सब विफल रहता है; जब वह घोर अन्धकार के गर्त में डूबता जाता है; एक ऐसा समय, जबकि वह प्रकाश की झलक के लिए, ब्रह्म के एक संकेत के लिए अपना सर्वस्व दे देने को तैयार हो जाए। जब वह सन्देहों, निषेधों, जीवन के विद्वेष और घनी निराशा द्वारा आक्रान्त होता है, तब वह उनसे केवल तभी मुक्ति पा सकता है, जब परमात्मा उस पर अपना हाथ रख दे। यदि उस दिव्य सत्य तक, जहां पहुंचने की सारी मानव-जाति को छूट है, केवल थोड़े-से ही लोग पहुंच पाते हैं, तो इससे यह प्रकट होता है कि केवल थोड़े-से लोग ही उसकी क़ीमत देने के लिए तैयार हैं। अपर्याप्तता,

वन्ध्यता और क्षुद्रता की भावना उस पूर्णता की क्रिया के कारण है, उस रहस्य के कारण, जो सारी सृष्टि के हृदय में छिपा हुआ है। परमात्मा को खोजने की अदृश्य प्रेरणा एक इस प्रकार की व्यथा उत्पन्न करती है, जो वीरतापूर्ण आदर्शवाद और मानवीय परिपूर्णता को जगाती है। हमारे अन्दर विद्यमान परमात्मा की मूर्ति अपने-आप को आत्म-अनुभवातीतता की[1] असीम क्षमता के रूप में प्रकट करती है।

9. ज्ञान और रक्षा करने वाला ज्ञान

पूर्णता का लक्ष्य किस प्रकार प्राप्त किया जाए? संसार एक ऐतिहासिक अस्तित्वमानता है। यह एक दशा से अगली दशा की ओर होने वाले परिवर्तनों की अस्थायी परम्परा है। जो चीज़ सारे संसार को चला रही है, वह कर्म ही है। यदि संसार ज्वार और भाटे के सिवाय निरन्तर अस्तित्वमानता के सिवाय और कुछ नहीं है, तो यह कर्म के कारण ही है। मानवीय स्तर पर कर्म इच्छा या राग अर्थात् काम के कारण किया जाता है। इच्छा का मूल कारण अविद्या या वस्तुओं की प्रकृति के विषय में अज्ञान है। इच्छा का मूल व्यक्ति की आत्मनिर्भरता के अज्ञानपूर्ण विश्वास में और व्यक्ति पर वास्तविकता और स्थायित्व की उपाधि थोप देने में निहित है। जब तक अज्ञान बना हुआ है, तब तक अस्तित्वमानता (नाम-रूप) के दुश्चक्र से बच पाना सम्भव नहीं। हम इच्छाओं का इलाज और नई इच्छाओं द्वारा नहीं कर सकते। हम कर्म का इलाज और अधिक कर्म द्वारा नहीं कर सकते। शाश्वत को ऐसी वस्तु द्वारा, जो क्षणस्थायी है,[2] प्राप्त नहीं किया जा सकता। चाहे हम अच्छी इच्छाओं के बन्धन में बंधे हों या बुरी इच्छाओं के बन्धन में, बन्धन तो दोनों ही हैं। इससे क्या

1. "मानवीय मन में एक ऐसा तत्त्व रखा हुआ है, जो विशुद्ध है; जिसके विभिन्न देशों और कालों में विभिन्न नाम रहे हैं; परन्तु यह विशुद्ध है और परमात्मा से निकला है। यह गम्भीर है और आन्तरिक है। यह किसी धर्म के रूपों तक सीमित नहीं है और न धर्म के उन किन्हीं रूपों से निष्कासित ही है, जिनमें कि हृदय पूर्ण निष्ठा में स्थित रहता है। यह मूल तत्त्व जिन-जिनके भी हृदय में जड़ें जमा लेता है और बढ़ता जाता है, वे चाहे किसी भी राष्ट्र के क्यों न हों, सच्चे अर्थों में बन्धु बन जाते हैं।" —जॉन वूलमैन, अमेरिकन क्वेकर सन्त।
2. कठोपनिषद्, 2, 10

अन्तर पड़ता है कि जिन ज़ंजीरों में हम बंधे हैं, वे सोने की हैं या लोहे की? बन्धन से छुटकारा पाने के लिए हमें अज्ञान से छुटकारा पाना होगा। यह अज्ञान ही अज्ञानपूर्ण इच्छाओं और इस प्रकार अज्ञानपूर्ण कर्मों का जनक है। विद्या या ज्ञान का अर्थ है—अविद्या, काम, कर्म की शृंखलाओं से मुक्ति।

ज्ञान का घपला सैद्धान्तिक अध्ययन या सही विश्वासों से नहीं कर दिया जाना चाहिए, क्योंकि अज्ञान कोई बौद्धिक भूल नहीं है। अज्ञान तो आध्यात्मिक अन्धता है। इसे हटाने के लिए हमें आत्मा की मलिनता को स्वच्छ करना होगा और आध्यात्मिक दृष्टि को जगाना होगा। वासना की आग और लालसाओं के कोलाहल का दमन करना होगा।[1] अस्थिर और चंचल चित्त को इस प्रकार स्थिर करना होगा कि जिससे उसमें ऊपर से आने वाला ज्ञान प्रतिबिम्बित हो सके। हमें इन्द्रियों को नियन्त्रण में रखना होगा; एक ऐसी श्रद्धा प्राप्त करनी होगी, जो बौद्धिक सन्देहों से विचलित न हो सके; और बुद्धि को प्रशिक्षित करना होगा।[2]

ज्ञान एक प्रत्यक्ष अनुभव है, जो उसकी प्राप्ति के मार्ग में विद्यमान बाधाओं के हटते ही स्वयं प्राप्त हो जाता है। जिज्ञासु का प्रयत्न यह होना चाहिए कि उन बाधाओं को हटा दिया जाए; अविद्या की आवरण डालने वाली प्रवृत्तियों को दूर कर दिया जाए। अद्वैत वेदान्त के अनुसार, यह ज्ञान सदा विद्यमान रहता है। यह कोई ऐसी वस्तु नहीं, जिसे कहीं से प्राप्त किया जाना हो। इसे तो केवल प्रकट-भर किया जाना है। हमारे अनियत ज्ञान, जो हमारी इच्छाओं और संस्कारों द्वारा समर्थित होते हैं, वास्तविकता को प्रकट नहीं करते। मन और संकल्प की पूर्ण निःशब्दता, अहंकार का रिक्तीकरण उस प्रकाश, ज्ञान या आलोक को उत्पन्न करता है, जिसके द्वारा हम बढ़ते-बढ़ते अपने सच्चे अस्तित्व तक पहुंच जाते हैं।[3] यह शाश्वत जीवन है, हमारी प्रेम और ज्ञान की क्षमताओं का सम्पूर्ण

1. 4, 39
2. 2, 44
3. स्वरूप-ज्ञान या चेतना-रूप में ब्रह्म सदा विद्यमान रहता है। अद्वैत वेदान्त के अनुसार, इसकी निरन्तर विद्यमानता अज्ञान को दूर नहीं करती। उल्टे यह इसे प्रकट करती है। साक्षात्कार के रूप में ज्ञान एक वृत्ति है और इस तरह अन्य किसी भी प्रकार के ज्ञान की भांति ही एक कार्य (प्रभाव) है।

परिपूरण; बोइथियस के शब्दों में, "एक ही क्षण में, असीम जीवन की बिलकुल एक-साथ और पूर्ण प्राप्ति।"

ज्ञान और अज्ञान प्रकाश और अन्धकार की भांति एक-दूसरे के विरोधी हैं। जब ज्ञान का उदय होता है, तब अज्ञान मर जाता है और बुराई की जड़ ही कट जाती है। मुक्त आत्मा संसार को जीत लेती है। कोई ऐसी वस्तु नहीं बचती, जिसे जीतना शेष हो या सृजन करना शेष हो। तब कर्म-बन्धन नहीं रहता। जब हम इस ज्ञान तक पहुंच जाते हैं, तब हम भगवान् में जीने लगते हैं।[1] यह चेतना कोई अव्यक्त चेतना नहीं है। यह वह है, "जिसके द्वारा तू निरपवाद रूप से सब अस्तित्वों को आत्मा के अन्दर और उसके बाद मुझमें देखेगा।" सच्चा मानव-प्राणी पूर्णता के इस आदर्श को प्राप्त करने के लिए वैसा ही निष्ठावान् रहता है, जैसी निष्ठा वह किसी ऐसी स्त्री के प्रति दिखाता है, जिसे वह प्रेम करता है।[2]

10. ज्ञानमार्ग

हमारे लिए पूर्णता के लक्ष्य तक पहुंचने के, रक्षक सत्य को प्राप्त करने के तीन विभिन्न मार्ग हैं। वे हैं वास्तविकता का ज्ञान या भगवान् की उपासना और भक्ति या अपने संकल्प को दिव्य प्रयोजन के अधीन कर देना (कर्म)। इन तीनों में अन्तर इस आधार पर किया गया है कि इनमें अलग-अलग सैद्धान्तिक, भावनात्मक और व्यावहारिक पक्ष पर बल दिया गया है। मनुष्य विभिन्न प्रकारों के होते हैं : चिन्तनशील, भावुक या सक्रिय। परन्तु वे ऐकान्तिक रूप से इनमें से किसी एक ही प्रकार के नहीं होते। अन्त में जाकर ज्ञान, भक्ति और कर्म परस्पर मिल जाते हैं। परमात्मा अपने-आप में सत्, चित् और आनन्द, अर्थात् वास्तविक, सत्य और परम आनन्दमय है। जो लोग ज्ञान की खोज करते हैं, उनके लिए वह शाश्वत प्रकाश है, मध्याह्न के सूर्य की भांति उज्ज्वल और देदीप्यमान, जिसमें अन्धकार का नाम भी नहीं है; जो पुण्य पाने के लिए संघर्ष कर रहे हैं, उनके लिए वह शाश्वत पवित्रता है, स्थिर और समदर्शी; जो लोग

---

1. 5, 20
2. मुक्तिकान्ता।

भावुक प्रकृति के हैं, उनके लिए वह शाश्वत प्रेम और पावनता का सौन्दर्य है। जिस प्रकार परमात्मा में ये तत्त्व आश्रित रहते हैं, उसी प्रकार मनुष्य भी आत्मा के समग्र जीवन को उद्देश्य बनाकर चलता है। भले ही तार्किक दृष्टि से ज्ञान, संकल्प और अनुभूति में अन्तर किया जा सके, परन्तु वास्तविक जीवन में और मन की एकता में इन तीनों में वस्तुतः अन्तर नहीं किया जा सकता। वे आत्मा की एक ही गति के विभिन्न पहलू हैं।[1]

पूर्णता तक पहुंचने के लिए बौद्धिक मार्ग के रूप में ज्ञान आध्यात्मिक ज्ञान के रूप में ज्ञान से भिन्न वस्तु है। वास्तविक (ब्रह्म) का आत्मिक ज्ञान सेवा या भक्ति का, या इस दृष्टि से ज्ञान का कार्य नहीं है, भले ही ये कार्य उसकी ओर ले जाने में कितने ही सहायक क्यों न हों। क्योंकि पूर्णता के लक्ष्य और उसकी ओर जाने वाले मार्ग, दोनों के लिए ही 'ज्ञान' शब्द का प्रयोग हुआ है, इसलिए कुछ लोग यह सोचने लगे हैं कि उस लक्ष्य तक पहुंचने की अन्य पद्धतियों की अपेक्षा बौद्धिक मार्ग अधिक उत्कृष्ट है।

विशुद्ध और लोकातीत ज्ञान वैज्ञानिक ज्ञान से भिन्न वस्तु है, हालांकि वह इससे एकदम पृथक् नहीं है। प्रत्येक विज्ञान अपने-अपने ढंग से एक विशिष्ट वस्तु-व्यवस्था में उस उच्चतर अपरिवर्तनीय सत्य के प्रतिबिम्ब को व्यक्त

---

1. प्लौटिनस से तुलना कीजिए : "ऐसे विभिन्न मार्ग हैं, जिनके द्वारा यह (आध्यात्मिक ज्ञान का) लक्ष्य प्राप्त किया जा सकता है; सौन्दर्य का प्रेम, जो कवि को प्रेरणा देता है; किसी के प्रति भक्ति और ज्ञान का वह आरोहण, जो किसी दार्शनिक की महत्त्वाकांक्षा होता है; वह प्रेम और वे प्रार्थनाएं, जिनके साथ कोई श्रद्धालु और प्रेमी आत्मा अपनी नैतिक पवित्रता को पूर्णता की ओर ले जाती है। ये हैं वे महान् मार्ग, जो वास्तविक और विशिष्ट से ऊपर हमें उस ऊंचाई तक ले जाते हैं, जहां पहुंचकर हम असीम के निकट सान्निध्य में खड़े हो जाते हैं, जो इस प्रकार चमकता है, मानो आत्मा की गहराइयों में से चमक रहा हो।"—फ़्लैक्स के नाम पत्र।
मधुसूदन का मत है कि पूर्ण भगवान् तक पहुंचने के लिए, जो सत्, चित् और आनन्द रूप है, वेदों के तीन अनुभाग हैं, जिनमें कर्म, उपासना और ज्ञान के सम्बन्ध में बताया गया है। इसी प्रकार ये तीन अनुभाग गीता के अट्ठारह अध्यायों में भी रखे गए हैं।

सच्चिदानन्दरूपं तत् पूर्णं विष्णोः परं पदम्,
यत्प्राप्तये समारब्धा वेदाः काण्डत्रयात्मिकाः।
कर्मोपास्तिस्तथा ज्ञानमिति काण्डत्रयं क्रमात्,
तद्रूपाऽष्टादशाध्यायैर्गीता काण्डत्रयात्मिका ॥

करता है, जिसका प्रत्येक वास्तविक वस्तु आवश्यक रूप से अंग है। वैज्ञानिक या विभेदात्मक ज्ञान हमें उच्चतर ज्ञान के लिए तैयार करता है। विज्ञान के आंशिक सत्य आत्मा के सम्पूर्ण सत्य से भिन्न हैं। वैज्ञानिक ज्ञान इसलिए उपयोगी है, क्योंकि यह मन को कष्ट देने वाले अन्धकार को दूर करता है और यह अपने संसार की अपूर्णता को भली भांति दिखा देता है और मन को एक ऐसी वस्तु के लिए तैयार करता है, जो स्वयं इससे ऊपर है। सत्य को जानने के लिए हमें आत्मा के रूपान्तरण की, आध्यात्मिक दृष्टि के विकास की आवश्यकता होती है। अपनी साधारण आंखों से अर्जुन सत्य को नहीं देख पाया, इसलिए उसे दिव्य दृष्टि प्रदान की गई।

अस्तित्व के उच्चतर स्तरों पर आरोहण, उच्चतर आत्मा को प्राप्त करने के लिए अपना विलोप जिज्ञासा द्वारा अथवा ज्ञान की निष्काम लालसा द्वारा किया जा सकता है। यह जिज्ञासा मनुष्य को उसकी संकीर्ण सीमाओं से ऊपर उठा देती है और अस्तित्व के सार्वभौम सिद्धान्तों के चिन्तन में उसे आत्मविस्मृत बना देती है। अधिकार या यश के लिए ज्ञान प्राप्त करने की साधना हमें उतनी दूर नहीं ले जाती। यह साधना सत्य को प्राप्त करने के लिए की जानी चाहिए।

गीता में जिस आधिविद्यक विश्वास को स्वीकृत किया गया है, वह सांख्यदर्शन ही है, जिसमें कुछ आधारभूत हेर-फेर कर दिए गए हैं। परमात्मा में गम्भीर निष्ठा और मुक्ति में विश्वास के लिए तीन वस्तुओं को मानने की आवश्यकता होती है; एक तो आत्मा, जिसको मुक्त किया जाना है; दूसरे वह बेड़ी, जो उस आत्मा को बांधे हुए है और जिससे उसे मुक्त किया जाना है; और तीसरे परमात्मा, वह सत्ता जो हमें इस बन्धन से मुक्त करती है। सांख्यदर्शन में पुरुष (आत्म) और प्रकृति (अनात्म) के बीच द्वैत को स्पष्ट किया गया है। गीता में इन दोनों को परमात्मा के अधीन बताया गया है। आत्माएं अनेक हैं और वे सदा पृथक् रहती हैं। आत्मचेतन जीवन के सब परिवर्तनों के पीछे विद्यमान स्थायी सत्ता है। यह आत्म सामान्य अर्थों में प्रयुक्त आत्मा नहीं है, अपितु वह विशुद्ध, निष्क्रिय, स्वतःप्रकाशित मूल तत्त्व है, जो न तो संसार से निकला है, न संसार पर निर्भर है और न जिसका निर्धारण ही संसार द्वारा किया जाता है। यह अद्वितीय और अखण्ड है। मनुष्य आत्म नहीं है, अपितु आत्म उसमें है और

मनुष्य आत्म बन सकता है। अनात्म या प्रकृति का एक और परम मूल तत्त्व है, जिसकी कल्पना इस रूप में की गई है कि वह पहले अविभक्त भौतिक तत्त्व के रूप में थां, जिसमें उसके सब घटक तत्त्व साम्यावस्था में थे। उस दशा में यह अव्यक्त थी। सब मानसिक और भौतिक तत्त्वों की व्याख्या प्रकृति के विकास के परिणामों के रूप में की गई है। प्रकृति में तीन गुण हैं। गुण का शब्दार्थ होता है—रस्सी के धागे। ये गुण विभिन्न अनुपातों में प्रकट होकर विभिन्न प्रकार की वास्तविक सत्ताओं को उत्पन्न करते हैं। भौतिक तत्त्व के प्रसंग में ये तीन गुण हल्कापन (सत्त्व), गति (रजस्) और भारीपन (तमस्) के रूप में कार्य करते हैं। मानसिक तत्त्व के रूप में वे क्रमशः अच्छाई, आवेश और मूढ़ता के रूप में कार्य करते हैं। जब आत्म यह अनुभव कर लेता है कि वह प्रकृति के साथ सब प्रकार के सम्पर्क से रहित हो गया है, तो वह मुक्त हो जाता है। गीता इस व्याख्या को इस आधारभूत परिवर्तन के साथ स्वीकार करती है कि सांख्य में बताए गए पुरुष और प्रकृति, जिनमें कि द्वैत है, परम मूल तत्त्व परमात्मा के ही स्वभाव हैं।

बुराई गुणों के बन्धन में फंसने के कारण उत्पन्न होती है। यह इसलिए पैदा होती है, क्योंकि प्रकृति में जिस जीवन के बीज या आत्मा को डाला जाता है, वह गुणों के बन्धन में पड़ जाता है। किसी एक या अन्य गुण की प्रबलता के अनुसार आत्मा का उत्थान या पतन होता है। जब हम आत्म को प्रकृति और उसके गुणों से पृथक् पहचान लेते हैं, तब हम मुक्त हो जाते हैं। आधिविद्यक ज्ञान[1] योग अर्थात् एकाग्रीकरण की पद्धति द्वारा अनुभव[2] में रूपान्तरित हो जाता है। बहुत प्राचीन काल से ही 'योग' शब्द का प्रयोग कुछ एक विशिष्ट प्रकार के अभ्यासों और अनुभवों का वर्णन करने के लिए होता रहा है, जिन्हें बाद में ज्ञान, भक्ति और कर्म के विभिन्न सम्प्रदायों की शिक्षाओं के अनुसार ढाल लिया गया। इनमें से प्रत्येक ध्यानयोग या चिन्तन की पद्धति के अभ्यास का प्रयोग करता है। योग, पतंजलि के मतानुसार, मन की गतिविधियों का दमन है।[3] मैत्री

---

1. परोक्ष ज्ञान।
2. अपरोक्ष ब्रह्म-साक्षात्कार।
3. योगश्चित्तवृत्तिनिरोधः।

उपनिषद् का कथन है : "जैसे ईंधन न मिलने पर आग चूल्हे में पड़ी-पड़ी बुझ जाती है, उसी प्रकार जब मन की गतिविधियों का दमन कर दिया जाता है (वृत्तिक्षयात्), तब चित्त अपने स्थान पर पड़ा-पड़ा ही बुझ जाता है।"[1] हम अत्यन्त प्रबल संकल्प के प्रयोग द्वारा ही विचारों के कोलाहल और इच्छाओं के उत्पात का दमन करने में समर्थ हो सकते हैं। योगी से कहा जाता है कि वह निरन्तर कर्म द्वारा इस संयम को प्राप्त करे।[2] मनुष्य अपने अस्तित्व के केवल एक अंश को, अपनी ऊपरी सतह की मनोवृत्ति को ही जानता है। इस सतह के नीचे भी बहुत कुछ है, जिसे वह बिलकुल नहीं जानता, हालांकि उस नीचे वाली वस्तु का उसके आचरण पर अनेक रूपों में प्रभाव पड़ता है। कभी-कभी हम पूर्णतया अपने मनोवेगों के, सहज वृत्ति के और अस्वैच्छिक प्रतिक्रियाओं के वशीभूत हो जाते हैं, जो सचेत विवेक के नियम को उलट देती हैं। पागल व्यक्ति जहां इन मनोवेगों के पूर्णतया अधीन होता है, वहां हममें से अनेक भी उनके प्रभाव के वशवर्ती होते हैं, हालांकि सामान्य व्यक्तियों में इस प्रकार की दशाएं अस्थायी होती हैं। प्रेम या विद्वेष की प्रबल भावना के आवेश में हम ऐसी बातें कह या कर जाते हैं, जिनके बारे में जब हम बाद में अपने आपे में आते हैं, तब हमें पश्चात्ताप होता है। हमारी भाषा 'वह आपे से बाहर हो गया', 'वह अपने आप को भुला बैठा', 'वह तो मानो वह ही नहीं रहा', पुरातन दृष्टिकोणों की इस सचाई का संकेत करती है कि जो मनुष्य किसी तीव्र भावना से अभिभूत रहता है, उसमें कोई शैतान या भूत आ घुसा होता है।[3] जब तीव्र मनोवेग जाग उठते हैं, तब हम अधिकाधिक उद्दीप्य हो जाते हैं और सब प्रकार के असंयत विचार हम पर हावी हो जाते हैं। साधारणतया अचेतन चेतन के साथ सहयोग करता है और हमें कभी इस बात का सन्देह तक नहीं होता कि अचेतन विद्यमान भी है। परन्तु अगर हम अपने मूल सहज-वृत्तिजन्य नमूने के मार्ग से हट जाते हैं, तब हमें अचेतन की पूरी शक्ति का अनुभव होता है। जब तक व्यक्ति पूरी

1. 6, 34। चित्तं स्वयोनौ उपशाम्यते।
2. निर्विकारेण कर्मणा। हरिवंश, 11, 736
3. "आकर्षण, मुग्धता, अपने-आप को खो बैठना, अधिकार करना और इसी प्रकार अन्य भावनाएं अचेतन तत्त्वों द्वारा चेतना के विषंग (संग से पृथक् करना), नियन्त्रण और दमन के तत्त्व हैं।"—जुंग : इण्टैग्रेशन ऑफ़ पर्सनैलिटी, अंग्रेज़ी अनुवाद (1940), पृ. 12

तरह आत्मसजग न हो जाए, तब तक वह अपने जीवन का स्वामी नहीं बन सकता। इसके अलावा, शरीर, प्राण और मन का समेकन किया जाना चाहिए। वस्तुतः आत्मचेतन प्राणी के रूप में मनुष्य को अपने अन्दर विद्यमान गम्भीरतर विरोधों का ज्ञान है। वह सामान्यतया कामचलाऊ-से समझौते कर लेता है और अनिश्चित जीवन बिताता है। परन्तु जब तक उसकी बहुपक्षीय सम्भावनाओं में एक पूर्ण समस्वरता, एक सांग सन्तुलन न हो जाए, तब तक वह पूरी तरह अपना स्वामी नहीं है। जब तक वह लालसाओं का वशवर्ती है, जैसे कि अर्जुन था, तब तक समेकन की प्रक्रिया कभी पूरी नहीं हो सकती। एक बढ़ते हुए व्यक्तित्व के लिए अविराम देख-रेख और संभाल की आवश्यकता है। संकल्प की शुद्धता के विकास द्वारा सांसारिक वस्तुओं के प्रति वासनाएं मर जाती हैं और मन में एक ऐसी शान्ति उत्पन्न हो जाती है, जिससे एक आन्तरिक निःशब्दता पैदा होती है, जिसमें आत्मा उस सनातन के साथ अपना सम्पर्क स्थापित करने लगती है, जिससे वह पृथक् हो गई है और अन्तर्वासी परमात्मा की उपस्थिति का अनुभव करने लगती है। इस निःशब्दता में, जो पार्थिव संघर्षों के बाद आत्मा का विश्राम है, अन्तर्दृष्टि उत्पन्न होती है और मनुष्य वह बन जाता है, जो कि वह वस्तुतः है।

हमारी चेतना जब शरीर के साथ जुड़ जाती है, तब वह इन्द्रियों द्वारा बाह्य संसार के नियन्त्रण के कार्य को पूरा करने के लिए बहिर्मुखी हो जाती है; अपनी बहिर्मुखी क्रियाओं में यह इन्द्रिय-ग्राह्य वस्तुओं का ज्ञान प्राप्त करने के लिए धारणाओं का उपयोग करती है; अन्तर्मुखी होने पर यह साधारणतया आत्म का अनुमान-सिद्ध ज्ञान उन कार्यों द्वारा प्राप्त करती है, जो इस अर्थ में तुरन्त जान लिए जाते हैं कि जानी गई वस्तुएं स्वयं ज्ञान के सिवाय किसी अन्य माध्यम द्वारा नहीं जानी जातीं। इस सबसे हमें यह पता नहीं चलता कि आत्म अपने मूल स्वरूप में क्या है। हम यह तो जान जाते हैं कि आत्म किस तत्त्व का बना है, परन्तु स्वयं आत्म को नहीं जान पाते। आत्म का अस्तित्वात्मक अनुभव प्राप्त करने के लिए हमें वस्तुओं की उस बाह्य और आन्तरिक विविधता से मुक्त होना होगा, जो आत्म के सार के प्रत्यक्ष या अन्तःस्फुरणात्मक दर्शन में बाधक है और उसे रोकती है। साधारणतया बाह्य और आन्तरिक प्रातिभासिक जगत् ही रंगमंच को घेरे रहता है और आत्म अपने सार के रूप में पहचाना नहीं जाता। हम

अपने-आप को मनोवैज्ञानिक रूप से जितना अस्पष्ट करते जाते हैं अर्थात् अन्तर्निरीक्षण या मनन द्वारा अपने-आप को अस्पष्ट करते जाते हैं, उतना ही अधिक हम आत्म की प्रातिभासिक अभिव्यक्तियों के सम्पर्क में आते जाते हैं। यदि हमें अपने अन्दर विद्यमान सर्वोच्च आत्म को देखना हो, तो हमें एक भिन्न प्रकार की साधना अपनानी चाहिए। हमें दृश्यमान वस्तुओं को एक ओर हटा देना चाहिए; हमें अपनी प्रकृति के रुझान के विरुद्ध चलना चाहिए; अपने-आप को नग्न-रूप में देखना चाहिए; प्रतीयमान अहंकार से बचना चाहिए और विशुद्ध कर्तात्मकता, परम आत्म के गम्भीर गर्त तक पहुंचना चाहिए।

भगवद्गीता में हमें बताया गया है कि किस प्रकार साधक उपभोग और संयम की शारीरिक अतियों से दूर रहता है; वह किसी ऐसे स्थान पर जाता है, जहां बाहर की वस्तुओं के कारण ध्यान न बंटे। वह कोई सुविधाजनक आसन लगाकर बैठता है; अपने श्वास को नियमित करता है; अपने मन को किसी एक बिन्दु पर एकाग्र करता है और इस प्रकार समस्वरतायुक्त (युक्त) बन जाता है और कर्म के फल की सब इच्छाओं से अनासक्त हो जाता है। जब वह इस एकता को प्राप्त कर लेता है, तब वह अपने सब साथी-प्राणियों के साथ एक पूर्ण सहृदयता अनुभव करने लगता है। इसलिए नहीं कि ऐसा करना उसका कर्त्तव्य है, अपितु इसलिए कि उसे उन सबके प्रति सहानुभूति और प्रेम का अनुभव होने लगता है। हमारे सम्मुख गौतम बुद्ध का उदाहरण है, जो सबसे महान् ज्ञानी या ऋषि था और जिसके मानवता के प्रति प्रेम ने उसे चालीस वर्ष तक मानव-जाति की सेवा में लगाए रखा। सत्य को जानने का अर्थ है—अपने हृदय को भगवान् तक ऊपर उठाना और उसकी स्तुति करना। ज्ञानी ही भक्त भी होता है और भक्तों में सर्वश्रेष्ठ होता है।[1]

योग का विधिवत् अभ्यास करने का परिणाम गौण रूप से यह भी होता है कि साधक को अलौकिक शक्तियां प्राप्त हो जाती हैं; परन्तु इन शक्तियों को प्राप्त करने के लिए योगाभ्यास करना व्यर्थ और बेकार है। बहुधा इसका परिणाम स्नायुरोग और विफलता होता है। आध्यात्मिक जीवन के साधक को यह चेतावनी दी जाती है कि वह अलौकिक शक्तियों के आकर्षण में न फंसे। इन शक्तियों

1. 6, 17

से हमारी सांसारिक उन्नति भले हो जाए, परन्तु वे साधुता की ओर नहीं ले जातीं। आध्यात्मिक दृष्टि से ये निरर्थक और असंगत हैं। गुप्त विद्याओं को जानने वाले व्यक्ति में, जो भौतिक क्षेत्र से ऊपर की वस्तुओं को देखने में समर्थ हो जाता है, कुछ ऐसी क्षमताएं विकसित हो जाती हैं, जिनके कारण वह सामान्य मानव-प्राणियों से ऊपर उठ जाता है; ठीक उसी प्रकार, जैसे आधुनिक तकनीक विज्ञान के जानने वाले लोग पुराने ज़माने के किसानों की अपेक्षा अधिक साधन-सम्पन्न होते हैं। परन्तु उसकी यह प्रगति बाह्य दिशा में होती है और आत्मा को अन्तर्मुख करने की ओर नहीं होती। योग का अभ्यास सत्य को प्राप्त करने के लिए, वास्तविकता (ब्रह्म) से सम्पर्क स्थापित करने के लिए किया जाना चाहिए। कृष्ण योग का स्वामी (योगेश्वर)[1] है, जो हमें अपने जीवन में अपनी रक्षा करने में सहायता देता है। वह आध्यात्मिक अनुभव का भी सर्वोच्च स्वामी है, जो दिव्य गौरव के उन क्षणों को हम तक लाता है, जिनमें कि मनुष्य शारीरिक आवरण के परे पहुंच जाता है और दैनिक अस्तित्व की समस्याओं के साथ उन दिव्य गौरव के क्षणों के सच्चे सम्बन्ध का भी संकेत करता है।

11. भक्तिमार्ग

भक्ति व्यक्तिक परमात्मा के साथ विश्वास और प्रेम का सम्बन्ध है। अव्यक्त की पूजा (अव्यक्तोपासना) साधारण मानव-प्राणियों के लिए कठिन है, हालांकि ऐसे महान् अद्वैतियों के अनेक उदाहरण विद्यमान हैं, जिन्होंने अव्यक्तिक वास्तविकता (निराकार ब्रह्म) को बहुत सजीव भावुक रूप दिया।[2] व्यक्तिक परमात्मा की पूजा दुर्बल और निम्न, अशिक्षित और अज्ञानी[3] सब लोगों के लिए

---

1. 18, 78
2. भक्तिमार्गी लोग अद्वैतवादियों द्वारा ज्ञान पर बहुत ज़ोर देने की बहुत निन्दा करते हैं। वे इसे निन्दनीय विश्वास-भेद या आत्मा का हनन करने वाली भूल बताते हैं, हालांकि शंकराचार्य ने क्रमशः मुक्ति की तैयारी के रूप में भक्ति के महत्त्व को स्वीकार किया है।
3. 9, 32; साथ ही देखिए 11, 53-54; 12, 1-5। "व्याध ने कौन-से अच्छे आचरण किए थे? ध्रुव की आयु ही क्या थी? गजेन्द्र का ज्ञान कितना था? उग्रसेन ने क्या वीरता दिखाई थी? कुब्जा की सुन्दरता क्या थी? सुदामा के पास कितना धन था? भगवान् तो भक्ति के प्रेमी हैं और वे भक्ति से प्रसन्न होते हैं। वे (अन्य) गुणों की कोई परवाह नहीं करते।"

(शेष अगले पृष्ठ पर)

एक सरलतर उपाय के रूप में प्रस्तुत की गई है। प्रेम की बलि उतनी कठिन नहीं है, जितना कि अपनी इच्छाशक्ति को भगवान् के प्रयोजन की ओर या तपस्यामय अनुशासन की ओर या चिन्तन के थका देने वाले प्रयत्न की ओर मोड़ पाना।

भक्ति-मार्ग का मूल अत्यन्त पुरातन काल की धुंध में छिपा हुआ है। ऋग्वेद की स्तुतियों और प्रार्थनाओं, उपनिषदों की उपासनाओं और भागवत धर्म की तीव्र धर्मनिष्ठा का प्रभाव गीता के लेखक पर पड़ा है। उसने उपनिषदों के धार्मिक पक्ष से सम्बन्ध रखने वाली उस विचारधारा को विकसित करने का प्रयत्न किया है, जिसे उपनिषदकार उन्मुक्त और सुस्पष्ट रूप में व्यक्त नहीं कर पाए थे। भगवान् ऐसा परमात्मा नहीं है, जो कि उस समय भी शान्तिपूर्ण अव्यक्तता में शयन करता रहता हो, जबकि आर्त हृदय सहायता के लिए पुकार रहे हों, अपितु एक प्रेमपूर्ण रक्षक परमात्मा है, जिस पर भक्त लोग इसी रूप में विश्वास करते हैं और अनुभव करते हैं। वह उन लोगों को मुक्ति प्रदान करता है, जो उसमें विश्वास करते हैं। वह घोषणा करता है, "यह मेरा वचन है कि जो मुझसे प्रेम करता है, वह कभी नष्ट नहीं होगा।"[1]

व्याधस्याचरणं ध्रुवस्य च वयो विद्या गजेन्द्रस्य का,
का जातिर्विदुरस्य यादवपतेरुग्रस्य किं पौरुषम्।
कुब्जायाः कमनीयरूपमधिकं किं तत् सुदाम्नो धनं,
भक्त्या तुष्यति केवलं न तु गुणैः भक्तिप्रियो माधवः ॥

एक श्लोक में, जो शंकराचार्य का लिखा बताया जाता है, कहा गया है : "चाहे किसी को मनुष्य का या देवता का, या पहाड़ी या जंगली पशु का, या मच्छर का या पालतू जानवर का, या कीड़े का या पक्षी का, या इसी प्रकार का कोई और जन्म भी क्यों न मिला हो, परन्तु यदि उसका हृदय इस जन्म में सदा तुम्हारे चरण-कमलों के चिन्तन में लीन रहता है, जो कि परम आनन्द का प्रवाह है, तो शरीर किसका है, इसका क्या महत्त्व है?"

नरत्वं देवत्वं नगवनमृगत्वं मशकता,
पशुत्वं कीटत्वं भवतु विहगत्वादिजनम्।
सदा त्वत्पादाब्जस्मरणपरमानन्दलहरी,
विहारासक्तं चेद् हृदयमिह किं तेन वपुषा ॥

भक्ति का महत्त्व प्रतिपादित करने का यह कुछ अत्युक्तिपूर्ण-सा ढंग है।

1. 9, 31

भक्ति शब्द 'भज्' धातु से बना है, जिसका अर्थ है—सेवा करना; और भक्ति शब्द का अर्थ है—भगवान् की सेवा। यह परमात्मा के प्रति प्रेमपूर्ण अनुराग है। नारद ने भक्ति की परिभाषा देते हुए इसे परमात्मा के प्रति उत्कट प्रेम बताया है।[1] शाण्डिल्य के मत से यह परमात्मा सर्वोच्च अभिलाषा है,[2] जो केवल इस अभिलाषा के लिए ही है (अर्थात् इस अभिलाषा का और कोई प्रयोजन नहीं है)।[3] यह भगवान् की करुणा के विश्वासपूर्ण आत्मसाक्षात्करण के प्रति आत्मसमर्पण है। यह योगसूत्र का ईश्वरप्रणिधान है, जो भोज के मतानुसार, "एक ऐसा प्रेम है, जिसमें इन्द्रियों के आनन्द इत्यादि परिणामों की अपेक्षा किए बिना सब कार्य गुरुओं के गुरु को समर्पित कर दिए जाते हैं।"[4] यह एक प्रचुर अनुभव है, जो सब लालसाओं को समाप्त कर देता है और हृदय को परमात्मा के प्रेम से भर देता है।[5] भक्ति-मार्ग के समर्थकों की लोकोत्तर मुक्ति में उतनी रुचि नहीं है, जितनी परमात्मा की अटल इच्छा के प्रति पूर्ण वशवर्तिता में। मानवीय आत्मा परमात्मा की शक्ति, ज्ञान और अच्छाई के चिन्तन द्वारा, भक्तिपूर्ण हृदय से उसके निरन्तर स्मरण द्वारा, दूसरे लोगों के साथ उसके गुणों के सम्बन्ध में चर्चा करने के द्वारा, अपने साथियों के साथ मिलकर उसके गुणों का गान करने के द्वारा और सब कार्यों को उसकी सेवा समझकर करने के द्वारा भगवान् के निकट पहुंच

---

1. परम प्रेम-रूपा।
2. सा परानुरक्तिरीश्वरे। 1, 1, 2
3. निर्हेतुका। भागवत से तुलना कीजिए : अहेतुकव्यवहिता या भक्तिः पुरुषोत्तमे। साथ ही देखिए, भगवद्गीता, 12, 5; 9, 17-18
   चैतन्य से तुलना कीजिए : "हे भगवन्, मैं धन या परिजन या सुन्दरियों या कवित्व की शक्ति नहीं चाहता; मैं तो जन्म-जन्मान्तर में भगवान् की अहेतुक भक्ति की ही कामना करता हूं।"
   न धनं न जनं न सुन्दरीं कवितां वा जगदीश कामये।
   मम जन्मनि जन्मनीश्वरे भवताद्भक्तिहैतुकी त्वयि ॥ —शिक्षाष्टक, 4
4. 1, 23। यह महावस्तु की बुद्धानुस्मृति है।
5. नारद से तुलना कीजिए : भक्ति सूत्र 54; गुणरहितं कामनारहितं प्रतिक्षणवर्धमानम्, अविच्छिन्नम्, सूक्ष्मतरम्, अनुभवरूपम्।

जाती है।[1] भक्त अपने सम्पूर्ण अस्तित्व को भगवान् की ओर प्रेरित करता है। प्रेम धर्म का सार है। यह उपासक और उपास्य के मध्य द्वैत को अंगीकार करता है। यदि अन्तर्यामितावाद के दर्शन की इस प्रकार व्याख्या की जाए कि वह मनुष्य की अपने प्राणित्व की भावना या भगवान् की लोकातीतता की भावना को नष्ट कर दे, तो उसमें भक्ति और पूजा के लिए कोई स्थान न होगा। प्राणी और स्त्रष्टा के मध्य भेद भक्ति-धर्म का सत्त्वात्मक आधार है। भगवद्गीता में सनातन भगवान् को दार्शनिक अनुमान के परमात्मा के रूप में उतना नहीं देखा गया, जितना कि उस करुणामय भगवान् के रूप में, जिसे हृदय और आत्मा चाहते हैं और खोजते हैं; जो व्यक्तिक विश्वास और प्रेम, श्रद्धा और निष्ठापूर्ण आत्मसमर्पण की भावना को जगाता है। "ज्ञान का उदय होने से पहले द्वैतता भ्रामक है; पर जब हमारी बुद्धि ज्ञान से आलोकित हो जाती है, तब हम अनुभव करते हैं कि द्वैत तो अद्वैत से भी अधिक सुन्दर है और द्वैत की कल्पना ही इसलिए की गई है कि पूजा की जा सके।"[2] फिर, "सत्य अद्वैत है; परन्तु द्वैत पूजा के लिए है; और इस प्रकार यह पूजा मुक्ति की अपेक्षा सौगुनी महान् है।"[3]

गीता में भक्ति बौद्धिक प्रेम नहीं है, जो कि अपेक्षाकृत अधिक चिन्तनात्मक और मननात्मक होता है। यह ज्ञान के आधार पर टिकी है, परन्तु स्वयं ज्ञान नहीं है। इसमें योग-पद्धति का कोई निर्देश निहित नहीं है और न भगवान् का आनुमानिक ज्ञान प्राप्त करने की इच्छा ही निहित है। शाण्डिल्य ने तर्क प्रस्तुत

---

1. नारदसूत्र, 16-18। भागवत में भक्ति की नौ दशाओं का वर्णन किया गया है :

   श्रवणं कीर्तनं विष्णोः स्मरणं पादसेवनम्।
   अर्चनं वन्दनं दास्यं सख्यमात्मनिवेदनम्॥

   फिर : "मैं न तो स्वर्ग में रहता हू और न योगियों के हृदय में; मैं तो वहीं निवास करता हूं, जहां कहीं मेरे भक्त मेरे गुणों का गान करते हैं।"

   नाहं वसामि वैकुण्ठे, योगिनां हृदये न च।
   मद्भक्ता यत्र गायन्ति, तत्र तिष्ठामि नारद॥

2. द्वैतं मोहाय बोधात् प्राग् जाते बोधे मनीषया।
   भक्त्यर्थं कल्पितं द्वैतमद्वैतादपि सुन्दरम्॥

3. पारमार्थिकमद्वैतं द्वैतं भजनहेतवे।
   तादृशी यदि भक्तिः स्यात्, सा तु मुक्तिशताधिका॥

करते हुए कहा है कि यह भक्ति हमें ज्ञान के बिना भी आत्मिक शान्ति प्रदान करती है, जैसे गोपियों को प्राप्त हुई थी।[1] भक्त में एक अतिशय विनय की भावना होती है। अपने आदर्श भगवान् की उपस्थिति में वह अपने-आपको कुछ भी नहीं समझता। परमात्मा विनम्रता से, जो कि आत्मा का पूर्ण आत्मसमर्पण है, प्रेम करता है।[2]

साधारणतया भक्ति के साथ जुड़े हुए विशेष गुण, प्रेम और उपासना, दया और कोमलता पुरुषों की अपेक्षा स्त्रियों में अधिक पाए जाते हैं। क्योंकि भक्ति में विनय, आज्ञापालन, सेवा-परायणता, करुणा और सदय प्रेम पर ज़ोर दिया गया है और क्योंकि भक्त अपने-आप को समर्पित करना, आत्मसंकल्प को त्याग देना और निष्क्रियता अनुभव करना चाहता है, इसलिए यह कहा जाता है कि भक्ति अपेक्षाकृत स्त्री-स्वभाव की वस्तु अधिक है। स्त्रियां आशा करती हैं, कष्ट सहती हैं, चाहती हैं और प्राप्त करती हैं। वे करुणा, दया और शान्ति के लिए लालायित रहती हैं। स्त्रीत्व सब प्राणियों में है। भागवत में यह बताया गया है कि कन्याओं ने सर्वोच्च देवी कात्यायनी से प्रार्थना की कि वे उन्हें पति के रूप में कृष्ण को प्रदान करें।[3] जब स्त्रियां अपने अधिकतम सच्चे रूप में सामने आती हैं, तब वे सब-कुछ दे डालती हैं और बदले में कुछ भी नहीं मांगतीं। वे प्रेम करना और प्रेम पाना चाहती हैं। राधा प्रेममय आत्मा की प्रतीक है। भगवान् के साथ सम्बन्ध में भक्त लोग स्त्रियों की भांति अधिक होते हैं। "सर्वोच्च भगवान् ही एकमात्र पुरुष है; ब्रह्मा से लेकर नीचे तक सब प्राणी स्त्रियों की भांति हैं (जो उसके साथ मिलने के लिए लालायित हैं)।"[4]

जब आत्मा अपने-आप को परमात्मा के सम्मुख समर्पित कर देती है, तब परमात्मा हमारे ज्ञान व हमारी त्रुटियों को अपना लेता है और वह अपर्याप्तता के

1. अतएव तदभावाद् वल्लवीनाम्।
2. दैन्यप्रियत्वम्। नारदसूत्र, 27
3. कात्यायनि महामाये महायोगिन्यधीश्वरि।
नन्दगोपसुतं देवि पतिं मे कुरु ते नमः ॥ 10, 22, 4
4. स एव वासुदेवोऽसौ साक्षात्पुरुष उच्यते।
स्त्रीप्रायमितरत सर्वं जगद्ब्रह्मापुरस्सरम् ॥

सब रूपों को परे फेंक देता है और सब वस्तुओं को अपने असीम प्रकाश और सार्वभौम अच्छाई की विशुद्धता में रूपान्तरित कर देता है। भक्ति केवल 'एकाकी की एकाकी की ओर उड़ान', आत्मा का संसार से विराग और परमात्मा से अनुराग नहीं है, अपितु उस दिव्य भगवान् के प्रति सक्रिय प्रेम है, जो इस संसार का उद्धार करने के लिए इस संसार में प्रवेश करता है।

यह दृष्टिकोण, कि हम स्वयं अपने प्रयत्नों द्वारा भगवान् की दया प्राप्त करने में समर्थ नहीं हो सकते, एक तीव्र भावनामय धार्मिकता को जन्म देता है। जहां भक्ति में श्रद्धा और प्रेम की आवश्यकता होती है, वहां प्रपत्ति में हम केवल अपने-आप को परमात्मा के प्रति समर्पित कर देते हैं; हम अपने-आप को उसके हाथों में सौंप देते हैं और यह निर्णय स्वयं उसके लिए छोड़ देते हैं कि वह हमारे लिए जो ठीक समझे, हमारे साथ करे। इसमें इस बात पर ज़ोर दिया गया है कि एक विश्वास की विनीत और प्रत्यक्ष भावना के साथ आत्मसमर्पण का सरल और तपस्यापूर्ण विशुद्ध सम्बन्ध स्थापित किया जाए। इसमें भक्ति के अनुशासन की तीव्रता की अपेक्षा आत्मसमर्पण की पूर्णता में वास्तविक धर्मनिष्ठा मानी गई है। हम स्वयं को अपने आत्म से रिक्त कर देते हैं और तब परमात्मा हम पर अधिकार कर लेता है। इस परमात्मा द्वारा अधिकार किए जाने के रास्ते में बाधाएं हमारे अपने गुण, अभिमान, ज्ञान, हमारी सूक्ष्म मांगें और हमारी अचेतन मान्यताएं और संस्कार हैं। हमें अपने-आप को सब इच्छाओं से रिक्त करना होगा और परम सत्ता में विश्वास रखते हुए प्रतीक्षा करनी होगी। परमात्मा की व्यवस्था में ठीक जमने के लिए हमें अपने सब दावों को त्याग देना होगा।[1] भक्ति और प्रपत्ति के मध्य का अन्तर वानर-पद्धति (मर्कटकिशोर न्याय) और बिडाल-पद्धति (मार्जारकिशोर न्याय) के प्रतीकों द्वारा स्पष्ट किया गया है। बन्दर का बच्चा अपनी मां से चिपट जाता है और इस प्रकार बचा रहता है। इसमें बच्चे की ओर से भी थोड़े-से प्रयत्न की आवश्यकता होती है। बिल्ली अपने बच्चे को मुंह में उठाकर ले जाती है; बच्चा अपनी सुरक्षा के लिए कुछ भी प्रयत्न नहीं करता। भक्ति में परमात्मा की दया किसी सीमा तक यत्न द्वारा प्राप्त की जाती है, प्रपत्ति में यह मुक्त रूप से प्रदान की जाती है। प्रपत्ति में इस

1. 18, 66

बात का कोई विचार नहीं रहता कि व्यक्ति दया पाने का पात्र है या नहीं, या उसने कितनी सेवा की है।[1] इस दृष्टिकोण का समर्थन प्राचीनतर परम्परा में प्राप्त होता है, "जब यह परमात्मा स्वयं चुनता है, तभी यह उसके द्वारा प्राप्त किया जा सकता है और उसी को वह अपना रूप दिखाता है।"[2] अर्जुन को बताया जाता है कि उसके सम्मुख दिव्य रूप भगवान् की दया से ही प्रकट हुआ था।[3] फिर, यह कहा गया है कि "मुझसे ही स्मृति और ज्ञान उत्पन्न होते हैं और उनका क्षय भी मुझसे ही होता है।"[4] शंकराचार्य ने भी इस बात को स्वीकार किया है कि केवल भगवान् ही हमें रक्षा करने वाला ज्ञान प्रदान कर सकता है।[5] प्रपत्ति और भक्ति का अन्तर ईसाई विचारधारा के उस विवाद से मेल खाता है, जो सेण्ट ऑगस्टाइन और पैलेगियस के प्राचीन काल से चला आ रहा है और वह इस बात को लेकर है कि पतित प्राणी के रूप में मनुष्य का उद्धार केवल भगवान् की दया से हो सकता है या मनुष्य स्वयं भी कुछ कर सकता है और अपनी मुक्ति के प्रयत्न में कुछ योग दे सकता है।

---

1. प्रपत्ति के ये अंग हैं : (1) सबके प्रति सद्भाव (आनुकूल्यस्य संकल्पः); (2) दुर्भाव का त्याग (प्रातिकूल्यस्य वर्जनम्); (3) यह विश्वास कि भगवान् रक्षा करेगा (रक्षिष्यतीति विश्वासः); (4) भगवान् को रक्षक-रूप में अंगीकार करना (गोप्तृत्ववरणम्); (5) नितान्त असहायता की भावना (कार्पण्यम्); (6) पूर्ण आत्मसमर्पण (आत्मनिक्षेपः)। इनमें से अन्तिम को परम्परागत रूप से प्रपत्ति के तुल्य माना गया है, जो कि अन्त और लक्ष्य है, जो अंगी है, जब कि बाक़ी पांच घटक तत्त्व या अंग हैं। इस वक्तव्य से तुलना कीजिए : षड्विधा शरणागतिः, जिसकी व्याख्या अष्टांग योग की समानता पर की गई है, जिसमें समाधि वास्तविक उद्देश्य है और बाक़ी सात केवल सहायक हैं।
2. कठोपनिषद्, 2, 23
3. 11, 47
4. 15, 15
5. तदनुग्रहहेतुकेनैव च विज्ञानेन मोक्षसिद्धिर्भवितुमर्हति। ब्रह्मसूत्र पर शांकर भाष्य। अवधूत गीता का पहला श्लोक है :

   ईश्वरानुग्रहादेव पुंसामद्वैतवासना।
   महद्भयपरित्राणाद् विप्राणामुपजायते ॥

   "केवल परमात्मा की दया से ही ज्ञानवान् मनुष्यों में अद्वैत अनुभव के प्रति रुचि उत्पन्न होती है, जो महान् संकट से उनकी रक्षा करती है।" कुछ जगह दूसरी पंक्ति का पाठ इस प्रकार मिलता है—'महाभयपरित्राणा द्विप्राणामुपजायते।'

पैलेगियस स्वतन्त्र संकल्प में विश्वास रखता था। उसने मूल (आदि) पाप के सिद्धान्त का खण्डन किया और यह कहा कि मनुष्य अपने नैतिक प्रयत्न के अनुसार कार्य करते हैं। ऑगस्टाइन ने पैलेगियस के सिद्धान्त का विरोध किया और यह मत प्रस्तुत किया कि पतन से पहले आदम में स्वतन्त्र इच्छाशक्ति थी, परन्तु जब उसने और हौवा ने सेब को खा लिया, उसके बाद उनमें पाप प्रविष्ट हो गया और वह उनके सब वंशजों में चला आ रहा है। हममें से कोई भी अपनी शक्ति के द्वारा पाप से बचा नहीं रह सकता। केवल परमात्मा की दया ही पुण्यात्मा बनने में हमारी सहायता कर सकती है। क्योंकि आदम के रूप में हम सबने पाप किया था, इसलिए आदम के रूप में हम सब दोषी ठहराए गए हैं। फिर भी हममें से कुछ लोग परमात्मा की मुक्त दया के कारण स्वर्ग के लिए चुने जाते हैं; इसलिए नहीं कि हम उसके पात्र हैं या हम अच्छे हैं, अपितु इसलिए कि परमात्मा की दया हमें प्रदान की गई है। हममें से कुछ लोगों का उद्धार क्यों हो जाता है, जब कि अन्य लोगों को नरकवास करना पड़ता है, इसके लिए परमात्मा की निष्प्रयोजन रुचि के सिवाय और कोई कारण नहीं बताया जा सकता। नरकवास का दण्ड परमात्मा के न्याय को सिद्ध करता है, क्योंकि हम सब दुष्ट हैं। 'ऐपीसल टू दि रोमन्स' के कुछ स्थलों में सेण्ट पौल ने, सेण्ट ऑगस्टाइन ने और कैल्विन ने सार्वभौम पाप के दृष्टिकोण को स्वीकार किया है। परन्तु उस पाप के होते हुए भी हममें से कुछ का उद्धार हो जाता है, यह बात परमात्मा की दया की सूचक है। नरकवास का दण्ड और मुक्ति, दोनों परमात्मा की अच्छाई को, उसके न्याय और उसकी दया को प्रकट करते हैं। गीता का झुकाव पैलेगियस के सिद्धान्त की ओर है।

भगवान् के प्रति पूर्ण आत्मसमर्पण में भी मनुष्य का प्रयत्न रहता ही है। यह आत्मसमर्पण संकल्पहीन या प्रयत्नहीन नहीं हो सकता। दया के सिद्धान्त की व्याख्या विशेष चुनाव के रूप में नहीं की जा सकती, क्योंकि इस प्रकार की धारणा गीता के इस सामान्य मत से उल्टी पड़ती है कि "सब प्राणियों में भगवान् वही एक है।"[1]

---

1. 9, 29; तुलना कीजिए, योगवाशिष्ठ 2, 6, 27

श्रद्धा भक्ति का आधार है। इसलिए जिन देवताओं में लोगों की श्रद्धा है, उन सबको सहन कर लिया गया है। बिलकुल प्रेम न होने से कुछ प्रेम होना अच्छा है; क्योंकि यदि हम प्रेम नहीं करते, तो हम अपने-आप में ही रुद्ध हो जाते हैं। इसके अतिरिक्त, निम्नतर देवताओं को एक भगवान् के ही रूपों में स्वीकार किया गया है।[1] इस तथ्य पर ज़ोर दिया गया है कि जब कि अन्य भक्त लोग अन्य लक्ष्यों तक पहुंचते हैं, केवल वह, जो भगवान् का भक्त होता है, परम आनन्द को प्राप्त करता है।[2] जहां तक पूजा भक्ति के साथ की जाती है, वह हृदय को पवित्र करती है और मन को उच्चतर चेतना के लिए तैयार करती है। हर कोई भगवान् की मूर्ति अपनी इच्छाओं के अनुरूप ढाल लेता है। मरते हुए व्यक्ति के लिए परमात्मा शाश्वत जीवन है; जो लोग अन्धकार में भटक रहे हैं उनके लिए वह प्रकाश है।[3] जिस प्रकार क्षितिज सदा हमारी आंखों के बराबर ऊंचाई पर ही रहता है, चाहे हम कितना ही ऊंचा क्यों न चढ़ते चले जाएं, उसी प्रकार परमात्मा का स्वभाव भी हमारी अपनी चेतना के स्तर से ऊंचा नहीं हो सकता। निम्नतर स्थितियों में हम धन और जीवन के लिए प्रार्थना करते हैं, और भगवान् को भौतिक आवश्यकताओं को पूर्ण करने वाला माना जाता है। बाद में चलकर चिन्तन में हम अपने-आप को सत्प्रयोजनों के साथ, जो भगवान् के प्रयोजन हैं, एकात्म करते हैं। उच्चतम स्थितियों में परमात्मा एक अन्तिम सन्तुष्टि बन जाता है, वह अपर जो मानव-आत्मा को पूर्ण कर देता है और भर देता है। मधुसूदन ने भक्ति की परिभाषा करते हुए इसे एक ऐसी मानसिक दशा बताया है, जिसमें मन प्रेमावेश से प्रेरित होकर भगवान् का रूप धारण कर लेता है।[4] जब परमात्मा के प्रति भावनात्मक अनुराग अत्यधिक आनन्दमय हो उठता

---

1. 9, 23
2. 7, 21। मध्व टीका करते हुए लिखता है : "अन्तो ब्रह्मादिभक्तानां मद्भक्तानामनन्तता।"
3. तुलना कीजिए :

   रुजासु नाथः परमं हि भेषजं,
   तमः प्रदीपा विषमेषु संक्रमः।
   भयेषु रक्षा व्यसनेषु बान्धवो,
   भवत्यगाधे विषयाम्भसि प्लवः॥

4. द्रवीभावपूर्विका हि मनसो भगवदाकारता सविकल्पका वृत्तिरूपा भक्तिः।

है, तब भक्त-प्रेमी अपने-आप को परमात्मा में भुला देता है।[1] प्रह्लाद, जिसमें हमें परमात्मा में पूर्ण लीनता की आध्यात्मिक दशा दिखाई पड़ती है, परम पुरुष के साथ अपनी एकता को अभिव्यक्त करता है। इस प्रकार का आत्मविस्मृतिकारक परमोल्लासमय अनुभव अद्वैतवादी अधिविद्या का समर्थक नहीं माना जा सकता। अपरोक्षानुभव में या उस अन्तिम दशा में, जिसमें व्यक्ति परब्रह्म में लीन हुआ रहता है, वह पृथक् व्यक्ति के रूप में शेष नहीं रहता।

भक्ति ज्ञान की ओर ले जाती है। रामानुज की दृष्टि में यह स्मृति-सन्तान है। प्रपत्ति भी ज्ञान का ही एक रूप है। जब भक्ति प्रबल होती है, तब आत्मा में निवास करने वाला भगवान् अपनी करुणा के कारण भक्त को ज्ञान का प्रकाश प्रदान करता है। भक्त अपने-आप को भगवान् के साथ घनिष्ठ रूप से संयुक्त अनुभव करता है। भगवान् का अनुभव एक ऐसी सत्ता के रूप में होता है, जिसमें सब प्रतिपक्ष लुप्त हो जाते हैं। वह अपने अन्दर भगवान् को और भगवान् में अपने-आप को देखता है। प्रह्लाद का कथन है कि मनुष्य का सबसे बड़ा उद्देश्य भगवान् की परम भक्ति और उसकी विद्यमानता को सब जगह अनुभव करना है।[2] "जो नारी प्रेम करती है, उसके लिए प्रेम के आवेश में प्रियतम के हृदय पर लेटना या प्रेम से प्रियतम के चरणों को सहलाना, दोनों एक-सी बातें हैं। इसी प्रकार ज्ञानी पुरुष के लिए, चाहे वह समाधि में लीन रहे या पूजा द्वारा भगवान् की सेवा करे, दोनों एक-सी बातें हैं।"[3] भक्त के लिए उच्चतर प्रकार की स्वतन्त्रता भगवान् के प्रति आत्मसमर्पण कर देने में है।[4] संसार के लिए भगवान् के कार्य में भाग लेना सब भक्तों का कर्त्तव्य है।[5] "जो

1. "वृष्णि लोग ... कृष्ण के ध्यान में लीन हो गए और अपनी पृथक् सत्ता को पूर्णतया भुला बैठे।"—भक्तिरत्नावली, 16
2. एकान्तभक्तिर्गोविन्दे यत्सर्वत्र तदीक्षणम्। भागवत 7, 7, 35
3. प्रियतमहृदये वा खेलतु प्रेमरीत्या,
पदयुगपरिचर्यां प्रेयसी वा विधत्ताम्।
विहरतु विदितार्थो निर्विकल्पे समाधौ,
ननु भजनविधौ वा तुल्यमेतद्द्वयं स्यात्॥
4. लीनता हरिपादाब्जे मुक्तिरित्यभिधीयते।
5. तुलना कीजिए, मज्झिमनिकाय: यो मां पस्सति स धम्मं पस्सति। जो मुझे देखता है, वह धर्म को देखता है।

लोग अपने कर्त्तव्य को छोड़ बैठते हैं और केवल 'कृष्ण-कृष्ण' कहकर भगवान् का नाम जपते हैं, वे वस्तुतः भगवान् के शत्रु हैं और पापी हैं, क्योंकि धर्म की रक्षा के लिए तो स्वयं भगवान् ने भी जन्म लिया था।"[1] जब भक्त सच्चे तौर पर अपने-आप को भगवान् के प्रति समर्पित कर देता है, तब परमात्मा उसके मन की प्रमुख वासना बन जाता है और तब भक्त जो भी कुछ करता है, वह परमात्मा के यश के लिए करता है। भगवद्गीता में भक्ति अनुभवातीत के प्रति सम्पूर्ण आत्मसमर्पण है। यह है भगवान् में विश्वास करना, उससे प्रेम करना, उसके प्रति निष्ठावान् होना और उसमें लीन हो जाना। यह अपना पुरस्कार स्वयं ही है। ऐसे भक्त में उच्चतम ज्ञान का सार और साथ ही साथ पूर्ण मनुष्य की ऊर्जा भी विद्यमान रहती है।[2]

12. कर्ममार्ग

किसी ग्रन्थ के प्रयोजन का निर्धारण करते हुए हमे उस प्रश्न को देखना चाहिए, जिसे लेकर वह प्रारम्भ होता है (उपक्रम), और उस निष्कर्ष को देखना चाहिए, जिसके साथ वह समाप्त होता है (उपसंहार)। गीता एक समस्या को लेकर प्रारम्भ होती है। अर्जुन युद्ध करने से इनकार कर देता है और कठिनाइयां उपस्थित करता है। वह कर्म से दूर रहने और संसार को त्यागने के लिए

---

1. स्वधर्मकर्मविमुखाः कृष्णकृष्णेतिवादिनः।
   ते हरेर्द्वेषिणो मूढाः धर्मार्थं जन्म यद्धरेः ॥

   —विष्णुपुराण। साथ ही देखिए भगवद्गीता, 9, 30; तुलना कीजिए: । जॉन 2, 9-11; 4, 18-20; तुलना कीजिए : "वह हर कोई, जो ईसा-ईसा पुकारता है, स्वर्ग के राज्य में प्रवेश नहीं पाएगा; अपितु वह पाएगा, जो परमपिता की इच्छा के अनुसार काम करता है।"

2. भागवत में कहा गया है कि "भगवान् वासुदेव के प्रति की गई भक्ति शीघ्र ही अकामता और ज्ञान को उत्पन्न कर देती है, जिसके द्वारा भगवान् का दर्शन प्राप्त होता है।"

   वासुदेवे भगवति भक्तियोगः प्रयोजितः।
   जनयत्याशु वैराग्यं ज्ञानं यद्ब्रह्मदर्शनम्॥

   तुलना कीजिए :

   विमलमतिर्विमत्सरः प्रशान्तः सुचरितोऽखिलसत्त्वमित्रभूतः।
   प्रियहितवचनोऽस्तमानमायो वसति सदा हृदि यस्य वासुदेवः॥

   —विष्णुपुराण, 3, 7

युक्तियां प्रस्तुत करता है, जो सुनने में ठीक जान पड़ती हैं। यह कर्म-संन्यास का आदर्श गीता की रचना के काल में कुछ सम्प्रदायों पर विशेष रूप से प्रभाव जमाए हुए था। अर्जुन के मत को परिवर्तित करना गीता का उद्देश्य है। इसमें यह प्रश्न उठाया गया है कि कर्म अच्छा है या कर्म का त्याग। और अन्त में यह निष्कर्ष निकाला गया है कि कर्म अच्छा है। अर्जुन यह घोषणा करता है कि उसकी दुविधाएं समाप्त हो गई हैं और वह लड़ने के लिए दिए गए आदेशों का पालन करेगा। सारे उपदेश में गुरु कृष्ण कर्म की आवश्यकता पर बल देता है।[1] वह अर्जुन की समस्या को हल करने के लिए संसार को 'भ्रम' और कर्म को 'जाल' कहकर नहीं टाल देता। वह इस संसार में मनुष्य को ऐसा पूर्ण सक्रिय जीवन बिताने का उपदेश देता है, जिसमें उसका आन्तरिक जीवन परमात्मा के साथ जुड़ा हुआ हो। इस प्रकार गीता कर्म करने का आदेश है। इसमें यह स्पष्ट किया गया है कि मनुष्य को न केवल सामाजिक प्राणी के रूप में, अपितु आध्यात्मिक भवितव्यता वाले एक व्यक्ति के रूप में क्या कुछ करना चाहिए। इसमें संन्यास की भावना के साथ-साथ कर्मकाण्ड की धर्मनिष्ठा वाले उन लोगों के विषय में भी उचित ढंग से चर्चा की गई है, जो इसकी नैतिक संहिता के अन्तर्गत आते हैं।[2] सांख्य, जो गीता में ज्ञान का ही दूसरा नाम है, हमें कर्म का त्याग करने को कहता है। एक सुविदित दृष्टिकोण यह है कि सब उत्पन्न प्राणी कर्म द्वारा बन्धन में फंसते हैं और ज्ञान द्वारा उनका उद्धार होता है।[3] प्रत्येक कार्य, चाहे वह भला हो या बुरा, अपना स्वाभाविक परिणाम उत्पन्न करता है और उसके कारण संसार में शरीर धारण करना पड़ता है और वह मुक्ति में बाधा है। प्रत्येक कर्म कर्ता (करने वाले) के अहंकार और पृथक्ता की भावना को पुष्ट करता है और एक नई कार्य-परम्परा को चला देता है। इसलिए यह युक्ति प्रस्तुत की गई कि मनुष्यों को सब कर्मों को त्यागकर संन्यासी बन जाना चाहिए।

---

1. 2, 18, 37; 3, 19; 4, 15; 8, 7; 11, 33; 16, 24; 18, 6, 72
2. तुलना कीजिए, महाभारत, शान्तिपर्व, 348, 53 :
   यतीनां चापि यो धर्मः स ते पूर्वं नृपोत्तम।
   कथितो हरिगीतासु समासविधिकल्पितः ॥
3. कर्मणा बध्यते जन्तुः विद्यया तु प्रमुच्यते। —महाभारत, शान्तिपर्व, 240, 7

शंकराचार्य, जो मुक्ति प्राप्त करने के लिए ज्ञानमार्ग का समर्थन करता है, यह युक्ति प्रस्तुत करता है कि अर्जुन मध्यमाधिकारी व्यक्ति था, जिसके लिए संन्यास ख़तरनाक होता; इसलिए उसे कर्ममार्ग को अपनाने का उपदेश दिया गया। परन्तु गीता भागवत धर्म द्वारा विकसित किए गए दृष्टिकोण को अपनाती है, जिसमें हमें पूर्ण मुक्ति प्राप्त करने और इस संसार में कार्य करते रहने में सहायता देने के लिए दुहरा प्रयोजन विद्यमान है।[1] दो स्थानों पर व्यास ने शुकदेव से कहा है कि ब्राह्मण के लिए सबसे पुरानी पद्धति ज्ञान द्वारा मुक्ति प्राप्त करने और कर्म करते रहने की है।[2] ईशोपनिषद् में भी इसी प्रकार का दृष्टिकोण अपनाया गया है। यह मान लेना ग़लत है कि हिन्दू विचारधारा में अप्राप्य को प्राप्त करने पर अत्यधिक बल दिया गया था और उसमें यह दोष था कि वह संसार की समस्याओं के प्रति निरपेक्ष रही। जब ग़रीब लोग हमारे दरवाज़े पर नंगे और भूखे मर रहे हों, उस समय हम आन्तरिक धर्मनिष्ठा में लीन नहीं हो सकते। गीता हमसे कहती है कि हम इस संसार में रहें और इसकी रक्षा करें।

गीता का गुरु कर्म की समस्या की अत्यधिक सूक्ष्मता की ओर संकेत करता है, गहना कर्मणो गतिः।[3] हमारे लिए कर्म से बचे रह सकना सम्भव नहीं है। प्रकृति सदा अपना काम करती रहती है और यदि हम यह सोचें कि इसकी प्रक्रिया को रोका जा सकता है, तो हम भ्रम में हैं। कर्म को त्याग देना वांछनीय भी नहीं है। जड़ता स्वतन्त्रता नहीं है। फिर, किसी कर्म का बन्धन का गुण केवल उस कर्म को कर देने-भर में ही निहित नहीं है, अपितु उस प्रयोजन या

---

1. नारायणपरो धर्मः पुनरावृत्तिदुर्लभः।
प्रवृत्तिलक्षणश्चैव धर्मो नारायणात्मकः ॥

—महाभारत, शान्तिपर्व, 347, 80, 81।

फिर, प्रवृत्तिलक्षणं धर्मम् ऋषिर्नारायणोऽब्रवीत्। वही, 217, 2

2. एषा पूर्वतरा वृत्तिर्ब्राह्मणस्य विधीयते।
ज्ञानवानेव कर्माणि कुर्वन् सर्वत्र सिद्ध्यति ॥

—महाभारत शान्तिपर्व, 237, 1; 234, 29

साथ ही देखिए, ईशोपनिषद्, 2 और विष्णुपुराण, 6, 6, 12

3. 4, 17

इच्छा में निहित है, जिससे प्रेरित होकर कर्म किया जाता है। संन्यास का मतलब स्वयं कर्म को त्याग देने से नहीं है, अपितु उस कर्म के पीछे विद्यमान मानसिक ढांचे को बदल देने से है। संन्यास का अर्थ है—इच्छा का अभाव। जब तक कर्म मिथ्या आधारों पर आधारित है, तब तक वह व्यक्तिक आत्मा को बन्धन में डालता है। यदि हमारा जीवन अज्ञान पर आधारित है, तो भले ही हमारा आचरण कितना ही परोपकारवादी क्यों न हो, वह बन्धन में डालने वाला होगा। गीता इच्छाओं से विरक्त होने का उपदेश देती है, कर्म को त्याग देने का नहीं।[1]

जब कृष्ण अर्जुन को युद्ध लड़ने का परामर्श देता है, तो इसका अर्थ यह नहीं है कि वह युद्ध की वैधता का समर्थन कर रहा है। युद्ध तो एक ऐसा अवसर आ पड़ा है, जिसका उपयोग गुरु उस भावना की ओर संकेत करने के लिए करता है, जिस भावना के साथ सब कार्य, जिनमें युद्ध भी सम्मिलित है, किए जाने चाहिए। अर्जुन शान्तिवादी रुख अपनाता है और सत्य और न्याय की रक्षा के लिए होने वाले युद्ध में भाग लेने से इनकार करता है। वह सारी परिस्थिति को मानवीय दृष्टिकोण से देखता है और चरम अहिसा का प्रतिनिधि बन जाता है। अन्त में वह कहता है :

> "इससे भला तो मैं यह समझता हूं कि यदि मेरे स्वजन चोट करें, तो मैं उनका निःशस्त्र होकर सामना करूं, और अपनी छाती खोल दूं उनके तीरों और बर्छों के सामने, बजाय इसके कि चोट के बदले चोट करूं।"[2]

अर्जुन यह प्रश्न नहीं उठाता कि युद्ध उचित है या अनुचित। वह अनेक युद्धों में लड़ चुका है और अनेक शत्रुओं का सामना कर चुका है। वह युद्ध और उसकी भयंकरता के विरुद्ध इसलिए है, क्योंकि उसे अपने मित्रों और सम्बन्धियों (स्वजनम्) को मारना पड़ेगा।[3] यह हिंसा या अहिंसा का प्रश्न नहीं है, अपितु

---

1. अर्जुन कहता है :

   असक्तः सक्तवद् गच्छन् निस्सङ्गो मुक्तबन्धनः।
   समः शत्रौ च मित्रे च स वै मुक्तो महीपते ॥

   —महाभारत, 12, 18, 31

2. 1, 46 ऐडविन आर्नल्ड कृत अंग्रेज़ी अनुवाद।
3. 1, 31; 1, 27; 1, 37; 1. 45

अपने उन मित्रों के विरुद्ध हिंसा के प्रयोग का प्रश्न है, जो अब शत्रु बन गए हैं। युद्ध के प्रति उसकी हिचक आध्यात्मिक विकास या सत्त्व गुण की प्रधानता का परिणाम नहीं है, अपितु अज्ञान और वासना की उपज है।[1] अर्जुन इस बात को स्वीकार करता है कि वह दुर्बलता और अज्ञान के वशीभूत हो गया है।[2] गीता हमारे सम्मुख जो आदर्श उपस्थित करती है, वह अहिंसा का है; और यह बात सातवें अध्याय में मन, वचन और कर्म की पूर्ण दशा के, और बारहवें अध्याय में भक्त के मन की दशा के वर्णन से स्पष्ट हो जाती है। कृष्ण अर्जुन को आवेश या दुर्भावना के बिना, राग या द्वेष के बिना युद्ध करने को कहता है और यदि हम अपने मन को ऐसी स्थिति में ले जा सकें, तो हिंसा असम्भव हो जाती है। जो अन्याय है, उसके विरुद्ध हमें लड़ना ही चाहिए। परन्तु यदि हम घृणा को अपने ऊपर हावी हो जाने दें, तो हमारी पराजय सुनिश्चित है। परम शान्ति या भगवान् में लीनता की दशा में लोगों को मार पाना असम्भव है। युद्ध को एक निदर्शन के रूप में लिया गया है। हो सकता है कि कभी हमें विवश होकर कष्टदायक कार्य करना पड़े; परन्तु वह ऐसे ढंग से किया जाना चाहिए कि उससे एक पृथक् 'अहं' की भावना पनपने न पाए। कृष्ण अर्जुन को बताता है कि मनुष्य अपने कर्त्तव्यों का पालन करते हुए भी पूर्णता को प्राप्त कर सकता है। यदि कर्म को निष्ठा के साथ और सच्चे हृदय से, उसके फल की इच्छा रखे बिना किया जाए तो वह पूर्णता की ओर ले जाता है। हमारे कर्म हमारे स्वभाव के परिणाम होने चाहिए। अर्जुन है तो क्षत्रिय जाति का गृहस्थ, परन्तु वह बातें संन्यासी की-सी करता है; इसलिए नहीं, कि वह बिलकुल वैराग्य और मानवता के प्रति प्रेम की स्थिति तक ऊपर उठ गया है, अपितु इसलिए कि वह एक मिथ्या करुणा के वशीभूत हो गया है। प्रत्येक व्यक्ति को उस स्थान से ऊपर की ओर उठना होगा, जहां कि वह खड़ा है। गीता में लोक-संग्रह अर्थात् संसार की एकता पर जो बल दिया गया है, उनकी मांग है कि हम अपने जीवन की सारी पद्धति को बदलें। हम दयालु, भले आदमी हैं, जो एक कुत्ते को भी सताए जाते देखकर विचलित और क्रुद्ध हो उठेंगे। हम किसी भी रोते हुए बच्चे या

---

1. 18, 7, 8
2. 2, 7

छेड़ी जाती हुई स्त्री की रक्षा के लिए दौड़कर पहुंचेंगे। फिर भी हम बहुत बड़े पैमाने पर लाखों स्त्रियों और बच्चों के प्रति अन्याय करते रहते हैं और अपने-आप को इस विश्वास द्वारा सन्तोष दे लेते हैं कि हम अपने परिवार या नगर या राज्य के प्रति अपना कर्त्तव्य निवाह रहे हैं। गीता में हमसे मानवीय भ्रातृत्व पर बल देने के लिए कहा गया है। शंकराचार्य ने इस बात की ओर संकेत किया है कि जहां कहीं भी युद्ध करने का आदेश दिया गया है, वहां वह आदेशात्मक (विधि) नहीं है, अपितु उस समय विद्यमान प्रथा का ही सूचक है।[1] गीता ऐसे उथल-पुथल के काल की रचना है, जिस प्रकार के कालों में से मानवता समय-समय पर गुज़रती रहती है, जिनमें बौद्धिक, नैतिक, सामाजिक और राजनीतिक विधान एक-दूसरे के साथ संघर्ष कर रहे होते हैं; और जब इनमें उचित रूप से समंजन नहीं होता, तब प्रचण्ड उत्पात होते हैं। स्वतःप्रमाण अच्छाई के विधान, और उसमें बाधा डालने वाली रूढ़ियों में चल रहे संघर्ष में कभी-कभी अच्छाई के विधान को एक मनोवैज्ञानिक तथ्य और एक ऐतिहासिक प्रक्रिया बनने का अवसर देने के लिए बल का प्रयोग करना आवश्यक होता है। हमें इस संसार में, जैसा कि यह है, रहते हुए कर्म करना होता है और साथ ही इसे सुधारने के लिए भी भरसक प्रयत्न करना होता है। जीवन हमारा अधिक-से-अधिक जो कुछ बिगाड़ सकता है, वह भी जब सामने हो, या जब हम सब प्रकार की हानि, शोक और अपमान में डूबे हुए हों, तब भी हमें ग्लानि से मलिन नहीं होना चाहिए। यदि हम गीता की निष्कामता और समर्पण की भावना के अनुसार कार्य करें और अपने शत्रुओं तक से प्रेम करें, तो हम संसार को युद्धों से मुक्ति दिलाने में सहायता करेंगे।[2]

यदि हम कर्म के फल में अनासक्ति और परमात्मा के प्रति समर्पण की

---

1. तस्माद् युध्यस्वेत्यनुवादमात्रं, न विधिः, न ह्यत्र युद्धकर्तव्यता विधीयते। गीता पर शंकराचार्य की टीका, 2, 18

2. इस वैदिक प्रार्थना से तुलना कीजिए : "यहां पर जो कुछ भी घोर है, क्रूर है और पापमय है, वह सब शान्त हो जाए। सब वस्तुएं हमारे लिए कल्याणकारी और शान्तिपूर्ण हो जाएं।"

   यदिह घोरं, यदिह क्रूरं, यदिह पापम्,
   तच्छान्तं, तच्छिवं, सर्वमेव शमस्तु नः।

भावना विकसित कर लें, तब हम कर्म करते रह सकते हैं। जो व्यक्ति इस भावना से कार्य करता है, वह नित्य-संन्यासी है।[1] जब जो कुछ उसे प्राप्त होता है, वह उसे ग्रहण कर लेता है और जब आवश्यकता होती है, तब वह बिना दुःख से उसे त्याग भी देता है।

यदि कर्म की पद्धति के प्रति विरोध है, तो वह स्वयं कर्म के प्रति विरोध नहीं है, अपितु कर्म द्वारा मुक्ति पाने के सिद्धान्त के प्रति विरोध है। यदि अज्ञान या अविद्या मूल बुराई है, तब ज्ञान ही उसका सबसे बढ़िया इलाज है। ज्ञान की प्राप्ति ऐसी वस्तु नहीं है, जो काल में उपलब्ध हो सकती हो। ज्ञान सदा विशुद्ध और पूर्ण है और वह किसी कर्म का फल नहीं है। एक सनातन उपलब्धि, जिसमें कोई परिवर्तन नहीं होता, किसी क्षणिक कर्म का परिणाम नहीं हो सकती। परन्तु कर्म ज्ञान के लिए मनुष्य को तैयार करता है। 'सनत्सुजातीय' पर टीका करते हुए शंकराचार्य ने कहा है : "मुक्ति ज्ञान द्वारा प्राप्त होती है; परन्तु ज्ञान हृदय को पवित्र किए बिना उत्पन्न नहीं हो सकता। अतः हृदय की शुद्धि के लिए मनुष्य को श्रुतियों और स्मृतियों द्वारा विहित वाणी, मन और शरीर के सब कर्म करने चाहिए और उन्हें परमात्मा को समर्पित कर देना चाहिए।"[2] इस प्रकार की भावना से किया गया कर्म यज्ञ या बलिदान बन जाता है। यज्ञ का अर्थ है—परमात्मा के निमित्त पवित्र बनाना। यह वंचन या आत्मबलिदान नहीं है, अपितु स्वतःस्फूर्त आत्मदान है; एक ऐसी महत्तर चेतना के प्रति आत्मसमर्पण, जिसकी सीमा हम स्वयं हैं। इस प्रकार के आत्मसमर्पण द्वारा मन मलिनताओं से शुद्ध हो जाता है और वह भगवान् की शक्ति और ज्ञान में भागीदार बन जाता है। यज्ञ या बलिदान की भावना से किया गया कर्म बन्धन का कारण नहीं रहता।

भगवद्गीता हमारे सम्मुख एक ऐसा धर्म प्रस्तुत करता है, जिसके द्वारा कर्म के नियम से, कर्म और उसके फल की स्वाभाविक व्यवस्था से, ऊपर उठा

---

1. 5, 3; याज्ञवल्क्य स्मृति से भी तुलना कीजिए, जहां संन्यासी की दशा का वर्णन करने के बाद यह कहा गया है कि वह गृहस्थ भी, जो ज्ञान का उपासक है और सत्यभाषी है, (संन्यास ग्रहण किए बिना भी) मुक्ति प्राप्त करता है। 3, 204-5
2. ज्ञानेनैव मोक्षः सिद्ध्यंति, किन्तु तदेव ज्ञानं सत्त्वशुद्धिं बिना नोत्पद्यते ··· तस्मात् सत्त्वशुद्ध्यर्थं सर्वेश्वरम् उद्दिश्य सर्वाणि वाङ्मनः कायलक्षणानि श्रौतस्मार्तानि कर्माणि समाचरेत्।

जा सकता है। लोकोत्तर प्रयोजन की ओर से प्राकृतिक व्यवस्था में कोई मनमाने हस्तक्षेप का तत्त्व विद्यमान नहीं है। गीता का गुरु वास्तविकता के जगत् को पहचानता है, जिसमें कर्म का नियम लागू नहीं होता और यदि हम अपना सम्बन्ध उस जगत् के साथ जोड़ लें, तो हम अपने गम्भीरतम अस्तित्व में स्वतन्त्र हो जाएंगे। कर्म की शृंखला को यहीं और अभी, अनुभवजन्य संसार के प्रवाह में रहते हुए तोड़ा जा सकता है। निष्कामता और परमात्मा में श्रद्धा को पुष्ट करके हम कर्म के स्वामी बन जाते हैं।

जो ज्ञानी ऋषि परम ब्रह्म में लीन होकर जीवन व्यतीत करता है, उसके लिए यह कहा जाता है कि उसे कुछ करने को शेष नहीं है, तस्य कार्यं न विद्यते।[1] सत्य के द्रष्टा की कुछ भी करने या पाने की महत्त्वाकांक्षा शेष नहीं रहती। जब सब इच्छाएं नष्ट हो जाती हैं, तब कार्य कर पाना सम्भव नहीं है। उत्तरगीता में इस आपत्ति (ऐतराज़) को इस प्रकार प्रस्तुत किया गया है : "जो योगी ज्ञान का अमृत पीकर सिद्ध हो गया है, उसके लिए कोई कर्त्तव्य शेष नहीं रहता; यदि कर्त्तव्य शेष रहता है, तो वह सत्य का वास्तविक ज्ञानी नहीं है।"[2] सारा ज्ञान, सारा प्रयत्न परम ज्ञान को, उस अन्तिम सरलता को प्राप्त करने का साधन है। प्रत्येक कर्म या उपलब्धि इस अस्तित्वमान् होने के कर्म की अपेक्षा कम है। सारा कर्म सदोष है।[3]

शंकराचार्य ने इस बात को स्वीकार किया है कि ज्ञान की प्राप्ति के बाद भी मृत्युपर्यन्त कार्य करते रहने में कोई ऐतराज़ की बात नहीं है।[4] इस प्रकार के व्यक्ति को केवल सैद्धान्तिक दृष्टि से सब कर्त्तव्यों से ऊपर कहा जाता है।[5]

---

1. 3, 17
2. ज्ञानामृतेन तृप्तस्य कृतकृत्यस्य योगिनः।
   न चास्ति किंञ्चित् कर्तव्यमस्ति चेन्न स तत्त्ववित् ॥ 1, 23
3. न्यायसूत्र, 1, 1, 18
4. ब्रह्मसूत्र पर शांकरभाष्य, 3, 3, 32; भगवद्गीता पर शंकराचार्य की टीका, 2, 11; 3, 8 और 20। जिन लोगों को यह भय लगा रहता है कि उनका ध्यान भगवान् के चिन्तन से विचलित होकर इधर-उधर न चला जाए, वे स्वभावतः बाह्य कर्मों को करने से हिचकते हैं।
5. अलङ्कारो ह्यमस्माकं यद्ब्रह्मात्मावगतौ सत्यां सर्वकर्तव्यताहानिः। ब्रह्मसूत्र पर शांकरभाष्य, 1, 1, 4

इसका अर्थ है कि सिद्धान्ततः आध्यात्मिक स्वतन्त्रता और व्यावहारिक कार्य के बीच. कोई विरोध नहीं है। यद्यपि अगर ठीक-ठीक कहा जाए, तो ज्ञानी ऋषि को करने के लिए कुछ बाक़ी नहीं बचता, ठीक वैसे ही, जैसे परमात्मा को करने के लिए कुछ बाक़ी नहीं है, फिर भी ज्ञानी ऋषि और परमात्मा, दोनों ही संसार के निर्वाह और प्रगति, लोकसंग्रह, के लिए कार्य करते हैं। हम यह भी कह सकते हैं कि कार्य करने वाला परमात्मा है, क्योंकि व्यक्ति तो अपनी सब इच्छाओं से अपने-आप को ख़ाली कर चुका है।[1] वह कुछ नहीं करता, न किंचित् करोति। क्योंकि उसका कोई बाह्य प्रयोजन नहीं होता, इसलिए वह किसी वस्तु पर दावा नहीं करता और अपने-आप को स्वतःप्रवृत्ति के सम्मुख समर्पित कर देता है। परमात्मा उसके द्वारा कार्य करता है और यद्यपि इस प्रकार के व्यक्ति के लिए कोई भी पाप कर पाना असम्भव है, फिर भी उसके बारे में पाप और पुण्य का प्रश्न ही नहीं उठता।[2] आत्म की शान्ति में स्थिर होकर वह सब कर्मों का करने वाला, कृत्स्नकर्मकृत्, बन जाता है। उसे ज्ञात रहता है कि वह परमात्मा के कार्य का केवल साधन-मात्र है, निमित्तमात्रम्।[3] जब अर्जुन का लम्बा विषाद फलीभूत होता है, तब उसे पता चलता है कि परमात्मा की इच्छा में ही उसकी शान्ति निहित है।[4] परमात्मा के नियन्त्रण के अधीन रहकर प्रकृति अपना काम करती रहती है। व्यक्ति की बुद्धि, मन और इन्द्रियां महान् सार्वभौम प्रयोजन के लिए और उसी के प्रकाश में कार्य करती हैं। जय या पराजय उसे विचलित नहीं करती, क्योंकि वह सार्वभौम आत्मा की इच्छा से ही

---

1. जैमिनीय उपनिषद् : तू (परमात्मा) उसका करने वाला है : त्वं बै तस्य् कर्तासि। "हमारे अन्दर ईसा का मन है।" (कोरिन्थियन्स 2, 16); "अब मैं जीवित नहीं हूं, परन्तु मेरे रूप में ईसा जी रहा है।" (गैलेशियन्स 2, 20)। टॉलर : "अपने कार्यों द्वारा वे फिर नहीं जा सकते··· यदि किसी व्यक्ति को परमात्मा के पास आना हो, तो उसे अपने-आप को सब कर्मों से रिक्त करना होगा। अकेले परमात्मा को कर्म करने देना होगा।" फ़ॉलोइंग ऑफ़ क्राइस्ट, 16, 17, सेण्ट टॉमस ऐक्वाइनास : "जिस मनुष्य का नेतृत्व पवित्र आत्मा कर रही है, उसके कार्य उसके अपने न होकर पवित्र आत्मा के कार्य हैं।"—सम्मा थियोलोजिया, 2, 1, 93-6 और 1।
2. सेण्ट जॉन के इन शब्दों से तुलना कीजिए : "जो भी कोई परमात्मा से उत्पन्न हुआ है, वह पाप नहीं करता।"
3. 11, 33
4. 18, 73

होती है। जो भी कुछ घटित होता है, उसे व्यक्ति राग या द्वेष के बिना स्वीकार कर लेता है। वह द्वैतों से ऊपर उठ चुका होता है (द्वन्द्वातीत)। वह उस कर्त्तव्य को, जिसकी उससे आशा की जाती है, कर्त्तव्य कर्म, व्यथा के बिना और स्वतन्त्रता तथा स्वत:स्फूर्ति के साथ करता है।

सांसारिक मनुष्य संसार की विविध गतिविधियों में खोया रहता है। वह अपने-आप को परिवर्तनशील (क्षर) संसार में छोड़ देता है। निश्चलतावादी मनुष्य पीछे हटता हुआ परम ब्रह्म (अक्षर) की नि:शब्दता में पहुंच जाता है। परन्तु गीता का आदर्श मनुष्य इन दोनों चरम सीमाओं से आगे पहुंचता है और पुरुषोत्तम की भांति काम करता है, जो इस संसार में फंसे बिना इसकी सब सम्भावनाओं में मेल बिठाता है। वह कर्मों का करने वाला है और फिर भी करने वाला नहीं है, कर्तारम् अकर्तारम्। भगवान् अश्रान्त और सक्रिय कार्य करने वाले का आदर्श है, जो अपने कर्म द्वारा अपनी आत्मा की अखण्डता को खो नहीं बैठता। मुक्त आत्मा कृष्ण और जनक की भांति शाश्वत रूप से स्वतन्त्र है।[1] जनक अपने कर्त्तव्यों का पालन करता था और संसार की घटनाओं से क्षुब्ध नहीं होता था।[2] मुक्त आत्माएं उन लोगों के पथ-प्रदर्शन के लिए कार्य करती हैं, जो

---

1. ईशोपनिषद् हमसे कहती है कि हम सारे संसार को भगवान् के निवास-स्थान के रूप में देखें और कर्म करते रहें, क्योंकि इस प्रकार के कर्म हमें बन्धन में नहीं डालते : न कर्म लिप्यते नरे। तुलना कीजिए : य: क्रियावान् स पण्डित:। महाभारत, वनपर्व, 312, 108। आनन्दगिरि ने कठोपनिषद् पर शंकराचार्य के भाष्य पर टिप्पणी करते हुए कहा है, 2, 19 :

   विवेकी सर्वदा मुक्त: कुर्वतो नास्ति कर्तृता।
   अलेपवादमाश्रित्य श्रीकृष्णजनकौ यथा ॥

   'अध्यात्म रामायण' में राम लक्ष्मण से कहता है : "जो व्यक्ति इस संसार की धारा में गिर पड़ा है, वह अदूषित रहता है; भले ही बाह्य रूप से वह सब प्रकार के कर्म करता भी रहे।"

   प्रवाहपतित: कार्यं कुर्वन्नपि न लिप्यते।
   बाह्ये सर्वत्र कर्तृत्वमावहन्नपि राघव ॥

2. "सचमुच मेरी वह सम्पत्ति असीम है, जिसमें मेरा कुछ भी नहीं है। यदि मिथिला जलकर राख हो जाए, तो भी मेरा कुछ भी नहीं जलेगा।"

   अनन्तं वत् मे वित्तं यस्य मे नास्ति किंचन।
   मिथिलायां प्रदीप्तायां न मे किंचित् प्रदाह्यते ॥

   —महाभारत, शान्तिपर्व, 7, 1

(शेष अगले पृष्ठ पर)

विचारशील लोगों द्वारा स्थापित किए गए प्रमापों का अनुगमन करते हैं। वे इस संसार में रहती हैं, किन्तु अपरिचितों की तरह। वे शरीर में रहते हुए सब कठिनाइयों को सहती हैं[1] और फिर भी वे शरीर के लिए नहीं जीतीं। उनका अस्तित्व पृथ्वी पर होता है, परन्तु उनकी नागरिकता स्वर्ग की ही होती है। "जिस प्रकार अपण्डित व्यक्ति अपने कार्य के प्रति अनुराग होने के कारण कर्म करता है, उसी प्रकार पण्डित व्यक्ति को भी केवल लोक-संग्रह करने की इच्छा से आसक्ति के बिना कर्म करना चाहिए।"[2]

जहां बौद्ध आदर्श चिन्तन के जीवन को ऊंचा बताता है, वहां गीता उन सब आत्माओं को अपनी ओर आकृष्ट करती है, जिनमें कर्म और अभियान की लालसा है। कर्म आत्मपूर्णता के लिए किया जाता है। हमें अपने उच्चतम और अन्तर्तम अस्तित्व के सत्य को खोज निकालना होगा और उसके अनुसार जीना होगा और अन्य किसी बाह्य प्रमाप का अनुगमन नहीं करना होगा। हमारा स्वधर्म, बाह्य जीवन, और हमारा स्वभाव, आन्तरिक अस्तित्व, एक-दूसरे के अनुकूल होना चाहिए। केवल तभी कर्म स्वतन्त्र, सरल और स्वतःप्रवृत्त हो सकेगा। परमात्मा के संसार में हम परमात्मा की इच्छा के अनुकूल केवल तभी जी सकते हैं, जब कि हम अद्वितीयता की बहुमूल्य अपार्थिव ज्योति को जगाए रखें। अपने-आप को भगवान् के हाथों में छोड़कर, अपने-आप को उसके उपयोग के लिए पूर्ण साधन बनाकर हम उच्चतम आध्यात्मिक ज्ञान प्राप्त कर लेते हैं।

कर्मयोग गीता के अनुसार जीवन के लक्ष्य तक पहुंचने की एक वैकल्पिक पद्धति है और इसका अन्त ज्ञान में होता है।[3] इस अर्थ में शंकर का यह मत

शंकराचार्य का कथन है कि बड़े-बड़े सन्त शान्ति में जीते हैं। वसन्त ऋतु की भांति वे संसार को कल्याण प्रदान करते हैं। अपने-आप संसार के विशाल समुद्र को पार कर चुकने के कारण वे अन्य लोगों को उसे पार करने में समर्थ बनाते हैं और ऐसा करने में उनका कोई प्रयोजन नहीं होता।

शान्ता महान्तो निवसन्ति सन्ताः वसन्तवल्लोकहितं चरन्तः।
तीर्णाः स्वयं भीमभवार्णवं जनानहेतुनान्यानपि तारयन्तः ॥

1. भागवत से तुलना कीजिए : भले आदमी संसार के दुःखों के लिए कष्ट सहते हैं। 'प्रायशो लोकतापेन तप्यन्ते साधवो जनाः'। वे अपने-आप को जलाते हैं, जिससे वे संसार को प्रकाशित कर सकें।

2. 3, 25

3. 4, 33

ठीक है कि कर्म और भक्ति आध्यात्मिक स्वतन्त्रता के साधन हैं। परन्तु आध्यात्मिक स्वतन्त्रता सक्रियता के साथ असंगत नहीं है। कर्त्तव्य के रूप में कार्य समाप्त हो जाता है, परन्तु सारी गतिविधि समाप्त नहीं हो जाती। मुक्त व्यक्तियों की गतिविधि स्वतन्त्र और स्वत:स्फूर्त होती है और परवशतात्मक नहीं होती। भले ही उन्हें ज्ञान प्राप्त हो चुका है, फिर भी वे संसार के कल्याण के लिए कार्य करते हैं।[1] कार्य साधन के रूप में नहीं किया जाता, अपितु वह एक लक्षण बन जाता है। जब हम संन्यास आश्रम ग्रहण कर लेते हैं, तब भी अन्य आश्रमों के कर्त्तव्य तो छूट जाते हैं, परन्तु संन्यास आश्रम के कर्त्तव्य नहीं छूटते। सामान्य गुण (साधारण धर्म)—जिनका पालन करना सबके लिए आवश्यक है, जैसे दया का आचरण—अपनाए ही जाते हैं। इस प्रकार कर्म और मुक्ति एक-दूसरे से असंगत नहीं हैं।[2]

गीता ने उन अनेक सम्प्रदायों और संहिताओं को अपना लिया है, जो उससे पहले ही एक-दूसरे से होड़ कर रही थीं, और उनको एक ऐसे धर्म के पहलुओं

---

1. भगवद्गीता पर शंकराचार्य की टीका, 3, 20
2. मण्डन मिश्र ने अपनी पुस्तक 'ब्रह्मसिद्धि' में कर्म और ज्ञान के सम्बन्ध के विषय में सात विभिन्न मतों का उल्लेख किया है : (1) वेद के कर्मकाण्ड में बताई गई विधियां मनुष्यों को उनकी स्वाभाविक गतिविधियों से विमुख करके चिन्तनात्मक गतिविधि की ओर ले जाती हैं, जो आत्मज्ञान के लिए आवश्यक बताई गई है; (2) ये विधियां उपभोग की प्रक्रिया द्वारा इच्छाओं का नाश करने के लिए बनाई गई हैं और इस प्रकार ये चिन्तन के लिए वह मार्ग तैयार करती हैं, जो आत्मज्ञान की ओर ले जाता है; (3) कर्म का पालन करना तीन ऋणों (ऋणत्रय) से उऋण होने के लिए आवश्यक है, जो आत्मज्ञान के लिए पहली आवश्यक शर्त है; (4) विहित विधियों का एक दूसरा प्रयोजन (संयोगपृथकत्व) है कि वे उनके द्वारा प्रत्याशित इच्छाओं को पूरा करती हैं और मनुष्य को आत्मज्ञान के लिए तैयार करती हैं; (5) सम्पूर्ण कर्म का उद्देश्य मनुष्यों को शुद्ध करना और उन्हें आत्मज्ञान के लिए तैयार करना है; (6) आत्मज्ञान को एक शोधक सहायक तत्त्व के रूप में समझा जाना चाहिए, जो कर्मकांड में विहित विभिन्न गतिविधियों की आवश्यकताओं को पूरा करने में सहायक है; (7) कर्म और ज्ञान एक-दूसरे के विरोधी हैं।

   मण्डन मिश्र का झुकाव चौथे और पांचवें दृष्टिकोणों को अपनाने की ओर है। विधियों को पूरा करना सनातन स्वत:प्रकाशित आत्मा की ज्योति की अन्तिम अभिव्यक्ति को लाने में, उपनिषदों के महावाक्यों से निकलने वाले शब्द ज्ञान की विषय-वस्तु के चिन्तन में अत्यन्त मूल्यवान् सहायक है। जहां संन्यासी लोग विशुद्ध चिन्तनात्मक पद्धति द्वारा स्मार्त विधियों को पूरा करते हुए आत्मज्ञान प्राप्त करते हैं, वहां गृहस्थ लोग विधियों इत्यादि को पूरा करने के द्वारा इस लक्ष्य तक पहुंचते हैं।

के रूप में रूपान्तरित कर दिया है, जो कहीं अधिक आन्तरिक, स्वतन्त्र, सूक्ष्म और गम्भीर है। यदि लोकप्रिय देवताओं की पूजा की जानी है, तो यह भी साथ ही समझ लेना होगा कि वे केवल एक ही भगवान् के विविध रूप-मात्र हैं। यदि बलियां दी जानी हैं, तो वे आत्मिक होनी चाहिए, भौतिक पदार्थों की नहीं। आत्मसंयम का जीवन या अनासक्त कर्म यज्ञ है। वेद उपयोगी है, परन्तु गीता के उपदेश के विस्तृत जलप्लावन की तुलना में वह एक पोखर के समान है। गीता ब्रह्म और आत्मा के उस सिद्धान्त का उपदेश देती है, जिसे उपनिषदों के अनुयायी खोजते हैं और जिसका वर्णन करते हैं। चित्तवृत्ति को केन्द्रित करने का योग उपयोगी है, परन्तु भगवान् योगेश्वर है। सांख्य का द्वैतवाद अद्वैतवाद के रूप में अपना लिया गया है, क्योंकि पुरुष और प्रकृति सर्वोच्च स्वामी पुरुषोत्तम के ही दो स्वभाव हैं। वही एक है, जो दया प्रदान करता है। वही भक्ति का सच्चा विषय है। उसी के लिए सब काम किया जाना चाहिए। उद्धार करने वाला ज्ञान उसी का ज्ञान है। धर्म के परम्परागत नियमों का पालन किया जाना चाहिए, क्योंकि उन्हें उसने ही स्थापित किया है और वही नैतिक व्यवस्था को बनाए रखता है। नियम अपने-आप में कोई साध्य नहीं है, क्योंकि अन्तिम लक्ष्य तो भगवान् के साथ ऐक्य स्थापित करना है। गीता का गुरु उस समय प्रचलित विभिन्न सम्प्रदायों में मेल स्थापित करता है और हमारे सम्मुख एक ऐसी सर्वांग-सम्पूर्ण शान्ति-योजना प्रस्तुत करता है, जो स्थानीय और अस्थायी नहीं है, अपितु सब कालों और सब मनुष्यों के लिए है। वह बाह्य विधियों या कट्टर सिद्धान्तात्मक धारणाओं पर ज़ोर नहीं देता, अपितु मानव-स्वभाव और अस्तित्व के मूलभूत सिद्धान्तों और महान् तथ्यों पर बल देता है।

13. वास्तविक लक्ष्य[1]

गीता उस आत्मिक जीवन की एकता पर बल देती है, जिसे दार्शनिक ज्ञान,

---

1. पूर्णता का लक्ष्य सर्वोच्च को (3, 19), मुक्ति को (3, 31; 4, 15), शाश्वत स्थिति को (18, 56), उस मार्ग को जिससे कोई वापस नहीं लौटता (5, 17), पूर्णता को (12, 10), परम शान्ति को (4, 39), परमात्मा में प्रवेश को (4, 9, 10 और 24), परमात्मा के साथ संयोग को (6, 28), ब्रह्म में विश्राम को (2, 72), ब्रह्मभाव की प्राप्ति को (14, 26) और ब्रह्म में रूपान्तरण को (5, 24) बताया गया है।

भक्तिपूर्ण प्रेम या परिश्रमपूर्ण कर्म के रूप में नहीं बांटा जा सकता। कर्म, ज्ञान और भक्ति एक-दूसरे के पूरक हैं, तब भी जब कि हम लक्ष्य की खोज कर रहे होते हैं और लक्ष्य को प्राप्त कर लेने के बाद भी। यद्यपि हम एक ही पद्धति पर नहीं चल रहे होते, फिर भी जिस वस्तु की हम खोज कर रहे होते हैं, वह एक ही है। हम पर्वत के शिखर पर भले ही अलग-अलग मार्गों से चढ़ें, परन्तु चोटी पर से दिखाई पड़ने वाला दृश्य सबके लिए एक जैसा होगा। ज्ञान की एक सशरीर व्यक्ति के रूप में कल्पना की गई है, जिसका शरीर तो जानकारी है और जिसका हृदय प्रेम है। योग, जिसकी विभिन्न अवस्थाएं ज्ञान और ध्यान, प्रेम और सेवा हैं, अन्धकार से प्रकाश की ओर और मृत्यु से अमरता की ओर ले जाने वाला प्राचीन मार्ग है।

लोकातीतता का लक्ष्य ब्रह्मलोक तक पहुंचने के रूप में या ब्रह्मभाव या ब्राह्मी स्थिति को प्राप्त करने के रूप में प्रकट किया गया है। इसका एक पक्ष है संसार से पृथक् हो जाना (कैवल्य)। गीता में इन सभी दृष्टिकोणों का उल्लेख है। अनेक स्थानों पर ऐसा सुझाव दिया गया है कि मुक्ति की दशा में द्वैत लुप्त हो जाता है और मुक्त आत्मा सनातन आत्मा के साथ मिलकर एक हो जाती है। यह ऐसी दशा है, जो सब गुणों और विशेषताओं से परे है, दुःखरहित है, स्वतन्त्र और शान्तिमय है। यदि शरीर हमारे साथ चिपटा रहेगा, तो प्रकृति तबं तक कार्य करती रहेगी, जब तक कि शरीर उतारी हुई केंचुली की भांति अलग नहीं कर दिया जाता। जीवन्मुक्त या स्वतन्त्र हुई आत्मा शरीर में रहते हुए भी बाह्य संसार की घटनाओं के प्रति क्रिया तो करती है, परन्तु वह उनमें उलझती नहीं। इस दृष्टिकोण के अनुसार, आत्मा और शरीर दो पृथक् वस्तुएं हैं, जिनका द्वैत मिट नहीं सकता और हम ऐसे किसी कर्म के विषय में सोच भी नहीं सकते, जो मुक्त आत्मा द्वारा किया गया हो।

गीता में मुख्य रूप से इस प्रकार के दृष्टिकोण पर ज़ोर नहीं दिया गया। गीता की दृष्टि में आध्यात्मिक स्वतन्त्रता की दशा हमारी सम्पूर्ण प्रकृति को अमर विधान और परमात्मा की शक्ति में रूपान्तरित कर देने में निहित है। परमात्मा के साथ समानता (साधर्म्य) पर ज़ोर दिया गया है, एकरूपता या तादात्म्य (सायुज्य) पर नहीं। मुक्त आत्मा दिव्य ज्ञान से स्फूर्ति प्राप्त करती है

और दिव्य संकल्प से उसे गति मिलती है। वह ब्रह्मभाव की स्थिति प्राप्त कर लेती है। उसकी शुद्ध प्रकृति ब्रह्मतत्त्व में घुल-मिल जाती है। जो भी कोई इस लोकातीत दशा को प्राप्त कर लेता है, वह योगी, सिद्धपुरुष, जितात्मा, युक्तचेता, एक अनुशासित और लयबद्ध प्राणी बन जाता है, जिसके लिए सनातन सदा वर्तमान रहता है। वह विभक्त निष्ठाओं और कर्मों से मुक्त हो जाता है। उसके शरीर, मन और आत्मा, फ्रायड के शब्दों में चेतन, पूर्वचेतन और अचेतन, निर्दोष रूप से साथ मिलकर कार्य करते हैं और एक ऐसी लय को प्राप्त कर लेते हैं, जो आनन्द की भावसमाधि में, ज्ञान के आलोक में और ऊर्जा की प्रबलता में अभिव्यक्त होती है। मुक्ति अमर आत्मा का मर्त्य मानवीय जीवन से पृथक्करण नहीं, अपितु सम्पूर्ण मनुष्य का रूपान्तरण है। यह मानवीय जीवन के तनाव को नष्ट करके प्राप्त नहीं की जाती, अपितु उसे रूपान्तरित करके प्राप्त की जाती है। उसकी सम्पूर्ण प्रकृति सार्वभौम के दर्शन के प्रति विनत हो जाती है और विचित्र आभा से भर उठती है और आध्यात्मिक प्रकाश से दमकने लगती है। उसके शरीर, प्राण और मन लीन नहीं हो जाते, अपितु वे शुद्ध हो जाते हैं और दिव्य प्रकाश के साधन और सांचे बन जाते हैं और वह स्वयं अपनी सर्वश्रेष्ठ कृति बन जाता है। उसका व्यक्तित्व अपनी पूर्णता तक, अपनी अधिकतम अभिव्यक्ति तक ऊपर उठ जाता है; और शुद्ध और मुक्त, प्रफुल्ल और भारमुक्त हो जाता है। उसकी सब गतिविधियां संसार को संगठित रखने के लिए होती हैं, चिकीर्षुर्लोकसंग्रहम्।[1] मुक्त आत्माएं सारे संसार के उद्धार का भार अपने ऊपर ले लेती हैं। आत्मा की गतिकता का और इसके सदा नये-नये विरोधों का अन्त संसार का अन्त होने पर ही हो सकता है। द्वन्द्वात्मक विकास तब तक नहीं रुक सकता, जब तक कि सारा संसार अज्ञान और बुराई से मुक्त न हो जाए। सांख्य-मत के अनुसार वे लोग भी, जो कि उच्चतम ज्ञान और मुक्ति के अधिकारी हैं, दूसरों का कल्याण करने के विचार से इस संसार का परित्याग नहीं करते। अपने-आप को प्रकृति के शरीर में लीन करके और उसके उपहारों का उपयोग करते हुए वे प्रकृतिलीन आत्माएं संसार के हित का साधन करती हैं। संसार को अपने आदर्श की ओर आगे बढ़ना है, और जो लोग अज्ञान और मूढ़ता में खोए हुए हैं, उनका उद्धार मुक्त आत्माओं के प्रयत्न और दृष्टान्त, ज्ञान और

1. 3, 25

बल द्वारा होना है।[1] ये चुने हुए लोग मानव-जाति के स्वाभाविक नेता हैं। हमारे आध्यात्मिक अस्तित्व के कालहीन आधार में लंगर जमाकर मुक्त आत्मा (सनातन व्यक्ति) जीव-लोक के लिए कर्म करता है।[2] शरीर, प्राण और मन की व्यष्टि को धारण करते हुए भी वह आत्मा की सार्वभौमता को बनाए रखता है। वह जो भी कर्म करता है, उससे उसका भगवान् के साथ निरन्तर संयोग अविचलित रहता है।[3] जब विश्व की यह प्रक्रिया अपनी पूर्णता तक पहुंच जाती है, जब सारे संसार का उद्धार हो चुकता है, तब क्या होता है, इस विषय में कुछ कह पाना हमारे लिए कठिन है। हो सकता है कि तब भगवान्, जो असीम सम्भावना है, अपनी अभिव्यक्ति के लिए किसी अन्य सम्भावना को शुरू कर दे।

गीता इस बात को स्वीकार करती है कि वास्तविकता तो परब्रह्म है, परन्तु विश्व के दृष्टिकोण से वह सर्वोच्च ईश्वर है। सर्वोच्च ईश्वर ही एकमात्र वह रूप है, जिसमें मनुष्य का विचार, क्योंकि वह सीमित है, सर्वोच्च वास्तविकता की कल्पना कर सकता है। यद्यपि इन दोनों में परस्पर क्या सम्बन्ध है, यह तार्किक दृष्टिकोण से समझ पाना हमारे लिए सम्भव नहीं है, परन्तु जब हम वास्तविकता का प्रत्यक्ष ज्ञान प्राप्त करते हैं, तब यह समझ में आ जाता है। इसी प्रकार मुक्ति की अन्तिम दशा के सम्बन्ध में बताए गए दो दृष्टिकोण एक ही दशा के अन्तःस्फुरणात्मक और बौद्धिक, दो रूप हैं। मुक्त आत्माओं को पृथक् व्यक्तित्व की कोई आवश्यकता नहीं होती, लेकिन फिर भी वे अपने-अपने को सीमित करके इसे धारण करती हैं। इस विषय में दोनों मत एक हैं कि जब तक मुक्त आत्माएं संसार में जीती रहती हैं, वे किसी-न-किसी प्रकार का कर्म करती रहती हैं। वे आत्मिक स्वतन्त्रता के साथ और एक आन्तरिक आनन्द और शान्ति के साथ कार्य करती हैं—जिस आनन्द और शान्ति का स्रोत या उसका बना रहना किसी बाह्य वस्तु पर निर्भर नहीं है।

---

1. 4, 34
2. 15, 7
3. 6, 31

गीता में ब्रह्मलोक या परमात्मा के संसार को अपने-आप में शाश्वत नहीं बताया गया, अपितु वह प्रकटन (अभिव्यक्ति) की दूरतम सीमा है। आनन्द हमारे विकास की सीमा है और हम विज्ञान के स्तर से ऊपर उठकर उस तक पहुंचते हैं। इसका सम्बन्ध ब्रह्माण्डीय अभिव्यक्ति से है। परम तत्त्व आनन्दमय आत्मा नहीं है, न ईश्वरीय बना हुआ आत्मा ही है।[1] विशुद्ध आत्मा पंचकोशों से भिन्न है।[2] जब ब्रह्माण्ड का प्रयोजन पूर्ण हो जाता है, जब परमात्मा का राज्य स्थापित हो जाता है, जब पृथ्वी पर भी भगवान् का राज्य वैसा ही होता है, जैसा कि वह स्वर्ग में है, जब सब व्यक्ति आत्मज्ञान प्राप्त कर लेते हैं और उस स्तर से ऊपर उठ जाते हैं, जिसमें कि जन्म और मरण होते हैं, तब यह ब्रह्माण्डीय प्रक्रिया उस रूप में पहुंचा दी जाती है, जो सब अभिव्यक्तियों से परे है।

---

1. यह आनन्दमय आत्मा भी सर्वोच्च आत्मा नहीं है, क्योंकि यह भी परिस्थितियों के वशीभूत है और यह प्रकृति का ही सुधरा हुआ रूप है। यह एक परिणाम है और अच्छे कर्मों के सब परिणामों का सार है। —विवेकचूड़ामणि, 212
2. पञ्चकोशविलक्षणः। —विवेकचूड़ामणि, 214

अध्याय 1

अर्जुन की दुविधा और विषाद

वास्तविक प्रश्न

धृतराष्ट्र उवाच

1. धर्मक्षेत्रे कुरुक्षेत्रे समवेता युयुत्सवः।
मामकाः पाण्डवाश्चैव किमकुर्वत संजय॥

धृतराष्ट्र ने कहा :

(1) हे संजय, जब मेरे पुत्र और पाण्डु के पुत्र धर्म के क्षेत्र कुरुक्षेत्र में युद्ध करने की इच्छा से एकत्र हुए, तब उन्होंने क्या किया?

धर्मक्षेत्रे : धर्म के क्षेत्र में। क्या उचित है या धर्म है, यह निर्णय करने का गुण मनुष्य में ही विशेष रूप से पाया जाता है। भूख, नींद, भय और यौन इच्छा तो मनुष्यों और पशुओं में समान रूप से पाई जाती हैं; उचित और अनुचित के ज्ञान के कारण ही मनुष्य पशुओं से पृथक् समझा जा सकता है।[1]

यह संसार धर्मक्षेत्र है, नैतिक संघर्ष के लिए समर-भूमि। निर्णायक तत्त्व मनुष्यों के हृदयों में विद्यमान है, जहां कि ये युद्ध प्रतिदिन और प्रतिघड़ी चल रहे हैं। पृथ्वी से स्वर्ग तक और दुःख से आत्मा तक धर्म के मार्ग द्वारा ही उठा जा सकता है। अपने शारीरिक अस्तित्व की दृष्टि से भी हम धर्म का आचरण करते हुए सुरक्षा की स्थिति तक पहुंच सकते हैं, जहां पहुंचकर प्रत्येक कठिनाई का अन्त आनन्द में होता है। यह संसार धर्मक्षेत्र है, सन्तों के पनपने की भूमि, यहां आत्मा की पवित्र ज्वाला कभी बुझने नहीं पाई है। इसे कर्मभूमि भी कहा

---

1. आहारनिद्राभयमैथुनं च सामान्यमेतत् पशुभिर्नराणाम्।
धर्मो हि तेषामधिको विशेषो धर्मेण हीनाः पशुभिः समानाः॥ —हितोपदेश

जाता है। हम इसमें अपना कार्य करते हैं और आत्मा के निर्माण के प्रयोजन को पूरा करते हैं।

गीता का उद्देश्य किसी सिद्धान्त की शिक्षा देना उतना नहीं है जितना कि धर्म के आचरण की प्रेरणा देना। जो वस्तु जीवन में पृथक् नहीं की जा सकती, उसे हम सिद्धान्त में भी पृथक् नहीं कर सकते। नागरिक और सामाजिक जीवन के कर्त्तव्यों में धर्म का, उसके कार्यों और सुअवसरों समेत, विधान किया गया है। जो भी वस्तु भौतिक समृद्धि और आत्मिक स्वतन्त्रता को बढ़ाती है, वह धर्म है।[1] गीता की शिक्षा वह रहस्यवाद नहीं है, जिसका सम्बन्ध मनुष्य के केवल आन्तरिक अस्तित्व से होता है। जीवन के कर्त्तव्यों और सम्बन्धों को मिथ्या मानकर उन्हें त्याग देने के बजाय यह उन्हें आत्मिक स्वतन्त्रता की प्राप्ति के लिए सुअवसर के रूप में स्वीकार करती है। जीवन हमें इसलिए मिला है कि हम इसे पूर्णतया रूपान्तरित कर सकें।

रणभूमि को धर्मक्षेत्र या धर्म की भूमि इसलिए कहा गया है, क्योंकि ईश्वर, जो धर्म का रक्षक है, इसमें सक्रिय रूप से उपस्थित है।

कुरुक्षेत्रे : कुरुओं के क्षेत्र में। कुरुक्षेत्र कुरुओं की भूमि है। कुरु उस काल का एक प्रमुख गोत्र था।[2]

---

1. प्राणिनां साक्षादभ्युदयनिःश्रेयसहेतुर्यः स धर्मः।
2. यह हस्तिनापुर, आजकल की दिल्ली के पास एक विशाल मैदान है। जब कुरुओं के अन्धे राजा धृतराष्ट्र ने अपना सिंहासन अपने सबसे बड़े पुत्र दुर्योधन को न देकर युधिष्ठिर को, जिसे धर्मराज, पुण्य का अवतार भी कहा जाता है, देने का निश्चय किया, तब दुर्योधन ने कौशल और छल से राजसिंहासन हथिया लिया और युधिष्ठिर तथा उसके चार भाइयों को समाप्त करने का प्रयत्न किया। यादवजाति के नेता कृष्ण ने कौरवों और पाण्डवों में, जो रिश्ते में भाई थे, समझौता कराने की कोशिश की। जब सब प्रयत्न विफल रहे, तब कौरवों और पाण्डवों में भ्रातृघाती युद्ध अनिवार्य हो गया। कृष्ण ने प्रस्ताव रखा कि वह और उनकी सेना दोनों अलग-अलग पक्षों में रहेंगे। किस पक्ष में कृष्ण रहें और किसमें उनकी सेना, यह चुनाव उन्होंने दोनों पक्षों पर छोड़ दिया। दुर्योधन ने कृष्ण की सेना को चुना और कृष्ण स्वयं पाण्डवों के पक्ष में हो गए और अर्जुन के सारथी बने। महाभारत, उद्योग पर्व, अध्याय 6, श्लोक 147। ओल्ड टैस्टामेंट में भी कहा गया है, "कुछ लोग रथों पर भरोसा रखते हैं और कुछ घोड़ों पर; परन्तु हे स्वामी, हमारे ईश्वर, हम तुझ पर भरोसा रखेंगे।" पाण्डव और कौरव दो महान गतियों, ऊर्ध्वमुखी और अधोमुखी, दैवी और आसुरी, धर्म, जो हमारे आत्मिक विकास में हमारी सहायता करता है और अधर्म, जो हमें माया में उलझाकर नीचे और नीचे घसीटता जाता है, के बीच विरोध के प्रतीक हैं। यह नहीं कि दोनों में परस्पर मेल न हो सकता हो, क्योंकि वस्तुतः दोनों का उद्गम स्थान एक ही है। पाण्डवों और कौरव रिश्ते में भाई थे और एक ही पूर्वजों के वंशज थे।

'धर्मक्षेत्रे कुरुक्षेत्रे' शब्दों से मृत्यु द्वारा जीवन का नियम ध्वनित होता है। भयंकर भगवान् उस रूप का एक पक्ष है, जो अर्जुन को युद्धक्षेत्र में दिखाई पड़ता है। जीवन एक संग्राम है, आत्मा का बुराई के विरुद्ध युद्ध। सृजन की प्रक्रिया दो परस्पर-विरोधी तत्त्वों में, जो एक-दूसरे के विरुद्ध खड़े होते हैं, निरन्तर तनाव की प्रक्रिया है। उन दोनों के पारस्परिक विरोध से विकास आगे बढ़ता है और सृष्टि के प्रयोजन में प्रगति होती है। इस संसार में अपूर्णता, बुराई और अविवेक के तत्त्व हैं और हमें कर्म द्वारा, धर्म द्वारा इस संसार को बदलना है। इन तत्त्वों को, जो अभी तर्कबुद्धि के लिए अपारदर्शक हैं, विचार के लिए पारदर्शक बनाना है। युद्ध एक प्रतिशोधात्मक निर्णय है और साथ ही साथ एक अनुशासन का कार्य भी। कुरुक्षेत्र को तपःक्षेत्र, तप का या अनुशासन का क्षेत्र भी कहा जाता है।[1] युद्ध मनुष्य-जाति के लिए दण्ड भी है और साथ ही साथ उसे स्वच्छ करने का साधन भी। परमात्मा निर्णायक होने के साथ-साथ उद्धारक भी है। वह संहार करता है और सृष्टि करता है। वह शिव और विष्णु है।

मामकाः : मेरे लोग[2]। यह ममत्व अर्थात् मेरा होने की भावना अहंकार का परिणाम है, जो सारी बुराई की जड़ है। यहां कौरवों के ममकार या स्वार्थ-भावना को स्पष्ट किया गया है, जिसके कारण सत्ता और प्रभुत्व के प्रति लोभ बढ़ता है।

संजय : संजय अन्धे राजा धृतराष्ट्र का सारथी है और वह राजा को युद्ध की घटनाएं सुनाता है।

दो *सेनाए*

संजय उवाच

2. दृष्ट्वा तु पाण्डवानीकं व्यूढं दुर्योधनस्तदा।
आचार्यमुपसंगम्य राजा वचनमब्रवीत्॥

संजय ने कहा :

(2) तब राजा दुर्योधन पाण्डवों की सेना को व्यूह-रचना में खड़े देखकर अपने आचार्य के पास पहुंचा और बोला :

---

1. देखिए मनु, 2, 19 और 20
2. ममेति कायन्तीति मामकाः अविद्यापुरुषाः। —अभिनवगुप्त।

आचार्य : गुरु, जो शास्त्रों का अर्थ जानता है, उसे दूसरों को सिखाता है और उस शिक्षा पर स्वयं आचरण करता है।

द्रोणाचार्य ने कौरवों और पाण्डवों, दोनों पक्षों के राजकुमारों को ही युद्ध विद्या सिखाई थी।

3. पश्यैतां पाण्डुपुत्राणामाचार्य महतीं चमूम्।
व्यूढां द्रुपदपुत्रेण तव शिष्येण धीमता॥

(3) आचार्य, पांडु के पुत्रों की इस विशाल सेना को देखिए, जिसकी व्यूह-रचना आपके बुद्धिमान शिष्य धृष्टद्युम्न (द्रुपद के पुत्र) ने की है।[1]

4. अत्र शूरा महेष्वासा भीमार्जुनसमा युधि।
युयुधानो विराटश्च द्रुपदश्च महारथः॥

(4) यहां पर बड़े-बड़े धनुर्धारी योद्धा खड़े हैं, जो युद्ध में भीम और अर्जुन के समान हैं—युयुधान, विराट् और महारथी द्रुपद।[2]

5. धृष्टकेतुश्चेकितानः काशिराजश्च वीर्यवान्।
पुरुजित्कुन्तिभोजश्च शैब्यश्च नरपुङ्गवः॥

(5) धृष्टकेतु, चेकितान और वीर काशिराज, इनके साथ ही पुरुजित्, कुन्तिभोज और मनुष्यों में श्रेष्ठ शैब्य हैं।[3]

6. युधामन्युश्च विक्रान्त उत्तमौजाश्च वीर्यवान्।
सौभद्रो द्रौपदेयाश्च सर्व एव महारथाः॥

---

1. धृष्टद्युम्न पांचाल के राजा द्रुपद का पुत्र है।
2. भीम युधिष्ठिर का प्रधान सेनापति है, यद्यपि कहने के लिए यह पद धृष्टद्युम्न को दे दिया गया है।

   अर्जुन कृष्ण का मित्र और पाण्डवों का महान् योद्धा है।

   युयुधान कृष्ण का सारथी है, जिसे सात्यकि भी कहा जाता है। विराट् वह राजा है, जिसके राज्य में पाण्डव लोग कुछ समय तक गुप्त रूप से रहे थे।
3. धृष्टकेतु चेदियों का राजा है।

   चेकितान पाण्डवों की सेना का प्रसिद्ध योद्धा है।

   पुरुजित् और कुन्तिभोज दो भाई हैं। कभी-कभी पुरुजित् और कुन्तिभोज को एक भी माना जाता है।

   शैब्य शिबि जाति का राजा है।

(6) पराक्रमी युधामन्यु और वीर उत्तमौजा, सुभद्रा का पुत्र, द्रौपदी के पुत्र, ये सबके सब महारथी हैं। सौभद्र अर्जुन और सुभद्रा के पुत्र अभिमन्यु का नाम है।

7. अस्माकं तु विशिष्टा ये तान्निबोध द्विजोत्तम।
नायका मम सैन्यस्य संज्ञार्थं तान्ब्रवीमि ते॥

(7) हे ब्राह्मणों में श्रेष्ठ, अब हमारी सेना में जो प्रमुख नायक हैं, उनको भी जान लीजिए। आपकी सूचना के लिए मैं उनके नाम बताता हूं।

द्विजोत्तम : ब्राह्मणों में श्रेष्ठ। द्विज वह है, जिसने यज्ञोपवीत धारण किया हो। द्विज का शब्दार्थ है–जिसका दो बार जन्म हुआ है। शिक्षा का लक्ष्य है व्यक्ति को आत्मिक जीवन में दीक्षित कर देना। हम प्रकृति के जगत् में जन्म लेते हैं। हमारा दूसरा जन्म आत्मा के जगत् में होता है। तद् द्वितीयं जन्म, माता सावित्री, पिता तु आचार्यः। व्यक्ति प्रकृति के शिशु के रूप में उत्पन्न होता है और बढ़ता हुआ आत्मिक मनुष्यत्व तक पहुंचता है और आलोक का शिशु बन जाता है।

8. भवान्भीष्मश्च कर्णश्च कृपश्च समितिंजयः।
अश्वत्थामा विकर्णश्च सौमदत्तिस्तथैव च॥

(8) आप, भीष्म और कर्ण और युद्ध में विजयी होने वाला कृप, अश्वत्थामा, विकर्ण और सोमदत्त का पुत्र।[1]

9. अन्ये च बहवः शूरा मदर्थे त्यक्तजीविताः।
नानाशस्त्रप्रहरणाः सर्वे युद्धविशारदाः॥

---

1. भीष्म वृद्ध राजर्षि हैं, जिसने धृतराष्ट्र और पाण्डु का पालन-पोषण किया था।
कर्ण अर्जुन का सौतेला भाई है।
कृप द्रोणाचार्य का साला है।
अश्वत्थामा द्रोण का पुत्र है।
विकर्ण धृतराष्ट्र के सौ पुत्रों में से तीसरा है।
सौमदत्त बाहीकों के राजा सोमदत्त का पुत्रं है।

(9) और भी अनेक योद्धा हैं, जिन्होंने मेरे लिए अपने प्राणों को संकट में डाल दिया है। वे तरह-तरह के शस्त्रों से सज्जित हैं और सब के सब युद्ध में प्रवीण हैं।

10. अपर्याप्तं तदस्माकं बलं भीष्माभिरक्षितम्।
पर्याप्तं त्विदमेतेषां बलं भीमाभिरक्षितम्॥

(10) हमारी यह सेना, जिसकी रक्षा भीष्म कर रहे हैं, अपार है, जबकि पाण्डवों की सेना, जिसकी रक्षा भीम कर रहा है, बहुत सीमित है।

अपर्याप्तम् : अपर्याप्त, जो काफ़ी नहीं है। – श्रीधर।

11. अयनेषु च सर्वेषु यथाभागमवस्थिताः।
भीष्ममेवाभिरक्षन्तु भवन्तः सर्व एव हि॥

(11) इसलिए आप सब लोग अपने-अपने स्थानों पर रहते हुए सब मोर्चों पर दृढ़ता से जमकर सब ओर से भीष्म की ही रक्षा करें।

शंखध्वनि

12. तस्य संजनयन्हर्षं कुरुवृद्धः पितामहः।
सिंहनादं विनद्योच्चैः शङ्खं दध्मौ प्रतापवान॥

(12) उसे आनन्दित करने के लिए वयोवृद्ध कुरु, प्रतापी पितामह, ने सिंह की भांति ज़ोर की गर्जना की और अपना शंख बजाया।

उसकी तथा अन्य लोगों की दृष्टि में कर्तव्य का पालन व्यक्तिगत विश्वास की अपेक्षा कहीं अधिक महत्त्वपूर्ण था। सामाजिक व्यवस्था सामान्यतया सत्ता (प्राधिकार) के प्रति आज्ञापालन पर निर्भर रहती है। क्या सुकरात ने क्रिटो से नहीं कहा था कि वह ऐथन्स के उन क़ानूनों को नहीं तोड़ेगा, जिन्होंने उसका पालन-पोषण किया है, उसकी रक्षा की है और सदा उसका ध्यान रखा है?

सिंह की भांति ज़ोर से गर्जना की : भीष्म ने दृढ़ता के साथ आत्म-विश्वास प्रकट किया।

13. ततः शङ्खाश्च भेर्यश्च पणवानकगोमुखाः।
सहसैवाभ्यहन्यन्त स शब्दस्तुमुलोऽभवत्॥

(13) उसके बाद शंख, भेरियां, ढोल, नगाड़े और सिंगी बाजे एकाएक बज उठे और उनके कारण बड़े ज़ोर का शोर होने लगा।

14. ततः श्वेतैर्हयैर्युक्ते महति स्यन्दने स्थितौ।
माधवः पाण्डवश्चैव दिव्यौ शङ्खौ प्रदध्मतुः॥

(14) तब अपने विशाल रथ में, जिसमें सफ़ेद घोड़े जुते हुए थे, बैठे हुए कृष्ण और अर्जुन ने अपने दिव्य शंख बजाए।

सारे हिन्दू और बौद्ध साहित्य में रथ मानसिक और शारीरिक वाहन का प्रतीक है। घोड़े इन्द्रियां हैं। रासें उन इन्द्रियों का नियन्त्रण हैं, परन्तु सारथी, पथ-प्रदर्शक, भावना या वास्तविक आत्मा है। सारथी कृष्ण हमारे अन्दर विद्यमान आत्मा है।[1]

15. पाञ्चजन्य हृषीकेशो देवदत्तं धनञ्जयः।
पौण्ड्रं दध्मौ महाशङ्खं भीमकर्मा वृकोदरः॥

(15) कृष्ण ने अपना पांचजन्य और अर्जुन ने अपना देवदत्त शंख बजाया और भयंकर कार्य करने वाले और बहुत खाने वाले भीम ने अपना महान् शंख पौण्ड्र बजाया।

इससे युद्ध की तैयारी सूचित होती है।

16. अनन्तविजयं राजा कुन्तीपुत्रो युधिष्ठिरः।
नकुलः सहदेवश्च सुघोषमणिपुष्पकौ॥

(16) कुन्ती के पुत्र राजा युधिष्ठिर[2] ने अपना अनन्तविजय शंख बजाया और नकुल तथा सहदेव ने अपने सुघोष और मणिपुष्पक नाम के शंख बजाए।

17. काश्यश्च परमेष्वासः शिखण्डी च महारथः।
धृष्टद्युम्नो विराटश्च सात्यकिश्चापराजितः॥

---

1. तुलना कीजिए : कठोपनिषद 3, 3: साथ ही देखिए प्लेटो, लौज, 898 सी, मिलिन्दपञ्ह, 26-8
2. युधिष्ठिर पाण्डु के पांच पुत्रों में सबसे बड़ा है। नकुल पाण्डु के पुत्रों में चौथा है और सहदेव उनमें सबसे छोटा है।

(17) और महान् धनुर्धारी काशीराज ने, महारथी शिखण्डी ने, धृष्टद्युम्न और विराट ने और अजेय सात्यकि ने।

18. द्रुपदो द्रौपदेयाश्च सर्वशः पृथिवीपते।
सौभद्रश्च महाबाहुः शङ्खान्दध्मुः पृथक्पृथक्॥

(18) हे पृथ्वी के स्वामी, द्रुपद ने और द्रौपदी के पुत्रों ने और महाबाहु अभिमन्यु ने सब ओर अपने-अपने शंख बजाए।

19. स घोषो धार्तराष्ट्राणां हृदयानि व्यदारयत्।
नभश्च पृथिवीं चैव तुमुलो व्यनुनादयन्॥

(19) वह तुमुल शब्द पृथ्वी और आकाश को गुंजाता हुआ धृतराष्ट्र के पुत्रों के हृदयों को विदीर्ण करने लगा।

अर्जुन द्वारा दोनों सेनाओं का अवलोकन

20. अथ व्यवस्थितान्दृष्ट्वा धार्तराष्ट्रान्कपिध्वजः।
प्रवृत्ते शस्त्रसंपाते धनुरुद्यम्य पाण्डवः॥

(20) तब अर्जुन ने, जिसकी ध्वजा पर हनुमान की मूर्ति अंकित थी, व्यूह-रचना में खड़े हुए धृतराष्ट्र के पुत्रों को देखा और जब शस्त्रास्त्र लगभग चलने शुरू हो गए, तब उसने अपना धनुष उठाया।

प्रवृत्ते शस्त्रसंपाते : जब शस्त्र चलने शुरू हो गए। यह संकट का काल अर्जुन को गहरी चिन्ता में डाल देता है। विरोधी दल युद्धसज्जा में खड़े हैं। शंख बज रहे हैं और प्रत्याशित युद्ध की उत्तेजना उन सब पर छाई हुई है। तब एकाएक आत्मविश्लेषण के क्षण में अर्जुन यह अनुभव करता है कि इस संघर्ष का अर्थ यह है कि जीवन की सारी योजना को, जाति और परिवार के, क़ानून और व्यवस्था के, देशभक्ति और गुरुओं के प्रति आदर के उन महान् आदर्शों को, जिनका वह निष्ठापूर्वक पालन करता रहा था, त्याग देना होगा।

21. हृषीकेशं तदा वाक्यमिदमाह महीपते।
सेनयोरुभयोर्मध्ये रथं स्थापय मेऽच्युत॥

(21) हे पृथ्वी के स्वामी, तब उसने हृषीकेश (कृष्ण) से ये शब्द कहे : हे

अच्युत (कृष्ण) मेरे रथ को दोनों सेनाओं के बीच में ले जाकर खड़ा करो।

अच्युत : अविचल; यह भी कृष्ण का नाम है।[1]

22. यावदेतान्निरीक्षेऽहं योद्धुकामानवस्थितान्।
कैर्मया सह योद्धव्यमस्मिन् रणसमुद्यमे॥

(22) जिससे मैं इन लोगों को देख सकूं, जो युद्ध के लिए उत्सुक खड़े हैं और जिनके साथ मुझे इस युद्ध में लड़ना है।

23. योत्स्यमानानवेक्षेऽहं य एतेऽत्र समागताः।
धार्तराष्ट्रस्य दुर्बुद्धेर्युद्धे प्रियचिकीर्षवः॥

(23) मैं उन सबको देखना चाहता हूं, जो यहां लड़ने के लिए उद्यत होकर इकट्ठे हुए हैं और जो दुष्ट बुद्धि वाले दुर्योधन का युद्ध में भला करने की इच्छा से आए हैं।

युद्ध की सारी तैयारियां पूरी हो चुकी हैं। उसी प्रातःकाल युधिष्ठिर ने भीष्म द्वारा की गई दुर्भेद्य व्यूह-रचना को देखा था। भय से कांपते हुए उसने अर्जुन से कहा था : "इस सेना के मुकाबले में हम कैसे जीत सकते हैं ?"[2] अर्जुन ने एक प्राचीन श्लोक का उद्धरण देकर अपने भाई को उत्साहित किया था : "विजय की इच्छा रखने वाले लोग शक्ति और बल से उतना नहीं जीतते, जितना सत्य, करुणा, दया और पुण्य से। जहां कृष्ण हैं, वहां विजय सुनिश्चित है।···विजय उसके गुणों में से एक है और उसी प्रकार विनय भी।"[3] कृष्ण अर्जुन को

---

1. कृष्ण के लिए प्रयोग में आने वाले अन्य नाम ये हैं : मधुसूदन (मधु राक्षस को मारने वाला), अरिसूदन (शत्रुओं को मारने वाला), गोविन्द (ग्वाला या ज्ञान देने वाला), वासुदेव (वसुदेव का पुत्र), यादव (यदु का वंशज), केशव (सुन्दर बाल वाला), माधव (लक्ष्मी का पति), हृषीकेश (इन्द्रियों का स्वामी हृषीक + ईश), जनार्दन (मनुष्यों को स्वतन्त्र कराने वाला)।
अर्जुन के लिए प्रयोग में लाए गए अन्य नाम ये हैं : भारत (भरत का वंशज), धनंजय (धन को जीतने वाला), गुडाकेश (जिसके बाल गेंद की तरह बंधे हुए हैं), पार्थ (पृथा का पुत्र), परन्तप (शत्रुओं को सताने वाला)।
2. धनञ्जय कथं शक्यमस्माभिर्योद्धु माहवे। – महाभारत, भीष्मपर्व, 21, 3।
3. युध्यध्वमनहङ्कारा यतोधर्मस्ततो जयः···यतः कृष्णस्ततो जयः, वही 21, 11-12

अपने-आप को शुद्ध करने और सफलता के लिए दुर्गा से प्रार्थना करने की सलाह देता है। अर्जुन अपने रथ से उतर पड़ता है और देवी की स्तुति में एक मन्त्र पढ़ता है। इस भक्ति से प्रसन्न होकर देवी अर्जुन को वर देती है : "हे पाण्डव, तू बहुत जल्दी अपने शत्रुओं को जीत लेगा। स्वयं भगवान् नारायण तेरी सहायता करने के लिए विद्यमान हैं।" और फिर भी अर्जुन ने एक कर्मशील मनुष्य की भांति अपने इस कार्य की उलझनों पर विचार नहीं किया। अपने गुरु की उपस्थिति, भगवान् की चेतना उसे यह समझने में सहायता देती है कि जिन शत्रुओं से उसे लड़ना है, वे उसके लिए प्रिय और पूज्य हैं। उसे न्याय की रक्षा और अवैध हिंसा के दमन के लिए सामाजिक बन्धनों को तोड़ना होगा।

पृथ्वी पर भगवान् के राज्य की स्थापना भगवान् और मनुष्य के मध्य सहयोग से होने वाला कार्य है। सृष्टि के कार्य में मनुष्य भी समान भाग लेने वाला है।

24. एवमुक्तो हृषीकेशो गुडाकेशेन भारत।
सेनयोरुभयोर्मध्ये स्थापयित्वा रथोत्तमम्॥

(24) हे भारत (धृतराष्ट्र), गुडाकेश (अर्जुन) के ऐसा कहने पर हृषीकेश (कृष्ण) ने उस श्रेष्ठ रथ को दोनों सेनाओं के बीच में ले जाकर खड़ा कर दिया।

25. भीष्मद्रोणप्रमुखतः सर्वेषां च महीक्षिताम्।
उवाच पार्थ पश्यैतान्समवेतान्कुरूनिति॥

(25) उसने भीष्म, द्रोण और सब राजाओं के सम्मुख खड़े होकर कहा : हे पार्थ (अर्जुन), इन सब इकट्ठे खड़े हुए कुरुओं को देखो।

26. तत्रापश्यत् स्थितान्पार्थः पितृनथ पितामहान्।
आचार्यान्मातुलान्भ्रातृन्पुत्रान्पौत्रान्सखींस्तथा॥

(26) वहां अर्जुन ने देखा कि उसके पिता, दादा, गुरु, मामा, भाई पुत्र और पौत्र तथा मित्र भी खड़े हुए थे।

27. श्वशुरान्सुहृदश्चैव सेनयोरुभयोरपि।
तान्समीक्ष्य स कौन्तेयः सर्वान्बन्धूनवस्थितान्॥

(27) और उन दोनो सेनाओं में श्वसुर और मित्र भी खड़े थे। जब कुन्ती के पुत्र अर्जुन ने इन सब इष्ट-बन्धुओं को इस प्रकार खड़े देखा तो,

28. कृपया परयाविष्टो विषीदन्निदमब्रवीत्।
दृष्ट्वेमं स्वजनं कृष्ण युयुत्सुं समुपस्थितम्॥

(28) उसका हृदय दया से भर आया और उसने उदास होकर कहा :

स्वजनम् : उसके अपने लोग, सम्बन्धी। अर्जुन को कष्ट और चिन्ता हत्या के विचार से उतनी नहीं हुई, जितनी अपने सम्बन्धियों की हत्या के विचार से। साथ ही देखिए, अध्याय 1, श्लोक 31, 37 और 45। सामान्यतया युद्धों के प्रति हमारा दृष्टिकोण यान्त्रिक-सा रहता है और हम युद्ध से सम्बन्धित आंकडों में उलझ जाते हैं। परन्तु थोड़ी-सी कल्पना से हम इस बात को अनुभव कर सकते हैं कि किस प्रकार हमारे शत्रु भी मानव प्राणी हैं। वे भी पिता और पितामह हैं। उनके भी अपने वैयक्तिक जीवन हैं। उनकी भी अपनी इच्छाएं और आकांक्षाएं हैं। आगे चलकर अर्जुन पूछता है कि क्या इतना संहार कर देने के बाद प्राप्त हुई विजय किसी काम की होगी भी या नहीं। दे॰ अ॰ 1, श्लो॰ 36।

अर्जुन का विषाद

हे कृष्ण, अपने लोगों को अपने सामने युद्ध के लिए अधीर खड़े देखकर,

29. सीदन्ति मम गात्राणि मुखं च परिशुष्यति।
वेपथुश्च शरीरे मे रोमहर्षश्च जायते॥

(29) मेरे अंग ढीले पड़ रहे हैं। मेरा मुंह सूख रहा है और रोंगटे खड़े हो रहे हैं।

30. गांडीवं स्रंसते हस्तात्त्वक्चैव परिदह्यते।
न च शक्नोम्यवस्थातुं भ्रमतीव च मे मनः॥

(30) गाण्डीव धनुष मेरे हाथ से फिसला जा रहा है और मेरी सारी त्वचा में

जलन हो रही है। मुझसे खड़ा नहीं रहा जाता और मेरा मन चकरा-सा रहा है।

अर्जुन के शब्दों से हमारे मन में एक ऐसे व्यक्ति के अकेलेपन का विचार आता है, जो सन्देह, विनाश के भय और खोखलेपन (निरर्थकता) से पीड़ित है, जिससे स्वर्ग और पृथ्वी की समृद्धि और मानवीय प्रेम का सुख छिना जा रहा है। यह असह्य विषाद सामान्यतया उन सब लोगों को अनुभव होता है, जो वास्तविकता का (ब्रह्म) दर्शन करने के अभिलाषी होते हैं।

31. निमित्तानि च पश्यामि विपरीतानि केशव।
न च श्रेयोऽनुपश्यामि हत्वा स्वजनमाहवे॥

(31) और हे केशव, मुझे अपशकुन दिखाई पड़ रहे हैं। इस युद्ध में अपने सम्बन्धियों को मारने से मुझे कोई भलाई होती दिखाई नहीं पड़ती।

अपशकुनों की ओर अर्जुन का ध्यान जाना उसकी मानसिक दुर्बलता और अस्थिरता का सूचक है।

32. नकाङ्क्षेविजयं कृष्ण न च राज्यं सुखानि च।
किं नो राज्येन गोविन्द किं भोगैर्जीवितेन वा॥

(32) हे कृष्ण, मुझे विजय नहीं चाहिए और न राज्य चाहिए और न सुख ही चाहिए। हमें राज्य से, सुख-भोग से, यहां तक कि जीवित रहकर भी क्या करना है?

गहरे शोक के क्षणों में हमारी प्रवृत्ति त्याग की पद्धति को अपनाने की ओर होने लगती है।

इस श्लोक में संसार के त्याग की ओर अर्जुन का झुकाव सूचित होता है : संन्याससाधनसूचनम्। — मधुसूदन।

33. येषामर्थे काङ्क्षितं नो राज्यं भोगाः सुखानि च।
त इमेऽवस्थिता युद्धे प्राणांस्त्यक्त्वा धनानि च॥

(33) जिनके लिए हम राज्य, भोग और सुख चाहते थे, वे लोग तो अपने प्राणों और धन का मोह त्यागकर यहां युद्ध में आ खड़े हुए हैं।

34. आचार्याः पितरः पुत्रास्तथैव च पितामहाः।
मातुलाः श्वशुराः पौत्राः श्यालाः सम्बन्धिनस्थता॥

(34) गुरु, पिता, पुत्र और दादा, मामा, श्वसुर, पौत्र और साले तथा अन्य सम्बन्धी (यहां खड़े हैं)।

35. एतान्न हन्तुमिच्छामि घ्नतोऽपि मधुसूदन।
अपि त्रैलोक्यराजस्य हेतोः किं नु महीकृते॥

(35) तीनों लोकों के राज्य के लिए भी, हे कृष्ण, मैं इन्हें मारने को तैयार नहीं हूं। फिर इस पृथ्वी के राज्य के लिए तो कहना ही क्या! भले ही ये लोग मुझे क्यों न मार डालें।

तीनों लोकों से अभिप्राय पृथ्वी, स्वर्ग और अन्तरिक्ष की वैदिक धारणा से है।

36. निहत्य धार्तराष्ट्रान्नः का प्रीतिः स्याज्जनार्दन।
पापमेवाश्रयेदस्मान् हत्वैतानाततायिनः॥

(36) हे कृष्ण, धृतराष्ट्र के इन पुत्रों को मारने से हमें क्या सुख प्राप्त हो सकता है? इन दुष्ट लोगों को मारने से हमें केवल पाप ही लगेगा।

इस रक्तपातपूर्ण बलिदान से हमें क्या लाभ होगा? जिन लोगों को हम इतना प्यार करते हैं, उनके शवों पर से गुज़रकर हम किस लक्ष्य तक पहुंचने की आशा कर सकते हैं?

अर्जुन सामाजिक रूढ़ियों और परम्परागत नैतिकता को देखकर चल रहा है, अपने व्यक्तिगत सत्य के अनुभव को देखकर नहीं। उसे इस बाह्य नैतिकता के प्रतीकों को मार डालना होगा और अपनी आन्तरिक् शक्ति का विकास करना होगा। उसके जिन पहले गुरुओं ने उसे जीवन का मार्ग दिखाया था, उन्हें मार डालना होगा। उसके बाद ही वह आत्मज्ञान प्राप्त कर सकेगा। अर्जुन अब भी ज्ञानसम्पन्न स्वार्थ की भाषा में बोल रहा है।

भले ही शत्रु आक्रान्ता हों, हमें उन्हें नहीं मारना चाहिए। न पापे प्रति पापः स्यात् : एक पाप का बदला लेने के लिए दूसरा पाप मत करो। "दूसरों के क्रोध

को बिना क्रोध किए जीतो; बुरे काम करने वालो को साधुता से जीतो; कंजूस को दान देकर जीतो और असत्य को सत्य से जीतो।"[1]

37. तस्मान्नार्हा वयं हन्तुं धार्तराष्ट्रान् स्वबान्धवान्।
स्वजनं हि कथं हत्वा सुखिनः स्याम माधव॥

(37) इसलिए अपने सम्बन्धी इन धृतराष्ट्र के पुत्रों को मारना हमारे लिए उचित नहीं है। हे माधव (कृष्ण), अपने इष्ट-बन्धुओं को मारकर हम किस प्रकार सुखी हो सकते हैं?

38. यद्यप्येते न पश्यन्ति लोभोपहतचेतसः।
कुलक्षयकृतं दोषं मित्रद्रोहे च पातकम्॥

(38) भले ही मन में लोभ भरा होने के कारण ये सब परिवार के विनाश की बुराई और मित्रों के प्रति द्रोह करने के पाप को देख नहीं पा रहे;

39. कथं न ज्ञेयमस्माभिः पापादस्मान्निवर्तितुम्।
कुलक्षयकृतं दोषं प्रपश्यद्भिर्जनार्दन॥

(39) परन्तु हमें तो कुल के विनाश के कारण होने वाला दोष भली भांति दिखाई पड़ रहा है। इसलिए हे जनार्दन (कृष्ण), हमें इस पाप से दूर रहने की समझ होनी चाहिए।

वे लोभ से अन्धे हो गए हैं और उनका ज्ञान नष्ट हो गया है। परन्तु हमें तो दोष दिखाई पड़ रहा है। यदि हम यह मान भी लें कि वे स्वार्थभावना से और लोभ से दोषी हैं, तो भी उन्हें मारना ठीक नहीं; और यह और भी बड़ा दोष होगा, क्योंकि जो लोग अपने लोभ के कारण अन्धे हैं, उन्हें उस पाप का ज्ञान नहीं है, जिसे वे कर रहे हैं। परन्तु हमारी तो आंखें खुली हैं और हमें दीख रहा है कि हत्या करना पाप है।

---

1. अक्रोधेन जयेत्क्रोधं, असाधुं साधुना जयेत्।
जयेत्कदर्यं दानेन, जयेत्सत्येन चानृतम्॥ —महाभारत, उद्योगपर्व, 38, 73, 74
देखिए धम्मपद, 223

40. कुलक्षये प्रणश्यन्ति कुलधर्माः सनातनाः।
धर्मे नष्टे कुलं कृत्स्नमधर्मोऽभिभवत्युत ॥

(40) कुल का विनाश हो जाने पर पुराने चले आ रहे कुल के धर्म अर्थात विधान नष्ट हो जाते हैं और इन धर्मों के नष्ट हो जाने पर सारे परिवार में अधर्म फैल जाता है।

युद्ध हमें हमारे प्राकृतिक घरेलू परिवेश से अलग कर देते हैं और सामाजिक परम्पराओं से, जो कि लोगों के परिपक्व संकल्प और अनुभव का सार है, हमें उखाड़कर दूर फेंक देते हैं।

41. अधर्माभिभवात्कृष्ण प्रदुष्यन्ति कुलस्त्रियः।
स्त्रीषु दुष्टासु वार्ष्णेय जायते वर्णसंकरः ॥

(41) और जब अधर्म फैल जाता है, तब हे वार्ष्णेय (कृष्ण), परिवारों की स्त्रियां भ्रष्ट हो जाती हैं। और जब स्त्रियां भ्रष्ट हो जाती हैं, तब वर्णसंकर अर्थात विभिन्न जातियों का मिश्रण हो जाता है।

सामान्यतया 'वर्ण' शब्द का अर्थ जाति किया जाता है, हालाकि वर्तमान जाति-व्यवस्था किसी प्रकार गीता के आदर्श से मेल नहीं खाती।

42. संकरो नरकायैव कुलघ्नानां कुलस्य च।
पतन्ति पितरो ह्येषां लुप्तपिण्डोदकक्रियाः ॥

(42) और यह वर्णसंकर सारे परिवार को और उस परिवार को नष्ट करने वाले लोगों को नरक में पहुंचा देता है, क्योंकि उनके पिंजरों अर्थात् पूर्वजों की आत्माएं अन्न और जल से वंचित होकर गिर पड़ती हैं।

यहां इस विश्वास की ओर संकेत है कि मृत पूर्वजों को अपने कल्याण के लिए अन्न और जल की बलि की आवश्यकता होती है।

43. दोषैरेतैः कुलघ्नानां वर्णसंकरकारकैः।
उत्साद्यन्ते जातिधर्माः कुलधर्माश्च शाश्वताः ॥

(43) कुल का विनाश करने वाले लोगों के इन दुष्कर्मों के कारण, जिनसे

वर्णसंकर अर्थात् जातियों का मिश्रण उत्पन्न होता है, सदा से चले आ रहे जातिधर्म और कुलधर्म नष्ट हो जाते हैं।

जब हम सदा से चली आ रही परम्पराओं में निहित आदर्शों को छिन्न-भिन्न कर देते हैं, जब हम सामाजिक सन्तुलन को बिगाड़ देते हैं, तब हम संसार में केवल अव्यवस्था फैला रहे होते हैं।

44. उत्सन्नकुलधर्माणां मनुष्याणां जनार्दन।
नरकेऽनियतं वासो भवतीत्यनुशुश्रुम॥

(44) हे जनार्दन (कृष्ण), हम यह सुनते आए हैं कि जिन लोगों के पारिवारिक धर्म नष्ट हो जाते हैं, उन्हें अवश्य ही नरक में रहना पड़ता है।

45. अहो बत महत्पापं कर्तुं व्यवसिता वयम्।
यद्राज्यसुखलोभेन हन्तुं स्वजनमुद्यताः॥

(45) अरे, हम तो यह बड़ा भारी पाप करने लगे हैं, जो राज्य का आनन्द पाने के लोभ से अपने इष्ट-बन्धुओं को मारने के लिए तैयार हो गए हैं।

46. यदि मामप्रतीकारमशस्त्रं शस्त्रपाणयः।
धार्तराष्ट्रा रणे हन्युस्तन्मे क्षेमतरं भवेत्॥

(46) यदि धृतराष्ट्र के पुत्र शस्त्र हाथ में लेकर मुझे मार डालें और मैं बिना शस्त्र उठाए, बिना उनका मुकाबला किए युद्ध में मारा जाऊं, तो वह मेरे लिए कहीं अधिक भला होगा।

क्षेमतरम् की जगह कहीं-कहीं एक और पाठ 'प्रियतरम्' भी है।

अर्जुन के शब्द तीव्र व्यथा और प्रेम में कहे गए हैं । उनका मन दो संसारों के सीमान्त पर विद्यमान है। वह कुछ करने के लिए संघर्ष कर रहा है, जैसा कि मनुष्य आदिकाल से ही संघर्ष करता रहा है और फिर भी वह कुछ निर्णय कर पाने में असमर्थ है, क्योंकि उसमें न तो अपने-आप को, न अपने साथियों को और न उस विश्व की वास्तविक प्रकृति को ही समझ पाने की शक्ति है, जिसमें कि उसे ला खड़ा किया गया है। वह युद्ध के कारण होने वाले शारीरिक कष्ट और भौतिक असुविधाओं पर जोर दे रहा है। जीवन का मुख्य उद्देश्य

भौतिक आनन्द की खोज नहीं है। यदि हम केवल वृद्धावस्था, अपंगता और मृत्यु की घटनाओं द्वारा ही जीवन के अन्त तक पहुंच जाएं, तो हम अवश्य ही जीवन को गंवा रहे होंगे। किसी आदर्श के लिए, प्रेम और न्याय के लिए हमें अत्याचार का विरोध करना होगा और कष्ट तथा मृत्यु का सामना करना होगा। युद्ध के ठीक किनारे पर पहुंचकर अर्जुन हिम्मत हार जाता है और सांसारिकता के विचारों के कारण युद्ध से विरत हो जाना चाहता है। उसे अभी यह समझना बाक़ी है कि पत्नियां और सन्तानें, गुरु और सम्बन्धी केवल उनके अपने निमित्त प्रिय नहीं होते, अपितु आत्मा के निमित्त प्रिय होते हैं। अभी अर्जुन को उस गुरु की वाणी सुननी शेष है, जो यह उपदेश देता है कि उसे ऐसा जीवन व्यतीत करना चाहिए, जिसमें उसके कर्मों का मूल कामना में या इच्छा में नहीं होगा और यह कि निष्काम कर्म–अभिलाषाहीन कार्य नाम की भी कोई वस्तु होती है।

47. एवमुक्त्वार्जुनः संख्ये रथोस्पथ उपाविशत्।
विसृज्य सशरं चापं शोकसंविग्नमानसः॥

(47) यह कहकर अर्जुन रणभूमि में अपना धनुष-बाण छोड़कर शोक से व्याकुल-चित्त होकर अपने रथ में बैठ गया।

अर्जुन की यह परेशानी एक अनवरत आवर्ती दुर्दशा का एक नाटकीकरण है। उच्चतर जीवन की देहली पर खड़ा हुआ मनुष्य इस संसार की तड़क-भड़क से निराश हो जाता है; फिर भी मोह उससे चिपटे रहते हैं और वह उन्हें पालता रहता है। वह अपनी दिव्य वंश-परम्परा को भूल जाता है और अपने व्यक्तित्व में आसक्त हो जाता है और संसार की परस्पर संघर्षशील शक्तियों से उद्विग्न होने लगता है। आत्म-जगत् में जागने और उसके द्वारा लादे गए दायित्वों को स्वीकार करने से पहले उसे स्वार्थ और मूढ़ता (लोभ और मोह) रूपी शत्रुओं से लड़ना होगा और अपने आत्मकेन्द्रित अहंकार के अन्धकारपूर्ण अज्ञान पर विजय पानी होगी। आत्मिक स्वभाव से दूर जा पड़े मनुष्य को फिर उस तक वापस पहुंचाना होगा। यहां पर जिस वस्तु का चित्रण किया गया है, वह है मानवीय आत्मा का विकास। इसके लिए देश और काल की कोई सीमा नहीं है। यह युद्ध मनुष्य की आत्मा में प्रतिक्षण होता रहता है।

इति श्रीमद्भगवद्गीतासूपनिषत्सु ब्रह्मविद्यायां योगशास्त्रे
श्रीकृष्णार्जुनसंवादेऽर्जुनविषादयोगो नाम प्रथमोऽध्यायः।

यह है श्रीमद्भगवद्गीता उपनिषद् में, जो कि ब्रह्मविद्या, योगशास्त्र और श्रीकृष्ण-अर्जुन-संवाद है, अर्जुन का विषादयोग नामक पहला अध्याय।[1]

ब्रह्मविद्या : ब्रह्म का विज्ञान। वास्तविकता क्या है? क्या यह घटनाओं का अनवरत क्रम ही सब-कुछ है या इनके अलावा कुछ और भी वस्तु है, जिसका कभी अवक्रमण नहीं होता? वह क्या है, जो अपने-आप को इन विविध रूपों में प्रकट करने में समर्थ है? अनन्त सम्भावनाओं वाली इस समृद्ध लीला को कौन चलाता है या प्रेरित करता है? क्या उनका कोई लक्ष्य, कोई अर्थ है? वास्तविकता की प्रकृति को समझने में हमारी सहायता करना ब्रह्मविद्या का उद्देश्य है। तार्किक गवेषणा आत्मिक ज्ञान की प्राप्ति में सहायक है। शंकराचार्य ने अपनी पुस्तक 'अपरोक्षानुभूति' में कहा है कि ज्ञान की उपलब्धि विचार के सिवाय अन्य किसी साधन से नहीं हो सकती, जैसे संसार की वस्तुएं प्रकाश के बिना दिखाई नहीं पड़ सकतीं।[2]

योगशास्त्र : योग का शास्त्र। बहुत-से लोग हैं, जो समझते हैं कि दर्शन की जीवन से कोई संगति नहीं है। कहा जाता है कि दर्शन का सम्बन्ध वास्तविकता के परिवर्तन-रहित विश्व से है और जीवन का गतिविधि के अनित्य विश्व से। यह दृष्टिकोण इस तथ्य के कारण सत्य समझा जाने लगा कि पश्चिम में दार्शनिक चिन्तन उन नगर-राज्यों में सबसे पहले शुरू हुआ था, जिनमें लोगों के दो वर्ग थे; एक तो धनी और ठाली-कुलीन लोग, जो दार्शनिक चिन्तन के विलास को भोगते थे और दूसरे, बहुत बड़ी संख्या में दास लोग, जो ललित और व्यावहारिक कलाओं की साधना से वंचित थे। मार्क्स की यह आलोचना, कि दार्शनिक लोग संसार की व्याख्या करते हैं, जब कि वास्तविक कार्य इस संसार को बदलता है, गीता के रचयिता पर लागू नहीं होती; क्योंकि

---

1. यह सामान्यतया पाई जाने वाली पुष्पिका है, जो मूल पाठ का अंश नहीं है। विभिन्न प्रतियो में अध्यायों के शीर्षकों में थोड़े-बहुत अन्तर हैं, परन्तु वे उल्लेखनीय नहीं हैं।
2. नोत्पद्यते विना ज्ञानं विचारेणान्यसाधनैः।
यथा पदार्थभानं हि प्रकाशेन बिना क्वचित्॥

उसने न केवल संसार की एक दार्शनिक व्याख्या, ब्रह्मविद्या, प्रस्तुत की है, अपितु एक व्यावहारिक कार्यक्रम, योगशास्त्र भी, प्रस्तुत किया है। हमारा संसार एक अद्भुत दृश्य नहीं है, कि जिसे देखकर मनन किया जाए; यह तो समर-भूमि है। केवल गीता की दृष्टि में व्यक्ति के स्वभाव में सुधार ही सामाजिक सुधार का उपाय है।

कृष्णार्जुन-संवाद : कृष्ण और अर्जुन के मध्य वार्तालाप। गीता के रचयिता ने मनुष्य के अन्दर परमात्मा की अनुभूत विद्यमानता को नाटकीय अभिव्यक्ति प्रदान की है।

जब अर्जुन को अपने उचित कर्त्तव्य से विरत होने का प्रलोभन होता है, तब उसके अन्दर विद्यमान शब्द (ब्रह्म), उसकी प्रामाणिक स्फुरणा उसके लिए आदिष्ट पथ स्पष्ट कर देती है, जब कि वह अपने निम्नतर आत्म की सूक्ष्म कानाफूसियों को त्याग देने में समर्थ हो जाता है। उसकी आत्मा का आन्तरिकतम बीजांश सम्पूर्ण विश्व का भी दिव्य केन्द्र है। अर्जुन का गम्भीरतम आत्म कृष्ण है।[1] मनुष्य और परमात्मा को मध्यस्थ के रूप में किसी तीसरे पक्ष की आवश्यकता उससे अधिक नहीं है, जितनी कि दो प्रेमियों को होती है। परमात्मा के उतना निकट और कोई नहीं है, जितने कि हम स्वयं हैं और उसे पाने के लिए हमारे पास केवल प्रेमोद्दीप्त हृदय, एक विशुद्ध संकल्प होना ही काफी है। अर्जुन अपने परमात्मा के सम्मुख अनावृत और किसी भी मध्यस्थ के बिना अकेला खड़ा होता है। परमात्मा और मनुष्य के मध्य एक अविरत सम्बन्ध रहता है और उनका संवाद तब तक चलता रहता है, जब तक कि उद्देश्य की पूर्ण समस्वरता स्थापित नहीं हो जाती।

यह दैवीय मूल तत्त्व हमसे दूर नहीं है, अपितु बिलकुल निकट है। परमात्मा कोई दूरस्थ दर्शक या समस्या का दूरस्थ निर्णायक नहीं है, अपितु एक मित्र, सखा है, जो सदा, विहारशय्यासनभोजनेषु, हमारे साथ रहता है (11, 42)।

---

1. टॉलर से तुलना कीजिए, "इस प्रचुरता में आत्मा में परमात्मा के साथ एक समानता और अवर्णनीय निकटता आ जाती है।··· आत्मा की इस गम्भीरतम, आन्तरिकतम और गुप्ततम गहराई में परमात्मा सारतः, वस्तुतः औग तत्त्वतः विद्यमान रहता है।"

ऋग्वेद में दो पक्षियों का उल्लेख किया गया है, जिनके पंख सुन्दर हैं, जो स्वभावतः मित्र हैं और जो एक ही वृक्ष पर साथ-साथ रहते हैं।[1]

विषाद : उदासी। अध्याय का अन्त निराशा और दुःख में होता है और इसे भी 'योग' कहा गया है, क्योंकि आत्मा का यह अन्धकार भी आध्यात्मिक जीवन की ओर प्रगति के लिए एक आवश्यक सोपान है। हममें से अधिकांश लोग परम प्रश्नों का सामना किए बिना ही सारा जीवन बिता देते हैं। कभी विरले संकट के क्षण में ही, जब हमारी महत्त्वाकांक्षाएं ढेर हुई हमारे पैरों के पास पड़ी होती हैं, जब हमें पश्चात्ताप तथा व्यथा के साथ अनुभव होता है कि हमने अपने जीवन की क्या दुर्दशा कर डाली है, हम चिल्ला उठते हैं : "हम यहां किसलिए हैं?" "इस सबका क्या अर्थ है? और हमें यहां से कहां जाना है?" "मेरे परमात्मा, मेरे परमात्मा, तूने मुझे क्यों त्याग दिया है?" द्रौपदी चिल्ला उठती है : "न पति मेरे हैं, न पुत्र, न सम्बन्धी, न भाई, न पिता मेरे हैं और हे कृष्ण, तुम भी मेरे नहीं हो।"[2]

अर्जुन एक महान् आत्मिक तनाव में से गुज़र रहा है। जब वह अपने-आप को सामाजिक दायित्वों से पृथक् कर लेता है और पूछता है कि उसे समाज द्वारा उससे प्रत्याशित कर्त्तव्यों को क्यों पूरा करना चाहिए, तो वह अपने सामाजिकीकृत आत्म को पीछे कर देता है और अपने-आप को व्यष्टि, एकाकी और सबसे पृथक् रूप में पूरी तरह अनुभव करता है। वह संसार के सम्मुख भयावनी अवस्था में पटक दिए गए एक अजनबी व्यक्ति के समान खड़ा होता है। यह नई स्वतन्त्रता, चिन्ता, एकाकीपन, सन्देह और असुरक्षा की गम्भीर अनुभूति उत्पन्न कर देती है। यदि उसे सफलतापूर्वक काम करना हो, तो उसे इन अनुभूतियों पर विजय पानी ही होगी।

---

1. साथ ही तुलना कीजिए : "हे सर्वज्ञ परमात्मा, तू सदा हमारे निकट विद्यमान है; अन्दर या बाहर जो भी कोई पाप हो, उसे तू देख लेता है।"

   सर्वज्ञ त्वं सदा नित्यं सन्निधौ बर्तसे च नः।
   अन्तर्बहिश्च यत्किञ्चित्पापं तत्पश्यसि स्वयम् ॥

2. नैव मे पतयः सन्ति, न पुत्रा न च बान्धवाः।
   न भ्रातरो, न च पिता, नैव त्वं मधुसूदन ॥

अध्याय 2

सांख्य–सिद्धान्त और योग का अभ्यास

कृष्ण द्वारा अर्जुन की भर्त्सना और वीर बनने के लिए प्रोत्साहन

संजय उवाच

1. तं तथा कृपयाविष्टमश्रुपूर्णाकुलेक्षणम्।
विषीदन्तमिदं वाक्यमुवाच मधुसूदनः॥

संजय ने कहा :

(1) इस प्रकार दया से भरे हुए और आंसुओं से डबडबाई आंखों वाले अर्जुन से, जिसका मन दुःख से भरा हुआ था, कृष्ण ने कहा :

अर्जुन की दया का दैवीय करुणा से कोई मेल नहीं है। यह तो एक प्रकार की स्वार्थवृत्ति है, जिसके कारण वह ऐसा कार्य करने से हिचकता है, जिसमें उसे अपने ही लोगों को चोट पहुंचानी होगी। अर्जुन एक आत्मदया की भावुकतापूर्ण मनोवृत्ति के कारण इस कार्य से पीछे हटना चाहता है और उसका गुरु कृष्ण उसको फटकारता है। कौरव लोग उसके अपने सम्बन्धी हैं, यह बात तो उसे पहले भी मालूम थी।

श्रीभगवानुवाच

2. कुतस्त्वा कश्मलमिदं विषमे समुपस्थितम्।
अनार्यजुष्टमस्वर्ग्यमकीर्तिकरमर्जुन॥

भगवान् कृष्ण ने कहा :

(2) हे अर्जुन, तुझे यह आत्मा का कलंक (यह उदासी) इस विषम समय में कहां से आ लगा। यह वस्तु श्रेष्ठ मन वाले लोगों के लिए बिलकुल

अनजानी है (आर्य लोग इसे पसन्द नहीं करते), यह स्वर्ग ले जाने वाली नहीं है और (पृथ्वी पर) यह अपयश देने वाली है।

अनार्यजुष्टम् : आर्यों के अयोग्य। कुछ लोगों का कहना है कि आर्य लोग वे हैं, जो आन्तरिक संस्कार और सामाजिक व्यवहार को, जिसमें कि उत्साह और सौजन्य, कुलीनता और सरल व्यवहार पर ज़ोर दिया गया है, अंगीकार करते हैं।

अर्जुन को संशय से छुटकारा दिलाने के प्रयत्न में कृष्ण आत्मा की अनश्वरता के सिद्धान्त का उल्लेख करता है और अर्जुन की प्रतिष्ठा और सैरिक परम्पराओं की भावनाओं को जगाता है। उसके सम्मुख भगवान् के प्रयोजन को प्रस्तुत करता है और इस बात का संकेत करता है कि संसार में कर्म किस प्रकार किया जाना चाहिए।

3. क्लैब्यं मा स्म गमः पार्थ नैतत्त्वय्युपपद्यते।
क्षुद्रं हृदयदौर्बल्यं त्यक्त्वोत्तिष्ठ परन्तप॥

(3) हे पार्थ (अर्जुन), ऐसे नामर्द मत बनो, क्योंकि यह तुम्हें शोभा नहीं देता। इस मन की तुच्छ दुर्बलता को त्याग दो और हे परन्तप (शत्रुओं को सताने वाले अर्जुन), उठकर खड़े हो जाओ।

अर्जुन के सन्देहों का समाधान नहीं होता

अर्जुन उवाच

4. कथं भीष्ममहं संख्ये द्रोणं च मधुसूदन।
इषुभिः प्रति योत्स्यामि पूजार्हावरिसूदन॥

अर्जुन ने कहा :

(4) हे मधुसूदन (कृष्ण), मैं युद्ध में भीष्म और द्रोण पर किस तरह बाण चला पाऊंगा? हे शत्रुओं को मारने वाले कृष्ण, वे तो मेरे लिए पूजनीय हैं।

5. गुरूनहत्वा हि महानुभावान्
श्रेयो भोक्तुं भैक्ष्यमपीह लोके।
हत्वार्थकामांस्तु गुरूनिहैव
भुञ्जीय भोगान्रुधिरप्रदिग्धान्॥

(5) इन पूजनीय गुरुओं को मारने की अपेक्षा तो इस संसार में भीख मांगकर जीना कहीं अधिक भला है। यद्यपि उन्हें केवल अपने लाभ का ही ध्यान है, फिर भी वे मेरे गुरु हैं और उन्हें मारकर मैं केवल उन सांसारिक सुखों का उपभोग कर पाऊंगा जो उनके रक्त से सने हुए होंगे।

रुधिरप्रदिग्धान् : ख़ून से सने हुए। यदि हम इतिहास के प्रत्येक रक्तरंजित पृष्ठ के पीड़ितों की दशा को हृदयंगम कर लें, यदि हम नारियों के कष्टों, शिशुओं के चीत्कारों और विपत्ति, अत्याचार तथा विविध रूपों में अन्याय के वृत्तान्तों को सुनें तो कोई भी ऐसा व्यक्ति, जिसमें ज़रा भी मानवीय अनुभूति है, इस प्रकार की रक्तरंजित विजयों में आनन्द अनुभव नहीं करेगा।

6. न चैतद्विद्मः कतरन्नो गरीयो
यद्वा जयेम यदि वा नो जयेयुः।
यानेव हत्वा न जिजीविषाम-
स्तेऽवस्थिताः प्रमुखे धर्तराष्ट्राः॥

(6) हमें तो यह भी मालूम नहीं है कि हमारे लिए क्या भला है; हम उन्हें जीत लें, या वे हमें जीत लें। धृतराष्ट्र के जिन पुत्रों को मारने के बाद हमें जीने की कोई इच्छा नहीं है, वे ही हमारे सम्मुख युद्ध में आकर खड़े हुए हैं।

7. कार्पण्यदोषोपहतस्वभावः
पृच्छामि त्वां धर्मसमूढचेताः।
यच्छ्रेयः स्यान्निश्चितं ब्रूहि तन्मे,
शिष्यस्तेऽहं शाधि मां त्वां प्रपन्नम्॥

(7) मेरा सम्पूर्ण अपनापन (भावुकतापूर्ण) दया की दुर्बलता से ग्रस्त हो उठा है। अपने कर्त्तव्य के विषय में मेरा चित्त मूढ़ हो गया है। इसलिए मैं तुमसे पूछता हूं। मुझे निश्चित रूप से यह बताओ कि मेरे लिए क्या भला है। मैं तुम्हारा शिष्य हूं। मैं तुम्हारी शरण में आया हूं; मुझे उपदेश दो।

---

1. महानुभावान् श्रुताध्ययनतप-आचारादिनिबन्धनः प्रभावो येषां तान् हि महानुभावान् इत्येकं वा पदम्। हिमं जाड्यम्अपहन्तीति हिमहा आदित्योऽग्निर्वा, तस्येवानुभावः सामर्थ्यं येषां तान्। —मधुसूदन। यह पिछली एक कल्पनाबहुल व्याख्या है।

निश्चितम् : निश्चित रूप से। अर्जुन केवल निराशा, चिन्ता या संशय से ही प्रेरित नहीं है, अपितु वह निश्चय के लिए तीव्र इच्छा से भी प्रेरित है।

अपनी अविवेकशीलता को अनुभव करना व्यक्ति के विवेक के विकास की ओर आगे बढ़ना है। अपूर्णता की सजग अनुभूति इस बात की द्योतक है कि आत्मा सचेत है और जब तक वह सचेत है, वह सुधर सकती है, जैसे कि जीवित शरीर किसी जगह चोट खा जाने या कट जाने पर फिर स्वस्थ हो सकता है। मानव-प्राणी पश्चात्ताप के संकटकाल में से गुज़रकर उच्चतर दशा की ओर बढ़ता है।

जिज्ञासुओं का यह सामान्य अनुभव है कि वे जब प्रकाश की देहली पर खड़े होते हैं, तब भी वे संशयों और कठिनाइयों से ग्रस्त रहते हैं। जब प्रकाश किसी आत्मा में चमकना शुरू होता है, तो वह उसके प्रतिरोध के लिए अन्धकार को भी बढ़ावा देता है। अर्जुन के सामने बाह्य और आन्तरिक कठिनाइयां, उदाहरण के लिए सम्बन्धियों और मित्रों का प्रतिरोध, संशय और भय, वासनाएं और इच्छाएं विद्यमान हैं। इन सबको वेदी पर बलि कर देना होगा और ज्ञान की आग में भस्म कर देना होगा। अन्धकार के साथ संघर्ष तब तक चलता रहेगा, जब तक व्यक्ति का सम्पूर्ण अपनापन प्रकाश से न भर उठे।

दीनता के बोझ से दबा हुआ, क्या सही है और क्या ग़लत, इस विषय में दुविधा में पड़ा हुआ अर्जुन अपने गुरु से, अपने अन्दर विद्यमान भगवान् से प्रकाश और पथ-प्रदर्शन प्राप्त करना चाहता है। जब किसी का संसार नष्ट हो रहा हो, तब वह केवल अन्तर्मुख होकर भगवान् की असीम दया के उपहार के रूप में ज्ञान की खोज कर सकता है।

अर्जुन किसी अधिविद्या की मांग नहीं करता, क्योंकि वह ज्ञान का अन्वेषक नहीं है। वह तो एक कर्मशील मनुष्य है; इसलिए वह कर्म का विधान जानना चाहता है। वह अपना कर्त्तव्य जानना चाहता है। वह जानना चाहता है कि उसे इस कठिनाई के अवसर पर क्या करना है। "स्वामी, तुम मुझसे क्या करने की अपेक्षा करते हो?"

अर्जुन की भांति साधक को अपनी दुर्बलता और अज्ञान को अनुभव करना

होगा और फिर भी उसे परमात्मा की इच्छा के अनुसार कार्य करने, और वह इच्छा क्या है, इसे खोज निकालने के लिए कटिबद्ध होना होगा।

8. न हि प्रपश्यामि ममापनुद्याद्
यच्छोकमुच्छोषणमिन्द्रियाणाम्।
अवाप्य भूमावसपत्नमृद्धं
राज्यं सुराणामपि चाधिपत्यम्॥

(8) चाहे मुझे सारी पृथ्वी का धनसम्पन्न एवं प्रतिद्वन्द्वीहीन राज्य और देवताओं का स्वामित्व भी क्यों न मिल जाए, परन्तु मुझे ऐसी कोई वस्तु दिखाई नहीं पड़ती, जो मेरे इस शोक को दूर कर सके, जो मेरी इन्द्रियों को सुखाए डाल रहा है।

अर्जुन के मन के इस संघर्ष की चिकित्सा की जानी चाहिए। उसे एक नई, सम्पूर्ण और सर्वांगीण चेतना प्राप्त करनी होगी।

संजय उवाच

9. एवमुक्त्वा हृषीकेशं गुडाकेशः परंतप।
न योत्स्य इति गोविन्दमुक्त्वा तूष्णीं बभूवह॥

संजय ने कहा :

(9) इस प्रकार पराक्रमी गुडाकेश (अर्जुन) ने हृषीकेश (कृष्ण) से ऐसा कहने के बाद गोविन्द (कृष्ण) से ऐसा कहा कि मैं युद्ध नहीं करूंगा और चुप हो गया।

न योत्स्ये : 'मैं युद्ध नहीं करूंगा।' ऐसा प्रतीत होता है कि अर्जुन ने गुरु की सलाह की प्रतीक्षा किये बिना इस विषय में अपना मन बना लिया है। वह गुरु से उपदेश देने के लिए तो कहता है, परन्तु उसका मन उपदेश को ग्रहण करने के लिए खुला हुआ नहीं है। इस कारण गुरु का कार्य और भी कठिन हो जाता है।

गोविन्द : इस शब्द द्वारा गुरु की सर्वज्ञता सूचित की गई है।[1]

---

1. यां वेदलक्षणां वाणीं विन्दतीति व्युत्पत्त्या सर्ववेदोपादानत्वेन सर्वज्ञम्।

तूष्णीं बभूव : चुप हो गया। सत्य का स्वर केवल शान्त होने पर ही सुना जा सकता है।

10. तमुवाच हृषीकेशः प्रहसन्निव भारत।
सेनयोरुभयोर्मध्ये विषीदन्तमिदं वचः ॥

(10) हे भारत (धृतराष्ट्र), इस प्रकार दोनों सेनाओं के मध्य में विषादग्रस्त होकर बैठे हुए उस अर्जुन से हृषीकेश (कृष्ण) ने हंसते-से हुए कहा –

विषाद के उस क्षण में अर्जुन के डूबते हुए हृदय ने कृष्ण की दिव्यवाणी सुनी। हंसी इस बात की द्योतक है कि उसने अर्जुन के बुद्धिवाद के प्रति प्रयत्न को, या जिसे आजकल सतृष्ण चिन्तन कहा जाता है, उसे भांप लिया था। रक्षक भगवान् का, जिसे कष्ट पाती हुई मानवता के समस्त पापों और दुःखों का ज्ञान है, रुख प्रेममय दया और उत्सुकतापूर्ण विवेक का है।

आत्मा और शरीर के भेद का निरूपण : हमें उसके लिए शोक नहीं करना चाहिए, जो अनश्वर है

श्री भगवानुवाच

11. अशोच्यानन्वशोचस्त्वं प्रज्ञावादांश्च भाषसे।
गतासूनगतासूंश्च नानुशोचन्ति पण्डिताः ॥

श्री भगवान् ने कहा :

(11) तू उनके लिए तो शोक कर रहा है, जिनके लिए तुझे शोक नहीं करना चाहिए और फिर भी तू ज्ञान की बातें करता है। ज्ञानी लोग मृतों के लिए या जीवितों के लिए शोक नहीं किया करते।

कश्मीर के संस्करण में यह मिलता है : "तू बुद्धिमान व्यक्ति की तरह बात नहीं कर रहा" : "प्राज्ञवन्नाभिभाषसे"।[1]

---

1. तुलना कीजिए, प्लौटिनस : "हत्याएं, अपने सब स्वरूपों में मृत्यु, शहरों पर क़ब्ज़ा करना और उन्हें नष्ट कर देना—यह सब रंगमंच पर होने वाला प्रदर्शन ही समझा जाना चाहिए। इतने सारे दृश्यों का परिवर्तन, एक नाटक का आतंक और चीत्कार, क्योंकि यहां भी जीवन के परिवर्तित होते हुए भाग्य में शोक और विषाद करने वाला वास्तविक मनुष्य, उसकी आन्तरिक आत्मा नहीं है, अपितु केवल मनुष्य की छाया है, बाहरी मनुष्य जो संसार के रंगमंच पर अपना अभिनय कर रहा है। ऐनीड्स 3, 2, 15। अंग्रेज़ी अनुवाद।

यहां गुरु 11 से लेकर 38 तक के श्लोकों में संक्षेप में सांख्यदर्शन के ज्ञान की व्याख्या करता है। यह सांख्य कपिल का सांख्यदर्शन नहीं है, अपितु उपनिषदों का सांख्यदर्शन है।

12. न त्वेवाहं जातु नासं न त्वं नेमे जनाधिपाः।
न चैव न भविष्यामः सर्वे वयमतः परम्॥

(12) ऐसा कोई समय नहीं था, जब मैं नहीं था या तू नहीं था या ये सब राजा नहीं थे और न कभी कोई ऐसा समय आएगा, जब कि हम सब इसके बाद नहीं रहेंगे।

शंकराचार्य इस अनेकता के उल्लेख को केवल रूढ़ मानते हैं। उनकी युक्ति है कि बहुवचन का प्रयोग केवल शरीरों के लिए किया गया है, जो कि अलग-अलग हैं, एक विश्वजनीन आत्मा के लिए नहीं।[1]

रामानुज कृष्ण, अर्जुन और राजाओं में किए गए भेद पर ज़ोर देता है और उसे अन्तिम मानता है और उसका विचार है कि प्रत्येक व्यक्तिगत आत्मा अनश्वर है और समस्त विश्व के साथ समयुगीन है।

यहां पर परमं आत्मा की शाश्वतता की ओर संकेत नहीं है, अपितु अनुभवजन्य अहम् की पूर्वसत्ता और उत्तरसत्ता की ओर संकेत है। अहम् की अनेकता अनुभवसिद्ध विश्व का एकत्व है। प्रत्येक व्यक्ति प्रारम्भिक अनस्तित्व से वास्तविक के रूप में पूर्ण अस्तित्व की ओर, असत् से सत् की ओर आरोहण कर रहा है। जहां सांख्य-प्रणाली में आत्माओं की अनेकता स्थापित की गई है, वहां गीता इस अनेकता का मेल एकता से बिठा देती है। क्षेत्रज्ञ एक है, जिसमें हम जीते हैं, चलते-फिरते हैं और जिसमें हमारा अस्तित्व है। ब्रह्म सब वस्तुओं का आधार है और वह अपने-आप में कोई वस्तु नहीं है। ब्रह्म काल में नहीं रहता, अपितु काल ब्रह्म में रहता है। इस अर्थ में भी जीवों का न कोई आदि है, न अन्त। आत्माएं ब्रह्म की भांति हैं, क्योंकि कारण और कार्य मूलतः एक हैं, जैसा कि "मैं ब्रह्म हूं", "वह तू है" इत्यादि उक्तियों से सूचित होता है। सूसो से तुलना कीजिए : "सब प्राणी दिव्य मूल तत्त्व में अपने आदर्श की भांति

---

1. देहभेदानुवृत्त्या बहुवचनम्, नात्मभेदाभिप्रायेण।

शाश्वत काल से विद्यमान चले आ रहे हैं। सब वस्तुएं, जहां तक वे अपने दिव्य आदर्श के अनुकूल-अनुरूप हैं, उनकी सृष्टि होने से पहले भी परमात्मा के साथ एकरूपता में विद्यमान थीं।"

व्यक्तिक ईश्वर, दिव्य स्रष्टा, अनुभवजन्य विश्व का समकालीन है। वह अनुभवगम्य अस्तित्वों का पूर्णरूप है। "जीवों का स्वामी गर्भ के अन्दर विचरण करता है। जन्म बिना लिये भी वह अनेक रूपों में जन्म लेता है।"[1]

शंकराचार्य का कथन है कि "वस्तुतः केवल परमात्मा ही है, जो पुनर्जन्म लेता है।"[2] इसकी पास्कल के इस वक्तव्य से तुलना कीजिए कि इस संसार का अन्त होने तक ईसा क्रष्ट सहता रहेगा। मानवता पर जो आघात किए जाते हैं, उन्हें वह अपने ऊपर ले लेता है। सिरजी गई वस्तुओं की दशाओं को वह सहन करता है। मुक्त आत्माएं जब तक काल है, तब तक कष्ट उठाती हैं और काल की समाप्ति होने पर शान्ति में प्रवेश करती हैं, हालांकि वे दिव्य जीवन में इस समय भी भाग लेती हैं। अन्तर इतना है कि व्यक्तिक भगवान् ने स्वेच्छा से अपने-आप को सीमित किया हुआ है, जब कि हम विवशता के कारण सीमित हैं। यदि वह भगवान् प्रकृति के इस नाटक का स्वामी है, तो हम इसके नाटक के अधीन पात्र हैं। अज्ञान व्यक्तिगत आत्मा पर प्रभाव डालता है, परन्तु विश्वजनीन आत्मा पर नहीं। जब तक विश्व की प्रक्रिया समाप्त न हो, तब तक व्यक्तियों की अनेकता और उनके पृथक्-पृथक् गुण विद्यमान रहते हैं। यह बहुविधता सृष्टि से पृथक् नहीं की जा सकती। मुक्त आत्माएं सत्य को जानती हैं और उसी में जीवन बिताती हैं, जब कि अमुक्त आत्माएं कर्म के बन्धन में फंसी हुई एक जन्म के बाद दूसरा जन्म लेती जाती हैं।

13. देहिनोऽस्मिन्यथा देहे कौमारं यौवनं जरा।
तथा देहान्तरप्राप्तिर्धीरस्तत्र न मुह्यति ॥

(13) जैसे इस शरीर में आत्मा बचपन से यौवन और वार्धक्य में से गुज़रता है,

---

1. प्रजापतिश्चरति गर्भे अन्तर् अजायमानो बहुधा विजायते। वाजसनेयिसंहिता 31, 19; साथ ही देखिए 32, 4

2. सत्यं नेश्वरादन्यत् संसारी (ब्रह्मसूत्र पर शांकर भाष्य 1, 1, 5)।

उसी प्रकार की वस्तु इसका दूसरा शरीर धारण कर लेना है। धीर व्यक्ति इससे घबराता नहीं।

तुलना कीजिए, विष्णुस्मृति : 20, 49।

मानव-प्राणी जन्म और मरण की एक शृंखला में से गुज़रकर अपने-आप को अमरता के योग्य बना लेता है। शरीर में होने वाले परिवर्तनों का अर्थ आत्मा में परिवर्तन नहीं है। इसके द्वारा धारण किए गए शरीरों में से कोई भी नित्य नहीं है।

14. मात्रास्पर्शास्तु कौन्तेय शीतोष्णसुखदुःखदाः।
आगमापायिनोऽनित्यास्तांस्तितिक्षस्व भारत ॥

(14) हे कुन्ती के पुत्र (अर्जुन), वस्तुओं के साथ सम्पर्क के कारण ठण्ड और गर्मी, सुख और दुःख उत्पन्न होते हैं। वे आते हैं और चले जाते हैं; सदा के लिए नहीं रहते। हे भारत (अर्जुन), उनको सहन करना सीख।

ये विरोधी वस्तुएं सीमित और सामयिक कारणों पर निर्भर हैं, जब कि ब्रह्म का आनन्द सार्वभौम, स्वतः विद्यमान, और विशिष्ट कारणों एवं वस्तुओं से निरपेक्ष है। यह अविभाज्य सत्ता उस अहंकारात्मक अस्तित्व के सुख और दुःख की घट-बढ़ का समर्थन करती है, जो इस बहुविध विश्व के सम्पर्क में आता है। सुख और दुःख की ये मनोवृत्तियां स्वभाव की शक्ति द्वारा निर्धारित होती हैं। ऐसा कोई बन्धन नहीं है कि सफलता पर प्रसन्न और विफलता पर दुःखी हुआ ही जाए। हम इन दोनों में पूर्णतया उदासीन रह सकते हैं। यह अहम् की चेतना है, जो आनन्द मनाती है और कष्ट पाती है और यह तब तक ऐसा करती रहेगी, जब तक कि यह जीवन और शरीर के उपयोग द्वारा बंधी हुई है और अपने ज्ञान और कर्म के लिए उन पर निर्भर है। परन्तु जब मन स्वतन्त्र और उदासीन हो जाता है और एक रहस्यपूर्ण शान्ति में मग्न हो जाता है, जब इसकी चेतना प्रबुद्ध हो जाती है, तब जो भी कुछ घटित होता है, उसे यह प्रसन्नता से स्वीकार कर लेता है, क्योंकि यह जानता है कि ये सब सम्पर्क तो आने-जाने वाले हैं। ये उनके अपने अंग नहीं हैं, भले ही ये उसके साथ घटित होते हैं।[1]

1. तुलना कीजिए, इमिटेशन : "इन्द्रियों की इच्छाएं हमें जहां-तहां भटकाती फिरती हैं, परन्तु जब उनका समय बीत जाता है, तब उनसे हमें अन्तरात्मा की ग्लानि और आत्मा के विक्षोभ के सिवा क्या मिलता है?"

15. यं हि न व्यथयन्त्येते पुरुषं पुरुषर्षभ।
समदुःखसुखं धीरं सोऽमृतत्वाय कल्पते॥

(15) हे मनुष्यों में श्रेष्ठ (अर्जुन), जिस मनुष्य को ये दुःखी नहीं करते, जो दुःख और सुख में समान रहता है, जो ज्ञानी है, वह अपने-आप को अमर जीवन के लिए उपयुक्त बनाता है।

अमर जीवन मृत्यु के बचे रहने से भिन्न वस्तु है, जो प्रत्येक प्राणधारी को दिया गया है। यह जीवन और मरण से ऊपर उठ जाना है। शोक और दुःख के अधीन रहना, भौतिक घटनाओं से विक्षुब्ध हो उठना और उनके कारण अपने निश्चित कर्त्तव्य के पथ से, 'नियतं कर्म' से, विचलित हो जाना इस बात को प्रकट करता है कि हम अब भी अविद्या या अज्ञान के शिकार हैं।

16. नासतो विद्यते भावो नाभावो विद्यते सतः।
उभयोरपि दृष्टोऽन्तस्त्वनयोस्तत्त्वदर्शिभिः॥

(16) जिसका अस्तित्व नहीं है, उसका अस्तित्व हो नहीं सकता; और जिसका अस्तित्व है, उसका अस्तित्व मिट नहीं सकता। इन दो बातों के विषय में सत्य के देखने वालों ने यह ठीक-ठीक निष्कर्ष निकाल लिया है।

सदाख्यं ब्रह्म। शंकराचार्य ने वास्तविक (सत्) की परिभाषा करते हुए कहा है कि यह वह वस्तु है, जिसके सम्बन्ध में हमारी चेतना कभी विफल नहीं होती; और अवास्तविक (असत्) वह वस्तु है, जिसके सम्बन्ध में हमारी चेतना विफल रहती है।[1] पदार्थों के सम्बन्ध में हमारी चेतना बदलती रहती है, परन्तु अस्तित्व के सम्बन्ध में नहीं बदलती। अवास्तविक ने, जो कि इस संसार का एक क्षणिक प्रदर्शन-मात्र है, अपरिवर्तनशील वास्तविकता को ढका हुआ है, जो नित्य प्रकट रहने वाली है।

रामानुज के मतानुसार शरीर है और वास्तविक आत्मा है।

मध्व ने इस श्लोक के प्रथम चतुर्थांश की व्याख्या में कहा है कि यह द्वैत का प्रतिपादक है; विद्यते अभावः। अव्यक्त प्रकृति का विनाश नहीं हो सकता। सत् वैसे ही अविनश्वर है।

---

1. यद्विषया बुद्धिर्न व्यभिचरति तत्सत्, यद्विषया व्यभिचरति तदसत्।

**17. अविनाशि तु तद्विद्धि येन सर्वमिदं ततम्।
विनाशमव्ययस्यास्य न कश्चित्कर्तुमर्हति॥**

(17) इस बात को समझ लो कि जिससे यह सब व्याप्त है, वह अविनश्वर है। इस अपरिवर्तनीय अस्तित्व का विनाश कोई भी नहीं कर सकता।

ततम् : छाया हुआ, व्याप्त। साथ ही देखिए 8, 22, 46; 9, 4; 11, 38 और महाभारत 12, 240, 20। शंकराचार्य ने 'व्याप्तम्' शब्द का प्रयोग किया है।

ईश्वर, सर्वोच्च भगवान्, भी अपना विनाश नहीं कर सकता।[1] यह सत्य स्वतः सिद्ध है। यह बात किसी को भी अज्ञात नहीं है।[2] धर्मग्रन्थ परमात्मा पर विजातीय गुणों के थोपे जाने या अध्यारोपण को हटाने में सहायता देते हैं, बिलकुल अज्ञात वस्तु को प्रकट करने में नहीं।

आत्मतत्त्व से रामानुज का अभिप्राय संख्या-सम्बन्धी अनेकता के बीच गुणात्मक एकता और समानता से है।

**18. अन्तवन्त इमे देहा नित्यस्योक्ताः शरीरिणः।
अनाशिनोऽप्रमेयस्य तस्माद्युध्यस्व भारत॥**

(18) यह कहा गया है कि शाश्वत आत्मा के, जो अविनाशी और अज्ञेय है, ये शरीर तो नष्ट होने वाले हैं। इसलिए हे अर्जुन, तू युद्ध कर।

यहां शरीरी शब्द व्यक्ति के सच्चे आत्म की ओर संकेत करता है, जैसा कि शारीरिक मीमांसा[3] वाक्यांश में किया गया है, जो व्यक्ति के आत्म की प्रकृति के सम्बन्ध में एक अनुसन्धान है। यह अज्ञेय है, क्योंकि इसे ज्ञान के सामान्य साधनों से जाना नहीं जा सकता।

**19. य एनं वेत्ति हन्तारं यश्चैनं मन्यते हतम्।
उभौ तौ न विजानीतो नायं हन्ति न हन्यते॥**

---

1. न कश्चिदात्मानं विनाशयितु शक्नोतीश्वरोपि। — शंकराचार्य।
2. न ह्यात्मा नाम कस्यचिदप्रसिद्धो भवति। गीता पर शंकराचार्य की टीका 2, 18
3. बृहदारण्यक उपनिषद् से तुलना कीजिए : यत् साक्षादपरोक्षाद् ब्रह्म य आत्मा सर्वान्तरः। 3, 4, 1

(19) जो यह सोचता है कि वह मारता है, और जो यह सोचता है कि वह मारा जाना है, वे दोनों ही सत्य को नहीं जानते। यह आत्मा न तो मारता है और न मारा जाता है।

यहां लेखक आत्म और अनात्म में, सांख्य के पुरुष और प्रकृति में भेद कर रहा है।[1]

20. न जायते म्रियते वा कदाचि-
न्नायं भूत्वा भविता वा न भूयः।
अजो नित्यः शाश्वतोऽयं पुराणो
न हन्यते हन्यमाने शरीरे॥

(20) वह कभी जन्म नहीं लेता और न कभी वह मरता ही है। एक बार अस्तित्व में आ जाने के बाद उसका अस्तित्व फिर कभी समाप्त नहीं होगा। वह अजन्मा, शाश्वत, नित्य और प्राचीन है। शरीर के मारे जाने पर भी वह नहीं मरता।

देखिए कठोपनिषद्, 2, 18। तुलना कीजिए, न वधेनास्य हन्यते। छान्दोग्य उपनिषद्, 8, 1, 5। यहां आत्मा का वर्णन इस रूप में किया गया है कि वह 'अस्तित्व में आई है।' दिव्य रूप में यह सदा रहने वाली है और इसे अपना अस्तित्व परमात्मा से प्राप्त होता है।

शंकराचार्य ने इस वाक्यांश का इस प्रकार सन्धिविच्छेद किया है : भूत्वाअभविता।

21. वेदाविनाशिनं नित्यं य एनमजमव्ययम्।
कथं स पुरुषः पार्थ कं घातयति हन्ति कम्॥

(21) जो यह जानता है कि यह अविनाश्य और शाश्वत है, यह अजन्मा और

1. इमर्सन के ब्रह्म से तुलना कीजिए :
"यदि लाल हत्यारा समझता है कि वह मारता है,
या मारा जाने वाला यह समझता है कि वह मारा जाता है,
तो वे सूक्ष्म बात को भली भांति नहीं जानते,
मैं बना रहता हूं, चला जाता हूं, और फिर वापस लौट आता हूं।"

अपरिवर्तनशील है, हे पार्थ (अर्जुन), इस प्रकार का मनुष्य कैसे किसी को मार सकता है या किसी को मरवा सकता है?

जब हमें मालूम है कि आत्मा अजेय है, तब कोई इसे कैसे मार सकता है!

22. वासांसि जीर्णानि यथा विहाय
नवानि गृह्णाति नरोऽपराणि।
तथा शरीराणि विहाय जीर्णा-
न्यन्यानि संयाति नवानि देही॥

(22) जैसे कोई व्यक्ति फटे-पुराने कपड़ों को उतार देता है और दूसरे नये कपड़े पहन लेता है, उसी प्रकार यह धारण करने वाली आत्मा जीर्ण-शीर्ण शरीरों का त्याग कर अन्य नये शरीरों को धारण कर लेती है।

शाश्वत आत्मा एक स्थान से दूसरे स्थान तक नहीं चलती-फिरती, परन्तु शरीरधारिणी आत्मा एक स्थान से दूसरे स्थान तक आती-जाती है। यह हर बार जन्म लेती है और यह प्रकृति की सामग्री में से अपने अतीत के विकास और भविष्य की आवश्यकताओं के अनुसार एक मन, जीवन और शरीर को अपने आसपास समेट लेती है। आत्मिक अस्तित्व विज्ञान है, जो शरीर (अन्न), जीवन (प्राण) और मन (मनस्) के त्रिविध रूपों को संभाले रखता है। जब सारा भौतिक शरीर नष्ट हो जाता है, तब भी आत्मा के वाहन के रूप में प्राण और मन के कोश बचे रहते हैं। पुनर्जन्म प्रकृति का नियम है। जीवन के विविध रूपों के मध्य एक सोद्देश्य सम्बन्ध है। कठोपनिषद् से तुलना कीजिए, I, 6। "अन्न की तरह मनुष्य पकता है और अन्न की तरह वह फिर जन्म लेता है।"

आत्मा के लिए शरीर अनिवार्य जान पड़ता है। तब क्या शरीर को मारना उचित है? सुनिर्दिष्ट सत्ता के संसार का भी एक विशेष अर्थ है।

23. नैनं छिन्दन्ति शस्त्राणि नैनं दहति पावकः।
न चैनं क्लेदयन्त्यापो न शोषयति मारुतः॥

(23) शस्त्र इस आत्मा को छेद नहीं पाते और न अग्नि इसे जला पाती है। पानी इसे गीला नहीं करता और न वायु ही इसे सुखाती है।

साथ ही देखिए, मोक्षधर्म, 174, 17।

24. अच्छेद्योऽयमदाह्योऽयमक्लेद्योऽशोष्य एव च।
नित्यः सर्वगतः स्थाणुरचलोऽयं सनातनः ॥

(24) इसे छेदा नहीं जा सकता; इसे जलाया नहीं जा सकता; न इसे गीला किया जा सकता है और न इसे सुखाया जा सकता है। वह नित्य है, सबके अन्दर व्याप्त है, अपरिवर्तनशील है और अचल है। यह सदा एक-सा रहता है।

25. अव्यक्तोऽयमचिन्त्योऽयमविकार्योऽयमुच्यते।
तस्मादेवं विदित्वैनं नानुशोचितुमर्हसि ॥

(25) इसे अव्यक्त, अचिन्तनीय और अविकार्य कहा जाता है। इसलिए उसको ऐसा समझते हुए तुझे शोक नहीं करना चाहिए।

यहां पर जिस वस्तु का वर्णन है, वह साफ़-साफ़ सांख्य का पुरुष है, उपनिषदों का ब्रह्म नहीं। पुरुष रूप या विचार की पहुंच से परे है और जिन परिवर्तनों का मन, प्राण और शरीर पर प्रभाव पड़ता है, वे उसे स्पर्श नहीं करते। यदि इस बात को परमात्मा पर भी लागू किया जाए, जो कि एक ही सर्वव्यापी है, तो भी वह अचिन्त्य और अविकार्य आत्मा है, जिसका अर्थ यहां अपेक्षित है। अर्जुन का शोक अस्थान में है, क्योंकि आत्मा को न चोट पहुंचाई जा सकती है और न मारा जा सकता है। रूप बदल सकते हैं, वस्तुएं आनी-जानी हैं, परन्तु उन सबके पीछे जो वस्तु विद्यमान है, वह सदा एक ही रहती है।[1]

जो नाशवान है उसके लिए हमें शोक नहीं करना चाहिए

26. अथ चैनं नित्यजातं नित्यं वा मन्यसे मृतम्।
तथापि त्वं महाबाहो नैव शोचितुमर्हसि ॥

---

1. जब क्रिटो पूछता है कि "सुकरात, हम तुम्हें किस ढंग से दफ़नाएं?" तो उत्तर में सुकरात कहता है : "जिस ढंग से तुम चाहो। परन्तु पहले तुम मुझे, जो वास्तविक मैं हूं उसे, पकड़ तो लेना। प्यारे क्रिटो, मन प्रसन्न रखना और कहना कि तुम केवल मेरे शरीर को दफ़ना रहे हो; और तब तुम उस शरीर के साथ वैसा ही करना, जैसा कि आमतौर से किया जाता है और जिसे तुम सबसे अच्छा समझते हो।"

(26) और यदि तू यह भी समझे कि आत्मा नित्य जन्म लेता है और नित्य मरता है, तो भी हे महाबाहु (अर्जुन), तुझे शोक करना उचित नहीं है।

27. जातस्य हि ध्रुवो मृत्युर्ध्रुवं जन्म मृतस्य च।
तस्मादपरिहार्येऽर्थे न त्वं शोचितुमर्हसि ॥

(27) क्योंकि जो जन्म लेता है, उसकी मृत्यु सुनिश्चित है; और जो मर चुका है, उसका जन्म लेना सुनिश्चित है। इसलिए जिससे बचा ही नहीं जा सकता, उसके लिए तुझे शोक नहीं करना चाहिए।

तुलना कीजिए : "इस अस्तित्व के घूमते हुए संसार में कौन मरा हुआ व्यक्ति फिर जन्म नहीं लेता?"[1] इस तथ्य को हृदयंगम करने से हमारे अन्दर सन्तुलन और अनुपात आ जाएगा।[2]

हमारा जीवन लघु है और मृत्यु सुनिश्चित है। हमारे मानवीय गौरव की यह मांग है कि हम ठीक बात के लिए कष्ट और दुःख को स्वीकार करें।

परन्तु मृत्यु की अनिवार्यता हत्याओं को, आत्महत्याओं को और युद्धों को

1. परिवर्तिनि संसारे मृतः को वा न जायते। —हितोपदेश।
2. गौतम बुद्ध ने एक माता को, जिसका कि इकलौता पुत्र शैशव में ही मर गया था, इस प्रकार आश्वासन दिया था कि उसने उससे शहर में जाने को कहा और किसी ऐसे घर से थोड़ी-सी सरसों लाने को कहा, जिसमें अभी तक कोई व्यक्ति न मरा हो। वह शहर में गई और उसे पता चला कि ऐसा कोई भी परिवार नहीं था, जिसमें कि मृत्यु न हो चुकी हो। तब उसे पता चला कि सब वस्तुओं का यही नियम है कि वे समाप्त हो जाती हैं।
नीचे लिखे शब्दों में बौद्ध भिक्षुणी 'पताचारा' अनेक शोकाकुल माताओं को सान्त्वना देती दिखाई गई है :

विलाप न करो, क्योंकि यहां मनुष्य का जीवन ही इस ढंग का है,
बिना बुलाए वह आया था, बिना पूछे वह चला गया,
अच्छा, अपने-आप से फिर पूछो, तुम्हारा पुत्र कहां से आया था,
इस पृथ्वी पर रहने और इतनी थोड़ी देर सांस लेने के लिए?
एक रास्ते से वह आया और दूसरे से चला गया ...
यहां आया और यहां से गया—तुम रोती क्यों हो?

—सांग्स ऑफ़ दि सिस्टर्स (बहनों का गीत), श्रीमती राइस डेविड्स कृत अंग्रेज़ी अनुवाद (1909), पृ. 78

उचित नहीं ठहरा सकती। केवल इसलिए कि सब मनुष्यों को अवश्य मरना है, हम जानबूझकर अन्य लोगों की मृत्यु की कामना नहीं कर सकते। सही बात यह है कि सम्पूर्ण जीवन का अन्त मृत्यु में है; सारी प्रगति नाशवान् है और सांसारिक अर्थ में कोई भी वस्तु नित्य नहीं है। परन्तु जीवन की प्रत्येक पूर्ण उपलब्धि में शाश्वत वास्तविक रूप धारण कर लेता है और काल में होने वाला विकास इस मूल लक्ष्य का केवल साधनमात्र है। जिस वस्तु पर परिवर्तन या समय का पूरी तरह प्रभाव पड़ता है, उसका कोई अपना आन्तरिक महत्त्व नहीं है। शाश्वत योजना यह केन्द्रीय सत्य है कि विश्व की घटनाएं पृथ्वी पर उसे पूरी तरह कार्यान्वित होने का अवसर देती हैं या नहीं।

28. अव्यक्तादीनि भूतानि व्यक्तमध्यानि भारत।
अव्यक्तनिधनान्येव तत्र का परिदेवना॥

(28) सब प्राणियों का आदि या आरम्भ अप्रकट है। उनका मध्यभाग प्रकट है और उनका अन्त फिर अप्रकट है। हे अर्जुन इसमें विलाप करने की क्या बात है?

29. आश्चर्यवत्पश्यति कश्चिदेन-
माश्चर्यवद्वदति तथैव चान्यः।
आश्चर्यवच्चैनमन्यः शृणोति
श्रुत्वाप्येन वेद न चैव कश्चित्॥

(29) कोई उसे एक अद्भुत वस्तु के रूप में देख पाता है। कोई दूसरा उसका वर्णन एक अद्भुत वस्तु के रूप में करता है और कोई अन्य एक अद्भुत वस्तु के रूप में उसे सुनता है; पर सुनकर भी उसे कोई जान नहीं पाता।

यद्यपि आत्मा के सत्य तक पहुंचने के लिए सब लोग स्वतन्त्र हैं, फिर भी उस तक केवल वे बहुत थोड़े-से लोग पहुंच पाते हैं, जो उसका मूल्य आत्म-अनुशासन, स्थिरता और वैराग्य के रूप में देने को तैयार रहते हैं। यद्यपि सत्य तक पहुंचने का मार्ग सबके लिए खुला है, फिर भी हममें से अनेक को उसे खोजने के लिए कोई प्रेरणा ही अनुभव नहीं होती। जिनको प्रेरणा अनुभव होती है, उनमें से अनेक संशय और दुविधा के शिकार रहते हैं। जिन लोगों को

कोई संशय नहीं भी होता, उनमें से भी अनेक कठिनाइयों से डर जाते हैं। केवल कुछ विरली आत्माएं ही संकटों का सामना करने और लक्ष्य तक पहुंचने में सफल हो पाती हैं।

कठोपनिषद् से तुलना कीजिए 2, 7। "जब व्यक्ति उसे देख भी लेता है, सुन भी लेता है और उसके बारे में घोषणा भी कर देता है, तब भी उसे कोई समझ नहीं पाता।" – शंकराचार्य।

30. देही नित्यमवध्योऽयं देहे सर्वस्य भारत।
तस्मात्सर्वाणि भूतानि न त्वं शोचितुमर्हसि॥

(30) हे भारत (अर्जुन), सबके शरीर में निवास करने वाला (आत्मा) शाश्वत है और वह कभी मारा नहीं जा सकता। अत: तुझे किसी प्राणी के लिए शोक नहीं करना चाहिए।

मनुष्य आत्मा का, जो कि अमर है, और शरीर का, जो कि मरणशील है, समास है। यदि हम यह भी मान लें कि शरीर स्वभावत: मरणशील है, तो भी क्योंकि वह आत्मा के हितों की रक्षा का साधन है, इसलिए उसकी भी सुरक्षा की जानी चाहिए। अपने-आप में यह कोई सन्तोषजनक युक्ति नहीं है, इसलिए कृष्ण योद्धा के रूप में अर्जुन के कर्त्तव्य का उल्लेख करता है।

कर्त्तव्य-भावना को जगाने का प्रयास

31. स्वधर्ममपि चावेक्ष्य न विकम्पितुमर्हसि।
धर्म्याद्धि युद्धाच्छ्रेयोऽन्यत्क्षत्रियस्य न विद्यते॥

(31) इसके अतिरिक्त अपने कर्त्तव्य का ध्यान करते हुए भी तुझे विचलित नहीं होना चाहिए। क्षत्रिय के लिए धर्मयुद्ध से बढ़कर और कोई कर्त्तव्य नहीं है।

उसका स्वधर्म अर्थात् कर्म का नियम उससे युद्ध में लड़ने की मांग करता है। यदि आवश्यकता हो, तो सत्य की रक्षा के लिए युद्ध करना क्षत्रिय का सामाजिक कर्त्तव्य है। संन्यास उसका कर्त्तव्य नहीं है। उसका कर्त्तव्य शक्ति के प्रयोग द्वारा व्यवस्था बनाए रखना है, 'सिर घुटाकर' साधु बन जाना

नहीं।[1] कृष्ण अर्जुन को बतलाता है कि योद्धाओं के लिए न्यायोचित युद्ध से अधिक अच्छा और कोई कर्त्तव्य नहीं है। यह एक ऐसा विशेषाधिकार है, जो सीधा स्वर्ग ले जाता है।

32. यदृच्छया चोपपन्नं स्वर्गद्वारमपावृतम्।
सुखिनः क्षत्रियाः पार्थ लभन्ते युद्धमीदृशम्॥

(32) हे पार्थ (अर्जुन), वे क्षत्रिय सुखी हैं, जिन्हें संयोग से इस प्रकार का युद्ध लड़ने का अवसर प्राप्त होता है। यह युद्ध मानो स्वर्ग का खुला हुआ द्वार है।

क्षत्रिय का सुख घरेलू आनन्द और उपभोग में नहीं है, अपितु न्यायोचित की रक्षा के लिए लड़ने में है।[2]

33. अथ चेत्त्वमिमं धर्म्यं संग्रामं न करिष्यसि।
ततः स्वधर्मं कीर्तिं च हित्वा पापमवाप्स्यसि॥

(33) यदि तू इस धर्मयुद्ध को न लड़ेगा, तो तू अपने कर्त्तव्य और यश से च्युत हो रहा होगा और तू पाप का भागी बनेगा।

जब न्याय और अन्याय के बीच संघर्ष चल रहा हो, उस समय जो व्यक्ति मिथ्या भावुकता या दुर्बलता या कायरता के कारण उस युद्ध से अलग रहे, वह पाप कर रहा होता है।

34. अकीर्तिं चापि भूतानि कथयिष्यन्तितेऽव्ययाम्।
सम्भावितस्य चाकीर्तिर्मरणादतिरिच्यते॥

---

1. महाभारत से तुलना कीजिए : दण्ड एव हि राजेन्द्र क्षत्रधर्मो न मुण्डनम्। —शान्तिपर्व, 23, 46। "जो विनाश से रक्षा करता है, वह क्षत्रिय है।" क्षताद् यो वै त्रायतीति स तस्मात्क्षत्रियः स्मृतः। —महाभारत, 12, 29, 138।
2. तुलना कीजिए : "हे पुरुषश्रेष्ठ, केवल दो प्रकार के व्यक्ति ही सूर्यमण्डल को भेद सकते हैं (और ब्रह्म के मण्डल तक पहुंच सकते हैं); एक तो वे संन्यासी, जो योग में लगे हुए हैं और दूसरे वे योद्धा, जो लड़ते-लड़ते युद्धक्षेत्र में मारे जाते हैं।"

    द्वाविमौ पुरुषव्याघ्र सूर्यमण्डलभेदिनौ।
    परिव्राद् योगयुक्तश्च रणे चाभिमुखो हतः॥ —महाभारत, उद्योगपर्व, 32, 65

(34) इसके अतिरिक्त मनुष्य सदा तेरे अपयश की बातें कहा करेंगे; और जो आदमी सम्मानित रह चुका हो, उसके लिए बदनामी मृत्यु से भी कहीं बुरी है।

35. भयाद्रणादुपरतं मंस्यन्ते त्वां महारथाः।
येषां च त्वं बहुमतो भूत्वा यास्यसि लाघवम्॥

(35) ये बड़े-बड़े योद्धा यह समझेंगे कि तू भय के कारण युद्ध से विमुख हो गया है और जो लोग तेरा बहुत आदर करते थे, वे तुझे बहुत छोटा समझने लगेंगे।

36. अवाच्यवादांश्च बहून्वदिष्यन्ति तवाहिताः।
निन्दन्तस्तव सामर्थ्यं ततो दुःखतरं नु किम्॥

(36) तेरे शत्रु तेरे बल की निन्दा करते हुए बहुत-सी अनकहनी बातें कहेंगे। इससे बढ़कर और दुःख की क्या बात हो सकती है!

इसका गीता की इस मूल शिक्षा के साथ वैषम्य देखिए कि मनुष्य को स्तुति और निन्दा के प्रति उदासीन रहना चाहिए।

37. हतो वा प्राप्स्यसि स्वर्गं जित्वा वा भोक्ष्यसे महीम्।
तस्मादुत्तिष्ठ कौन्तेय युद्धाय कृतनिश्चयः॥

(37) यदि तू युद्ध में मारा गया तो तू स्वर्ग पहुंचेगा; यदि तू विजयी हुआ तो तू पृथ्वी का उपभोग करेगा। इसलिए हे कुन्ती के पुत्र (अर्जुन), तू लड़ने का निश्चय करके खड़ा हो।

चाहे हम आधिविद्यक सत्य को देखें, चाहे सामाजिक कर्त्तव्य को; हमारा मार्ग स्पष्ट है। ठीक भावना से अपने कर्त्तव्य का पालन करते हुए कहीं ऊंचा उठ पाना सम्भव है; और अगले श्लोक में कृष्ण उस सही भावना का संकेत करता है।

38. सुखदुःखे समे कृत्वा लाभालाभौ जयाजयौ।
ततो युद्धाय युज्यस्व नैवं पापमवाप्स्यसि॥

(38) सुख और दुःख को, लाभ और हानि को, जय और पराजय को समान समझ और युद्ध के लिए तैयार हो जा; तब तुझे पाप नहीं लगेगा।

इस पर भी, इससे पहले के श्लोकों में कृष्ण ने लज्जा का विचार करने पर, स्वर्ग की प्राप्ति पर और भौतिक प्रभुत्व पर ज़ोर दिया है। सांसारिक बातों को कहने के बाद अब वह घोषणा करता है कि इस युद्ध को समबुद्धि की भावना से करना होगा। परिवर्तन की अधीरतापूर्ण इच्छा के सम्मुख झुके बिना, भावुकतापूर्ण उतार-चढ़ावों के अधीन हुए बिना हमें अपने-आप को सौंपे गए काम को उन परिस्थितियों में रहते हुए करना है, जिनमें हमें ला खड़ा किया गया है। जब हमें शाश्वत भगवान् में विश्वास हो जाता है, और हम उसकी वास्तविकता को अनुभव कर लेते हैं, तब इस संसार के कष्ट हमें विचलित नहीं करते।[1] जो व्यक्ति अपने जीवन के सच्चे लक्ष्य को खोज निकालता है और अपने-आप को पूरी तरह उसके लिए समर्पित कर देता है, वह महात्मा है। भले ही उससे बाक़ी सब चीज़ें छीन ली जाएं, भले ही उसे नंगा, भूखा और अकेला सड़कों पर भटकना पड़े, भले ही उसे कोई ऐसा मानव-प्राणी न दिखाई पड़ता हो, जिससे वह आंखें मिला सके और उससे सहानुभूति पा सके, फिर भी वह मुस्कुराता हुआ अपनी राह पर चलता जाएगा, क्योंकि उसे आन्तरिक स्वाधीनता प्राप्त हो चुकी है।

योग की अन्तर्दृष्टि

39. एषा तेऽभिहिता सांख्ये बुद्धिर्योगे त्विमां शृणु।
बुद्ध्या युक्तो यया पार्थ कर्मबन्धं प्रहास्यसि॥

(39) हे पार्थ (अर्जुन), यह मैंने तुझे सांख्य का ज्ञान बताया है। अब तू योग का ज्ञान सुन। इस ज्ञान को ग्रहण करके तू कर्म के बन्धनों को परे फेंक देगा।

गीता में सांख्य शब्द से अभिप्राय सांख्यदर्शन की प्रणाली से नहीं है और न योग का ही अर्थ पातंजल योग है। सांख्य के दार्शनिक सम्प्रदाय में स्पष्ट रूप

---

1. ल्यूथर से तुलना कीजए : "और भले ही वे हमारा जीवन, वस्तुएं, प्रतिष्ठा, बच्चे और स्त्री, सब-कुछ छीन लें, फिर भी उनका लाभ थोड़ा ही है; ये सब वस्तुएं विनष्ट हो जाएंगी, परन्तु परमात्मा का नगर फिर भी बना रहेगा।"

से पुरुष (आत्मा) और प्रकृति (अनात्मा) के द्वैत को स्थापित किया गया है, परन्तु गीता उसके ऊपर उठ गई है और इसमें एक परमात्मा की वास्तविकता का प्रतिपादन किया गया है, जो सबका स्वामी है। सांख्य अपरिवर्तनशील परमात्मा की स्फुरणा का बौद्धिक विवरण प्रस्तुत करता है।[1] यह ज्ञानयोग है। कार्य का योग कर्मयोग है। देखिए 3, 3। अब तक जिस ज्ञान का वर्णन किया गया है, वह केवल वार्तालाप या विद्वत्तापूर्ण वाद-विवाद की वस्तु नहीं है। उसका आन्तरिक रूप से अनुभव होना चाहिए। गीता में सांख्य ज्ञान पर और इच्छा के परित्याग पर जोर देता है और योग कर्म पर। जो इस बात को जानता है कि आत्मा और शरीर पृथक् हैं, कि आत्मा अविनश्वर है और संसार की घटनाओं से विचलित नहीं होता, उसे किस प्रकार का आचरण करना चाहिए? यहां पर गुरु कृष्ण बुद्धियोग का, अर्थात् बुद्धि या समझ को एकाग्र करने का, विकास करता है। बुद्धि केवल धारणाओं को बनाने की क्षमता-भर नहीं है। इसे पहचानने और वस्तुओं में विभेद करने का कार्य भी करना पड़ता है। समझ या बुद्धि को इस प्रकार प्रशिक्षित किया जाना चाहिए कि उससे अन्तर्दृष्टि, स्थिरता और समता (अनुकूल और प्रतिकूल वस्तु में समत्व का भाव) प्राप्त हो सके। मन का सम्बन्ध इन्द्रियों से हो, इसके बजाय मन को बुद्धि द्वारा मार्ग दिखाया जाना चाहिए, जो कि मन की अपेक्षा उच्चतर है। 3, 42। मन को बुद्धि के साथ जोड़ा जाना चाहिए (बुद्धियुक्त)।

यहां शास्त्रीय सांख्यदर्शन का, जो कि गीता के समय निर्माण की दशा में था, प्रभाव स्पष्ट दिखाई पड़ता है। इसके अनुसार पुरुष निष्क्रिय है और वस्तुतः उसका बन्धन और मुक्ति से कोई वास्ता नहीं है। बन्धन और मोक्ष मूलतः बुद्धि के कार्य हैं। यह बुद्धि चौबीस मूल तत्त्वों में से एक है। प्रकृति में से क्रमशः भौतिक तत्त्व की पांच तात्त्विक दशाओं का—आकाश, वायु, अग्नि, जल, पृथ्वी का–और भौतिक तत्त्व के पांच सूक्ष्म गुणों का—शब्द, स्पर्श, रूप, स्वाद, गन्ध का–तथा बुद्धि या महत् का, जो ज्ञान और संकल्प का विभेदक तत्त्व है तथा अहंकार या 'मैं' की भावना का और अपने दसों इन्द्रिय-सम्बन्धी कृत्यों—पांच

---

1. इस बात को प्रकट करने के लिए मध्व ने व्यास को उद्धृत किया है। शुद्धात्मतत्त्वविज्ञानं सांख्यमित्यभिधीयते। तुलना कीजिए : श्वेताश्वतर उपनिषद्: सांख्ययोगाधिगम्यम्। 6, 13

ज्ञानेन्द्रियों और पांच कर्मेन्द्रियों के कृत्यों—के साथ मन का विकास होता है। जब बुद्धि पुरुष प्रकृति के भेद को हृदयंगम कर लेती है, तब मुक्ति प्राप्त हो जाती है। इस दृष्टिकोण को गीता के ईश्वरवाद के अनुकूल ढाल लिया गया है। बुद्धि शरीर-रूपी रथ का सारथी है। इस रथ को इन्द्रियों के घोड़े खींच रहे हैं, जिनकी रासों को मन संभाले हुए है। आत्मा बुद्धि से ऊपर है, परन्तु वह केवल निष्क्रिय साक्षीमात्र है। कठोपनिषद् में बुद्धि को सारथी बताया गया है, जो मन द्वारा इन्द्रियों का नियन्त्रण करती है और उसे आत्मा को जानने में समर्थ बनाती है।[1] यदि बुद्धि आत्मा की चेतना से प्रकाशित हो उठे और उसे अपने जीवन का प्रेरक प्रकाश बना ले, तो उसका मार्गदर्शन विश्व के प्रयोजन के साथ समस्वर हो जाएगा। यदि आत्मा का प्रकाश बुद्धि में समुचित रूप से प्रतिफलित होता हो, अर्थात् यदि बुद्धि सब मलिन करने वाली प्रवृत्तियों से स्वच्छ कर दी जाए तो वह प्रकाश विकृत नहीं होगा और बुद्धि का आत्मा के साथ मेल रहेगा। अहंकार और पृथकत्व की भावनाएं उस समस्वरता के दर्शन से समाप्त हो जाएंगी, जिसमें प्रत्येक वस्तु सबमें और सब वस्तुएं प्रत्येक में विद्यमान हैं।

गीता में सांख्य और योग परस्पर बेमेल प्रणालियां नहीं हैं। उनका उद्देश्य एक ही है, परन्तु उनकी पद्धतियां भिन्न हैं।

40. नेहाभिक्रमनाशोऽस्ति प्रत्यवायो न विद्यते।
स्वल्पमप्यस्य धर्मस्य त्रायते महतो भयात् ॥

(40) इस मार्ग में किया गया कोई प्रयत्न कभी नष्ट नहीं होता और न कोई बाधा ही बनी रहती है। इस धर्म का थोड़ा-सा अंश भी बड़े भारी भय से रक्षा करता है।

कोई भी बढ़ाया गया क़दम व्यर्थ नहीं जाता। प्रत्येक क्षण एक लाभ ही है। इस संघर्ष में किया गया प्रत्येक प्रयत्न एक बड़ा गुण गिना जाएगा।

41. व्यवसायात्मिका बुद्धिरेकेह कुरुनन्दन।
बहुशाखा ह्यनन्ताश्च बुद्धयोऽव्यवसायिनाम् ॥

---

1. 3, 3

(41) हे कुरुनन्दन (अर्जुन), इस क्षेत्र में दृढ़ संकल्प वाली बुद्धि एक ही होती है, परन्तु अनिश्चित मनमाने लोगों के विचार अनेक दिशाओं में बिखरे हुए और अनन्त होते हैं।

दृढ़ संकल्पशून्य बुद्धि की चंचलता का दृढ़ संकल्प वाली बुद्धि की एकाग्रता और एक-उद्देश्यता के साथ वैषम्य दिखाया गया है। मानव-जीवन किसी एक श्रेष्ठ उद्देश्य में अपने आप को लगाकर पूर्णता प्राप्त कर सकता है, अनन्त सम्भावनाओं की असंयत खोज द्वारा नहीं। एकाग्रता साधना द्वारा प्राप्त की जानी है। चित्त-विक्षेप हमारी स्वाभाविक दशा है, जिससे हमें मुक्त होना है। परन्तु यह मुक्ति प्रकृति के या यौन-भावनाओं के, जाति या राष्ट्र के रहस्यवादों द्वारा प्राप्त नहीं होगी, अपितु 'वास्तविकता' की एक सच्ची अनुभूति द्वारा प्राप्त होगी। इस प्रकार की अनुभूति द्वारा प्राप्त हुई एकचित्तता एक सर्वोच्च गुण है और उसे तोड़-मरोड़कर कठमुल्लापन के रूप में नहीं बदला जा सकता।

दुनियादारों के लिए ज्ञान नहीं

42. यामिमां पुष्पितां वाचं प्रवदन्त्यविपश्चितः।
वेदवादरताः पार्थ नान्यदस्तीति वादिनः॥

43. कामात्मानः स्वर्गपरा जन्मकर्मफलप्रदाम्।
क्रियाविशेषबहुलां भोगैश्वर्यगतिं प्रति॥

(42-43) वे अविवेकी लोग, जो वेद के शब्दों में आनन्द लेते हैं, जिनका कथन है कि इसके सिवाय और कुछ नहीं है, जिनका स्वभाव लालसापूर्ण है और जो स्वर्ग जाने के इच्छुक हैं, वे इन फूलों जैसे (आकर्षक) शब्दों को कहते हैं, जिनका परिणाम कर्मों के फल कें रूप में पुनर्जन्म होता है और वे लोग आनन्द और शक्ति की प्राप्ति के लिए अनेक विशेष प्रकार की विधिया बताते हैं।

गुरु सच्चे कर्म और कर्मकाण्डीय पवित्रता में अन्तर बताता है। वैदिक यज्ञों का उद्देश्य भौतिक लाभों की प्राप्ति है। परन्तु गीता हमें स्वार्थ की सब लालसाओं का त्याग करने को कहती है और सम्पूर्ण जीवन को एक बलिदान (यज्ञ) बनाकर, जो कि सच्ची भक्ति के लिए समर्पित हो, कर्म करने के लिए कहती है।

मुण्डकोपनिषद् से तुलना कीजिए, 1, 2, 10। "वे मूर्ख, जो यह विश्वास करते हैं कि केवल यज्ञ (इष्टापूर्तम्) करने से पुण्य मिलता है और अन्य किसी प्रकार पुण्य नहीं मिलता, स्वर्ग में आनन्द का उपभोग करने के बाद फिर इस मर्त्य-जगत् में वापस आ जाते हैं।" साथ ही देखिए ईशोपनिषद्, 9, 12; कठोपनिषद् 2, 5। वैदिक आर्य जीवन को अधीरतापूर्वक स्वीकार करने की दृष्टि से शानदार बच्चों के समान थे। वे उस मानवता के यौवन के प्रतिनिधि हैं, जिसका कि जीवन उस समय तक ताज़ा और मधुर था और चिन्ताजनक स्वप्नों से विकल नहीं हुआ था। उनमें परिपक्वता का सन्तुलित ज्ञान भी था। परन्तु लेखक ने अपना ध्यान केवल वेदों के कर्मकाण्ड तक ही सीमित रखा है, जो कि वेद की सारी शिक्षा नहीं है। जहां वेद हमें कर्मफल की इच्छा के साथ, चाहे वह अस्थायी स्वर्ग हो और चाहे उसका फल एकं नये सशरीर जीवन में मिलना हो, कर्म करने का उपदेश देता है, यहां बुद्धियोग हमें मुक्ति की ओर ले जाता है।

44. भोगैश्वर्यप्रसक्ताना तयापहृतचेतसाम्।
व्यवसायात्मिका बुद्धिः समाधौ न विधीयते॥

(44) जो लोग आनन्द और शक्ति प्राप्त करने में लगे रहते हैं और जिनके मन (वेद के) इन शब्दों द्वारा प्रेरित रहते हैं, उनकी भले और बुरे का विवेक करने वाली बुद्धि आत्मा में (या एकाग्रता में) भलीभांति स्थिर नहीं होती।

उनका मन परमात्मा में एकाग्र नहीं होगा।[1] बुद्धि, जिसे भलीभांति प्रशिक्षण दिया जाना चाहिए, अपने सामान्य कर्त्तव्य से विचलित हो जाती है।

45. त्रैगुण्यविषया वेदा निस्त्रैगुण्यो भवार्जुन।
निर्द्वन्द्वो नित्यसत्त्वस्थो निर्योगक्षेम आत्मवान्॥

(45) वेदों का विषय तीन गुणों की क्रिया से सम्बन्धित है। परन्तु हे अर्जुन, तू इस त्रिगुणात्मक प्रकृति से स्वतन्त्र हो जा। तू सब द्वन्द्वों से (परस्पर विरोधी युग्मों से) मुक्त हो जा और दृढ़तापूर्वक सत्त्वभाव में स्थित हो

---

1. श्रीधर से तुलना कीजिए : समाधिश्चित्तैकाग्र्यम्, परमेश्वराभिमुखत्वम् इति यावत्; तस्मिन् निश्चयात्मिका बुद्धिस्तु न विधीयते।

जा। अर्जन और रक्षण की चिन्ता छोड़ दे और आत्मा को प्राप्त कर।

नित्यसत्त्व : अर्जुन से कहा गया है कि वह गुणों से ऊपर उठ जाए और दृढ़तापूर्वक सत्त्व में स्थिर हो जाए। अर्जुन से सत्त्व-गुण के परे पहुंचने को नहीं कहा गया, अपितु शाश्वत सत्य तक पहुंचने को कहा गया है। परन्तु शंकराचार्य और रामानुज ने यहां इसका अर्थ सत्त्व-गुण दिया है। सांसारिक जीवन के निर्वाह के लिए आवश्यक कर्मकाण्डीय विधियां इन गुणों का परिणाम हैं। पूर्णता का उच्चतर पुरस्कार प्राप्त करने के लिए हमें अपना ध्यान परम वास्तविकता की ओर लगाना होगा। परन्तु मुक्त व्यक्ति का आचरण बाह्य रूप से वैसा ही होगा, जैसा कि उस व्यक्ति का होता है, जो सत्त्व-गुण की दशा में स्थित है। उससे कर्म शान्त और अनासक्त होंगे। वह कर्मफल की इच्छा के बिना कर्म करता है। वेद के कर्मकाण्ड के अनुयायी ऐसा नहीं करते।

योगक्षेम का अर्थ है—नई वस्तुओं की प्राप्ति और प्राप्त हो चुकी वस्तुओं की रक्षा।[1]

आत्मवान् : आत्मा वाला, सदा सचेत।[2] आपस्तम्ब का कथन है कि आत्मा को प्राप्त करने से अधिक ऊंची वस्तु और कोई नहीं है।[3] उस आत्मा को जानना, जिसका न आदि है, न विनाश; उस आत्मा को, जो अमर है और जिसे हम नहीं जानते, जानना मनुष्य का सच्चा लक्ष्य है। यदि हम इस पक्ष को दबा देते हैं, तो हम उपनिषद् के शब्दों में आत्मा के घातक हैं।[4]

46. यावानर्थ उदपाने सर्वतः संप्लुतोदके।
तावान्सर्वेषु वेदेषु ब्राह्मणस्य विजानतः ॥

(46) जब सब ओर जल ही जल की बाढ़ आई हो, उस समय एक पोखर का जितना उपयोग होता है, उतना ही उपयोग ज्ञानी ब्राह्मण के लिए सब वेदों का है।

---

1. अनुपात्तस्य उपादानं योगः, उपात्तस्य रक्षण क्षेमः।
2. अप्रमत्तश्च भव। —शंकराचार्य।
3. आत्मलाभान्न परं विद्यते। —धर्मसूत्र 1, 7, 2
4. आत्महनो जनाः।

तुलना कीजिए : "जैसे जिस व्यक्ति को नदी का पानी प्राप्त होता हो, वह कुएं को कोई महत्त्व नहीं देता, उसी प्रकार ज्ञानी लोग कर्मकाण्ड की विधियों को महत्त्व नहीं देते।"[1] जिनकी चेतना प्रबुद्ध हो चुकी हो, उनके लिए कर्मकाण्डी विधियों का महत्त्व बहुत कम है।

परिणाम की चिन्ता किए बिना कर्म करना

47. कर्मण्येवाधिकारस्ते मा फलेषु कदाचन।
मा कर्मफलहेतुर्भूर्मा ते सङ्गोऽस्त्वकर्मणि॥

(47) तुझे केवल कर्म करने का अधिकार है; उनके फल पर तेरा अधिकार बिलकुल नहीं है। तेरा उद्देश्य कर्म का फल कभी न हो और न अकर्म (कर्मों का त्याग) के प्रति तेरा अनुराग हो।

इस प्रसिद्ध श्लोक में अनासक्ति का मूल सिद्धान्त विद्यमान है। जब हम अपना काम करते हैं, हल चलाते हैं या चित्रांकन करते हैं, गाते हैं या चिन्तन करते हैं, तब यदि हम यश या आय या अन्य किसी इस तरह के बाह्य लाभ का ध्यान रखें, तो हम अनासक्ति से विचलित हो जाएंगे। सत्संकल्प—भगवान् के प्रयोजन को स्वेच्छापूर्वक पूर्ण करने—के अलावा अन्य किसी वस्तु का महत्त्व नहीं है। सफलता या विफलता व्यक्ति पर निर्भर नहीं है अपितु और भी अनेक कारणों पर निर्भर है। गियोर्डानो ब्रूनो का कथन है : "मैं जूझा हूं, यही बहुत है; विजय भाग्य के हाथों में है।"

48. योगस्थः कुरु कर्माणि सङ्गं त्यक्त्वा धनञ्जय।
सिद्ध्यसिद्ध्योः समो भूत्वा समत्वं योग उच्यते॥

(48) हे धन को जीतने वाले (अर्जुन), तू योग में स्थित होकर, सब प्रकार की आसक्ति को त्यागकर, सफलता और विफलता में मन को समान रखते हुए अपना काम करता जा; क्योंकि मन की समता ही योग कहलाती है।

योगस्थ : अपनी आन्तरिक शान्ति में स्थिर।

---

1. न ते (ज्ञानिनः) कर्म प्रशंसन्ति कूपं नद्यां पिबन्निव। —महाभारत, शान्तिपर्व 240, 10

समत्वम् : आन्तरिक सन्तुलन। यह अपने-आप को वश में करना है। यह क्रोध, आशुक्षोभ, अभिमान और महत्त्वाकांक्षा को जीतना है।

हमें परिणामों के प्रति उदासीन रहते हुए पूरी शान्ति से काम करना चाहिए। जो व्यक्ति किसी आन्तरिक विधान के कारण कर्म करता है, वह उसकी अपेक्षा ऊंचे स्तर पर है, जिसके कर्म अपनी सनकों या वहमों के अनुसार किए जाते हैं।

जो लोग कर्म के फलों की इच्छा से कर्म करते हैं, वे पूर्वजों या पितरों के लोक में जाते हैं और जो ज्ञान की खोज करते हैं, वे देवताओं के लोक में जाते हैं।[1]

49. दूरेण ह्यवरं कर्म बुद्धियोगाद्धनञ्जय।
बुद्धौ शरणमन्विच्छ कृपणाः फलहेतवः ॥

(49) केवल कर्म बुद्धि के अनुशासन (बुद्धि योग) से बहुत घटिया है। हे धन को जीतने वाले (अर्जुन), तू बुद्धि में शरण ले। जो लोग (अपने कर्म के) फल की इच्छा करते हैं, वे दयनीय हैं।

बुद्धियोग। साथ ही देखिए 18, 57।

50. बुद्धियुक्तो जहातीह उभे सुकृतदुष्कृते।
तस्माद्योगाय युज्यस्व योगः कर्मसु कौशलम् ॥

(50) जिस व्यक्ति ने अपनी बुद्धि को (ब्रह्म के साथ) जोड़ दिया है, (या जो अपनी बुद्धि में भलीभांति स्थित हो गया है) वह अच्छे और बुरे दोनों प्रकार के कर्मों को यहीं छोड़ जाता है। इसलिए तू योग में जुट जा। योग सब कामों को कुशलता से करने का नाम है।

वह नैतिक स्तर से भी, जिसमें अच्छे और बुरे का भेद रहता है, ऊपर उठ जाता है। वह स्वार्थ-भावना से रहित होता है और इसलिए वह बुराई नहीं कर सकता। शंकराचार्य के मतानुसार, योग उस व्यक्ति द्वारा, जो भगवान् में अपने

---

1. शंकराचार्य से तुलना कीजिए : द्विप्रकारं च वित्तं मानुषं दैव च, तत्र मानुषं वित्तं कर्मरूपं पितृलोकप्राप्तिसाधनम्, विद्या च दैवं वित्तं देवलोकप्राप्तिसाधनम्। 2, ।

मन को लगाकर अपने उचित कर्त्तव्यों का पालन कर रहा हो, सफलता और विफलता में मन को समान बनाए रखने का नाम है।[1]

51. कर्मजं बुद्धियुक्ता हि फलं त्यक्त्वा मनीषिणः।
जन्मबन्धविनिर्मुक्ताः पदं गच्छन्त्यनामयम् ॥

(51) वे ज्ञानी लोग, जिन्होंने अपनी बुद्धि को (ब्रह्म से) मिलाकर एक कर दिया है, और कर्मों से प्राप्त होने वाले फलों का त्याग कर दिया है, जन्म के बन्धन से मुक्त होकर दुःखहीन दशा को प्राप्त होते हैं।

जीवित रहते हुए भी वे जन्म के बन्धन से मुक्त हो जाते हैं और विष्णु के उच्चतम पद को प्राप्त होते हैं, जिसे मोक्ष या मुक्ति कहा जाता है और जो सब प्रकार की बुराइयों से रहित है।[2]

52. यदा ते मोहकलिलं बुद्धिर्व्यतितरिष्यति।
तदा गन्तासि निर्वेदं श्रोतव्यस्य श्रुतस्य च ॥

(52) जब तेरी बुद्धि मोह की मलिनता को पार कर जाएगी, तब तू उस सबके प्रति उदासीन हो जाएगा, जो कुछ तूने सुना है, या जो कुछ सुनने को अभी शेष है।

जिस व्यक्ति को अन्तर्दृष्टि प्राप्त हो चुकी है, उसके लिए शास्त्र अनावश्यक हैं। देखिए 2, 46; 4, 44। जिसे भगवान् का ज्ञान प्राप्त हो जाता है, वह वेदों और उपनिषदों के क्षेत्र से परे पहुंच जाता है। शब्दब्रह्मातिवतति।

53. श्रुतिविप्रतिपन्ना ते यदा स्थास्यति निश्चला।
समाधावचला बुद्धिस्तदा योगमवाप्स्यसि ॥

(53) जब तेरी बुद्धि, जो वेदों द्वारा विक्षिप्त हो गई है, अविचल हो जाएगी और

---

1. स्वधर्माख्येषु कर्मसु वर्तमानस्य या सिद्ध्यसिद्ध्योः समत्वबुद्धिरीश्वरार्पितचेतस्तया।
श्रीधर से तुलना कीजिए : कर्मजं फलं त्यक्त्वा केवलमीश्वराराधनार्थमेव कर्म कुर्वाणा मनीषिणो ज्ञानिनो भूत्वा जन्मरूपेण बन्धेन विनिर्मुक्ताः।

2. जीवन्त एव जन्मबन्धविनिर्मुक्ताः सन्तः पदं परमं विष्णोः मोक्षाख्यं गच्छन्त्यनामयं सर्वोपद्रवरहितम्।
— शंकराचार्य।

आत्मा (समाधि) में स्थिर हो जाएगी, तब तुझे अन्तर्दृष्टि (योग) प्राप्त हो जाएगी।

श्रुतिविप्रतिपन्ना : वैदिक ग्रन्थों के कारण किकर्त्तव्यविमूढ़ हुई। क्योंकि विचार और आचार के विभिन्न सम्प्रदाय अपने समर्थन के लिए वेदों का हवाला देते हैं, इसलिए वे व्यक्ति को किकर्त्तव्यविमूढ़ कर देते हैं।

समाधि चेतना का अभाव नहीं है, अपितु यह उच्चतम प्रकार की चेतना है।[1] समाधि में मन जिस वस्तु के साथ मिल रहा होता है, वह वस्तु दिव्य आत्मा है। बुद्धियोग वह पद्धति है, जिसके द्वारा हम वैदिक कर्मकाण्ड से ऊपर उठ जाते हैं और अपने कर्मों के फल की इच्छा न रखते हुए अपना कर्त्तव्य किए जाते हैं। हमें कर्म करना चाहिए, परन्तु शान्ति के साथ, जो किसी भी कर्म की अपेक्षा अधिक आवश्यक है। प्रश्न यह नहीं है कि हम क्या करें, अपितु यह है कि हम कैसे करें; किस भावना से हम कर्म करें।

पूर्ण प्रज्ञावान् की विशेषताएं

अर्जुन उवाच

54. स्थितप्रज्ञस्य का भाषा समाधिस्थस्य केशव।
स्थितधीः किं प्रभाषेत किमासीत व्रजेत किम्॥

(54) हे केशव (कृष्ण), जिस व्यक्ति की बुद्धि स्थिर हो गई है और जिसका अस्तित्व आत्मा में स्थिर हो गया है, वह किस प्रकार का होता है? इस प्रकार के स्थिर बुद्धि वाले व्यक्ति को किस ढंग से बोलना चाहिए, किस ढंग से उसे बैठना चाहिए और किस ढंग से उसे चलना चाहिए?

हिन्दुओं की जीवन-व्यवस्था में अन्तिम सोपान संन्यास का है, जिसमें कि सब कर्मकाण्ड छूट जाता है और सामाजिक उत्तरदायित्व त्याग दिए जाते हैं। पहला सोपान विद्यार्थी-शिष्य जीवन का है (ब्रह्मचर्य); दूसरा गृहस्थ का और तीसरा वानप्रस्थ का और चौथा, अन्तिम सोपान पूर्ण परित्याग (संन्यास) का है। जो लोग गृहस्थ-जीवन को त्याग देते हैं और गृहहीन जीवन को अपना लेते हैं,

1. यह वही वस्तु है, जिससे प्लेटो का तात्पर्य है, जब कि वह आत्मा को 'अपने-आप को समेटने और अपने ही अन्दर केन्द्रित करने के लिए' कहता है। फ्रेडो, 83 ए।

वे संन्यासी हैं। वैसे तो मनुष्य इस दशा में किसी भी समय प्रवेश कर सकता है, परन्तु सामान्यतया यह अवस्था अन्य तीनों सोपानों में से गुज़रने के बाद आती है। संन्यासी संसार के लिए बिलकुल मर जाते हैं, और जब वे अपने घर छोड़कर परिव्राजक या गृहहीन भटकने वाले बन जाते हैं, तब अन्त्येष्टि-संस्कार की विधियां भी पूरी की जाती हैं। ये विकसित आत्माएं अपने उदाहरण द्वारा उस समाज पर प्रभाव डालती हैं, जिसकी कि अब वे अंग नहीं होतीं। वे समाज की अन्तरात्मा बन जाती हैं। उनकी वाणी स्वतन्त्र होती है और उनकी दृष्टि अरुद्ध होती है। यद्यपि उनका मूल हिन्दू धार्मिक संगठन में होता है, फिर भी वे बढ़कर उससे ऊपर उठ जाते हैं और अपने मन की स्वतन्त्रता और दृष्टिकोण की सार्वभौमता के कारण वे दूषित करने वाली शक्ति और अधिकारवादियों के जनद्वेषी समझौतों के लिए एक चुनौती होते हैं। उनका अधिसामाजिक जीवन परम मूल्यों की वैधता का साक्षी होता है, जिनसे कि अन्य सामाजिक मूल्यों का जन्म होता है। वे ही ऋषि होते हैं और अर्जुन यह जानना चाहता है कि इस प्रकार की विकसित आत्माओं की पहचान क्या है; उनके दीख पड़ने वाले लक्षण कौन-से हैं।

श्री भगवानुवाच

55. प्रजहाति यदा कामान्सर्वान्पार्थ मनोगतान्।
आत्मन्येवात्मना तुष्टः स्थितप्रज्ञस्तदोच्यते ॥

श्री भगवान् ने कहा :

(55) जब मनुष्य अपने मन की सब इच्छाओं को त्याग देता है और जब उसकी आत्मा अपने अन्दर ही सन्तुष्ट रहती है, तब हे पार्थ (अर्जुन), वह स्थित-प्रज्ञ (जिसकी बुद्धि स्थिर हो गई है) कहलाता है।

नकारात्मक रूप से यह दशा स्वार्थपूर्ण इच्छाओं से मुक्त हो जाने की दशा है और सकारात्मक रूप से यह भगवान् में एकाग्रता की दशा है।

56. दुःखेष्वनुद्विग्नमनाः सुखेषु विगतस्पृहः।
वीतरागभयक्रोधः स्थितधीर्मुनिरुच्यते ॥

(56) जिसका मन दुःखों में बेचैन नहीं होता और जिसे सुखों में अधीरतापूर्ण

लालसा नहीं रहती, जो राग, भय और क्रोध से मुक्त हो गया है, वह स्थित-बुद्धि मुनि कहलाता है।

यह है आत्म-स्वामित्व, जिसमें इच्छाओं और वासनाओं को जीतने पर ज़ोर दिया गया है।[1]

57. यः सर्वत्रानभिस्नेहस्तत्तत्प्राप्य शुभाशुभम्।
नाभिनन्दति न द्वेष्टि तस्य प्रज्ञा प्रतिष्ठिता॥

(57) जिसे किसी भी वस्तु के प्रति स्नेह नहीं है, जो प्राप्त होने वाले शुभ और अशुभ को पाकर न प्रसन्न होता है और न अप्रसन्न होता है, उसकी बुद्धि (ज्ञान में) दृढ़ता से स्थित हो गई है।

फूल खिलते हैं और फिर वे मुरझाते हैं। इनमें से पहले की स्तुति करने और दूसरे की निन्दा करने की कोई आवश्यकता नहीं है। जो कुछ भी हमारे सम्मुख आए, उसे हमें आवेश, दुःख या विद्रोह के बिना ग्रहण करना चाहिए।

58. यदा संहरते चायं कूर्मोऽङ्गानीव सर्वशः।
इन्द्रियाणीन्द्रियार्थेभ्यस्तस्य प्रज्ञा प्रतिष्ठिता॥

(58) जो व्यक्ति इन्द्रियों के विषयों में अपनी इन्द्रियों को सब ओर से वैसे ही खींच लेता है, जैसे कछुआ अपने अंगों को (अपने खोल के अन्दर) खींच लेता है, उसकी बुद्धि (ज्ञान में) दृढ़ता से स्थित हो जाती है।

59. विषया विनिवर्तन्ते निराहारस्य देहिनः।
रसवर्जं रसोऽप्यस्य परं दृष्ट्वा निवर्तते॥

(59) इन्द्रियों के विषय उस शरीरधारिणी आत्मा से विमुख हो जाते हैं, जो उनका आनन्द लेने से दूर रहती है। परन्तु उनके प्रति रस (लालसा) फिर

---

1. ल्यूक्रेशियस से तुलना कीजिए : "धर्म इस बात में नहीं है कि वस्त्रों से ढके पत्थर की ओर अविराम मुंह करके रहा जाए, न इसमें कि सब मन्दिरों की वेदियों के पास जाया जाए, न इसमें कि पृथ्वी पर लेटकर साष्टांग प्रणाम किया जाए; न इसमें कि देवताओं के निवास के सम्मुख हाथ ऊपर उठाए जाएं; न इसमें कि मन्दिरों में पशुओं का रक्त बहाया जाए; न इसमें कि शपथों पर शपथें खाई जाएं; अपितु इसमें है कि सबको शान्तिमयी आत्मा के साथ देखा जाए।" – डि रेरम नाट्युरा।

भी बना रहता है। जब भगवान् का दर्शन हो जाता है, तब वह रस भी जाता रहता है।

यहां पर लेखक बाह्य संयम और आन्तरिक त्याग में अन्तर स्पष्ट कर रहा है। हो सकता है कि हम वस्तुओं को त्याग दें; परन्तु उसके बाद भी उनके लिए इच्छा बनी रहे। जब भगवान् का दर्शन होता है, तब यह इच्छा भी समाप्त हो जाती है।[1] संयम शरीर और मन दोनों पर होना चाहिए। शरीर के अत्याचार से मुक्त हो जाना ही पर्याप्त नहीं; हमें इच्छाओं के अत्याचारों से भी मुक्त होना होगा।

60. यततो ह्यपि कौन्तेय पुरुषस्य विपश्चितः।
इन्द्रियाणि प्रमाथीनि हरन्ति प्रसभं मनः॥

(60) हे कुन्ती के पुत्र (अर्जुन), भले ही मनुष्य विवेकशील हो और वह सदा (पूर्णता के लिए) प्रयत्न करता रहे, फिर भी उसकी प्रबल इन्द्रियां उसके मन को बलपूर्वक विचलित कर ही देती हैं।

61. तानि सर्वाणि संयम्य युक्त आसीत मत्परः।
वशे हि यस्येन्द्रियाणि तस्य प्रज्ञा प्रतिष्ठिता॥

(61) उन सब (इन्द्रियों) को वश में करके, उसे मुझमें ध्यान लगा, योग में स्थिर रहना चाहिए; क्योंकि जिसकी इन्द्रियां वश में हैं, उसकी बुद्धि दृढ़तापूर्वक स्थित रहती है।

मत्परः : एक अन्य पाठ है 'तत्परः'।

आत्म-अनुशासन बुद्धि का विषय नहीं है, यह तो संकल्प और भावनाओं का विषय है। सर्वोच्च का दर्शन होने पर आत्म-अनुशासन सरल हो जाता है। देखिए 12, 5। मूलतः योग ईश्वरवादी था। साथ ही तुलना कीजिए, योगसूत्र, 1, 24। क्लेशकर्मविपाकाशयैरपरामृष्टः पुरुषविशेष ईश्वरः।

---

1. कालिदास से तुलना कीजिए : "जिनके चित्त विकार का कारण विद्यमान होने पर भी विचलित नहीं होते, वे ही सच्चे वीर हैं।"

विकारहेतौ सति विक्रियन्ते येषां न चेतांसि त एव धीराः। —कुमारसम्भव, 1, 59

62. ध्यायतो विषयान्पुंसः सङ्गस्तेषूपजायते।
सङ्गात्संजायते कामः कामात्क्रोधोऽभिजायते॥

(62) जब कोई मनुष्य अपने मन में इन्द्रियों के विषयों का ध्यान करने लगता है, तो उसके मन में उनके प्रति अनुराग पैदा हो जाता है। अनुराग से इच्छा उत्पन्न होती है और इच्छा से क्रोध उत्पन्न होता है।

काम : इच्छा। इच्छाएं उतनी ही अदम्य सिद्ध हो सकती हैं, जितनी कि बड़ी से बड़ी शक्तिशाली बाह्य शक्तियां। वे हमें ऊपर उठाकर यशस्वी बना सकती हैं या फिर कलंक के गर्त में भी धकेल सकती हैं।

63. क्रोधाद्भवति सम्मोहः सम्मोहात्स्मृतिविभ्रमः।
स्मृतिभ्रंशाद्बुद्धिनाशो बुद्धिनाशात्प्रणश्यति॥

(63) क्रोध से मूढ़ता उत्पन्न होती है। मूढ़ता से स्मृति नष्ट हो जाती है। स्मृति के नष्ट होने से बुद्धि का नाश हो जाता है; और बुद्धि के नाश से व्यक्ति ही नष्ट हो जाता है।

बुद्धिनाश : बुद्धि का नष्ट हो जाना। यह अच्छे और बुरे के बीच भेद कर पाने की असमर्थता है।

जब आत्मा वासना के वशीभूत हो जाती है, तब उसकी स्मृति लुप्त हो जाती है; उसकी बुद्धि मलिन हो जाती है और मनुष्य नष्ट हो जाता है। जिस वस्तु की आवश्यकता है, वह संसार से बलपूर्वक पृथक् हो जाना या ऐन्द्रिय जीवन का विनाश नहीं है, अपितु अन्तर्मुखीन प्रत्यावर्तन है। इन्द्रियों से घृणा करना उतना ही ग़लत है, जितना उनसे प्रेम करना। इन्द्रियों के घोड़ों को रथ में से खोलकर अलग नहीं कर देना है, अपितु मन की रासों द्वारा उन्हें वश में रखना है।

64. रागद्वेषवियुक्तैस्तु विषयानिन्द्रियैश्चरन्।
आत्मवश्यैर्विधेयात्मा प्रसादमधिगच्छति॥

(64) परन्तु अनुशासित मन वाला मनुष्य, जो अपनी इन्द्रियों को वश में रखे हुए, राग और द्वेष (लगाव और विरक्ति) से मुक्त रहकर इन्द्रियों के विषयों में विचरण करता है, वह आत्मा की पवित्रता को प्राप्त कर लेता है।

देखिए 5, 8। स्थित-प्रज्ञ का कोई स्वार्थपूर्ण प्रयोजन या व्यक्तिगत आकांक्षा नहीं होती। वह बाह्य वस्तुओं के स्पर्शों से क्षुब्ध नहीं होता। जो भी कुछ घटित होता है, उसे वह बिना आसक्ति या विरक्ति के स्वीकार कर लेता है। वह किसी वस्तु की स्पृहा नहीं करता। वह किसी के प्रति ईर्ष्यालु नहीं होता। उसकी कोई लालसा नहीं होती और न कोई मांग ही होती है।[1]

65. प्रसादे सर्वदुःखानां हानिरस्योपजायते।
प्रसन्नचेतसो ह्याशु बुद्धिः पर्यवतिष्ठते॥

(65) और उस आत्मा की शुद्धता में उसके सब दुःखों की समाप्ति हो जाती है। इस प्रकार के विशुद्ध आत्मा वाले व्यक्ति की बुद्धि शीघ्र ही (आत्मा की शान्ति में) स्थित हो जाती है।

66. नास्ति बुद्धिरयुक्तस्य न चायुक्तस्य भावना।
न चाभावयतः शान्तिरशान्तस्य कुतः सुखम्॥

(66) असंयत व्यक्ति में बुद्धि नहीं होती। असंयत व्यक्ति में एकाग्रता की शक्ति भी नहीं होती। जिसमें एकाग्रता नहीं है, उसे शान्ति प्राप्त नहीं होती; और जिसे शान्ति नहीं है, उसे सुख कहां से मिल सकता है!

67. इन्द्रियाणां हि चरतां यन्मनोऽनुविधीयते।
तदस्य हरति प्रज्ञां वायुर्नावमिवाम्भसि॥

(67) जब मन भटकती हुई इन्द्रियों के पीछे भागता है, तब वह मनुष्य की समझ को हर लेता है, जैसे वायु जल में नाव को बहा ले जाती है।

68. तस्माद्यस्य महाबाहो निगृहीतानि सर्वशः।
इन्द्रियाणिन्द्रियार्थेभ्यस्तस्य प्रज्ञा प्रतिष्ठिता॥

---

1. नीचे दिए गए ऋषियों के वर्णन से तुलना कीजिए :

ऊर्ध्वरेतास्तपस्युग्रो नियताशी च संयमी।
शापानुग्रहयोः शक्तः सत्यसन्धो भवेदृषिः॥
तपोनिर्धूतपाप्मानः यथातथ्याभिधायिनः।
वेदवेदाङ्गतत्त्वज्ञा ऋषयः परिकीर्तिताः॥

(68) इसलिए हे महाबाहु (अर्जुन), जिसकी इन्द्रियां उनके विषयों से सब प्रकार से दूर खींच ली गई हैं, उसी की बुद्धि दृढ़ता से स्थिर है।

69. या निशा सर्वभूतानां तस्यां जागर्ति संयमी।
यस्यां जाग्रति भूतानि सा निशा पश्यतो मुनेः॥

(69) सब प्राणियों के लिए जो रात होती है, उसमें संयमी जागता रहता है और सब प्राणियों के लिए जो जागने का समय है, वह देखने वाले मुनि के लिए (या क्रान्तदर्शी मुनि के लिए) रात होती है।

जब सब प्राणी इन्द्रियों के विषयों की तड़क-भड़क से आकर्षित होते हैं, तब मुनि वास्तविकता को समझने के लिए प्रयत्नशील रहता है। वह वास्तविकता की प्रकृति के प्रति जागरणशील रहता है, जिसके प्रति अज्ञ लोग सुप्त या निरपेक्ष रहते हैं। विरोधों का जीवन, जो अज्ञानियों के लिए दिन या सक्रियता की दशा है, ज्ञानी के लिए रात्रि या आत्मा के अन्धकार की अवस्था है। गेटे से तुलना कीजिए : "भ्रान्ति का सत्य के साथ वही सम्बन्ध है, जो निद्रा का जागरण के साथ।"

70. आपूर्यमाणमचलप्रतिष्ठं
समुद्रमापः प्रविशन्ति यद्वत्।
तद्वत्कामा यं प्रविशन्ति सर्वे
स शान्तिमाप्नोति न कामकामी॥

(70) जिसकी इच्छाएं उसके अन्दर ऐसे समा जाती हैं, जैसे जल समुद्र में समा जाता है—जो समुद्र सदा भरता रहने पर भी कभी मर्यादा को नहीं लांघता—वह शान्ति को प्राप्त करता है; और जो इच्छाओं के पीछे भागता है, उसे शान्ति प्राप्त नहीं होती।

71. विहाय कामान् यः सर्वान्पुमांश्चरति निःस्पृहः।
निर्ममो निरहङ्कारः स शान्तिमधिगच्छति॥

(71) जो मनुष्य सब इच्छाओं को त्याग देता है और लालसा से शून्य होकर कार्य करता है, जिसे किसी वस्तु के साथ ममत्व नहीं होता और जिसमें अहंकार की भावना नहीं होती, उसे शान्ति प्राप्त होती है।

उपनिषद् की इस सुविदित उक्ति से तुलना कीजिए : "मानवीय मन दो प्रकार का होता है—शुद्ध और अशुद्ध। जो मन अपनी इच्छाओं को पूरा करने में लगा रहता है, वह अशुद्ध होता है; जो मन इच्छाओं की आसक्ति से रहित होता है, वह शुद्ध होता है।"[1]

चरति : कार्य करता है। वह मुक्त रूप से और तत्परतापूर्वक, बिना मापे-तोले अपने-आप को किसी ऐसी वस्तु के लिए खपा देने को तैयार रहता है, जिसे वह अन्तःस्फुरणात्मक रूप से महान् और श्रेष्ठ समझता है।

शान्तिम् : शान्ति; पार्थिव अस्तित्व के सब कष्टों की समाप्ति।[2]

72. एषा ब्राह्मी स्थितिः पार्थ नैनां प्राप्य विमुह्यति।
स्थित्वास्यामन्तकालेऽपि ब्रह्मनिर्वाणमृच्छति॥

(72) हे पार्थ (अर्जुन), यह दिव्य दशा (ब्राह्मी स्थिति) है। जो इसे एक बार प्राप्त कर लेता है वह (फिर) कभी मोह में नहीं पड़ता। इसमें स्थित रहकर मनुष्य अन्त में (मृत्यु के समय) परमात्मा के परम आनन्द (ब्रह्म-निर्वाण) को प्राप्त कर सकता है।

ब्राह्मी स्थिति : शाश्वत जीवन।

निर्वाणम्, मोक्षम्। शंकराचार्य।

निर्गतं वानं गमनं यस्मिन् प्राप्ये ब्रह्मणि तन्निर्वाणम्। —नीलकण्ठ।

निर्वाण शब्द का प्रयोग बौद्धदर्शन में पूर्णता की दशा को सूचित करने के लिए किया गया है। धम्मपद में कहा है : स्वास्थ्य सबसे बड़ा लाभ है; सन्तोष सबसे बड़ा धन है; श्रद्धा सबसे बड़ा मित्र है और निर्वाण सबसे बड़ा सुख है।[3]

---

1. मनो हि द्वैविधं प्रोक्तं शुद्धं चाशुद्धमेव च।
अशुद्धं कामसंकल्पं शुद्धं कामविवर्जितम्॥
2. सर्वसंसारदुःखोपरामत्वलक्षणम्, निर्वाणाख्यम्। —शंकराचार्य।
3. 204। साथ ही देखिए महाभारत, 14, 543 :
विहाय सर्वसंकल्पान् बुद्ध्या शारीरमानसान्।
स वै निर्वाणमाप्नोति निरिन्धन इवानलः॥

(शेष अगले पृष्ठ पर)

इन सन्तों में नीत्शे के अतिमानव और अलैग्ज़ैण्डर के देवत्वधारियों के जैसे गुण पाए जाते हैं। आनन्द, शान्ति, आन्तरिक बल और मुक्ति की चेतना, साहस और उद्देश्य की ऊर्जा, और परमात्मा में एक यथावत् जीवन उनकी विशेषताएं हैं। वे मानवीय विचार से वर्धमान बिन्दु के प्रतीक हैं। वे अपने अस्तित्व, चरित्र और चेतना से ही यह घोषणा करते हैं कि मानवता अपने-आप अपनाई हुई मर्यादाओं से ऊपर उठ सकती है और विकास का ज्वार एक नये उच्च स्तर की ओर आगे बढ़ रहा है। वे हमारे सम्मुख आदर्श प्रस्तुत करते हैं और हमसे आशा करते हैं कि हम अपने वर्तमान स्वार्थ और भ्रष्टता से ऊपर उठें।

ज्ञान मुक्ति का सबसे बड़ा साधन है, परन्तु यह ज्ञान भगवान् की भक्ति और निष्काम कर्म से बिलकुल पृथक् नहीं है। मुनि जब जीवित होता है, तब भी वह ब्रह्म में विश्राम करता है और संसार की अशान्ति से छुटकारा पा जाता है। स्थित-प्रज्ञ मुनि निष्काम सेवा का जीवन व्यतीत करता है।

इति···सांख्ययोगो नाम द्वितीयोऽध्यायः।

यह है 'सांख्य योग' नामक दूसरा अध्याय।

प्लेटो से तुलना कीजिए : "यदि आत्मा एक शुद्धता की दशा में प्रस्थान करती है और अपने साथ उस किसी अशुद्धता को नहीं ले जाती, जो उसके साथ जीवन-काल में चिपटी रही थी और जिसमें उसने कभी स्वेच्छा से भाग नहीं लिया था, अपितु सदा बचने का यत्न किया था; वह अपने-आप को अपने-आप में समेटकर और शरीर से इस पृथक् होने को अपना उद्देश्य और इच्छा बनाकर···तब इस प्रकार तैयार होकर आत्मा दिव्य, अमर और ज्ञानी के उस अदृश्य लोक की ओर प्रस्थान करती है।" —फ्रेडो, अनुभाग 68।

आदर्श मनुष्य, ज्ञानी, स्थित-प्रज्ञ, योगारूढ़, गुणातीत या भक्त के वर्णनों में सारवस्तु सबमें एक जैसी है। देखिए 6, 4-32; 10, 9-10; 12, 13-20; 13, 7-11; 14, 21-35; 16, 1-3; 18, 50-60

अध्याय 3

कर्मयोग या कार्य की पद्धति

फिर काम किया ही किसलिए जाए

अर्जुन उवाच

1. ज्यायसी चेत्कर्मणस्ते मता बुद्धिर्जनार्दन।
तत्किं कर्मणि घोरे मां नियोजयसि केशव ॥

अर्जुन ने कहा :

(1) हे जनार्दन (कृष्ण), यदि तू समझता है कि बुद्धि (का मार्ग) कर्म (के मार्ग) से अधिक अच्छी है, तो हे केशव (कृष्ण), तू मुझे इस भयंकर कर्म को करने के लिए क्यों कह रहा है?

अर्जुन ग़लती से इस उपदेश का अर्थ यह समझता है कि फल की इच्छा से किया गया काम अनासक्त और निष्काम कर्म से कम अच्छा है और वह यह समझता है कि कृष्ण का विचार यह है कि कर्मरहित ज्ञान कर्म से अधिक अच्छा है और तब पूछता है कि यदि तुम यह समझते हो कि ज्ञान कर्म की अपेक्षा श्रेष्ठ है, तब तुम मुझसे इस भयंकर कार्य को करने को क्यों कह रहे हो। यदि ज्ञान प्राप्त करने की सांख्य-पद्धति अधिक उत्कृष्ट है, तब कर्म बिलकुल असंगत बन जाता है।

2. व्यामिश्रेणेव वाक्येन बुद्धिं मोहयसीव मे।
तदेकं वद निश्चित्य येन श्रेयोऽहमाप्नुयाम् ॥

(2) इस मिली-जुली-सी प्रतीत होने वाली उक्ति द्वारा तू मेरी बुद्धि को

भ्रमित-सी कर रहा है। (मुझे) निश्चय से एक बात बता, जिसके द्वारा मैं अधिकतम कल्याण प्राप्त कर सकूं।

इव : यह मिला-जुलापन या घपला केवल प्रतीत ही होता है। गुरु का इरादा अर्जुन को घपले में डालना नहीं है, परन्तु अर्जुन के मन में घपला हो जाता है।[1]

जीवन कर्म है; परिणामों के प्रति निस्पृहता आवश्यक है

श्रीभगवानुवाच

3. लोकेऽस्मिन्द्विविधा निष्ठा पुरा प्रोक्ता मयानघ।
ज्ञानयोगेन सांख्यानां कर्मयोगेन योगिनाम्॥

श्री भगवान् ने कहा :

(3) हे अनघ (निर्दोष), इस संसार में बहुत पहले मैंने दो प्रकार की जीवन-प्रणालियों का उपदेश दिया था। चिन्तनशील व्यक्तियों के लिए ज्ञानमार्ग का और कर्मशील व्यक्तियों के लिए कर्ममार्ग का।

यहां गुरु आधुनिक मनोवैज्ञानिकों की भांति साधकों के दो मुख्य प्रकारों में अन्तर बताता है। एक तो अन्तर्मुख (इण्ट्रोवर्ट), जिनकी स्वाभाविक प्रवृत्ति आत्मा के आन्तरिक जीवन को खोजने की ओर होती है और दूसरे बहिर्मुख, जिनका स्वाभाविक झुकाव बाह्य संसार में कार्य करने की ओर होता है। इनसे मिलते-जुलते हमारे यहां ज्ञानयोगी हैं, जिनका आन्तरिक अस्तित्व गम्भीर आध्यात्मिक चिन्तन की उड़ानों की ओर झुका हुआ है और दूसरे कर्मयोगी, जो ऐसे ऊर्जस्वी व्यक्तित्व हैं, जिन्हें कर्म से प्रेम है। परन्तु यह अन्तर आत्यन्तिक नहीं है, क्योंकि सब मनुष्य कुछ कम या अधिक मात्रा में अन्तर्मुख और बहिर्मुख दोनों ही होते हैं।

गीता की दृष्टि में कर्म का मार्ग भी मुक्ति के लिए उतना ही समर्थ साधन है जितना कि ज्ञान का मार्ग; और ये दोनों मार्ग दो अलग-अलग श्रेणियों के व्यक्तियों के लिए हैं। वे ऐकान्तिक नहीं हैं, अपितु परस्परपूरक हैं। मार्ग सारा एक ही है, जिसमें अलग-अलग प्रावस्थाएं (दिशाएं या दौर) सम्मिलित हैं।

---

1. परमकारुणिकस्य तव मोहकत्वं नास्त्येव, तथापि भ्रान्त्या ममैवं भातीतीव शब्देनोक्तम्। —श्रीधर।

तुलना कीजिए : "जीवन के ये दो प्रकार हैं, जो दोनों ही वेदों द्वारा समर्थित हैं— एक है प्रवृत्तिमूलक मार्ग और दूसरा निवृत्तिमूलक मार्ग।"[1] जीवन की इन दोनों पद्धतियों का मूल्य समान है। गुरु इस बात को स्पष्ट करता है कि ज्ञान या बुद्धि का कर्म से कोई विरोध नहीं है। शंकराचार्य ने इस बात को स्वीकार किया है कि कर्म ज्ञान के साथ रह सकता है। कर्म को ज्ञान प्राप्त करने के साधन के रूप में नहीं अपनाया जाता, अपितु साधारण लोगों के सामने उदाहरण प्रस्तुत करने के रूप में अपनाया जाता है। ज्ञानी व्यक्ति के कर्म में, जैसे कि गीता के उपदेश करने वाले कृष्ण के कर्म में, आत्म भावना और कर्मफल की इच्छा का अभाव रहता है।[2]

4. न कर्मणामनारम्भान्नैष्कर्म्यं पुरुषोऽश्नुते।
न च संन्यसनादेव सिद्धिं समधिगच्छति ॥

(4) कर्म न करने से ही कोई व्यक्ति कर्म से मुक्ति नहीं पा सकता। और न केवल (कर्म के) संन्यास से ही उसे पूर्णता (सिद्धि) प्राप्त हो सकती है।

नैष्कर्म्य वह दशा है, जिसमें मनुष्य पर कर्म का कोई प्रभाव नहीं होता। प्राकृतिक नियम यह है कि हम अपने कर्म के फलों द्वारा बन्धन में पड़ते हैं। प्रत्येक क्रिया की एक स्वाभाविक प्रतिक्रिया होती है और वह बन्धन का कारण बन जाती है, जिससे आत्मा इस नाम-रूपमय जगत् में फंस जाता है और यह प्रतिक्रिया संसार से ऊपर उठने के द्वारा आत्मा के भगवान् के साथ संयोग में बाधक बन जाती है। जिस चीज़ की आवश्यकता बताई गई है, वह कर्मों का त्याग नहीं, अपितु स्वार्थ-लालसा का त्याग है।

---

1. द्वाविगावथ पन्थानौ यस्मि वेदाः प्रतिष्ठिताः।
प्रवृत्तिलक्षणो धर्मः, निवृत्तिश्च विभाषितः ॥
—महाभारत, शान्तिपर्व, 240, 60

2. अभिनवगुप्त ने यह श्लोक उद्धृत किया है :
न क्रियारहितं ज्ञानं न ज्ञानरहिता क्रिया।
ज्ञानक्रियाविनिष्पन्नः आचार्यः पशुपाशहा ॥
—भगवद्गीता पर शंकराचार्य की टीका, 2, 1।

**5. न हि कश्चित्क्षणमपि जातु तिष्ठत्यकर्मकृत्।
कार्यते ह्यवशः कर्म सर्वः प्रकृतिजैर्गुणैः॥**

(5) कोई भी व्यक्ति क्षण-भर के लिए भी कर्म किए बिना नहीं रह सकता। प्रकृति से उत्पन्न गुणों के कारण प्रत्येक व्यक्ति को विवश होकर कर्म करना ही पड़ता है।

जब तक हम शरीर धारण किए हुए जीवन बिताते हैं, तब तक हम कर्म से बच नहीं सकते। कर्म के बिना जीवन टिक ही नहीं सकता।[1] आनन्दगिरि ने इस बात को स्पष्ट किया है कि जो व्यक्ति आत्मा का ज्ञान प्राप्त कर लेता है, वह गुणों द्वारा चलायमान नहीं होता; परन्तु जिस व्यक्ति ने अपने शरीर को और इन्द्रियों को वश में नहीं किया है, वह गुणों के कारण कर्म करने के लिए विवश होता है।

इसमें यह अर्थ निहित है कि इस दृष्टिकोण को अस्वीकार कर दिया गया है कि मुक्त आत्मा कर्म करना बन्द कर देती है, क्योंकि सम्पूर्ण कर्म परमावस्था से नीचे गिरना है और अज्ञान की ओर वापस लौटना है। जब तक जीवन है, तब तक कर्म से बचा नहीं जा सकता। चिन्तन भी एक कर्म है, जीवन भी एक कर्म है, और ये कर्म अनेक फलों का कारण बनते हैं। लालसा से मुक्त हो जाना, निजी स्वार्थ के मोह से मुक्त हो जाना ही सच्चा अकर्म है, शारीरिक रूप से गतिविधि का परित्याग अकर्म नहीं है। जब यह कहा जाता है कि जो आदमी मुक्त हो जाता है, उसके लिए कर्म समाप्त हो जाता है, तब उसका अर्थ यह होता है कि उसके कर्म करने की निजी रूप से कोई आवश्यकता नहीं रहती। इसका यह अर्थ नहीं है कि वह कर्म से दूर भागता है और परमानन्दपूर्ण निष्क्रियता में शरण ले लेता है। वह उसी प्रकार कार्य करता है जैसे परमात्मा। उसे बाध्य करने वाली कोई आवश्यकता या विवश करने वाला अज्ञान नहीं होता

---

1. तुलना कीजिए :

"आंख चाहे या न चाहे उसे देखना ही पड़ता है;
हम कानों को स्तब्ध होने के लिए नहीं कह सकते;
हमारे शरीर, वे चाहे जहां हों, अनुभव करते ही हैं,
हमारी इच्छा के प्रतिकूल अथवा हमारी इच्छा के अनुकूल।" —वर्ड्सवर्थ

और कर्म करते हुए भी वह उसमें आसक्त नहीं होता। जब उसका अहंकार दूर हो जाता है, तब कर्म उसकी आन्तरिक गम्भीरता में से निकलता है और वह कर्म उसके हृदय में गुप्त रूप से स्थित भगवान् द्वारा शासित रहता है। इच्छा और आसक्ति से शून्य होकर, सब प्राणियों के साथ एक होकर वह अपने आन्तरिक अस्तित्व की गम्भीरतम गहराइयों से काम करता है और वह अपने अमर, दिव्य, सर्वोच्च आत्मा द्वारा शासित रहता है।

6. कर्मेन्द्रियाणि संयम्य य आस्ते मनसा स्मरन्।
इन्द्रियार्थान्विमूढात्मा मिथ्याचारः स उच्यते॥

(6) जो व्यक्ति अपनी कर्मेन्द्रियों को तो संयम में रखता है, परन्तु अपने मन में इन्द्रियों के विषयों का स्मरण करता रहता है, जिसकी प्रकृति मूढ़ हो गई है, वह पाखण्डी (मिथ्या आचरण करने वाला) कहलाता है।

हम बाहर से चाहे अपनी गतिविधियों को नियन्त्रित कर लें, परन्तु यदि हम उन्हें प्रेरणा देने वाली इच्छाओं को संयम नहीं कर सकते, तो हम संयम का सही अर्थ समझ पाने में असफल रहते हैं।

7. यस्त्विन्द्रियाणि मनसा नियम्यारभतेऽर्जुन।
कर्मेन्द्रियैः कर्मयोगमसक्तः स विशिष्यते॥

(7) परन्तु हे अर्जुन, जो व्यक्ति मन द्वारा इन्द्रियों को नियन्त्रित रखता है और अनासक्त होकर कर्मेन्द्रियों को कर्म के मार्ग में लगाता है, वह अधिक उत्कृष्ट है।

मानवीय संकल्प विधान की कठोरता पर विजय प्राप्त कर सकता है। हमें सांसारिक वस्तुओं को अपनी तृप्ति के साधन के रूप में नहीं देखना चाहिए। यदि हमें अपनी खोई हुई शान्ति को, अपनी गंवाई हुई अखण्डता को और अपनी नष्ट हुई निर्दोषता को फिर प्राप्त करना हो, तो हमें सब वस्तुओं को वास्तविक ब्रह्म की अभिव्यक्ति के रूप में ही देखना चाहिए और ऐसे पदार्थों के रूप में नहीं, जिन्हें कि पकड़ा जा सकता है और जिन पर अधिकार किया जा सकता है। वस्तुओं के प्रति अनासक्ति की इस मनोवृत्ति को विकसित करने के लिए चिन्तन आवश्यक है।

छठे श्लोक में श्री कृष्ण ने केवल बाह्य परित्याग की निन्दा की है और इस श्लोक में आन्तरिक वैराग्य की सच्ची भावना की प्रशंसा की है।

यज्ञ का महत्त्व

8. नियतं कुरु कर्म त्वं कर्म ज्यायो ह्यकर्मणः।
शरीरयात्रापि च ते न प्रसिद्ध्येदकर्मणः॥

(8) तेरे लिए जो कार्य नियत है, तू उसे कर; क्योंकि कर्म अकर्म से अधिक अच्छा है। बिना कर्म के तो तेरा शारीरिक ज़ीवन भी बना नहीं रह सकता।

9. यज्ञार्थात्कर्मणोऽन्यत्र लोकोऽयं कर्मबन्धनः।
तदर्थं कर्म कौन्तेय मुक्तसङ्गः समाचर॥

(9) यज्ञ के लिए या यज्ञ के रूप में किए जाने वाले कार्यों को छोड़कर यह सारा संसार कर्म-बन्धन में डालने वाला है। इसलिए हे कुन्ती-पुत्र (अर्जुन), सब प्रकार की आसक्ति से मुक्त होकर यज्ञ के रूप में तू अपना कार्य कर।

शंकराचार्य ने यज्ञ को विष्णु के समान बताया है।

रामानुज ने इसकी व्याख्या शाब्दिक तौर पर यज्ञ या बलिदान के रूप में की है।

सारे कार्य यज्ञ की भावना से भगवान् के लिए किए जाने चाहिए। मीमांसा की इस मांग को स्वीकार करते हुए, कि हमें यज्ञ के प्रयोजन के लिए कर्म करना चाहिए, गीता हमसे कहती है कि हम इस प्रकार का कर्म फल की कोई भी आशा किए बिना करें। इस प्रकार के मामलों में अनिवार्य कर्म में बन्धन की शक्ति न रहेगी। स्वयं 'यज्ञ' की व्याख्या एक विस्तृततर अर्थ में की गई है। हमें निम्नतर मन का बलिदान उच्चतर मन के लिए कर देना है। यहां वैदिक देवताओं के प्रति धार्मिक कर्त्तव्य भगवान् के नाम पर सृष्टि की सेवा बन जाता है।

10. सहयज्ञाः प्रजाः सृष्ट्वा पुरोवाच प्रजापतिः।
अनेन प्रसविष्यध्वमेष वोऽस्त्विष्टकामधुक्॥

(10) प्राचीन समय में प्रजापति ने यज्ञ के साथ प्राणियों को उत्पन्न किया और कहा : "इसके द्वारा तुम सन्तान उत्पन्न करो और यह यज्ञ तुम्हारी अभीष्ट इच्छाओं को पूर्ण करने वाला होगा।"[1]

कामधुक् इन्द्र की पौराणिक गाय है, जिससे मनुष्य जो चाहे, वह उसे मिल जाता है। अपने नियत कर्त्तव्य का पालन करने से मनुष्य का उद्धार हो सकता है।

11. देवान्भावयतानेन ते देवा भावयन्तु वः।
परस्परं भावयन्तः श्रेयः परमवाप्स्यथ॥

(11) इसके द्वारा तुम देवताओं का पोषण करो और देवता तुम्हारा पोषण करें। इस प्रकार एक-दूसरे का पोषण करते हुए तुम सब परम कल्याण को प्राप्त करोगे।

देखिए, महाभारत, शान्तिपर्व, 340, 59-62। जहा देवताओं और मनुष्यों की परम्पराश्रितता का वर्णन इससे मिलते-जुलते रूप में किया गया है।

12. इष्टान्भोगान्हि वो देवा दास्यन्ते यज्ञभाविताः।
तैर्दत्तानप्रदायैभ्यो यो भुङ्क्ते स्तेन एव सः॥

(12) यज्ञ से प्रसन्न होकर देवता तुम्हें वे सब सुख-भोग प्रदान करेंगे, जिन्हें तुम चाहते हो। जो व्यक्ति उनके द्वारा दिए गए इन उपहारों का उपभोग देवताओं को बिना दिए करता है, वह तो चोर ही है।

13. यज्ञशिष्टाशिनः सन्तो मुच्यन्ते सर्वकिल्बिषैः।
भुञ्जते ते त्वघं पापा ये पचन्त्यात्मकारणात्॥

(13) वे सन्त व्यक्ति, जो यज्ञ के बाद बची हुई वस्तु (यज्ञशेष) का उपभोग करते हैं, सब पापों से मुक्त हो जाते हैं, परन्तु जो दुष्ट लोग केवल अपने लिए भोजन पकाते हैं, वे तो समझो, पाप ही खाते हैं।

---

1. ऋग्वेद से तुलना कीजिए : केवलाघो भवति केवलादी। 10, 117, 6

तुलना कीजिए: मनु, 3, 76, 118।

14. अन्नाद्भवन्ति भूतानि पर्जन्यादन्नसम्भवः।
यज्ञाद्भवति पर्जन्यो यज्ञः कर्मसमुद्भवः॥

(14) अन्न से प्राणी होते हैं। वर्षा से अन्न उत्पन्न होता है। यज्ञ से वर्षा होती है और यज्ञ कर्म से उत्पन्न होता है।

मनु से तुलना कीजिए 3, 76।

15. कर्म ब्रह्मोद्भवं विद्धि ब्रह्माक्षरसमुद्भवम्।
तस्मात्सर्वगतं ब्रह्म नित्यं यज्ञे प्रतिष्ठितम्॥

(15) (यज्ञ के ढंग के) कर्मों का मूल ब्रह्म (वेद) को समझ और ब्रह्म का जन्म अक्षर (अनश्वर) से होता है। इसलिए सर्वव्यापी ब्रह्म सदा यज्ञ में विद्यमान रहता है।

कर्म का मूल अनश्वर में है। यदि भगवान् कर्म न करे, तो यह सारा संसार नष्ट हो जाए। यह संसार एक महान् यज्ञ है। ऋग्वेद में (10, 90) लिखा है कि एक पुरुष की यज्ञ में बलि दी गई थी और उसके अंग-प्रत्यंग सारे आकाश में बिखर गए। इस महान् यज्ञ द्वारा विश्व की व्यवस्था बनी हुई है। कर्म शरीरधारियों के लिए नैतिक के साथ-साथ भौतिक आवश्यकता भी है।[1]

ब्रह्म को प्रकृति भी माना गया है, जैसे अध्याय 14 के 3-4 श्लोकों में। प्रकृति का जन्म ब्रह्म से होता है और संसार की सारी गतिविधि का मूल यह प्रकृति ही है।

16. एवं प्रवर्तितं चक्रं नानुवर्तयतीह यः।
अघायुरिन्द्रियारामो मोघं पार्थ स जीवति॥

(16) इस संसार में जो व्यक्ति इस प्रकार घुमाए जा रहे इस चक्र के चलने में सहायता नहीं देता, वह दुष्ट स्वभाव वाला और इन्द्रियों के सुखों में मग्न रहने वाला व्यक्ति, हे पार्थ (अर्जुन), व्यर्थ ही जीवन बिताता है।

---

1. श्रीधर का कथन है : यजमानादिव्यापाररूपं कर्म ब्रह्म वेदः; कर्म तस्मात् प्रवृत्तम्।

इन श्लोकों में यज्ञ की देवताओं और मनुष्यों में परस्पर-विनिमय की वैदिक धारणा को सृष्टि में सब प्राणियों की परस्पराश्रितता की एक विस्तृततर धारणा के रूप में प्रस्तुत किया गया है। यज्ञ की भावना से किए गए कार्य परमात्मा को प्रसन्न करने वाले होते हैं। परमात्मा सब बलिदानों का उपभोग करने वाला है।[1] यज्ञो वै विष्णुः।[2] यज्ञ ही भगवान है। यह जीवन का विधान (नियम) भी है। व्यष्टि और सृष्टि एक-दूसरे पर आश्रित हैं। मानवीय जीवन और विश्व-जीवन में निरन्तर पारस्परिक विनिमय होता रहता है। जो व्यक्ति केवल अपने लिए कार्य करता है, वह व्यर्थ में जीवन बिताता है। संसार में प्रगति मानवीय और दिव्य के बीच इस सहयोग के कारण हो रही है। यज्ञ केवल देवताओं के लिए नहीं किया जाता, अपितु उस भगवान् के लिए किया जाता है, जिसके कि वे देवता विभिन्न रूप हैं। चौथे अध्याय के चौबीसवें श्लोक में यह कहा गया है कि यज्ञ की क्रियाएं और सामग्री, देने वाला और ग्रहण करने वाला और यज्ञ का लक्ष्य तथा उद्देश्य ब्रह्म ही है।

आत्म में सन्तुष्ट रहो

17. यस्त्वात्मरतिरेव स्यादात्मतृप्तश्च मानवः।
आत्मन्येव च संतुष्टस्तस्य कार्यं न विद्यते॥

(17) परन्तु जो मनुष्य केवल आत्म में आनन्द अनुभव करता है, जो आत्म से सन्तुष्ट है और जो आत्म से तृप्त है, उसके लिए कोई ऐसा कार्य नहीं है, जिसे करना आवश्यक हो।

वह कर्त्तव्य की भावना से मुक्त हो जाता है। वह कर्त्तव्य की भावना स या अपने अस्तित्व के प्रगतिशील रूपान्तरण के लिए कार्य नहीं करता, अपितु इसलिए कार्य करता है कि उसका पूर्णता को प्राप्त स्वभाव कर्म में स्वतःप्रवृत्त हो जाता है।

18. नैव तस्य कृतेनार्थो नाकृतेनेह कश्चन।
न चास्य सर्वभूतेषु कश्चिदर्थव्यपाश्रयः॥

---

1. देखिए, 5, 29
2. तैत्तिरीय संहिता, 1, 7, 4

(18) इसी प्रकार इस संसार में उसके लिए कोई ऐसी वस्तु नहीं रहती, जो उन कर्मों द्वारा प्राप्त होनी हो, जो उसने किए हैं या उन कर्मों द्वारा प्राप्त होनी हो, जो उसने नहीं किए हैं। वह किसी भी प्राणी पर अपने किसी स्वार्थ के लिए निर्भर नहीं रहता।

अगले श्लोक में यह बताया गया है कि भले ही मुक्त मनुष्य के लिए कर्म या अकर्म द्वारा प्राप्त करने को कुछ नहीं रहता और वह आत्म में स्थित होकर और उसका आनन्द लेते हुए पूर्णतया सुखी रहता है, फिर भी निष्काम कर्म नाम की एक ऐसी वस्तु है, जिसे वह संसार के कल्याण के लिए करता रहता है।

19. तस्मादसक्तः सततं-कार्यं कर्म समाचर।
असक्तो ह्याचरन्कर्म परमाप्नोति पूरुषः॥

(19) इसलिए तू अनासक्त होकर सदा करने योग्य कर्म करता रह; क्योंकि अनासक्त रहकर कर्म करता हुआ मनुष्य सर्वोच्च (परम) को प्राप्त करता है।

यहां पर आसक्तिरहित होकर किए गए कार्य को यज्ञ की भावना से किए गए कार्य की अपेक्षा ऊंचा बतलाया गया है। यज्ञ की भावना से किया गया कार्य अपने-आप में स्वार्थ-भावना से किए गए कार्य की अपेक्षा अधिक अच्छा होता है। मुक्त आत्माएं भी अवसर पड़ने पर कार्य करती हैं।[1]

जहां इस श्लोक में कहा गया है कि मनुष्य अनासक्त होकर कर्म करता हुआ सर्वोच्च भगवान्, परम, तक पहुंचता है, वहां शंकराचार्य का मत है कि कर्म मन को शुद्ध करने में सहायक होता है और मन की शुद्धता के फलस्वरूप

---

1. योगवाशिष्ठ से तुलना कीजिए : "ज्ञानी व्यक्ति के लिए कर्म करने के द्वारा अथवा कर्म न करने के द्वारा प्राप्त करने को कुछ भी नहीं है। इसलिए वह जब जैसी आवश्यकता होती है, वैसा कर्म करता है।" फिर, "कोई काम किया जाए या न किया जाए, मेरे लिए वह एक जैसा है। मैं कर्म न करने का आग्रह किसलिए करू? जो कुछ मेरे सामने आता है, मैं तो उसे करता चलता हूं।"

ज्ञस्य नार्थः कर्मत्यागैः नार्थः कर्मसमाश्रयैः।
तेन स्थितं यथा यद्यत्तत्तथैव करोत्यसौ ॥ —6, 199
मम नास्ति कृतेनार्थो नाकृतेनेह कश्चन।
यथाप्राप्तेन तिष्ठामि ह्यकर्मणि क आग्रहः ॥ —वही, 216

मुक्ति होती है। कर्म हमें मन की शुद्धता की प्राप्ति द्वारा अप्रत्यक्ष रूप से पूर्णता तक ले जाता है।[1]

दूसरों के लिए उदाहरण उपस्थित करो

20. कर्मणैव हि संसिद्धिमास्थिता जनकादयः।
लोकसंग्रहमेवापि संपश्यन्कर्तुमर्हसि ॥

(20) जनक तथा अन्य लोग कर्म द्वारा ही पूर्णता तक पहुंचे थे। तुझे संसार को बनाए रखने के लिए (लोकसंग्रह के लिए) भी कर्म करना चाहिए।

जनक मिथिला का राजा था। वह सीता का, जो राम की पत्नी थी, पिता था। जनक कर्तृत्व की वैयक्तिक भावना को त्यागकर शासन करता था। शंकराचार्य ने भी कहा है कि जनक आदि ने इसलिए कर्म किए कि जिससे साधारण लोग मार्ग से न भटक जाएं। वे लोग यह समझकर काम करते थे कि उनकी इन्द्रिया-भर कार्यों में लगी हुई हैं, गुणा गुणेषु वर्तन्ते। जिन लोगों ने सत्य को नहीं जाना है, वे भी आत्मशुद्धि के लिए कर्म करते रह सकते हैं। 2, 10।

लोकसंग्रह : संसार को बनाए रखना। लोकसंग्रह का अभिप्राय संसार की एकता या समाज की परस्पर-सम्बद्धता से है। यदि संसार को भौतिक कष्ट और नैतिक अधःपतन की दशा में नहीं गिरना है, यदि सामान्य जीवन को सुचारु और सगौरव होना है, तो सामाजिक कर्म का नियन्त्रण धार्मिक नीति से होना चाहिए। धर्म का उद्देश्य समाज का आध्यात्मिकीकरण करना है, पृथ्वी पर भ्रातृभाव की स्थापना करना। हमें पार्थिव संस्थाओं में आदर्शों को साकार करने की आशा से प्रेरणा मिलनी चाहिए। जब भारतीय जगत् की जवानी समाप्त हो चली, तब इसका झुकाव परलोक की ओर हो चला। श्रान्त वयस् में हम त्याग और सहिष्णुता के सन्देशों को अपना लेते हैं। आशा और ऊर्जा की वयस् में हम संसार में सक्रिय सेवा और सभ्यता की रक्षा करने पर ज़ोर देते हैं। बोइथियस ने ज़ोर देकर कहा है कि "जो अकेला स्वर्ग जाने को तैयार है, वह कभी स्वर्ग में नहीं जाएगा।"

---

1. सत्त्वशुद्धिद्वारेण। साथ ही देखिए, गीता पर शंकराचार्य की टीका, 3, 4

21. यद्यदाचरति श्रेष्ठस्तत्तदेवेतरो जनः।
स यत्प्रमाणं कुरुते लोकस्तदनुवर्तते ॥

(21) श्रेष्ठ मनुष्य जो-जो कुछ करता है, सामान्य लोग वैसा ही करने लगते हैं। वह जैसा आदर्श उपस्थित करता है, उसी का लोग अनुगमन करने लगते हैं।

सामान्य लोग श्रेष्ठ पुरुषों द्वारा स्थापित किए गए आदर्शों का अनुकरण करते हैं। प्रजातन्त्र का महापुरुषों में अविश्वास के साथ कुछ घपला कर दिया गया है। गीता इस बात को स्पष्ट रूप से कहती है कि महापुरुष ही मार्ग बनाने वाले होते हैं। वे जो रास्ता दिखाते हैं, अन्य लोग उनका अनुगमन करते हैं। प्रकाश सामान्यतया उन व्यक्तियों द्वारा ही प्राप्त होता है, जो समाज से आगे बढ़े हुए होते हैं। जब उनके साथी नीचे घाटी में सो रहे होते हैं, उस समय वे पर्वतशिखरों पर चमकते हुए प्रकाश को देख रहे होते हैं। ईसा के शब्दों में, वे मानवसमाज के 'नमक', 'खमीर' और 'प्रकाश' हैं। जब वे उस प्रकाश की आभा की घोषणा करते हैं, तब थोड़े-से लोग उसे पहचान पाते हैं और धीरे-धीरे बहुत-से लोग उनके अनुयायी बनने को तैयार हो जाते हैं।

22. न मे पार्थास्ति कर्तव्यं त्रिषु लोकेषु किंचन।
नानवाप्तमवाप्तव्यं वर्त एव च कर्मणि ॥

(22) हे पार्थ (अर्जुन), मेरे लिए तीनों लोकों में कोई भी ऐसा कर्म नहीं है, जो करना आवश्यक हो और न ऐसी ही कोई वस्तु है, जो मुझे प्राप्त न हो और मुझे प्राप्त करनी हो; फिर भी मैं कर्म में लगा ही रहता हूं।

परमात्मा का जीवन और संसार का जीवन एक-दूसरे के विरोधी नहीं हैं।[1]

---

1. महाभारत से तुलना कीजिए, ऐश्वर्य के नाम पर मैं सारे संसार की दासता करता हूं :
   दास्यमैश्वर्यवादेन ज्ञातीनां तु करोम्यहम्।

   तुलना कीजिए, महाभारत, 3, 313, 17 :
   तर्कोऽप्रतिष्ठः श्रुतयो विभिन्ना नैको मुनिर्यस्य वचः प्रमाणम्।
   धर्मस्य तत्त्वं निहितं गुहायां महाजनो येन गतः स पन्थाः ॥

23. यदि ह्यहं न वर्तेयं जातु कर्मण्यतन्द्रितः।
मम वर्त्मानुवर्तन्ते मनुष्याः पार्थ सर्वशः॥

(23) यदि मैं निरालस्य होकर सदा कर्म में न लगा रहूं, तो हे पार्थ (अर्जुन), सब लोग सब प्रकार मेरे ही मार्ग का अनुसरण करने लगें।

24. उत्सीदेयुरिमे लोका न कुर्यां कर्म चेदहम्।
संकरस्य च कर्ता स्यामुपहन्यामिमाः प्रजाः॥

(24) यदि मैं कर्म करना छोड़ दूं, तो ये लोक (संसार) नष्ट हो जाएं और मैं संकर (अव्यवस्थित जीवन) को उत्पन्न करने वाला बनूं और इस प्रकार इन लोगों का विनाश कर बैठूं।

परमात्मा अपनी अनवरत गतिविधि द्वारा संसार को सुरक्षित बनाए रखता है और इसे वापस अनस्तित्व में गिरने से रोके रखता है।[1]

25. सक्ताः कर्मण्यविद्वांसो यथा कुर्वन्ति भारत।
कुर्याद्विद्वांस्तथासक्तश्चिकीर्षुर्लोकसंग्रहम्॥

(25) हे भारत (अर्जुन), जिस प्रकार अविद्वान व्यक्ति आसक्त होकर कर्म करते हैं, उसी प्रकार विद्वान् व्यक्ति अनासक्त होकर लोकसंग्रह (संसार की व्यवस्था को बनाए रखने) की इच्छा से कर्म करते हैं।

यद्यपि जो आत्मा प्रकाश में पहुंचकर केन्द्रित हो गई है, उसके वास्ते अपने लिए करने को कुछ बाक़ी नहीं है, फिर भी वह अपने-आप को विश्व के कार्य में उसी प्रकार लगा देती है, जैसे भगवान् अपने-आप को लगाए हुए है। उसकी गतित्रिधि भगवान् के प्रकाश और आनन्द मे स्फुरणा प्राप्त करती है।

26. न बुद्धिभेदं जनयेदज्ञानां कर्मसङ्गिनाम्।
जोषयेत्सर्वकर्माणि विद्वान्युक्तः समाचरन्॥

---

1. सेण्ट टॉमस से तुलना कीजिए : "जिस प्रकार किसी वस्तु को अस्तित्वमान रूप में उत्पन्न करना परमात्मा की इच्छा पर निर्भर है, उसी प्रकार यह भी उसी की इच्छा पर निर्भर है कि उस वस्तु को बनाए रखा जाए; इसलिए यदि वह अपने कर्म को उन वस्तुओं से अलग कर ले, तो सब वस्तुएं शून्य रह जाएंगी।" – सम्मा थियोलोजिया, I. 9, 2 सी।

(26) ज्ञानी व्यक्ति को चाहिए कि वह कर्म में आसक्त अज्ञानी व्यक्तियों के मन को विचलित न करे। योग की भावना से कर्म करने वाले मनुष्य को चाहिए कि वह दूसरों को (भी) कर्म में लगाए।

न·बुद्धिभेदंजनयेत् : वह लोगों के मन को विचलित न करे। किसी भी प्रकार की धार्मिक आस्था को दुर्बल मत करो। कर्त्तव्य, बलिदान और प्रेम के तत्त्व सब धर्मों के आधार प्रतीत होते हैं। हो सकता है कि धर्म के निम्नतर रूपों में वे कठिनाई से पहचाने जाएं और वे कुछ ऐसे प्रतीकों के आसपास केन्द्रित हों जो उन सिद्धान्तों के सहायक हैं, जिनका कि वे समर्थन करते हैं। ये प्रतीक उन लोगों के लिए बहुत महत्त्वपूर्ण होते हैं, जो उनमें विश्वास रखते हैं। वे प्रतीक केवल तब असह्य हो उठते हैं, जब कि उन्हें उन लोगों पर थोपा जाने लगे, जो उन्हें स्वीकार नहीं कर सकते और तब, जब कि उन्हें मानवीय विचार का परम और अन्तिम रूप बताया जाने लगे। धर्मविज्ञानी सिद्धान्त का परमत्व का रूप धार्मिक सत्य के रहस्यपूर्ण रूप के साथ विसंगत (जो साथ न रह सके) है। श्रद्धा विश्वास की अपेक्षा अधिक व्यापक है। फिर, यदि हमें यह पता हो कि कौन-सी वस्तु अधिक अच्छी है और फिर भी हम उसे न अपनाएं, तो हम एक गलत काम कर रहे होंगे।

जब अशिक्षित लोग प्रकृति की शक्तियों के सामने विनत होते हैं, तब हम जानते हैं कि वे ग़लत वस्तुओं के सामने झुक रहे हैं और वे परमात्मा की विशालतर एकता को देख पाने में असमर्थ हैं। फिर भी वे एक ऐसी वस्तु के सम्मुख झुक रहे होते हैं, जो उनका अपना क्षुद्र आत्म नहीं है। अपरिष्कृत दृष्टिकोणों में भी कुछ ऐसी वस्तु विद्यमान है, जिसके द्वारा उन लोगों को सही जीवन बिताने में सहायता मिलती है, जो सही जीवन बिताना चाहते हैं। ऐतिहासिक सम्बन्धों से युक्त परम्परागत विधियां अनकहे विश्वासों की वाहक हैं, भले ही उन्हें भलीभांति समझा न जा सके। श्रद्धा का कोई स्रोत धार्मिक है या नहीं, इस बात का निर्धारण मन की कोटि (क़िस्म) से होता है, उस वस्तु से नहीं, जिस पर कि श्रद्धा की जा रही है। यह ठीक है कि हर किसी को उच्चतम स्तर तक पहुंचना चाहिए, परन्तु इस लक्ष्य तक धीरे-धीरे, सीढ़ी के बाद सीढ़ी चढ़ते हुए ही पहुंचा जा सकता है, एकाएक छलांग लगाकर नहीं। इसके अलावा

धर्म के सम्बन्ध में हमारे दृष्टिकोण स्वयं हमारे द्वारा चुने गए नहीं होते; उनका निर्धारण हमारे पूर्वजों, हमारे पालन-पोषण और सामान्य परिवेश द्वारा होता है। हमें उनके विषय में तिरस्कार के साथ चर्चा नहीं करनी चाहिए। हमें सादे धर्मों के अनुयायियों को आदर की दृष्टि से देखना चाहिए और अविचारपूर्वक उन्हें विक्षुब्ध नहीं कर देना चाहिए, क्योंकि सादे धर्मों का व्यावहारिक मूल्य है और उनमें आध्यात्मिक प्रेरणा है। आधुनिक मानवशास्त्री ऐसी सलाह देते हैं कि हमें आदिम जातियों का उद्धार करने की अधीरता में उन्हें उनके निर्दोष आनन्दों, उनके गीतों और नृत्यों, उनके सहभोजों और उत्सवों से वंचित नहीं कर देना चाहिए। हम उनके बारे में चाहे कुछ भी क्यों न करना चाहते हों, परन्तु वह सब हमें प्रेम और आदर के साथ करना चाहिए। हमें उनके सीमित ज्ञान को विस्तृततर दृष्टि की ओर ले जाने वाली सीढ़ियों के रूप में प्रयुक्त करना चाहिए।

इस दृष्टिकोण को अपनाते हुए, कि हमें तब तक बासी पानी फेंक नहीं देना चाहिए, जब तक कि हमें ताज़ा पानी न मिल जाए, हिन्दू सर्वदेव मन्दिर ने विभिन्न समूहों द्वारा पूजे जाने वाले देवी-देवताओं को अपने यहां स्थान दिया है। इनमें आकाश और समुद्र के, नदियों और कुंजों के, सुदूर अतीत के पौराणिक पात्र और गांवों के रक्षक देवियां और देवता सभी हैं। अपने युगव्यापी यात्राकाल में कुछ भी न गंवा बैठने और बिना किसी भी विश्वास का त्याग किए प्रत्येक सच्चे विश्वास को समस्वर बना देने की उत्कण्ठा में यह हिन्दू सर्वदेववाद एक सुविशाल समन्वय बन गया है, जिसके अन्दर विविध तत्त्व और प्रेरक शक्तियां मिश्रित हो गई हैं। यह कोई आश्चर्य की बात नहीं है कि धर्म अन्धकारपूर्ण और आदिमकालीन अन्धविश्वासों से भरा हुआ है।

आत्मा कर्ता नहीं है

27. प्रकृतेः क्रियमाणानि गुणैः कर्माणि सर्वशः।
अहङ्कारविमूढात्मा कर्ताहमिति मन्यते ॥

(27) वस्तुतः जब कि सब प्रकार के कार्य प्रकृति के गणों द्वारा किये जा रहे हैं, मनुष्य जिसकी आत्मा अहंकार की भावना से मूढ़ बन गई है, यह समझता है कि 'कर्ता मैं हूं'।

प्रकृतेः : सांख्य में वर्णित प्रधान।[1] यह माया की शक्ति[2] है या सर्वोच्च भगवान् की शक्ति है।[3]

भ्रान्त आत्म प्रकृति के कार्यों का अपने ऊपर आरोप कर लेता है।[4]

हमारे चेतन अस्तित्व के विभिन्न स्तर हैं और जो आत्म अहंकार बन जाता है, वह कर्मों के कर्तृत्व का आरोप अपने ऊपर कर लेता है और वह यह भूल जाता है कि कार्यों का निर्धारण तो प्रकृति करती है। गीता के मतानुसार, जब अहंकारपूर्ण आत्म पूरी तरह प्रकृति के वश में रहता है, तब वह स्वतन्त्र रूप से कार्य नहीं करता। शरीर, प्राण और मन का सम्बन्ध परिवेश के पहलू से है।

28. तत्त्ववित्तु महाबाहो गुणकर्मविभागयोः।
गुणा गुणेषु वर्तन्त इति मत्वा न सज्जते॥

(28) परन्तु जो व्यक्ति (आत्मा के) इन दो भेदों के, प्रकृति के गुणों और कार्यों से उनकी भिन्नता के, सच्चे स्वरूप को जानता है और इस बात को समझता है कि केवल गुण ही गुणों पर क्रिया कर रहे हैं, हे महाबाहु (अर्जुन), वह उन कर्मों में आसक्त नहीं होता।

प्रकृति और उसके गुण मानवीय स्वतन्त्रता की सीमाओं, जैसे आनुवंशिकता की शक्ति और परिवेश का दबाव इत्यादि, के प्रतिनिधि हैं। अनुभूतिमूलक आत्म कर्मों की उपज है, ठीक वैसे ही जैसे कि ब्रह्माण्ड की सारी प्रक्रिया कारणों की क्रिया का परिणाम है।

29. प्रकृतेर्गुणसंमूढाः सज्जन्ते गुणकर्मसु।
तानकृत्स्नविदो मन्दान्कृत्स्नविन्न विचालयेत्॥

---

1. प्रकृतिः प्रधानं सत्त्वरजस्तमसां गुणानां साम्यावस्था। —शंकराचार्य।
2. प्रधानशब्देन मायाशक्तिरुच्यते। —आनन्दगिरि।
3. प्रकृतेः परमेश्वर्याः सत्त्वरजस्तमोगुणात्मिकायाः देवात्मशक्तिं स्वगुणैर्निगूढामिति श्रुति-प्रसिद्धायाः शक्तेर्गुणैः कार्यकारणसंघातात्मकैः। —नीलकण्ठ।
प्रकृतिर्माया सत्त्वरजस्तमोगुणमयी मिथ्याज्ञानात्मिका परमेश्वरी शक्तिः। —मधुसूदन।
4. अनात्मन्यात्माभिमानी। —मधुसूदन।

(29) जो लोग प्रकृति के गुणों के कारण भ्रान्ति में पड़ जाते हैं, वे ही उन गुणों द्वारा उत्पन्न हुए कर्मों में आसक्त होते हैं। पर जो व्यक्ति सम्पूर्ण बात को जानता है, उसे उन अज्ञानियों के मन को विचलित नहीं करना चाहिए, जो कि केवल एक अंश को जानते हैं।

हमें उन लोगों को विचलित नहीं करना चाहिए, जो प्रकृति की प्रेरणाओं के वशवर्ती होकर कार्य करते हैं। उन्हें प्रकृति के वशीभूत अहंकार के साथ आत्मा की मिथ्या एकत्व की भावना से शनैः-शनैः मुक्ति दिलाई जानी चाहिए। वास्तविक आत्मा दिव्य, नित्य, स्वतन्त्र और आत्मचेतन है। मिथ्या आत्म वह अहंकार है, जो प्रकृति का एक ऐसा अंश है, जिसमें प्रकृति के कार्य प्रतिबिम्बित होते हैं। यहां सांख्य के विश्लेषण के आधार पर सच्चे आत्म को निष्क्रिय बताया गया है, जब कि प्रकृति सक्रिय है। और जब पुरुष अपने-आपको प्रकृति की गतिविधि के साथ एकरूप मान लेता है, तब सक्रिय व्यक्तित्व की भावना उत्पन्न हो जाती है। गीता सांख्य के इस दृष्टिकोण का समर्थन नहीं करती कि पूर्ण निष्क्रियता द्वारा पुरुष प्रकृति से दूर हट सकता है। ज्ञान का अर्थ अकर्म नहीं है, अपितु इसका अर्थ इस प्रकार का कर्म है, जो ऐसे ढंग से किया गया हो, जो मुक्ति की प्राप्ति में बाधा न डाले। यदि हम इस बात को समझ लें कि आत्मा या सच्चा आत्म अनासक्त, शान्त और निष्पक्ष साक्षी-भर है, तब चाहे हम अपूर्णता और कष्ट के विरुद्ध भयंकर युद्ध में भाग लेते रहें और संसार की एकता के लिए कार्य करते रहें, तब भी कोई कर्म हमें बन्धन में नहीं डाल सकता।

30. मयि सर्वाणि कर्माणि संन्यस्याध्यात्मचेतसा।
निराशीर्निर्ममो भूत्वा युध्यस्व विगतज्वरः॥

(30) अपने सब कर्मों को मुझमें त्यागकर और अपनी चेतना को आत्मा में स्थिर करके इच्छा और अहंकार से शून्य होकर तू निरुद्वेग होकर युद्ध कर।

भगवान् के प्रति, जो सारे ब्रह्माण्ड के अस्तित्व और गतिविधि का अधीश्वर है, आत्मसमर्पण करके हमें कर्म में जुट जाना चाहिए। 'तेरी इच्छा पूर्ण हो', सब कार्यों में हमारी यह मनोवृत्ति होनी चाहिए। हमें सब कार्य इस भावना

से करने चाहिए कि हम भगवान् के सेवक हैं।[1] देखिए, 18, 59-60 और 66।

31\. ये मे मतमिदं नित्यमनुतिष्ठन्ति मारवाः।
श्रद्धावन्तोऽनसूयन्तो मुच्यन्ते तेऽपि कर्मभिः॥

(31) जो लोग श्रद्धा से युक्त होकर और असूया से रहित होकर मेरे इस उपदेश का निरन्तर पालन करते हैं, वे कर्मों (के बन्धन) से मुक्त हो जाते हैं।

32\. ये त्वेतदभ्यसूयन्तो नानुतिष्ठन्ति मे मतम्।
सर्वज्ञानविमूढांस्तान्विद्धि नष्टानचेतसः॥

(32) परन्तु जो असूया से भरे होने के कारण मेरे इस उपदेश का तिरस्कार करते हैं और इसका पालन नहीं करते, समझ लो कि वे सम्पूर्ण ज्ञान के प्रति अन्धे हैं, बेवकूफ़ हैं और वे नष्ट होकर रहेंगे।

प्रकृति और कर्त्तव्य

33\. सदृशं चेष्टते स्वस्याः प्रकृतेर्ज्ञानवानपि।
प्रकृतिं यान्ति भूतानि निग्रहः किं करिष्यति॥

(33) ज्ञानी मनुष्य भी अपनी प्रकृति (स्वभाव) के अनुसार आचरण करते हैं। सब प्राणी अपनी प्रकृति के अनुसार काम करते हैं। निग्रह (दमन या रोकथाम) क्या कर सकता है?

प्रकृति (स्वभाव) वह मानसिक उपकरण है, जिसके साथ मनुष्य जन्म लेता है। यह पूर्वजन्म के कर्मों का परिणाम होती है।[2] यह अपना कार्य करके रहेगी। शंकराचार्य का विचार है कि परमात्मा भी इसकी क्रिया को नहीं रोक सकता। स्वयं भगवान् का यह आदेश है कि अतीत के कर्मों को अपना स्वाभाविक परिणाम उत्पन्न करना ही चाहिए।[3]

1\. अहं कर्तेश्वराय भृत्यवत् करोमीत्यनन्यबुद्ध्या। —शंकराचार्य।
ईश्वरप्रेरितोहं करोमीत्यनन्यबुद्ध्या। —नीलकण्ठ।
मयि सर्वाणि कर्माणि नाहं कर्तेति संन्यस्य स्वतन्त्रः परमेश्वर एव सर्वकर्ता नाहं कश्चिद्रिति निश्चित्य। —अभिनवगुप्त।

2\. प्रकृतिर्नाम पूर्वकृत धर्माधर्मादिसंस्कारो वर्तमानजन्मादावभिव्यक्तः। —शंकराचार्य।

3\. अहमपि पूर्वकमपिक्षयैव तान प्रवर्तयामिति भावः। —नीलकण्ठ।

निग्रह या संयम का कोई लाभ नहीं हो सकता, क्योंकि कर्म अनिवार्य रूप से प्रकृति की क्रियाओं से उत्पन्न होते हैं और आत्मा तो केवल एक तटस्थ साक्षी-भर है।

इस श्लोक से ऐसा ध्वनित होता है कि प्रकृति आत्मा के ऊपर सर्वशक्तिमान् सत्ता है और हमसे कहा गया है कि हम अपनी प्रकृति के अनुसार, अपने अस्तित्व के विधान के अनुसार कार्य करें। इसका अर्थ यह नहीं है कि हम अपने प्रत्येक मनोवेग के अनुसार आचरण करने लगें। यह तो इस बात का आदेश है कि हम अपने सच्चे अस्तित्व को खोज निकालें और उसे अभिव्यक्त करें। यदि हम चाहें, तो भी हम इसे दबाकर नहीं रख सकते। उल्लंघित प्रकृति अपना बदला अवश्य लेगी।

34. इन्द्रियस्येन्द्रियस्यार्थे रागद्वेषौ व्यवस्थितौ।
तयोर्न वशमागच्छेत्तौ ह्यस्य परिपन्थिनौ ॥

(34) (प्रत्येक) इन्द्रिय के लिए (उस) इन्द्रिय के विषयों (के सम्बन्ध) में राग-द्वेष नियत हैं। मनुष्य को इन दोनों के क़ाबू में नहीं आना चाहिए, क्योंकि वे उसके शत्रु हैं।

मनुष्य को अपनी बुद्धि या समझ के अनुसार काम करना चाहिए। यदि हम अपने मनोवेगों के शिकार बन जाते हैं, तो हमारा जीवन वैसा ही निरुद्देश्य और बुद्धिहीन बन जाता है, जैसे कि पशुओं का होता है। यदि हम हस्तक्षेप न करें तो राग और द्वेष ही हमारे कर्मों का निर्धारण करते रहेंगे। जब तक हम कुछ कार्यों को इसलिए करते रहेंगे, कि हम उन्हें पसन्द करते हैं और कुछ अन्य कार्यों को इसलिए नहीं करेंगे, कि हम उन्हें पसन्द नहीं करते तो हम अपने कर्मों से बंधे रहेंगे; परन्तु यदि हम इन मनोवेगों को जीत लें और कर्त्तव्य की भावना से कार्य करें, तो हम प्रकृति की क्रीड़ा के शिकार नहीं होंगे। मनुष्य की स्वतन्त्रता का उपयोग प्रकृति की आवश्यकताओं द्वारा सीमित अवश्य है, किन्तु बिलकुल समाप्त नहीं कर दिया गया।

35. श्रेयान्स्वधर्मो विगुणः परधर्मात्स्वनुष्ठितात्।
स्वधर्मे निधनं श्रेयः परधर्मो भयावहः ॥

(35) अपूर्ण रूप से पालन किया जा रहा भी अपना धर्म पूर्ण रूप से पालन किए जा रहे दूसरे के धर्म से अधिक अच्छा है। अपने धर्म का (पालन करते हुए) मृत्यु भी हो जाए, तो भी वह कहीं भला है, क्योंकि दूसरे का धर्म बहुत ख़तरनाक होता है।

अपना काम करने में कहीं अधिक आनन्द है, चाहे वह बहुत बढ़िया ढंग से न भी किया जा रहा हो, जब कि दूसरे के कर्त्तव्य को बहुत अच्छी तरह निबाहने में भी उतना आनन्द नहीं है। प्रत्येक व्यक्ति को अपनी मन:शारीरिक रचना को समझने का यत्न करना चाहिए और उसके अनुसार ही कार्य करना चाहिए। हो सकता है कि हममें से सबको अधिविद्या की प्रणालियों की आधारशिलाएं रखने का अथवा उच्च विचारों को चिरस्थायी शब्दों में प्रस्तुत करने का कार्य न मिला हो। हम सबको एक-सी प्रतिभाएं नहीं मिलीं। परन्तु महत्त्वपूर्ण बात यह नहीं है कि हममें पांच प्रकार की प्रतिभाएं हैं या केवल एक प्रकार की, अपितु महत्त्वपूर्ण बात यह है कि जो काम हमें सौंपा गया है, उसे हम कितनी निष्ठा के साथ करते हैं। हमें अपना सौंपा गया काम, चाहे वह छोटा हो या बड़ा, पुरुषार्थपूर्वक करना चाहिए। अच्छाई क़िस्म की पूर्णता की द्योतक है। व्यक्ति का कर्त्तव्य कितना ही अरुचिकर क्यों न हो, परन्तु मनुष्य को मरण-पर्यन्त उस कर्त्तव्य के प्रति निष्ठावान् रहना चाहिए।

शत्रु काम और क्रोध हैं

अर्जुन उवाच

36. अथ केन प्रयुक्तोऽयं पापं चरति पूरुषः।
अनिच्छन्नपि वार्ष्णेय बलादिव नियोजितः॥

अर्जुन ने कहा :

(36) परन्तु हे वार्ष्णेय (कृष्ण), वह क्या वस्तु है, जिससे प्रेरित होकर मनुष्य न चाहता हुआ भी पाप करता है, जैसे कोई उससे बलपूर्वक पाप करवा रहा हो?

अनिच्छन्नपि : अपनी इच्छा के प्रतिकूल भी। अर्जुन को यही अनुभव होता है कि मनुष्य अपनी इच्छा के विपरीत भी कार्य करने के लिए विवश होता

है। परन्तु वस्तुतः ऐसा नहीं है। मनुष्य मौन रूप से अपनी सहमति दे देता है, जैसा कि अगले श्लोक में गुरु द्वारा किए गए 'काम' या 'लालसा' शब्द के प्रयोग से सूचित है। शंकराचार्य का कथन है : जिसे हम प्रकृति अर्थात् मनुष्य का स्वभाव कहते हैं, वह मनुष्य को अपने मार्ग पर राग और द्वेष के द्वारा ही खींच ले जाती है।[1]

श्री भगवानुवाच

37. काम एष क्रोध एष रजोगुणसमुद्भवः।
महाशनो महापाप्मा विद्ध्येनमिह वैरिणम्॥

श्री भगवान् ने कहा :

(37) यह वस्तु काम और क्रोध हैं, जो रजोगुण से उत्पन्न हुए हैं। ये सब-कुछ निगल जाने वाले हैं, और अत्यन्त पापपूर्ण हैं। इस संसार में इन्हीं को शत्रु समझो।

38. धूमेनाव्रियते वह्निर्यथादर्शो मलेन च।
यथोल्बेनावृतो गर्भस्तथा तेनेदमावृतम्॥

(38) जैसे आग धुएं से ढक जाती है, या दर्पण धूल से ढक जाता है, या भ्रूण गर्भ द्वारा सब ओर से घिरा रहता है, उसी प्रकार यह उस (रजोगुण) से ढका रहता है।

इदम् : यह यह ज्ञान। – शंकराचार्य।

प्रत्येक वस्तु रजोगुण से आवृत्त है।

39. आवृतं ज्ञानमेतेन ज्ञानिनो नित्यवैरिणा।
कामरूपेण कौन्तेय दुष्पूरेणानलेन च॥

(39) हे कुन्ती के पुत्र (अर्जुन), इच्छा की इस तृप्त न होने वाली आग से, जो कि ज्ञानी मनुष्य की चिरशत्रु है, ज्ञान आवृत्त रहता है।

---

1. या हि पुरुषस्य प्रकृतिः सा रागद्वेषपुरःसरैव स्वकार्ये पुरुषं प्रवर्तयति। गीता पर शंकराचार्य की टीका, 3, 34

तुलना कीजिए : "इच्छा इच्छित वस्तुओं के उपभोग से कभी तृप्त नहीं होती, अपितु वह उसी तरह अधिक और अधिक बढ़ती जाती है, जैसे ईंधन डालने से आग बढ़ती जाती है।"[1]

40. इन्द्रियाणि मनो बुद्धिरस्याधिष्ठानमुच्यते।
एतैर्विमोहयत्येष ज्ञानमावृत्य देहिनम्॥

(40) इन्द्रियां, मन और बुद्धि इसका रहने का स्थान कही जाती हैं। इनके द्वारा ज्ञान को आवृत करके यह शरीरधारी (आत्मा) को पथभ्रान्त कर देता है।

41. तस्मात्त्वमिन्द्रियाण्यादौ नियम्य भरतर्षभ।
पाप्मानं प्रजहि ह्येनं ज्ञानविज्ञाननाशनम्॥

(41) इसलिए भरतों में श्रेष्ठ (अर्जुन), तू शुरू से ही इन्द्रियों को अपने नियन्त्रण में रख और ज्ञान और विवेक के इस पापी विनाशक को मार डाल।

---

1. न जातु कामः कामानमुपभोगेन शाम्यति।
हविषा कृष्णवर्त्मेव भूय एवाभिवर्धते॥ – मनु, 2, 94

स्पिनोज़ा से तुलना कीजिए : "क्योंकि वे वस्तुएं, जिन्हें मनुष्य, यदि उनके कार्यों से अनुमान किया जाए तो, सबसे अच्छा समझते हैं, धन, यश और ऐन्द्रिय उपभोग हैं। इनमें से अन्तिम वस्तु से तो जी भर जाता है और उसके लिए बाद में पछतावा होता है, परन्तु अन्य दो वस्तुओं के विषय में तो कभी तृप्ति होती ही नहीं। जितना अधिक हम पाते हैं, उतना ही अधिक हम और चाहने लगते हैं; जब कि यश की लालसा हमें इस बात के लिए बाधित करती है कि हम अपने जीवन को अन्य लोगों की सम्मतियों के अनुकूल व्यवस्थित करें। परन्तु यदि किसी वस्तु से अनुराग न हो, तो उसके सम्बन्ध में कोई झगड़ा न होगा; यदि वह नष्ट हो जाए, तो कोई विषाद अनुभव न होगा और यदि वह वस्तु किसी अन्य के पास हो, तो कोई ईर्ष्या न होगी। संक्षेप में, मन में कोई विक्षोभ न होगा। ये सब बातें उन वस्तुओं के प्रति अनुराग से उत्पन्न होती हैं, जो नश्वर हैं। परन्तु एक शाश्वत और असीम वस्तु के प्रति अनुराग मन को पूरी तरह आनन्द से भर देता है और उसमें विषाद का मिश्रण बिलकुल नहीं होता। इसीलिए यही वस्तु ऐसी है, जिसकी हमें बहुत इच्छा होनी चाहिए और अपनी पूरी शक्ति से खोज़ करनी चाहिए।" – डि इण्टैलेक्टस एमेण्डेशन्स। आधारभूत सामाजिक अपराध किसी भी रूप में वर्ग-विशेषाधिकार, जातीय भेदभाव और राष्ट्रीय अहंकार की भावना को अपना लेना है, क्योंकि इससे अन्य लोगों को कष्ट होता है। वर्ड्सवर्थ के इन शब्दों का कोई जवाब नहीं है :

"हमें अपने आनन्द या अपने अहंकार को कभी नहीं मिलाना चाहिए,
उस क्षुद्र से क्षुद्र वस्तु के दुःख के साथ, जो कि अनुभव करती है।"

—हार्ट-लीप वैल।

यहां ज्ञान और विज्ञान शब्दों का अभिप्राय वेदान्त के ज्ञान और सांख्य के विस्तृत ज्ञान से है। शंकराचार्य ने ज्ञान की व्याख्या करते हुए इसे 'शास्त्रों और गुरुओं से प्राप्त आत्मा तथा अन्य वस्तुओं का ज्ञान' और विज्ञान को 'इस प्रकार सीखी हुई वस्तुओं का व्यक्तिगत अनुभव' बताया है।

रामानुज की दृष्टि में ज्ञान का सम्बन्ध आत्म-स्वरूप या आत्मा की प्रकृति से है और विज्ञान का सम्बन्ध आत्मविवेक या आत्मा के विभेदात्मक ज्ञान से है। यहां पर दिए गए अनुवाद में ज्ञान को आध्यात्मिक ज्ञान और विज्ञान को तार्किक ज्ञान माना गया है।

श्रीधर ने इन दोनों व्याख्याओं का समर्थन किया है।[1]

42. इन्द्रियाणि पराण्याहुरिन्द्रियेभ्यः परं मनः।
मनसस्तु परा बुद्धिर्यो बुद्धेः परतस्तु सः॥

(42) कहा जाता है कि इन्द्रियां बड़ी हैं; मन इन्द्रियों से भी बड़ा है; बुद्धि मन से भी बड़ी है; परन्तु बुद्धि से भी बड़ा वह है।

कठोपनिषद् : 3, 10; साथ ही देखिए 6, 7। चेतना को एक-एक सीढ़ी करके ऊपर उठाया जाना चाहिए। ज्यों-ज्यों हम ऊपर उठते जाते हैं, त्यों-त्यों हम अधिक स्वतन्त्र होते जाते हैं। यदि हम इन्द्रियों के प्रभाव में रहकर काम करते हैं, तो हम कम स्वतन्त्र होते हैं। जब हम मन के आदेशों का पालन करते हैं, तब हम अपेक्षाकृत अधिक स्वतन्त्र होते हैं; पर जब मन बुद्धि के साथ संयुक्त हो जाता है, तब हम और भी अधिक स्वतन्त्र होते हैं; जब हमारे कार्य परे से आने वाले प्रकाश, आत्मा से आच्छादित बुद्धि द्वारा निर्धारित होते हैं, तब हमें उच्चतम कोटि की स्वतन्त्रता प्राप्त होती है।

इस श्लोक में चेतना के स्तरों का सोपानक्रम दिया गया है।

43. एवं बुद्धेः परं बुद्ध्वा संस्तभ्यात्मानमात्मना।
जहि शत्रुं महाबाहो कामरूपं दुरासदम्॥

---

1. ज्ञानमात्मविषयं, विज्ञानं शास्त्रीय···यद् वा ज्ञानं शास्त्राचार्योपदेशजं, विज्ञानं निदध्यासनजम्। अमरकोश से तुलना कीजिए : मोक्षे धीः ज्ञानमन्यत्र, विज्ञानं शिल्पशास्त्रयोः।

(43) हे महाबाहु (अर्जुन), इस प्रकार जो बुद्धि से भी परे है, उसे जानकर और (निम्नतर) आत्मा को आत्मा द्वारा स्थिर करके तू इस कामरूपी शत्रु को मार डाल, जिस तक कि पहुंचना बहुत कठिन है।

काम : इच्छा।[1] चंचल अहंकार को नित्य आध्यात्मिक आत्म के प्रकाश द्वारा नियन्त्रित कर। जिस व्यक्ति को ज्ञान हो जाता है, वह सच्चे अर्थों में स्वाधीन हो जाता है और वह अपने आन्तरिक प्रकाश के सिवाय किसी अन्य शक्ति से मार्गदर्शन के लिए नहीं कहता।

इस अध्याय में फल की स्वार्थपूर्ण लालसा से रहित होकर संसार के कल्याण के प्रयोजन से, यह समझते हुए, कि ये कार्य प्रकृति के गुणों या स्वयं परमात्मा द्वारा किए जा रहे हैं, कर्म करते रहने की आवश्यकता का प्रतिपादन किया गया है। यामुनाचार्य का दृष्टिकोण यही है।[2]

इति ··· कर्मयोगो नाम तृतीयोऽध्यायः।

यह है 'कर्मयोग' नामक तीसरा अध्याय।

---

1. तुलना कीजिए : काममय एवायं पुरुषः।
2. असक्त्या लोकरक्षायै गुणेष्वारोप्य कर्तुताम्।
ईश्वरे वा न्यस्योक्ता तृतीये कर्मकार्यता॥

अध्याय 4

ज्ञानमार्ग

ज्ञानयोग की परम्परा

श्री भगवानुवाच

1. इमं विवस्वते योगं प्रोक्तवानहमव्ययम्।
विवस्वान्मनवे प्राह मनुरिक्ष्वाकवेऽब्रवीत्॥

श्री भगवान् ने कहा :

(1) इस अनश्वर योग में मैंने विवस्वान् को बताया था। विवस्वान् ने इसे मनु को बताया और मनु ने इक्ष्वाकु को बता दिया।[1]

2. एवं परम्पराप्राप्तमिमं राजर्षयो विदुः।
स कालेनेह महता योगो नष्टः परन्तप॥

(2) इस प्रकार इस परम्परागत योग को राजर्षियों ने एक-दूसरे से सीखा। अन्त में हे शत्रुओं को सताने वाले (अर्जुन), बहुत काल बीत जाने पर वह योग लुप्त हो गया।

राजर्षय : राज-ऋषि। राम, कृष्ण और बुद्ध सब राजा थे, जिन्होंने उच्चतम ज्ञान की शिक्षा दी।

---

1. महाभारत से तुलना कीजिए : शान्तिपर्व, 348, 51-52
त्रेतायुगादौ च ततो विवस्वान् मनवे ददौ।
मनुश्च लोकभृत्यर्थ सुतायेक्ष्वाकवे ददौ॥
इक्ष्वाकुणा च कथितो व्याप्य लोकानवस्थितः॥

कालेन महता : समय का बड़ा व्यवधान पड़ जाने पर। यह उपदेश बहुत काल बीत जाने के कारण लुप्त हो गया है। मानव-जाति के कल्याण के लिए, श्रद्धा को पुनरुज्जीवित करने के लिए महान् उपदेशक उत्पन्न होते हैं। अब कृष्ण अपने शिष्य में फिर श्रद्धा जगाने और उसके अज्ञान को आलोकित करने के लिए उसे यह योग बताता है।

कोई भी परम्परा उस समय प्रामाणिक होती है, जब कि यह उस वास्तविकता के प्रति, जिसका कि वह प्रतिनिधित्व करती है, पर्याप्त प्रतिभावन जगाने में समर्थ होती है। जब हमारे मन उससे पुलकित और स्पन्दित होते हैं, तब वह सबल होती है। जब वह इस उद्देश्य को पूरा करने में असमर्थ हो जाती है, तब उसमें फिर नयी जान फूंकने के लिए नये गुरु जन्म लेते हैं।

3. स एवायं मया तेऽद्य योगः प्रोक्तः पुरातनः।
भक्तोऽसि मे सखा चेति रहस्यं ह्येतदुत्तमम्॥

(3) वही प्राचीन योग मैंने तुझे आज बताया है, क्योंकि तू मेरा भक्त है और सखा है; और यह योग सबसे श्रेष्ठ रहस्य है।

योगः पुरातनः : प्राचीन योग। गुरु बताता है कि वह किसी नये सिद्धान्त की स्थापना नहीं कर रहा, अपितु केवल एक पुरानी परम्परा की, एक सनातन यथार्थता की पुनर्स्थापना-भर कर रहा है, जो गुरुओं द्वारा शिष्यों को दी जाती रही है। यह उपदेश बहुत पहले विस्मृत हो चुके ज्ञान का पुनर्नवीकरण, पुनरनुसन्धान, पुनर्स्थापना है। सभी महान् उपदेशकों ने, जैसे गौतम बुद्ध और महावीर, शंकराचार्य और रामानुज ने, यही कहने में सन्तोष अनुभव किया है कि वे पुराने गुरुओं की शिक्षाओं को ही फिर नये सिरे से बता रहे हैं। मिलिन्दपह कहता है कि बुद्ध ने उस प्राचीन मार्ग को ही फिर खोला है, जो बीच में लुप्त हो गया था।[1] जब बुद्ध भिक्षुक के वेश में हाथ में भिक्षा-पात्र लिये भिक्षा मांगता हुआ अपने पिता की राजधानी में वापस लौटता है, तो उसका पिता पूछता है : "यह सब क्यों?" और उत्तर मिलता है : "पिताजी, यह मेरी जाति की प्रथा है।" राजा आश्चर्य से पूछता है : "कौन-सी जाति?" और बुद्ध उत्तर देता है :

1. 217 और उससे आगे के पृष्ठ।

"बुद्ध, जो हो चुके हैं और जो होंगे;
मैं उन्हीं में से हूं और जो उन्होंने किया, वही मैं करता हूं,
और यह जो अब हो रहा है पहले भी हुआ था,
कि इस द्वार पर एक कवचधारी राजा,
अपने पुत्र से मिले; राजकुमार से, जो तपस्वी के वेश में हो।"

महान् उपदेशक मौलिकता का दावा नहीं करते, अपितु ज़ोर देकर यह कहते हैं कि वे उसी प्राचीन सत्य का प्रतिपादन कर रहे हैं, जो वह अन्तिम प्रमाप है, जिसके द्वारा सब शिक्षाओं का मूल्य आंका जाता है; जो सब धर्मों और दर्शकों का सनातन स्रोत है; जो शाश्वत दर्शन या सनातन धर्म है; जिसे ऑगस्टाइन इन शब्दों में प्रकट करता है : "यह वह ज्ञान है, जो कभी बनाया नहीं गया था; पर जो इस समय उसी रूप में विद्यमान है, जैसा कि वह सदा से विद्यमान रहा है और इसी रूप में वह सदा विद्यमान रहेगा।"[1]

भक्तोऽसि मे सखा चेति : तू मेरा भक्त और मेरा मित्र है। प्रकाशना कभी बन्द नहीं रहती। जब तक मानवीय हृदय में भक्ति और मित्रता के गुण विद्यमान हैं, तब तक परमात्मा अपने रहस्य उसमें प्रकट करता रहेगा। दिव्य आत्मसंचारण उन सब स्थानों पर सम्भव है, जहां भी ईमानदारी और आवश्यकता की अनुभूति हो। धार्मिक प्रकाशना कोई अतीत की घटना नहीं है। यह एक ऐसी वस्तु है, जो इस समय भी जारी है। यह सब प्राणियों के लिए सम्भव है और केवल कुछ थोड़े-से लोगों का ही विशेषाधिकार नहीं है। ईसा ने पाइलेट से कहा था : "जो भी कोई सच्चा है, वह मेरी आवाज़ को सुनता है।"

अर्जुन उवाच

**4. अपरं भवतो जन्म परं जन्म विवस्वतः।
कथमेतद्विजानीयां त्वमादौ प्रोक्तवानिति ॥**

अर्जुन ने कहा :

(4) तेरा जन्म बाद में हुआ और विवस्वान् का जन्म पहले हुआ था। तब मैं कैसे समझूं कि तूने शुरू में यह योग उसको बताया था?

---

1. कन्फ़ैशन्स, 9, 10

बुद्ध का दावा था कि वह बीते हुए युगों में असंख्य बोधिसत्त्वों का गुरु रह चुका था। सद्धर्मपुण्डरीक, 15, 1। ईसा ने कहा था : "जब अब्राहम हुआ था, उससे पहले से मैं हूं।" —जॉन, 8, 58

अवतारों का सिद्धान्त

श्रीभगवानुवाच

5. बहूनि मे व्यतीतानि जन्मानि तव चार्जुन।
तान्यहं वेद सर्वाणि न त्वं वेत्थ परन्तप॥

श्री भगवान् ने कहा :

(5) हे अर्जुन, मेरे और तेरे भी बहुत-से जन्म पहले हो चुके हैं। हे शत्रुओं को सताने वाले (अर्जुन), मैं उन सबको जानता हूं, पर तू नहीं जानता।

6. अजोऽपि सन्नव्ययात्मा भूतानामीश्वरोऽपि सन्।
प्रकृतिं स्वामधिष्ठाय संभवाम्यात्ममायया॥

(6) यद्यपि मैं अजन्मा हूं और मेरी आत्मा अनश्वर है, यद्यपि मैं सब प्राणियों का स्वामी हूं, फिर भी मैं अपनी प्रकृति में स्थिर होकर अपनी माया द्वारा (अनुभवगम्य) अस्तित्व धारण करता हूं।

मानव-प्राणियों का देह-धारण स्वैच्छिक नहीं है। अज्ञान के कारण अपनी प्रकृति से प्रेरित होकर वे बारम्बार जन्म लेते हैं। भगवान् प्रकृति का नियन्त्रण करता है और अपनी स्वतन्त्र इच्छा द्वारा शरीर धारण करता है। प्राणियों के सामान्य जन्म का निर्धारण प्रकृति की शक्तियों द्वारा होता है, अवशं प्रकृतेर्वशात्,[1] जब कि परमात्मा स्वयं अपनी शक्ति द्वारा जन्म लेता है, आत्ममायया।

प्रकृतिम् अधिष्ठाय : मेरी अपनी प्रकृति में स्थिर होकर। वह अपनी प्रकृति का एक ऐसे ढंग से प्रयोग करता है, जो कर्म की पराधीनता से स्वतन्त्र है।[2] यहां ऐसी कोई ध्वनि नहीं है कि उस एक का अस्तित्वमान् होना केवल प्रतीति-भर है। यहां उसका अभिप्राय वास्तविक रूप से ही है। यह माया द्वारा

1. 9, 8
2. कर्मपारतन्त्र्यरहित। – श्रीधर।

वस्तुतः अस्तित्वमान् होना है 'असम्भव को वास्तविक बना देने की क्षमता'।

शंकराचार्य की यह व्याख्या कि "मैं अपनी शक्ति द्वारा जन्म लेता हुआ और शरीर धारण करता हुआ प्रतीत होता हूं, परन्तु अन्य लोगों की भांति वस्तुतः जन्म नहीं लेता,"[1] सन्तोषजनक नहीं है। योगमाया से संकेत परमात्मा की स्वतन्त्र इच्छा, उसकी स्वेच्छा, उसकी अगम्य शक्ति की ओर है। पूर्णता द्वारा अपूर्णता का, गौरव द्वारा क्षुद्रता का, शक्ति द्वारा दुर्बलता का धारण किया जाना विश्व का रहस्य है। तार्किक दृष्टिकोण से यह माया है।

7. यदा यदा हि धर्मस्य ग्लानिर्भवति भारत।
अभ्युत्थानमधर्मस्य तदात्मानं सृजाम्यहम्॥

(7) जब भी कभी धर्म का ह्रास होता है और अधर्म की वृद्धि होती है, हे भारत (अर्जुन), तभी मैं (अवतार रूप में) जन्म लेता हूं।

"जब भी धर्म क्षीण होने लगता है और अधर्म की वृद्धि होती है, तब सर्वशक्तिमान् हरि जन्म धारण करता है।"[2] जब भी जीवन में कोई गम्भीर तनाव आ जाता है, जब एक प्रकार का सर्वव्यापी भौतिकवाद मानवीय आत्माओं के हृदयों पर आक्रमण करने लगता है, तब समतुलन को बनाए रखने के लिए प्रत्युत्तर देने वाली ज्ञान और धर्म की अभिव्यक्ति आवश्यक होती है। भगवान् यद्यपि अजन्मा और अमर है, फिर भी वह अज्ञान और स्वार्थ की शक्तियों को परास्त करने के लिए मानवीय शरीर में प्रकट होता है।

अवतार का अर्थ है उतरना, वह जो नीचे उतरा है। दिव्य भगवान् संसार को एक ऊंचे स्तर तक उठाने के लिए पार्थिव स्तर पर उतर आता है। जब मनुष्य ऊंचा उठता है, तब परमात्मा नीचे उतर आता है। अवतार का उद्देश्य एक नये संसार का, एक नये धर्म का उद्घाटन करना है। अपने उपदेश और उदाहरण

---

1. सम्भवामि देहवानिव, जात इव आत्ममायया आत्मनो मायया, न परमार्थतो लोकवत्।
2. यदा यदेह धर्मस्य क्षयो वृद्धिश्च पाप्मनः।
तदा तु भगवानीश आत्मानं सृजते हरिः॥ —भागवत, 9, 24, 56
3. तुलना कीजिए, विष्णुपुराण :
यत्रावतीर्णं कृष्णाख्यं परं ब्रह्म नराकृतिः।

द्वारा वह यह प्रदर्शित करता है कि किस प्रकार मनुष्य अपने-आप को जीवन के उच्चतर स्तर तक उठा सकता है। धर्म (सही) और अधर्म (ग़लत) के बीच का प्रश्न निर्णायक प्रश्न है। परमात्मा धर्म के पक्ष में कार्य करता है। प्रेम और दया अन्ततोगत्वा द्वेष और क्रूरता की अपेक्षा अधिक शक्तिशाली हैं। धर्म अधर्म को जीत लेगा और सत्य की असत्य पर विजय होगी। मृत्यु, रोग और पाप के पीछे काम कर रही शक्तियां उस वास्तविकता द्वारा परास्त कर दी जाएंगी, जो सत्, चित् और आनन्द है।

धर्म का शाब्दिक अर्थ है—वस्तु या प्राणी की विशिष्टता (भूतवैशिष्ट्य)। प्राणी का मूल स्वभाव ही उसके व्यवहार के रूप का निर्धारण करता है। जब तक हमारा आचरण हमारी मूल प्रकृति के अनुकूल है, तब तक हम सही ढंग से कार्य कर रहे हैं। अपनी प्रकृति के साथ अनुकूल न होना अधर्म है। यदि विश्व की समस्वरता सब प्राणियों के उनकी अपनी-अपनी प्रकृति के अनुकूल होने से उत्पन्न होती है, तो विश्व की विसंवादिता उन प्राणियों के अपनी प्रकृति के प्रतिकूल होने से उत्पन्न होती है। जब हम अपनी स्वतन्त्रता का दुरुपयोग करते हैं और विसमतुलना उत्पन्न कर देते हैं, तो परमात्मा अलग खड़ा देखता नहीं रहता। ऐसा नहीं है कि वह इस संसार में केवल चाबी भर देता हो और उसके बाद इसे सही पटरी पर चलाकर फिर इसे अपने-आप लुढ़कता जाने देता हो। उसका प्रेममय हाथ सारे समय इसे सही दिशा में चलाता रहता है।

धर्म की धारणा ऋत के विचार का ही विकास है, जो ऋग्वेद में सांसारिक और नैतिक व्यवस्था का द्योतक है। ऋत, जो संसार को तार्किक दृष्टि से महत्त्व और नैतिक दृष्टि से ऊंचा स्थान प्रदान करता है, वरुण द्वारा रक्षित है। गीता का परमात्मा धर्म का रक्षक है, शाश्वत धर्मगोप्ता (11, 18), अच्छाई और बुराई से परे विद्यमान ऐसा परमात्मा नहीं, जो बहुत दूर हो और जिसे अधर्म के साथ चल रहे मनुष्य के संघर्षों की परवाह न हो।

8. **परित्राणाय साधूनां विनाशाय च दुष्कृताम्।**
धर्मसंस्थापनार्थाय सम्भवामि युगे युगे॥

(8) सज्जनों की रक्षा के लिए और दुष्टों के विनाश के लिए और धर्म की स्थापना के लिए मैं समय-समय पर जन्म धारण करता रहता हूं।

संसार को धर्म के मार्ग पर चलाते रहने का काम विष्णु के रूप में परमात्मा का है, जो संसार का रक्षक है। जब पाप बढ़ जाता है, तब फिर धर्म की स्थापना करने के लिए वह जन्म लेता है।

9. जन्म कर्म च मे दिव्यमेवं यो वेत्ति तत्त्वतः।
त्यक्त्वा देहं पुनर्जन्म नैति मामेति सोऽर्जुन॥

(9) जो व्यक्ति मेरे दिव्य जन्म और कार्यों को इस प्रकार सत्य रूप में जान लेता है, वह शरीर को त्यागने के बाद फिर जन्म नहीं लेता, अपितु अर्जुन, वह मेरे पास चला आता है।

कृष्ण का अवतार या दिव्य भगवान् का मानवीय संसार में अवतरण प्राणी की उस दशा को प्रकट करता है, जिस तक मानवीय आत्माओं को ऊपर उठाना चाहिए। अजन्मा के जन्म का अर्थ है—मनुष्य की आत्मा में विद्यमान रहस्य का उद्घाटन।

अवतार इस ब्रह्माण्ड की प्रक्रिया में अनेक कार्यों को पूरा करता है। इस धारणा से यह अर्थ निकलता है कि आध्यात्मिक जीवन और सांसारिक जीवन में परस्पर कोई विरोध नहीं है। यदि संसार अपूर्ण है और इसका शासन शारीरिक वासनाओं और शैतान द्वारा किया जा रहा है, तो यह हमारा कर्त्तव्य है कि हम आत्मा के लिए इसका उद्धार करें। अवतार हमारे सम्मुख आध्यात्मिक जीवन का उदाहरण प्रस्तुत करके हमें वह मार्ग दिखाता है, जिस पर चलकर मनुष्य अस्तित्व के पाशविक स्वरूप से उठकर आध्यात्मिक स्वरूप तक पहुंच सकता है। दिव्य प्रकृति अवतार में अपने नग्न सौन्दर्य में दिखाई नहीं पड़ती, अपितु मनुष्यता के उपकरणों द्वारा उसका ध्यान किया जाता है। भगवान् का महत्त्व इन महान् व्यक्तियों के रूप में और इन्हीं के द्वारा हम तक पहुंचाया जाता है। उनके जीवन हमारे सम्मुख मानवीय जीवन के उन मूल घटक तत्त्वों को नाटकीय रूप में प्रस्तुत करते हैं, जो उसके अपनी भवितव्यता की पूर्णता तक आरोहण के लिए आवश्यक हैं। भागवत में कहा है : "सर्वव्यापी भगवान् केवल दानवीय शक्तियों का विनाश करने के लिए ही नहीं, अपितु मर्त्य मनुष्यों को शिक्षा देने के लिए भी प्रकट होता है, अन्यथा आनन्दमय भगवान् सीता के विषय में चिन्ता

आदि का अनुभव किस प्रकार कर सकता है?"[1] वह भूख और प्यास, शोक और कष्ट, एकान्त और परित्यक्तता का अनुभव करता है। वह इन सब पर विजय प्राप्त करता है और हमसे कहता है कि हम भी उसके उदाहरण से साहस और धैर्य प्राप्त करें। वह न केवल हमें उस सच्चे सिद्धान्त की शिक्षा देता है, जिसके द्वारा हम अपने पृथक् ऐहिक स्वार्थ के प्रति मर-से जाते हैं और कालातीत आत्मा के साथ संयुक्त हो जाते हैं, अपितु वह अपने-आप को करुणानिधि के रूप में भी प्रस्तुत करता है। आत्माओं से यह कहकर, कि वे उस पर विश्वास करें और उससे प्रेम करें, वह उन्हें परब्रह्म के ज्ञान तक ले जाने का वचन देता है। ऐतिहासिक तथ्य उस प्रक्रिया का निदर्शन-भर है, जो मनुष्य के हृदय में सदा चलती रहती है। अवतार हमें वह बनने में सहायता देता है, जो बन पाना हमारे लिए सम्भव है। हिन्दू और बौद्ध विचारधाराओं में किसी एक ऐतिहासिक तथ्य के प्रति दासता का भाव नहीं है। हम सबके सब दिव्य स्तर तक उठ सकते हैं और अवतार हमें इस आन्तरिक उपलब्धि को प्राप्त करने में सहायता देते हैं। गौतम बुद्ध से तुलना कीजिए : "तब भगवान् बोले और उन्होंने कहा : 'वसत्थो, इस बात को समझ लो कि समय-समय पर ऐसा तथागत संसार में जन्म लेता है, जो पूरी तरह ज्ञान से प्रकाशित होता है। वह पवित्र और योग्य होता है। उसमें ज्ञान और अच्छाई प्रचुर मात्रा में भरी होती है। वह लोकों के ज्ञान के कारण प्रसन्न रहता है। पथभ्रष्ट मर्त्यों के लिए वह अद्वितीय मार्गदर्शक होता है। वह देवताओं और मनुष्यों का गुरु होता है। वह भगवान् बुद्ध है। वह सत्य शब्दों और सत्य की भावना की घोषणा करता है, जो आदि, मध्य और अन्त, सबमें सुन्दर होती है। वह एक पवित्र और पूर्ण उच्चतर जीवन का ज्ञान लोगों को कराता है।"[2] महायान बौद्ध-सम्प्रदाय के अनुसार गौतम बुद्ध से पहले भी बहुत-से बुद्ध हो चुके हैं और गौतम के बाद एक और बुद्ध मैत्रेय के रूप में

---

1. मर्त्यावतारास्त्विह मर्त्यशिक्षणं
रक्षोवधायैव न केवलं विभोः।
कुतोऽन्यथा स्याद्रमतः स्व आत्मनः
सीताकृतानि व्यसनानीश्वरस्य ॥ —5, 19, 5
2. तेबिज्ज सुत्त। तुलना कीजिए, रोमन्स : "यदि हम उसकी जैसी मृत्यु द्वारा ऊंचे उठकर उसके रूप तक पहुंच जाएं, तो हम उसी के जैसे पुनरुत्थान द्वारा उठकर उस तक पहुंच जाएंगे। हमें यह ज्ञान रहेगा कि जिस प्रकार हम कर रहे हैं, उसी प्रकार हमारी पुरातन आत्मा उसके साथ पापपूर्ण शरीर का दमन करने के लिए क्रास पर चढ़ाई गई थी।" 6, 6, मॉफ़ेट का अंग्रेज़ी अनुवाद।

होगा। स्वयं गौतम के अनेक जन्म हुए थे, जिनमें उसने वे गुण संचित किए थे, जिनसे वह सत्य को खोज पाने में समर्थ हुआ। अन्य लोगों के लिए भी ऐसा ही कर पाना सम्भव है। हम देखते हैं कि बौद्धधर्म में दीक्षा लेने वाले लोग बुद्ध का ज्ञान प्राप्त करने की शपथ लेते हैं। ये सम्प्रदाय किसी एक विशिष्ट समय में ही हुई किसी एक ही अनन्य प्रकाशना में विश्वास नहीं रखते।

10. वीतरागभयक्रोधा मन्मया मामुपाश्रिताः।
बहवो ज्ञानतपसा पूता मद्भावमागताः॥

(10) राग, भय और क्रोध से मुक्त होकर, मुझमें लीन होकर और मेरी शरण में आकर ज्ञान की तपस्या द्वारा पवित्र हुए बहुत-से लोगों ने मेरी ही स्थिति को प्राप्त कर लिया है; अर्थात् जो कुछ मैं हूं, वही वे बन गए हैं।

मद्भावम् : उस आधिदैविक अस्तित्व को, जो कि मेरा है।

अवतार का उद्देश्य केवल विश्व-व्यवस्था को बनाए रखना ही नहीं है, अपितु मानव-प्राणियों को उनकी अपनी प्रकृति में पूर्ण बनने में उनकी सहायता करना भी है। मुक्त आत्मा पृथ्वी पर असीम की एक जीती-जागती प्रतिमा बन जाती है। परमात्मा के मानव-रूप में अवतरण का एक प्रयोजन यह भी है कि मनुष्य ऊपर उठकर परमात्मा तक पहुंच सके। धर्म का उद्देश्य मनुष्य की यह पूर्णता है और अवतार सामान्यतया इस बात की घोषणा करता है कि वह स्वयं ही सत्य, मार्ग और जीवन है।

11. ये यथा मां प्रपद्यन्ते तांस्तथैव भजाम्यहम्।
मम वर्त्मानुवर्तन्ते मनुष्याः पार्थ सर्वशः॥

(11) जो लोग जिस प्रकार मेरे पास आते हैं, मैं उन्हें उसी प्रकार अपनाता हूं। हे अर्जुन, मनुष्य सब ओर मेरे मार्ग का अनुगमन करते हैं।

मम वर्त्मा : मेरा मार्ग; मेरी पूजा का मार्ग।[1]

सर्वशः : सब ओर; एक और पाठ है, **सर्वप्रकारैः :** सब प्रकार से।

इस श्लोक में गीता के धर्म की विस्तृत उदारता स्पष्ट दिखाई पड़ती है।

---

1. मम भजनमार्गम्। — श्रीधर।

परमात्मा प्रत्येक साधक से कृपापूर्वक मिलता है और प्रत्येक को उसकी हार्दिक इच्छा के अनुसार फल प्रदान करता है। वह किसी की भी आशा को तोड़ता नहीं, अपितु सब आशाओं को उनकी अपनी-अपनी प्रकृति के अनुसार बढ़ने में सहायता देता है। जो लोग वैदिक देवताओं की यज्ञ द्वारा पूजा करते हैं और उनके बदले कुछ फल की आशा रखते हैं, उन्हें भी परमात्मा की दया से वह सब प्राप्त हो जाता है, जिसे पाने के लिए वे प्रयत्नशील होते हैं। जिन लोगों को सत्य का दर्शन प्राप्त हो जाता है, वे उसे प्रतीकों द्वारा उन साधारण लोगों तक पहुंचा देते हैं, जो उसे उसकी नग्न तीव्रता में देख नहीं सकते। अरूप तक पहुंचने के लिए नाम और रूप का उपयोग किया जाता है। उपासना को किसी भी अपने मनोनुकूल रूप[1] में अपनाया जा सकता है। हिन्दू विचारकों को मार्गों की उस विविधता का ज्ञान है, जिस पर चलकर हम भगवान् तक पहुंच सकते हैं, जो सब रूपों की सम्भाव्यता है। उन्हें मालूम है कि युक्तिसंगत तर्क के किसी भी प्रयत्न द्वारा हमारे सम्मुख परम वास्तविकता का सच्चा चित्र खड़ा कर पाना असम्भव है। परमार्थ की दृष्टि से किसी भी प्रकट रूप को परम सत्य नहीं माना जा सकता, जब कि व्यवहार की दृष्टि से प्रत्येक रूप में कुछ-न-कुछ प्रामाणिकता विद्यमान है। जिन रूपों की हम पूजा करते हैं, वे हमारे गम्भीरतम आत्मा के प्रति सचेत होने में हमारी सहायता करने के उपकरण हैं। जब तक पूजा का लक्ष्य आत्मा के ध्यान को दृढ़ता से जकड़े रहता है, तब तक वह हमारे मन और हृदय में प्रवेश करता रहता है और उन्हें गढ़ता रहता है। रूप का महत्त्व उस कोटि द्वारा आंका जाना चाहिए, जिस कोटि में वह अन्तिम (परम) सार्थकता को अभिव्यक्त करता है।

गीता धर्म के किसी इस या उस रूप की चर्चा नहीं करती, अपितु उस मनोभाव के विषय में कहती है, जो सब रूपों में अभिव्यक्त होता है और वह है—परमात्मा को पाने और उसके साथ हमारे अपने सम्बन्ध को समझने की इच्छा।[2]

---

1. यथाभिमतध्यान।
2. तुलना कीजिए : "उसके लिए सारी पूजा पवित्र थी, क्योंकि उसका विश्वास था कि निचले से निचले रूपों में, अज्ञानी से अज्ञानी और मूर्ख से मूर्ख पुजारियों में भी दिव्य भगवान् की सच्ची खोज करने का तत्त्व था; और इन लोगों में और बड़े-से-बड़े शानदार कर्मकाण्डियों या उच्चतम दार्शनिक सुनिश्चितताओं के बीच इतना थोड़ा अन्तर है कि हम विश्वास कर सकते हैं कि स्वर्ग में रहने वाले सन्त उस अन्तर को देखकर मुस्कुराते-भर होंगे।" ऐलिज़ाबैथ वाटरहाउस, थोट्स ऑफ़ ए टर्शियरी : ऐवेलीन अण्डरहिल द्वारा लिखित 'वर्शिप' (1937) में पृष्ठ 1 पर उद्धृत।

सब लोग उसी परमात्मा की पूजा करते हैं। धारणा और प्रणाली के अन्तर स्थानीय प्रभाव और सामाजिक अनुकूलनों द्वारा निर्धारित होते हैं। सब प्रकट रूप उसी एक भगवान् के हैं। "विष्णु शिव है और शिव विष्णु है; और जो समझता है कि वे अलग-अलग हैं, वह नरक में जाता है।"[1] "जिसे विष्णु समझा जाता है, वह रुद्र है और जो रुद्र है, वही ब्रह्मा है। रुद्र, विष्णु और ब्रह्मा, इन तीनों देवताओं के रूप में एक ही शक्ति काम कर रही है।"[2] उदयनाचार्य ने लिखा है : "शैव लोग जिसकी शिव मानकर पूजा करते हैं, वेदान्ती जिसे ब्रह्म मानते हैं, बौद्ध जिसे बुद्ध मानते हैं, प्रमाणों के ज्ञान में पटुनैयायिक जिसे कर्ता मानते हैं, जैन धर्म क़े अनुयायी जिसे अर्हत् मानते हैं, कर्मकाण्डी मीमांसक जिसे कर्म मानते हैं, वह तीनों लोकों का स्वामी हरि तुम्हें मनोवांछित फल दे।" यदि वह आज के युग में लिख रहा होता, तो वह इतना और जोड़ देता कि "जिसको कर्म के प्रति निष्ठा रखने वाले ईसाई ईसा मानते हैं और मुसलमान अल्लाह मानते हैं।"[4] परमात्मा उन सबको फल देने वाला है, जो अध्यवसायपूर्वक उसकी खोज करते हैं, फिर चाहे वे परमात्मा को किसी भी रूप में क्यों न मानते हों।

---

1. हरिरूपी महादेवो लिङ्गरूपी जनार्दनः।
ईषदप्यन्तरं नास्ति भेदकृन्नरकं व्रजेत् ॥ —बृहन्नारदीय।
साथ ही मैत्रायणो उपनिषद् से तुलना कीजिए : स वा एष एकस्त्रिधाभूतः। साथ ही देखिए अथर्ववेद : एक ही ज्योति अपने-आप को विविध रूपों में प्रकट करती है, एकं ज्योतिर्बहुधाविभाति। 13, 3, 17
2. यो वै विष्णुः स वै रुद्रो यो रुद्रः स पितामहः।
एकमूर्तिस्त्रयो देवा रुद्रविष्णुपितामहाः ॥
3. यं शैवाः समुपासते शिव इति ब्रह्मेति वेदान्तिनः;
बौद्धाः बुद्ध इति प्रमाणपटवः कर्तेति नैय्यायिकाः।
अर्हन्नित्यथ जैनशासनरताः कर्मेति मीमांसका,
सोऽयं वो विदधातु वाञ्छितफलं त्रैलोक्यनाथो हरिः ॥
4. क्रैस्त्वाः क्रीस्तुरिति क्रियापररताः अल्लेति माहम्मदाः।
अबुलफ़ज़ल ने अकबर के दीने-इलाही की भावना को इन शब्दों में प्रस्तुत किया है : "हे परमात्मा, मैं प्रत्येक मन्दिर में उन लोगों को देखता हूं, जो तुझे ढूंढ़ते हैं; और मैंने जितनी भी भाषाएं बोली जाती सुनी हैं, उन सबमें लोग तेरी स्तुति करते हैं। बहुदेववाद और इस्लाम तुझे खोजते हैं; प्रत्येक धर्म कहता है कि 'तू एक है और अद्वितीय है'; मस्जिद में लोग तेरे प्रेम के कारण नमाज़ पढ़ते हैं और ईसाई गिरजाघरों में घंटियां बजाते हैं। मैं कभी ईसाईमठ में जाता हूं और कभी मस्जिद में, परन्तु वह तू ही है, जिसकी खोज मैं मन्दिर-मन्दिर में करता फिरता हूं।

(शेष अगले पृष्ठ पर)

आध्यात्मिक रूप से अपरिपक्व लोग अपने देवताओं से भिन्न देवताओं को मानने के लिए तैयार नहीं होते। अपने विश्वास के प्रति उनका प्रेम उन्हें परमात्मा की विशालतर एकता के प्रति अन्धा बना देता है। यह धार्मिक विचारों के क्षेत्र में अहंवाद का परिणाम है। इसके विपरीत गीता इस बात की पुष्टि करती है कि भले ही लोगों के विश्वास और व्यवहार अनेक और विविध-रूपी हों, फिर भी आध्यात्मिक उपलब्धि, जिसके लिए ये सब साधनमात्र हैं, एक ही है।

इस बात की एक प्रबल चेतना, कि उसने सत्य को, सम्पूर्ण सत्य को, और ऐसी वस्तु को, जो सत्य के सिवाय कुछ नहीं है, पा लिया है, जब उन लोगों की दशा के प्रति, जो बाह्य अन्धकार में हैं, लोकोत्तर चिन्ता के साथ मिल जाती है, तब वह मन की एक ऐसी दशा को उत्पन्न कर देती है, जो साधक की मनोदशा से बहुत दूर नहीं होती।

12. काङ्क्षन्तः कर्मणां सिद्धिं यजन्त इह देवताः।
क्षिप्रं हि मानुषे लोके सिद्धिर्भवति कर्मजा॥

(12) जो लोग अपने कर्मों का फल यहीं पृथ्वी पर चाहते हैं, वे देवताओं को (एक परमात्मा के ही विभिन्न रूपों को) बलियां देते हैं, क्योंकि मनुष्यों के इस संसार में कर्मों का फल बहुत शीघ्र मिलता है।

परमात्मा के काम का निष्काम स्वरूप

13. चातुर्वर्ण्यं मया सृष्टं गुणकर्मविभागशः।
तस्य कर्तारमपि मां विद्ध्यकर्तारमव्ययम्॥

(13) मैंने गुण और कर्म के हिसाब से चार वर्गों की सृष्टि की थी। यद्यपि मैं इसका सृजन करने वाला हूं, फिर भी तू यह जान रख कि न कोई कर्म करता हूं और न मुझमें कोई परिवर्तन होता है।

चातुर्वर्ण्यम् : चार भागों में बंटी व्यवस्था। यहां ज़ोर गुण और कर्म पर

तेरे कृपापात्र लोग विश्वास-भेद या कट्टरता से कोई वास्ता नहीं रखते, क्योंकि इनमें से एक भी तेरे सत्य के पर्दे के पीछे नहीं आता। विश्वास-भेद भिन्न विश्वास वाले के लिए है और कट्टर व्यक्ति के लिए है। परन्तु गुलाब की पंखुड़ियों का पराग तो इत्र बेचने वाले के हृदय की वस्तु है।" —ब्लाखमैन, आईने-अकबरी, पृ. 30 (भूमिका)।

दिया गया है, जाति (जन्म) पर नहीं। हम किस वर्ण के हैं, यह बात लिंग या जन्म पर निर्भर नहीं है। स्वभाव और व्यवसाय द्वारा निर्धारित वर्ण जन्म और आनुवंशिकता द्वारा निर्धारित जाति नहीं है। महाभारत के अनुसार शुरू में सारा संसार एक ही वर्ण का था। परन्तु बाद में विशिष्ट कर्त्तव्यों के कारण यह चार वर्गों में विभक्त हो गया।[1] सवर्णों और अन्त्यजों में भी भेदभाव बनावटी और अनाध्यात्मिक है। एक प्राचीन श्लोक में यह बात कही गई है कि ब्राह्मण और अन्त्यज तो सगे भाई हैं।[2] महाभारत में युधिष्ठिर कहता है कि जातियों के मिश्रण के कारण लोगों की जाति का पता करना बहुत कठिन है। लोग सब प्रकार की स्त्रियों से सन्तान उत्पन्न करते हैं, इसलिए ऋषियों के अनुसार केवल आचरण ही जाति का निर्धारण करने वाला तत्त्व है।[3]

चातुर्वर्ण्य-व्यवस्था मानवीय विकास के लिए बनाई गई है। जाति-व्यवस्था कोई परम वस्तु नहीं है। इतिहास की प्रक्रिया में इसका स्वरूप बदलता रहा है। आज इसे इसकी अपेक्षा कुछ अधिक नहीं समझा जा सकता कि यह इस बात के लिए आग्रह है कि सामाजिक उद्देश्य को पूरा करने के लिए अमुक कार्य अमुक प्रकार किए जाने चाहिए। कृत्यों के आधार पर बने वर्ग कभी भी पुराने नहीं पड़ेंगे और जहां तक विवाहों का सवाल है, वे उन लोगों के बीच होते रहेंगे, जो सांस्कृतिक विकास की कुछ कम या अधिक एक ही कोटि में हैं। भारत की वर्तमान अस्वस्थ दशा, जिसमें अनेक जातियां तथा उपजातियां हैं, गीता द्वारा उपदिष्ट एकता की विरोधी है। यह एकता समाज की परमाणु वाली धारणा के प्रतिकूल एक सावयव धारणा का समर्थन करती है।

अकर्तारम् : न करने वाला। क्योंकि भगवान् अनासक्त है, इसलिए उसे अकर्ता कहा गया है। कर्मों का उसके अपरिवर्तनशील अस्तित्व पर कोई प्रभाव

1. एकवर्णमिदं पूर्वं विश्वमासीद्युधिष्ठिर।
   कर्मक्रियाविशेषेण चातुर्वर्ण्यं प्रतिष्ठितम् ॥
2. अन्त्यजो विप्रजातिश्च एक एव सहोदराः।
   एकयोनिप्रसूतश्च एकशाखेन जायते ॥
3. संकरात्सर्ववर्णानां दुष्परीक्ष्येति मे मतिः।
   सर्वे सर्वा स्वपत्यानि जनयन्ति सदा नराः।
   तस्मात् शीलं प्रधानेष्टं विदुर्ये तत्त्वदर्शिनः ॥

नहीं पड़ता, हालांकि वह अदृश्य रूप से सब कर्मों की पृष्ठभूमि में विद्यमान है।

अनासक्त कर्मबन्धन का कारण नहीं बनता

14. न मां कर्माणि लिम्पन्ति न मे कर्मफले स्पृहा।
इति मां योऽभिजानाति कर्मभिर्न स बध्यते॥

(14) कर्म मुझे दूषित नहीं करते। न किसी कर्मफल के प्रति मेरी इच्छा ही है, जो मुझे इस रूप में जानता है, वह कर्मों के बन्धन में नहीं बंधता।

15. एवं ज्ञात्वा कृतं कर्म पूर्वैरपि मुमुक्षुभिः।
कुरु कर्मैव तस्मात्त्वं पूर्वैः पूर्वतरं कृतम्॥

(15) पुराने समय के लोगों ने, जो मोक्ष पाने के अभिलाषी थे, यह जानते हुए भी कर्म किया था। इसलिए जैसे प्राचीन काल में पुराने लोगों ने किया था, उसी प्रकार तू भी कार्य कर।

अज्ञानी लोग आत्मशुद्धि के लिए कर्म करते हैं और ज्ञानी लोग लोकसंग्रह के लिए कर्म करते हैं।

जिस प्रकार पुराने लोगों ने परम्परा के द्वारा निर्दिष्ट कर्म को किया था, उसी प्रकार अर्जुन से भी योद्धा के रूप में उसका कर्त्तव्य पूरा करने के लिए कहा गया है। तुलना कीजिए : "हे संसार के स्वामी, सर्वोच्च आत्मा, मंगलकारी परमात्मा, मैं केवल तुम्हारे आदेश से प्राणियों के हित के लिए और तुम्हारा प्रिय करने के लिए इस जीवन-यात्रा को चलाऊंगा।"[1]

कर्म और अकर्म

16. किं कर्म किमकर्मेति कवयोऽप्यत्र मोहिताः।
तत्ते कर्म प्रवक्ष्यामि यज्ज्ञात्वा मोक्ष्यसेऽशुभात॥

(16) क्या कर्म है और क्या अकर्म है, इस विषय में तो बड़े-बड़े ज्ञानी भी चकरा गए हैं। मैं तुझे बताऊंगा कि कर्म क्या है। उसे जानकर तू सब दोषों से मुक्त हो जाएगा।

---

1. लोकेश चैतन्यमयाधिदेव, माङ्गल्यविष्णो भवदाज्ञयैव।
हिताय लोकस्य तव प्रियार्थं संसारयात्रामनुवर्तयिष्ये॥

17. कर्मणो ह्यपि बोद्धव्यं बोद्धव्यं च विकर्मणः।
अकर्मणश्च बोद्धव्यं गहना कर्मणो गतिः॥

(17) मनुष्य को यह समझना चाहिए कि कर्म क्या है। इसी प्रकार उसे यह भी समझना चाहिए कि गलत कर्म क्या है; और उसे यह भी समझना होगा कि अकर्म क्या है। कर्म की गति को समझना बहुत कठिन है।

सही मार्ग कौन-सा है, यह साधारणतया स्पष्ट नहीं होता। हमारे समय के विचार, परम्पराओं की रूढ़ियां और अन्तरात्मा की आवाज आपस में मिल जाती हैं और हमें भ्रान्त कर देती हैं। इस सबके बीच में ज्ञानी मनुष्य अपरिवर्तनशील सत्यों के अनुसार अपने उच्चतम विवेक की अन्तर्दृष्टि द्वारा मार्ग खोजता है।

18. कर्मण्यकर्म यः पश्येदकर्मणि च कर्म यः।
स बुद्धिमान्मनुष्येषु स युक्तः कृत्स्नकर्मकृत्॥

(18) जो मनुष्य कर्म में अकर्म को देखता है और अकर्म में कर्म को देखता है, वह मनुष्यों में ज्ञानी मनुष्य है। वह योगी है और उसने अपने सब कर्मों को कर लिया है।

जब तक हम अनासक्त भावना से कर्म करते हैं, हमारा मानसिक सन्तुलन विचलित नहीं होता। हम उन कर्मों से दूर रहते हैं, जो इच्छा से उत्पन्न होते हैं और हम भगवान् के साथ एकात्म होकर अपना कर्त्तव्य करते जाते हैं। इस प्रकार सच्ची अक्रियता अपनी आन्तरिक शान्ति को बनाए रखना और आसक्ति से मुक्त रहना है। अकर्म का अर्थ है—कर्म के परिणामस्वरूप होने वाले बन्धन का अभाव; क्योंकि वह कर्म आसक्ति के बिना किया जाता है। जो व्यक्ति अनासक्त होकर कर्म करता है, वह बन्धन में नहीं पड़ता। जब हम शान्त बैठे होते हैं और कोई बाहरी कर्म नहीं करते, तब भी हम कर्म कर रहे होते हैं। अष्टावक्रगीता से तुलना कीजिए : "मूर्ख लोग दुराग्रह और अज्ञान के कारण जो कर्म से विमुख होते हैं, उनका वह विमुख होना भी कर्म ही है। ज्ञानी लोगों का, कर्म (अर्थात् उनका निष्काम कर्म) वही फल प्रदान करता है, जो निवृत्ति से प्राप्त होता है।"[1]

---

1. निवृत्तिरपि मूढस्य प्रवृत्तिरुपजायते।
प्रवृत्तिरपि धीरस्य निवृत्तिफभागिनी॥ —18, 61

शंकराचार्य ने इसकी व्याख्या करते हुए कहा है कि आत्मा में कोई क्रिया नहीं होती। परन्तु शरीर में निष्क्रियता कभी नहीं रहती, तब भी नहीं, जब कि शरीर देखने में निष्क्रिय मालूम होता है।

रामानुज का मत है कि अकर्म आत्मज्ञान है। ज्ञानी मनुष्य वह है, जो सच्चे कर्म में ही ज्ञान को देखता है। उसके लिए ज्ञान और कर्म दोनों साथ रहते हैं।

मध्व के मतानुसार अकर्म आत्मा की निष्क्रियता और विष्णु की सक्रियता है। इसलिए ज्ञानी मनुष्य वह है, जो भगवान् की सक्रियता को देखता है, चाहे व्यक्ति सक्रिय हो या न हो।

19. यस्य सर्वे समारम्भाः कामसंकल्पवर्जिताः।
ज्ञानाग्निदग्धकर्माणं तमाहुः पण्डितं बुधाः॥

(19) जिसके सब कार्य इच्छा के संकल्प से स्वतन्त्र हैं, जिसके कर्म ज्ञान की अग्नि में जल गए हैं, उसे ज्ञानी लोग पण्डित कहते हैं।

ऐसे कर्म करने वाले का दृष्टिकोण ज्ञान से उत्पन्न स्वार्थ-लालसा से मुक्त सार्वभौम दृष्टिकोण होता है। यद्यपि वह कार्य करता है, फिर भी वह वस्तुतः कुछ नहीं कर रहा होता।

20. त्यक्त्वा कर्मफलासङ्गं नित्यतृप्तो निराश्रयः।
कर्मण्यभिप्रवृत्तोऽपि नैव किञ्चित्करोति सः॥

(20) कर्म के फल के प्रति आसक्ति को त्यागकर, सदा तृप्त रहकर, बिना किसी पर आश्रित हुए वह भले ही सदा कार्य में लगा रहे, फिर भी वह कुछ नहीं कर रहा होता।

अष्टावक्रगीता से तुलना कीजिए : "जो अस्तित्व और अनस्तित्व दोनों से रहित है, जो ज्ञानी है, सन्तुष्ट है और इच्छाओं से मुक्त है, वह भले ही संसार की दृष्टि में कार्य कर रहा हो, परन्तु वस्तुतः वह कुछ नहीं कर रहा होता।"[1]

"जो मनुष्य वेदों द्वारा बताए गए सब धार्मिक अनुष्ठानों को उनके प्रति कोई आसक्ति न रखते हुए परमात्मा को समर्पित कर देता है, वह अकर्म की

1. 18, 19। साथ ही देखिए 20-6

सिद्धि को प्राप्त कर लेता है। उसका प्राप्तव्य फल केवल हमको कर्म की ओर आकर्षित करना है।"[1]

21. निराशीर्यतचित्तात्मा त्यक्तसर्वपरिग्रहः।
शरीरं केवलं कर्म कुर्वन्नाप्नोति किल्विषम्॥

(21) कोई इच्छा न रखते हुए, अपने चित्त और आत्मा को वश में रखते हुए सब प्रकार की सम्पदाओं को त्यागकर जो केवल शरीर द्वारा कर्म करता है, उसे कोई दोष नहीं लगता।

शंकराचार्य और मधुसूदन के मतानुसार, 'शारीरं कर्म' वह कर्म है, जो शरीर को बनाए रखने के लिए अपेक्षित है। वेदान्तदेशिका के मतानुसार यह केवल शरीर द्वारा किया गया कर्म' है।

पुण्य या पाप का सम्बन्ध बाह्य कार्य से नहीं है। जब कोई मनुष्य अपनी वासनाओं और आत्म-इच्छा से मुक्त हो जाता है तब वह भगवान् की इच्छा को प्रतिबिम्बित करने वाला दर्पण बन जाता है। मानवीय आत्मा दैवीय शक्ति का शुद्ध माध्यम बन जाती है।

22. यदृच्छालाभसन्तुष्टो द्वन्द्वातीतो विमत्सरः।
समः सिद्धावसिद्धौ च कृत्वापि न निबध्यते॥

(22) जो मनुष्य यों ही संयोगवश प्राप्त वस्तु से सन्तुष्ट रहता है, जो (सुख और दुःख के) द्वन्द्वों से परे पहुंच चुका है, जो ईर्ष्या से मुक्त है, जो सिद्धि और असिद्धि (सफलता और विफलता) में समान रहता है, वह कर्म करता हुआ भी उसके बन्धन में नहीं पड़ता।

कर्म अपने-आप में बांधने वाली वस्तु नहीं है। यदि यह बांधता हो, तो हम परमात्मा और संसार के एक बड़े द्वैत में फंस जाते हैं और संसार एक ब्रह्माण्डीय भूल बन जाता है। यह ब्रह्माण्ड भगवान् का ही एक प्रकट-रूप है और बांधने वाली वस्तु कर्म नहीं, अपितु कर्म के प्रति स्वार्थ की मनोवृत्ति है, जो अज्ञान से

---

1. वेदोक्तमेव कुर्वाणो निस्सङ्गोऽर्पितमीश्वरे।
नैष्कर्म्यसिद्धिं लभते रोचनार्था फलश्रुतिः॥

उत्पन्न होती है और जिसके कारण हम यह समझने लगते हैं कि हम इतने सारे अलग-अलग व्यक्ति हैं, जिनकी अपनी विशिष्ट रुचियां और अरुचियां हैं।

अब गुरु यह बताना चाहता है कि कर्ता, कर्म और क्रिया, ये सब एक ही भगवान् के विभिन्न प्रकट-रूप हैं और भगवान् को यज्ञ के रूप में समर्पित किया गया कर्म बन्धनकारी नहीं होता।

यज्ञ और उसका प्रतीकात्मक मूल्य

23. गतसङ्गस्य मुक्तस्य ज्ञानावस्थितचेतसः।
यज्ञायाचरतः कर्म समग्रं प्रविलीयते॥

(23) जिस मनुष्य की आसक्तियां समाप्त हो चुकी हैं, जो मुक्त हो चुका है, जिसका मन दृढ़तापूर्वक ज्ञान में स्थित हो गया है, जो कर्म को यज्ञ समझकर करता है, उसका कर्म पूर्णतया विलीन हो जाता है।

24. ब्रह्मार्पणं ब्रह्म हविर्ब्रह्माग्नौ ब्रह्मणा हुतम्।
ब्रह्मैव तेन गन्तव्यं ब्रह्मकर्मसमाधिना॥

(24) उसके लिए अर्पण करने का कार्य भी परमात्मा है, अर्पित की जाने वाली वस्तु भी परमात्मा है; परमात्मा द्वारा वह परमात्मा की अग्नि में अर्पित की जाती है। जो मनुष्य अपने कार्यों में परमात्मा का अनुभव करता है, वह परमात्मा को ही प्राप्त करता है।

यहां वैदिक यज्ञ का विस्तृततर आध्यात्मिक रूप में निरूपण किया गया है। यद्यपि यज्ञ करने वाला कर्म अवश्य करता है, फिर भी वह उसके द्वारा बंधता नहीं है[1], क्योंकि उसके पार्थिव जीवन में एक शाश्वतता की भावना व्याप्त रहती है।[2]

25. दैवमेवापरे यज्ञं योगिनः पर्युपासते।
ब्रह्माग्नावपरे यज्ञं यज्ञेनैवोपजुह्वति॥

---

1. श्रीधर से तुलना कीजिए : तदेवं परमेश्वराराधनलक्षणं कर्म ज्ञानहेतुत्वेन बन्धकत्वाभावादकर्मैव।
2. तुलना कीजिए, मन्तिक उत् तैर। फिट्ज़ ज़ेरल्ड कृत अंग्रेज़ी अनुवाद।

(शेष अगले पृष्ठ पर)

(25) कुछ योगी देवताओं के लिए यज्ञ करते हैं, जब कि अन्य योगी ब्रह्म की अग्नि में यज्ञ द्वारा स्वयं यज्ञ को ही अर्पित कर देते हैं।

शंकराचार्य ने इस श्लोक के उत्तरार्द्ध में यज्ञ की व्याख्या आत्मा के रूप में की है। "अन्य लोग अपने-आपको आत्मा के रूप में ब्रह्म की अग्नि में अर्पित कर देते हैं।"[1]

जो भगवान् की विविध रूपों में कल्पना करते हैं, वे उनसे कर्म की पवित्र विधियों को पूर्ण करके अनुकूल फल पाना चाहते हैं, जब कि अन्य लोग स्वयं भगवान् को ही अपने सब कर्म समर्पित कर देते हैं।

26. श्रोत्रादीनीन्द्रियाण्यन्ये संयमाग्निषु जुह्वति।
शब्दादीन्विषयानन्य इन्द्रियाग्निषु जुह्वति॥

(26) कुछ लोग श्रवण इत्यादि इन्द्रियों की, संयम की अग्नि में आहुति दे देते हैं; अन्य लोग शब्द इत्यादि इन्द्रियों के विषयों की आहुति इन्द्रियों की आग में देते हैं।

यज्ञ के द्वारा, जिसकी व्याख्या यहां मानसिक संयम और अनुशासन के रूप में की गई है, हम यह यत्न करते हैं कि ज्ञान हमारे सम्पूर्ण अस्तित्व में रम जाए।[2] हमारा समूचा अस्तित्व समर्पित और परिवर्तित हो जाता है। इन्द्रियों के

"तुम सब हुए हो और तुमने देखा है, किया है और सोचा है,
तुमने नहीं, लेकिन मैंने देखा है और मैं हुआ हूं और मैंने किया है···
तीर्थ-यात्री, तीर्थ-यात्रा और मार्ग,
मैं स्वयं ही था, जो अपनी ओर जा रहा था; और तुम्हारा
आगमन मेरे अपने द्वार पर मेरा ही आगमन था···
आओ, तुम भटके हुए कणों, अपने केन्द्र की ओर खिंच आओ···
ओ किरणो, जो सुदूर अन्धकार में भटकती रही हो,
लौट आओ और वापस अपने सूर्य में विलीन हो जाओ।"

—आनन्द के॰ कुमारस्वामी की पुस्तक, हिन्दूइज़्म एण्ड बुद्धिज़्म (1943), पृ॰ 42

1. नीलकण्ठ का कथन है : "सोपाधिकं जीवं निरुपाधिकात्मरूपेण जुह्वति।"

2. मधुसूदन से तुलना कीजिए : धारणा ध्यानं समाधिरिति संयमशब्देनोच्यते : तथा चाह भगवान् पतञ्जलिः, त्रयमेकत्र संयमः इति। तत्र हृत्पुण्डरीकादौ मनसश्चिरकालस्थापनं धारणा; एवं एकस्य धृतस्य चित्तस्य भगवदाकारवृत्तिप्रवाहोऽन्तरान्याकारप्रत्ययव्यवहितो ध्यानम्; सर्वथा विजातीयप्रत्ययान्तरितः सजातीयप्रत्ययप्रवाहः समाधिः।

विषयों के समुचित उपभोग की तुलना एक यज्ञ से की गई है, जिसमें इन्द्रियों के विषय तो हवि (आहुति दी जाने वाली सामग्री) हैं और इन्द्रियां यज्ञ की अग्नि हैं। आत्मसंयम के प्रत्येक रूप को, जिसमें हम अहंकारपूर्ण आनन्द को उच्चतर आनन्द के लिए त्याग देते हैं, जिसमें हम निम्नतर मनोवेगों को छोड़ देते हैं, यज्ञ कहा गया है।

27. सर्वाणीन्द्रियकर्माणि प्राणकर्माणि चापरे।
आत्मसंयमयोगाग्नौ जुह्वति ज्ञानदीपिते॥

(27) फिर कुछ लोग अपने इन्द्रियों के सब कर्मों को और प्राणशक्ति के सब कर्मों को आत्मसंयम-रूपी योग की अग्नि में समर्पित कर देते हैं, जो (अग्नि) ज्ञान द्वारा जलाई जाती है।

28 द्रव्ययज्ञास्तपोयज्ञा योगयज्ञास्तथापरे।
स्वाध्यायज्ञानयज्ञाश्च यतयः संशितव्रताः॥

(28) इसी प्रकार कुछ लोग अपनी भौतिक सम्पत्ति को या अपनी तपस्या को या अपने योगाभ्यास को यज्ञ के रूप में समर्पित कर देते हैं, जब कि कुछ अन्य लोग, जिन्होंने मन को वश में कर लिया है और कठोर व्रत धारण किए हैं, अपने अध्ययन और ज्ञान को यज्ञ के लिए अर्पित कर देते हैं।

29. अपाने जुह्वति प्राणं प्राणेऽपानं तथापरे।
प्राणापानगती रुद्ध्वा प्राणायामपरायणाः॥

(29) कुछ और भी लोग हैं, जो प्राणायाम में लगे रहते हैं; वे प्राण (बाहर निकलने वाले श्वास) और अपान (अन्दर आने वाले श्वास) के मार्ग को रोककर अपान में प्राण की और प्राण में अपान की आहुति देते हैं।

30. अपरे नियताहाराः प्राणान्प्राणेषु जुह्वति।
सर्वेऽप्येते यज्ञविदो यज्ञक्षपितकल्मषाः॥

(30) कुछ और भी लोग हैं, जो अपने आहार को नियमित करके अपने प्राणरूपी-श्वासों में आहुति देते हैं। ये सबके सब यज्ञ के ज्ञाता हैं (ये जानते हैं कि यज्ञ क्या है) और यज्ञ द्वारा उनके पाप नष्ट हो जाते हैं।

संयम सब यज्ञों का सार है, अतः यज्ञ अध्यात्म-विकास के साधन माने जा सकते हैं।

31. यज्ञशिष्टामृतभुजो यान्ति ब्रह्म सनातनम्।
नायं लोकोऽस्त्ययज्ञस्य कुतोऽन्यः कुरुसत्तम॥

(31) जो लोग यज्ञ के बाद बचे हुए पवित्र अन्न (यज्ञ-शेष) को खाते हैं, वे सनातन ब्रह्म को प्राप्त करते हैं। हे कुरुओं में श्रेष्ठ (अर्जुन), जो व्यक्ति यज्ञ नहीं करता, उसके लिए यह संसार ही नहीं है, फिर परलोक का तो कहना ही क्या!

संसार का नियम यज्ञ है और जो इसका उल्लंघन करता है, वह न तो यहां पूर्णता प्राप्त कर सकता है और न परलोक में।

32. एवं बहुविधा यज्ञा वितता ब्रह्मणो मुखे।
कर्मजान्विद्धि तान्सर्वानेवं ज्ञात्वा विमोक्ष्यसे॥

(32) इस प्रकार ब्रह्म के मुख में अनेक प्रकार के यज्ञ फैले पड़े हैं (अर्थात् परम ब्रह्म तक पहुंचने के साधन हैं)। तू उन सबको कर्म से उत्पन्न हुआ समझ और यह जान लेने के बाद तू मुक्त हो जाएगा।

ज्ञान और कर्म

33. श्रेयान्द्रव्यमयाद्यज्ञाज्ज्ञानयज्ञः परंतप।
सर्वं कर्माखिलं पार्थ ज्ञाने परिसमाप्यते॥

(33) हे शत्रुओं को सताने वाले (अर्जुन), भौतिक पदार्थों द्वारा किए जाने वाले यज्ञों की अपेक्षा ज्ञानमय यज्ञ अधिक अच्छा है, क्योंकि निरपवाद रूप से सब कर्म ज्ञान में जाकर समाप्त हो जाते हैं।

लक्ष्य जीवन देने वाला ज्ञान है, जो हमें कर्म की स्वतन्त्रता प्रदान करता है और कर्म के बन्धन से मुक्ति दिलाता है।

34. तद्विद्धि प्रणिपातेन परिप्रश्नेन सेवया।
उपदेक्ष्यन्ति ते ज्ञानं ज्ञानिनस्तत्त्वदर्शिनः॥

(34) उस ज्ञान को सविनय, आदर द्वारा, प्रश्नोत्तर द्वारा और सेवा द्वारा प्राप्त करो। तत्त्वदर्शी ज्ञानी लोग तुम्हें उस ज्ञान का उपदेश करेंगे।

ज्ञानी लोग हमें सत्य का उपदेश तभी करेंगे, जब कि हम उनके पास सेवा की भावना और आदरपूर्वक जिज्ञासा के साथ जाएं। जब तक हम अपने अन्दर स्थित परमात्मा को अनुभव न कर लें, तब तक हमें उन लोगों की सलाह के अनुसार कार्य करना चाहिए, जिन्होंने परमात्मा का अनुभव प्राप्त कर लिया है। यदि हम केवल शास्त्रों में कही गई या गुरु द्वारा बताई गई बातों को बिना विचार किए, केवल विश्वास द्वारा मानते चले जाएं, तो उतने से काम नहीं चलेगा। तर्क को भी सन्तुष्ट किया जाना चाहिए। "जिस व्यक्ति को स्वयं व्यक्तिगत रूप से ज्ञान नहीं हुआ है, बल्कि जिसने केवल बहुत-सी बातों को सुन-भर लिया है, वह शास्त्रों के अर्थ को ठीक उसी प्रकार नहीं समझ सकता, जैसे चमचे को दाल के स्वाद का पता नहीं चलता।"[1] हमें गुरु के प्रति श्रद्धा की स्वतन्त्र परख और पूछताछ के अधिकतम अनियन्त्रित अधिकार के साथ सम्मिश्रण करना चाहिए। किसी बाह्य प्राधिकार के प्रति अन्ध-आज्ञापालक का खण्डन किया गया है। आजकल बहुत-से गुरु हैं, जो अपने अनुयायियों से कहते हैं कि वे उनके वचनों का बिना विचारे पालन करें। उनका यह विश्वास प्रतीत होता है कि आत्मा के जीवन के लिए बुद्धि की मृत्यु आवश्यक शर्त है। बहुत-से अन्धविश्वासी और सरलचित्त वाले व्यक्ति उनकी ओर आकर्षित होते हैं, परन्तु उनकी आध्यात्मिक शक्तियों के कारण उतना नहीं, जितना कि उनके एजेण्टों के प्रचार द्वारा और नवीनता, कुतूहल और उत्तेजना के प्रति मानवीय दुर्बलता के कारण। यह हिन्दुओं की उस परम्परा के प्रतिकूल है, जिसमें जिज्ञासा अर्थात् जांच-पड़ताल पर, मनन या चिन्तन, या गीता के शब्दों में, परिप्रश्न पर जोर दिया गया है।

परन्तु केवल बौद्धिक ज्ञान से भी काम नहीं चलेगा। बुद्धि हमें केवल परब्रह्म की झलक, केवल आंशिक झांकी दिखा सकती है; परन्तु यह परब्रह्म की चेतना उत्पन्न नहीं कर सकती। हमें वैयक्तिक सम्पर्क स्थापित करने के लिए अपने

---

1. यस्य नास्ति निजा प्रज्ञा केवलं तु बहुश्रुतः।
न स जानाति शास्त्रार्थं दर्वी सूपरसमिव ॥ —महाभारत, 2, 55, 1

सम्पूर्ण आन्तरिक अस्तित्व को खोल रखना होगा। शिष्य को आन्तरिक मार्ग पर चलना होगा। सर्वोच्च प्रामाणिकता आन्तरिक प्रकाश है, जिसका इच्छा के प्रलोभन के साथ-घपला नहीं किया जाना चाहिए। सेवा और आत्मविलोप के गुणों द्वारा हम बाधा डालने वाले संस्कार को चूर-चूर कर देते हैं और ज्ञान के आलोक को अपने तक पहुंचने देते हैं। स्वयं उपलब्ध किया गया सत्य गुरु द्वारा सुझाए गए सत्य से भिन्न होता है। अन्ततोगत्वा, जो कुछ शास्त्रों में प्रकट किया गया है (प्रणिपात-श्रवण), जो कुछ मन द्वारा विचारा गया है (परिप्रश्न-मनन) और जो कुछ सेवा और ध्यान द्वारा आत्मा से अनुभव किया गया है (सेवानिदिध्यासन) इन तीनों में ठीक मेल बैठना चाहिए।[1] हमें अतीत के महान् विचारकों के साथ अपना सम्बन्ध जोड़ना चाहिए, उसके विषय में तर्क-वितर्क करना चाहिए और अन्तर्दृष्टि द्वारा उनमें जो कुछ स्थायी मूल्य की वस्तु है, उसे हृदयंगम करना चाहिए।

इस श्लोक में यह बताया गया है कि आध्यात्मिक जीवन में पहले श्रद्धा आती है, फिर ज्ञान और उसके बाद अनुभव आता है।

जिन लोगों ने सत्य का अनुभव कर लिया है, उनसे आशा की जाती है कि वे हमें मार्ग दिखलाएंगे। जिन्होंने तत्त्व के दर्शन कर लिए हैं, उनका अपने अपेक्षाकृत कम भाग्यशाली बन्धुओं के प्रति कुछ कर्त्तव्य हो जाता है और वे उन्हें उस ज्ञान के आलोक को प्राप्त करने का मार्ग दिखाते हैं, जिस तक वे स्वयं पहुंच चुके हैं।

ज्ञान की प्रशंसा

35. यज्ज्ञात्वा न पुनर्मोहमेवं यास्यसि पाण्डव।
येन भूतान्यशेषेण द्रक्ष्यस्यात्मन्यथो मयि॥

---

1. प्लेटो से तुलना कीजिए : "मनुष्य को तब तक धैर्यपूर्वक जुटे रहना चाहिए, जब तक कि उसे दो में से एक वस्तु प्राप्त न हो जाए : या तो वह सब वस्तुओं के विषय में सत्य की स्वयं खोज कर ले, या फिर उस सत्य को किसी अन्य व्यक्ति से सीख ले; यदि यह असम्भव हो, तो उसे सर्वोत्तम और अकाट्यतम मानवीय सिद्धान्तों को पकड़ लेना चाहिए और जीवन-सागर को पार करने के लिए उन्हीं को अपना बेड़ा बना लेना चाहिए।" —फ़ेडो, 85
प्लौटिनस से तुलना कीजिए : "वाद-विवाद द्वारा हम दर्शन प्राप्त करते हैं। जो लोग देखना चाहते हैं, उन्हें हम मार्ग दिखाते हैं। हमारा अध्यापन एक प्रकार का मार्गदर्शन है। देखना उसी का काम होना चाहिए, जिसने इस बात का वरण किया है।" —ऐनीड्स, 69, 4

(35) जब तू इस ज्ञान को प्राप्त कर लेगा, तब तू फिर कभी इस भ्रान्ति में नहीं पड़ेगा; क्योंकि हे पाण्डव (अर्जुन), इस ज्ञान के द्वारा तू निरपवाद रूप से सब सत्ताओं को पहले अपने अन्दर और फिर मेरे अन्दर विद्यमान देखेगा।

जब भेद की भावना नष्ट हो जाती है, तब कर्म बन्धनकारी नहीं बनते, क्योंकि अज्ञान बन्धन का मूल है और आत्मा ज्ञान प्राप्त करने के बाद उस अज्ञान से मुक्त हो जाता है।

36. अपि चेदसि पापेभ्यः सर्वेभ्यः पापकृत्तमः।
सर्वं ज्ञानप्लवेनैव वृजिनं सन्तरिष्यसि॥

(36) चाहे तू सब पापियों से बढ़कर भी पापी क्यो न हो, फिर भी तू केवल ज्ञान की नाव द्वारा सब पापों के पार पहुंच जाएगा।

37. यथैधांसि समिद्धोऽग्निर्भस्मसात्कुरुतेऽर्जुन।
ज्ञानाग्निः सर्वकर्माणि भस्मसात्कुरुते तथा॥

(37) हे अर्जुन, जिस प्रकार जल उठने पर आग अपने ईंधन को राख कर देती है, उसी प्रकार ज्ञान की अग्नि भी सब कर्मों को भस्मसात् कर देती है।

38. न हि ज्ञानेन सदृशं पवित्रमिह विद्यते।
तत्स्वयं योगसंसिद्धः कालेनात्मनि विन्दति॥

(38) इस पृथ्वी पर ज्ञान के सृदश पवित्र वस्तु और कोई नहीं है। जो व्यक्ति योग द्वारा पूर्णता को प्राप्त हो जाता है, वह समय आने पर स्वयं अपने अन्दर ही अपने इस ज्ञान को प्राप्त कर लेता है।

अन्त में आत्मसंयम से यह ज्ञान मनुष्य के मन में प्रकट हो जाता है।

ज्ञान के लिए श्रद्धा आवश्यक है

39. श्रद्धावांल्लभते ज्ञानं तत्परः संयतेन्द्रियः।
ज्ञानं लब्ध्वा परां शान्तिमचिरेणाधिगच्छति॥

(39) जिस व्यक्ति में श्रद्धा है, जो इस (अर्थात् ज्ञान) को पाने में तत्पर है और जिसने अपनी इन्द्रियों को वश में कर लिया है, वह ज्ञान को प्राप्त करता है और ज्ञान को प्राप्त करके वह शीघ्र ही सर्वोच्च शान्ति को प्राप्त करता है।

श्रद्धा : विश्वास। ज्ञान प्राप्त करने के लिए श्रद्धा आवश्यक है। श्रद्धा अन्धविश्वास नहीं है। यह आत्मा का ज्ञान प्राप्त करने के लिए महत्त्वाकांक्षा है। यह ज्ञान के उस अनुभवगम्य आत्म का प्रतिबिम्ब है, जो हमारे अस्तित्व के गम्भीरतम स्तरों में निवास करता है। यदि श्रद्धा स्थिर हो, तो यह हमें ज्ञान की प्राप्ति तक पहुंचा देती है। ज्ञान परम ज्ञान के रूप में सन्देहों से रहित होता है, जब कि बौद्धिक ज्ञान में, जिसमें हम इन्द्रियों द्वारा प्रदान की गई जानकारी पर और तर्क से निकले निष्कर्षों पर निर्भर रहते हैं, सन्देहों और अविश्वास का स्थान रहता है। ज्ञान इन साधनों द्वारा प्राप्त नहीं होता। हमें उसे आन्तरिक रूप से अपने जीवन में लाना होता है और बढ़ते हुए उसकी वास्तविकता तक पहुंचना होता है। उस तक पहुंचने का मार्ग श्रद्धा और आत्मसंयम में से होकर है।

परां शान्तिम् : सर्वोच्च शान्ति। नीलकण्ठ का कथन है कि जब वह कर्म, जो चालू हो गया था, अपना मार्ग पूरा कर चुकता है, तब वह आनन्द की सर्वोच्च अवस्था में पहुंच जाता है।[1]

40. अज्ञश्चाश्रद्दधानश्च संशयात्मा विनश्यति।
नायं लोकोऽस्ति न परो न सुखं संशयात्मनः॥

(40) परन्तु जो मनुष्य अज्ञानी है, जिसमें श्रद्धा नहीं है और जो संशयालु स्वभाव का है, वह नष्ट होकर रहता है। संशयालु स्वभाव वाले व्यक्ति के लिए न तो यह संसार है और न परलोक, और न उसे सुख ही प्राप्त हो सकता है।

हमारे पास जीवन के लिए कोई सकारात्मक आधार होना चाहिए, एक अचल श्रद्धा, जो जीवन की कसौटी पर खरी उतरे।

41. योगसंन्यस्तकर्माणं ज्ञानसंछिन्नसंशयम्।
आत्मवन्तं न कर्माणि निबध्नन्ति धनंजय॥

(41) हे धनंजय (अर्जुन), जिसने योग द्वारा सब कर्मों का त्याग कर दिया है, जिसने ज्ञान द्वारा सब संशयों को नष्ट कर दिया है और जिसने अपनी आत्मा पर अधिकार कर लिया है, उसको हम कर्म-बन्धन में नहीं डालते।

---

1. विदेहकैवल्यम्···प्रारब्धकर्मसमाप्तौ सत्याम्।

यहां सच्चे कर्म, ज्ञान और आत्म-अनुशासन के पारस्परिक सम्बन्ध को प्रकट किया गया है।

योगसंन्यस्तकर्माणम् : जिसने योग द्वारा सब कर्मों को त्याग दिया है। इसका अभिप्राय उन लोगों से भी हो सकता है, जो परमात्मा की पूजा के साथ-साथ उसकी विशेषता के रूप में समानचित्तता को विकसित कर लेते हैं और इस प्रकार सब कर्मों को परमात्मा के प्रति समर्पित कर देते हैं या उन लोगों से, जिन्हें सर्वोच्च वास्तविकता को देखने के लिए अन्तर्दृष्टि प्राप्त है और जो इस प्रकार कर्मों से अनासक्त हो गए हैं।[1] —मधुसूदन।

आत्मवन्तम् : जिसका अपनी आत्मा पर अधिकार है। जब वह दूसरों के लिए काम कर रहा होता है, तब भी वह स्वयं अपना आत्म ही रहता है। दूसरों का भला करने की अधीर साधना में वह अपना आपा नहीं खो बैठता।

42. तस्मादज्ञानसंभूतं हृत्स्थं ज्ञानासिनात्मनः।
छित्त्वैनं संशयं योगमातिष्ठोत्तिष्ठ भारत॥

(42) इसलिए हे भारत (अर्जुन), ज्ञान की तलवार से अपने हृदय में स्थित सन्देह को, जो अज्ञान के कारण उत्पन्न हुआ है, छिन्न-भिन्न करके योग में जुट जा और उठ खड़ा हो।

यहां अर्जुन से ज्ञान और एकाग्रता की सहायता से कर्म करने को कहा गया है। उसके हृदय में संशय यह है कि युद्ध करना अज्ञान की उपज है या युद्ध से विरत हो जाना। यह संशय ज्ञान द्वारा नष्ट हो जाएगा, तब उसे पता चल जाएगा कि उसके लिए क्या करना उचित है।

इति ··· ज्ञानयोगो नाम चतुर्थोऽध्यायः।

यह है 'दिव्य ज्ञान का योग' नामक चौथा अध्याय।

कभी-कभी इस अध्याय का नाम 'ज्ञान-कर्म-संन्यास योग' भी कहा जाता है जिसका अर्थ है ज्ञान और कर्म के (सच्चे) त्याग का योग।

---

1. योगेन भगवदाराधनलक्षणसमत्वबुद्धिरूपेण संन्यस्तानि भगवति समार्पितानि कर्माणि येन, यद्वा परमार्थदर्शनलक्षणेन योगेन संन्यस्तानि त्यक्तानि कर्माणि येन, तं योगसंन्यस्तकर्माणम्।

अध्याय 5

सच्चा संन्यास (त्याग)

सांख्य और योग एक ही लक्ष्य तक पहुंचाते हैं

अर्जुन उवाच

1. संन्यासं कर्मणां कृष्ण पुनर्योगं च शंससि।
यच्छ्रेय एतयोरेकं तन्मे ब्रूहि सुनिश्चितम् ॥

अर्जुन ने कहा :

(1) हे कृष्ण, तू कर्मों के त्याग की प्रशंसा करता है और फिर निःस्वार्थ कर्म की प्रशंसा करता है। अब मुझे सुनिश्चित रूप से बता कि इन दोनों में से कौन-सा अधिक अच्छा है?

शंकराचार्य का कथन है कि यहां पर यह जो प्रश्न उठाया गया है, वह अज्ञानी मनुष्यों के लिए उठाया गया है, क्योंकि जिसने आत्मा को प्राप्त कर लिया है, उसके लिए और कुछ प्राप्तव्य नहीं रहता, क्योंकि वह पहले ही सब-कुछ प्राप्त कर चुका है। 3, 17 में यह कहा गया है कि उसके लिए करने को और कोई कर्त्तव्य शेष नहीं रहता। 3, 4 और 4, 6 जैसे स्थानों पर कर्म की पद्धति को आत्मज्ञान प्राप्त करने के लिए एक सहायक अंग के रूप में प्रस्तुत किया गया है, जब कि 6, 3 में यह कहा गया है कि जो मनुष्य सही ज्ञान प्राप्त कर चुका है, उसे फिर कर्म करने की कोई आवश्यकता नहीं रहती। इसके अलावा, 4, 21 में उसके लिए शरीर के निर्वाहमात्र के लिए अपेक्षित कर्म के सिवाय बाक़ी सब कर्मों का निषेध कर दिया गया है। जिस व्यक्ति को आत्मा की सच्ची प्रकृति का ज्ञान है, उसे 5, 8 में सदा एकाग्रचित्त से इस बात का

ध्यान करने के लिए कहा गया है कि वह 'मैं' नहीं हूं, जो इस कार्य को कर रहा है। यह तो स्वप्न में भी सोच पाना सम्भव नहीं है कि जिस व्यक्ति को आत्मा का ज्ञान हो गया है, उसे कर्म से कोई वास्ता हो सकता है, जो कर्म सच्चे ज्ञान का इतना विरोधी है और पूर्णतया भ्रान्त ज्ञान पर आधारित है।[1] इस प्रकार शंकराचार्य का कथन है कि अर्जुन का प्रश्न केवल उन लोगों के विषय में है, जिन्हें आत्मा का ज्ञान नहीं हुआ है। अज्ञानियों के लिए संन्यास की अपेक्षा कर्म अधिक अच्छा है।

सारी गीता में लेखक का मन्तव्य यह प्रतीत होता है कि जिस कर्म का त्याग किया जाना है, वह केवल स्वार्थपूर्ण कर्म है, जो हमें कर्म की शृंखला से बांधता है और सारी गतिविधि त्याग-योग्य नहीं है। यह ठीक है कि हमारा उद्धार केवल कर्मों द्वारा नहीं हो सकता, परन्तु कर्म-उद्धारक ज्ञान के विरोधी नहीं हैं।

श्री भगवानुवाच

2. संन्यासः कर्मयोगश्च निःश्रेयसकरावुभौ।
तयोस्तु कर्मसंन्यासात्कर्मयोगो विशिष्यते ॥

श्री भगवान् ने कहा :

(2) कर्मों का संन्यास और उनका निःस्वार्थ रूप से करना, दोनों ही आत्मा की मुक्ति की ओर ले जाने वाले हैं। परन्तु इन दोनों में कर्मों को त्याग देने की अपेक्षा कर्मों का निःस्वार्थ रूप से करना अधिक अच्छा है।[2]

साख्य-पद्धति में कर्मों के त्याग की आवश्यकता होती है और योग में सही भावना से कर्म करने पर आग्रह किया गया है। मूल में पहुंचकर वे दोनों एक हैं, परन्तु योगमार्ग हमारे सम्मुख अधिक स्वाभाविक रूप में आता है। दोनों मार्ग एक-दूसरे के विरोधी नहीं हैं। सांख्य में ज्ञान या अन्तर्दृष्टि पर ज़ोर दिया गया है; योग में संकल्पात्मक प्रयत्न पर बल दिया गया है। इनमें से पहली पद्धति में हम विजातीय तत्त्वों को विचार द्वारा दूर हटाकर आत्मा का ज्ञान प्राप्त करते हैं, दूसरी पद्धति में हम उन्हें संकल्प द्वारा दूर हटा देते हैं।

---

1. आत्मतत्त्वविद; सम्यग्दर्शनविरुद्धो मिथ्याज्ञानहेतुकः कर्मयोगः स्वप्नेऽपि न संभावयितुं शक्यते।
2. देखिए 3, 8

3. ज्ञेयः स नित्यसन्यासी यो न द्वेष्टि न काङ्क्षति।
निर्द्वन्द्वो हि महाबाहो सुखं बन्धात्प्रमुच्यते॥

(3) जो व्यक्ति न किसी वस्तु से घृणा करता है और न किसी वस्तु की इच्छा करता है, यह समझना चाहिए कि उसमें सदा संन्यास की भावना भरी हुई है; क्योंकि हे महाबाहु (अर्जुन), सब द्वन्द्वों से मुक्त होने के कारण वह बन्धन से सरलता से छूट जाता है।

नित्यसंन्यासी : जिसमें सदा संन्यास या त्याग की भावना विद्यमान रहती है; सच्चा कर्म करने वाला (कर्मयोगी) सच्चा त्यागी (नित्यसंन्यासी) भी है, क्योंकि वह कार्य अनासक्त भावना से करता है।[1]

4. सांख्ययोगौ पृथग्बालाः प्रवदन्ति न पण्डिताः।
एकमप्यास्थितः सम्यगुभयोर्विन्दते फलम्॥

(4) संन्यास (सांख्य) और कर्म करने (योग) को पृथक् अज्ञानी लोग बताते हैं, पण्डित लोग नहीं। जो व्यक्ति इनमें से किसी एक में भी भलीभांति जुट जाता है, वह दोनों का फल पा लेता है।

इस अध्याय में योग का अर्थ है—कर्मयोग, और सांख्य का अर्थ है—कर्मों के संन्यास-सहित ज्ञानमार्ग।

5. यत्सांख्यैः प्राप्यते स्थानं तद्योगैरपि गम्यते।
एकं सांख्यं च योगं च यः पश्यति स पश्यति॥

(5) कर्मों का त्याग करने वाले मनुष्य जिस स्थिति तक पहुंचते हैं, कर्म करने वाले लोग भी उसी स्थिति तक पहुंच जाते हैं। जो व्यक्ति इस बात को देख लेता है कि संन्यास और कर्म दोनों के मार्ग एक ही हैं, वही (सही) देखता है।

अन्यत्र महाभारत में, शान्तिपर्व 305, 19; 316, 4 में मिलता है।[2] सच्चा

---

1. स कर्मणि प्रवृत्तोऽपि नित्यं संन्यासीति ज्ञेयः। —मधुसूदन।

2. तुलना कीजिए :

यदेव योगाः पश्यन्ति तत्सांख्यैरपि दृश्यते।
एकं सांख्यं च योगं च यः पश्यति स तत्त्ववित्॥

संन्यासी वह नहीं है, जो पूर्णतया निष्क्रिय रहता है, अपितु वह है, जिसका कर्म अनासक्ति की भावना से किया जाता है। संन्यास एक मानसिक वृत्ति है, कर्म की इच्छा को त्याग देना; सच्चा कर्म सब इच्छाओं को त्यागकर किया जाने वाला कर्म है। इन दोनों में कोई विरोध नहीं है। तुलना कीजिए : "जब ज्ञानी या मूर्ख कर्म कर रहे होते हैं, तब शरीर तो (अर्थात् बाह्य कर्म) दोनों एक ही जैसा होता है, परन्तु आन्तरिक भावना भिन्न होती है।"[1] महाभारत में कहा गया है कि भागवत-धर्म गुणों की दृष्टि से सांख्य-धर्म के बराबर है।[2]

6. संन्यासस्तु महाबाहो दुःखमाप्तुमयोगतः।
योगयुक्तो मुनिर्ब्रह्म नचिरेणाधिगच्छति ॥

(6) हे महाबाहु (अर्जुन), संन्यास को बिना योग के प्राप्त कर पाना कठिन है; जो मुनि योग में (कर्ममार्ग में) निष्ठापूर्वक लगा है, वह शीघ्र ही ब्रह्म को प्राप्त कर लेता है।

7. योगयुक्तो विशुद्धात्मा विजितात्मा जितेन्द्रियः।
सर्वभूतात्मभूतात्मा कुर्वन्नपि न लिप्यते ॥

(7) जिस व्यक्ति ने कर्ममार्ग में प्रशिक्षण पाया है और जिसकी आत्मा पवित्र है, जो अपनी आत्मा का स्वामी है और जिसने अपनी इन्द्रियों को जीत लिया है, जिसकी आत्मा सब प्राणियों की आत्मा बन गई है, वह कर्म करता हुआ भी कर्मों में लिप्त नहीं होता।

वह आन्तरिक रूप से सब कर्मों को त्याग देता है, बाह्य रूप से नहीं। शंकराचार्य तक ने माना है कि इस प्रकार का कर्म आत्मज्ञान के साथ पूर्णतया संगत है। भले ही वह संसार की एकता के लिए कार्य करता है, फिर भी वह कर्मों के बन्धन में नहीं फंसता।[3]

---

1. प्रज्ञस्य मूर्खस्य च कार्ययोगे,
समत्वमभ्येति तनुर्न बुद्धिः।
—अविमार, 5, 5

2. सांख्ययोगेन तुल्यो हि धर्म एकान्तसेवितः।
—शान्तिपर्व 348, 71

3. सः··· लोकसंग्रहाय कर्म कुर्वन्नपि न लिप्यते, कर्मभिर्वध्यते।

8. नैव किञ्चित्करोमीति युक्तो मन्येत तत्त्ववित्।
पश्यञ्शृण्वन्स्पृशञ्जिघ्रन्नश्नन्गच्छन्स्वपञ्श्वसन्॥

(8) जो मनुष्य भगवान् के साथ एक हो गया है और जो तत्त्व को जानता है, वह देखता हुआ, सुनता हुआ, छूता हुआ, सूंघता हुआ, चखता हुआ, चलता हुआ, सोता हुआ और सांस लेता हुआ यह समझता है कि "मैं कुछ नहीं कर रहा।"

9. प्रलपन्विसृजन्गृह्णन्नुन्मिषन्निमिषन्नपि।
इन्द्रियाणीन्द्रियार्थेषु वर्तन्त इति धारयन्॥

(9) बोलते हुए, विसर्जन करते हुए, पकड़ते हुए, आंखें खोलते और बन्द करते हुए वह यह समझता है कि केवल इन्द्रियां इन्द्रियों के विषयों में लगी हुई हैं।

हमसे अपने अन्दर विद्यमान आत्मा को अनुभव करने के लिए कहा गया है, जो शुद्ध और मुक्त है और प्रकृति या वस्तुरूपात्मक संसार के उपकरणों से बिलकुल पृथक् है। अहंकार के घटक तत्त्व अस्थायी हैं, एक ऐसा प्रवाह, जो क्षण-क्षण में बदलता है। आत्मता का मिथ्या रूप भरने वाले इन पदार्थों में कोई अपरिवर्तनशील केन्द्र या अमर नाभिक नहीं है।

10. ब्रह्मण्याधाय कर्माणिसङ्गं त्यक्त्वा करोति यः।
लिप्यते न स पापेन पद्मपत्रमिवाम्भसा॥

(10) जो व्यक्ति आसक्ति को त्यागकर अपने कर्मों को ब्रह्म को संमर्पित करके कर्म करता है, उसे पाप उसी प्रकार स्पर्श नहीं करता, जैसे कमल का पत्ता पानी से (अछूता ही रहता है)।

गीता हमसे कर्मों का त्याग करने को नहीं कहती, अपितु उन्हें भगवान् के प्रति, जो कि एकमात्र अमरता है, समर्पित करके उन्हें करते रहने को कहती है। जब हम सीमित अहंकार के प्रति अपने राग को और उसकी रुचियों और अरुचियों को त्याग देते हैं और अपने कर्मों को शाश्वत ब्रह्म के प्रति समर्पित कर देते हैं, तब हमें सच्चा संन्यास प्राप्त हो जाता है, जो संसार में स्वच्छन्द

गतिविधि के साथ संगत है। इस प्रकार का संन्यासी अपने क्षणिक सीमित आत्म के लिए कार्य नहीं करता, अपितु उस आत्मा के लिए कार्य करता है, जो हम सबमें विद्यमान है।[1]

ब्रह्मण्याधाय कर्माणि। रामानुज ब्रह्म को प्रकृति का पर्याय मानता है।

11. कायेन मनसा बुद्ध्या केवलैरिन्द्रियैरपि।
योगिनः कर्म कुर्वन्ति सङ्गं त्यक्त्वात्मशुद्धये॥

(11) योगी लोग (कर्मयोगी) आसक्ति को त्यागकर आत्मा की शुद्धि के लिए केवल शरीर, मन, बुद्धि या केवल इन्द्रियों द्वारा कार्य करते हैं।

12. युक्तः कर्मफलं त्यक्त्वा शान्तिमाप्नोति नैष्ठिकीम्।
अयुक्तः कामकारेण फले सक्तो निबध्यते॥

(12) योग में लगी हुई (या श्रद्धालु) आत्मा कर्म के फलों में आसक्ति को त्यागकर दृढ़ आधार वाली शान्ति को प्राप्त करती है, परन्तु जिनकी आत्मा ब्रह्म के साथ एक नहीं हुई है, वे इच्छा द्वारा प्रेरित रहते हैं और (कर्म के) फल में उनकी आसक्ति रहती है और (इसलिए) वे बन्धन में पड़े रहते हैं।

युक्ताः : अर्थात् कर्म के विधान में लगे हुए।

शान्तिम् : जब परमात्मा की शान्ति हमारे ऊपर उतर आती है, जब ब्रह्मज्ञान हमारे अस्तित्व को उस प्रकाश से भर देता है, जो बोध प्रदान करता है और हमें रूपान्तरित कर देता है और पहले जो कुछ अन्धकारमय और अस्पष्ट था, उस सबको स्पष्ट कर देता है।

---

1. इमर्सन से तुलना कीजिए :
"ओ धैर्यशाली तारो, मुझे भी अपना स्वभाव सिखा दो,
तुम जो प्रत्येक रात्रि में इस प्राचीन आकाश में चढ़ते हो।
और आकाश पर न कोई छाया छोड़ते हो, न कोई निशान,
न आयु का कोई चिह्न और न मृत्यु का कोई भय।"

13. सर्वकर्माणि मनसा संन्यस्यास्ते सुखं वंशो।
नवद्वारे पुरे देही नैव कुर्वन्न कारयन् ॥

(13) शरीरधारी (आत्मा), जिसने मन द्वारा (आन्तरिक रूप से) सब कर्मों का त्याग करके अपनी प्रकृति को वश में कर लिया है, न कोई कर्म करता हुआ और न कोई कर्म करवाता हुआ नौ द्वारों वाले नगर में सुख से निवास करता है।

कठोपनिषद् से तुलना कीजिए, 5 1।

नौ द्वार ये हैं : दो आंखें, दो कान, दो नथुने, मुंह और मलमूत्र-विसर्जन तथा प्रजनन की दो इन्द्रियां। देखिए श्वेताश्वतर उपनिषद्, 3, 18।

14. न कर्तृत्वं न कर्माणि लोकस्य सृजति प्रभुः।
न कर्मफलसंयोगं स्वभावस्तु प्रवर्तते॥

(14) सर्वोच्च प्रभु आत्मा न तो लोगों को कर्ता बनाती है, न वह कर्म करती है; न वह कर्मों का उनके फलों के साथ संयोग ही करती है। यह तो इन वस्तुओं का स्वभाव ही है, जो इस सबमें प्रवृत्त होता है।

प्रभु ज्ञाता की सर्वोच्च आत्मा, वास्तविक आत्मा है, जो सब अस्तित्व वाली वस्तुओं के साथ एकाकार है।

15. नादत्ते कस्यचित्पापं न चैव सुकृतं विभुः।
अज्ञानेनावृतं ज्ञानं तेन मुह्यन्ति जन्तवः॥

(15) सर्वव्यापी आत्मा न तो किसी का पाप ग्रहण करती है और न किसी का पुण्य। ज्ञान अज्ञान द्वारा सब ओर से ढका हुआ है, इसी कारण प्राणी किंकर्त्तव्यविमूढ़ हो जाते हैं।

विभुः : सर्वव्यापी। प्रत्येक आत्मा एक पृथक् शाश्वत और अपरिवर्तनशील इकाई नहीं है। 'विभुः' का संकेत या तो ज्ञानी मनुष्य की आत्मा की ओर या परम आत्मा की ओर है, जो अद्वैत वेदान्त में एकरूप ही हैं।

अज्ञानेन : अज्ञान द्वारा। अज्ञान के कारण ही हमें यह विश्वास होने लगता है कि ये विविध रूप वाली वस्तुएं अन्तिम हैं।

ज्ञानम् : ज्ञान। ज्ञान ही सब पृथकताओं का एकमात्र आधार है।[1]

16. ज्ञानेन. तु तदज्ञानं येषां नाशितमात्मनः।
तेषामादित्यवज्ज्ञानं प्रकाशयति तत्परम् ॥

(16) किन्तु जिन लोगों का अज्ञान ज्ञान द्वारा नष्ट हो जाता है, उनके लिए ज्ञान सूर्य की भांति परम आत्मा को प्रकाशित कर देता है।

तत्परम् : परमार्थतत्त्वम् : परम वास्तविकता। —शंकराचार्य।

अहंकार से ऊपर विद्यमान आत्मा पाप या पुण्य से, सुख या दुःख से अछूती रहती है। वह सबका साक्षी है।

17. तद्बुद्धयस्तदात्मानस्तन्निष्ठास्तत्परायणाः।
गच्छन्त्यपुनरावृत्तिं ज्ञाननिर्धूतकल्मषाः ॥

(17) उसका विचार करते हुए, अपनी सम्पूर्ण चेतन सत्ता को उसकी ओर प्रेरित करते हुए, उसे अपना सम्पूर्ण उद्देश्य बनाते हुए, उसे अपनी भक्ति का एकमात्र लक्ष्य बनाते हुए वे उस दशा तक पहुंच जाते हैं, जहां से वापस नहीं लौटना होता; और उनके पाप ज्ञान द्वारा धुलकर साफ़ हो जाते हैं।

कर्मों द्वारा निर्धारित मिथ्या अहंकार लुप्त हो जाता है और जीव परम आत्मा के साथ अपनी एकरूपता को अनुभव कर लेता है, और उसी केन्द्र से कार्य करने लगता है।

18. विद्याविनयसम्पन्ने ब्राह्मणे गवि हस्तिनि।
शुनि चैव श्वपाके च पण्डिताः समदर्शिनः ॥

(18) पण्डित लोग सुशिक्षित और विनयशील ब्राह्मण को, गाय को, हाथी को या कुत्ते या चाण्डाल तक को समान दृष्टि से देखते हैं।

विद्याविनयसम्पन्ने : अधिक अध्ययन से अधिक विनय आती है। ज्यों-ज्यों हमारा ज्ञान बढ़ता है, त्यों-त्यों हम चारों ओर से आवृत्त करने वाले

---

1. अज्ञानेनावरणविक्षेपशक्तिमता मायाख्येनानृतेन तमसा ज्ञानं जीवेश्वरजगद्भेदभ्रमाधिष्ठानभूतं नित्यं स्वप्रकाशं सच्चिदानन्दरूपम् अद्वितीयं परमार्थसत्यम्। —मधुसूदन।

अन्धकार को अधिक और अधिक अनुभव करने लगते हैं। जब हम दीपक जलाते हैं, तभी हमें पता चलता है कि सब ओर कितना अंधेरा है। जो कुछ हम जानते हैं, वह उसकी तुलना में लगभग कुछ भी नहीं है, जो हम नहीं जानते।[1] थोड़ा-सा ज्ञान हमें कट्टर सिद्धान्तवाद की ओर ले जाता है, थोड़ा-सा और ज्ञान हमें प्रश्नात्मकता की ओर, तथा थोड़ा-सा और अधिक ज्ञान हमें प्रार्थना की ओर ले जाता है। इसके अतिरिक्त विनय इस ज्ञान द्वारा उत्पन्न होती है कि हम परमात्मा के प्रेम द्वारा ही अस्तित्वमय बने हुए हैं। सब कालों के महान् विचारक परम धार्मिक व्यक्ति थे।

विनय : नम्रता या विनम्रता, जो संस्कार या अनुशासन का परिणाम है। बौद्ध 'त्रिपिटक' का पहला खण्ड विनय अर्थात् अनुशासन कहलाता है। विनय अभिमान या अहंकार का विलोम है। अमानवीय तत्त्वों पर निर्भयता को हृदयंगम कर लेने से ब्रह्माण्डीय धर्मनिष्ठा उत्पन्न होती है। सच्चे विद्वान् लोग विनम्र होते हैं।

समदर्शिनः : समान दृष्टि से देखते हैं। शाश्वत तत्त्व सबमें, सब पशुओं में एक ही जैसा है। जैसा वह मनुष्यों में, विद्वान् ब्राह्मणों में है, वैसा ही वह घृणित समझे जाने वाले चाण्डालों में है। ब्रह्म की ज्योति सब शरीरों में निवास करती है और उस पर उन शरीरों के अन्तर का कोई प्रभाव नहीं पड़ता, जिन्हें कि वह आलोकित करती है।

भगवान् की सत्, चित् और आनन्द की विशेषताएं सब विद्यमान वस्तुओं में वर्तमान हैं और अन्तर केवल उनके नामों और रूपों में अर्थात् उनके शरीरों में है।[2] जब हम वस्तुओं को उस अन्तिम वास्तविकता के दृष्टिकोण से देखते

1. महान् न्यूटन के अत्यन्त सुपरिचित वाक्य से यह बात स्पष्ट हो जाती है : "मैं नहीं जानता कि संसार को मैं कैसा दिखाई पड़ता हूं; परन्तु अपने-आप में तो मुझे ऐसा लगता है कि मैं समुद्र के किनारे खेलते हुए एक बालक की तरह हूं, जो जब-तब चिकने पत्थरों की अपेक्षा अधिक सुन्दर दिखाई पड़ने वाली कौड़ियों को ढूंढ़ने में लग जाता है, जब कि सत्य का विशाल सागर मेरे सामने फैला हुआ है, जिसकी कि अब तक खोज ही नहीं की गई है।" मैं यहां हेनरी एडम्स का एक वाक्य उद्धृत कर देना चाहता हूं : "अन्ततोगत्वा मनुष्य बहुत ही कम जानता है और शायद किसी दिन वह अपने अज्ञान के विषय में इतना काफ़ी कुछ जान जाए कि वह विनीत हो जाए और प्रार्थना करने लगे।"
2. अस्ति भाति प्रियं रूपं नाम चत्यंशपञ्चकम्।
आद्यं त्रयं ब्रह्मरूपं जगद्रूपं ततो द्वयम् ॥

हैं, जो सबमें विद्यमान है, तब हम 'समान दृष्टि से देखने लगते हैं।"[1] आधारभूत द्वैत आत्मा और प्रकृति का है, आत्मा और शरीर का नहीं। यह कर्ता और वस्तु के मध्य अन्तर है। प्रकृति वस्तु-रूपात्मकता का, विजातीयता का, निर्धारण-योग्यता का संसार है। उसमें हमें खनिज-पदार्थों, पौधों, पशुओं और मनुष्यों की पृथकता दिखाई पड़ती है, परन्तु उन सबमें एक आन्तरिक अवस्तु-रूपात्मक सत्ता विद्यमान है। कर्ता, वास्तविकता (ब्रह्म), का उन सबमें निवास है। आधारभूत एकरूपता का यह प्रकथन अनुभवसिद्ध विविधता के साथ असंगत नहीं है। शंकराचार्य तक ने इस बात को स्वीकार किया है कि एक ही शाश्वत वास्तविकता अपने-आप को उच्चतर और उच्चतर रूपों में अभिव्यक्ति के उत्तरोत्तर सोपानों द्वारा प्रकट कर रही है।[2] अनुभवजन्य विविधता के कारण वह आधिदैविक वास्तविकता हमारी आंखों से ओझल न हो जानी चाहिए, जो सब प्राणियों में समान रूप से विद्यमान है। यह दृष्टिकोण हमें अपने साथी प्राणियों के प्रति दया और सहानुभूति का भाव रखने को प्रेरित करता है। ज्ञानी लोग सब प्राणियों में एक परमात्मा का दर्शन करते हैं और अपने अन्दर समचित्तता के गुण का विकास करते हैं, जो कि ब्रह्म का गुण है।

19. इहैव तैर्जितः सर्गो येषां साम्ये स्थितं मनः।
निर्दोषं हि समं ब्रह्म तस्माद्ब्रह्मणि ते स्थिताः॥

(19) जिनका मन साम्यावस्था में स्थित हो गया है, उन्होंने यहीं (पृथ्वी पर ही) सृष्टि (संसार) को जीत लिया है। परमात्मा निर्दोष और सबमें समान है। इसलिए ये (व्यक्ति) परमात्मा में स्थित हैं।

देखिए छान्दोग्य उपनिषद्, 2, 23, 1।

मुक्ति की दशा एक ऐसी दशा है, जिसे हम यहां पृथ्वी पर प्राप्त कर सकते हैं।

---

1. चराचरं जगद् ब्रह्मदृष्ट्यैव पश्यन्ति। —नीलकण्ठ।
2. एकस्यापि कूटस्थस्य चित्ततारतम्यात् ज्ञानैश्वर्याणाम् अभिव्यक्तिः परेण परेण भूयसी भवति। ब्रह्मसूत्र का शांकरभाष्य, 1, 3, 30

20. न प्रहृष्येत्प्रियं प्राप्य नोद्विजेत्प्राप्य चाप्रियम्।
स्थिरबुद्धिरसम्मूढो ब्रह्मविद्ब्रह्मणि स्थितः॥

(20) मनुष्य को चाहिए कि वह प्रिय वस्तु को पाकर आनन्द न मनाए और अप्रिय वस्तु को पाकर दुःखी न हो। जो मनुष्य इस प्रकार स्थिर बुद्धि वाला हो जाता है और किंकर्त्तव्यविमूढ़ नहीं होता, वह ब्रह्म को जानने वाला ब्रह्म में स्थित हो जाता है।

ब्रह्मणि स्थितः : परमात्मा में स्थित। वह उसे पा लेता है, उस तक पहुंच जाता है, उसमें प्रविष्ट हो जाता है और भलीभांति उसमें स्थित हो जाता है।

21. बाह्यस्पर्शेष्वसक्तात्मा विन्दत्यात्मनि यत्सुखम्।
स ब्रह्मयोगयुक्तात्मा सुखमक्षयमश्नुते॥

(21) जब आत्मा बाह्य स्पर्शों (विषयों या वस्तुओं) में आसक्त नहीं रहती, तब मनुष्य को वह आनन्द होता है, जो आत्मा में है। ऐसा मनुष्य, जिसने अपने-आप को परमात्मा (ब्रह्म) के योग में लगाया हुआ है, अक्षय सुख का उपयोग करता है।

जो मनुष्य अपने-आप को इन्द्रियों के छायाभासों से मुक्त कर चुका है और जो शाश्वत ब्रह्म में जीता है, वह दिव्य सुख का उपयोग करता है।[1]

22. ये हि संस्पर्शजा भोगा दुःखयोनय एव ते।
आद्यन्तवन्तः कौन्तेय न तेषु रमते बुधः॥

(22) (पदार्थों के साथ) संस्पर्श से उत्पन्न होने वाले सुख केवल दुःखों को जन्म देने वाले हैं। हे कुन्ती के पुत्र (अर्जुन), उनका आरम्भ होता है और अन्त भी होता है। ज्ञानी मनुष्य को उनमें कोई आनन्द नहीं आता।

---

1. ब्रदर लॉरेंस से तुलना कीजिए : "मैं जानता हूं कि इसका ठीक-ठीक अभ्यास करने के लिए हृदय को अन्य सब वस्तुओं से रिक्त होना चाहिए; क्योंकि परमात्मा केवल हृदय पर अधिकार करना चाहता है; और यदि वह हृदय अन्य सब वस्तुओं से रिक्त न हो, तो परमात्मा उस पर अधिकार नहीं कर सकता; और इसीलिए यदि उस हृदय को परमात्मा के लिए रिक्त न छोड़ दिया जाए, तो वह उसमें वह कार्य नहीं कर सकता, जो कि वह करता।" —दि प्रैक्टिस ऑफ़ दि प्रैज़ेण्ट ऑफ़ गॉड।

देखिए, 2, 14 पर टिप्पणी।[1]

23. शक्नोतीहैव यः सोढुं प्राक्शरीरविमोक्षणात्।
कामक्रोधोद्भवं वेगं स युक्तः स सुखी नरः॥

(23) जो मनुष्य शरीर त्याग करने से पहले यहीं इच्छा और क्रोध के आवेशों का प्रतिरोध करने में समर्थ है, वह योगी है, वह सुखी है।

वह अनासक्ति, जिससे आन्तरिक शान्ति, स्वतन्त्रता और सुख उत्पन्न होते हैं, यहां पृथ्वी पर भी प्राप्त की जा सकती है; उस समय भी, जब कि हम सशरीर जीवन बिता रहे हों। मानव-जीवन के मध्य भी आन्तरिक शान्ति प्राप्त की जा सकती है।

आन्तरिक शान्ति

24. योऽन्तःसुखोऽन्तरारामस्तथान्तर्ज्योतिरेव यः।
स योगी ब्रह्मनिर्वाणं ब्रह्मभूतोऽधिगच्छति॥

(24) जो मनुष्य अपने अन्दर ही सुख प्राप्त कर लेता है, जो अपने अन्दर ही आनन्द पाता है और इसी प्रकार जो अपने अन्दर ही ज्योति पा लेता है, वह योगी ब्रह्म-रूप हो जाता है और वह भगवान् के परम आनन्द (ब्रह्म-निर्वाण) को प्राप्त करता है।

योगी अपने अन्दर विद्यमान शाश्वत ब्रह्म की चेतना के साथ मिलकर एक हो जाता है। अगले श्लोक से यह ध्वनित होता है कि यह निर्वाण केवल शून्यमात्र हो जाना नहीं है; यह एक ज्ञान और अपने ऊपर अधिकार से पूर्ण एक सकारात्मक दशा है।

25. लभन्ते ब्रह्मनिर्वाणमृषयः क्षीणकल्मषा।
छिन्नद्वैधा यतात्मानः सर्वभूतहिते रताः॥

---

1. भागवत से तुलना कीजिए :
सुखस्यानन्तरं दुःखं दुःखस्यानन्तर सुखम्।
चक्रवत परिवर्तेते सुखदुःखे निरन्तरम्॥

(25) वे पवित्र मनुष्य, जिनके पाप नष्ट हो गए हैं और जिनके संशय (द्वैत) छिन्न-भिन्न हो गए हैं, जिनके मन अनुशासित हैं और जो सब प्राणियों का भला करने में आनन्द लेते हैं, वे परमात्मा के परम आनन्द (ब्रह्म-निर्वाण) को प्राप्त करते हैं।

सर्वभूतहिते रताः : जो आत्मा ज्ञान और शान्ति को प्राप्त कर लेती है, वही प्रेममयी और करुणामयी आत्मा भी होती है। जो मनुष्य सारे अस्तित्व को भगवान् में देखता है, वह पतितों तथा अपराधियों में भी ब्रह्म को देखता है और गम्भीर प्रेम और सहानुभूति के साथ वह उनके पास जाता है।

दूसरों का भला करना उन्हें भौतिक सुविधाएं प्राप्त कराना या उनके रहन-सहन के स्तर को ऊंचा उठाना नहीं है; यह दूसरों को उनकी सच्ची प्रकृति को पहचानने और उन्हें सच्चा सुख प्राप्त करने में सहायता देना है। उस शाश्वत ब्रह्म का, जिसमें हम सब निवास करते हैं, चिन्तन अपने साथी-प्राणियों की सेवा की भावना का उत्साह और पुष्टि प्रदान करता है। सारे कार्य भगवान् के लिए हैं, जगद्-हिताय कृष्णाय। संसार को जीतने का अर्थ परलोकपरायण हो जाना नहीं है; इसका अर्थ सामाजिक ज़िम्मेदारियों से बचना नहीं है।

गीता में धर्म के वैयक्तिक और सामाजिक, दोनों पक्षों पर ज़ोर दिया गया है। वैयक्तिक रूप से हमें अपने अन्दर ब्रह्म की खोज करनी चाहिए और उसे मानव में रमने देना चाहिए; सामाजिक दृष्टि से समाज को ब्रह्म की प्रतिमा के सम्मुख विनत किया जाना चाहिए। व्यक्ति को अपनी स्वतन्त्रता और विलक्षणता में पनपना चाहिए और उसे प्रत्येक व्यक्ति के, यहां तक कि क्षुद्रतम व्यक्ति के गौरव को भी पहचानना चाहिए। मनुष्य को केवल आत्मा के जगत् तक ऊपर आरोहण नहीं करना है, अपितु जन्तु-जगत् तक नीचे भी उतरना है।[1]

26. कामक्रोधवियुक्तानां यतीनां यतचेतसाम्।
अभितो ब्रह्मनिर्वाणं वर्तते विदितात्मनाम्॥

---

1. तुलना कीजिए :

दृष्टि ज्ञानमयीं कृत्वा पश्येद्ब्रह्ममयं जगत्।

(26) जिन तपस्वी आत्माओं ने (यतियों ने) अपने-आप को अच्छा और क्रोध से मुक्त कर लिया है, जिन्होंने अपने मन को वश में कर लिया है और जिन्होंने आत्मा को जान लिया है, परमात्मा का परम आनन्द (ब्रह्म-निर्वाण) उनके निकट ही विद्यमान रहता है।

वे आत्मा की चेतना में जीवित रहते हैं। यहां इस संसार में ही आनन्दमय अस्तित्व की सम्भावना सूचित की गई है।

27. स्पर्शान्कृत्वा बहिर्बाह्यांश्चक्षुश्चैवान्तरे भ्रुवोः।
प्राणापानौ समौ कृत्वा नासाभ्यन्तरचारिणौ॥

28. यतेन्द्रियमनोबुद्धिर्मुनिर्मोक्षपरायणः।
विगतेच्छाभयक्रोधो यः सदा मुक्त एव सः॥

(27-28) सब बाह्य विषयों को बाहर ही रोककर, दृष्टि को भौंहों के बीच में स्थिर करके, नासिका में चलने वाले अन्दर जाने वाले और बाहर निकलने वाले श्वासों को समान करके, इन्द्रियों, मन और बुद्धि को वश में कर लेने वाला, मोक्ष पाने के लिए कटिबद्ध तथा इच्छा, भय और क्रोध से रहित मुनि सदा मुक्त ही रहता है।

तुलना कीजिए : "जब मनुष्य अपने ध्यान को दोनों आंखों के बीच मध्य बिन्दु पर केन्द्रित करता है, जब ज्योति अपने-आप फूट पड़ती है।"[1] यह बुद्धि के साथ संयोग का प्रतीक है, जिससे आध्यात्मिक ज्ञान प्राप्त होता है।

29. भोक्तारं यज्ञतपसां सर्वलोकमहेश्वरम्।
सुहृदं सर्वभूतानां ज्ञात्वा मां शान्तिमृच्छति॥

(29) वह मुनि यह जानकर कि मैं सब यज्ञों और तपो को उपभोग करने वाला हूं और मैं सब लोकों का स्वामी हूं और सब प्राणियों का मित्र हूं, शान्ति को प्राप्त करता है।

---

1. द सीक्रेट ऑफ़ द गोल्डन फ़्लावर, विल्हेम द्वारा सम्पादित।

लोकातीत परमात्मा सारी सृष्टि का स्वामी, सब प्राणियों का मित्र बनता है, जो उनसे किसी भी प्रतिफल की आशा किए बिना उनका भला करता है।[1] परमात्मा केवल एक दूरस्थ विश्वशासक नहीं है, अपितु घनिष्ठ मित्र और सहायक है, जो यदि हम केवल उस पर भरोसा करें, तो पाप पर विजय पाने में हमारी सहायता करने के लिए सदा तैयार रहता है। भागवत का कथन है : "जिनका मैं प्रिय हूं, आत्मा हूं, पुत्र हूं, मित्र हूं, सम्बन्धी हूं और इष्टदेव हूं।"[2]

इति ··· कर्मसंन्यासयोगो नाम पञ्चमोऽध्यायः।

यह है 'कर्म के संन्यास का योग' नामक पांचवां अध्याय।

---

1. सर्वप्राणिनां प्रत्युपकारनिपेरक्षतया उपकारिणाम्। —शंकराचार्य। साथ ही देखिए गीता पर शंकराचार्य की टीका, 9, 18
2. येषामहं प्रिय आत्मा सुतश्च
   सखा गुरुः सुहृदो दैवमिष्टम्।

   —3, 25, 38

अध्याय 6

सच्चा योग

संन्यास और कर्म एक हैं

श्रीभगवानुवाच

1. अनाश्रितः कर्मफलं कार्यं कर्म करोति यः।
स संन्यासी च योगी च न निरग्निर्न चाक्रियः॥

श्री भगवान् ने कहा :

(1) जो मनुष्य कर्मफल की इच्छा न करता हुआ उस काम को करता रहता है, जो उसे करना चाहिए, वह संन्यासी है, वह योगी है; वह संन्यासी नहीं है, जो यज्ञ की अग्नि जलाना बन्द कर देता है और कोई धार्मिक क्रियाएं नहीं करता।

यहां पर गुरु इस बात पर ज़ोर देता है कि संन्यास या कर्म-त्याग का बाह्य कर्मों से बहुत थोड़ा सम्बन्ध है। यह तो एक आन्तरिक वृत्ति है। संन्यासी बनने के लिए यज्ञ की अग्नि और दैनिक विधि-विधानों को त्यागना आवश्यक नहीं है। त्याग की भावना के बिना इन विधि-विधानों से विरत होना व्यर्थ है।

परन्तु शंकराचार्य ने 'केवलम्' शब्द का प्रयोग करके यह अर्थ निकाला है कि "केवल वही संन्यासी नहीं, जो यज्ञ की अग्नि नहीं जलाता या धार्मिक क्रियाओं को नहीं करता।" यह मूल पाठ के साथ न्याय नहीं जान पड़ता।

2. यं संन्यासमिति प्राहुर्योगं तं विद्धि पाण्डव।
न ह्यसंन्यस्तसंकल्पो योगी भवति कश्चन॥

(2) जिसे वे लोग संन्यास कहते हैं, हे पाण्डव (अर्जुन), उसे तू अनुशासित कर्म (योग) समझ, क्योंकि कोई भी व्यक्ति अपने (स्वार्थ के) संकल्प को त्यागे बिना योगी नहीं बन सकता।

संन्यास : त्याग। यह फल के लिए आन्तरिक इच्छा के बिना आवश्यक कर्मों को करते रहने का नाम है। यही सच्चा योग है, अपने ऊपर पक्का नियन्त्रण और अपने ऊपर पूर्ण अधिकार।

इस श्लोक में कहा गया है कि अनुशासित कर्म (योग) ठीक वैसा ही अच्छा है, जैसा कि कर्मों का त्याग (संन्यास)।

मार्ग और लक्ष्य

3. आरुरुक्षोर्मुनेर्योगं कर्म कारणमुच्यते।
योगारूढस्य तस्यैव शमः कारणमुच्यते ॥

(3) जो मुनि योग तक पहुंचना चाहता है, उसके लिए कर्म को साधन बताया गया है; जब वह योग को प्राप्त कर लेता है, तब शम अर्थात् शान्ति को साधन बताया गया है।

जब हम मोक्ष पाने के महत्त्वाकांक्षी होते हैं (साधनावस्था), तब आन्तरिक त्याग की सही भावना से किया गया कार्य हमारे लिए सहायक होता है। जब हम एक बार अपने ऊपर अधिकार प्राप्त कर लेते हैं (सिद्धावस्था), तब हम किसी लक्ष्य को प्राप्त करने के लिए कर्म नहीं करते, अपितु परमात्मा की चेतना में स्थित होने के कारण कर्म करते रहते हैं। कर्म द्वारा हम आत्मनियन्त्रण प्राप्त करने के लिए संघर्ष करते हैं; जब आत्मनियन्त्रण प्राप्त हो जाता है, तब हमें शान्ति मिल जाती है। इसका यह अभिप्राय नहीं है कि तब हम सारे कर्मों को छोड़ देते हैं। 6, 1 में यह कहा गया है कि सच्चा योगी वह है, जो कर्म करता है, और वह नहीं, जो कर्म को त्याग देता है। 'शम' का अर्थ कर्म से निवृत्ति नहीं है। यह ज्ञान का कारण नहीं हो सकता, क्योंकि सिद्ध मुनि तो पहले ही ज्ञान प्राप्त कर चुका होता है। 5, 12 में कहा गया है कि योगी कर्म के फलों को त्याग करने के द्वारा पूर्ण प्रशान्तता को प्राप्त करता है। वह पूर्ण शान्ति के साथ कर्म करता है। वह स्वतःस्फूर्त प्राणशक्ति से लबालब भरा होता है और अपनी अक्षय शक्ति से उत्पन्न होने वाली उदारता के साथ कार्य करता रहता है।

4. यदा हि नेन्द्रियार्थेषु न कर्मस्वनुषज्जते।
सर्वसंकल्पसंन्यासी योगारूढस्तदोच्यते॥

(4) जब कोई मनुष्य इन्द्रियों के विषयों में या कर्मों में आसक्त नहीं होता और सारे संकल्पों का त्याग कर देता है, तब कहा जाता है कि उसने योग को प्राप्त कर लिया है (योगारूढ़)।

सर्वसंकल्पसंन्यासी : जिसने सब संकल्पों को त्याग दिया है। हमें अपनी रुचियों और अरुचियों को छोड़ देना होगा, अपने-आप को भुला देना होगा और अपने-आप को त्याग देना होगा। सब संकल्पों के त्याग द्वारा, अहंकार के दमन द्वारा, अपनी इच्छा को पूर्णतया भगवान् के प्रति समर्पित कर देने के द्वारा साधक के मन की दशा ऐसे रूप में विकसित हो जाती है, जो ब्रह्म के तुल्य होती है। कुछ सीमा तक वह उस अविच्छिन्न कालातीत चेतना का अंग बन जाता है, जिसे जानने का वह अभिलाषी होता है।

मुक्त आत्मा इच्छा या आसक्ति के बिना, उस अहंकारपूर्ण संकल्प के बिना कार्य करती है, जिससे इच्छाएं उत्पन्न होती हैं। मनु का कथन है कि सब इच्छाएं संकल्प से उत्पन्न होती हैं।[1] महाभारत में कहा गया है : "ओ इच्छाओ, मैं तुम्हारे मूल को जानता हूं। तुम्हारा जन्म संकल्प या विचार से होता है। मैं तुम्हारे विषय में नहीं सोचूंगा और तुम्हारा अस्तित्व ही समाप्त हो जाएगा।"[2]

5. उद्धरेदात्मनात्मानं नात्मानमवसादयेत्।
आत्मैव ह्यात्मनो बन्धुरात्मैव रिपुरात्मनः॥

(5) मनुष्य को चाहिए कि वह अपने-आप को ऊपर उठाए, वह अपने-आप को नीचे न गिराए, क्योंकि आत्मा ही अपनी मित्र है और केवल आत्मा ही अपनी शत्रु है।

धम्मपद से तुलना कीजिए : "आत्मा आत्मा का स्वामी है।"[3] "आत्मा ही आत्मा का लक्ष्य है।"[4]

---

1. संकल्पमूलः कामो वै यज्ञः संकल्पसम्भवः। 2, 3
2. काम, जानामिते मूलं, संकल्पात्त्वं हि जायसे।
   न त्वां संकल्पयिष्यामि तेन मे न भविष्यसि॥ —शान्तिपर्व, 77, 25
3. अत्ता हि अत्तनो नाथो। 160
4. अत्ता हि अत्तनो गति। 380

भगवान् हमारे अन्दर है। वह हमारे दैनिक जीवन की साधारण व्यष्टिभूत चेतना के नीचे विद्यमान चेतना है, परन्तु वह उसके समान नहीं है। प्रकार की दृष्टि से दोनों परस्पर भिन्न हैं, हालांकि वह व्यक्ति भगवान् को प्राप्त कर सकता है, जो अपने जीवन को बचाने के लिए जीवन को गंवाने तक के लिए तैयार हो। हम अधिकांशत: अपने अन्दर विद्यमान आत्मा से अनजान रहते हैं, क्योंकि हमारा ध्यान उन विषयों की ओर लगा रहता है, जिन्हें हम पसन्द या नापसन्द करते हैं। हमें अपने अन्दर विद्यमान ब्रह्म को अनुभव करने के लिए इन विषयों से दूर हटना होगा। यदि हम अपने साधारण जीवन की निरुद्देश्यता, असंगति और बीभत्सता को अनुभव न करें, तो सच्ची आत्मा हमारे साधारण जीवन की शत्रु बन जाती है। सार्वभौम आत्मा और व्यक्तिक आत्मा एक-दूसरे की प्रतिद्वन्द्वी नहीं हैं। सार्वभौम आत्मा व्यक्तिक आत्मा की मित्र भी बन सकती है और शत्रु भी। यदि हम अपनी क्षुद्र लालसाओं और तृष्णाओं को वश में कर लें, यदि हम अपने स्वार्थपूर्ण संकल्प का प्रयोग न करें, तो हम सार्वभौम आत्मा के लिए माध्यम बन जाते हैं। यदि हमारे मनोवेग हमारे वश में हैं और यदि हमारी व्यक्तिक आत्मा अपने-आप को सार्वभौम आत्मा के प्रति समर्पित कर देती है, तो सार्वभौम आत्मा हमारी मार्गदर्शक और गुरु बन जाती है।[1] हममें से हर एक को ऊंचा उठने या नीचा गिरने की स्वतन्त्रता है। और हमारा भविष्य हमारे अपने हाथों में है।

---

1. बोएहमी का कथन है : "सच कहा जाए तो तेरी अपनी इच्छा, श्रवण और दर्शन के अतिरिक्त और कोई वस्तु तुझे उससे दूर नहीं रखती और न तुझे इस अतीन्द्रिय स्थिति तक आने से ही रोकती है। और क्योंकि तू उसके विरुद्ध इतना प्रयत्न करता है, जिससे कि स्वयं तेरा अवतार हुआ है और जिससे तू निकला है, इसीलिए तू स्वयं अपनी इच्छा से अपने-आप को परमात्मा की इच्छा से दूर रखता है और अपने दर्शन को भगवान् के दर्शन से दूर रखता है।" सेण्ट जॉन ऑफ़ दि क्रोस कहता है : "आत्मा अपनी शक्ति के भरोसे रहकर जितना ही अधिक सिरजी गई वस्तुओं की ओर अपनी आदत और रुझान के कारण झुकती चली जाती है, उतनी ही कम इस संयोग की ओर उसकी प्रवृत्ति होती है, क्योंकि वह अपने-आप को पूर्णतया परमात्मा के हाथों में नहीं छोड़ देती, जिससे कि वह उसे अधिक विकसित रूप में रूपान्तरित कर सके।" जामी ने अपनी पुस्तक 'लवाइह' में लिखा है :

   मेरे हृदय को पवित्र बनाओ, मेरी आत्मा को भूलों से मुक्त करो।
   मेरे भाग्य में नित्य आंसू और आहें लिख दो।
   और मुझे मेरे आत्म से दूर अपनी राह पर ले चलो,
   जिससे अपने आत्म को गंवाकर मैं तुम तक पहुंच सकूं।

—ह्विनफ़ील्डकृत अंग्रेज़ी अनुवाद।

6. बन्धुरात्मात्मनस्तस्य येनात्मैवात्मना जितः।
अनात्मनस्तु शत्रुत्वे वर्तेतात्मैव शत्रुवत् ॥

(6) जिसने अपनी (निम्नतर) आत्मा को अपनी (उच्चतर) आत्मा से जीत लिया है, उसकी आत्मा मित्र होती है। परन्तु जिसने अपनी (उच्चतर) आत्मा को पा नहीं लिया है, उसकी आत्मा ही शत्रु के समान शत्रुतापूर्ण व्यवहार करती है।

हमसे कहा गया है कि हम अपनी उच्चतर आत्मा द्वारा निम्नतर आत्मा को वश में करें। यहां प्रकृति के नियतिवाद को प्रकृति का नियन्त्रण करने की शक्ति द्वारा परिमित कर दिया गया है। निम्नतर आत्मा का नाश नहीं किया जाना है। यदि उसे वश में रखा जाए, तो उसका उपयोग सहायक के रूप में किया जा सकता है।

7. जितात्मनः प्रशान्तस्य परमात्मा समाहितः।
शीतोष्णसुखदुःखेषु तथा मानापमानयोः ॥

(7) जब मनुष्य अपनी (निम्नतर) आत्मा को जीत लेता है और आत्म-प्रभुत्व की शान्ति प्राप्त कर लेता है, तब उसकी सर्वोच्च आत्मा सदा समाधि में स्थित रहती है; वह सर्दी और गर्मी में, सुख और दुःख में, मान और अपमान में शान्त रहती है।

यह उस व्यक्ति के परम आनन्द की दशा है, जिसने सार्वभौम आत्मा के साथ अपनी एकता स्थापित कर ली है। वह जितात्मा है, जिसकी कि शान्ति और धृति द्वन्द्वों के कष्टों से विक्षुब्ध नहीं होती।

परमात्मा समाहितः : शंकराचार्य का कथन है कि सर्वोच्च आत्मा अपने-आप को स्वयं अपनी ही आत्मा समझने लगती है।[1] शरीर में विद्यमान आत्मा सामान्यतया संसार के द्वन्द्वों में, सर्दी और गर्मी में, दुःख और सुख में मग्न रहती है; परन्तु जब यह इन्द्रियों को वश में कर लेती है और संसार पर क़ाबू पा लेती है, तब आत्मा स्वतन्त्र हो जाती है। सर्वोच्च आत्मा शरीर में विद्यमान

---

1. साक्षाद् आत्मभावेन वर्तते।

आत्मा से भिन्न नहीं है। जब आत्मा प्रकृति के गुणों से बंधी रहती है, तब वह क्षेत्रज्ञ कहलाती है; जब वह उनके बन्धन से छूट जाती है, तब वही आत्मा परमात्मा कहलाने लगती है।[1] यह निश्चित ही अद्वैत वेदान्त का मत है।

जो लोग इस मत के विरोधी हैं, वे परमात्मा शब्द को 'परम्' और 'आत्मा' इन दो शब्दों में विभक्त कर लेते हैं और 'परम्' को 'समाहितः' क्रिया का क्रिया-विशेषण मानते हैं।

रामानुज 'परम्' को क्रिया-विशेषण मानता है और उसके अनुसार अर्थ है कि आत्मा को अति भव्य रूप में प्राप्त किया जाता है।

श्रीधर का कथन है कि इस प्रकार का व्यक्ति अपनी आत्मा में समाधिमग्न हो जाता है।[2] आनन्दगिरि का मत है कि इस प्रकार के व्यक्ति की आत्मा पूरी तरह समाधि में लीन हो जाती है।[3]

सम् आहित : समानता की ओर दृढ़तापूर्वक प्रेरित। परन्तु यह व्याख्या साधारणतया की जाने वाली व्याख्या नहीं है।

8. ज्ञानविज्ञानतृप्तात्मा कूटस्थो विजितेन्द्रियः।
युक्त इत्युच्यते योगी समलोष्टाश्मकाञ्चनः॥

(8) जिस योगी की आत्मा ज्ञान और विज्ञान द्वारा तृप्त हो गई है और जो कूटस्थ (अपरिवर्तनशील) है और जिसने अपनी इन्द्रियो को जीत लिया है, जिसके लिए मिट्टी का ढेला, पत्थर या स्वर्ण-खण्ड एक जैसे हैं, उसे योगयुक्त कहा जाता है।

ज्ञानविज्ञान : 3, 41 की टिप्पणी देखिए।

---

1. महाभारत से तुलना कीजिए :
 आत्मा क्षेत्रज्ञ इत्युक्तः संयुक्तः प्रकृतेर्गुणैः।
 तैरेव तु विनिर्मुक्तः परमात्मेत्युदाहृतः ॥ —शान्तिपर्व, 187, 24
2. समाहितः आत्मनिष्ठः भवति।
3. सम्-आ-हित। तुलना कीजिए : समाधिः जितात्मनः निर्विकारचित्तस्य आत्मा, चित्तं परम् उत्कर्षेण समाहितः समाधिं प्राप्तः भवति।

कूटस्थ : इसका शब्दार्थ है ऊंचे स्थान पर बैठा हुआ, अविचल, परिवर्तनहीन, दृढ़, स्थिर या प्रशान्त।

योगी को युक्त या योगमग्न तब कहा जाता है, जब वह संसार के परिवर्तनों से ऊपर भगवान् में ध्यान लगाए हुए हो। इस प्रकार का योगी प्रतीतियों के पीछे विद्यमान वास्तविकता (ब्रह्म) के ज्ञान और अनुभव से तृप्त हुआ रहता है। वह संसार की वस्तुओं और घटनाओं से अक्षुब्ध रहता है और इसीलिए इस परिवर्तनशील संसार की घटनाओं के प्रति समचित्त कहा जाता है।

9. सुहृन्मित्रार्युदासीनमध्यस्थद्वेष्यबन्धुषु ।
साधुष्वपि च पापेषु समबुद्धिर्विशिष्यते ॥

(9) जो व्यक्ति मित्रों, साथियों और शत्रुओं में, तटस्थों और निष्पक्षों में, द्वेष रखने वालों और सम्बन्धियों में, सन्तों में और पापियों में एक-सा भाव रखता है, उसे अधिक अच्छा माना जाता है।

एक पाठ-भेद है—'विशिष्यते' के स्थान पर 'विमुच्यते'। गीता पर शंकराचार्य की ट्रीका।

इस योग को कैसे प्राप्त किया जाए?

शरीर और मन की सतत जागरूकता आवश्यक है

10. योगी युञ्जीत सततमात्मानं रहसि स्थितः ।
एकाकी यतचित्तात्मा निराशीरपरिग्रहः ॥

(10) योगी को चाहिए कि वह एकान्त में अकेला बैठकर अपने-आप को वश में रखते हुए, सब इच्छाओं से मुक्त होकर और किसी भी परिग्रह (धन-सम्पत्ति या साज-सामान) की कामना न करते हुए अपने मन को (परमात्मा में) एकाग्र करे।

यहां पर गुरु ने पतंजलि के योगसूत्र की पद्धति पर मन को अनुशासन में रखने की विधि का विकास किया है। इसका मुख्य प्रयोजन हमारी चेतना को उसकी साधारण जागृतावस्था से उच्चतर स्तर तक इतना उठाते जाना है कि वह भगवान् के साथ संयुक्त हो जाए। साधारणतया मानवीय मन बहिर्मुख होता है।

जीवन के यान्त्रिक और भौतिक पक्षों में तल्लीन रहने के फलस्वरूप चेतना एक विसन्तुलित दशा में पहुंच जाती है। योग चेतना के आन्तरिक संसार की खोज का प्रयत्न करता है और चेतन तथा अवचेतन को संगठित करने में सहायता करता है।

हमें अपने मन को ऐन्द्रिय इच्छाओं से शून्य कर देना चाहिए, बाह्य विषयों से अपने ध्यान को हटा लेना चाहिए और उसे उपासना के लक्ष्य में लगा देना चाहिए।[1] देखिए भगवद्गीता, 18, 72, जहां गुरु ने अर्जुन से पूछा है कि क्या उसने उसके उपदेश को एकाग्रचित्त होकर सुना है; एकाग्रेण चेतसा। क्योंकि इसका उद्देश्य दृष्टि की पवित्रता प्राप्त करना है, इसलिए इसके निमित्त मन की सूक्ष्मता और स्थिरता की आवश्यकता होती है। हमारा वर्तमान विस्तार ही हमारे अस्तित्व की चरमसीमा नहीं है। अपने मन की सब ऊर्जाओं को जगाकर और उन्हें एकाग्र करके हम सम्बन्ध के स्तर को अनुभवगम्य से वास्तविक तक, अवलोकन से दर्शन तक ऊपर उठाते हैं और आत्मा को अपने सम्पूर्ण अस्तित्व पर अधिकार कर लेने देते हैं। बुक ऑफ़ प्रॉवर्ब्ज (कहावतों की पुस्तक) में यह कहा गया है कि "मनुष्य की आत्मा परमात्मा की मशाल है।" मनुष्य के आन्तरिकतम अस्तित्व में ऐसी कोई वस्तु है, जिसे परमात्मा दीपशिखा के रूप में जला सकता है।

सततम् : निरन्तर। अभ्यास निरन्तर किया जाना चाहिए। कभी-कभी बीच-बीच में योगाभ्यास करने लगने का कोई लाभ नहीं है। उच्चतर और तीव्रतर प्रकार की चेतना विकसित करने के लिए एक अविराम सृजनात्मक प्रयत्न की आवश्यकता है।

रहसि : एकान्त में। साधक को कोई ऐसा शान्त स्थान चुनना चाहिए, जहां का प्राकृतिक वातावरण शान्तिदायक हो; जैसे नदी का किनारा या पर्वत का शिखर, जो हमारे हृदय और मन को ऊंचा उठाए। इस संसार में, जो दिनोदिन अधिकाधिक कोलाहलपूर्ण होता जा रहा है, सभ्य मनुष्य का यह कर्त्तव्य है कि

1. यह वह स्थिति है जिसे बाएहमी ने 'कल्पना के चक्र को रोक देना और आत्मचिन्तन से विरत हो जाना' कहा है।

वह विचारपूर्ण शान्ति के लिए कुछ थोड़े-से क्षण निकाले। तुलना कीजिए : "जब तू प्रार्थना करने लगे, तब अपनी कोठरी में घुस जा और दरवाज़ा बन्द कर ले।"[1] हमें एकान्त स्थान में चले जाना चाहिए और बाह्य विक्षेपकारी वस्तुओं को दूर कर देना चाहिए। ओरिगैन द्वारा लिखित आदि-तपस्वियों के वर्णन से तुलना कीजिए : "वे मरुभूमि में निवास करते थे, जहां वायु अधिक शुद्ध थी, आकाश अधिक खुला था और परमात्मा अधिक निकट था।"

एकाकी : अकेला। गुरु इस बात पर आग्रह करता है कि उस हल्के-से दबाव को अनुभव करने के लिए, उस शान्त स्वर को सुनने के लिए साधक को अकेला होना चाहिए।

यतचित्तात्मा : आत्मवशी। उसे उत्तेजित, परेशान या चिन्तित नहीं होना चाहिए। परमात्मा के सम्मुख शान्त रहना सीखने का अर्थ है—नियन्त्रण और अनुशासन का जीवन। शंकराचार्य और श्रीधर के मतानुसार यहां 'आत्मा' शब्द का प्रयोग देह या शरीर के अर्थ में किया गया है। अपने दैनिक काग़ज़-पत्रों या व्यवसाय की पत्रावलियों को साथ लेकर उपासना की कोठरी में घुसने का कोई लाभ नहीं है। यदि हम उनके काग़ज़-पत्रों को बाहर छोड़ जाएं और दरवाज़ों और खिड़कियों को बन्द कर लें, तब भी हो सकता है कि हम अपनी चिन्ताओं और परेशानियों के कारण अशान्त रहें। वहां किसी प्रकार की अशान्ति या क्षोभ नहीं होना चाहिए। विचारों द्वारा हम बुद्धि को प्रभावित करते हैं; मौन द्वारा हम अस्तित्व की गहराइयों वाली तहों को स्पर्श करते हैं। यदि हृदय में परमात्मा को प्रतिबिम्बित होना हो, तो हृदय को स्वच्छ होना चाहिए, क्योंकि परमात्मा का दर्शन और ज्ञान केवल पवित्र हृदय द्वारा ही होता है। हमें गम्भीर निस्तब्धता में बैठ जाना चाहिए और प्रकाश की प्रतीक्षा करनी चाहिए। "अपने पिता (परमात्मा) के साथ, जो कि एकान्त में है, आलाप करो।" परमात्मा की सजीव विद्यमानता मौन में प्रत्येक आत्मा में उसकी क्षमता और आवश्यकता के अनुसार प्रकट होती है।[2]

---

1. मैथ्यू 6, 6
2. वर्ड्सवर्थ के इस वक्तव्य से तुलना कीजिए कि "कविता का जन्म प्रशान्तता में अनुस्मरण किए गए मनोवेगों से होता है।" रिल्के ने अपने 'लैटर्स टू ए यंग पोइट' में कहा है : "मैं तुम्हें इसके सिवाय कोई और सलाह नहीं दे सकता कि तुम अपने अन्दर ही वापस लौट आओ और उन गहराइयों की छानबीन करो, जिनसे तुम्हारा जीवन उद्भूत हुआ है।"

प्लेटो का मैनो इस प्रश्न से शुरू होता है : "सुकरात, क्या तुम मुझे यह बता सकते हो कि क्या धर्म सिखाया जाता है?" इसके उत्तर में सुकरात कहता है कि धर्म सिखाया नहीं जाता, अपितु उसे 'अनुस्मरण किया जाता है।' अनुस्मरण करना व्यक्ति के अपने आत्म को एक जगह केन्द्रित करना और अपनी आत्मा में वापस लौट आना है। 'अनुस्मरण' के सिद्धान्त से यह ध्वनित होता है कि प्रत्येक व्यक्ति को खोज अपने अन्दर करनी चाहिए। वह अपना केन्द्र स्वयं है और सत्य स्वयं उसके अन्दर विद्यमान है। आवश्यकता इस बात की है कि उसमें उस सत्य को पाने का संकल्प और धैर्य हो। गुरु का काम शिक्षा देना नहीं, अपितु शिष्य को अपने-आप को वश में करने में सहायता देना है। सच्चा उत्तर स्वयं प्रश्नकर्ता के अन्दर ही विद्यमान होता है; केवल उससे वह उत्तर दिलवाया जाना होता है। प्रत्येक व्यक्ति सत्य को जानता होता है और वह वस्तु-रूपात्मक जगत् के प्रति अपने लगाव के कारण उसे खो बैठता है। वस्तु-रूपात्मक जगत् के साथ अपने-आप को एक समझने के कारण हम अपनी वास्तविक प्रकृति से बाहर निकल जाते हैं या उसके प्रति विजातीय बन जाते हैं। बाह्य जगत् में खोए रहने के कारण हम गम्भीरताओं से दूर रहते हैं। वस्तु-रूपात्मक शारीरिक और मानसिक जगत् से ऊपर उठकर हम स्वतन्त्रता के जगत् में पहुंच जाते हैं।

निराशी : इच्छाओं से रहित। दैनिक आवश्यकताओं के सम्बन्ध में चिन्ता, धन कमाने और उसके व्यय करने की चिन्ता हमारे ध्यान को विचलित करती है और हमें आत्मिक जीवन से दूर ले जाती है। इसलिए हमसे कहा गया है कि हम इच्छाओं से और उनके कारण उत्पन्न होने वाली चिन्ताओं से, लोभ और भय से दूर रहें। साधक को चाहिए कि वह अपने-आप को इन मानसिक बेड़ियों से मुक्त कर ले और चित्त के सब विक्षेपों और संस्कारों से अपने-आप को पृथक् कर ले। उसे सब मानसिक रुचियों, सशक्त उद्देश्यों और परिवार तथा मित्रों के प्रति प्रेम से अपना सारा लगाव छोड़ देना चाहिए। उसे किसी वस्तु की प्रत्याशा न करनी चाहिए और न किसी वस्तु के लिए आग्रह ही करना चाहिए।

अपरिग्रह : वस्तुओं का संग्रह करने की इच्छा से मुक्त। यह इच्छारहितता एक आध्यात्मिक दशा है, भौतिक दशा नहीं। हमें वस्तुओं पर अधिकार करने की लालसा को वश में करना चाहिए और अपने-आप को सम्बन्धित पदार्थों के मोह

से मुक्त करना चाहिए। यदि कोई मनुष्य अशान्त हो और आत्मकेन्द्रित हो, यदि वह अहंकार, आत्मसंकल्प या वस्तुओं पर अधिकार की भावना से शासित हो, तो वह परमात्मा की आवाज को नहीं सुन सकता। गीता बताती है कि सच्चा आनन्द आन्तरिक आनन्द है। यह हमारा ध्यान हमारे जीवन की उस पद्धति की ओर, मानवीय चेतना की उस दशा की ओर आकर्षित करती है, जो जीवन के बाह्य यन्त्रजात पर निर्भर नहीं है। शरीर मर सकता है और संसार नष्ट हो सकता है, परन्तु आत्मिक जीवन चिरस्थायी है। हमारा ख़ज़ाना संसार की नश्वर वस्तुएं नहीं हैं, अपितु उस परमात्मा का ज्ञान और उसके प्रति प्रेम है, जो अनश्वर है। हमें आत्मा की आनन्ददायक स्वतन्त्रता प्राप्त करने के लिए वस्तुओं की दासता से बाहर निकलना होगा।[1]

11. शुचौ देशे प्रतिष्ठाप्य स्थिरमासनमात्मनः।
नात्युच्छ्रितिं नातिनीचं चैलाजिनकुशोत्तरम् ॥

(11) किसी स्वच्छ स्थान में ऐसी जगह अपना आसन बिछाकर, जो न बहुत ऊंची हो और न बहुत नीची हो, और उस पर कुशा घास, मृगचर्म और वस्त्र एक के ऊपर एक बिछाकर;

12. तत्रैकाग्रं मनः कृत्वा यतचित्तेन्द्रियसक्रियः।
उपविश्यासने युञ्ज्याद्योगमात्मविशुद्धये ॥

(12) वहां उस आसन पर बैठकर, अपने मन को एकाग्र करके और चित्त और इन्द्रियों को वश में करके योगी को आत्मा की शुद्धि के लिए योगाभ्यास करना चाहिए।

यहां योग का अभिप्राय ध्यानयोग है। सत्य को हृदयंगम करने के लिए

---

1. ईसा ने एक धनी आदमी से, जो कहता था कि वह सब धार्मिक आदेशों का पालन करता है, कहा था : "फिर भी एक चीज़ तुममें नहीं है : जो कुछ तुम्हारे पास है, उस सबको बेच दो और गरीबों में बांट दो और इससे तुम्हें स्वर्ग में ख़ज़ाना मिल जाएगा।" जब ईसा ने देखा कि यह सुनकर वह धनी आदमी बहुत उदास हो गया, तो उसने कहा : "जिनके पास धन है उनके लिए परमात्मा के राज्य में प्रवेश कर पाना बहुत कठिन होगा; क्योंकि ऊट के लिए सुई के छेद में से गुज़र जाना आसान है, किन्तु धनी व्यक्ति के लिए परमात्मा के राज्य में प्रवेश कर पाना मुश्किल है।" —सेण्ट ल्यूक, 18, 18-23

मनुष्य को व्यावहारिक हितों के चंगुल से मुक्त किया जाना चाहिए, जो (व्यावहारिक हित) हमारे बाह्य और भौतिक जीवन के साथ बंधे हुए हैं। इसके लिए मुख्य शर्त अनुशासित अनासक्ति है। हमें वस्तुओं को उस रूप में देखने की शक्ति का विकास करना चाहिए, जिस रूप में स्वतन्त्र अविकृत बुद्धि उन्हें देखती। इसके लिए हमें अपने-आप को मार्ग में से हटा लेना होगा। जब पाइथागोरस से प्रश्न किया गया कि वह अपने-आप को दार्शनिक क्यों कहता है तो उसने उत्तर में आगे लिखी कहानी सुनाई। उसने मानव-जीवन की तुलना ओलिम्पिया के महान् उत्सव के साथ की, जहां पर सारी दुनिया रंग-बिरंगी भीड़ बनकर आती है। कुछ लोग वहां मेले में व्यापार करने और आनन्द लेने आते हैं, कुछ लोग प्रतियोगिताओं में पुरस्कार जीतने की इच्छा से आते हैं और कुछ लोग केवल दर्शक होते हैं; और ये अन्तिम प्रकार के लोग दार्शनिक हैं। ये अपने-आप को तात्कालिक समस्याओं और व्यावहारिक आवश्यकताओं की जल्दबाज़ी से मुक्त रखते हैं। शंकराचार्य ने इस बात को स्पष्ट किया है कि ज्ञान के साधक के लिए आधारभूत योग्यताएं, नित्य और अनित्य के बीच भेद करने की क्षमता, कर्म के पार्थिव और दिव्य फलों का उपभोग करने से विरक्ति, आत्मसंयम और आत्मिक स्वतन्त्रता के लिए तीव्र इच्छा हैं।[1] प्लेटो की दृष्टि में सम्पूर्ण ज्ञान का उद्देश्य 'शिव' (गुड) के विचार के मनन तक अपने-आप को ऊंचा उठाना है; यह शिव या अच्छाई अस्तित्व और ज्ञान का समान रूप से स्रोत है और आदर्श दार्शनिक वह है, जिसका लक्ष्य पूर्ण रूप से जिए गए जीवन के अन्त में "सदा शान्ति का, अन्तर्मुख प्रशान्तता का, एकान्त और असम्पृक्तता का ऐसा जीवन होता है, जिसमें भुलाए जा चुके संसार द्वारा इस संसार को भूलकर वह 'शिव' (अच्छाई) के एकान्त चिन्तन को ही अपना स्वर्ग समझता है। वह और केवल वह ही वास्तविक जीवन है।" वे लोग धन्य हैं, जिनके हृदय पवित्र हैं, क्योंकि वे परमात्मा को देखेंगे। हृदय का यह पवित्रीकरण, चित्तशुद्धि, अनुशासन की वस्तु है। प्लौटिनस हमें बतलाता है कि "ज्ञान किसी प्राणी में अचंचलता की स्थिति है।"[2]

---

1. नित्यानित्यवस्तुविवेक इहामुत्रफलभोगविरागः शमादिसाधनसम्पत् मुमुक्षत्वम्।
2. ऐनीड्स, 4, 4, 12

13. समं कायशिरोग्रीवं धारयन्नचलं स्थिरः।
संप्रेक्ष्य नासिकाग्रं स्वं दिशश्चानवलोकयन्॥

(13) अपने शरीर, सिर और गर्दन को सीधा और स्थिर रखते हुए, नासाग्र पर दृष्टि जमाकर, अन्य किसी भी दिशा में न देखते हुए (आंखों को इधर-उधर बिना भटकने दिए);

यहां पर आसन का उल्लेख किया गया है। पतंजलि ने बताया है कि आसन स्थिर और सुखद होना चाहिए, जिससे मन के एकाग्र होने में सहायता मिले। उचित आसन से शरीर को शान्ति मिलती है। यदि शरीर में परमात्मा की सजीव प्रतिमा की प्रतिष्ठा की जानी है, तो शरीर को स्वच्छ रखा जाना चाहिए।

सम्प्रेक्ष्य नासिकाग्रम् : दृष्टि को नासिका के अग्रभाग पर स्थिर किया जाना चाहिए। चंचल दृष्टि एकाग्रता में सहायक नहीं होती।

14. प्रशान्तात्मा विगतभीर्ब्रह्मचारिव्रते स्थितः।
मनः संयम्य मच्चित्तो युक्त आसीत मत्परः॥

(14) प्रशान्त मन वाला और निर्भय, ब्रह्मचर्य-व्रत का पालन करता हुआ वह अपने मन को मेरी ओर मोड़कर और केवल मुझमें ध्यान लगाकर संयत होकर बैठ जाए।

ब्रह्मचारिव्रते स्थितः : ब्रह्मचर्य के व्रत में दृढ़। योग के साधक को यौन मनोवेगों पर नियन्त्रण रखना चाहिए। हिन्दू-परम्परा शुरू से ही ब्रह्मचर्य पर बहुत ज़ोर देती आई है। प्रश्नोपनिषद् में पिप्पलाद जिज्ञासुओं से एक वर्ष तक और ब्रह्मचर्य-व्रत का पालन करने को कहता है, जिसके बाद वह उन्हें उच्चतम ज्ञान में दीक्षित करने का वचन देता है। छान्दोग्य उपनिषद् में ब्रह्मा ने इन्द्र को ब्रह्म का ज्ञान उससे एक सौ एक वर्ष तक ब्रह्मचर्य का पालन करवाने के बाद दिया था। ब्रह्मचर्य की परिभाषा करते हुए कहा गया है कि यह मन, वाणी और कर्म द्वारा सब दशाओं; सब स्थानों और सब कालों में मैथुनों का परित्याग है।[1]

---

1. याज्ञवल्क्य लिखता है' :

कर्मणा मनसा वाचा सर्वावस्थासु सर्वदा।
सर्वत्र मैथुनत्यागो ब्रह्मचर्यं प्रचक्षते ॥

कहा जाता है कि देवताओं ने ब्रह्मचर्य और तप के द्वारा मृत्यु को जीत लिया था।[1] ज्ञानसंकलिनी तन्त्र में शिव कहता है कि सच्चा तप ब्रह्मचर्य है और जो निरन्तर इसका पालन करता है, वह मनुष्य नहीं, देवता है।[2] ब्रह्मचर्य का अभिप्राय तपस्वियों का-सा अविवाहित जीवन नहीं, अपितु इसका अभिप्राय संयम है। हिन्दू-परम्परा में यह ज़ोर देकर कहा गया है कि जो गृहस्थ अपने यौन जीवन को नियन्त्रित रखता है, वह उतना ही सच्चा ब्रह्मचारी है, जितना कि वह, जो यौन-सम्बन्ध से सदा दूर रहता है। ब्रह्मचारी रहने का अर्थ इन्द्रियों को निर्जीव कर देना और हृदय की मांग को अस्वीकार कर देना नहीं है।

योग के अभ्यास के लिए बताए गए गुणों की तुलना सुसमाचार (इंजील) के दरिद्रता, ब्रह्मचर्य और आज्ञापालन के उन आदेशों के साथ की जा सकती है, जिनके द्वारा हम संसार, शरीर और शैतान पर विजय प्राप्त करते हैं।

सब विचारों को निश्चल कर देने की नकारात्मक प्रक्रिया का एक सकारात्मक पक्ष भी है, और वह है आत्मा में एकाग्रता। योगाभ्यास में ईश्वरप्रणिधान

---

1. ब्रह्मचर्येण तपसा देवा मृत्युमुपाघ्नत। —अथर्ववेद।
2. न तपस्तप इत्याहुः ब्रह्मचर्य तपोत्तमम्।
ऊर्ध्वरेताभवेद्यस्तु सदेवो न तु मानवः॥
ब्रह्मचर्य-पालन की कठिनाई अनेक ऋषियों के जीवन में स्पष्ट की गई है। सेण्ट ऑगस्टाइन प्रार्थना किया करता था : "मुझे ब्रह्मचर्य और इन्द्रिय-निग्रह प्रदान करो, केवल अभी नहीं।" —कन्फ़ैशन्स, खण्ड 8, अध्याय 7। रोदिन ने इस सारी वस्तु को एक मूर्तिकलाकृति में प्रस्तुत किया है, जिसका नाम 'शाश्वत प्रतिमा' (ऐटर्नल आइडल) है। इसमें एक स्त्री घुटनों के बल बैठी है। वह पीछे की ओर झुकी हुई है, परन्तु उसका शरीर आगे की ओर बढ़ा हुआ है, और उसकी बाहें ढीली-ढाली झूल रही हैं। वह अपने उरोजों के बीच में एक पुरुष के दढ़ियल मुख को संभाल रही है, जो उसके आलिंगन की चाटुकारितापूर्ण लालसा से उसके सम्मुख घुटनों के बल बैठा हुआ है। हज़ारों में मुश्किल से कोई एक आदमी ऐसा होगा, जो अपनी प्रेमपात्र स्त्री को पाने के लिए अपने सब आदर्शों, अपनी उच्चतम दृष्टि और उस प्रत्येक वस्तु को, जो उसके लिए परमात्मा का प्रतिनिधित्व करती है, त्याग न दे। अनेक समकालीन लोगों की सम्मति में ब्रह्मचर्य-पालन एक ऐसी दशा है, जो उतनी ही स्वार्थपूर्ण है, जितनी कि नीरस। उनकी दृष्टि में ब्रह्मचर्य पर हिन्दुओं द्वारा दिया गया इतना ज़ोर कुछ बेतुका और अतिरंजित-सा प्रतीत हो सकता है।
3. भार्यां गच्छन् ब्रह्मचारी ऋतौ भवति वै द्विजः। —महाभारत। साथ ही देखिए मनु।
हिन्दू-परम्परा में अहल्या, सीता, मन्दोदरी, द्रौपदी और तारा सतीत्व की आदर्श मानी जाती हैं, महापतिव्रता। उन्हें पंचकन्या भी कहा जाता है। टॉमस हार्डी हमसे कहता है कि हम टैस को एक पवित्र स्त्री समझें। ब्रह्मचर्य मन की एक दशा है।

को भी एक उपाय बताया गया है। मन स्थिर हो जाता है, परन्तु वह रिक्त नहीं रहता, क्योंकि वह भगवान् में एकाग्र रहता है, मच्चित्तः मत्परः।

केवल वही लोग वास्तविक (ब्रह्म) को देख सकते हैं, जिनकी दृष्टि एकाग्र हो। आत्मिक जीवन कोई प्रार्थना या याचना नहीं है। यह तो प्रभूत भक्ति, मौन उपासना है। यह आत्मा की आन्तरिकतम गहराइयों तक, जो व्यक्तिक आत्मा को सीधा ब्रह्म-तत्त्व से सम्बन्धित करती हैं, पहुंचने के लिए चेतना का द्वार है। जो इस कला को सीखते हैं, उनके लिए किसी बाह्य सहायता, किसी धर्मसिद्धान्त में विश्वास या किसी कर्मकाण्ड में भाग लेने की आवश्यकता नहीं रहती। उन्हें सृजनात्मक दृष्टि प्राप्त हो जाती है, क्योंकि वे अनासक्ति के साथ तल्लीनता का मिश्रण करते हैं। वे संसार में कर्म करते हैं, परन्तु उनकी वासनाशून्य आत्मा की प्रशान्तता अक्षुब्ध रहती है। उनकी तुलना सरोवर के कमल से की जाती है, जो कि तूफान में भी अकम्पित ही बना रहता है।

15. युञ्जन्नेवं सदात्मानं योगी नियतमानसः।
शान्तिं निर्वाणपरमां मत्संस्थामधिगच्छति॥

(15) इस प्रकार वह योगी, जिसने अपने मन को वश में कर लिया है, सदा योग में लगा रहकर शान्ति और उस परम निर्वाण को प्राप्त करता है, जो मेरे अन्दर विद्यमान है।

16. नात्यश्नतस्तु योगोऽस्ति न चैकान्तमनश्नतः।
न चातिस्वप्नशीलस्य जाग्रतो नैव चार्जुन॥

(16) वस्तुतः योग उसके लिए नहीं है, जो बहुत अधिक खाता है, और न उसके लिए, जो बिलकुल ही नहीं खाता। हे अर्जुन, यह उसके लिए भी नहीं है, जो बहुत अधिक सोता है या बहुत अधिक जागता रहता है।

हमें पाशविक लालसाओं से मुक्त होना होगा; सब वस्तुओं में अति से बचना होगा। इसकी तुलना बौद्धों के मध्यम मार्ग से और अरस्तू के सुनहले मध्यम मार्ग से कीजिए।

17. युक्ताहारविहारस्य युक्तचेष्टस्य कर्मसु।
युक्तस्वप्नावबोधस्य योगो भवति दुःखहा॥

(17) जो व्यक्ति परिमित मात्रा में आहार और विहार करने वाला है, जिसने अपनी चेष्टाओं को नियम में रखा हुआ है, जिसकी निद्रा और जागरण नियमित हैं, उसमें एक ऐसा अनुशासन (योग) आ जाता है, जो सब दुःखों का नाश कर देता है।

यहां जिस बात की सलाह दी गई है, वह कर्मों से पूर्ण निवृत्ति नहीं है, अपितु कर्मों का संयम है। जब जीव आत्मा में स्थित हो जाता है, तब वह एक अनुभवातीत और सार्वभौम चेतना में निवास करता है और उसी केन्द्र से कार्य करता है।

पूर्ण योगी

18. यदा विनियतं चित्तमात्मन्येवावतिष्ठते।
निःस्पृहः सर्वकामेभ्यो युक्त इत्युच्यते तदा॥

(18) जब चित्त सब लालसाओं से रहित होकर और अनुशासित होकर केवल आत्मा में ही स्थित हो जाता है, तब वह समस्वरता को प्राप्त हुआ (योग में लीन) कहलाता है।

सत्य के दर्शन के लिए अहंकार का पूर्ण विलोप आवश्यक है। यदि सत्य को जानना हो, तो वैयक्तिकता का प्रत्येक चिह्न लुप्त हो जाना चाहिए। हमारे सब संस्कारों और स्वभाव की विशेषताओं का निर्मूल हो जाना चाहिए।

इन श्लोकों में गुरु ने वह प्रक्रिया बताई है, जिसके द्वारा साधक मूलभूत आत्मा का अनुभव प्राप्त कर सकता है। बाह्य या आन्तरिक संसार के साधारण अनुभव में शरीर के साथ संयुक्त आत्मा तात्त्विक विविध-रूपता में डूबी रहती है और इसके कारण आवरण में ढकी रहती है। हमें सबसे पहले आत्मा को प्रत्येक विशिष्ट गतिविधि से शून्य करना चाहिए, उसे प्रत्येक मूर्ति, प्रत्येक विशिष्ट कल्पना और मन की प्रत्येक पृथक् क्रिया से शून्य करना चाहिए। यह एक नकारात्मक प्रक्रिया है। यह समझा जा सकता है कि अपनी चेतना को प्रत्येक मूर्ति से रहित करने के बाद हम एक विशुद्ध और सरल शून्यता तक पहुंच जाते हैं। गुरु यह बतलाता है कि यह नकारात्मक प्रक्रिया विशुद्ध आत्मा का ज्ञान प्राप्त करने के लिए उस परम उल्लासमय दर्शन को पाने के लिए

अपनाई जाती है। मौन को पूर्ण बनाया जाता है और यह शून्य इस देखने में नकारात्मक प्रतीत होने वाले, परन्तु तीव्र रूप से सप्राण रहस्यमय ध्यान द्वारा भर जाता है, जिसमें आत्मा की शक्तियों का तनाव भी निहित है। यह एक ऐसा अनुभव है, जो सारे ज्ञान से ऊपर है, क्योंकि आत्मा कोई ऐसा विषय नहीं है, जिसे किसी धारणा द्वारा व्यक्त किया जा सके, या जिसे मन के सम्मुख किसी विषय-वस्तु के रूप में प्रस्तुत किया जा सके। यह एक ऐसी कर्तात्मकता (कर्तृत्व) है, जो किसी प्रकार अभिव्यक्त नहीं की जा सकती।

19. यथा दीपो निवातस्थो नेङ्गते सोपमा स्मृता।
योगिनो यतचित्तस्य युञ्जतो योगमात्मनः॥

(19) जिस प्रकार वायुहीन स्थान में रखा हुआ दीपक कांपता नहीं है, वह ही उस योगी की उपमा माना गया है, जिसने चित्त को वश में कर लिया है और जो आत्मा के साथ संयोग का (या अपने-आप को अनुशासन में रखने का) अभ्यास कर रहा है।

योगी का चित्त आत्मा में लीन रहता है। उडती झलकों या क्षणिक दर्शनों का आत्मा के अन्तर्दर्शन के साथ घपला नहीं किया जाना चाहिए। आत्मा का अन्तर्दर्शन सब भ्रमों या मोहों के प्रति एकमात्र सुरक्षा है।

20. यत्रोपरमते चित्तं निरुद्धं योगसेवया।
यत्र चैवात्मनात्मानं पश्यन्नात्मनि तुष्यति॥

(20) जिसमें पहुंचकर एकाग्रता के अभ्यास द्वारा वश में किया गया चित्त शान्त हो जाता है और जिसमें वह आत्मा के द्वारा आत्मा को देखता है और आत्मा में आनन्द प्राप्त करता है;

21. सुखमात्यन्तिकं यत्तद्बुद्धिग्राह्यमतीन्द्रियम्।
वेत्ति यत्र न चैवायं स्थितश्चलति तत्त्वतः॥

(21) जिसमें वह बुद्धि द्वारा ग्रहण किए जाने वाले और अतीन्द्रिय परम आनन्द को प्राप्त करता है और जिसमें स्थित होकर वह कभी तत्त्व से विचलित नहीं होता;

देखिए कठोपनिषद् 3, 12। जहां एक ओर भगवान् इन्द्रियों द्वारा होने वाले ज्ञान से परे है, वहां वह तर्क द्वारा ग्राह्य भी है; उस तर्क द्वारा नहीं, जो इन्द्रियों द्वारा दी गई जानकारी से सम्बन्धित है और उनके आधार पर धारणाएं बनाता है; अपितु उस तर्क द्वारा, जो कि अपने ही अधिकार से कार्य करता है। जब वह ऐसा करता है, तब उसे वस्तुओं का ज्ञान अप्रत्यक्ष रूप से, इन्द्रियों के माध्यम द्वारा या उन पर आधारित सम्बन्धों के माध्यम द्वारा नहीं होता, अपितु उनके साथ एकाकार हो जाने के द्वारा होता है। सारा सच्चा ज्ञान एकात्मीकरण द्वारा प्राप्त होने वाला ज्ञान है।[1] भौतिक सम्पर्क या मानसिक प्रतीकों द्वारा ज्ञान प्राप्त होने वाला हमारा ज्ञान अप्रत्यक्ष और आनुमानिक होता है। धर्म परमात्मा को चिन्तन द्वारा हृदयंगम करना है।

22. यं लब्ध्वा चापरं लाभं मन्यते नाधिकं ततः।
यस्मिन्स्थितो न दुःखेन गुरुणापि विचाल्यते॥

(22) जिसे प्राप्त करके वह समझता है कि इससे बड़ा और कोई लाभ नहीं है और जिसमें स्थित होने पर वह बड़े दुःख से भी विचलित नहीं होता;

23. तं विद्याद्दुःखसंयोगवियोगं योगसंज्ञितम्।
स निश्चयेन योक्तव्यो तोगोऽनिर्विण्णचेतसा॥

(23) उसको योग नामक वस्तु समझना चाहिए, जो दुःखों के साथ संयोग से अलग हो जाना है। इस योग का अभ्यास दृढ़ संकल्प और अनुद्विग्न चित्त से किया जाना चाहिए।

10 से 22 तक के श्लोकों में मुक्ति को दृष्टि में रखते हुए मन को अपने लक्ष्य पर तीव्रता से एकाग्र करने की शिक्षा दी गई है। यह मुक्त आत्मा का उसकी अपनी परमता और एकान्त में विश्राम है। आत्मा आत्मा में ही आनन्द अनुभव करती है। यह सांख्य पुरुष का कैवल्य है, यद्यपि गीता में इसे परमात्मा के परमानन्द के साथ एकरूप कर दिया गया है।

---

1. मधुसूदन ने यह श्लोक उद्धृत किया है :
   समाधिनिर्धूतमलस्य चेतसो निवेशितस्यात्मनि यत्सुखं भवेत्।
   न शक्यते वर्णयितुं गिरा तदा स्वयं तदन्तःकरणेन गृह्यते ॥

अनिर्विण्णचेतसा : निर्वेदरहितेन चेतसा। —शंकराचार्य। हमें योग का अभ्यास भावी दुःखों के विचार से उद्भूत प्रयत्न की शिथिलता से शून्य होकर करना चाहिए।

**24. संकल्पप्रभवान्कामांस्त्यक्त्वा सर्वानशेषतः।
मनसैवेन्द्रियग्रामं विनियम्य समन्ततः॥**

(24) निरपवाद रूप से (स्वार्थपूर्ण) संकल्प से उत्पन्न हुई सब इच्छाओं का परित्याग करके और सब इन्द्रियों को सब ओर से मन द्वारा वश में करते हुए;

**25. शनैः शनैरुपरमेद्बुद्ध्या धृतिगृहीतया।
आत्मसंस्थं मनः कृत्वा न किंचिदपि चिन्तयेत्॥**

(25) वह स्थिरता द्वारा नियन्त्रित बुद्धि से और मन को आत्मा में स्थिर करके धीरे-धीरे प्रशान्तता को प्राप्त करे और वह (अन्य) किसी वस्तु का भी विचार न करे।

**26. यतो यतो निश्चरति मनश्चञ्चलमस्थिरम्।
ततस्ततो नियम्यैतदात्मन्येव वशं नयेत्॥**

(26) चंचल और अस्थिर मन जिस-जिस ओर भी भागने लगे, वह उसे क़ाबू में करे और फिर केवल आत्मा के वश में वापस ले आए।

**27. प्रशान्तमनसं ह्येनं योगिनं सुखमुत्तमम्।
उपैति शान्तरजसं ब्रह्मभूतमकल्मषम्॥**

(27) सर्वोत्तम सुख उस योगी को प्राप्त होता है, जिसका मन शान्त है, जिसके आवेश (रजोगुण) शान्त हो गए हैं, जो निष्पाप है और जो परमात्मा के साथ एक हो गया है।

ब्रह्मभूतम् : परमात्मा के साथ एकाकार। हम जो कुछ देखते हैं, भृंगीकीटन्याय से वही बन जाते हैं। जैसे अंजनहारी भौंरे से डरकर भौंरे के विषय में इतनी तीव्रता से सोचने लगती है कि वह स्वयं ही भौंरा बन जाती है, उसी प्रकार उपासक अपनी उपासना के उद्देश्य (उपास्य) के साथ एकाकार हो जाता है।

ब्रह्मत्वं प्राप्तम्। श्रीधर।[1]

प्रगति शरीर, प्राण और मन को शुद्ध करने का ही नाम है। जब यह बाहरी ढांचा पूर्ण हो जाता है, तब ज्योति निर्बाध रूप से दमकने लगती है।

28. युञ्जन्नेवं सदात्मानं योगी विगतकल्मषः।
सुखेन ब्रह्मसंस्पर्शमत्यन्तं सुखमश्नुते॥

(28) इस प्रकार वह योगी, जिसने सब पापों को दूर कर दिया है, आत्मा को सदा योग में लगाता हुआ सरलता से ब्रह्म के संस्पर्श से होने वाले परम सुख का अनुभव करता है।

ब्रह्मसंस्पर्शम् : ब्रह्म के साथ सम्पर्क। इसके बाद परमात्मा केवल एक किंवदन्ती, एक अस्पष्ट-सी महत्त्वाकांक्षा, शेष नहीं रहता, अपितु एक सुस्पष्ट वास्तविकता बन जाता है, जिसके हम वास्तविक सम्पर्क में आ जाते हैं। धर्म तर्क का विषय नहीं, अपितु एक अनुभवसिद्ध सत्य है। यहां बुद्धि की गुंजाइश है और वह इस तथ्य की तर्कसंगत व्याख्या प्रस्तुत कर सकती है। परन्तु यदि तर्क तथ्य की दृढ़ नींव पर आधारित न हो, तो वह असंगत बन जाता है।

इसके अतिरिक्त धार्मिक अनुभव के ये तथ्य देश और काल की दृष्टि से सार्वभौम हैं। वे संसार के विभिन्न भागों में और इतिहास के विभिन्न कालों में पाए जाते हैं और इस प्रकार मानवीय आत्मा की साग्रह एकता और महत्त्वाकांक्षा को प्रमाणित करते हैं। हिन्दू और बौद्ध मुनियों के, सुकरात और प्लेटो के, फ़ाइलो और प्लौटिनस के और ईसाई तथा मुस्लिम रहस्यवादियों के प्रबोधन एक ही परिवार के अंग हैं। हालांकि धर्मविज्ञानियों ने उनके कारण बताने के जो प्रयत्न किए हैं, उनमें जातियों और कालों की स्वभावगत विशेषताएं प्रतिबिम्बित होती हैं।

आगे वाले श्लोक में गुरु आदर्श योगी के लक्षणों का वर्णन करता है। उसका चित्त उसके वश में होता है; वह इच्छाओं को त्याग चुका होता है और

1. नीलकण्ठ का मत है कि यह सम्प्रज्ञात समाधि की ही एक दशा है और वह योगभाष्य को उद्धृत करता है : यस्त्वेकाग्रे चेतसि सद्भूतम् अर्थं प्रद्योतयति कर्मबन्धनानि श्लथयां निरोधम् अभिमुखीकरोति क्षिणोति च क्लेशान् स सम्प्रज्ञातो योग इत्याख्यायते।

वह केवल आत्मा के चिन्तन में लगा रहता है और दुःख के स्पर्श से अलग रहता है और वह परब्रह्म के साथ एक हो जाता है।

29. सर्वभूतस्थमात्मानं सर्वभूतानि चात्मनि।
ईक्षते योगयुक्तात्मा सर्वत्र समदर्शनः॥

(29) जो व्यक्ति योग द्वारा समस्वरता को प्राप्त हो जाता है, वह सब प्राणियों में आत्मा को निवास करते हुए और सब प्राणियों को आत्मा में निवास करते हुए देखता है। वह सब जगह एक ही-सी वस्तु देखता है।

यद्यपि आत्मा का दर्शन प्राप्त करने की प्रक्रिया में हमें बाह्य वस्तुओं से पीछे हट आना पड़ा था और आत्मा को संसार से पृथक् करना पड़ा था, परन्तु जब वह दर्शन प्राप्त हो जाता है, तब संसार फिर आत्मा में खिंच आता है। नैतिक स्तर पर इसका अर्थ यह है कि पहले संसार से वैराग्य होना चाहिए और जब वह वैराग्य प्राप्त हो जाए, तब फिर प्रेम द्वारा और संसार के लिए कष्ट-सहन और बलिदान द्वारा उस संसार की ओर लौट आना चाहिए।

एक पृथक्, सीमित आत्मा की भावना का उसकी आशाओं और आशंकाओं समेत तथा उसकी रुचियों और अरुचियों समेत विनाश हो जाता है।

30. यो मां पश्यति सर्वत्र सर्वं च मयि पश्यति।
तस्याहं न प्रणश्यामि स च मे न प्रणश्यति॥

(30) जो मुझे सब जगह देखता है और जो सब वस्तुओं को मुझमें देखता है, उससे मैं कभी दूर नहीं होता और न वह ही कभी मुझसे दूर होता है।

इन सुकुमार और प्रभावशाली शब्दों में, कि 'न मैं उससे दूर होता हूं और न वह ही कभी मुझसे दूर होता है,' जिस पर ज़ोर दिया गया है, वह व्यक्तिक रहस्यवाद है, जो अव्यक्तिक रहस्यवाद से बिलकुल भिन्न है। इस श्लोक में सब वस्तुओं की उस एक में, जो कि व्यक्तिक परमात्मा है, सुगम्भीर एकता की अनुभूति को प्रकट किया गया है। वह जितना ही अधिक अद्वितीय है, उतना ही सार्वभौम है। आत्मा जितनी गम्भीरतर होगी, उसका ज्ञान उतना ही विस्तृततर होगा। जब हम अपने अन्दर विद्यमान ब्रह्म के साथ एक हो जाते हैं, तब हम जीवन की समूची धारा के साथ एक हो जाते हैं।

31. सर्वभूतस्थितं यो मां भजत्येकत्वमास्थितः।
सर्वथा वर्तमानोऽपि स योगी मयि वर्तते॥

(31) जो योगी एकत्व में स्थित होकर सब प्राणियों में स्थित मेरी उपासना करता है, वह कितना ही क्रियाशील क्यों न हो, फिर भी वह मुझमें ही निवास करता है।

उसका बाह्य जीवन चाहे जैसा भी हो, परन्तु उसका आन्तरिक अस्तित्व परमात्मा में निवास करता है। मनुष्य का सच्चा जीवन उसका आन्तरिक जीवन ही है।

32. आत्मौपम्येन सर्वत्र समं पश्यति योऽर्जुन।
सुखं वा यदि वा दुःखं स योगी परमो मतः॥

(32) हे अर्जुन, जो व्यक्ति प्रत्येक वस्तु को अपने जैसा ही समझकर समान दृष्टि से देखता है, चाहे वह स्वयं सुख में हो या दुःख में हो, वह पूर्ण योगी समझा जाता है।

आत्म-औपम्य का अर्थ है—अपने साथ अन्य सबकी समानता। जैसे वह अपना भला चाहता है, उसी तरह वह सबका भला चाहता है। वह सब वस्तुओं को परमात्मा में अंगीकार करता है, मनुष्यों को दिव्य जीवन की ओर ले जाता है और इस संसार में परमात्मा की शक्ति से और उसकी देदीप्यमान चेतना में कर्म करता है। वह किसी प्राणी को हानि नहीं पहुंचाता, जैसा कि शंकराचार्य के शब्दों में : "वह इस बात को देखता है कि जो कुछ उसे प्रिय है, वही सब प्राणियों को प्रिय है और जिससे उसे कष्ट होता है, उससे सब प्राणियों को कष्ट होता है।"[1] उसके बाद वह सुख और दुःख से कतराता नहीं। क्योंकि वह संसार में परमात्मा को देखता है, इसलिए वह किसी वस्तु से डरता नहीं, अपितु आत्मिक समदर्शिता से सब वस्तुओं को अंगीकार करता जाता है।

मन को वश में करना कठिन है, पर सम्भव है

1. यथा मम सुखम् इष्टं तथा सर्वप्राणिनां सुखम् अनुकूलम्, यदि वा यच्च दुःखं मम प्रतिकूलम् अनिष्टम् यथा तथा सर्वप्राणिनां दुःखम् अनिष्टम् ··· न कस्यचित् प्रतिकूलम् आचरति अहिंसक इत्यर्थः।

अर्जुन उवाच

33. योऽयं योगस्त्वया प्रोक्तः साम्येन मधुसूदन।
एतस्याहं न पश्यामि चञ्चलत्वात्स्थितिं स्थिराम् ॥

अर्जुन ने कहा :

(33) हे मधुसूदन (कृष्ण), तूने जो समानता (मन की समता) के स्वभाव वाला यह योग बताया है, उसके लिए, चंचलता के कारण, मुझे कोई स्थिर आधार दिखाई नहीं पड़ता।

34. चञ्चलं हि मनः कृष्ण प्रमाथि बलवद्दृढम्।
तस्याहं निग्रहं मन्ये वायोरिव सुदुष्करम् ॥

(34) हे कृष्ण, मन बहुत ही चंचल है। यह बहुत ही प्रचण्ड, बलवान् और हठी है। मुझे तो लगता है कि इसको वश में करना वायु को वश में करने की भांति बहुत ही कठिन है।

श्रीभगवानुवाच

35. असंशयं महाबाहो मनो दुर्निग्रहं चलम्।
अभ्यासेन तु कौन्तेय वैराग्येण च गृह्यते ॥

श्री भगवान् ने कहा :

(35) हे महाबाहु (अर्जुन), निस्सन्देह मन को वश में करना बहुत कठिन है और यह बहुत चंचल है, फिर भी हे कुन्ती के पुत्र (अर्जुन), इसे निरन्तर अभ्यास और वैराग्य द्वारा वश में किया जा सकता है।

तुलना कीजिए, योगसूत्र, 1, 12। अभ्यासवैराग्याभ्या तन्निरोधः। गुरु यहां बतलाता है कि चंचल मन को यह अभ्यास पड़ा होता है कि वह अपनी प्रवृत्ति के अनुसार कार्य करता जाए, परन्तु उसे वैराग्य[1] और अभ्यास द्वारा नियन्त्रित किया जा सकता है।

---

1. जब लेटने के लिए धरती है, तब बिस्तरों के लिए चिन्तित होने की क्या आवश्यकता? जब अपनी बांह सुलभ है, तब तकियों की आवश्यकता किसलिए? जब अपनी हथेली है ही, तब थालियों और पात्रों की क्या आवश्यकता? वायुमण्डल, वृक्षों की छाल इत्यादि के होते हुए शाल-दुशालों की क्या आवश्यकता है? (शेष अगले पृष्ठ पर)

अर्जुन इस बात को अनुभव करता है कि मानव-स्वभाव में बहुत अधिक दुराग्रह और हिसा, उच्छृंखलता और स्वार्थ-संकल्प है। हमारा रुझान अपने स्वभाव के दोषों की ओर से आंखें भींच लेने तथा प्रकाश के प्रति अपने हृदयों को कठोर कर लेने की ओर होता है। जिस वस्तु की आवश्यकता है, वह है तपस्या।

36. असंयतात्मना योगो दुष्प्राय इति मे मतिः।
वश्यात्मना तु यतता शक्योऽवाप्तुमुपायतः॥

(36) मैं इस बात से सहमत हूं कि उसके लिए योग को प्राप्त कर पाना बहुत कठिन है, जिसने अपने-आप को संयत नहीं किया है। परन्तु संयत व्यक्ति इसे दृढ़-संकल्प तथा समुचित उपायों द्वारा प्राप्त कर सकता है।

अर्जुन पूछता है कि जो आत्मा योग का प्रयत्न करती है और असफल रहती है, उसका क्या होता है।

पराजय अस्थायी है : जो भलीभांति प्रारम्भ करता है,
वह लक्ष्य तक पहुंच जाता है

अर्जुन उवाच

37. अयतिः श्रद्धयोपेतो योगाच्चलितमानसः।
अप्राप्य योगसंसिद्धिं कां गतिं कृष्ण गच्छति॥

अर्जुन ने कहा :

(37) हे कृष्ण, जो व्यक्ति श्रद्धावान् होते हुए भी चंचल मन वाला होने के कारण अपने-आप को वश में नहीं कर पाता और योग में सिद्धि प्राप्त नहीं कर पाता, उसकी क्या दशा होती है?

अर्जुन का प्रश्न उन लोगों के भविष्य के सम्बन्ध में है, जो मृत्यु के समय शाश्वत अच्छाई के विरुद्ध युद्ध नहीं कर रहे होते, हालांकि वे इतने अनुशासित

सत्यां क्षितौ किं कशिपोः प्रयासैः, बाहौ सुसिद्धे ह्युपबर्हणैः किम्।
सत्याञ्जलो किं पुरुधन्नपात्रैः, दिग्वल्कलादौ सति किं दुकूलैः॥

भागवत, 2, 2, 4

नहीं होते कि वे शाश्वत पवित्रता की छटा का चिन्तन कर सकें। क्या, जैसा कि कुछ लोगों का विश्वास है, उनके लिए अनन्त स्वर्ग या अनन्त नरक, ये ही दो विकल्प हैं? या इस प्रकार के व्यक्तियों के लिए मृत्यु के बाद भी पूर्णता की ओर बढ़ पाने का फिर कोई अवसर है?

38. कच्चिन्नोभयविभ्रष्टश्छिन्नाभ्रमिव नश्यति।
अप्रतिष्ठो महाबाहो विमूढो ब्रह्मणः पथि॥

(38) हे महाबाहु (कृष्ण), दोनों ओर से स्थान-भ्रष्ट होकर किसी भी स्थान पर दृढ़ता से जमा हुआ न होने के कारण वह ब्रह्म की ओर जाने वाले मार्ग में किंकर्त्तव्यविमूढ़ होकर फटे हुए बादल की भांति कहीं नष्ट तो नहीं हो जाता?

दोनों ओर से स्थान-भ्रष्ट, इतो भ्रष्टस्ततो भ्रष्टः, होकर कहीं वह ऐसे प्रदेश में तो नहीं रह जाता, जिसका कोई स्वामी नहीं है? क्या वह अपने इस जीवन और शाश्वत जीवन दोनों को गंवा बैठता है? उन अनेक व्यक्तियों का क्या होता है जो योग के अत्यन्त दुर्गम पथ पर चलते हुए उसके अन्त तक पहुंचने में सफल नहीं हो पाते? क्या उनका सारा प्रयत्न एकदम व्यर्थ रहता है? क्या किसी ऐसे कार्य को शुरू करना भला है, जिसे कि व्यक्ति पूरा कर पाने में समर्थ न हो?

39. एतन्मे संशयं कृष्ण छेत्तुमर्हस्यशेषतः।
त्वदन्यः संशयस्यास्य छेत्ता न ह्युपपद्यते॥

(39) हे कृष्ण, तू मेरे इस संशय को पूरी तरह मिटा दे, क्योंकि तेरे सिवाय और कोई ऐसा नहीं है, जो इस संशय को नष्ट कर सके।

श्रीभगवानुवाच

40. पार्थ नैवेह नामुत्र विनाशस्तस्य विद्यते।
न हि कल्याणकृत्कश्चिद्दुर्गतिं तात गच्छति॥

श्री भगवान् ने कहा :

(40) हे पार्थ (अर्जुन), उसका न तो इस जीवन में विनाश होता है और न

परलोक में; क्योंकि प्यारे मित्र, जो व्यक्ति भला काम करता है, उसकी कभी दुर्दशा नहीं होती।

ईमानदारी से जीवन बिताने वाला कोई भी व्यक्ति कष्ट में नहीं फंस सकता। किसी भले आदमी का अन्त बुरा नहीं हो सकता। परमात्मा हमारी दुर्बलताओं को, और उन पर विजय पाने के लिए हम जो प्रयत्न करते हैं, उनको जानता है। हमें निराश नहीं होना चाहिए, क्योंकि यहां असफलता भी सफलता है और ईमानदारी से किया गया कोई भी प्रयत्न निष्फल नहीं जाता। ऐकहार्ट का कथन है : "यदि तुम अपने इरादे में विफल नहीं रहते, बल्कि केवल क्षमता की दृष्टि से विफल रहते हो, तो अवश्य ही परमात्मा की दृष्टि में तुमने अपनी ओर से सब-कुछ कर डाला है।" गेटे से तुलना कीजिए : "जो भी कोई उद्यम और श्रम करता है, उसका हम उद्धार कर सकते हैं।"

41. प्राप्य पुण्यकृतां लोकानुषित्वा शाश्वतीः समाः।
शुचीनां श्रीमतां गेहे योगभ्रष्टोऽभिजायते॥

(41) जो व्यक्ति योग के मार्ग से भ्रष्ट हो जाता है, वह पुण्यात्माओं के लोक में जाता है और वहां अनेकानेक वर्षों तक निवास करने के बाद फिर पवित्रात्मा और समृद्ध लोगों के घर में जन्म लेता है।

शाश्वतीः : अनेकानेक; सदा के लिए नहीं।

शुचीनाम् : धर्मात्मा। 6, 11 में शुचिता से अभिप्राय बाह्य स्वच्छता से है; यहां आन्तरिक पवित्रता से अभिप्राय है।[1]

42. अथवा योगिनामेव कुले भवति धीमताम्।
एतद्धि दुर्लभतरं लोके जन्म यदीदृशम॥

(42) या वह बुद्धिमान योगियों के वंश में भी जन्म ले सकता है। इस प्रकार का जन्म इस संसार में और भी दुर्लभ होता है।

---

1. शौचं तु द्विविधं प्रोक्तं बाह्यमाभ्यन्तरं तथा।
मृज्जलाभ्यां स्मृतं बाह्यं भावशुद्धिस्तथान्तरम्॥

—माध्व पाराशर में उद्धृत व्याघ्रपाद

43. तत्र तं बुद्धिसंयोगं लभते पौर्वदेहिकम्।
यतते च ततो भूयः संसिद्धौ कुरुनन्दन॥

(43) वहां वह अपने (ब्रह्म के साथ संयोग के) उन (मानसिक) संस्कारों को फिर प्राप्त कर लेता है जिन्हें उसने अपने पूर्वजन्म में विकसित किया था और यहां से (इसे प्रारम्भ-बिन्दु मानकर) हे कुरुनन्दन (अर्जुन), वह फिर पूर्णता पाने का प्रयत्न करता है।

सिद्धि के मार्ग पर प्रगति बहुत धीमी होती है और हो सकता है कि मनुष्य को लक्ष्य तक पहुंचने से पहले अनेक जन्मों में इसके लिए प्रयत्न करना पड़े। परन्तु इस दिशा में किया गया कोई भी प्रयत्न नष्ट नहीं होता। हम जो सम्बन्ध बना लेते हैं और जिन शक्तियों को प्राप्त कर लेते हैं, वे मृत्यु के समय नष्ट नहीं हो जातीं। आगे होने वाले विकास के लिए वे प्रारम्भ-बिन्दु बन जाती हैं।

44. पूर्वाभ्यासेन तेनैव ह्रियते ह्यवशोऽपि सः।
जिज्ञासुरपि योगस्य शब्दब्रह्मातिवर्तते॥

(44) वह अपने इस पहले अभ्यास के द्वारा विवश-सा होकर आगे ले जाया जाता है। योग का ज्ञान प्राप्त हो जाने पर जिज्ञासु भी वैदिक नियमों के परे पहुंच जाता है।

शब्दब्रह्म : वैदिक नियम। इसका संकेत वेदों और उनके द्वारा निश्चित किए गए विधि-विधानों की ओर है। वैदिक नियमों का पालन करने के द्वारा हमें उनसे परे पहुंचने में सहायता मिलती है। तुलना कीजिए : "ब्रह्म दो प्रकार का है; एक तो शब्दब्रह्म और दूसरा उससे परे विद्यमान ब्रह्म (परब्रह्म)। जब कोई व्यक्ति शब्दब्रह्म में निष्णात हो जाता है, तब वह उससे परे विद्यमान ब्रह्म तक पहुंच जाता है।"[1] तब विश्वास का अन्त अनुभव में हो जाता है, वाणी मूक हो जाती है और सिद्धान्त मन्द पड़ते हुए विलीन हो जाते हैं। सामान्यतया धर्म के लिए प्रेरणा धर्म-ग्रन्थों के अध्ययन द्वारा या किसी सम्प्रदाय में दीक्षित होने द्वारा प्राप्त होती है। यह तब तक सहायक होती है, जब तक कि स्वतःस्फूर्ति इतनी

1. मैत्री उपनिषद् 6, 22। साथ ही विष्णुपुराण से भी तुलना कीजिए : शब्दब्रह्मणि निष्णातः परं ब्रह्माधिगच्छति। 6, 5

अधिक और इतनी पूर्ण न हो जाए कि किसी अन्य परोक्ष सहायता की आवश्यकता न रहे। साधारणतया वेद का अध्ययन द्रुतकारी प्रभाव डालता है। परन्तु जब एक बार हमें ऐसा उद्‌बोधन प्राप्त हो जाता है, जो अपने-आप में पर्याप्त होता है, तब हमें किसी बाह्य सहायता की आवश्यकता नहीं रहती और तब हम शब्दब्रह्म या किसी संस्थात्मक संदर्शन. से परे पहुंच जाते हैं। जिस आदमी को नदी पार करनी होती है, उसे नाव की आवश्यकता होती है। परन्तु "जो व्यक्ति अपने लक्ष्य तक पहुंच चुका है, उसे उस लक्ष्य तक पहुंचने के साधन-रूप विधि-विधानों का आश्रय नहीं लेना चाहिए।" मज्झिमनिकाय, I, 135। रामानुज ने शब्दब्रह्म का अर्थ प्रकृति किया है।

45. प्रयत्नाद्यतमानस्तु योगी संशुद्धकिल्बिषः।
अनेकजन्मसंसिद्धस्ततो याति परां गतिम् ॥

(45) परन्तु जो योगी सब पापों से शुद्ध होकर, जन्म-जन्मान्तरों में अपने-आप को पूर्ण बनाता हुआ अध्यवसायपूर्वक यत्न करता रहता है, वह परम गति को प्राप्त होता है (सर्वोच्च लक्ष्य तक पहुंच जाता है)।

भले ही वह इस जीवन में अपनी दुर्बलताओं के कारण लक्ष्य तक पहुंचने में सफल न हो पाए, फिर भी उसका प्रयत्न मृत्यु के बाद भी उसके साथ रहेगा और दूसरे जन्मों में प्रगति में उसकी तब तक सहायता करता रहेगा, जब तक वह अपने लक्ष्य तक न पहुंच जाए। परमात्मा का प्रयोजन तब तक पूरा नहीं होगा, जब तक कि सब मानव-प्राणियों का क्षमा, पश्चात्ताप और स्वास्थ्यदायक अनुशासन द्वारा उद्धार न हो जाए और वे फिर भगवान् के साथ संयोग की स्थिति में न पहुंच जाएं। प्रत्येक आत्मा को फिर उसी परमात्मा तक पहुंचाना होगा, जिसने उसे अपने ही रूप में सिरजा है। परमात्मा का प्रेम अन्ततोगत्वा बड़े-से-बड़े विद्रोही तत्त्वों को भी अपने साथ फिर समस्वर कर लेगा। गीता हमें सबके उद्धार के विषय में एक आशापूर्ण भरोसा दिलाती है।

पूर्ण योगी

46. तपस्विभ्योऽधिको योगी ज्ञानिभ्योऽपि मतोऽधिकः।
कर्मिभ्यश्चाधिको योगी तस्माद्योगी भवार्जुन ॥

(46) योगी तपस्वियों से बड़ा है; वह ज्ञानियों से भी बड़ा माना जाता है और वह कर्मकाण्डियों से भी बड़ा है; इसलिए हे अर्जुन, तू योगी ही बन जा।

यहां गुरु यह कहना चाहता है कि जिस योगी का यहां वर्णन किया गया है, वह उस तपस्वी से अधिक उत्कृष्ट है, जो कठोर उपवास तथा अन्य कठिन अभ्यास करने के लिए वन में चला जाता है; वह उस ज्ञानी से भी उत्कृष्ट है, जो मुक्ति पाने के लिए कर्म का त्याग करके ज्ञान के मार्ग को अपनाता है; और वह उस कर्मकाण्डी से भी अधिक उत्कृष्ट है, जो फलों की इच्छा से वेद में विहित कर्मकाण्ड का पालन करता है। जिस योग को तप, ज्ञान और कर्म से उत्कृष्ट बताया गया है, उसमें इन तीनों के सर्वोच्च अंश का समावेश है और उसके साथ भक्ति भी सम्मिलित है। इस प्रकार का योगी अपने-आप को सबके हृदयों में बैठे हुए भगवान् की चरम उपासना में लगा देता है और उसका जीवन दिव्य प्रकाश के संरक्षण में आत्मविस्मृतिकारी सेवा का जीवन होता है।

योग या परमात्मा के साथ संयोग, जो भक्ति द्वारा प्राप्त होता है, सर्वोच्च लक्ष्य है। अगले श्लोक में कहा गया है कि योगियों मे भी सबसे बड़ा योगी भक्त है।

यहां ज्ञान का अथ शास्त्र-पाण्डित्य है (शंकराचार्य), आध्यात्मिक बोध नहीं।

47. योगिनामपि सर्वेषां मद्गतेनान्तरात्मना।
श्रद्धावान्भजते यो मां स मे युक्ततमो मतः॥

(47) सब योगियों में भी उस योगी को मैं अपने साथ सबसे अधिक संयुक्त मानता हूं, जो श्रद्धापूर्वक अपनी आत्मा को मुझमें लगाकर मेरी पूजा करता है।

योग के अनुशासन का एक लम्बा विवरण और उन बाधाओं का, जिनको कि जीतना है, विवरण देने के बाद गुरु यह निष्कर्ष निकालता है कि महान् योगी वह है, जो महान् भक्त है।

इति ··· ध्यानयोगो नाम षष्ठोऽध्यायः।

यह है 'ध्यानयोग' नामक गीता का छठा अध्याय।

अध्याय 7

ईश्वर और जगत्

ईश्वर प्रकृति और आत्मा है

श्रीभगवानुवाच

1. मय्यासक्तमनाः पार्थ योगं युञ्जन्मदाश्रयः।
असंशयं समग्रं मां यथा ज्ञास्यसि तच्छृणु ॥

श्री भगवान् ने कहा :

(1) हे अर्जुन, अब यह सुन कि योग का अभ्यास करता हुआ, अपने चित्त को मुझमें लगाकर और मुझी को आश्रय मानकर असन्दिग्ध-रूप से तू पूरी तरह मुझको किस प्रकार जानेगा?

लेखक ब्रह्म का पूर्ण या समग्र ज्ञान देना चाहता है; केवल विशुद्ध आत्मा का नहीं, अपितु संसार में उसके प्रकट-रूप का भी।

2. ज्ञानं तेऽहं सविज्ञानमिदं वक्ष्याम्यशेषतः।
यज्ज्ञात्वा नेह भूयोऽन्यज्ज्ञातव्यमवशिष्यते ॥

(2) मैं तुझे यह सारा ज्ञान विज्ञानसहित पूरी तरह बताऊंगा, जिसे जान लेने के बाद जानने को और कुछ शेष नहीं बचेगा।

देखिए 3, 41 की टिप्पणी। ज्ञान की व्याख्या बोध के रूप में, प्रत्यक्ष आध्यात्मिक प्रबोधन के रूप में की गई है और विज्ञान की व्याख्या अस्तित्व के सिद्धान्तों के विस्तृत बुद्धिसंगत ज्ञान के रूप में। हमें केवल सम्बन्ध-रहित परब्रह्म का ही ज्ञान नहीं होना चाहिए, अपितु उसके विविध प्रकट-रूपों का भी

ज्ञान होना चाहिए। भगवान् मनुष्य और प्रकृति में है, हालांकि ये उसे सीमित नहीं कर देते।

3. मनुष्याणां सहस्रेषु कश्चिद्यतति सिद्धये।
यततामपि सिद्धानां कश्चिन्मां वेत्ति तत्त्वतः॥

(3) हज़ारों मनुष्यों में से कोई एक इस योग की सिद्धि के लिए यत्न करता है; और जो लोग यत्न करते हैं और सिद्धि पा लेते हैं, उनमे से भी मुश्किल से कोई एक मुझे सच्चे रूप में जान पाता है।

एक और पाठ है—**यततां च सहस्त्राणाम्** : "और हज़ारों यत्न करने वालों में से।" हममें से अधिकांश लोग पूर्णता प्राप्त करने की आवश्यकता तक अनुभव नहीं करते। हम परम्पराओं और प्राधिकारों की आवाज़ के साथ-साथ चलते जाते हैं। जो लोग सत्य को देखने और लक्ष्य तक पहुंचने का प्रयत्न करते हैं, उनमें से केवल थोड़े-से ही सफल हो पाते हैं। जिन लोगों को ऐसी दृष्टि प्राप्त हो भी जाती है, उनमें से एक भी उस दृष्टि के अनुसार चलना और जीना नहीं सीख पाता।

भगवान् की दो प्रकृतियां (स्वभाव)

4. भूमिरापोऽनलो वायुः खं मनो बुद्धिरेव च।
अहंकार इतीयं मे भिन्ना प्रकृतिरष्टधा॥

(4) पृथ्वी, जल, अग्नि, वायु, आकाश, मन और बुद्धि और अहंकार—मेरी प्रकृति इन आठ रूपों में बंटी हुई है।

प्रकृतिः : प्रकृति, जिसे शक्ति या माया माना गया है[1], जो वस्तु-रूपात्मक जगत् का आधार है।[2]

ये वे आठ रूप हैं, जिन्हें अव्यक्त प्रकृति व्यक्त होते समय धारण करती है। यह एक प्राचीन वर्गीकरण है, जो बाद में जाकर चौबीस तत्त्वों के रूप में और विशद कर दिया गया है। देखिए 13, 5। इन्द्रियों, मन और बुद्धि का

---

1. मायाख्या परमेश्वरी शक्तिरनिर्वचनीयस्वभावा त्रिगुणात्मिका। —मधुसूदन।
2. जडप्रपञ्चोपादानभता। —नीलकण्ठ।

सम्बन्ध निम्नतर या भौतिक प्रकृति से है; क्योंकि सांख्य मनोविज्ञान के अनुसार, जिसे वेदान्त ने भी स्वीकार किया है, वे वस्तुओं के साथ सम्पर्क स्थापित करती हैं और चेतना केवल तब उत्पन्न होती है, जब कि आत्मिक कर्ता, पुरुष, उन्हें प्रबोधित करता है। जब आत्मा प्रबुद्ध हो जाती है, तब इन्द्रियों, मन और बुद्धि की गतिविधियां ज्ञान की प्रक्रिया बन जाती हैं और वस्तुएं ज्ञान का विषय बन जाती हैं। अहंकार या अहं की भावना 'वस्तु-रूपात्मक' पक्ष में आती है। यह वह मूल तत्त्व है, जिसके द्वारा जीव वस्तुओं के साथ अपना सम्बन्ध स्थापित करता है। यह (अहंकार) अपने साथ संयुक्त हुए शरीर और इन्द्रियों का अपने ऊपर आरोपण कर लेता है। यह शरीर की आत्मिक कर्ता के साथ एक मिथ्या एकात्मता उत्पन्न कर देता है और इसके कारण 'मैं' या 'मेरा' की भावना उत्पन्न हो जाती है।

5. अपरेयमितस्त्वन्यां प्रकृतिं विद्धि मे पराम्।
जीवभूतां महाबाहो ययेदं धार्यते जगत्॥

(5) यह मेरी निम्नतर प्रकृति है। मेरी दूसरी और उच्चतर प्रकृति को भी जान ले, जो कि जीव-रूप है और हे महाबाहु (अर्जुन), जिसके द्वारा यह संसार धारण किया जाता है।

सर्वोच्च भगवान् ईश्वर है, जो सारे विश्व का व्यक्तिक स्वामी है। जिसके अन्दर चेतन आत्माएं (क्षेत्रज्ञ) और अचेतन प्रकृति (क्षेत्र) हैं। ये दोनों उसके उच्चतर (परा) और निम्नतर (अपरा) पक्ष समझे जाते हैं। वह प्रत्येक विद्यमान वस्तु का जीवन और रूप है।[1] परमात्मा के सार्वभौम अस्तित्व में उसकी निम्नतर प्रकृति में अचेतना की सम्पूर्णता और उसकी उच्चतर प्रकृति में चेतना की सम्पूर्णता सम्मिलित है। शरीर, प्राण, इन्द्रियों, मन और बुद्धि के रूप में आत्मा का देह-धारण हमें एक अहंकार प्रदान करता है, जो भौतिक पृष्ठभूमि को अपनी गतिविधि के लिए प्रयोग में लाता है। प्रत्येक व्यक्ति के दो पहलू हैं, आत्मा और शरीर, क्षेत्रज्ञ और क्षेत्र। ये दोनों ईश्वर की प्रकृतियां हैं, जो इन दोनों

---

1. विशुद्धां प्रकृतिं ममात्मभूतां विद्धि मे परां प्रकृष्टां जीवभूतां क्षेत्रज्ञलक्षणां प्राणधारणनिमित्तभूताम्। —शंकराचार्य।

से ऊपर है।[1] ओल्ड टैस्टामेंट (पुरानी बाइबिल) में बताया गया है कि सृष्टि शून्य में से उत्पन्न हुई। प्लेटो और अरस्तू ने एक आदिकालीन भौतिक तत्त्व की कल्पना की है, जिसे परमात्मा रूप प्रदान करता है। परमात्मा स्रष्टा न होकर कारीगर या निर्माता है, क्योंकि उस आदिकालीन भौतिक तत्त्व को भी नित्य और अनुत्पन्न माना गया है और परमात्मा की इच्छा तो केवल उसके रूप धारण करने का कारण बनती है। ईसाई विचारकों के मतानुसार परमात्मा किसी पहले से विद्यमान भौतिक तत्त्व के द्वारा सृष्टि का सृजन नहीं करता, अपितु वह शून्य में से उसे रच डालता है। भौतिक तत्त्व और उसका बाह्य रूप, दोनों ही परमात्मा से निकले हैं। इससे मिलता-जुलता दृष्टिकोण इस श्लोक में प्रस्तुत किया गया है। जीव ईश्वर की केवल आंशिक अभिव्यक्ति है।[2] ईश्वर की अखण्ड अविभक्त वास्तविकता आत्माओं की विविधता में विभक्त प्रतीत होने लगती है।[3] एकता सत्य है और विविधता उसी की एक अभिव्यक्ति है और इस प्रकार वह एक निम्नतर सत्य है, किन्तु वह भी भ्रम नहीं है।

6. एतद्योनीनि भूतानि सर्वाणीत्युपधारय।
अहं कृत्स्नस्य जगतः प्रभवः प्रलयस्तथा॥

(6) इस बात को समझ ले कि सब प्राणियों का जन्म इसी से हुआ है। मैं इस सारे संसार का मूल (जनक) हूं और मैं ही इसका विनाश भी हूं।

यह सारा संसार अपने सब अस्तित्वमान पदार्थों के साथ ईश्वर से उत्पन्न हुआ है[4] और प्रलय के समय उसी में लीन हो जाता है। तुलना कीजिए, तैत्तिरीय उपनिषद 3। परमात्मा इस विश्व को अपने अन्दर रखता है, वह इसे अपने में

---

1. भागवत से तुलना कीजिए :
हे क्षेत्रज्ञ (आत्मा), तुझे नमस्कार है। तू जो सबका अध्यक्ष है, साक्षी है, महान् आत्मा है और जो सब आत्माओं तथा सदा उत्पादनशील प्रकृति का भी मूल है।
क्षेत्रज्ञाय नमस्तुभ्यं सर्वाध्यक्षाय साक्षिणे।
पुरुषायात्ममूलाय मूलप्रकृतये नमः॥ —8, 3, 13
2. 15, 7
3. 13, 16
4. तुलना कीजिए : 14, 3; मम योनिर्महद्ब्रह्म। साथ ही देखिए मुण्डकोपनिषद्, 1, 1, 6 और 3, 1, 3। अक्षरं भूतयोनिम्''' पुरुषं भूतयोनिम्। ब्रह्मसूत्र : योनिश्च गीयते। 1, 4, 27

से अर्थात् स्वयं अपनी प्रकृति में से इसे बाहर निकालता है और फिर वापस अपने अन्दर समेट लेता है।

7. मत्तः परतरं नान्यत्किञ्चिदस्ति धनञ्जय।
मयि सर्वमिदं प्रोतं सूत्रे मणिगणा इव॥

(7) हे धन को जीतने वाले (अर्जुन), ऐसी कोई वस्तु नहीं है, जो मुझसे उच्चतर हो। जो कुछ भी इस संसार में है, वह सब मुझमें उसी प्रकार पिरोया हुआ है जैसे कि मणियां धागे में पिरोई रहती हैं।

ईश्वर से उच्चतर और कोई मूल तत्त्व नहीं है। वह ईश्वर ही सब वस्तुओं को बनाता है और स्वयं सब-कुछ है। संसार की सत्ताएं परमात्मा द्वारा उसी प्रकार परस्पर मिलाकर रखी जाती हैं, जैसे कि धागा मणियों को आपस में मिलाकर रखता है।

8. रसोऽहमप्सु कौन्तेय प्रभास्मि शशिसूर्ययोः।
प्रणवः सर्ववेदेषु शब्दः खे पौरुषं नृषु॥

(8) हे कुन्ती के पुत्र (अर्जुन), मैं जलों में स्वाद-रूप हूं; चन्द्रमा और सूर्य में मैं प्रकाश हूं; सब वेदों में मैं 'ओऽम्' शब्द हूं; आकाश में मैं शब्द हूं और पुरुषों में पौरुष हूं।

9. पुण्यो गन्धः पृथिव्यां च तेजश्चास्मि विभावसौ।
जीवनं सर्वभूतेषु तपश्चास्मि तपस्विषु॥

(9) पृथ्वी में मैं विशुद्ध सुगन्ध हूं और अग्नि में चमक हूं। सब विद्यमान वस्तुओं में मैं जीवन हूं और तपस्वियों में तप हूं।

तुलना कीजिए : "तू सत्य है, तू दिव्य आत्मा है; तू भौतिक जड़तत्त्व नहीं है, न तू जीवनहीन है; तू सारे जगत् का जीवन है और सब प्राणियों का भी जीवन है।"[1]

---

1. त्वं सत्यं देवदेवात्मं न जडो न मृतोऽपि वा।
जगतां जीवितं च त्वं प्राणिनां जीवितं तथा॥

10. बीजं मां सर्वभूतानां विद्धि पार्थ सनातनम्।
बुद्धिर्बुद्धिमतामस्मि तेजस्तेजस्विनामहम्॥

(10) हे पार्थ (अर्जुन), तू मुझे सब विद्यमान वस्तुओं का सनातन बीज समझ। मैं बुद्धिमानों की बुद्धि हूं और तेजस्वियों का तेज हूं।

11. बलं बलवतां चाहं कामरागविवर्जितम्।
धर्माविरुद्धो भूतेषु कामोऽस्मि भरतर्षभ॥

(11) मैं काम (इच्छा) और राग (प्रेम) से रहित बलवानों का बल हूं। हे भरतों में श्रेष्ठ (अर्जुन), सब प्राणियों में मैं धर्म के अनुकूल रहने वाली लालसा हूं।

कामराग : इच्छा और प्रेम। शंकराचार्य ने इन दोनों में भेद करते हुए काम को अप्राप्त[1] वस्तु की लालसा और राग को प्राप्त[2] वस्तु के प्रति प्रेम बताया है। इच्छा अपने-आप में बुरी वस्तु नहीं है। स्वार्थपूर्ण इच्छा का उन्मूलन किया जाना चाहिए। ब्रह्म के साथ संयोग की इच्छा बुरी नहीं है। छान्दोग्य उपनिषद् में इच्छाओं को मूलतः वास्तविक (सत्य) बताया गया है, यद्यपि उनके ऊपर अवास्तविक (अनृत) का आवरण रहता है; 8, 3। हमारी इच्छाएं और गतिविधियां, यदि वे हममें विद्यमान आत्मा को अभिव्यक्त करने वाली हों और वे सच्चे आत्मिक व्यक्तित्व से निकली हों, तो दैवीय इच्छा का विशुद्ध प्रवाह बन जाती हैं।

12. ये चैव सात्त्विका भावा राजसास्तामसाश्च ये।
मत्त एवेति तान्विद्धि न त्वहं तेषु ते मयि॥

(12) और जितने भी भाव हैं, चाहे वे लयात्मक (सात्त्विक), आवेशपूर्ण (राजस), या आलस्यपूर्ण (तामस) हों, वे सब केवल मुझसे ही उत्पन्न हुए हैं, इस बात को तू समझ ले। मैं उनमें नहीं हूं, वे मुझमें हैं।

लेखक सांख्य के प्रकृति की स्वाधीनता वाले सिद्धान्तों को अस्वीकार कर

---

1. कामः तृष्णा असन्निकृष्टेषु विषयेषु।
2. रागः रञ्जना प्राप्तेषु विषयेषु।

देता है। वह स्पष्ट कहता है कि इन तीनों गुणों द्वारा बनी हुई प्रत्येक वस्तु किसी भी अर्थ में परमात्मा से स्वतन्त्र, आत्मनिर्भर तत्त्व नहीं है, अपितु केवल उस परमात्मा से ही उत्पन्न होती है। वह परमात्मा इन सब वस्तुओं को अपने अन्दर रखता है और इनमें व्याप्त है, जब कि ये वस्तुएं उसे अपने अन्दर नहीं रखतीं और उसमें व्याप्त नहीं हैं। परमात्मा और उसके प्राणियों में यही भेद किया गया है। वे सब ब्रह्म द्वारा सूचित होते हैं, परन्तु उनके परिवर्तन ब्रह्म की अखण्डता को स्पर्श नहीं करते। वह किसी अन्य वस्तु के अधीन नहीं है, जब कि सब वस्तुएं उसके अधीन हैं।

प्रकृति के गुण मनुष्यों को भ्रम में डालते हैं

13. त्रिभिर्गुणमयैर्भावैरेभिः सर्वमिदं जगत्।
मोहितं नाभिजानाति मामेभ्यः परमव्ययम्॥

(13) प्रकृति के इन तीन गुणों द्वारा भ्रम में पड़कर सारा संसार मुझे नहीं पहचान पाता, जो कि मैं इन सबसे ऊपर हूं और अनश्वर हूं।

शंकराचार्य का कथन है कि भगवान् यहां इस बात पर खेद प्रकट करता है कि संसार उस परम ईश्वर को नहीं जानता, जो स्वभाव से ही नित्य, शुद्ध, बुद्ध और मुक्त है; जो सब प्राणियों की आत्मा है और सब गुणों से रहित है। जिसे जानने से संसार की बुराई का बीज ही जलकर राख हो जाता है।[1]

हम परिवर्तित होते हुए रूपों को तो देखते हैं, किन्तु उस नित्य सत्ता को नहीं देख पाते, जिसकी कि ये रूप अभिव्यक्ति हैं। हम प्लेटो के गुफावासियों की भांति दीवारों पर हिलती-डुलती छायाओं को तो देखते हैं, परन्तु हमें उस प्रकाश को भी देखना होगा, जिसके कारण ये छायाएं बनती हैं।

14. दैवी ह्येषा गुणमयी मम माया दुरत्यया।
मामेव ये प्रपद्यन्ते मायामेतां तरन्ति ते॥

(14) मेरी इस गुणमय दैवी माया को जीत पाना बहुत कठिन है। परन्तु जो लोग मेरी ही शरण में आते हैं, वे इसको पार कर जाते हैं।

---

1. एवम्भूतमपि परमेश्वरं नित्यशुद्धबुद्धमुक्तस्वभावं सर्वभूतात्मानं, निर्गुणं, संसारदोषबीजप्रदाहकारण, मां, नाभिजानाति जगद् इत्यनुक्रोशं दर्शयति भगवान्।

दैवी : दिव्य। आधिदैविक[1] या परमेश्वर से सम्बन्ध रखने वाली।[2]

मायाम् एतां तरन्ति : इस माया के पार पहुंच जाते हैं। वे माया के संसार के पार पहुंच जाते हैं, जो कि भ्रम का मूल है।

रामानुज यह अर्थ निकालता है कि माया वह है, जो विलक्षण प्रभाव उत्पन्न करने में समर्थ है।

बुरे काम करने वालों की दशा

15. न मां दुष्कृतिनो मूढाः प्रपद्यन्ते नराधमाः।
माययापहृतज्ञाना आसुरं भावमाश्रिताः॥

(15) बुरे काम करने वाले, जो मूर्ख हैं, जो मनुष्यों में नीच हैं (नराधम), जिनकी बुद्धि भ्रम के कारण बहक गई है और जो आसुरी स्वभाव के हैं, वे मेरी शरण में नहीं आते।

बुरे कर्म करने वाले भगवान् को प्राप्त नहीं कर सकते, क्योंकि उनके मन और संकल्प भगवान् के उपकरण नहीं, अपितु अहंकार के उपकरण हैं। वे अपने अपरिष्कृत मनोवेगों को वश में करने का यत्न नहीं करते, अपितु वे अपने अन्दर विद्यमान रजोगुण और तमोगुण के शिकार हैं। यदि हम अपने अन्दर विद्यमान सत्त्वगुण द्वारा रजोगुण और तमोगुण पर नियन्त्रण कर लें, तो हमारा कर्म सुव्यवस्थित और प्रबुद्ध बन जाता है और वह वासना और अज्ञान का परिणाम नहीं रहता। तीनों गुणों के परे पहुंचने के लिए हमें पहले सत्त्वगुण की प्रधानता स्थापित करनी होगी। हम आध्यात्मिक बन सकें, इससे पहले हमें नैतिक बनना होगा। आध्यात्मिक स्तर पर हम द्वैत को पार कर जाते हैं और अपने अन्दर बुद्धिमान् आत्मा के प्रकाश और बल द्वारा कार्य करते हैं। उस दशा में हम किसी निजी स्वार्थ को प्राप्त करने के लिए या किसी निजी कष्ट से बचने के लिए कार्य नहीं करते, अपितु केवल ब्रह्म के उपकरण के रूप में कर्म करते रहते हैं।

---

1. अलौकिकी अत्यद्भुतेति। —श्रीधर।
2. देवस्य जीवरूपेण लीलया क्रीडतो मम सम्बन्धिनीयं दैवी। —नीलकण्ठ।
3. मायां सर्वभूतमोहिनीं तरन्ति, संसारबन्धान्मुच्यन्ते। —शंकराचार्य।

भक्ति के विभिन्न प्रकार

**16. चतुर्विधा भजन्ते मां जनाः सुकृतिनोऽर्जुन।
आर्तो जिज्ञासुरर्थार्थी ज्ञानी च भरतर्षभ॥**

(16) हे भरतों में श्रेष्ठ (अर्जुन), जो धर्मात्मा व्यक्ति मेरी पूजा करते हैं, वे चार प्रकार के लोग हैं। एक तो वे, जो विपत्ति में फंसे हैं; दूसरे जिज्ञासु, तीसरे धन प्राप्त करने के इच्छुक और चौथे ज्ञानी।

सुकृतिनः : धर्मात्मा लोग। वे लोग, जिनका अपने पूर्वजन्म के धर्मपूर्ण आचरण के कारण उच्चतर जीवन की ओर रुझान है।[1]

एक श्रेणी तो उन आर्त लोगों की है, जो कष्ट में पड़े हुए हैं; जिन्होंने नुकसान उठाया है। जो लोग धन पाने के इच्छुक हैं, धनकाम (शंकराचार्य), जो अपनी भौतिक स्थिति को सुधारना चाहते हैं, वे दूसरी श्रेणी में आते हैं। तीसरे समूह में वे भक्त और सीधे-सच्चे लोग हैं, जो सत्य को जानना चाहते हैं। चौथी श्रेणी उन ज्ञानियों की है, जिन्हें ज्ञान प्राप्त हो गया है। रामानुज ने ज्ञान का अर्थ केवल एक के प्रति भक्ति, एकभक्ति किया है।

महाभारत में चार प्रकार के भक्तों का उल्लेख है, जिनमें से तीन फलकामाः, या फल पाने के अभिलाषी होते हैं, जब कि सर्वोत्तम भक्त वे हैं, जो एक ही देवता की अनन्य भाव से पूजा करते हैं।[2] अन्य भक्त तो अन्य फलों की कामना करते हैं, परन्तु मुनि न कोई वस्तु मांगता है और न किसी वस्तु को अस्वीकार करता है। वह अपने-आप को पूर्णतया ब्रह्म को समर्पित कर देता है और जो कुछ उसे दिया जाए, उसे स्वीकार लेता है। उसकी मनोवृत्ति केवल परमात्मा के लिए, अपने-आप को विस्मृत करके परमात्मा की उपयोगिता-निरपेक्ष पूजा करने की रहती है।

---

1. पूर्वजन्मसु ये कृतपुण्या जनाः। —श्रीधर।
2. चतुर्विधा मम जना भक्ता एवं हि मे श्रुतम्।
   तेषामेकान्तिनः श्रेष्ठा ये चैव नान्यदेवताः॥

   —शान्तिपर्व, 341, 33

17. तेषां ज्ञानी नित्ययुक्त एकभक्तिर्विशिष्यते।
प्रियो हि ज्ञानिनोऽत्यर्थमहं स च मम प्रियः॥

(17) इन सबमें से ज्ञानी व्यक्ति, जो सदा ब्रह्म के साथ संयुक्त रहता है और जिसकी भक्ति अनन्य होती है, सर्वश्रेष्ठ है। उसे मैं बहुत अधिक प्रिय हूं और वह मुझे बहुत अधिक प्रिय है।

जब तक हम जिज्ञासु या साधक होते हैं, तब तक ही हम द्वैत के संसार में रहते हैं; परन्तु जब हमें ज्ञान प्राप्त हो जाता है, तब कोई द्वैत नहीं रहता। मुनि अपने-आप को उस एकात्मा के साथ संयुक्त कर देता है, जो सबमें है।

18. उदाराः सर्व एवैते ज्ञानी त्वात्मैव मे मतम्।
आस्थितः स हि युक्तात्मा मामेवानुत्तमां गतिम्॥

(18) यों तो ये सभी बहुत अच्छे हैं, परन्तु ज्ञानी को तो मैं समझता हूं कि वह मैं ही हूं क्योंकि पूरी तरह अपने-आप को योग में लगाकर वह केवल मुझमें ही स्थित हो जाता है, जो कि मैं सर्वोच्च लक्ष्य हूं।

उदाराः सर्व एवैते : यों तो ये सभी बहुत अच्छे हैं। हम मानसिक कष्ट से बचने के लिए (आर्तः), व्यावहारिक लाभ प्राप्त करने के लिए (अर्थार्थी), बौद्धिक तृप्ति प्राप्त करने के लिए (जिज्ञासुः), या ज्ञान प्राप्त करने के लिए (ज्ञानी) प्रार्थना करते हैं। ये सबके सब बहुत अच्छे हैं। यदि हम भौतिक वस्तुओं के लिए भी प्रार्थना करते हैं और प्रार्थना को एक औपचारिक दिनचर्या के रूप में बदल लेते हैं, या उसका उपयोग सौभाग्य लाने वाले जादू के रूप में करते हैं, तो भी हम धार्मिक भावना की वास्तविकता को मान रहे होते हैं। प्रार्थना मनुष्य का परमात्मा तक पहुंचने के लिए प्रयत्न है। इसमें यह मान लिया जाता है कि संसार में कोई ऐसी व्यापक शक्ति है, जो हमारी प्रार्थनाओं का उत्तर देती है। यदि हम कोई वस्तु मांगेंगे, तो वह हमें दे दी जाएगी। प्रार्थना के प्रयोग द्वारा हम अपनी चेतना में एक ऐसी ज्योति जगाते हैं, जो हमारे मूर्खतापूर्ण दम्भ, हमारे स्वार्थपूर्ण लोभ, हमारे भयों और आशाओं को स्पष्ट दिखा देती है। यह एक अखण्ड व्यक्तित्व, शरीर, मन और आत्मा की समस्वरता का निर्माण करने का साधन है। धीरे-धीरे हम अनुभव कर लेते हैं कि जीवन में सौभाग्य के लिए या

परीक्षा में सफ़लता के लिए प्रार्थना करना अपने-आप को नीचा गिराने वाला काम है। हम यह प्रार्थना करते हैं कि हम ब्रह्म का ज्ञान प्राप्त कर सकें और अधिकाधिक उस ब्रह्म के समान हो सकें। प्रार्थना जीवन का मार्ग है। धीरे-धीरे यह परमात्मा के सान्निध्य का अभ्यास बन जाती है। यह ज्ञान है, अखण्डित ज्ञान, दिव्य जीवन। जो ज्ञानी परमात्मा को उस रूप में जानता है, जिस रूप में कि वह वस्तुतः है, वह परमात्मा को, जो कुछ वह है, उसके लिए प्रेम करता है। वह ब्रह्म में वास करता है। परमात्मा उसे उसी प्रकार प्रिय होता है, जैसे कि वह परमात्मा को प्रिय होता है। पहले तीन प्रकार के भक्त अपने-अपने विचारों के अनुसार परमात्मा का उपयोग करने का प्रयत्न करते हैं, परन्तु ज्ञानी तो परमात्मा के ही बन जाते हैं, जिससे कि वह अपनी इच्छा के अनुसार उनका उपयोग कर सके; इसलिए वे उन सबमें श्रेष्ठ हैं। यह सम्भव है कि जब हम कठिन विपत्ति में हों, तब हम अपनी यन्त्रणा से छुटकारा पाने के लिए एकाग्रचित्तता और तीव्रता के साथ प्रार्थना करें। यदि इस प्रकार की प्रार्थना का उत्तर मिल जाए, तो यह परमात्मा के उस प्रयोजन को विफल कर देना होगा, जिसे कि अपने अन्धेपन के कारण हम देख पाने में असमर्थ हैं। परन्तु ज्ञानी का हृदय पवित्र होता है और उसमें परमात्मा की योजना को देखने के लिए एकाग्र संकल्प होता है और वह उस प्रयोजन की पूर्णता के लिए प्रार्थना करता है, "मेरी नहीं, तेरी इच्छा पूर्ण हो।"

19. बहूनां जन्मनामन्ते ज्ञानवान्मां प्रपद्यते।
वासुदेवः सर्वमिति स महात्मा सुदुर्लभः॥

(19) बहुत-से जन्मों के अन्त में ज्ञानी व्यक्ति—जो यह समझता है कि जो कुछ भी है, वह सब वासुदेव (ईश्वर) ही है—मुझे प्राप्त होता है। ऐसा महात्मा बहुत दुर्लभ होता है।

बहूनां जन्मनाम् अन्ते : बहुत-से जन्मों के बाद। सत्य को हृदयंगम कर पाना अनेक युगों का कार्य है। जब तक कोई व्यक्ति अनुभव की गहराइयों को उनकी विविध जटिलताओं के साथ भलीभांति न जान ले, तब तक यह आशा नहीं की जा सकती कि उसे सत्य का ज्ञान हो जाएगा। और इस सबमें काफ़ी समय लगता है। परमात्मा पौधे को अपनी गति से बढ़ने देता है। प्राकृतिक शिशु

को बनने में नौ महीने लगते हैं, फिर आध्यात्मिक शिशु को बनने में तो कहीं अधिक लम्बा समय लगेगा। प्रकृति का सम्पूर्ण रूपान्तरण एक लम्बी प्रक्रिया है।

वासुदेवः सर्वम् : वासुदेव सब-कुछ है। वासुदेव जीवन का स्वामी है, जो हम सबमें निवास करता है।[1] परमात्मा अपनी दो प्रकृतियों के रूप में सब-कुछ है।

इस वाक्यांश का अर्थ रामानुज ने यह लगाया है कि "वासुदेव मेरा सर्वस्व है।" इसका संकेत परमात्मा के उस अनश्वर गौरव की ओर है, जो विनीत और विश्वासी भक्त को अपने हृदय में अनुभव होता है। परमात्मा सब-कुछ है, जब कि हम कुछ भी नहीं हैं। अन्य सब वस्तुओं की भांति मनुष्य का अस्तित्व परमात्मा के बिना नहीं रह सकता, जब कि परमात्मा का अस्तित्व सदा बना रहता है। हम विश्वासपूर्वक अपने-आप को परमात्मा के हाथों में यह विश्वास करते हुए सौंप देते हैं कि वह सब-कुछ है। यह परमात्मा के प्रति, जो सब-कुछ है और जो वस्तुतः है, विनम्रता की अनुभूति है।

"वासुदेव सबका कारण है।" —मध्व।

विनय और प्रार्थना के अन्य स्वरूप निरर्थक नहीं हैं; उनका अपना फल है।

सहिष्णुता

20. कामैस्तैस्तैर्हृतज्ञानाः प्रपद्यन्तेऽन्यदेवताः।
तं तं नियममास्थाय प्रकृत्या नियताः स्वया॥

(20) परन्तु जिन लोगों के मन उनकी लालसाओं के कारण विकृत हो गए हैं, वे अपने-अपने स्वभाव के कारण विभिन्न विधि-विधानों को करते हुए अन्य देवताओं की शरण में जाते हैं।

21. यो यो यां यां तनुं भक्तः श्रद्धयार्चितुमिच्छति।
तस्य तस्याचलां श्रद्धां तामेव विदधाम्यहम्॥

---

1. वसति सर्वस्मिन्निति वासुः, तस्य देवः।

(21) जो कोई भक्त श्रद्धापूर्वक जिस भी रूप की पूजा करना चाहता है, मैं उस-उस रूप में उसकी श्रद्धा को अचल बना देता हूं।

परमेश्वर प्रत्येक भक्त की श्रद्धा को पुष्ट करता है और जो कोई जो फल चाहता है, उसे वह देता है। आत्मा अपने संघर्ष में जितनी ऊंची उठ जाती है, परमात्मा उससे मिलने के लिए ठीक उतना ही नीचे झुकता है। गौतमबुद्ध और शंकराचार्य जैसे अत्यधिक चिन्तनशील ऋषियों ने भी देवताओं में प्रचलित लोकप्रिय विश्वास का खण्डन नहीं किया। वे इस बात को समझते थे कि परमेश्वर को किसी प्रकार अभिव्यक्त नहीं किया जा सकता और साथ ही यह भी कि वह जिन रूपों में प्रकट हो सकता है, उनकी संख्या असीम है। प्रत्येक सतह को उसका स्वरूप उसकी गहराई से प्राप्त होता है, ठीक उसी प्रकार जैसे कि छाया अपने मूल तत्त्व की प्रकृति को प्रतिबिम्बित करती है। इसके अतिरिक्त सब प्रकार की पूजा ऊंचा उठाती है। चाहे हम किसी भी वस्तु पर श्रद्धा क्यों न करें, जब तक हमारी श्रद्धा गम्भीर है, वह प्रमति में सहायक होती ही है।

22. स तया श्रद्धया युक्तस्तस्याराधनमीहते।
लभते च ततः कामान्मयैव विहितान्हि तान्॥

(22) उस श्रद्धा से युक्त होकर वह उसकी आराधना करना चाहता है, और उससे ही वह अपने वांछित फल प्राप्त करता है, जब कि-वस्तुतः वह फल मैं ही देता हूं।

सब रूप एक भगवान् के ही हैं; उनकी पूजा भगवान् की पूजा है; और सब फलों को देने वाला भगवान् ही है।[1] —श्रीधर।

23. अन्तवत्तु फलं तेषां तद्भवत्यल्पमेधसाम्।
देवान्देवयजो यान्ति मद्भक्ता यान्ति मामपि॥

(23) परन्तु इन अल्पबुद्धि वाले लोगों द्वारा प्राप्त किया जाने वाला फल अस्थायी होता है। देवताओं की पूजा करने वाले लोग देवताओं को प्राप्त होते हैं, किन्तु मेरा भक्त मेरे पास ही पहुंचता है।

---

1. सर्वा अपि देवता ममैव मूर्तयः, तदाराधनमपि वस्तुतो ममाराधनमेव, तत्तत्फलदाताऽपि चाऽहमेव।

क्योंकि लोकोत्तर ब्रह्म को सरलता से नहीं जाना जा सकता, इसलिए हम भगवान् के रूपों की शरण लेते हैं और उनकी पूजा करते हैं। जिन फलों के लिए हम साधना करते हैं, उन्हें हम प्राप्त कर लेते हैं, क्योंकि भगवान् हमारी अपूर्ण दर्शन-शक्ति के प्रति धैर्यवान् है। हम जिस भी स्तर पर उसके पास पहुंचते हैं, वह उसी स्तर पर हमारी प्रार्थनाओं को स्वीकार कर लेता है और उनका उत्तर देता है। किसी भी प्रकार की भक्ति व्यर्थ नहीं है। धीरे-धीरे निरक्षर भक्त भी ब्रह्म में अपना सर्वोच्च हित खोज लेता है और विकसित होता हुआ उस तक पहुंच जाता है। जो लोग उस लोकोत्तर परमेश्वर की पूजा के स्तर तक ऊंचे उठ जाते हैं, जो सब रूपों में व्याप्त है और सब रूपों से परे है, वे उस सर्वोच्च दशा को जान लेते हैं और उसे प्राप्त कर लेते हैं, जो अस्तित्व की दृष्टि से अखण्ड, ज्ञान की दृष्टि से पूर्ण, प्रेम की दृष्टि से परम और संकल्प की दृष्टि से सम्पूर्ण है। अन्य सब वस्तुएं आंशिक और सीमित हैं और वे विकास के केवल निम्नतर स्तरों पर ही अर्थवान् हैं।

अज्ञान की शक्ति

24. अव्यक्तंव्यक्तिमापन्नं मन्यन्ते मामबुद्धयः।
परं भावमजानन्तो ममाव्ययमनुत्तमम् ॥

(24) जो बुद्धिहीन लोग, जो मेरे अपरिवर्तनशील और सर्वोच्च उच्चतर स्वभाव को नहीं जानते वे मुझे, जो कि अव्यक्त हूं, व्यक्त हुआ मानते हैं।

रूपहीन परमात्मा पर हम जिन रूपों का आरोप करते हैं, वे हमारी अपनी सीमितताओं के कारण होते हैं। हम परम वास्तविकता के चिन्तन से दूर हटकर काल्पनिक रूपों का चिन्तन करने की ओर झुकते हैं। एक अव्यक्त नित्य ब्रह्म को छोड़कर अन्य देवता उस ब्रह्म पर आरोपित रूपमात्र हैं। वह परमात्मा अनेक देवताओं में विद्यमान एक देवता नहीं है। वह संदा परिवर्तित होते हुए अनेक देवताओं के पीछे विद्यमान एक परमात्मा है, जो सब रूपों से परे है और जो अन्तहीन गतिशीलता का अचल केन्द्र है।

25. नाहं प्रकाशः सर्वस्य योगमायासमावृतः।
मूढोऽयं नाभिजानाति लोको मामजमव्ययम् ॥

(25) अपनी सृजनशील शक्ति (योगमाया) द्वारा आवृत्त होने के कारण मैं सब लोगों के सम्मुख प्रकट नहीं होता। यह मूढ़ जगत् मुझे नहीं जानता, जो कि मैं अजन्मा और अपरिवर्तनशील हूं।

योग : शंकराचार्य ने इस शब्द का अर्थ 'तीन गुणों का संयोग' किया है; मधुसूदन की दृष्टि में इसका अर्थ 'संकल्प' है।

भगवान् केवल संसार में नहीं है, अपितु इसके परे भी है। हम उसे ग़लती से कोई एक या दूसरा सीमित रूप समझ लेते हैं।

भगवान् से तुलना कीजिए : "हे प्रभु, सर्वव्यापी भगवान्, परमात्मा योगेश्वर, इन तीनों लोकों में ऐसा कौन है, जो इस रहस्य को जान सके कि तुम कब, कहां, कैसे और किन रूपों में क्रीड़ा करते रहते हो?"[1] केवल विशुद्ध सत् (ईश्वर) अव्यक्त है; उसके अतिरिक्त अन्य सब वस्तुएं व्यक्त जगत् से सम्बन्ध रखती हैं।

26. वेदाहं समतीतानि वर्तमानानि चार्जुन।
भविष्याणि च भूतानि मांतु वेद न कश्चन॥

(26) हे अर्जुन, मैं उन सब प्राणियों को जानता हूं जो अतीत में हो चुके हैं, जो इस समय विद्यमान हैं और जो भविष्य में होने वाले हैं; परन्तु मुझे कोई नहीं जानता।

27. इच्छाद्वेषसमुत्थेन द्वन्द्वामोहेन भारत।
सर्वभूतानि सम्मोहं सर्गेयान्ति परन्तप॥

(27) हे भारत (अर्जुन), हे शत्रुओं को जीतने वाले (अर्जुन), सब प्राणी इच्छा और द्वेष के कारण उत्पन्न हुए द्वैत के वश में होकर मोह अर्थात् भ्रम में पड़ जाते हैं।

---

1. को वेत्ति भूमन् भगवन् परात्मन् योगेश्वरोतिर्भवतस्त्रिलोक्याम्।
क्व वा कथं वा कति वा कदेति विस्तारवन् क्रीडसि योगमायाम्॥

28. येषां त्वन्तगतं पापं जनानां पुण्यकर्मणाम्।
ते द्वन्द्वमोहनिर्मुक्ता भजन्ते मां दृढव्रताः॥

(28) परन्तु वे पुण्यात्मा लोग, जिनका पाप नष्ट हो गया है (जो पाप के प्रति मर चुके हैं) द्वैत के मोह से मुक्त होकर अपने व्रतों पर स्थिर रहते हुए मेरी पूजा करते हैं।

पाप किसी विधान या रूढ़ि क उल्लंघन नहीं है, अपितु यह सारी सीमितता, अज्ञान, जीव की उस स्वाधीनता के आग्रह का, जो दूसरों को हानि पहुंचाकर अपना लाभ निकालना चाहती है, केन्द्रीय स्रोत है। जब इस पाप को त्याग दिया जाता है, जब इस अज्ञान पर विजय पा ली जाती है, तब हमारा जीवन उस एक भगवान् की सेवा में बीतता है, जो सबमें विद्यमान है। इस प्रक्रिया में भक्ति गम्भीरतर होती जाती है और परमात्मा का ज्ञान तब तक बढ़ता जाता है, जब तक कि वह सर्वव्यापी एक आत्मा के दर्शन तक नहीं पहुंच पाता। वह नित्य जीवन, जन्म और मरण से मुक्ति है। तुकाराम कहता है :

"मेरे अन्दर विद्यमान आत्मा अब मर चुकी है,
और अब उसके आसन पर तू विराजमान है;
हां, इस बात को मैं, तुका, प्रमाणित करता हूं
अब 'मैं' या 'मेरा' शेष नहीं है।"[1]

29. जरामरणमोक्षाय मामाश्रित्य यतन्ति ये।
ते ब्रह्म तद्विदुः कृत्स्नमध्यात्मं कर्म चाखिलम्॥

(29) जो लोग मुझमें शरण लेते हैं, और जरा और मरण से मुक्ति पाने के लिए प्रयत्न करते हैं, वे सम्पूर्ण ब्रह्म को और सम्पूर्ण आत्मा को और कर्म के सम्बन्ध में सब बातों को जान जाते हैं।

'अध्यात्मम्' व्यक्तिक आत्मा के नीचे विद्यमान वास्तविकता है।[2]

---

1. मैकनिकोल : 'साम्स ऑफ़ दि मराठा सेण्ट्स' (1919), पृ० 79
2. प्रत्यगात्मविषयं वस्तु। —शंकराचार्य।

30. साधिभूताधिदैवं मां साधियज्ञं च ये विदुः।
प्रयाणकालेऽपि च मां ते विदुर्युक्तचेतसः॥

(30) जो मुझे इस रूप में जानते हैं कि मैं ही एक हूं, जो भौतिक जगत् का और दैवीय पक्षों का और सब यज्ञों का शासन करता हूं, वे योग में चित्त को लीन करके इस लोक से प्रयाण करते समय भी मेरा ज्ञान प्राप्त कर लेते हैं।

हमसे कहा गया है कि यहां से प्रस्थान करते समय हम केवल कुछ आनुमानिक सिद्धान्तों को ही याद न रखें, अपितु उस परमात्मा को उसके सब रूपों में जानें, उस पर विश्वास करें और उसकी पूजा करें।

यहां कुछ नये पारिभाषिक शब्दों का प्रयोग किया गया है और अगले अध्याय में अर्जुन उनका अर्थ पूछता है। भगवान् को केवल उसके अपने रूप में ही नहीं जानना, अपितु प्रकृति में उसके प्रकट रूपों में भी, वस्तुरूपात्मक और कर्तात्मक तत्त्व में भी, कर्मों और यज्ञ के सिद्धान्त में भी जानना है। गुरु अगले अध्याय में इन सबकी व्याख्या संक्षेप में करता है।

इति ··· ज्ञानविज्ञानयोगो नाम सप्तमोऽध्यायः।

यह है 'ज्ञान और विज्ञान का योग' नामक सातवां अध्याय।

अध्याय 8

विश्व के विकास का क्रम

अर्जुन प्रश्न करता है

अर्जुन उवाच

1. किं तद्ब्रह्म किमध्यात्मं किं कर्म पुरुषोत्तम।
अधिभूतं च किं प्रोक्तमधिदैवं किमुच्यते ॥

अर्जुन ने पूछा :

(1) ब्रह्म क्या है? आत्मा क्या है? और हे पुरुषोत्तम, कर्म क्या है? भूतों का (तत्त्वों का) क्षेत्र कौन-सा कहा जाता है? देवताओं का क्षेत्र कौन-सा कहा जाता है?

आत्मा में विद्यमान वस्तु क्या है (अध्यात्मम्)? देवताओं में विद्यमान वस्तु क्या है (अधिदैवम्)? यज्ञ में विद्यमान वस्तु क्या है (अधियज्ञम्)? सब भूतों में विद्यमान वस्तु क्या है (अधिभूतम्)? इन सब प्रश्नों का उत्तर यह है कि परम आत्मा सब सिरजी गई वस्तुओं, सब यज्ञों, सब देवताओं और सब कर्मों में व्याप्त है। ये सब केवल भगवान् की विविध अभिव्यक्तियां हैं।[1]

2. अधियज्ञः कथं कोऽत्र देहेऽस्मिन्मधुसूदन।
प्रयाणकाले च कथं ज्ञेयोऽसि नियतात्मभिः ॥

(2) हे मधुसूदन (कृष्ण), इस शरीर में यज्ञ का क्षेत्र (अंश) कौन-सा है और

1. ममैव रूपान्तराणि। —अभिनवगुप्त।

कैसे? फिर जिस व्यक्ति ने अपने-आप को वश में कर लिया है, वह इस संसार से प्रस्थान के समय तुझको किस प्रकार जान पाएगा?

आध्यात्मिक मनोवृत्ति वाले लोगों को मृत्यु के समय तुम्हारा ज्ञान किस प्रकार होता है?

कृष्ण उत्तर देता है

श्री भगवानुवाच

3. अक्षरं ब्रह्म परमं स्वभावोऽध्यात्ममुच्यते।
भूतभावोद्भवकरो विसर्गः कर्मसंज्ञितः ॥

श्री भगवान् ने कहा :

(3) ब्रह्म (या परम) अनश्वर है, सर्वोच्च (अन्य सब वस्तुओं से उच्चतर) है। स्वभाव को ही आत्मा कहा जाता है। कर्म उस सृजनशील शक्ति का नाम है, जो सब वस्तुओं को अस्तित्व में लाने का कारण है।

स्वभाव : ब्रह्म जीव का रूप धारण कर लेता है; अध्याय 15, 7।[1]

अध्यात्म : शरीर का स्वामी, उपभोक्ता।[2] यह ब्रह्म की वह प्रावस्था है, जो वैयक्तिक आत्मा बनती है।

ब्रह्म एक अपरिवर्तनशील स्वतःअस्तित्व है, जिस पर वे सब वस्तुएं—जो जीती हैं, गति करती हैं और जिनका अस्तित्व है—आधारित हैं। आत्म मनुष्य और प्रकृति में विद्यमान आत्मा है। कर्म वह सृजनशील संवेग है, जिससे जीवन के रूप उद्भूत होते हैं। विश्व का समूचा विकास कर्म कहलाता है। भगवान इसे शुरू करता है और कोई कारण नहीं कि वैयक्तिक जीव इसमें भाग न ले। अपरिवर्तनशील ब्रह्म, जो कर्तृत्व और वस्तु-रूपात्मकता के सब द्वन्द्वों से ऊपर है, विश्व के प्रयोजन की दृष्टि से नित्य कर्ता, अध्यात्म बन जाता है, जो नित्य वस्तु-रूप के—जो कि प्रकृति का परिवर्तनशील अंश है, जो सब रूपों का आधार है—मुकाबले में होता है, जब कि कर्म सृजनशील शक्ति है, गतिविधि का

---

1. स्वस्य एव ब्रह्मण एव अंशतया जीवरूपेण भवनं स्वभावः। —श्रीधर।
2. स एवात्मानं देहमधिकृत्य भोक्तृत्वेन वर्तमानोऽध्यात्मशब्देनोच्यते। —श्रीधर।

मूल तत्त्व। ये सब स्वाधीन नहीं हैं, अपितु एक ही भगवान् के विभिन्न प्रकट-रूप हैं। कर्ता और वस्तु-रूप की परस्पर क्रिया, जो कि विश्व का केन्द्रीय आदर्श है, ब्रह्म, परमात्मा की अभिव्यक्ति है, जो कर्ता और वस्तु-रूप के भेदभाव से ऊपर है।

माण्डूक्य उपनिषद् में इस बात को ज़ोर देकर कहा गया है कि जहां परब्रह्म अनिर्वचनीय और निर्गुण[1] है, वहां जीवित परमात्मा संसार का शासक है, अन्तर्यामी आत्मा।[2] ब्रह्म और ईश्वर, परब्रह्म और व्यक्तिक परमात्मा का अन्तर उपनिषद् में स्पष्ट रूप से प्रतिपादित किया गया है। व्यक्तिक परमात्मा विश्व का स्वामी है, जब कि ब्रह्म विश्वोत्तर वास्तविकता है।

4. अधिभूतं क्षरो भावः पुरुषश्चाधिदैवतम्।
अधियज्ञोऽहमेवात्र देहे देहभृतां वर ॥

(4) सब सिरजी गई वस्तुओं का आधार परिवर्तनशील प्रकृति है : दैवीय तत्त्वों का आधार विश्व की आत्मा है। और सब यज्ञों का आधार, हे शरीरधारियों में श्रेष्ठ (अर्जुन), इस शरीर में मैं स्वयं ही हूं।

यहां फिर लेखक यह चाहता है कि हम ब्रह्म का उसके सब पहलुओं की दृष्टि से अखण्ड ज्ञान प्राप्त करें। एक अपरिवर्तनशील दिव्य शक्ति है ब्रह्म; एक व्यक्तिक परमात्मा है ईश्वर, जो सम्पूर्ण भक्ति का पात्र है; एक विश्वात्मा, हिरण्यगर्भ, जो विश्व का अध्यक्ष देवता है; और व्यक्तिक आत्मा जीव है, जो ब्रह्म के उच्चतर स्वभाव और परिवर्तनशील प्रकृति में सहयोग देता है। देखिए 7, 4।

मृत्यु के क्षण में आत्मा का ध्यान जहां रहता है, वहीं वह पहुंचती है

5. अन्तकाले च मामेव स्मरन्मुक्त्वा कलेवरम्।
यः प्रयाति स मद्भावं याति नास्त्यत्र संशयः॥

---

1. अदृष्टम्, अव्यवहार्यम्, अग्राह्यम्, अलक्षणम्, अचिन्त्यम अव्यपदेश्यम्, एकात्मप्रत्ययसारम प्रपञ्चोपशमम्, शान्तम्, शिवम्, अद्वैतम्। 7
2. एष सर्वेश्वर, एष सर्वज्ञ, एषोऽन्तर्यामी येष योनिः सर्वस्य प्रभवाप्ययौ हि भूतानाम्। 6

(5) मृत्यु के समय जो कोई केवल मेरा ध्यान करता हुआ अपने शरीर का त्याग करके इस संसार से प्रयाण करता है, वह मेरे पद को प्राप्त होता है, इसमें कोई संशय नहीं है।

इस श्लोक में फिर 7, 30 में कही गई बात को उठाया गया है। उपनिषदों में मृत्यु के क्षण में विद्यमान मन की दशा के महत्त्व पर बहुत ज़ोर दिया गया है। छान्दोग्य, 3, 14, 1; प्रश्न उपनिषद्, 3, 10। हम अन्तिम क्षणों में परमात्मा का विचार केवल तभी कर पाएंगे, जब कि हम पहले भी उसके भक्त रहे हों।

6. यं यं वापि स्मरन्भावं त्यजत्यन्ते कलेवरम्।
तं तमेवैति कौन्तेय सदा तद्भावभावितः॥

(6) हे कुन्ती के पुत्र (अर्जुन), अन्तिम समय में मनुष्य जिस-जिस (अस्तित्व) की दशा का ध्यान करता हुआ शरीर का त्याग करता है, वह उसके ध्यान में सदा मग्न रहता हुआ उस दशा को ही प्राप्त करता है।

सदा तद्भावभावितः : सदा उसके विचार में मग्न रहता हुआ।

केवल अन्तिम क्षण की आकस्मिक कल्पना नहीं, अपितु सम्पूर्ण जीवन का अनवरत प्रयत्न वह वस्तु है, जो भविष्य का निर्णय करती है।

तद्भावभावितः : शब्दशः इसका अर्थ है—उसकी दशा (भाव) में पहुंचाया गया (भावितः)। आत्मा उसी दशा को प्राप्त होती है, जिसका कि वह अन्तिम क्षणों में ध्यान कर रही होती है। हम जो कुछ सोचते हैं, वही बन जाते हैं। हमारे अतीत के विचारों से हमारे वर्तमान जन्म का निर्धारण हुआ है और हमारे वर्तमान विचारों से भविष्य के जन्म का निर्धारण होगा।

7. तस्मात्सर्वेषु कालेषु मामनुस्मर युध्य च।
मय्यर्पितमनोबुद्धिर्मामेवैष्यस्यसंशयम्॥

(7) इसलिए तू सदा मुझे याद कर और युद्ध कर। जब तेरा मन और बुद्धि मेरी ओर एकाग्र रहेंगे, तो तू निस्सन्देह मुझको ही प्राप्त होगा।

सर्वेषु कालेषु : सब समय। केवल उसी दशा में हम संक्रान्तिमय अन्तिम क्षणों में परमात्मा का ध्यान कर पाने में समर्थ होंगे। —श्रीधर।

माम् अनुस्मर युध्य च : मुझे याद रख और युद्ध कर। यह युद्ध, जिसका यहां संकेत करना अभीष्ट है, भौतिक स्तर पर नहीं है, क्योंकि वह युद्ध सदा नहीं किया जा सकता। यह तो अन्धकार की शक्तियों के विरुद्ध युद्ध है, जिसे हमें निरन्तर जारी रखना है।

हमें शाश्वतता की अपनी चेतना को बनाए रखते हुए और अपरिवर्तनशील परमात्मा के सान्निध्य में रहते हुए संसार के कार्य में लगे रहना चाहिए। "जैसे नर्तकी जब विभिन्न लयों के अनुसार नृत्य कर रही होती है, तब भी वह अपना ध्यान अपने सिर पर रखे हुए घड़े पर केन्द्रित रखती है, उसी प्रकार सच्चा धर्मात्मा मनुष्य अनेक कार्यों को करते हुए भी परमेश्वर के चरणकमलों के ध्यान को कभी नहीं छोड़ता।"[1] हमें जीवन के सब कर्मों को उस परमात्मा के प्रति अर्पित कर देना होगा, जो हमारे जीवन को सब ओर से घेरे हुए है, जीवन में अन्दर घुसा हुआ है और उस जीवन को सार्थक बनाता है। केवल परमात्मा का स्मरणमात्र ही सब कार्यों को पवित्र बना देता है। तुलना कीजिए : "मैं भ्रमातीत (अच्युत) भगवान् को प्रणाम करता हूं। उसका ध्यान करने से या उसका नाम जपने से तप, यज्ञ और क्रियाओं में हुई सब त्रुटियां दूर हो जाती हैं।"[2]

8. अभ्यासयोगयुक्तेन चेतसा नान्यगामिना।
परमं पुरुषं दिव्यं याति पार्थानुचिन्तयन्॥

(8) हे पार्थ (अर्जुन), जो व्यक्ति निरन्तर अभ्यास द्वारा चित्त को योग में लगाकर उस परम पुरुष का ध्यान करता है, और अपने चित्त को कहीं भटकने नहीं देता, वह अवश्य ही उस दिव्य और सर्वोच्च पुरुष को प्राप्त करता है।

मृत्यु-शय्या पर किया जाने वाला पश्चात्ताप हमारी रक्षा नहीं कर सकेगा, अपितु निरन्तर अभ्यास और भगवान् के प्रति अविचल समर्पण द्वारा हमारा उद्धार होगा।

---

1. पुङ्खानुपुङ्खविषयानुपसेवमानो धीरो न मुञ्चति मुकुन्दपदारविन्दम्।
सङ्गीतवाद्यलयतालवशंगतापि मौलिस्थकुम्भपरिरक्षणधीर्नटीव ॥

2. यस्य स्मृत्या च नामोक्त्या तपोयज्ञक्रियादिषु।
न्यूनं सम्पूर्णतां याति सद्यो वन्दे तमच्युतम् ॥

9. कवि पुराणमनुशासितार-
मणोरणीयांसमनुस्मरेद्यः।
सर्वस्य धातारमचिन्त्यरूप-
मादित्यवर्णं तमसः परस्तात्॥

(9) जो व्यक्ति उस द्रष्टा (कवि), उस पुरातन शासक का ध्यान करता है, जो कि सूक्ष्म से भी सूक्ष्म है और सबका धारण करने वाला है, जिसके रूप का ध्यान भी नहीं किया जा सकता और जो अन्धकार से परे सूर्य के समान रंग वाला है;

देखिए श्वेताश्वतर उपनिषद्, 3, 18।

कवि : द्रष्टा, देखने वाला। यहां इसका अर्थ है सर्वज्ञ।[1]

यहां सम्बन्धरहित, अपरिवर्तनशील ब्रह्म का वर्णन नहीं है, अपितु ईश्वर का वर्णन है, जो कि व्यक्तिक परमात्मा है, द्रष्टा है, स्रष्टा है और विश्व का शासक है। वह अन्धकार का विरोधी प्रकाश है।[2]

10. प्रयाणकाले मनसाचलेन,
भक्त्या युक्तो योगबलेन चैव।
भ्रुवोर्मध्ये प्राणमावेश्य सम्यक्,
स तं परं पुरुषमुपैति दिव्यम्॥

(10) जो व्यक्ति इस संसार से प्रस्थान के समय मन को भक्ति और योगबल से स्थिर करके और अपनी प्राणशक्ति को भौंहों के मध्य में भलीभांति स्थापित करके वैसा करता है, वह उस दिव्य परम पुरुष को प्राप्त होता है।

स्पष्ट है कि ऐसा कर पाना केवल उन लोगों के लिए ही सम्भव है, जो योग की शक्ति द्वारा अपनी मृत्यु के समय का चुनाव स्वय करते हैं।[3]

---

1. कविं क्रान्तदर्शिनं सर्वज्ञम्। —शंकराचार्य।
2. प्रकर्षरूपत्वेन तमोविरोधिनम्। —मधुसूदन।
3. योगेनान्ते तनुत्यजाम्। —कालिदास; रघुवंश 1, 8

11 यदक्षरं वेदविदो वदन्ति,
विशन्ति यद्यतयो वीतरागाः।
यदिच्छन्तो ब्रह्मचर्यं चरन्ति,
तत्ते पदं संग्रहेण प्रवक्ष्ये ॥

(11) मैं संक्षेप में तेरे सामने उस दशा का वर्णन करता हूं, जिसे वेद को जानने वाले अनश्वर (अक्षर) कहते हैं; वीतराग मुनि लोग जिसमें प्रवेश करते हैं और जिसकी कामना से वे ब्रह्मचर्य का जीवन बिताते हैं।

देखिए कठोपनिषद्, 2, 15। "जिस शब्द का सब वेद जाप करते हैं और सब तप जिसकी घोषणा करते हैं और जिसकी कामना करते हुए धार्मिक जिज्ञासा वाले व्यक्ति जीवन बिताते हैं—वह शब्द मैं संक्षेप में तुझे बताए देता हूं।" ईश्वरवादी लोग इसे सर्वोच्च स्वर्ग, 'विष्णु का परम स्थान' समझते हैं; विष्णोः परमं पदम्।

12. सर्वद्वाराणि संयम्य मनो हृदि निरुध्य च।
मूर्ध्न्याधायात्मनः प्राणमास्थितो योगधारणाम् ॥

(12) शरीर के सब द्वारों को संयम में रखकर, मन को हृदय में रोककर, प्राणशक्ति को मूर्धा (सिर) में स्थिर करके और योग द्वारा एकाग्र होकर;

शरीर को द्वारों वाली नगरी कहा जाता है : 5, 13। हृदय में रोके गए मन से अभिप्राय है कि वह मन, जिसके कार्यों को रोक दिया गया है। योगशास्त्र में बताया गया है कि जो आत्मा हृदय से सुषुम्ना नाड़ी में से होकर सिर में स्थित ब्रह्मरन्ध्र तक पहुंचती है और वहां से निकलती है, वह परमात्मा के साथ एकाकार हो जाती है।

13. ओमित्येकाक्षरं ब्रह्म व्याहरन्मामनुस्मरन्।
यः प्रयाति त्यजन्देहं स याति परमां गतिम् ॥

(13) और जो एक अक्षर ओ३म् (जो कि ब्रह्म है) का उच्चारण करता हुआ मुझे स्मरण करता हुआ अपने शरीर को त्यागकर इस संसार से प्रयाण करता है, वह उच्चतम लक्ष्य (परम गति) को प्राप्त होता है।

'ओऽम्' शब्द उस ब्रह्म का प्रतीक है, जिसे किसी प्रकार अभिव्यक्त नहीं किया जा सकता।

माम् अनुस्मरन् : मुझे याद करता हुआ। उच्चतम स्थिति, योगसूत्र के अनुसार, परमात्मा की उपासना द्वारा प्राप्त की जा सकती है।[1]

14. अनन्यचेताः सततं यो मां स्मरति नित्यशः।
तस्याहं सुलभः पार्थ नित्ययुक्तस्य योगिनः॥

(14) जो मनुष्य अन्य किसी वस्तु का ध्यान न करता हुआ निरन्तर मेरा ही स्मरण करता है, वह अनुशासित योगी (या वह, जो भगवान् के साथ मिलकर एक हो गया है) मुझे सरलता से प्राप्त कर लेता है।

15. मामुपेत्य पुनर्जन्म दुःखालयमशाश्वतम्।
नाप्नुवन्ति महात्मानः संसिद्धिं परमां गताः॥

(15) मुझ तक पहुंच जाने के बाद वे महान् आत्माएं पुनर्जन्म ग्रहण नहीं करतीं, जो दुःख का घर है और अस्थायी है, क्योंकि वे आत्माएं परम सिद्धि को प्राप्त कर चुकी होती हैं।

9, 33 की टिप्पणी देखिए।

16. आब्रह्मभुवनाल्लोकाः पुनरावर्तिनोऽर्जुन।
मामुपेत्य तु कौन्तेय पुनर्जन्म न विद्यते॥

(16) ब्रह्मा के लोक से लेकर नीचे के सब लोक ऐसे हैं, जिनसे फिर पुनर्जन्म की ओर लौटना होता है। परन्तु हे कुन्ती के पुत्र (अर्जुन), मुझ तक पहुंच जाने के बाद फिर किसी को पुनर्जन्म ग्रहण नहीं करना पड़ता।

सब लोक परिवर्तन के वशवर्ती हैं।[2]

17. सहस्रयुगपर्यन्तमहर्यद्ब्रह्मणो विदुः।
रात्रिं युगसहस्रान्तां तेऽहोरात्रविदो जनाः॥

---

1. समाधिसिद्धिरीश्वरप्रणिधानात्।
2. पुनरावर्तिनः कालपरिच्छिन्नत्वात्। —शंकराचार्य।

(17) जो लोग इस बात को जान लेते हैं कि ब्रह्मा का एक दिन एक हजार युगों की अवधि का होता है और यह कि ब्रह्मा की रात्रि एक हजार युग लम्बी होती है, वे दिन और रात को जानने वाले व्यक्ति हैं।

दिन विश्व की अभिव्यक्ति का काल है और रात्रि अनभिव्यक्ति का काल। ये दोनों समान अवधि के हैं और एक के पश्चात् एक आने वाले हैं।

18. अव्यक्ताद्व्यक्तयः सर्वाः प्रभवन्त्यहरागमे।
रात्र्यागमे प्रलीयन्ते तत्रैवाव्यक्तसंज्ञके ॥

(18) दिन के आने पर अव्यक्त से सब वस्तुए प्रकट हो जाती हैं और रात्रि के आने पर वे सब वस्तुए फिर उसी अव्यक्त कही जाने वाली वस्तु में विलीन हो जाती हैं।

यहां अव्यक्त का अभिप्राय प्रकृति से है।

19. भूतग्रामः स एवायं भूत्वा भूत्वा प्रलीयते।
रात्र्यागमेऽवशः पार्थ प्रभवत्यहरागमे ॥

(19) हे पार्थ (अर्जुन), यह वही बार-बार उत्पन्न होने वाला अस्तित्वमान् वस्तुओं का समूह बिलकुल बेबस-सा रात्रि के आगमन पर विलीन हो जाता है और दिन के आगमन पर फिर अपने अस्तित्व में प्रकट हो जाता है।

सब अस्तित्वमान् वस्तुओं (भूतों) का समय-समय पर होने वाला आविर्भाव और विलय सब वस्तुओं के स्वामी को प्रभावित नहीं करता।

20. परस्तस्मात्तु भावोऽन्योऽव्यक्तोऽव्यक्तात्सनातनः।
यः स सर्वेषु भूतेषु नश्यत्सु न विनश्यति ॥

(20) परन्तु इस अव्यक्त से भी परे एक और अव्यक्त सनातन अस्तित्व है, जो सब अस्तित्वमान् वस्तुओं के नष्ट हो जाने पर भी नष्ट नहो होता।

यह ऊर्ध्वलौकिक (लोकोत्तर) अव्यक्त है, जो सब प्रंकार के परिवर्तनों में भी अपरिवर्तनशील और नित्य है। कई बार अव्यक्त के दो प्रकारों में अन्तर किया जाता है; एक तो वह अव्यक्त, जिसमें वे सब प्राणी प्रवेश करते हैं,

जिनका उद्धार नहीं हुआ; और एक लोकोत्तर अव्यक्त, जिसे 'शुद्धतत्त्व' कहा जाता है और जिसे साधारण मन अनुभव ही नहीं कर सकता, और जिसमें वे आत्माएं प्रवेश करती हैं, जिनका उद्धार हो चुका है। दिन और रात्रि की अविराम लयबद्ध गति उन सब लौकिक भूतों पर होती है, जो शाश्वत नहीं हैं। लौकिक प्रक्रिया से परे भगवान् है, अव्यक्त ब्रह्म, जो सर्वोच्च लक्ष्य है। जो उसे प्राप्त कर लेते हैं, वे दिन और रात के परे पहुंच जाते हैं।

21. अव्यक्तोऽक्षर इत्युक्तस्तमाहुः परमां गतिम।
यं प्राप्य न निवर्तन्ते तद्धाम परमं मम ॥

(21) यह अव्यक्त अनश्वर कहलाता है। उसे सर्वोच्च स्थिति कहा गया है। जो उसे प्राप्त कर लेते हैं, वे वापस नहीं लौटते। वही मेरा परम धाम (निवास-स्थान) है।

हम जन्म और मरण के या विश्व की अभिव्यक्ति (प्रभव) और अनभिव्यक्ति (प्रलय) के चक्र से बच जाते हैं। उस अनिर्वचनीय ब्रह्म के धाम तक पहुंचने के लिए, जिसका कि धाम लौकिक अभिव्यक्ति से परे है, हमें अपने समूचे व्यक्तित्व को भगवान् को अर्पित कर देना होगा। शाश्वत अव्यक्त की लोकोत्तर दशा भी भक्ति या उपासना द्वारा प्राप्त की जा सकती है। उस ब्रह्म के साथ अपनी सम्पूर्ण चेतन सत्ता के संयोग द्वारा हम पूर्ण निष्पत्ति तक पहुंच जाते हैं। व्यक्तिक परमात्मा, ईश्वर का परम धाम परब्रह्म है। साथ ही देखिए, 8, 21

22. पुरुषः स परः पार्थ भक्त्या लभ्यस्त्वनन्यया।
यस्यान्तःस्थानि भूतानि येन सर्वमिदं ततम् ॥

(22) हे पार्थ (अर्जुन), वह परम पुरुष, जिसमें सब भूत निवास करते हैं और जिससे यह संसार व्याप्त है, अनन्य भक्ति द्वारा प्राप्त किया जा सकता है।

दो मार्ग

23. यत्र काले त्वनावृत्तिमावृत्तिं चैव योगिनः।
प्रयाता यान्ति तं कालं वक्ष्यामि भरतर्षभ ॥

(23) हे भरतों में श्रेष्ठ (अर्जुन), अब मैं तुझे वह समय बताता हूं, जिसमें इस

संसार से प्रयाण करने वाले योगी फिर वापस नहीं लौटते और वह समय भी बताता हूं, जिसमें प्रयाण करने वाले फिर वापस लौट आते हैं।

24. अग्निर्ज्योतिरहः शुक्लः षण्मासा उत्तरायणम्।
तत्र प्रयाता गच्छन्ति ब्रह्म ब्रह्मविदो जनाः ॥

(24) अग्नि, प्रकाश, दिन, शुक्लपक्ष और उत्तरायण (जिन दिनों सूर्य भूमध्य रेखा से उत्तर की ओर रहता है) के छः महीने—यह वह समय है, जिसमें इस संसार से प्रस्थान करने वाले ब्रह्मज्ञानी ब्रह्म तक पहुंच जाते हैं।

25. धूमो रात्रिस्तथा कृष्णः षण्माषा दक्षिणायनम्।
तत्र चान्द्रमसं ज्योतिर्योगी प्राप्य निवर्तते ॥

(25) धुआं, रात्रि, कृष्णपक्ष और दक्षिणायन (जिन दिनों सूर्य भूमध्यरेखा से दक्षिण की ओर रहता है) के छः महीने—यह वह समय है, जिसमें प्रयाण करने वाले योगी चन्द्रमा की ज्योति प्राप्त करके वापस लौट आते हैं।

कहा जाता है कि हमारे मृत पूर्वज (पितर) चन्द्रमा के लोक में निवास करते हैं और पृथ्वी पर वापस लौटने का समय होने तक वहीं रहते हैं।

26. शुक्लकृष्णे गती ह्यते जगतः शाश्वते मते।
एकया यात्यनावृत्तिमन्ययावर्तते पुनः ॥

(26) प्रकाशमय और अन्धकारमय, संसार के ये दो मार्ग शाश्वत मार्ग समझे जाते हैं। एक से जाने वाला वापस नहीं लौटता, जब कि दूसरे से जाने वाला वापस लौट आता है।

जीवन प्रकाश और अन्धकार के मध्य चल रहा एक संघर्ष है। इनमें से पहला मुक्ति का कारण बनता है और पिछला पुनर्जन्म का। यहां पर लेखक के युगान्त-सम्बन्धी एक विश्वास का उपयोग एक महान् आध्यात्मिक सत्य को प्रकट करने के लिए किया है और वह सत्य यह है कि जो लोग अज्ञान की रात्रि में भटकते रहते हैं, वे पितरों के मार्ग से जाते हैं और वे पुनर्जन्म के वशवर्ती रहते हैं और जो लोग ज्ञान के प्रकाश में रहते हैं और ज्ञान के मार्ग पर चलते रहते हैं, वे पुनर्जन्म के बन्धन से मुक्ति पा लेते हैं।

27. नैते सृती पार्थ जानन्योगी मुह्यति कश्चन।
तस्मात्सर्वेषु कालेषु योगयुक्तो भवार्जुन॥

(27) हे पार्थ (अर्जुन), जो योगी इन मार्गों को जान लेता है, वह कभी भ्रम में नहीं पड़ता। इसलिए हे अर्जुन, तू सदा योग में जुटा रह।

तू चाहे कुछ भी काम क्यों न कर रहा हो, परन्तु नित्यब्रह्म के ध्यान को कभी मत छोड़।

28. वेदेषु यज्ञेषु तपःसु चैव,
दानेषु यत्पुण्यफलं प्रदिष्टम्।
अत्येति तत्सर्वमिदं विदित्वा,
योगी परं स्थानमुपैति चाद्यम्॥

(28) यह सब जान लेने के बाद योगी वेदों के अध्ययन, यज्ञ, तप और दान के पुण्य से प्राप्त होने वाले फलों के परे पहुंच जाता है और आदि तथा परम स्थान को प्राप्त करता है।

वेदों के अध्ययन, यज्ञों, तपों और दानों के फलस्वरूप जो स्थितियां प्राप्त होती हैं, वे निम्नतर स्थितियां होती हैं, जिन्हें वह योगी पार कर जाता है, जो उनसे ऊपर उठकर अन्तिम लक्ष्य तक पहुंचता है।

इति ··· अक्षरब्रह्मयोगो नामाष्टमोऽध्यायः।

यह है 'अक्षरब्रह्म का योग' नामक आठवां अध्याय।

अध्याय 9

भगवान् अपनी सृष्टि से बड़ा है

सबसे बड़ा रहस्य

श्रीभगवानुवाच

1. इदं तु ते गुह्यतमं प्रवक्ष्याम्यनसूयवे।
ज्ञानं विज्ञानसहितं यज्ज्ञात्वा मोक्ष्यसेऽशुभात् ॥

श्री भगवान् ने कहा :

(1) मैं तुझको, जो कि ईर्ष्या से रहित है, विज्ञानसहित ज्ञान का यह गम्भीर रहस्य बतलाता हूं, जिसे जानकर तू सब बुराइयों से मुक्त हो जाएगा।

विज्ञानसहितम्, अनुभवयुक्तम्। —शंकराचार्य। परन्तु हम ज्ञान का अर्थ 'प्रबोध' और विज्ञान का अर्थ 'विस्तृत ज्ञान' मानते हैं। इनमें से पहला आधिविद्यक सत्य है, जब कि पिछला वैज्ञानिक ज्ञान है। हमारे पास सत्य को, जो अन्तर्ज्ञानात्मक और साथ ही साथ मानवीय मन का बौद्धिक विस्तार है, उपलब्ध करने के लिए ये विभिन्न और परस्परपूरक साधन विद्यमान हैं। हमें प्रबोध और ज्ञान को प्राप्त करना चाहिए, वास्तविकता में प्रवेश करना चाहिए और वस्तुओं के स्वभाव को गहराई तक समझना चाहिए। दार्शनिक लोग यह सिद्ध कर देते हैं कि परमात्मा का अस्तित्व है, परन्तु उनका परमात्मा के सम्बन्ध में ज्ञान परोक्ष है; मुनि लोग यह बताते हैं कि उन्होंने परमात्मा की वास्तविकता को अपनी आत्मा की गहराइयों में अनुभव किया है और उनका ज्ञान प्रत्यक्ष है।[1]

---

1. अस्ति ब्रह्मेति चेद् वेद परोक्षं ज्ञानमेव तत्।
अहं (वाअस्मि) ब्रह्मेति चेद् वेद अपरोक्षं तदुच्यते ॥

देखिए 3, 41; 6, 8।

2. राजविद्या राजगुह्यं पवित्रमिदमुत्तमम्।
प्रत्यक्षावगमं धर्म्यं सुसुखं कर्तुमव्ययम्॥

(2) यह सबसे बड़ा ज्ञान है; सबसे बड़ा रहस्य है; यह सबसे अधिक पवित्र है; यह प्रत्यक्ष अनुभव द्वारा जाना जाता है; यह धर्मानुकूल है; इसका अभ्यास करना सरल है और यह अनश्वर है।

राजविद्या, राजगुह्यम् : शब्दार्थ है ज्ञान का राजा, रहस्यों का राजा, किन्तु भावार्थ है सबमे बड़ा ज्ञान, सबसे बड़ा रहस्य।

प्रत्यक्षावगमम् : यह तर्क का विषय नहीं है, अपितु प्रत्यक्ष अनुभव द्वारा सिद्ध है। यह परिचय द्वारा प्राप्त ज्ञान है; केवल वर्णन, कही-सुनी बात या किसी की बताई गई बात पर आधारित ज्ञान नहीं है। सत्य तो स्वयं अपने प्रकाश में चमक रहा है और इस बात की प्रतीक्षा में है कि यदि रुकावट डालने वाले आवरण हटा दिए जाएं तो वह हमारे द्वारा देख लिया जाए। मनुष्य को अपने विकसित और पवित्र अन्तर्ज्ञान द्वारा भगवान् को अपने आत्म के रूप में ही देखना है।[1] तुलना कीजिए, प्रबोधविदितम्। केन उपनिषद् 2, 12।

3. अश्रद्दधानाः पुरुषा धर्मस्यास्य परन्तप।
अप्राप्य मां निवर्तन्ते मृत्युसंसारवर्त्मनि॥

(3) हे शत्रुओं को सताने वाले (अर्जुन), जो लोग इस मार्ग में श्रद्धा नहीं रखते, वे मुझे प्राप्त न करके फिर मर्त्य जीवन (संसार) के मार्ग में लौट आते हैं।

यह सर्वोच्च ज्ञान अवतारधारी भगवान् कृष्ण की ब्रह्म के साथ, जो सबका मूल है, एकरूपता का ज्ञान है। हमें अन्तिम प्रबोधन तब प्राप्त होगा, जब कि हम अवतार की उपासना इस ज्ञान के साथ करेंगे। ब्रह्म का सीधा ध्यान कर पाना कहीं अधिक कठिन है। क्योंकि अर्जुन श्रद्धावान् मनुष्य है, इसलिए उसे यह

---

1. न शास्त्रैर्नापि गुरुणा दृश्यते परमेश्वरः।
दृश्यते स्वात्मनैवात्मा स्वया सत्त्वस्थया धिया॥

—योगवाशिष्ठ, 6, 118, 4

रहस्य बताया गया है। श्रद्धाहीन लोगों को, जो इसे स्वीकार नहीं करते, मुक्ति प्राप्त नहीं होती, अपितु वे फिर जन्म के बन्धन में आ जाते हैं। जिस श्रद्धा की मांग की गई है, वह उद्धार करने वाले ज्ञान की वास्तविकता में और मनुष्य की उस ज्ञान को प्राप्त कर सकने की क्षमता में श्रद्धा है। ब्रह्म की स्वतन्त्रता की ओर विकसित होने के लिए पहला कदम हमारे अन्दर विद्यमान उस परमेश्वर में श्रद्धा का होना है, जो हमारे अस्तित्व और कर्मों को संभाले हुए है। जब हम उस आन्तरिक ब्रह्म के प्रति आत्मसमर्पण कर देते हैं, तब योगाभ्यास सरल हो जाता है।

अवतारधारी भगवान् परम वास्तविकता का ही रूप है

4. मया ततमिदं सर्वं जगदव्यक्तमूर्तिना।
मत्स्थानि सर्वभूतानि न चाहं तेष्ववस्थितः॥

(4) इस सारे संसार को मैंने अपने अव्यक्त रूप द्वारा व्याप्त किया हुआ है। सब प्राणी मुझमें निवास करते हैं, किन्तु मैं उनमें निवास नहीं करता।

देखिए 7, 12।

सम्पूर्ण विश्व का अस्तित्व लोकातीत परमेश्वर के कारण है और फिर भी इस संसार के रूप उस परमेश्वर को पूरी तरह न तो अपने अन्दर रखते हैं और न उसे अभिव्यक्त करते हैं। उसकी परम वास्तविकता देशकालाधीन वस्तुओं की प्रतीति से बहुत ऊपर है।

5. न च मत्स्थानि भूतानि पश्य मे योगमैश्वरम्।
भूतभृन्न च भूतस्थो ममात्मा भूतभावनः॥

(5) और (फिर भी) सब भूतों (अस्तित्वमान् वस्तुओं) का निवास मुझमें नहीं है; मेरे इस दिव्य रहस्य को देख। मेरी आत्मा जो सब भूतों का मूल है, वह सब भूतों को संभाले तो हुए है, किन्तु वह उनमें निवास नहीं करती।

योगम् ऐश्वरम् : दिव्य रहस्य। परम ईश्वर से, सीमित तत्त्व रूप में दिखाई पड़ने वाले विश्व के आविर्भाव की व्याख्या ब्रह्म की शक्ति द्वारा की गई है। भगवान् सब तत्त्वों का मूल है, परन्तु वह उनके द्वारा अस्पृष्ट रहता है। यह

दिव्य शक्ति का योग है। यद्यपि वह सब सत्तावान् वस्तुओं को उत्पन्न करता है, फिर भी वह परमात्मा उनसे इतना ऊपर है कि हम यह भी नहीं कह सकते कि वह उनमें निवास करता है। यदि बिलकुल ठीक-ठीक कहा जाए, तो परमात्मा की अन्तर्यामिता का विचार भी ऐसा है कि जिसका समर्थन नहीं किया जा सकता। सब अस्तित्व उसकी दो प्रकार की प्रकृति के कारण हैं। परन्तु क्योंकि उसकी अपनी उच्चतर प्रकृति आत्मा है, जो कि प्रकृति के कार्य से असम्बन्धित है, इसलिए यह भी सत्य है कि सब भूत अर्थात् वस्तुएं उनमें निवास नहीं करतीं और न वह उनमें निवास करता है। वे एक ही हैं, फिर भी पृथक् हैं।

"जीव या शरीरी आत्मा शरीर को धारण करता हुआ और उसे संभालता हुआ अहंकार या आत्मबुद्धि द्वारा उससे चिपटा रहता है। किन्तु जीव के विपरीत मैं यद्यपि सब भूतों को धारण करता हूं और संभालता हूं, फिर भी मैं उनमें निवास नहीं करता क्योंकि मैं अहंकार या आत्मबुद्धि से मुक्त हूं।"—श्रीधर।

गीता संसार को अस्वीकार नहीं करती, जो कि परमात्मा के कारण विद्यमान है और जिसके पीछे, ऊपर और आगे परमात्मा है। संसार परमात्मा के कारण विद्यमान है, जो परमात्मा संसार के बिना भी अपने-आपमें उससे कम नहीं रहेगा, जो कि वह वस्तुतः है। परमात्मा के विपरीत, संसार का अपना विशिष्ट अस्तित्व उसके अपने अन्दर नहीं है, इसलिए इसका अस्तित्व केवल सीमित है और परम नहीं। यहां गुरु का झुकाव सर्वेश्वरवाद (पैनथीइज़्म) की ओर नहीं है, जिसका कथन है कि प्रत्येक वस्तु परमात्मा है, अपितु ईशावास्यवाद (पैनैन्थीइज़्म) की ओर है, जो इस बात का सूचक है कि प्रत्येक वस्तु परमात्मा के अन्दर विद्यमान है। विश्व की प्रक्रिया परम ब्रह्म का पूर्व-प्रकटन नहीं है। कोई भी सीमित प्रक्रिया परम ब्रह्म को अन्तिम रूप से और पूरी तरह से अभिव्यक्त नहीं कर सकती, हालांकि यह संसार परमात्मा का सजीव प्रकटन है।

6. यथाकाशस्थितो नित्यं वायु सर्वत्रगो महान्।
तथा सर्वाणि भूतानि मत्स्थानीत्युपधारय ॥

(6) जिस प्रकार सब ओर चलती हुई प्रचण्ड हवा सदा आकाश में स्थित रहती है, उसी प्रकार तू समझ ले कि सब भूत (विद्यमान वस्तुएं) मुझमें निवास करते हैं।

आकाश उन सबको अपने अन्दर रखता है, परन्तु वह उनसे छुआ नहीं रहता।

यहां गुरु एक उपमा देता है। आकाश सचमुच सार्वभौम, सर्वव्यापी असीम पृष्ठभूमि है, जिसमें वायु-तत्त्व रहता है। परन्तु आकाश का स्वभाव स्थिर और अपरिवर्तनशील है। उसी प्रकार असीम परमात्मा भी एक है, अनेक नहीं। यद्यपि यह अपरिवर्तनशील सत्ता है, फिर भी यह सब गतिशील सत्ताओं का सहारा है। यह गतिशील इकाइयों में से किसी एक में भी निहित नहीं है, जो सबकी सब अन्ततोगत्वा परमात्मा पर निर्भर हैं। और फिर भी परमात्मा अनेक को संभाले हुए है। वायु आकाश में रहती है, परन्तु यह आकाश से नहीं बनी हुई और मूलतः आकाश के साथ उसमें कोई समानता नहीं है। केवल एक ऐसे अर्थ में ही हम कह सकते हैं कि वस्तुएं परमात्मा के अन्दर विद्यमान हैं।

परमात्मा की पूर्ण लोकातीतता, जिसे बाद में मध्व ने विकसित किया, यहां स्पष्ट सामने आती है। रामानुज के मत में भी विश्व ब्रह्म का प्रकटन है; परन्तु इस श्लोक में कहा गया है कि परमात्मा सब वस्तुओं को अस्तित्व तो प्रदान करता है, किन्तु वह उनके अन्दर विद्यमान नहीं रहता। वस्तुओं का अस्तित्व परमात्मा की अद्‌भुत शक्ति के कारण है। परमात्मा संसार से इतना ऊपर उठा हुआ है कि वह सब सांसारिक अस्तित्वों से पृथक है और वह उनसे इतना प्रतिकूल है कि उसे 'पूर्णतया अन्य' समझना होगा। यह एक गम्भीर धार्मिक अन्तर्ज्ञान की अभिव्यक्ति है।

7. सर्वभूतानि कौन्तेय प्रकृतिं यान्ति मामिकाम्।
कल्पक्षये पुनस्तानि कल्पादौ विसृजाम्यहम्॥

(7) हे कुन्ती के पुत्र (अर्जुन), कल्प (चक्र) की समाप्ति पर सब भूत (अस्तित्वमान् वस्तुएं) उस प्रकृति में समा जाते हैं, जो मेरी अपनी है और अगले कल्प (चक्र) के आरम्भ में मैं उन्हें फिर बाहर निकाल देता हूं।

8. प्रकृतिं स्वामवष्टभ्य विसृजामि पुनः पुनः।
भूतग्राममिमं कृत्स्नमवशं प्रकृतेर्वशात्॥

(8) अपनी प्रकृति को वश में रखते हुए मैं इन भूतों के समूह को बारम्बार उत्पन्न करता हूं, जो कि प्रकृति के वश में होने के कारण बिलकुल बेबस हैं।

अव्यक्त प्रकृति जब अव्यक्त आत्मा द्वारा प्रकाशित हो जाती है, तब वह विभिन्न स्तरों वाले वस्तु-रूपात्मक विश्व को उत्पन्न करती है। विकास का क्रम और स्वभाव प्रकृति में निहित बीजों द्वारा निर्धारित होते हैं। दिव्य आत्मा को केवल इसे अपने वश में रखना-भर होता है।

जीव कर्म के नियम के अधीन है और इसलिए विवश होकर विश्व के जीवन में शरीर धारण करने के लिए बाधित है। 5, 6 में यह कहा गया है कि ब्रह्म अपनी माया द्वारा (आत्ममायया) जन्म लेता है। मानवीय आत्माएं अपने कर्मों की प्रभु नहीं हैं। वे प्रकृति के वशवर्ती हैं, जब कि भगवान् प्रकृति का नियन्त्रण करता है और अज्ञान के कारण विवश-सा प्रकृति द्वारा चलाया नहीं जाता। दोनों ही मामलों में सृजन का साधन माया है। दिव्य शरीर धारण के मामले में यह योगमाया, आत्ममाया, प्रकृति है, जो भगवान् के प्रकाश और आनन्द से भरी रहती है और उसके नियन्त्रण के अधीन रहकर कार्य करती है। मानवीय शरीरधारण के मामले में यह अविद्या माया है। मानवीय आत्मा अज्ञान में फंसी रहती है और प्रकृति के अधीन रहने के कारण विवश होकर अपने कर्म से बंधी रहती है।

9. न च मां तानि कर्माणि निबध्नन्ति धनञ्जय।
उदासीनवदासीनमसक्तं तेषु कर्मसु॥

(9) हे धन को जीतने वाले (अर्जुन), ये कर्म मुझे बन्धन में नहीं डालते, क्योंकि मैं इन कर्मों में अनासक्त और उदासीन-सा बैठा रहता हूं।

यद्यपि भगवान् सृष्टि और प्रलय का उनकी आत्मा बनकर और संदर्शक बनकर नियन्त्रण करता है, फिर भी वह उनमें फंसता नहीं है, क्योंकि वह विश्व की घटनाओं के सिलसिले से ऊपर है। क्योंकि यह सब उस प्रकृति का कार्य है, जो परमात्मा की है, इसलिए उसे इसके अन्दर व्याप्त माना जा सकता है और फिर भी अपने लोकोत्तर पक्ष की दृष्टि से वह वस्तुओं और घटनाओ की

सासारिक परम्परा से परे है। इस प्रकार परमात्मा विश्व की क्रीड़ा में अथक रूप से सक्रिय है और वह फिर भी विश्व से ऊपर और उसके नियमों से मुक्त है। परमात्मा उस विश्व-चक्र से बंधा हुआ नहीं है, जिसे कि वह घुमा रहा है। अनगिनत व्यक्ति जन्म लेते हैं, बढ़ते हैं, प्रयत्न करते हैं और कष्ट उठाते हैं, मरते हैं और फिर जन्म लेते हैं, परन्तु परम आत्मा सदा स्वतन्त्र रहता है। वे अपने कर्मों का फल भुगतते हैं और अपने अतीत के कर्मों में बंधे रहते हैं, परन्तु वह सदा मुक्त रहता है। यह विकास विश्व के प्रभात में प्रारम्भ होता है और विश्व की रात्रि आने पर फिर वापस लौटा लिया जाता है।

10. मयाध्यक्षेण प्रकृतिः सूयते सचराचरम्।
हेतुनानेन कौन्तेय जगद्विपरिवर्तते॥

(10) हे कुन्ती के पुत्र (अर्जुन), मेरी देख-रेख में यह प्रकृति सब चराचर वस्तुओं को जन्म देती है और इसके द्वारा यह संसार-चक्र घूमता है।

यहां कृष्ण को उस परमात्मा के रूप में प्रस्तुत किया गया है, जो सारे विश्व में व्याप्त है, जो सब अस्तित्वमान् वस्तुओं को संभाले हुए है और फिर भी लोकातीत और उदासीन है। आनन्दगिरि का कथन है कि हमें सृष्टि के प्रयोजन के प्रश्न को उठाना ही नहीं चाहिए। "हम यह नहीं कह सकते कि यह सृष्टि भगवान् के उपभोग के लिए है; क्योंकि भगवान् वस्तुतः किसी वस्तु का उपभोग नहीं करता। वह तो विशुद्ध चेतना है, केवल एक साक्षी। और उसके अलावा कोई अन्य उपभोक्ता है नहीं, क्योंकि उसके अलावा और कोई चेतन सत्ता ही नहीं है ... सृष्टि का उद्देश्य मोक्ष पाना भी नहीं हो सकता, क्योंकि यह मोक्ष की विरोधिनी है। इस प्रकार न तो यह प्रश्न ही और न इसका कोई उत्तर ही सम्भव है। और इस प्रश्न के लिए कोई अवसर भी नहीं है, क्योंकि सृष्टि परमात्मा की माया के कारण हुई है।" ऋग्वेद से तुलना कीजिए : "कौन प्रत्यक्ष रूप से इस बात को जान सकता है और कौन बता सकता है कि यह चित्र-विचित्र सृष्टि कहां से और क्यों उत्पन्न हुई?"[1]

---

1. को अद्धा वेद क इह प्रवोचत् कुत आजाता, कुत इय विसृष्टिः। 10, 129, 6 । तैत्तिरीय ब्राह्मण 2, 8, 9

परमेश्वर की भक्ति का बहुत बड़ा फल है : अपेक्षाकृत छोटी भक्तियों के छोटे फल है

11. अवजानन्ति मां मूढा मानुषीं तनुमाश्रितम्।
परं भावमजानन्तो मम भूतमहेश्वरम् ॥

(11) मूढ़ (अज्ञानी) लोग मानव-शरीर धारण किए हुए मेरी अवहेलना करते हैं, क्योंकि वे मेरी उच्चतर प्रकृति को, सब भूतों (अस्तित्वमान् वस्तुओं) के स्वामी के रूप को नहीं जानते।

हम केवल बाह्य मानव-शरीर को देखते हैं और उसके अन्दर विद्यमान ब्रह्म को नहीं देखते। हम केवल बाह्य आकृति को देखते हैं और आन्तरिक वास्तविकता को नहीं देखते। परमात्मा को उसके पार्थिव छद्मवेश में पहचानने के लिए प्रयत्न की आवश्यकता होती है। यदि हम अपने सम्पूर्ण अस्तित्व को, तात्त्विक प्रकृति की सीमाओं से ऊपर उठकर, शाश्वत ब्रह्म की ओर न मोड़ दें और उस महत्तर चेतना को प्राप्त न कर लें, जिसके द्वारा हम ब्रह्म में निवास कर सकें, तो हम सीमित आकर्षणों के शिकार बने रहेंगे।

मूर्ति-पूजा ब्रह्म तक पहुंचने के साधन के रूप में काम में लाई जाती है; अन्यथा यह सदोष है। भागवत में भगवान् के मुंह से कहलवाया गया है : "मैं सब प्राणियों में उनकी आत्मा के रूप में विद्यमान हूं, परन्तु मनुष्य मेरी उस उपस्थिति की अवहेलना करके मूर्ति-पूजा का दिखावा करता है।"[1]

12. मोघाशा मोघकर्माणो मोघज्ञाना विचेतसः।
राक्षसीमासुरीं चैव प्रकृतिं मोहिनीं श्रिताः॥

(12) वे लोग असुरों और राक्षसों के मोहक स्वभाव को धारण करते हैं। उनकी महत्त्वाकांक्षाएं व्यर्थ रहती हैं, उनके कर्म व्यर्थ रहते हैं, उनका ज्ञान व्यर्थ रहता है और वे विवेकहीन हो जाते हैं।

राक्षसीम् : राक्षसों की-सी; जो लोग तमोगुण के वश में हैं और जो क्रूरता के कर्म करते हैं।

---

1. अहं सर्वेषु भूतेषु भूतात्मावस्थितः सदा।
तमवज्ञाय मां मर्त्यः कुरुते अर्चाविडम्बनम् ॥ —3, 29, 21

आसुरीम् : असुरों की-सी; जो रजोगुण के वश में हैं और जो महत्त्वाकांक्षा, लोभ तथा इसी प्रकार की अन्य प्रवृत्तियों के वशीभूत हैं। —श्रीधर।

वे क्षणिक रूपों वाले इस संसार से चिपटे रहते हैं और मोहिनी प्रकृति के शिकार बनते हैं और उसके नीचे निहित वास्तविकता (ब्रह्म) की उपेक्षा करते हैं।

13. महात्मानस्तु मां पार्थ दैवीं प्रकृतिमाश्रिताः।
भजन्त्यनन्यमनसो ज्ञात्वा भूतादिमव्ययम् ॥

(13) हे पार्थ (अर्जुन), वे महान् आत्मा वाले लोग, जो दिव्य प्रकृति में निवास करते हैं, मुझे सब अस्तित्वमान् वस्तुओं का अनश्वर मूल समझकर अनन्य चित्त से मेरी उपासना करते हैं।

छलपूर्ण स्वभाव (मोहिनी प्रकृति) का दिव्य स्वभाव (दैवी प्रकृति) से वैषम्य दिखाया गया है। यदि हम आसुरी प्रकृति के हैं, तो हम अपनी पृथक् अहं की चेतना में रहते हैं और उसे अपनी गतिविधियों का केन्द्र बना लेते हैं और संसार के निष्फल चक्र में फंसे रहते हैं और अपनी वास्तविक भवितव्यता को गंवा बैठते हैं। दूसरी ओर यदि हम दिव्य प्रकृति के हैं, तो हम सच्ची आत्मानुभूति के प्रति अपने-आप को खोल देते हैं। हमारी सम्पूर्ण प्रकृति ब्रह्म की ओर मुड़ जाती है और हमारा सारा जीवन भगवान् की एक अविराम उपासना बन जाता है। ब्रह्म का ज्ञान प्राप्त करने और जीवन में उसको अनुभव करने का प्रयत्न सफल होता है और हम एक समर्पण की भावना से कर्म करने लगते हैं।

14. सततं कीर्तयन्तो मां यतन्तश्च दृढ़व्रताः।
नमस्यन्तश्च मां भक्त्या नित्ययुक्ता उपासते॥

(14) सदा मेरा गुणगान करते हुए, यत्न करते हुए और अपने व्रतों पर स्थिर रहते हुए, भक्ति के साथ मुझे प्रणाम करते हुए और सदा योग में लगे हुए वे मेरी पूजा करते हैं।

ज्ञात्वा (13) भक्त्या ··· नित्ययुक्ताः। इन शब्दों से सूचित होता है कि सर्वोच्च सिद्धि किस प्रकार ज्ञान, भक्ति और कर्म का सम्मिश्रण है।

15. ज्ञानयज्ञेन चाप्यन्ये यजन्तो मामुपासते।
एकत्वेन पृथक्त्वेन बहुधा विश्वतोमुखम्॥

(15) अन्य लोग ज्ञानयज्ञ द्वारा यज्ञ करते हुए मेरी उपासना करते हैं। वे मुझे एक रूप वाला और साथ ही अनेक रूपों वाला, सब दिशाओं की ओर अभिमुख जानकर मेरी पूजा करते हैं।

शंकराचार्य का मत है कि यहां पुजारियों के तीन वर्गों का उल्ले.ख किया गया है।[1] रामानुज और मध्व का मत है कि केवल एक ही वर्ग का उल्लेख है। तिलक का विचार है कि यहां अद्वैत, द्वैत और विशिष्टाद्वैत से अभिप्राय है।

मनुष्य उस भगवान् की पूजा करते हैं, जो हमारे सम्मुख सब रूपों में खड़ा हुआ है, जो सब अस्तित्वों के साथ एक रूप है और साथ ही उन सबसे पृथक् भी है।

16. अहं क्रतुरहं यज्ञः स्वधाहमहमौषधम्।
मन्त्रोऽहमहमेवाज्यमहमग्निरहं हुतम्॥

(16) मैं ही कर्मकाण्ड हूं, मैं ही यज्ञ हूं, मैं ही पितरों के लिए पिण्डदान हूं, मैं ही औषधि हूं, मैं ही मन्त्र हूं, मैं ही घृत हूं, मैं ही अग्नि हूं और मैं ही आहुति हूं।

औषधि या जड़ी-बूटी सब प्राणियों के आहार की प्रतीक है।[2] वैदिक यज्ञ की व्याख्या हमारी सम्पूर्ण प्रकृति की आहुति के रूप में, विश्वात्मा के प्रति सम्पूर्ण आत्मसमर्पण के रूप में की गई है। जो कुछ हमने उससे प्राप्त किया है, वह हम उसे वापस दे देते हैं। उपहार और आत्मसमर्पण दोनों ही उसके हैं।

17. पिताहमस्य जगतो माता धाता पितामहः।
वेद्यं पवित्रमोङ्कार ऋक्साम यजुरेव च॥

---

1. नीलकण्ठ का कथन है : एकत्वेन अहमेव भगवान् वासुदेव इत्यभेदेन औपनिषदाः, पृथक्त्वेन अयम् ईश्वरो मम स्वामीति बुद्ध्या प्राकृता, अन्ये पुनर्बहुधा बहुप्रकारं विश्वतोमुखम् सर्वैर्द्वारैर्यत्किञ्चिद्दृष्टं तद्भगवत्स्वरूपमेव, यत् श्रुतं तत्तन्नामैव यदुक्तं भुक्तं वा, तत्तदर्पितमेवेत्येवं विश्वतोमुखं यथा स्यात् तथा माम् उपासते।
2. औषधं सर्वप्राणिभिर्यद् अद्यते तद् औषधशब्दवाच्यम्। —शंकराचार्य।

(17) मैं इस संसार का पिता हूं, माता हूं, संभालने वाला हूं और पितामह हूं। मैं ज्ञान का लक्ष्य हूं, पवित्र करने वाला हूं, मैं 'ओऽम्' ध्वनि हूं और मैं ही ऋक्, साम और यजुर्वेद भी हूं।

18. गतिर्भर्ता प्रभुः साक्षी निवासः शरणं सुहृत।
प्रभवः प्रलयः स्थानं निधानं बीजमव्ययम् ॥

(18) मैं ही लक्ष्य हूं, भरण-पोषण करने वाला हूं, स्वामी हूं, साक्षी हूं, निवास-स्थान हूं शरण हूं, और मित्र हूं। मैं ही उत्पत्ति और विनाश हूं; मैं ही स्थिति हूं; मैं ही विश्राम का स्थान हू और अनश्वर बीज हूं।

तुलना कीजिए : "मैं बुद्ध की शरण में जाता हूं। वह मेरा शरण-स्थान है।"[1]

19. तपाम्यहमहं वर्षं निगृह्णाम्युत्सृजामि च।
अमृतं चैव मृत्युश्च सदसच्चाहमर्जुन ॥

(19) मैं तपता (गर्मी देता) हूं; मैं ही वर्षा को रोकता और छोड़ता हूं। मैं अमरता हूं और साथ ही मृत्यु भी हूं। हे अर्जुन, मैं सत् (जिसका अस्तित्व है) भी हूं और असत् भी हूं।

ऋग्वेद से तुलना कीजिए : यस्य छाया अमृतं यस्य मृत्युः।

सत् परम वास्तविकता है और असत् ब्रह्माण्डीय अस्तित्व है और भगवान ये दोनों हैं। जब वह व्यक्त होता है, तब वह सत् होता है; और जब संसार अव्यक्त होता है, तब वह असत् होता है।[2]

रामानुज सत् की व्याख्या वर्तमान अस्तित्व और असत् की व्याख्या अतीत और भविष्यत् के अस्तित्व के रूप में करता है।

मुख्य बात यह है कि परमेश्वर की हम चाहे जिस रूप में पूजा करें, वह हमारी प्रार्थनाओं को स्वीकार करता है और प्रार्थित वस्तुएं प्रदान करता है।[3]

---

1. बुद्धं शरणं गच्छामि एष मे शरणम्।
2. कार्यकारणे वा सदसती। —शंकराचार्य।
3. अतस्तेषां विश्वतोमुखं मम भजनं कुर्वताम्, सर्वरूपेणामनुग्रहं करोमीति भावः। —नीलकण्ठ।

20. त्रैविद्या मा सोमपाः पूतपापा
यज्ञैरिष्ट्वा स्वर्गतिं प्रार्थयन्ते।
ते पुण्यमासाद्य सुरेन्द्रलोक-
मश्नन्ति दिव्यान्दिवि देवभोगान्॥

(20) तीन वेदों के जानने वाले लोग, जो सोमरस का पान करते हैं और पापों से मुक्त हो चुके हैं, यज्ञों द्वारा मेरी उपासना करते हुए स्वर्ग पहुंचने के लिए प्रार्थना करते हैं। वे (स्वर्ग के राजा) इन्द्र के पवित्र लोक में पहुंचते हैं और वहा पर देवों को प्राप्त होने वाले सुखों का उपभोग करते हैं।

21. ते तं भुक्त्वा स्वर्गलोकं विशालं,
क्षीणे पुण्ये मर्त्यलोकं विशन्ति।
एवं त्रयीधर्ममनुप्रपन्ना
गतागत कामकामा लभन्ते॥

(21) उस विशाल स्वर्गलोक का आनन्द लेने के बाद जब उनका पुण्य समाप्त हो जाता है, तब वे फिर मर्त्यलोक में आ जाते हैं; इस प्रकार वेदोक्त धर्म का पालन करते हुए और सुखोपभोग की इच्छा रखते हुए वे परिवर्तनशील (जो जन्म और मरण के वशवर्ती हैं) आवागमन को प्राप्त करते हैं।

यहां पर गुरु वैदिक सिद्धान्त की ओर संकेत करता है और बताता है कि जो लोग विहित धार्मिक विधियों को पूरा करते हैं, वे मृत्यु के बाद स्वर्ग के सुख को प्राप्त करते हैं; और वह यह भी बताता है कि किस प्रकार इस स्वर्ग के सुख को सर्वोच्च लक्ष्य नहीं माना जा सकता। इस प्रकार के लोग कर्म के नियम से बंधे रहते हैं, क्योंकि वे अब भी कामनाओं द्वारा प्रलोभित होते हैं, कामकामाः, और वे फिर इस विश्व के क्रम में वापस लौट आते हैं, क्योंकि वे अहंकार के केन्द्र से कार्य करते हैं और क्योंकि उनका अज्ञान नष्ट नहीं हुआ होता। यदि हम प्रतिफल में स्वर्ग चाहते हैं, तो वह हमें मिल जाएगा; परन्तु जब तक हम जीवन के सच्चे लक्ष्य को प्राप्त नहीं कर लेते, तब तक हमें फिर मर्त्य अस्तित्व में वापस लौट आना होगा। मानवीय जीवन अपूर्ण सामग्री में से आत्मा के दिव्य स्वभाव को विकसित करने के लिए एक अवसर है। चाहे हम इस संसार के

सुख-भोग पाने का प्रयत्न करें, या भविष्य में स्वर्ग पाने का यत्न करें, दोनों दशाओं में हम अहंकार में केन्द्रित चेतना से कार्य कर रहे होते हैं।

22. अनन्याश्चिन्तयन्तो मां ये जनाः पर्युपासते।
तेषां नित्याभियुक्तानां योगक्षेमं वहाम्यहम् ॥

(22) परन्तु जो लोग अनन्य भाव से सदा अध्यवसायपूर्वक मेरा ही चिन्तन करते रहते हैं, मैं उनके योग (अप्राप्त की प्राप्ति) और क्षेम (प्राप्त की रक्षा) का भार स्वयं संभालता हूं।[1]

गुरु यह बताता है कि वैदिक मार्ग एक जाल है, जिससे सर्वोच्च की साधना करने वाले लोगों को बचना चाहिए।

परमात्मा अपने भक्तों के सारे बोझ और सब चिन्ताओं को स्वयं संभाल लेता है।[2]

दिव्य प्रेम का अनुभव करने के लिए अन्य सब प्रेमों को त्याग देना होगा। यदि हम अपने-आप को पूरी तरह परमात्मा की दया पर छोड़ दें तो वह हमारी सब चिन्ताओं और दु:खों को स्वयं अपने ऊपर ले लेता है। हम उसकी उद्धार करने वाली देखभाल और बल देने वाली करुणा पर भरोसा रख सकते हैं।

23. येऽप्यन्यदेवता भक्ता यजन्ते श्रद्धयान्विताः।
तेऽपि मामेव कौन्तेय यजन्त्यविधिपूर्वकम् ॥

(23) अन्य देवताओं के भी जो भक्त श्रद्धापूर्वक उनकी पूजा करते हैं हे कुन्ती

---

1. योगोऽप्राप्तस्य प्रापणम् क्षेमस्तद्रक्षणम देखिए, 2, 45
2. भगवान् एव तेषां योगक्षेमं वहति।
3. एक बार राबिया से पूछा गया : "क्या तुम सर्वशक्तिमान् परमात्मा से प्रेम करती हो?" "हां।" "क्या तुम शैतान से घृणा करती हो?" उसने उत्तर दिया : "भगवान् के प्रेम के कारण मेरे पास इतनी फ़ुर्सत ही नहीं रहती कि मैं शैतानं से घृणा कर सकूं। मैंने पैगम्बर को सपने में देखा था। उसने पूछा, 'अरी राबिया, क्या तू मुझसे प्रेम करती है?' मैंने उत्तर दिया, 'ओ खुदा के पैगम्बर, तुझसे कौन प्रेम नहीं करता? परन्तु खुदा के प्रेम ने मुझे इतना तल्लीन कर लिया है कि मेरे दिल में किसी अन्य वस्तु के लिए न तो प्रेम और न घृणा ही बाक़ी रही है।' "

आर० ए० निकलसन : ए लिटरेरी हिस्ट्री ऑफ़ दि अरब्स (1930), 234

के पुत्र (अर्जुन), वे भी केवल मेरी ही पूजा करते हैं, यद्यपि उनकी यह पूजा ठीक विधि के अनुसार नहीं होती।

गीता का लेखक आकाश के किसी भी भाग से आने वाले प्रकाश का स्वागत करता है। उसे चमकने का अधिकार है, क्योंकि वह प्रकाश है।

24. अहं हि सर्वयज्ञानां भोक्ता च प्रभुरेव च।
न तु मामभिजानन्ति तत्त्वेनातश्च्यवन्ति ते॥

(24) मैं सब यज्ञों का उपभोग करने वाला और स्वामी हूं। परन्तु ये लोग मुझे मेरे वास्तविक रूप में नहीं जानते, इसलिए वे नीचे गिरते हैं।

25. यान्ति देवव्रता देवान् पितॄन्यान्ति पितृव्रताः।
भूतानि यान्ति भूतेज्या यान्ति मद्याजिनोऽपि माम्॥

(25) देवताओं के पुजारी देवताओं को प्राप्त करते हैं, पितरों के पुजारी पितरों को प्राप्त करते हैं, भूतों के पुजारी भूतों को प्राप्त करते हैं, और जो मेरी पूजा करते हैं, वे मुझे प्राप्त करते हैं।

विकास की विभिन्न अवस्थाओं में मनुष्यों द्वारा देदीप्यमान देवताओं की, मृतकों की आत्माओं की और मनोजगत् में विद्यमान आत्माओं की पूजा की जाती रही है। परन्तु ये सब भगवान् के सीमित रूप हैं और ये साधना में लगी आत्मा को वह शान्ति प्रदान नहीं कर सकते, जो कि बुद्धि से परे है। पूजा का परिणाम पूजित रूप के साथ घुल-मिल जाना होता है और इन सीमित रूपों का परिणाम सीमित ही होता है। कोई भी भक्ति अपना उच्चतम प्रतिफल देने में चूकती नहीं। निम्नतर वस्तु की भक्ति से निम्नतर प्रतिफल प्राप्त होता है, जब कि सर्वोच्च भगवान् की भक्ति का प्रतिफल सर्वोच्च होता है। सब सच्ची धार्मिक भक्तियों का लक्ष्य सर्वोच्च परमेश्वर की खोज ही है।

भक्ति और उसके परिणाम

26. पत्रं पुष्पं फलं तोयं यो मे भक्त्या प्रयच्छति।
तदहं भक्त्युपहृतमश्नामि प्रयतात्मनः॥

(26) जो कोई मुझे श्रद्धा के साथ पत्ती, फूल, फल या जल चढ़ाता है, उसके

प्रेमपूर्वक और शुद्ध हृदय से दिए गए उस उपहार को मैं अवश्य स्वीकार करता हूं।

उपहार कितना ही तुच्छ क्यों न हो, यदि वह प्रेम और सच्चाई के साथ दिया जाता है, तो वह प्रभु को स्वीकार्य होता है। सर्वोच्च भगवान् तक पहुंचने का मार्ग सूक्ष्म अधिविद्या या जटिल कर्मकाण्ड का मार्ग नहीं है। यह तो केवल आत्मसमर्पण का मार्ग है, जिसका प्रतीक पत्ती, फूल, फल या जल का उपहार है। जिस वस्तु की आवश्यकता है, वह है भक्तिपूर्ण हृदय।

27. यत्करोषि यदश्नासि यज्जुहोषि ददासि यत्।
यत्तपस्यसि कौन्तेय तत्कुरुष्व मदर्पणम् ॥

(27) जो कुछ तू करता है, जो कुछ तू खाता है, जो कुछ तू यज्ञ करता है और जो कुछ तू दान देता है और जो कुछ तू तपस्या करता है, हे कुन्ती के पुत्र (अर्जुन), तू वह सब मुझे दिया जा रहा उपहार समझकर कर।

आत्मसमर्पण का परिणाम सब कर्मों को परमात्मा के प्रति समर्पित कर देने के रूप में होता है। दैनिक जीवन के सामान्य कर्मों का प्रवाह ईश्वर की उपासना में से होकर बहना चाहिए। ईश्वर का प्रेम जीवन की कठोरताओं से बच भागने का मार्ग नहीं है, अपितु यह तो सेवा के लिए आत्मार्पण है। कर्ममार्ग, जो कि विहित विधि-विधानों को करने के कर्त्तव्य से शुरू होता है, इस स्थिति में पहुंचकर समाप्त होता है कि सब कर्म जब अनासक्ति और समर्पण की भावना से किए जाएं, तो वे पवित्र हो जाते हैं।

"मेरी अपनी आत्मा तू है; मेरी बुद्धि पार्वती (शिव की पत्नी) है; मेरे जीवन के कृत्य (प्राण) मेरे साथी हैं; शरीर मेरा घर है; इन्द्रियों के विषयों का विविध उपभोग मेरी पूजा है, निद्रा समाधि की दशा है; मेरे क़दम मन्दिर की प्रदक्षिणा हैं और मेरे सब वचन प्रार्थनाएं हैं। हे महादेव, मैं जो कुछ भी कर्म करता हूं, उनमें से प्रत्येक तेरी ही पूजा है।"[1] यदि आपको जो कुछ करना है, उसे आप

---

1. आत्मा त्वं, गिरिजा मतिः, सहचराः प्राणाः; शरीरं गृहम्,
पूजा मे विषयोपभोगरचना, निद्रा समाधिस्थितिः।
संचारः पदयो, प्रदक्षिणविधिः, स्तोत्राणि सर्वा गिरो,
यद्यत्कर्म करोमि तत्तदखिलं शम्भो त्वदाराधनम् ॥

समर्पण की भावना से करते हैं, तो वह परमात्मा की उपासना है; उसके अतिरिक्त अन्य कुछ भी करने की आवश्यकता नहीं है।[1]

28. शुभाशुभफलैरेवं मोक्ष्यसे कर्मबन्धनैः।
संन्यासयोगयुक्तात्मा विमुक्तो मामुपैष्यसि॥

(28) इस प्रकार तू उन शुभ और अशुभ परिणामों से मुक्त हो जाएगा, जो कि कर्म के बन्धन हैं। अपने मन को कर्मों के त्याग के मार्ग में दृढ़तापूर्वक लगाकर तू मुक्त हो जाएगा और मुझे प्राप्त हो जाएगा।

इस प्रकार के त्याग और पवित्रीकरण द्वारा आत्मा का सम्पूर्ण जीवन भगवान् की सेवा के लिए प्रदान कर दिया जाता है और जीव अपने बन्धनों से मुक्त हो जाता है और उसके कर्म फिर आत्मा को ब़न्धन में नहीं डालते।

29. समोऽहं सर्वभूतेषु न मे द्वेष्योऽस्ति न प्रियः।
ये भजन्ति तु मां भक्त्या मयि ते तेषु चाप्यहम्॥

(29) मैं सब प्राणियों में एक जैसा ही हूं। मुझे न तो किसी से द्वेष है, न किसी से प्रेम। परन्तु जो भक्तिपूर्वक मेरी पूजा करते हैं, वे मेरे अन्दर हैं और मैं भी उनके अन्दर हूं।

परमात्मा का कोई मित्र या शत्रु नहीं है। वह निष्पक्ष है। वह अपने मन की मौज से न तो किसी को निन्दनीय ठहराता है और न किसी को अपने लिए वरण करता है। उसके प्रेम को प्राप्त करने का एकमात्र मार्ग श्रद्धा और भक्ति का है और हर किसी को उस मार्ग पर स्वयं ही चलना होगा।

30. अपि चेत्सुदुराचारो भजते मामनन्यभाक्।
साधुरेव स मन्तव्यः सम्यग्व्यवसितो हि सः॥

(30) यदि कोई बड़े से बड़ा दुराचारी व्यक्ति भी अनन्य भाव से मेरी पूजा करता है, तो उसे धर्मात्मा ही समझना चाहिए, क्योंकि उसने अच्छा निश्चय कर लिया है।

---

1. मधुसूदन का कथन है : अवश्यम्भाविनां कर्मणां मयि परमगुरौ समर्पणमेव मद्भजनम्; न तु तदर्थं पथग्व्यापारः कश्चित् कर्तव्य इत्यभिप्रायः।

"अपने बाह्य जीवन में बुरे मार्गों के त्याग द्वारा और अपने आन्तरिक अच्छे संकल्प की शक्ति द्वारा।"—शंकराचार्य। साथ ही तुलना कीजिए : "यदि वह पाप करने के बाद पश्चात्ताप करता है, तो पाप से मुक्त हो जाता है; यदि वह यह संकल्प करता है कि वह फिर कभी पाप नहीं करेगा, तो वह पवित्र हो जाता है।"[1] अतीत में किए गए कर्मों का पाप अनन्य चित्त से परमात्मा की ओर अभिमुख हुए बिना नहीं धोया जा सकता। तुलना कीजिए, बौधायन धर्मसूत्र : "मनुष्य को चाहिए कि वह अपने किए दुष्कर्मों का चिन्तन करता हुआ और तप करता हुआ बिना प्रमाद किए मन में नित्य पश्चात्ताप करता रहे। इसके द्वारा वह पाप से मुक्त हो जाएगा।"[2] कर्म पूरी तरह कभी बन्धंन में नहीं डालता। पतन की निम्नतम गहराइयों में विद्यमान पापी में भी एक ज्योति रहती है, जिसे वह बुझा नहीं सकता, भले ही वह उसे बुझाने की कितनी ही कोशिश करे और उससे कितना ही विमुख क्यों न हो जाए। भले ही हम पतित हों, फिर भी परमात्मा हमें हमारे अस्तित्व के मूल द्वारा संभाले रहता है और वह सदा अपनी ज्योति की किरणें हमारे अन्धकारपूर्ण और विद्रोही हृदयों में भेजने को उद्यत रहता है। हमारी अपनी अपूर्णता और पाप की अनुभूति ही हमारे हृदयों में विद्यमान भगवान् के दबाव को प्रकट कर देती है। तुकाराम से तुलना कीजिए : "मैं पतितों में भी पतित हूं; तिगुना पतित हूं; परन्तु तू मुझे अपनी शक्ति द्वारा अवश्य ऊंचा उठा। न तो मेरा हृदय पवित्र है और न तेरे चरणों में मेरी श्रद्धा ही स्थिर है। मैं पाप से पैदा हुआ हूं। मैं इसे कितनी बार कहू? यह तुका कहता है।" फिर : "मैं बुद्धि से शून्य हूं, गरज़मन्द हूं और गरजमन्द से भी गया-बीता हूं। मैं अपने मन को स्थिर नहीं कर सकता; मैं अपनी चंचल इन्द्रियों को रोक नहीं सकता, मैं प्रयत्न करके हार गया हूं; शान्ति और विश्राम मुझसे दूर हैं। मैंने तुझे पूर्ण श्रद्धा अर्पित की है; मैंने अपना जीवन तेरे चरणों पर रख दिया है; तेरी जैसी इच्छा हो वैसा कर। मुझे केवल तेरा ही आसिरा है। हे भगवान्, मुझे तुझ पर विश्वास है। मैं मज़बूती से तेरे चरणों में चिपटा हुआ हूं। तुका कहता है कि

---

1. कृत्वा पापं हि सन्तप्य तस्मात् पापात् प्रमुच्यते।
   नैव कुर्यां पुनरिति निवृत्त्या पूयते तु सः ॥
2. शोचेत मनसा नित्यं दुष्कृतान्यनुचिन्तयन्।
   तपस्वी चाप्रमादी च ततः पापात् प्रमुच्यते ॥

मेरे प्रयत्न की देखभाल करना तेरा काम है।"[1] एक दृष्टान्त में नाकेदार अपने हृदय के अन्तस्तम से प्रार्थना करता है : "हे परमात्मा, तू मुझ पापी के प्रति दयालु बन।"

इस श्लोक का यह अर्थ नहीं है कि हमें अपने कर्मों के परिणामों से आसानी से छुटकारा मिल सकता है। हम कारण को अपना कार्य उत्पन्न करने से रोक नहीं सकते। विश्व की व्यवस्था में किसी मनमाने हस्तक्षेप की अनुमति नहीं दी जा सकती। जब कोई पापी अनन्य भक्ति के साथ परमात्मा की ओर अभिमुख होता है, तब एक नया कारण आ उपस्थित होता है। उसका उद्धार उसके पश्चात्ताप की शर्त पर आधारित रहता। जैसा कि हमने देखा है, पश्चात्ताप हृदय का एक सच्चा परिवर्तन होता है और उसमें अतीत के पाप के लिए मनस्ताप या दुःख और उस पाप की भविष्य में पुनरावृत्ति को रोकने का निश्चय सम्मिलित रहता है। जब एक बार इस संकल्प को अपना लिया जाता है, तब निरन्तर का उच्चतर में रूपान्तरण स्थिरतापूर्वक होने लगता है। यदि हम मानवीय प्रयत्न में ही विश्वास रखें, तो उन्नति बहुत कठिन हो सकती है। ग़लतियों, अपूर्णता और आत्मसंकल्प पर विजय प्राप्त कर पाना कठिन है। परन्तु जब आत्मा अपने अहंकार को त्याग देती है और अपने-आप को भगवान् के प्रति खोल देती है, तब सारा भार भगवान् संभाल लेता है और आत्मा को आध्यात्मिक स्तर तक ऊपर उठा लेता है। तुलसीदास का कथन है : "कोयला अपना कालापन केवल तभी त्यागता है, जब कि आग उसके अन्दर तक प्रविष्ट हो जाती है।"[2] ऐसे कोई पाप नहीं हैं, जिन्हें क्षमा न किया जा सकता हो।

31. क्षिप्रं भवति धर्मात्मा शश्वच्छान्तिं निगच्छति।
कौन्तेय प्रतिजानीहि न मे भक्तः प्रणश्यति॥

(31) वह जल्दी ही धर्मात्मा बन जाता है और उसे चिरस्थायी शान्ति प्राप्त हो

---

1. फ्रेजर और माराथीज : तुकाराम : 1, पृ॰ 92
2. गरुड़ पुराण से तुलना कीजिए :
   भक्तिरष्टविधा ह्येषा यस्मिन् म्लेच्छोऽपि वर्तते।
   स विप्रेन्द्रो मुनिः श्रीमान् स यतिः स च पण्डितः॥

जाती है। हे कुन्ती के पुत्र (अर्जुन), इस बात को निश्चित रूप से समझ ले कि मेरा भक्त कभी नष्ट नहीं होता।[1]

यदि हम अपने-आप को परमात्मा के हाथों में छोड़ दें, तो हम नितान्त अन्धकार में नहीं पड़ सकते।

राम की उक्ति से तुलना कीजिए : "जो एक बार भी मेरी शरण में आना चाहता है और 'मैं तुम्हारा हूं' कहकर मुझसे सहायता की प्रार्थना करता है, उसे मैं सब प्राणियों से अभय प्रदान करता हूं; यह मेरा व्रत है।"[2]

32. मां हि पार्थ व्यपाश्रित्य येऽपि स्युः पापयोनयः।
स्त्रियो वैश्यास्तथा शूद्रास्तेऽपि यान्ति परां गतिम्॥

(32) हे पार्थ (अर्जुन), जो लोग मेरी शरण ले लेते हैं, चाहे वे नीच कुलों में उत्पन्न हुए हों, स्त्रियां हों, वैश्य हों या शूद्र हों, वे भी उच्चतम लक्ष्य को प्राप्त कर लेते हैं।

गीता का सन्देश जाति, लिग या उपजातियों के भेदभाव के बिना सबके लिए खुला है। इस श्लोक का अर्थ यह नहीं समझा जाना चाहिए कि यह स्त्रियों और शूद्रों के लिए वेदाध्ययन का निषेध करने वाली सामाजिक प्रथाओं का समर्थक है। इसमें तो जिस समय गीता लिखी जा रही थी, उस काल में प्रचलित दृष्टिकोण का निर्देश-भर किया गया है। गीता इस प्रकार के सामाजिक नियमों को स्वीकार नहीं करती।[3] आध्यात्मिक मान्यताओं पर जोर देने के कारण गीता

1. प्रतिजानीहि प्रतिज्ञां कुरु मद्भक्तो न प्रणश्यति।
2. सकृदेव प्रपन्नाय तवास्मीति च याचते।
अभयं सर्वभतेभ्यो ददाम्येतद्व्रतं मम॥
3. प्राचीन काल में अहिन्दुओं को असभ्य समझने की प्रवृत्ति थी, हालांकि अपने-आप को श्रेष्ठ समझने की यह मनोवृत्ति केवल हिन्दुओं तक ही सीमित नहीं थी। प्राचीन काल के यूनानी विदेशियों को जंगली समझते थे। रोमन सेनापति कुण्टिलियन वैरस ने जर्मेनिया के निवासियों के विषय में कहा था : "यह ठीक है कि वे मनुष्य हैं, परन्तु आवाज़ और शरीर के अंगों के सिवाय उनमें मनुष्य का और कोई अंश नहीं है।" फ्रांसीसी दार्शनिक मोन्तेस्क्यू (1689-1755) ने हब्शियों के विषय में कहा था : "कोई यह कल्पना भी नहीं कर सकता कि परमात्मा ने, जो कि इतना बुद्धिमान् है, एक बिलकुल काले शरीर में कोई आत्मा, और वह भी अमर आत्मा, डाली होगी। यह सोच पाना असम्भव है कि ये लोग मानव-प्राणी हैं।"

जातीय भेदभाव से ऊपर उठ जाती है। इसका प्रेम का सन्देश सब पुरुषों और स्त्रियों, सवर्णों और अन्त्यजों के लिए खुला हुआ है।[1]

33. किं पुनर्ब्राह्मणाः पुण्या भक्ता राजर्षयस्तथा।
अनित्यमसुखं लोकमिमं प्राप्य भजस्व माम्॥

(33) फिर पवित्र ब्राह्मणों और भक्त राजर्षियों का तो कहना ही क्या! इस अस्थायी और दुःखपूर्ण संसार में आकर अब तू मेरी पूजा कर।

दूसरे शब्दों में, जब वे लोग भी, जो कि अपने अतीत के जन्मों के कारण अनेक अयोग्यताओं के शिकार हैं और सांसारिक धन्धों में फंसे हैं, अपनी दुर्बलताओं को जीत सकते हैं और उच्चतम पद प्राप्त कर सकते हैं, तब वह मार्ग उन ब्राह्मणों और राजर्षियों के लिए तो और भी सरल होगा, जो पहले से ही आध्यात्मिक वृत्ति वाले हैं।

अनित्यम् असुखं लोकम् : अस्थायी कष्टपूर्ण संसार। और्फ़िक लोगों की दृष्टि में इस संसार का जीवन कष्ट और परेशानी ही है। हम एक चक्र के साथ बंधे हुए हैं, जो जन्म और मरण के अनन्त चक्करों में घूम रहा है। केवल अपने-आप को पवित्र बनाकर और त्याग द्वारा हम इस चक्र से छूट सकते हैं और परमात्मा के साथ संयोग का सुख प्राप्त कर सकते हैं। जॉन बर्नेट ने और्फ़िक (और्फ़ियस के सिद्धान्त से सम्बन्धित) विश्वासों और लगभग उसी काल में भारत में प्रचलित विश्वासों में पाई जाने वाली आश्चर्यजनक समानता का निर्देश किया है। 'अर्ली ग्रीक फ़िलॉसफ़ी' (1930), पृष्ठ 82। बुद्ध की शिक्षाओं का प्रारम्भ ही विश्व की इन दो विशेषताओं, इसकी अस्थायिता और

---

1. यह विचार प्रत्येक विवेकशील हिन्दू के लिए बहुत अपमान और लज्जा का विषय है कि कई बार अस्पृश्यता को उचित ठहराने का प्रयत्न किया जाता है। बुद्ध ने अन्त्यजों का अपने संघ में स्वागत किया था। रामायण में एक ऐसे व्यक्ति ने राम को अपनी नाव में बैठाकर गंगा के पार उतारा था, जिसे आजकल अछूत समझा जाता है। भक्ति के महान् उपदेशकों, शैवों और वैष्णवों ने समानता स्थापित करने के लिए प्रयत्न किया और घोषणा की कि भगवान् में विश्वास रखने वाले सबसे श्रेष्ठ ब्राह्मण हैं, भले ही उनका जन्म किसी भी कुल में क्यों न हुआ हो। चाण्डालोऽपि द्विजश्रेष्ठः हरिभक्तिपरायणात्। चैतन्य के अनुयायियों में हिन्दू और मुसलमान, डाकू और वेश्याएं—सब थे।

दुःख द्वारा हुआ है।[1] एक ईरानी उक्ति है, जो ईसा द्वारा कही गई बताई जाती है : "संसार एक पुल है। इसके ऊपर से गुज़र जाओ, परन्तु इस पर घर मत बनाओ।" न केवल यह संसार, अपितु विश्व की प्रक्रिया की प्रत्येक प्रावस्था (दौर), मानवीय इतिहास का प्रत्येक पहलू, मानवीय जीवन का प्रत्येक सोपान— शैशव की ताज़गी, बालकपन का अक्खड़पन, यौवन का आदर्शवाद, किशोरावस्था के उग्र आवेश और पौरुष की महत्त्वाकांक्षाएं, सब पुल हैं, जिनका प्रयोजन यह है कि उनके ऊपर से गुज़र जाया जाए, न कि उन पर स्थायी रूप से बस जाया जाए। आधुनिक विज्ञान बताता है कि मानवीय जीवन कितना दयनीय रूप से मर्यादित है। जां पाल सार्त्र के अस्तित्ववाद के सिद्धान्त में यह मान लिया गया है कि मानवीय अस्तित्व कुछ स्थायी दशाओं का वशवर्ती है। हममें से प्रत्येक उत्पन्न होता है; एक ऐसी वास्तविकता में उलझा रहता है, जो उस व्यक्ति पर निर्भर नहीं है; अन्य लोगों पर अपनी क्रिया करता है और दूसरों की क्रियाओं द्वारा प्रभावित होता है। वह मृत्यु से बच नहीं सकता। यदि इन सब दशाओं को एक साथ मिलाकर देखा जाए, तो मानवीय अस्तित्व एक दुःखान्त वास्तविकता बन जाता है। हममें से प्रत्येक को इस निराशाजनक दशा में अपने उद्धार के लिए अपने संकल्प के प्रयत्न द्वारा कार्य करना होगा। अस्तित्ववादी की दृष्टि में, मनुष्य को अपने साधनों के सहारे छोड़ दिया गया है। उसे परमात्मा की उद्धार करने वाली करुणा में कोई श्रद्धा नहीं है। गीता का गुरु हमें वस्तुओं की क्षणभंगुरता और वृद्धावस्था और मृत्यु के अभिशाप से बचने के लिए, जरामरणमोक्षाय[2], एक मार्ग दिखाता है। वह हमें भगवान् की शरण लेने को कहता है।

34. मन्मना भवमद्भक्तो मद्याजी मां नमस्कुरु।
मामेवैष्यसि युक्त्वैवमात्मानं मत्परायणः ॥

(34) अपने मन को मुझमें स्थिर कर; मेरा भक्त बन; मेरी पूजा कर; मुझे प्रणाम कर। इस प्रकार अपने-आप को अनुशासन में रखते हुए मुझे अपना लक्ष्य बनाकर तू मुझ तक पहुंच जाएगा।

---

1. तुलना कीजिए 13, 8
2. 7, 29

यह व्यक्तिक कृष्ण नहीं है, जिसके प्रति हमें अपने-आप को पूरी तरह समर्पित कर देना है, अपितु अजन्मा, अनादि और नित्य ब्रह्म है, जो कृष्ण के मुंह से बोल रहा है। अपनी अहंकारकेन्द्रित चेतना से ब्रह्म के स्तर तक ऊपर उठने का मार्ग यही है कि हम अपनी बौद्धिक, मनोवेगात्मक और संकल्पात्मक शक्तियों को परमात्मा में केन्द्रित कर दें। उस दशा में हमारा सम्पूर्ण अस्तित्व रूपान्तरित हो जाता है और आत्मा की एकता और विश्वजनीनता तक ऊपर उठ जाता है। ज्ञान, प्रेम और शक्ति एक सर्वोच्च एकता में मिल जाती हैं। आनन्द और शान्ति आत्मविलोप का, पूर्ण आत्मत्याग का और परम अंगीकरण का परिणाम हैं।

इति ···राजविद्याराजगुह्ययोगो नाम नवमोऽध्यायः।

यह है 'सर्वोच्च ज्ञान और सर्वोच्च रहस्य' नामक नौवां अध्याय।

अध्याय 10

परमात्मा सबका मूल है; उसे जान लेना सब–कुछ जान लेना है

परमात्मा की अन्तर्यामिता और लोकातीतता

श्रीभगवानुवाच

1. भूय एव महाबाहो शृणु मे परमं वचः।
यत्तेऽहं प्रीयमाणाय वक्ष्यामि हितकाम्यया॥

श्री भगवान् ने कहा :

(1) हे बलवान् बाहुओं वाले (अर्जुन), और भी मेरे सर्वोच्च वचन को सुन। तेरी शुभकामना से मैं तुझे यह सब बता रहा हूं, क्योंकि तू (मेरी बातों में) आनन्द ले रहा है।

प्रीयमाणाय का अर्थ यह भी किया जा सकता है कि 'तू जो मुझे प्रिय है'।

2. न मे विदुः सुरगणाः प्रभवं न महर्षयः।
अहमादिर्हि देवानां महर्षीणां च सर्वशः॥

(2) मेरे उद्गम या मूल को न तो देवगण ही जानते हैं और न महर्षि लोग ही; क्योंकि मैं सब प्रकार से देवताओं और महर्षियों का मूल हूं।

सर्वशः : प्रत्येक प्रकार से; सर्वप्रकारैः। —शंकराचार्य।

भगवान् अजन्मा और नित्य है और वह सारे संसार का स्वामी भी है। यद्यपि उसका कभी जन्म नहीं हुआ, फिर भी सब अस्तित्व उसमें से ही निकलते हैं। गुरु बतलाता है कि वस्तुतः वह स्वयं ही नित्य ईश्वर है और वह अन्य सब वस्तुओं की अपेक्षा प्राचीन है और सारा व्यक्त गौरव उसी से निकला है।

3. यो मामजमनादिं च वेत्ति लोकमहेश्वरम्।
असम्मूढः स मर्त्येषु सर्वपापैः प्रमुच्यते ॥

(3) जो कोई मुझ अजन्मा, अनादि और सब लोकों के शक्तिशाली स्वामी को जानता है, मर्त्य लोगों में वही भ्रम-रहित है और वह सब पापों से मुक्त हो जाता है।

जब हम सब वस्तुओं को इस रूप में देखना सीख लेते हैं कि वे एक ही लोकातीत वास्तविकता (ब्रह्म) से उत्पन्न हुई हैं, तब हम सारी खोजबीन और भ्रम से मुक्त हो जाते हैं।

4. बुद्धिर्ज्ञानमसम्मोहः क्षमा सत्यं दमः शमः।
सुखं दुःखं भवोऽभावो भयं चाभयमेव च ॥

(4) बुद्धि, ज्ञान, मूढ़ता या भ्रम से मुक्ति, धैर्य (क्षमा), सत्य, आत्मसंयम और शान्ति, सुख और दुःख, अस्तित्व और अनस्तित्व (भाव और अभाव), भय और निर्भयता,

दम : आत्मनियन्त्रण, बाह्य इन्द्रियों को शान्त करना है।

शम : शान्ति, यह आन्तरिक आत्मा की शान्ति है।

5. अहिंसा समता तुष्टिस्तपो दानं यशोऽयशः।
भवन्ति भावा भूतानां मत्त एव पृथग्विधाः ॥

(5) अहिंसा, समचित्तता, सन्तुष्टि, तपस्या, दान, यश और बदनामी, ये सब प्राणियों की विभिन्न दशाएं हैं, जो मुझसे ही उत्पन्न होती हैं।

अहिंसा : हिंसा न करना; प्राचीन ग्रन्थों में इसका अर्थ है—कष्ट न पहुंचाना, विशेष रूप से, न मारना।

प्राणियों की ये सब अलग-अलग दशाएं उनके अतीत के कर्मों के अनुसार ही होती हैं।[1] भगवान् संसार के दुःख और कष्ट के लिए भी परोक्ष रूप से उत्तरदायी है। वह संसार का स्वामी है और उसे मार्ग दिखाता है, हालांकि वह संसार के द्वन्द्वों से बिलकुल अछूता रहता है।

6. महर्षयः सप्त पूर्वे चत्वारो मनवस्तथा।
मद्भावा मानसा जाता येषां लोक इमाः प्रजाः॥

(6) पुराने सात महर्षि और चार मनु भी मेरी प्रकृति के ही हैं और वे मेरे मन से उत्पन्न हुए हैं, और उनसे संसार के ये सब प्राणी उत्पन्न हुए हैं।

ये वे शक्तियां हैं, जो संसार की अनेक प्रक्रियाओं के कार्यभार को संभालती हैं। पुरानी परम्परा के अनुसार यह माना जाता है कि मनु वह पहला मनुष्य है, जिससे प्राणियों की प्रत्येक नई जाति शुरू होती है।

7. एतां विभूतिं योगं च मम यो वेत्ति तत्त्वतः।
सोऽविकम्पेन योगेन युज्यते नात्र संशयः॥

(7) जो कोई मेरी इस विभूति (यश या प्रकटन) को और शक्ति (स्थिर कर्म) को तत्त्व-रूप में जानता है, वह अविचलित योग द्वारा मेरे साथ संयुक्त हो जाता है, अर्थात् मिल जाता है, इसमें कोई संशय नहीं है।

विभूति : महिमा[2]। जानने वाला ब्रह्म के साथ अपनी एकता को पहचान लेगा और संसार के कार्य में भाग लेगा, जो संसार किं ब्रह्म का ही एक प्रकट रूप है। नियत रूप वाले ब्रह्म का ज्ञान अनियत रूप वाले ब्रह्म के ज्ञान तक पहुंचने का मार्ग है।[3]

---

1. स्वकर्मानुरूपेण। —शंकराचार्य।
2. विभूतिं विस्तारम्। शंकराचार्य की दृष्टि में ऐश्वर्य और रामानुज की दृष्टि में उचित भावना, उत्साह और श्रद्धा। शंकराचार्य पर टीका करते हुए आनन्दगिरि का कथन है, "विविधा भूतिर्भवनं वैभवं सर्वात्मकत्वम्।" यह प्रकट-रूप की महिमा है।
3. सोपाधिकज्ञानं निरुपाधिकज्ञाने द्वारम्। —आनन्दगिरि।

8. अहं सर्वस्य प्रभवो मत्तः सर्वं प्रवर्तते।
इति मत्वा भजन्ते मां बुधा भावसमन्विताः ॥

(8) मैं सब वस्तुओं का उत्पत्तिस्थान हूं; मुझमें ही सारी (सृष्टि) चलती है। इस बात को जानते हुए ज्ञानी लोग विश्वासपूर्वक मेरी पूजा करते हैं।

भाव : मन की सही दशा। —रामानुज।

अब यहां गुरु ईश्वर के रूप में बोल रहा है। परमात्मा संसार का भौतिक और फलोत्पादक कारण है। साधक बदलते हुए रूपों के कारण भ्रम में नहीं पड़ता, अपितु इस बात को जानते हुए कि भगवान् सब रूपों का मूल है, वह भगवान् की ही पूजा करता है।

9. मच्चित्ता मद्गतप्राणा बोधयन्तः परस्परम्।
कथयन्तश्च मां नित्यं तुष्यन्ति च रमन्ति च ॥

(9) उनके विचार मुझमें स्थिर हो जाते हैं; उनके जीवन (पूर्णतया) मेरे प्रति समर्पित होते हैं; एक-दूसरे को ज्ञान देते हुए और सदा मेरे विषय में वार्तालाप करते हुए वे सन्तुष्ट रहते हैं और मुझमें ही आनन्द अनुभव करते हैं।

10. तेषां सततयुक्तानां भजतां प्रीतिपूर्वकम्।
ददामि बुद्धियोगं तं येन मामुपयान्ति ते ॥

(10) जो लोग इस प्रकार निरन्तर मेरी भक्ति करते हैं और प्रीतिपूर्वक मेरी पूजा करते हैं, उन्हें मैं बुद्धि की एकाग्रता प्रदान करता हूं, जिसके द्वारा वे मेरे पास पहुंच जाते हैं।

बुद्धियोग : मन की आस्था जिसके द्वारा शिष्य उस ज्ञान को प्राप्त कर लेता है, जिससे वह परिवर्तनशील और नश्वर सब रूपों में एक ही भगवान् के दर्शन करने लगता है।

11. तेषामेवानुकम्पार्थमहमज्ञानजं तमः।
नाशयाम्यात्मभावस्थो ज्ञानदीपेन भास्वता ॥

(11) इन पर दयालु होने के कारण मैं अपनी वास्तविक दशा में रहता हुआ ज्ञान के चमकते हुए दीपक द्वारा उनके अज्ञान से उत्पन्न अन्धकार को नष्ट कर देता हूं।

परमात्मा मनुष्य के कल्याण के लिए संसार को प्रभावित करता है, जब कि वह स्वयं इससे पृथक् रहता है। आत्मभाव की व्याख्या प्राणियों की आन्तरिक भावना के रूप में भी की गई है। यहां पर गुरु इस बात को स्पष्ट करता है कि किस प्रकार भक्ति से अज्ञान का नाश और ज्ञान का उदय होता है। जब अज्ञान नष्ट हो जाता है, तब परमात्मा मनुष्य की आत्मा में प्रकट हो जाता है। जब प्रेम और भक्ति का उदय होता है, तब ब्रह्म ही व्यक्ति में भर उठता है। भक्ति ज्ञान का एक साधन भी है। इसके द्वारा हम भगवान् की करुणा और बुद्धि का बल, बुद्धियोग प्राप्त करते हैं। बुद्धि के प्रत्यक्ष अन्तर्ज्ञान द्वारा बौद्धिक ज्ञान दीप्तिमान् और सुनिश्चित हो उठता है।

ईश्वर सबका बीज और सबकी पूर्णता है

अर्जुन उवाच

12. परं ब्रह्म परं धाम पवित्रं परमं भवान्।
पुरुषं शाश्वतं दिव्यमादिदेवमजं विभुम् ॥

अर्जुन ने कहा :

(12) तू परब्रह्म है, परमधाम है और तू परम पवित्र करने वाला है, शाश्वत दिव्य पुरुष है। तू सबसे प्रथम देवता है, अजन्मा है और सर्वव्यापी है।

13. आहुस्त्वामृषयः सर्वे देवर्षिर्नारदस्तथा।
असितो देवलो व्यासः स्वयं चैव ब्रवीषि मे ॥

(13) सब ऋषियों ने तेरे विषय में यही कहा है; यहां तक कि दिव्य ऋषि नारद, साथ ही असित, देवल और व्यास ने भी यही कहा है और तूने स्वयं भी यही मुझे बताया है।

अर्जुन, जो कुछ पहले बताया जा चुका है, उसकी सत्यता को स्वीकार करता है और अपना यह विश्वास प्रकट करता है कि वह कृष्ण, जो उससे बात

कर रहा है, सर्वोच्च परमेश्वर है; परब्रह्म, जो सदा मुक्त है और जिस तक हम आत्मसमर्पण द्वारा पहुंच सकते हैं। वह अपने अनुभव द्वारा उस सत्य को वाणी द्वारा प्रकट करता है, जिसे पहले उन ऋषियों ने प्रकट किया था, उन्होंने उसे देखा था और जो उसके साथ मिलकर एक हो गए थे। रहस्यपूर्ण ज्ञान परमात्मा द्वारा प्रकट किया जाता है और ऋषि लोग उसके साक्षी हैं और अर्जुन अपने अनुभव द्वारा उसका सत्यापन करता है (उसकी सत्यता की पुष्टि करता है।) ऋषियों द्वारा बताए गए अमूर्त सत्य अब देदीप्यमान अन्तर्ज्ञान बन जाते हैं, व्यक्ति के समूचे अस्तित्व के दीप्तिमान् अनुभव।

14. सर्वमेतदृतं मन्ये यन्मां वदसि केशव।
न हि ते भगवन्व्यक्तिं विदुर्देवा न दानवाः ॥

(14) हे केशव (कृष्ण), जो कुछ तू कहता है, मैं उस सबको सत्य मानता हूं। हे स्वामी, तेरे व्यक्त रूप को न तो देवता जानते हैं और न दानव।

15. स्वयमेवात्मनात्मान वेत्थ त्वं पुरुषोत्तम।
भूतभावन भूतेश देवदेव जगत्पते ॥

(15) हे पुरुषोत्तम, सब प्राणियों के मूल, सब प्राणियों के स्वामी, देवताओं के देवता, सारे संसार के स्वामी, केवल तू ही अपने द्वारा अपने-आप को जानता है।

16. वक्तुमर्हस्यशेषेण दिव्या ह्यात्मविभूतयः।
याभिर्विभूतिभिर्लोकानिमांस्त्वं व्याप्य तिष्ठसि ॥

(16) तू मुझे अपने उन सबके सब दिव्य प्रकट-रूपों को (विभूतियों को) बता, जिनके द्वारा तू इन सब लोकों को व्याप्त करके (उनमें और उनसे परे) निवास करता है।

विभूतयः : प्रकट-रूप; वे दिव्य गौरवशाली रूप, जिनके द्वारा भगवान् सब लोकों को व्याप्त किए हुए हैं। वे निर्माणात्मक शक्तियां या आत्मिक शक्तियां, जिनसे प्रत्येक वस्तु को उसका सारभूत स्वभाव प्राप्त होता है। वे प्लेटो के दिव्य विचारों, यहां इस संसार में सब वस्तुओं के पूर्णरूपों और आदर्शों, से मिलती-जुलती हैं। अन्तर केवल इतना है कि 'विचार' शब्द से एक निर्जीव अमूर्तता, एक निष्प्राण

श्रेणी ध्वनित होती है, जब कि विभूति एक सजीव निर्माणात्मक मूल तत्त्व है।

17. कथं विद्यामहं योगिंस्त्वां सदा परिचिन्तयन्।
केषु केषु च भावेषु चिन्त्योऽसि भगवन्मया ॥

(17) हे योगी, मैं निरन्तर ध्यान करता हुआ तुझे किस प्रकार जान सकता हूं? हे भगवान्, मैं तुम्हारे किन-किन विविध रूपों में तुम्हारा ध्यान करूं।

कृष्ण स्रष्टा के रूप में अपने कर्म के कारण योगी है। अर्जुन प्रकृति के उन पहलुओं को जानना चाहता है, जिनमें कि ईश्वर की विद्यमानता अधिक स्पष्ट रूप से प्रकट है और वह कृष्ण से पूछता है कि वह किन रूपों में उसका विचार करे, जिससे कि उसे ध्यान करने में सहायता मिले।

18. विस्तरेणात्मनो योगं विभूतिं च जनार्दन।
भूयः कथय तृप्तिर्हि शृण्वतो नास्ति मेऽमृतम् ॥

(18) हे जनार्दन (कृष्ण), तू विस्तार से अपनी शक्तियों और विभूतियों का वर्णन कर; क्योंकि मैं तेरे अमृत-तुल्य वचनों को सुनकर अघा ही नहीं रहा हूं।

अमृतम् : अमृत जैसे। उसके शब्द जीवन देने वाले हैं।

गीता ब्रह्म और जगत् के मध्य, वर्णनातीत वास्तविकता (ब्रह्म) और उसकी अपर्याप्त अभिव्यक्ति के मध्य विरोध नहीं बताती। यह एक सर्वांगीण आध्यात्मिक दृष्टिकोण उपस्थित करती है। इसमें सन्देह नहीं कि यह अवर्णनीय (अनिर्देश्यम्) अव्यक्त और अपरिवर्तनीय (अव्यक्तम् अक्षरम्), अचिन्तनीय (अचिन्त्यरूपम्) और परम का उल्लेख करती है, जो सब अनुभवजन्य संकल्पों से परे है, परन्तु परब्रह्म की उपासना शरीरी प्राणियों के लिए कठिन है।[1] भगवान् तक संसार के साथ उसके सम्बन्धों द्वारा पहुंचना सरलतर है और यह पद्धति अधिक स्वाभाविक है। भगवान् वह व्यक्तिक ईश्वर है, जो प्रकृति की बहुपक्षीय क्रिया का नियन्त्रण करता है और प्रत्येक प्राणी के हृदय में निवास करता है। परब्रह्म परमेश्वर है मनुष्य में और विश्व में स्थित परमात्मा। किन्तु उसकी प्रकृति नाम-रूपमय जगत् की परम्परा द्वारा ढकी हुई है। मनुष्य को परमात्मा के साथ अपनी

---

1. 12, 5

आत्मिक एकता और परमात्मा के बनाए सब प्राणियों के साथ अपनी एकता को खोज निकालना होगा।

श्रीभगवानुवाच

19. हन्त ते कथयिष्यामि दिव्या ह्यात्मविभूतयः।
प्राधान्यतः कुरुश्रेष्ठ नास्त्यन्तो विस्तरस्य मे ॥

श्री भगवान् ने कहा :

(19) हे कुरुओं में श्रेष्ठ (अर्जुन), मैं तुझे अपने दिव्य रूप बतलाऊंगा। मैं केवल प्रमुख-प्रमुख रूप बताऊंगा, क्योंकि मेरे विस्तार का तो कहीं कोई अन्त ही नहीं है (विस्तार से बताने लगूं, तो उसका अन्त ही न होगा)।

20. अहमात्मा गुडाकेश सर्वभूताशयस्थितः।
अहमादिश्च मध्यं च भूतानामन्त एव च ॥

(20) हे गुडाकेश (अर्जुन), मैं सब प्राणियों के हृदय में बैठा हुआ आत्मा हूं। मैं सब भूतों (वस्तुओं या प्राणियों) का प्रारम्भ, मध्य और अन्त हूं।

यह संसार एक सजीव समूची वस्तु है, एक विशाल परस्परसम्बद्धता, एक ब्रह्माण्डीय समस्वरता, जिसे परमात्मा ने बनाया है और उसे संभाले हुए है।

21. आदित्यानामहं विष्णुर्ज्योतिषां रविरंशुमान्।
मरीचिर्मरुतामस्मि नक्षत्राणामहं शशी ॥

(21) आदित्यों में मैं विष्णु हूं; प्रकाशों में (ज्योतियों में) मैं दमकता हुआ सूर्य हूं; मरुतों में मैं मरीचि हूं; नक्षत्रों में मैं चन्द्रमा हूं।

आदित्य वैदिक देवता हैं। भगवान् सब वस्तुओं में है, परन्तु सब वस्तुओं में वह अन्य वस्तुओं की अपेक्षा अधिक स्पष्ट है। संसार में एक आरोही क्रम है। परमात्मा भौतिक तत्त्व की अपेक्षा जीवन में, जीवन की अपेक्षा चेतना में अधिक व्यक्त होता है और सन्तों और ऋषियों में सबसे अधिक व्यक्त होता है। इसी व्यवस्था के अनुसार, वह विशेष महत्त्वपूर्ण व्यक्तियों में सबसे अधिक प्रकट होता है। गीता के समय में इन पौराणिक व्यक्तियों में से कुछ हिन्दुओं के लिए शायद जीती-जागती वास्तविकताएं रहे होंगे।

22. वेदानां सामवेदोऽस्मि देवानामस्मि वासवः।
इन्द्रियाणां मनश्चास्मि भूतानामस्मि चेतना ॥

(22) वेदों में मैं सामवेद हूं; देवताओं में मैं इन्द्र हूं; इन्द्रियों में मैं मन हूं और प्राणियों में मैं चेतना हूं।

सामवेद का उल्लेख उसके गान-सौन्दर्य के कारण मुख्य वेद के रूप में किया गया है।[1]

23. रुद्राणां शंकरश्चास्मि वित्तेशो यक्षरक्षसाम्।
वसूनां पावकश्चास्मि मेरुः शिखरिणामहम् ॥

(23) रुद्रों में मैं शंकर (शिव) हूं; यक्षों और राक्षसों में मैं कुबेर हूं; वस्तुओं में मैं अग्नि हूं, और पर्वत-शिखरों में मैं मेरु हूं।

24. पुरोधसां च मुख्यं मां विद्धि पार्थ बृहस्पतिम्।
सेनानीनामहं स्कन्दः सरसामस्मि सागरः ॥

(24) हे पार्थ (अर्जुन), मुझे तू पुरोहितों में मुख्य पुरोहित बृहस्पति समझ; (युद्ध के) सेनापतियों में मैं स्कन्द हूं; जलाशयों में मैं समुद्र हूं।

25. महर्षीणां भृगुरहं गिरामस्म्येकमक्षरम्।
यज्ञानां जपयज्ञोऽस्मि स्थावराणां हिमालयः ॥

(25) महान् ऋषियों में मैं भृगु हूं; वाणियों (वचन) में मैं एक अक्षर 'ओऽम्' हूं; यज्ञों में मैं जपयज्ञ (मौन उपासना) हूं और स्थावर (अचल) वस्तुओं में मैं हिमालय हूं।

26. अश्वत्थः सर्ववृक्षाणां देवर्षीणां च नारदः।
गन्धर्वाणां चित्ररथः सिद्धानां कपिलो मुनिः ॥

(26) वृक्षों में मैं पीपल हूं और दिव्य ऋषियों में मैं नारद हूं; मैं गन्धर्वों में चित्ररथ हूं और सिद्ध ऋषियों में कपिल मुनि हूं।

कपिल मुनि ने सांख्य-दर्शन की रचना की है।

---

1. सामवेदो गानेन रमणीयत्वात्। —नीलकण्ठ।

27. उच्चैःश्रवसमश्वानां विद्धि माममृतोद्भवम्।
ऐरावतं गजेन्द्राणां नराणां च नराधिपम् ॥

(27) अश्वों में तू मुझे उच्चैःश्रवा समझ, जो अमृत से उत्पन्न हुआ था; श्रेष्ठ हाथियों में मैं ऐरावत (इन्द्र का हाथी) हूं और मनुष्यों में मैं राजा हूं।

28. आयुधानामहं वज्रं धेनूनामस्मि कामधुक्।
प्रजनश्चास्मि कन्दर्पः सर्पाणामस्मि वासुकिः ॥

(28) शस्त्रों में मैं वज्र हूं; गौओं में मैं कामधेनु हूं; सन्तानों को उत्पन्न करने वालों में मैं कामदेव हूं और सर्पों में मैं वासुकि हूं।

29. अनन्तश्चास्मि नागानां वरुणो यादसामहम्।
पितृणामर्यमा चास्मि यमः संयमतामहम् ॥

(29) नागों में मैं अनन्त (शेषनाग) हूं; जलचरों में मैं वरुण हूं; (दिवंगत) पूर्वजों में (पितरों में) मैं अर्यमा हूं; नियम और व्यवस्था का पालन करने वालों में मैं यम हूं।

30. प्रह्लादश्चास्मि दैत्यानां कालः कलयतामहम्।
मृगाणां च मृगेन्द्रोऽहं वैनतेयश्च पक्षिणाम् ॥

(30) दैत्यों में मैं प्रह्लाद हूं; गणना करने वालों में मैं काल हूं; पशुओं में मैं पशुराज सिंह हूं और पक्षियों में मैं विनता का पुत्र (गरुड़) हूं।

31. पवनः पवतामस्मि रामः शस्त्रभृतामहम्।
झषाणां मकरश्चास्मि स्रोतसामस्मि जाह्नवी ॥

(31) पवित्र करने वालों में मैं वायु हूं; शस्त्रधारियों में मैं राम हूं; मच्छों में मैं मगरमच्छ हूं और नदियों में मैं गंगा हूं।

32. सर्गाणामादिरन्तश्च मध्यं चैवाहमर्जुन।
अध्यात्मविद्या विद्यानां वादः प्रवदतामहम् ॥

(32) हे अर्जुन, मैं सब सिरजी गई वस्तुओं का (सृष्टियों का) आदि, अन्त और मध्य हूं; विद्याओं में मैं अध्यात्मविद्या हूं; वाद-विवाद करने वालों का मैं तर्क हूं।

अध्यात्मविद्या विद्यानाम् : विद्याओं में मैं आत्मा की विद्या हूं। अध्यात्मविद्या भगवान् के परम आनन्द को पाने का मार्ग है। यह कोई बौद्धिक अभ्यास या सामाजिक अभियान नहीं है। यह उद्धार करने वाले ज्ञान का मार्ग है और इसलिए इसकी साधना गम्भीर धार्मिक निष्ठा के साथ करनी होती है। आत्मा के विज्ञान के रूप में दर्शन हमें उस अज्ञान के ऊपर विजय पाने में सहायता देता है, जो हमसे ब्रह्म के स्वरूप को छिपाए हुए है। प्लेटो के मतानुसार, यह सार्वभौम विद्या है। इसके अभाव में विभागीय विद्याएं भ्रामक बन जाती हैं। प्लेटो लिखता है : "कुल मिलाकर विद्याओं का ज्ञान, यदि उसमें सर्वोत्तम विद्या सम्मिलित न हो, कुछ मामलों में जानने वाले की सहायता करेगा, परन्तु अधिकांश मामलों में जानने वाले को हानि ही अधिक होगी।" ऐल्सीबियेड्स, 2, 144 डी।

33. अक्षराणामकारोऽस्मि द्वन्द्वः सामासिकस्य च।
अहमेवाक्षयः कालो धाताहं विश्वतोमुखः॥

(33) अक्षरों में मैं 'अ' अक्षर हूं और समासों में मैं द्वन्द्व समास हूं; मैं ही अनश्वरकाल हूं और मैं ही वह विधाता हूं, जिसके मुख सब दिशाओं में विद्यमान हैं।

काल : समय। तुलना कीजिए : कालस्वरूपी भगवान् कृष्णः। विष्णुपुराण, 5, 38।

34. मृत्युः सर्वहरश्चाहमुद्भवश्च भविष्यताम्।
कीर्तिः श्रीर्वाक्च नारीणां स्मृतिर्मेधा धृतिः क्षमा॥

(34) मैं सबको निगल जाने वाली मृत्यु हूं और मैं भविष्य में होने वाली सब वस्तुओं का उद्‌गम हूं; नारियों में मैं कीर्ति, लक्ष्मी, वाणी, स्मृति, बुद्धि, दृढ़ता और क्षमा (धीरता) हूं।

35. बृहत्साम तथा साम्नां गायत्री छन्दसामहम्।
मासानां मार्गशीर्षोऽहमृतूनां कुसुमाकरः॥

(35) इसी प्रकार साम (गीतों) में मैं बृहत् साम हूं; छन्दों में मैं गायत्री हूं; महीनों में मैं मार्गशीर्ष हूं और ऋतुओं में मैं कुसुमाकर (फूलों की खान, वसन्त) हूं।

36. द्यूतं छलयतामस्मि तेजस्तेजस्विनामहम्।
जयोऽस्मि व्यवसायोऽस्मि सत्त्वं सत्त्ववतामहम् ॥

(36) छलने वालों का मैं जूआ (द्यूत) हूं; मैं तेजस्वियों का तेज हूं; मैं विजय हूं, मैं प्रयत्न हू और अच्छे लोगों में मैं अच्छाई हू।

37. वृष्णीनां वासुदेवोऽस्मि पाण्डवानां धनञ्जयः।
मुनीनामप्यहं व्यासः कवीनामुशना कविः ॥

(37) वृष्णियों में मैं वासुदेव हूं; पाण्डवों में मैं धनंजय (अर्जुन) हूं; मुनियों में मैं व्यास हू और कवियों में मैं उशना कवि हू।

38. दण्डो दमयतामस्मि नीतिरस्मि जिगीषताम्।
मौनं चैवास्मि गुह्यानां ज्ञानं ज्ञानवतामहम् ॥

(38) दमन करने वालों का मैं (सज़ा देने का) दण्ड हूं; जो लोग विजय प्राप्त करना चाहते हैं, उनकी मैं नीति हूं; रहस्यपूर्ण वस्तुओं में मैं मौन हू और ज्ञानियों का मैं ज्ञान हूं।

39. यच्चापि सर्वभूतानां बीजं तदहमर्जुन।
न तदस्ति विना यत्स्यान्मया भूतं चराचरम् ॥

(39) हे अर्जुन, सब वस्तुओं का जो भी कुछ बीज है, वह मैं हूं; चराचर वस्तुओं में ऐसी कोई वस्तु नहीं है, जो मेरे बिना रह सके।[1]

40. नान्तोऽस्ति मम दिव्यानां विभूतीनां परन्तप।
एष तूद्देशतः प्रोक्तो विभूतेर्विस्तरो मया ॥

(40) हे शत्रु को जीतने वाले (अर्जुन), मेरी दिव्य विभूतियों का कोई अन्त नहीं है। जो कुछ मैंने तुझे बताया है, वह तो मेरी असीम महिमा का केवल निदर्शनमात्र है।

---

1. द्रौपदी की उक्ति से तुलना कीजिए :
मर्त्यता चैव भूतानाममरत्वं दिवौकसाम्।
त्वयि सर्वं महाबाहो लोककार्यं प्रतिष्ठितम् ॥

41. यद्यद्विभूतिमत्सत्त्वं श्रीमदूर्जितमेव वा।
तत्तदेवावगच्छ त्वं मम तेजोंऽशसंभवम् ॥

(41) जो भी कोई प्राणी गौरव, चारुता और शक्ति से युक्त है, तू समझ ले कि वह मेरे ही तेज के अंश से उत्पन्न हुआ है।

यों तो सभी वस्तुओं को परमात्मा ने संभाला हुआ है, परन्तु सुन्दर और तेजस्वी वस्तुओं में परमात्मा अन्य वस्तुओं की अपेक्षा अधिक स्पष्टतया प्रकट होता है। वीरता का प्रत्येक कार्य, बलिदान का प्रत्येक जीवन और प्रतिभा का प्रत्येक कार्य ब्रह्म की ही एक अभिव्यक्ति है। मानवीय जीवन के काव्यपूर्ण क्षण मनुष्य के सीमित मन से इतने परे की वस्तु हैं कि उनकी व्याख्या ही नहीं की जा सकती।

42. अथवा बहुनैतेन किं ज्ञातेन तवार्जुन।
विष्टभ्याहमिदं कृत्स्नमेकांशेन स्थितो जगत् ॥

(42) परन्तु हे अर्जुन, तुझे इस विस्तृत ज्ञान की क्या आवश्यकता है? मैं इस सम्पूर्ण विश्व को अपने ज़रा-से अंश द्वारा व्याप्त करके इसे संभाले रहता हूं।

एकांशेन : एक अंश द्वारा। इसका यह अर्थ नहीं है कि ब्रह्म की एकता अनेक अंशों में खण्डित हो जाती है। यह ब्रह्माण्ड असीम ब्रह्म का एक आंशिक प्रकटन (अभिव्यक्ति) है और यह उसके देदीप्यमान प्रकाश की एक किरण से प्रकाशित है।[1] भगवान् का लोकातीत प्रकाश इस ब्रह्माण्ड से परे और देश तथा काल से परे निवास करता है।

इति ···विभूतियोगो नाम दशमोऽध्यायः।

यह है 'विभूतियोग' नामक दसवां अध्याय।

---

1. ऋग्वेद से तुलना कीजिए : 'पादो अस्य विश्वा भूतानि त्रिपाद् अस्यामृतं दिवि। 10, 90, 3। पुरुषसूक्त में कहा गया है कि यह तो केवल उसकी महिमा का वर्णन है, स्वयं पुरुष तो इसकी अपेक्षा कहीं अधिक बड़ा है। साथ ही देखिए छान्दोग्य उपनिषद्, 3, 12, 6 और मैत्रायणी उपनिषद्, 6, 41 4, 7 पर टिप्पणी करते हुए अभिनवगुप्त ने, जो 'तदात्मानम्' के बजाय 'तदात्मांशम्' पाठ मानता है, लिखा है : श्री भगवान् किल पूर्णषाड्गुण्यत्वात् शरीरसम्पर्कमात्ररहितोऽपि स्थितिकारित्वात् कारुणिकतया आत्मांशं सृजति; आत्मा पूर्णषाडगुण्यः अंशः उपकारकत्वेन अप्रधानभूतो यत्र तद् आत्मांशं शरीरं गृह्णाति इत्यर्थः।

अध्याय 11

भगवान् का दिव्य रूपान्तर

अर्जुन भगवान् के सार्वभौम (विश्व) रूप को देखना चाहता है

अर्जुन उवाच

1. मदनुग्रहाय परमं गुह्यमध्यात्मसंज्ञितम्।
यत्त्वयोक्तं वचस्तेन मोहोऽयं विगतो मम ॥

अर्जुन ने कहा :

(1) तूने आत्मा के सम्बन्ध में करुणा करके जो मुझे यह परम रहस्य समझाया है, उसके कारण मेरा मोह समाप्त हो गया है।

यह भ्रम, कि संसार की वस्तुए अपने सहारे ही विद्यमान हैं और स्वयं अपने-आप को संभाले हुए हैं और यह कि वे परमात्मा के बिना ही जीवित रहती हैं और चलती-फिरती हैं, समाप्त हो गया है।

2. भवाप्ययौ हि भूताना श्रुतौ विस्तरशो मया।
त्वत्तः कमलपत्राक्ष माहात्म्यमपि चाव्ययम् ॥

(2) हे कमललोचन (कृष्ण), मैंने तुझसे वस्तुओं के जन्म और विनाश के सम्बन्ध में और साथ ही तेरे अनश्वर गौरव के सम्बन्ध में विस्तार से सब-कुछ सुना है।

3. एवमेतद्यथात्थ त्वमात्मानं परमेश्वर।
द्रष्टुमिच्छामि ते रूपमैश्वरं पुरुषोत्तम ॥

(3) हे परमेश्वर, यदि यह सब ऐसा ही है, जैसा कि तूने बताया है, तो हे पुरुषोत्तम, मैं तेरे ईश्वरीय दिव्य रूप को देखना चाहता हूं।

इस बात को जानना, कि शाश्वत आत्मा सब वस्तुओं में निवास करती है, एक बात है और इसका दर्शन करना दूसरी बात। अर्जुन दिव्य रूप को देखना चाहता है, अदृश्य ब्रह्म के दृश्यमान शरीर को और इस बात को, कि वह परमात्मा 'जो सब वस्तुओं का जन्म और मृत्यु है', कैसा है। 10, 8। अव्यक्त आधिभौतिक सत्य को दृश्यमान वास्तविकता बनाया जाना चाहिए।

4. मन्यसे यदि तच्छक्यं मया द्रष्टुमिति प्रभो।
योगेश्वर ततो मे त्वं दर्शयात्मानमव्ययम् ॥

(4) हे प्रभु, यदि तू समझता है कि वह रूप मुझे दिखाई पड़ सकता है, तो हे योगेश्वर (कृष्ण), तू अपना वह अनश्वर रूप मुझे दिखा।

भगवान् का प्रकट होना

श्रीभगवानुवाच

5. पश्य मे पार्थ रूपाणि शतशोऽथ सहस्रशः।
नानाविधानि दिव्यानि नानावर्णाकृतीनि च ॥

श्री भगवान् ने कहा :

(5) हे पार्थ (अर्जुन), तू मेरे सैकड़ों-हज़ारों, नाना प्रकार के दिव्य, विविध रंगों और आकृतियों वाले रूपों को देख।

दिव्य शक्ति का महान् आत्मप्रकाशन उस अर्जुन के सम्मुख प्रकट होता है, जो विश्व की प्रक्रिया और भवितव्यता के सच्चे अर्थ को समझता है। महाभारत में 6, 131 में यह कहा गया है कि कृष्ण अपने विश्व-रूप में दुर्योधन के सम्मुख तब प्रकट हुआ था, जब कि सन्धि का अन्तिम प्रयत्न करने के लिए आए हुए कृष्ण को दुर्योधन ने बन्दी बना लेने का प्रयत्न किया था।

यह दिव्य रूप-दर्शन कोई किंवदन्ती या पौराणिक कथा नहीं है, अपितु एक आध्यात्मिक अनुभव है। धार्मिक अनुभव के इतिहास में इस प्रकार के

अनेक दर्शनों का उल्लेख प्राप्त होता है। ईसा का रूपान्तर[1], दमिश्क की सड़क पर साऊल का दर्शन कौन्स्टैण्टाइन द्वारा एक क्रास का दर्शन, जिस पर कि ये शब्द अंकित थे 'इस चिह्न को लेकर विजय करो', तथा जॉन ऑफ़ आर्क के इसी प्रकार के दर्शन अर्जुन के दिव्य रूप-दर्शन की कोटि के ही अनुभव हैं।

6. **पश्यादित्यान्वसून्रुद्रानश्विनौ मरुतस्तथा।**
बहून्यदृष्टपूर्वाणि पश्याश्चर्याणि भारत ॥

(6) हे भारत (अर्जुन), तू आदित्यों को, वसुओं को, रुद्रों को, दो अश्विनों को और मरुतों को देख। और भी अनेक आश्चर्यों को देख, जिन्हें कि तूने पहले कभी नहीं देखा।

7. **इहैकस्थं जगत्कृत्स्नं पश्याद्य सचराचरम्।**
मम देहे गुडाकेश यच्चान्यद्द्रष्टुमिच्छसि ॥

(7) हे गुडाकेश (अर्जुन), यहां आज तू सारे जगत् को, सब चराचरों को देख और जो कुछ तू देखना चाहता है, उस सबको मेरे शरीर में एकत्र हुआ देख।

यह सब वस्तुओं का एक परमात्मा में दर्शन है। जब हम अपने ज्ञान की पूरी क्षमता का विकास कर लेते हैं, तब हम इस बात को देख लेते हैं कि सब (अतीत, वर्तमान और भविष्यत्) वर्तमान ही है।

---

1. मार्क, 9, 2-8। सेण्ट हिल्डेगार्ड (1098-1180) (स्त्री) ने एक दर्शन का उल्लेख किया है, जिसमें उसने एक 'सुन्दर मानवीय रूपी' पुरुष को देखा था; उस रूप ने अपना परिचय जिन शब्दों में दिया था, उनसे गीता के इस वर्णन की याद आ जाती है। "मैं ही वह सर्वोच्च और अग्निमय शक्ति हूं, जो जीवन की सब चिनगारियों को जन्म देती है। मुझमें मृत्यु का कोई अंश नहीं है, फिर भी मैं उसका नियतन करता हूं, क्योंकि मैं ज्ञान द्वारा उसी प्रकार ढका हुआ हूं, जैसे पक्षी पंखों से ढका होता है। मैं दिव्य तत्त्व का वह सप्राण और अग्निमय सार हूं, जो खेतों के सौन्दर्य में चमकता है। मैं पानी में चमकता हूं; मैं सूर्य और चन्द्रमा और तारों में जल रहा हूं। अदृश्य वायु में जो रहस्यमय शक्ति है, वह मेरी ही है। मैं सब प्राणियों के श्वास को संभाल रखता हूं। हरियाली और फूलों में मैं ही सांस लेता हूं और जब जलधाराएं जीवित वस्तुओं की भांति बहती हैं, तब वह मैं ही होता हूं। मैंने ही उन स्तम्भों को बनाया है, जो सारी पृथ्वी को संभालते हैं⋯ये सब इसलिए जीवित हैं, क्योंकि मैं उनमें हूं, और मैं उनका जीवन हूं। मैं ज्ञान हूं। जिस गर्जनामय शब्द से ये सब वस्तुएं बनी थीं, वह शब्द मेरा ही है। मैं सब वस्तुओं में रमा हुआ हूं, जिससे वे निष्प्राण न हो जाएं। मैं जीवन हूं।" चार्ल्स सिंगर द्वारा सम्पादित 'स्टडीज इन दी हिस्ट्री एण्ड मैथड ऑफ़ साइन्स' (1917) में से उद्धृत; पृ॰ 33

8. न तु मा शक्यसे द्रष्टुमनेनैव स्वचक्षुषा।
दिव्यं ददामि ते चक्षुः पश्य मे योगमैश्वरम् ॥

(8) परन्तु तू मुझे अपनी इन (मानवीय) आंखों से नहीं देख पाएगा; मैं तुझे दिव्य दृष्टि देता हूं। तू मेरी दिव्य शक्ति को देख।

कोई भी पार्थिव आंख सर्वोच्च रूप को नहीं देख सकती। मानवीय आंख ऐसे अत्यधिक प्रकाश को देखने के लिए नहीं बनी। मांसचक्षु मांस की बनी हुई आंख है, जब कि दिव्य चक्षु दैवीय आंख है।[1]

मानवीय आंख केवल बाह्य रूपों को देख सकती है; आन्तरिक आत्मा का ज्ञान आत्मिक आंख से होता है। एक प्रकार का ज्ञान ऐसा होता है, जिसे हम अपने प्रयत्नों द्वारा प्राप्त कर सकते हैं—इन्द्रियों द्वारा प्रदत्त अनुभव और बौद्धिक गतिविधि पर आधारित ज्ञान। एक और प्रकार का ज्ञान उस समय हो सकता है, जब कि हम चारुता के प्रभाव के अधीन हों—आत्मिक वास्तविकताओं का प्रत्यक्ष ज्ञान। देवता का दर्शन देवता की ही एक देन है। यह सारा विवरण दिव्य प्रकृति में नानाविध विश्व की एकता को सूचित करने का एक काव्यपूर्ण ढंग है।

---

1. उपनिषद् का कथन है :
सुनते हुए भी वे नहीं सुनते; जानते हुए भी वे नहीं जानते; देखते हुए भी वे नहीं देखते; वे केवल ज्ञान की आंखों से देखते हैं।

शृण्वन्तोऽपि न शृण्वन्ति जानन्तोऽपि न जानते।
पश्यन्तोऽपि न पश्यन्ति पश्यन्ति ज्ञानचक्षुषः ॥

मोक्षधर्म में निम्नलिखित श्लोक मिलता है :

माया ह्येषा मया सृष्टा यन्मां पश्यसि नारद।
सर्वभूतगुणैर्युक्तं न तु मां द्रष्टुमर्हसि ॥

इस पर टीका करते हुए मधुसूदन ने कहा है : "सर्वभूतगुणैर्युक्तं कारणोपाधि मां चर्मचक्षुषा द्रष्टुं नार्हसि।"
पैग़म्बर के शब्दों में तुलना कीजिए : "प्रभु, उसकी आंखें खोल दो, जिससे वह देख सके।" साथ ही देखिए विज़न ऑफ़ ऐज़ेकियेल, ऐक्सौडस 33, 18; रीवैलेशन, 4; और सद्धर्म पुण्डरीक, 1। "उठो, चमको; क्योंकि तुम्हारा प्रकाश आ गया है और प्रभु की महिमा तुम्हारे ऊपर उदित हुई है। तुम देख पाओगे और देदीप्यमान बनोगे और तुम्हारा हृदय रोमांचित और विशाल हो जाएगा।" (ईसाइयाह 9, 1-5)।

यह दर्शन कोई मानसिक कल्पना नहीं है, अपितु सीमित मन से परे एक सत्य का उद्घाटन है। यहां अनुभव की स्वतःस्फूर्तता और प्रत्यक्षता को स्पष्ट किया गया है।

संजय द्वारा दिव्य रूप का वर्णन

संजय उवाच

9. एवमुक्त्वा ततो राजन्महायोगेश्वरो हरिः।
दर्शयामास पार्थाय परमं रूपमैश्वरम् ॥

संजय ने कहा :

(9) महाराज, इस प्रकार कहकर महान् योगेश्वर हरि (कृष्ण) ने अर्जुन के सम्मुख अपना सर्वोच्च और दिव्य रूप प्रकट किया।

यह कृष्ण का दिव्य रूपान्तर है, जिसमें कि अर्जुन स्वर्ग और पृथ्वी के सब प्राणियों को दिव्य रूप में देखता है।

10. अनेकवक्त्रनयनमनेकाद्भुतदर्शनम् ।
अनेकदिव्याभरणं दिव्यानेकोद्यतायुधम् ॥

(10) वह रूप अनेक मुखों और आंखों वाला था, उसमें अनेक आश्चर्यजनक दृश्य थे। उसने अनेक दिव्य आभूषण धारण किए हुए थे और उसने अनेक दिव्य शस्त्र उठाए हुए थे।

यहां पर ऐसा प्रतीत होता है कि कवि उस अनुभव का वर्णन करने के प्रयत्न में जो कि वस्तुतः अवर्णनीय है, शब्दों की कमी और वाणी की अपूर्णता का अनुभव कर रहा है।

अनेकवक्त्रनयनम् : अनेक मुखों और आंखों वाला। वह सबको निगल जाने वाला और सबको देखने वाला है।

ये सार्वभौम सत्ता के वर्णन हैं। पुरुषसूक्त में भी इससे मिलता-जुलता वर्णन प्राप्त होता है। सहस्रशीर्षा पुरुषः सहस्राक्षः सहस्रपात् (ऋग्वेद 10, 90)। तुलना कीजिए : मुण्डकोपनिषद् 2, 1, 4।

**11. दिव्यमाल्याम्बरधरं दिव्यगन्धानुलेपनम्।
सर्वाश्चर्यमयं देवमनन्तं विश्वतोमुखम् ॥**

(11) उसने दिव्य मालाएं और वस्त्र धारण किए हुए थे। उसने दिव्य गन्ध (इत्र) और लेप लगाए हुए थे। उसमें सब आश्चर्य थे। वह दिव्य और अनन्त था। उसके मुख सब दिशाओं की ओर विद्यमान थे।

**12. दिवि सूर्यसहस्रस्य भवेद्युगपदुत्थिता।
यदि भाः सदृशी सा स्याद्भासस्तस्य महात्मनः ॥**

(12) यदि आकाश में एक हज़ार सूर्यों की चमक एक-साथ दमक उठे, तो वह उस महान् आत्मा के तेज के समान हो सकती है।

**13. तत्रैकस्थं जगत्कृत्स्नं प्रविभक्तमनेकधा।
अपश्यद्देवदेवस्य शरीरे पाण्डवस्तदा॥**

(13) वहां पाण्डव (अर्जुन) ने उस देवों के भी देव के शरीर में अनेक रूपों में बंटे हुए सारे संसार को एक ही जगह स्थित देखा।

अर्जुन को नाना वस्तुओं में परमात्मा का और एक परमात्मा में ही नाना वस्तुओं का दर्शन हुआ। सब वस्तुएं वही रहती हैं, और फिर भी वे सब बदल जाती हैं। दैनन्दिन जगत् की परिचित वस्तुओं के लुप्त हो जाने पर आश्चर्य अनुभव होता है। प्रत्येक वस्तु एक-दूसरे के साथ गुंथी हुई है और प्रत्येक वस्तु उस सम्पूर्ण को प्रतिबिम्बित करती है। यह दर्शन सारे पार्थिव जीवन की सम्भाव्य दिव्यता का प्रकाशन है।

अर्जुन भगवान् से निवेदन करता है

**14. ततः स विस्मयाविष्टो हृष्टरोमा धनञ्जयः।
प्रणम्य शिरसा देवं कृताञ्जलिरभाषत ॥**

(14) तब धनंजय (अर्जुन) आश्चर्य से अभिभूत हो गया। उसके रोंगटे खड़े हो गए। उसने सिर झुकाकर, हाथ जोड़कर भगवान् को प्रणाम किया और कहा :

आतंक से विकल होकर, रोमांचित होकर, सिर झुकाए और हाथ जोड़े हुए अर्जुन स्तुति करता है।

अर्जुन उवाच

15. पश्यामि देवांस्तव देव देहे,
सर्वांस्तथा भूतविशेषसङ्घान्।
ब्रह्माणमीशं कमलासनस्थ-
मृषींश्च सर्वानुरगांश्च दिव्यान्॥

अर्जुन ने कहा :

(15) हे भगवान्, मैं तुम्हारे शरीर में सब देवताओं और विविध प्रकार के प्राणियों के समूहों को देख रहा हूं। मैं कमल के आसन पर बैठे हुए विधाता ब्रह्मा को तथा अन्य ऋषियों को और दिव्य नागों को देख रहा हूं।

परमात्मा का दर्शन हमारे क्षितिज को विस्तृत कर देता है और वह हमें उस पार्थिव कोलाहल और कष्टों से परे ले जाता है, जो इतनी आसानी से हम पर हावी हो जाते हैं। परमात्मा की सृष्टि इस छोटे-से ग्रह तक ही सीमित नहीं है, जो कि इस ब्रह्माण्ड का एक क्षुद्र-सा अंश है। अर्जुन देखता है कि यह विश्व तो अनेक और विविध प्रकार की आत्माओं से भरा हुआ है।

16. अनेकबाहूदरवक्त्रनेत्रं
पश्यामि त्वां सर्वतोऽनन्तरूपम्।
नान्तं न मध्यं न पुनस्तवादिं,
पश्यामि विश्वेश्वर विश्वरूप॥

(16) मैं तुझे सब ओर अनन्त रूपों में देख रहा हूं। तेरी अनेक भुजाएं हैं; अनेक पेट हैं; अनेक मुख हैं और अनेक नेत्र हैं; परन्तु हे विश्व के स्वामी, हे विश्व-रूप, मुझे कहीं तेरा अन्त, मध्य या आदि दिखाई नहीं पड़ रहा।

वक्त्र : चेहरे या मुख।

17. किरीटिनं गदिनं चक्रिणं च,
तेजोराशिं सर्वतो दीप्तिमन्तम्।
पश्यामि त्वां दुर्निरीक्ष्यं समन्ता-
द्दीप्तानलार्कद्युतिमप्रमेयम्॥

(17) मैं तुझे मुकुट, गदा और चक्र धारण किए हुए, सब ओर दमकते हुए तेजः-पुंज के रूप में देख रहा हूं, जिसे देख पाना भी कठिन है (चौंधियाने वाला), जो सब ओर से धधकती हुई आग और सूर्य के समान देदीप्यमान है और जो अनुपम है।

18. त्वमक्षरं परमं वेदितव्यं,
त्वमस्य विश्वस्य परं निधानम्।
त्वमव्ययः शाश्वतधर्मगोप्ता,
सनातनस्त्वं पुरुषो मतो मे ॥

(18) तू अनश्वर भगवान् है, जिसका ज्ञान प्राप्त किया जाना चाहिए। तू संसार का परम विश्राम का स्थान है; तू शाश्वत (सनातन) धर्म का अमर रक्षक है। मुझे तो लगता है कि तू ही सनातन पुरुष है।

अक्षरम् : अनश्वर। अर्जुन कहता है कि भगवान् ब्रह्म और ईश्वर, दोनों ही है। परब्रह्म और परमात्मा दोनों।[1]

शाश्वतधर्मगोप्ता : सदा बने रहने वाले धर्म का अमर रक्षक। अभिनवगुप्त ने इसके स्थान पर 'सात्त्वतधर्मगोप्ता' पाठ माना है, जिसका अर्थ है सात्त्वत धर्म का रक्षक।

19. अनादिमध्यान्तमनन्तवीर्य-
मनन्तबाहुं शशिसूर्यनेत्रम्।
पश्यामि त्वां दीप्तहुताशवक्त्रं,
स्वतेजसा विश्वमिदं तपन्तम् ॥

(19) मैं तुझे देख रहा हूं, जिसका न कोई आदि है, न मध्य और न कोई अन्त है; जिसकी शक्ति अनन्त है; जिसकी असंख्य भुजाएं हैं; सूर्य और चन्द्र जिसके नेत्र हैं; जिसका मुख धधकती हुई आग की भांति है और जो अपने तेज से सारे संसार को तपा रहा है।

---

1 एतेन सगुणरूपस्य निर्गुणज्ञापकत्वम् उक्तम्। —नीलकण्ठ।

20. द्यावापृथिव्योरिदमन्तरं हि,
व्याप्तं त्वयैकेन दिशश्च सर्वाः।
दृष्ट्वाद्भुतं रूपमुग्रं तवेदं,
लोकत्रयं प्रव्यथितं महात्मन् ॥

(20) आकाश और पृथ्वी के बीच का यह सारा स्थान और सारी दिशाएं केवल तुझ अकेले से ही व्याप्त हैं : हे महान् आत्मा वाले, जब तेरा यह आश्चर्यजनक भयंकर रूप दिखाई पड़ता है, तब तीनों लोक कांप उठते हैं।

21. अमी हि त्वां सुरसंघा विशन्ति,
केचिद्भीताः प्राञ्जलयो गृणन्ति।
स्वस्तीत्युक्त्वा महर्षिसिद्धसंघाः,
स्तुवन्ति त्वां स्तुतिभिः पुष्कलाभिः ॥

(21) उधर वे देवताओं के समूह तेरे अन्दर प्रवेश कर रहे हैं और उनमें से कुछ हाथ जोड़े तेरी स्तुति कर रहे हैं। महर्षियों और सिद्धों के समूह 'स्वस्ति' (कल्याण हो) कहकर अत्यन्त प्रशंसायुक्त मन्त्रों से तेरी स्तुति कर रहे हैं।

आध्यात्मिक प्राणियों के समूह उस परमात्मा की स्तुति करते हैं और हर्षावेशमय उपासना में खोए रहते हैं।

22. रुद्रादित्या वसवो ये च साध्या
विश्वेऽश्विनौ मरुतश्चोष्मपाश्च।
गन्धर्वयक्षासुरसिद्धसंघा
वीक्षन्ते त्वां विस्मिताश्चैव सर्वे ॥

(22) रुद्रगण, आदित्यगण, वसुगण और साध्यगण, विश्वेदेवगण और दो अश्विनीकुमार, मरुत् और पितर तथा गन्धर्वों, यक्षों, असुरों और सिद्धों के समूह, सब तेरी ओर देख रहे हैं और देखकर सब चकित हो रहे हैं।

23. रूपं महत्ते बहुवक्त्रनेत्रं,
महाबाहो बहुबाहूरुपादम्।
बहूदरं बहुदंष्ट्राकरालं,
दृष्ट्वा लोकाः प्रव्यथितास्तथाहम् ॥

(23) हे महाबाहु, तेरे इस अनेक मुखों और आंखों वाले, अनेक भुजाओं, जांघों और पैरों वाले, अनेक पेट वाले, अनेक बड़े-बड़े दांतों के कारण भयानक दीख पड़ने वाले विशाल रूप को देखकर सारे लोक कांप रहे हैं और उसी प्रकार मैं कांप रहा हूं।

यह भगवान् की सार्वभौमता तथा सर्वत्रविद्यमानता को ध्वनित करने के लिए की गई काव्योचित अत्युक्ति है।

24. नभःस्पृशं दीप्तमनेकवर्णं,
व्यात्ताननं दीप्तविशालनेत्रम्।
दृष्ट्वा हि त्वां प्रव्यथितान्तरात्मा,
धृतिं न विन्दामि शमं च विष्णो ॥

(24) तेरे इस आकाश को छूने वाले, अनेक रंगों में दमकते हुए, ख़ूब चौड़ा मुंह खोले हुए और बड़ी-बड़ी चमकती आंखों वाले इस रूप को देखकर मेरी आन्तरिकतम आत्मा भय से कांप रही है और हे विष्णु, मुझे न धीरज बंध रहा है और न शान्ति मिल रही है।

25. दंष्ट्राकरालानि च ते मुखानि,
दृष्ट्वैव कालानलसन्निभानि।
दिशो न जाने न लभे च शर्म,
प्रसीद देवेश जगन्निवास ॥

(25) जब मैं बड़े-बड़े दांतों के कारण डरावने और काल की सर्वग्रासी लपटों के समान तेरे मुखों को देखता हूं, तो मुझे दिशाएं तक सूझनी बन्द हो जाती हैं और किसी प्रकार चैन नहीं पड़ता। हे देवताओं के स्वामी, हे संसार के आश्रय, तू करुणा कर।

कालानल : शब्दार्थ है प्रलय की अग्नि।

अर्जुन अपने होश-हवाश खो बैठता है। इस भयंकर अनुभव में विस्मय, आतंक और हर्षोन्माद के तत्त्व विद्यमान हैं।

26. अमी च त्वां धृतराष्ट्रस्य पुत्राः,
सर्वे सहैवावनिपालसंघैः।
भीष्मो द्रोणः सूतपुत्रस्तथासौ,
सहास्मदीयैरपि योधमुख्यैः॥

(26) उधर सब राजाओं के समूहों के साथ वे धृतराष्ट्र के पुत्र और भीष्म, द्रोण और कर्ण, हमारे पक्ष के प्रमुख योद्धाओं के साथ-साथ ही,

27. वक्त्राणि ते त्वरमाणा विशन्ति,
दंष्ट्राकरालानि भयानकानि।
केचिद्विलग्ना दशनान्तरेषु,
संदृश्यन्ते चूर्णितैरुत्तमाङ्गैः॥

(27) तेरे उन डरावने मुखों में घुसे जा रहे हैं, जो बड़े-बड़े दांतों के कारण बहुत भयंकर हो उठे हैं। कुछ उन दांतों के बीच में फंसे दिखाई पड़ रहे हैं; उनके सिर पिसकर चूर-चूर हो गए हैं।

28. यथा नदीनां बहवोऽम्बुवेगाः,
समुद्रमेवाभिमुखा द्रवन्ति।
तथा तवामी नरलोकवीरा,
विशन्ति वक्त्राण्यभिविज्वलन्ति॥

(28) जिस प्रकार नदियों की अनेक वेगवती धाराएं समुद्र की ओर दौड़ती चली जाती हैं, उसी प्रकार ये नरलोक के वीर योद्धा तेरे लपटें उगलते हुए मुखों में घुसे जा रहे हैं।

29. यथा प्रदीप्तं ज्वलनं पतङ्गा
विशन्ति नाशाय समृद्धवेगाः।
तथैव नाशाय विशन्ति लोका-
स्तवापि वक्त्राणि समृद्धवेगाः॥

(29) जिस प्रकार पतंगे ज़ोर से जलती हुई आग पर अपने विनाश के लिए तेज़ी से झपटते हुए आते हैं, उसी प्रकार ये लोग अपने विनाश के लिए झपटते हुए तेरे मुखों में घुस रहे हैं।

ये प्राणी अपने अज्ञान के कारण अन्धे होकर अपने विनाश की ओर दौड़ रहे हैं और दैवीय नियन्त्रक इस सबको होने दे रहा है, क्योंकि वे सब अपने कर्मों का फल भुगत रहे हैं। जब हम किसी कर्म को करने के लिए तत्पर होते हैं, तो हम उसके परिणामों के लिए भी उद्यत रहते हैं। स्वतन्त्र क्रियाएं हमें उनके परिणामों का वशवर्ती बना देती हैं। क्योंकि यह कारण और कार्य का नियम दैवीय मन की अभिव्यक्ति है, इसलिए यह भी कहा जा सकता है कि ब्रह्म इस नियम को कार्यान्वित कर रहा है। लेखक विश्व-रूप की धारणा द्वारा इस बात को स्पष्ट करता है कि किस प्रकार अपनी विशालता, सुन्दरता और आतंक के सहित सारा ब्रह्माण्ड, सारे देवता, महात्मा, पशु और पौधे परमात्मा के जीवन की समृद्धि के अन्दर ही हैं। सबको अपने अन्दर रखते हुए परमात्मा अपने-आप से बाहर नहीं जा सकता। हम मनुष्य-प्राणी, जो तार्किक ढंग से विचार करते हैं, कभी एक विषय को लेकर व्यस्त रहते हैं और कभी किसी दूसरे विषय को लेकर। हम एक के बाद एक विषय पर विचार करते हैं, परन्तु दैवीय मन सब बातों को एक ही समझता है। उसके लिए न कोई अतीत है और न कोई भविष्यत्।

30. लेलिह्यसे ग्रसमानः समन्ता-
ल्लोकान्समग्रान्वदनैर्ज्वलद्भिः।
तेजोभिरापूर्य जगत्समग्रं,
भासस्तवोग्राः प्रतपन्ति विष्णो ॥

(30) अपने जलते हुए मुखों से सब ओर के लोकों को निगलता हुआ तू उन्हें चाट रहा है। हे विष्णु, तेरी अग्निमय किरणें इस सारे संसार को भर रही हैं और इसे अपने प्रचण्ड तेज से झुलसा रही हैं।

31. आख्याहि मे को भवानुग्ररूपो
नमोऽस्तु ते देववर प्रसीद।
विज्ञातुमिच्छामि भवन्तमाद्यं,
न हि प्रजानामि तव प्रवृत्तिम् ॥

(31) मुझे बता कि इतने भयानक रूप वाला तू कौन है। देवताओं में श्रेष्ठ, तुझको प्रणाम है। दया कर। मैं जानना चाहता हूं कि तू आदिदेव कौन है, क्योंकि मैं तेरे कार्यकलाप को नहीं जानता।

शिष्य गम्भीरतर ज्ञान की खोज करता है।

न्यायाधीश परमात्मा

श्रीभगवानुवाच

32. कालोऽस्मि लोकक्षयकृत्प्रवृद्धो
लोकान्समाहर्तुमिह प्रवृत्तः।
ऋतेऽपि त्वां न भविष्यन्ति सर्वे,
येऽवस्थिताः प्रत्यनीकेषु योधाः॥

श्री भगवान् ने कहा :

(32) मैं लोकों का विनाश करने वाला काल हूं, जो अब बड़ा हो गया हूं और यहां इन लोकों का दमन करने में लगा हुआ हूं। ये परस्पर-विरोधी सेनाओं में पंक्तिबद्ध खड़े हुए योद्धा तेरे (तेरे कर्म के) बिना भी शेष नहीं रहेंगे।

काल विश्व का प्रधान संचालक है। यदि परमात्मा को काल-रूप में सोचा जाए, तो वह निरन्तर सृष्टि कर रहा है और विनाश कर रहा है। काल वह उमड़ता हुआ प्रवाह है, जो अविराम चलता जाता है।

परम पुरुष सृजन और विनाश दोनों की ज़िम्मेदारी अपने सिर लेता है। गीता इस सुपरिचित सिद्धान्त को नहीं मानती कि जो कुछ अच्छा है, वह तो परमात्मा की देन है और जो कुछ बुरा है, वह शैतान की देन है। यह परमात्मा मर्त्य अस्तित्व के लिए उत्तरदायी है, तो वह उस अस्तित्व के अन्तर्गत सब बातों के लिए, जीवन और सृजन के लिए, वेदना और मृत्यु के लिए भी उत्तरदायी है।

परमात्मा का काल पर नियन्त्रण है, क्योंकि वह काल के बाहर है और यदि हम भी काल के ऊपर उठ सकें, तो हम भी इस पर अधिकार कर सकते हैं। काल के पीछे विद्यमान शक्ति होने के कारण वह हमारी अपेक्षा कहीं अधिक दूर तक देखता है और इस बात को जानता है कि किस प्रकार सब घटनाएं नियन्त्रित हैं और इसलिए अर्जुन को बताता है कि कारण अनेक वर्षों से क्रियाशील हैं और अब वे अपने स्वाभाविक परिणामों की ओर बढ़ रहे हैं। इन

परिणामों को इस समय, चाहे हम कुछ भी क्यों न कर लें, घटित होने से रोका नहीं जा सकता। उसके शत्रुओं का विनाश बहुत पहले किए गए कार्यों द्वारा अटल रूप से निश्चित हो चुका है। इस प्रकार का अवैयक्तिक भाग्य होता है, जिसे ईसाई प्रारब्ध (प्रॉविडेण्स) कहते हैं—एक सामान्य ब्रह्माण्डीय आवश्यकता, 'म्वारा' (भाग्य)—और जो परमात्मा की प्रकृति (स्वभाव) के एक पक्ष की अभिव्यक्ति है; और इसीलिए जिसे परमात्मा के प्रभुतासम्पन्न व्यक्तित्व का, जो अपने अचिन्त्य उद्देश्यों के साधन में लगा रहता है, संकल्प समझा जा सकता है। उसके समक्ष आत्मनिर्धारण के सब दावे अकारथ हैं।

33. तस्मात्त्वमुत्तिष्ठ यशो लभस्व,
जित्वा शत्रून्भुङ्क्ष्व राज्यं समृद्धम्।
मयैवैते निहताः पूर्वमेव,
निमित्तमात्रं भव सव्यसाचिन् ॥

(33) इसलिए तू उठ खड़ा हो और यश प्राप्त कर। अपने शत्रुओं को जीतकर तू इस समृद्धिपूर्ण राज्य का उपभोग कर। वे सब तो पहले ही मेरे द्वारा मारे जा चुके हैं। हे सव्यसाची (अर्जुन), तू अब इसका कारण-भर बन जा।

भवितव्यता का ईश्वर सब बातों का निश्चय करता है और उन्हें नियत करता है और अर्जुन को तो केवल उसका साधन—उस सर्वशक्तिमान् की अंगुलियों के नीचे रखी हुई बांसुरी—बनना है, जो अपने ही एक उद्देश्य को पूरा कर रहा है और एक महान् विकास करने में लगा है। यदि अर्जुन यह समझता है कि उसे अपने अपूर्ण विवेक के अनुसार कार्य करना है, तो वह अपने-आप को धोखा दे रहा है। कोई भी व्यष्टि आत्मा परमात्मा के इस विशेषाधिकार में हस्तक्षेप नहीं कर सकती। शस्त्र उठाने से इनकार करने के कारण अर्जुन धृष्टता का दोषी है। देखिए : 18, 58।

निमित्तमात्रम् : केवल कारण। ऐसा प्रतीत होता है कि लेखक दैवीय पूर्वनिर्णयन के सिद्धान्त का समर्थन करता है और व्यक्ति की नितान्त असहायता और क्षुद्रता तथा उसके संकल्प और प्रयत्न की व्यर्थता की ओर संकेत करता है। निश्चय पहले ही किया जा चुका है और अर्जुन उसे बदलने के लिए कुछ

भी नहीं कर सकता। वह परमात्मा के हाथों में शक्तिहीन उपकरण-भर है और फिर भी इसमें यह ध्वनि है कि परमात्मा स्वेच्छाचारी और मनमौजी नहीं है, अपितु न्यायी और प्रेममय है। इन दोनों विचारों का मेल किस तरह बैठाया जाए? यहां पर पूर्वनिर्णय करने वाले और एकमात्र कार्य करने वाले परमात्मा का दैवीय विचार प्रकट किया गया है, जो हममें उस परमात्मा पर पूर्णतया आश्रित होने का भाव जगाता है, जो 'बिलकुल अन्य' है और जो हमारे विरुद्ध परम प्रतिपक्ष के रूप में विद्यमान है। परमात्मा की शक्ति का एक तीव्र अन्तर्ज्ञान यहां पर प्रकट होता है, जैसा कि वह जौब में और पौल में प्रकट हुआ है : "क्या बनाई गई वस्तु अपने निर्माता के सामने खड़ी होकर कह सकती है कि तूने मुझे ऐसा क्यों बनाया है?"

हमें सारी विश्व की प्रक्रिया को एक पूर्वनिर्धारित योजना का उद्घाटनमात्र, पहले से तैयार सिने-कथा का अनावरणमात्र, समझने की आवश्यकता नहीं है। लेखक यहां पर मानवीय कर्मों की अभविष्यदर्शनीयता का खण्डन उतना नहीं कर रहा, जितना कि वह शाश्वतता के अर्थ को ज़ोर देकर कह रहा है, जिसमें कि काल के सब—अतीत, वर्तमान और भविष्य के सब—क्षण दैवीय आत्मा के लिए वर्तमान ही होते हैं। काल में विकास के प्रत्येक क्षण की प्रगतिशील नवीनता दिव्य शाश्वतता के साथ असंगत नहीं है।

परमात्मा के विचार मानवीय उपकरण द्वारा ही क्रिया में परिणत होते हैं। यदि हम समझदार हैं, तो हम इस प्रकार कार्य करते हैं कि परमात्मा के हाथों में उपकरण बन जाते हैं। हम परमात्मा को हमारी आत्मा को अपने में लीन कर लेने देते हैं और अपने अहंभाव का कोई चिह्न शेष नहीं रहने देते। हमें उसके आदेशों को ग्रहण करना होगा और उसकी इच्छा का पालन यह कहते हुए करना होगा : "तेरी इच्छा में ही मेरी शान्ति है"; "पिता, मैं अपनी आत्मा को तेरे हाथों में सौंपता हूं।"[1] अर्जुन को यह अनुभव करना चाहिए : "तेरी इच्छा के सिवाय अन्य किसी वस्तु का अस्तित्व नहीं है। केवल तू ही कर्ता है और मैं तो केवल उपकरण-भर हूं।" युद्ध की डरावनी विभीषिका उसमें विरक्ति जगाती है। मानवीय प्रमापों के अनुसार परखा जाए, तो यह समझ में आने वाली बात नहीं

1. ल्यूक, 23, 46

लगती, परन्तु जब मानो सर्वशक्तिमान् परमात्मा के प्रयोजन को प्रकट करने के लिए पर्दा उठा दिया जाता है, तो वह उसके लिए राजी हो जाता है। अब उसके लिए इस बात का महत्त्व नहीं रहता कि उसकी अपनी इच्छा क्या थी, या वह इस संसार में या परलोक में क्या पाने की आशा रख सकता है। देशकालमय इस संसार के पीछे और इसके अन्दर तक व्याप्त, परमात्मा का एक रचनात्मक प्रयोजन है। हमें उस सर्वोच्च इरादे को समझना होगा और उसकी सेवा में ही सन्तोष मानना होगा। प्रत्येक कार्य स्वयं उससे बहुत परे की किसी वस्तु का प्रतीक है।

34. द्रोणं च भीष्मं च जयद्रथं च,
कर्णं तथान्यानपि योधवीरान्।
मया हतांस्त्वं जहि मा व्यथिष्ठा,
युध्यस्व जेतासि रणे सपत्नान्॥

(34) तू द्रोण, भीष्म, जयद्रथ, कर्ण तथा अन्य वीर योद्धाओं को मार डाल, जो मेरे द्वारा पहले ही मार डाले गए हैं। डर मत। युद्ध कर। तू युद्ध में शत्रुओं को अवश्य जीत लेगा।

मया हतान् : जिनकी मृत्यु मैंने निश्चित कर दी है। परमात्मा उनके जीवनों की दिशा को और उनके लिए नियत लक्ष्य को भी जानता है। संसार में ऐसी तुच्छ-से-तुच्छ और क्षुद्र-से-क्षुद्र भी कोई वस्तु नहीं है, जो परमात्मा द्वारा पहले ही आदिष्ट या अनुमत न हो, यहां तक कि किसी छोटी-सी चिड़िया की मृत्यु भी नहीं।

अर्जुन से कहा गया है कि वह विधाता के पद को संभाल ले। बाह्यतः वह प्रकृति का स्वामी होगा और आन्तरिक दृष्टि से वह सब सम्भावित घटनाओं से ऊपर हो जाएगा।

संजय उवाच

35 एतच्छ्रुत्वा वचनं केशवस्य,
कृताञ्जलिर्वेपमानः किरीटी।
नमस्कृत्वा भूय एवाह कृष्णं,
सगद्गदं भीतभीतः प्रणम्य॥

संजय ने कहा :

(35) केशव (कृष्ण) के इन वचनों को सुनकर कांपते हुए किरीटी (अर्जुन) ने हाथ जोड़कर कृष्ण को नमस्कार किया और फिर भय से कांपते हुए प्रणाम करके रुंधी हुई वाणी में कृष्ण से कहा;

रूडोल्फ़ ओटो ने इस सारे दृश्य को धर्म में दिव्यभाव के स्थान के, महान् रहस्य के, उदाहरण के रूप में प्रस्तुत किया है। यह हमारे सम्मुख परमात्मा के लोकोत्तर पक्ष को प्रस्तुत करता है।

अर्जुन के स्तुति के श्लोक

अर्जुन उवाच

36. स्थाने हृषीकेश तव प्रकीर्त्या,
जगत्प्रहृष्यत्यनुरज्यते च।
रक्षांसि भीतानि दिशो द्रवन्ति,
सर्वे नमस्यन्ति च सिद्धसङ्घाः ॥

अर्जुन ने कहा :

(36) हे हृषीकेश (कृष्ण), संसार जो तेरे यश के गीत गाने में आनन्द और प्रसन्नता का अनुभव करता है, वह ठीक ही करता है। राक्षस डरकर सब दिशाओं में भाग रहे हैं और सिद्ध (पूर्णता को प्राप्त हुए) लोगों के समूह तुझे (आदर से) नमस्कार कर रहे हैं।

आराधना और परिताप के तीव्र भावावेश में अर्जुन भगवान् की स्तुति करता है। वह न केवल काल की विनाशकारी शक्ति को देखता है, अपितु आध्यात्मिक भगवत्-सान्निध्य और सृष्टि के नियामक विधान को भी देखता है। जहां इनमें से पहला आतंक उत्पन्न करता है, वहां पिछला हर्षविगमय उल्लास की भावना को जन्म देता है और अर्जुन आत्यन्तिक स्तुति में अपनी आत्मा को उड़ेल देता है।

37. कस्माच्च ते न नमेरन्महात्मन्,
गरीयसे ब्रह्मणोऽप्यादिकर्त्रे।
अनन्त देवेश जगन्निवास,
त्वमक्षरं सदसत्तत्परं यत् ॥

(37) और हे महान् आत्मा वाले, वे तुझे प्रणाम क्यों न करें, तू जो कि आदिस्रष्टा ब्रह्मा से भी महान् है? हे अनन्त, देवताओं के स्वामी, संसार के स्वामी, संसार के आश्रय, तू अनश्वर है, तू अस्तित्वमान् और अनस्तित्वमान् है; और उससे भी परे जो कुछ है, वह तू है।

आदिकर्त्रे : तू सर्वप्रथम स्रष्टा है या तू ब्रह्मा तक का स्रष्टा है।

जगन्निवास : संसार का आश्रय। परमात्मा, जिसमें कि यह जगत् निवास करता है।

38. त्वमादिदेवः पुरुषः पुराण-
स्त्वमस्य विश्वस्य परं निधानम्।
वेत्तासि वेद्यं च परं च धाम,
त्वया ततं विश्वमनन्तरूप॥

(38) तू देवताओं में सर्वप्रथम है; तू आद्यपुरुष है; तू इस संसार का परम विश्राम-स्थान है। तू ही ज्ञाता है और तू ही ज्ञेय है और तू ही सर्वोच्च लक्ष्य है। और हे अनन्त रूपों वाले, तूने ही इस संसार को व्याप्त किया हुआ है।

39. वायुर्यमोऽग्निर्वरुणः शशाङ्कः,
प्रजापतिस्त्वं प्रपितामहश्च।
नमो नमस्तेऽस्तु सहस्रकृत्वः,
पुनश्च भूयोऽपि नमो नमस्ते॥

(39) तू वायु है; तू यम (विनाश करने वाला) है; तू अग्नि है; तू वरुण (समुद्र का देवता) है; और तू शशांक (चन्द्रमा) है और प्रजापति, (सबका) पितामह है। तुझे हज़ार बार नमस्कार है; तुझे बारम्बार नमस्कार है।

कुछ के मतानुसार अर्थ है—"प्रजापति और सबका पितामह है।"

40. नमः पुरस्तादथ पृष्ठतस्ते,
नमोऽस्तु ते सर्वत एव सर्व।
अनन्तवीर्यामितविक्रमस्त्वं,
सर्वं समाप्नोषि ततोऽसि सर्वः॥

(40) तुझे सामने से नमस्कार है; तुझे पीछे की ओर से नमस्कार है; हे सब-कुछ, तुझे सब ओर से नमस्कार है। तेरी शक्ति असीम है और तेरा बल अमाप है; तू सबमें रमा हुआ है, इसलिए तू सब-कुछ है।

भगवान् का निवास अन्दर, बाहर, ऊपर, नीचे, चारों ओर, सब जगह है और ऐसा कोई स्थान नहीं है, जहां वह न हो। देखिए मुण्डकोपनिषद्, 2, 2, 11। छान्दोग्य उपनिषद् 7, 25।

इस सत्य को, कि हम सब एक ही भगवान् के प्राणी हैं और वह हममें से प्रत्येक में और सबमें विद्यमान है, बार-बार दुहराया गया है।

41. सखेति मत्वा प्रसभं यदुक्तं,
हे कृष्ण हे यादव हे सखेति।
अजानता महिमानं तवेदं,
मया प्रमादात्प्रणयेन वापि ॥

(41) तेरी इस महिमा के तथ्य को न जानते हुए और यह समझकर कि तू मेरा साथी है, मैंने अपनी लापरवाही से या प्रेम के कारण अविवेकपूर्वक तुझे जो 'हे कृष्ण, हे यादव, हे मित्र' आदि कहा है;

'तवेदम्' की जगह एक और पाठ-भेद मिलता है 'तवेमम्'।

42. यच्चावहासार्थमसत्कृतोऽसि,
विहारशय्यासनभोजनेषु।
एकोऽथवाप्यच्युत तत्समक्षं,
तत्क्षामये त्वामहमप्रमेयम ॥

(42) और कभी खेल में, बिस्तर पर लेटे हुए या बैठे हुए या भोजन के समय अकेले में या अन्य लोगों के सामने हंसी-मज़ाक़ में मैंने जो तेरे प्रति असम्मान प्रकट किया है, उसके लिए हे अच्युत (अपने स्थान से विचलित न होने वाले), और हे अप्रमेय (अमाप), मैं तुझसे क्षमा की प्रार्थना करता हूं।

परमात्मा का दर्शन भक्त में अपनी अपवित्रता और पाप की एक गहरी अनुभूति उत्पन्न कर देता है। जब ईसाइयाह ने प्रभु को एक ऊंचे और ऊपर उठे हुए सिंहासन पर बैठे देखा तो उसने कहा : "मुझे धिक्कार है। मैं बर्बाद हो गया, क्योंकि मेरे ओठ अस्वच्छ हैं···क्योंकि मेरी आंखों ने उस राजा को देखा है, जो देवदूतों का राजा है।" (6, 1, 5)।

43. पितासि लोकस्य चराचरस्य,
त्वमस्य पूज्यश्च गुरुर्गरीयान्।
न त्वत्समोऽस्त्यभ्यधिकः कुतोऽन्यो,
लोकत्रयेऽप्यप्रतिमप्रभाव ॥

(43) तू इस सारे चराचर जगत् का पिता है। तू इस संसार का पूजनीय है और आदरणीय गुरु है। हे अनुपम महिमा वाले, तीनों लोकों में कोई तेरे समान ही नहीं, तो फिर कोई तुझसे अधिक तो हो ही किस प्रकार सकता है!

44. तस्मात्प्रणम्य प्रणिधाय कायं,
प्रसादये त्वामहमीशमीड्यम्।
पितेव पुत्रस्य सखेव सख्युः,
प्रियः प्रियायार्हसि देव सोढुम् ॥

(44) इसलिए प्रणाम करके और अपने शरीर को तेरे सम्मुख साष्टांग झुकाकर मैं तुझ आराधनीय प्रभु को प्रसन्न करना चाहता हूं। हे देव, तू मेरे व्यवहार को उसी प्रकार क्षमा कर, जैसे पिता पुत्र के, या मित्र मित्र के या प्रेमी अपने प्रिय के व्यवहार को सहन करता है।

भगवान् को एक लोकातीत रहस्य के रूप में नहीं समझना है, अपितु अपने साथ घनिष्ठ रूप में भी समझना है; वैसा ही घनिष्ठ, जैसा कि पिता अपने पुत्र के साथ होता है या मित्र अपने मित्र के साथ होता है या प्रेमी अपने प्रिय के साथ होता है। ये मानवीय सम्बन्ध परमात्मा में अपनी पूर्णतम अभिव्यक्ति को प्राप्त होते हैं और आगे चलकर वैष्णव-साहित्य में इन विचारों का और अधिक पूर्ण रूप से उपयोग किया गया है।

पिता के रूप में परमात्मा हिन्दुओं के लिए एक सुपरिचित धारणा है। ऋग्वेद में कहा गया है : "तू हमारे लिए उसी प्रकार सुलभ बन जा, जिस प्रकार पिता पुत्र के लिए होता है। हे स्वतः देदीप्यमान प्रभु, तू हमारे साथ रह और अपने आशीर्वाद हमें दे।"[1] फिर, यजुर्वेद में कहा गया है : "हे प्रभु, तू हमारा पिता है; तू पिता की ही भांति हमें शिक्षा दे।"[2] 'ओल्ड टैस्टामेंट' में भी पिता की कल्पना का उपयोग किया गया है। "जिस प्रकार पिता अपने बच्चों पर दया करता है, उसी प्रकार परमात्मा उन पर दया करता है, जो उससे डरते हैं।"[3] पिता के रूप में परमात्मा का विचार ईसा की शिक्षाओं की केन्द्रीय धारणा बन गया है।

45. अदृष्टपूर्वं हृषितोऽस्मि दृष्ट्वा,
भयेन च प्रव्यथितं मनो मे।
तदेव मे दर्शय देव रूपं,
प्रसीद देवेश जगन्निवास ॥

(45) मैंने वह रूप देखा है, जिसे पहले किसी ने कभी नहीं देखा और मैं इसे देखकर आनन्दित हुआ हूं, परन्तु मेरा हृदय भय से कांप रहा है। हे प्रभु, मुझे अपना दूसरा (पहला) रूप दिखा और हे देवताओं के देवता, हे संसार के आश्रय, तू मुझ पर प्रसन्न हो।

लोकातीत और सार्वभौम आत्मा का यह रूप ही, जिसके कुछ पक्ष इतने भयावह हैं, सब-कुछ नहीं है, अपितु व्यक्तिक परमात्मा का, परमेश्वर के मध्यवर्ती प्रतीक का, भी एक रूप है, जो भयभीत मर्त्य के लिए बहुत ही आश्वासन देने वाला है। अर्जुन, जो प्रकाश की उस चौंधिया देने वाली चमक को सह पाने में असमर्थ है, जो कृष्ण के सम्पूर्ण अस्तित्व को ही समाप्त कर देती है, कुछ अपेक्षाकृत अधिक प्रिय-रूप देखना चाहता है। जो प्रकाश सदा लोक-लोकान्तरों से परे चमकता रहता है, वही अन्दर विद्यमान प्रकाश भी है, जो उसके अपने हृदय में विद्यमान गुरु और मित्र है।

---

1. 1, 1, 9
2. 37, 20
1. साम 103, 13; साथ ही देखिए 68, 5

46. किरीटिनं गदिनं चक्रहस्त-
मिच्छामि त्वां द्रष्टुमहं तथैव।
तेनैव रूपेण चतुर्भुजेन,
सहस्रबाहो भव विश्वमूर्ते ॥

(46) मैं तुझे फिर पहले की ही भांति किरीट धारण किए, गदा और चक्र हाथ में लिये हुए देखना चाहता हूं। हे सहस्र बाहुओं वाले और विश्व-रूप, तू फिर अपना चतुर्भुज रूप धारण कर ले।

अर्जुन कृष्ण से विष्णु का रूप धारण करने को कह रहा है, जिस विष्णु का कि कृष्ण को अवतार माना जाता है।

भगवान् की कृपा और आश्वासन

श्रीभगवानुवाच

47. मया प्रसन्नेन तवार्जुनेदं,
रूपं परं दर्शितमात्मयोगात्।
तेजोमयं विश्वमनन्तमाद्यं,
यन्मे त्वदन्येन न दृष्टपूर्वम् ॥

श्री भगवान् ने कहा :

(47) हे अर्जुन, मैंने प्रसन्न होकर अपनी दिव्य शक्ति के द्वारा तुझे यह परम रूप दिखाया है, जो तेजोमय, सार्वभौम, असीम और आद्य (सबसे पहले का) है, जिसे तेरे सिवाय और तुझसे पहले और किसी ने नहीं देखा।

यह दर्शन मनुष्य की साधना का अन्तिम लक्ष्य नहीं है; यदि ऐसा होता, तो गीता यहीं पर समाप्त हो जाती। इस क्षणिक दर्शन को साधक का एक स्थायी अनुभव बनना होगा। समाधि धार्मिक जीवन का न तो अन्तिम लक्ष्य ही है और न सारभूत तत्त्व ही। चकाचौंध कर देने वाली कौंध, भावोल्लासमय उड़ान को स्थायी श्रद्धा में रूपान्तरित किया जाना चाहिए। अर्जुन इस रोमांचकारी दृश्य को, जो कि उसने देखा है, अब भूल नहीं सकता, परन्तु उसे इसे अपने जीवन में

क्रियान्वित करना है। दिव्य दर्शन केवल मार्ग खोलता है; यह आगे नहीं बढ़ाता। जिस प्रकार हम आंख से देखी हुई वस्तु की परख और पुष्टि अन्य इन्द्रियों के साक्ष्य द्वारा करते हैं, उसी प्रकार दिव्य दर्शन द्वारा प्राप्त ज्ञान को भी जीवन के अन्य तत्त्वों द्वारा पूर्ण करने की आवश्यकता होती है।

48. न वेदयज्ञाध्ययनैर्न दानै-
र्न च क्रियाभिर्न तपोभिरुग्रैः।
एवंरूपः शक्य अहं नृलोके,
द्रष्टुं त्वदन्येन कुरुप्रवीर ॥

(48) हे कुरुओं में श्रेष्ठ (अर्जुन), इस मनुष्य-लोक में तेरे सिवाय अन्य किसी भी व्यक्ति द्वारा मैं न तो वेदों के द्वारा, न यज्ञों द्वारा, न दान द्वारा, न कर्मकाण्ड की क्रियाओं द्वारा और न कठोर तपस्या द्वारा ही इस रूप में देखा जा सकता हूं।

49. मा ते व्यथा मा च विमूढभावो
दृष्ट्वा रूपं घोरमीदृङ्ममेदम्।
व्यपेतभीः प्रीतमनाः पुनस्त्वं,
तदेव मे रूपमिदं प्रपश्य ॥

(49) मेरे इस भयानक रूप को देखकर तू घबरा मत और किंकर्त्तव्यविमूढ़ भी मत हो। भय को त्यागकर प्रसन्न मन से अब तू फिर मेरे दूसरे (पहले) रूप को देख।

संजय उवाच

50. इत्युर्जुनं वासुदेवस्तथोक्त्वा,
स्वकं रूपं दर्शयामास भूयः।
आश्वासयामास च भीतमेनं,
भूत्वा पुनः सौम्यवपुर्महात्मा ॥

संजय ने कहा :

(50) वासुदेव (कृष्ण) ने अर्जुन से यह कहकर उसे फिर अपना स्वरूप

दिखाया। उस महान् आत्मा वाले कृष्ण ने अपना सौम्य रूप धारण करके डरे हुए अर्जुन को सान्त्वना दी।

अर्जुन उवाच

51. दृष्ट्वेदं मानुषं रूपं तव सौम्यं जनार्दन।
इदानीमस्मि संवृत्तः सचेताः प्रकृतिं गतः ॥

अर्जुन ने कहा :

(51) हे जनार्दन (कृष्ण), तेरे इस सौम्य मानवीय रूप को देखकर मेरे होश-हवास ठीक हो गए हैं और मैं फिर अपनी स्वाभाविक स्थिति में आ गया हूं।

श्रीभगवानुवाच

52. सुदुर्दर्शमिदं रूपं दृष्टवानसि यन्मम।
देवा अप्यस्य रूपस्य नित्यं दर्शनकाङ्क्षिणः ॥

श्री भगवान् ने कहा :

(52) तूने मेरे उस रूप को देखा है, जिसे देख पाना बहुत ही कठिन है। देवता भी इस रूप को देखने के लिए सदा लालायित रहते हैं।

53. नाहं वेदैर्न तपसा न दानेन न चेज्यया।
शक्य एवंविधो द्रष्टुं दृष्टवानसि मां यथा ॥

(53) तूने मुझको अभी जिस रूप में देखा है, उस रूप में मुझे वेदों द्वारा, तपस्या द्वारा, दान द्वारा या यज्ञों द्वारा भी नहीं देखा जा सकता।

यह श्लोक 11, 48 की पुनरुक्तिमात्र है।

54. भक्त्या त्वनन्यया शक्य अहमेवंविधोऽर्जुन।
ज्ञातुं द्रष्टुं च तत्त्वेन प्रवेष्टुं च परन्तप ॥

(54) परन्तु हे अर्जुन, अनन्य भक्ति द्वारा मुझको इस रूप में जाना जा सकता है और सचमुच देखा जा सकता है और हे शत्रुओं को सताने वाले (अर्जुन), मुझमें प्रवेश भी किया जा सकता है।

शंकराचार्य ने आदर्श भक्त उसे बताया है, जो अपनी सब इन्द्रियों से

केवल एक ही विषय (वस्तु), परमात्मा को अनुभव करता है।[1] वह अपनी सम्पूर्ण आत्मा और हृदय से परमात्मा की आराधना करता है।[2]

सच्चे भक्तों के लिए साक्षात्कार या दिव्य-रूप का प्रत्यक्ष दर्शन सम्भव है।

**55. सत्कर्मकृन्मत्परमो मद्भक्तः सङ्गवर्जितः।
निर्वैरः सर्वभूतेषु यः स मामेति पाण्डव ॥**

(55) हे पाण्डव (अर्जुन), जो व्यक्ति मेरे लिए काम करता है, जो मुझे अपना लक्ष्य मानता है, जो मेरी पूजा करता है, जो आसक्ति से रहित है, जो सब प्राणियों के प्रति निर्वैर (शत्रुता से रहित) है, वह मुझ तक पहुंच जाता है।

यही भक्ति का सार है। देखिए : 12, 13। यह श्लोक गीता की सम्पूर्ण शिक्षा का सार है।[3] हमें अपनी आत्मा को परमात्मा के अभिमुख करके और संसार की सभी वस्तुओं के प्रति सब प्रकार की आसक्ति से रहित होकर और किसी भी प्राणी के प्रति शत्रुता न रखते हुए अपने कर्त्तव्यों का पालन करते रहना चाहिए।

हमारे व्यवसाय और प्रकृति कैसे भी क्यों न हों—चाहे हम सृजनशील विचारक हों, चाहे चिन्तनशील कवि, या चाहे फिर सामान्य नर-नारी हों, जिन्हें कोई विशेष प्रतिभा प्राप्त नहीं हुई है—परन्तु यदि हमें ईश्वर के प्रति प्रेम की सबसे बड़ी देन प्राप्त है, तो हम परमात्मा के उपकरण, उसके प्रेम और उद्देश्य के साधन बन जाते हैं। जब जीवित आत्माओं का यह विस्तृत संसार परमात्मा के साथ समस्वर हो जाता है और केवल उसकी इच्छापूर्ण करने के लिए विद्यमान रहता है, तब मनुष्य को अपना लक्ष्य प्राप्त हो जाता है।

दिव्य-रूप के दर्शन के भयावह अनुभव के पश्चात् ही गीता का अन्त नहीं हो जाता। लोकातीत आत्मा का, जो सबका मूल उद्गम है और फिर भी

---

1. सर्वैरपि करणैः वासुदेवादन्यन्नोपलभ्यते यया सा अनन्या भक्तिः।
2. मद्भक्तो मामेव सर्वप्रकारैः सर्वात्मना सर्वोत्साहेन भजते। —शंकराचार्य।
3. गीताशास्त्रस्य सारभूतोऽर्थः।

जो स्वयं सदा अविचल रहता है, महान् रहस्य दिखाई पड़ता है। भगवान् सीमित वस्तुओं की अन्तहीन परम्परा के लिए पृष्ठभूमि है। अर्जुन ने इस सत्य को देख लिया है, परन्तु उसे अपने सम्पूर्ण स्वभाव को ब्रह्म के स्वेच्छापूर्वक अंगीकार में रूपांन्तरित करके इस सत्य को अपने जीवन में उतारना होगा। क्षणिक दर्शन, चाहे उसका प्रभाव कितना ही विशद और स्थायी क्यों न हो, पूर्ण उपलब्धि नहीं है। स्थायी वास्तविकता के अनुसन्धान का, अन्तिम सत्य की खोज का अन्त केवल किसी मनोवेगात्मक सन्तुष्टि या अस्थायी आवेशात्मक अनुभव में नहीं हो सकता।

इति ··· विश्वरूपदर्शनयोगो नामैकादशोऽध्यायः।

यह है 'विश्वरूप का दर्शन' नामक ग्यारहवां अध्याय।

अध्याय 12

व्यक्तिक भगवान् की पूजा परब्रह्म की उपासना की अपेक्षा अधिक अच्छी है

भक्ति और ध्यान

अर्जुन उवाच

1. एवं सततयुक्ता ये भक्तास्त्वां पर्युपासते।
ये चाप्यक्षरमव्यक्तं तेषां के योगवित्तमाः ॥

अर्जुन ने कहा :

(1) इस प्रकार सदा निष्ठापूर्वक जो भक्त तेरी पूजा करते हैं और दूसरी ओर जो लोग अनश्वर और अव्यक्त की उपासना करते हैं, इन दोनों में से योग का ज्ञान किसको अधिक है?

कुछ लोग ऐसे हैं, जो एक और अव्यक्तिक और संसार से असम्बन्धित ब्रह्म के साथ एकाकार होने की साधना करते हैं और अन्य कुछ लोग ऐसे हैं, जो मनुष्यों और प्रकृति के जगत् में व्यक्त व्यक्तिक परमात्मा के साथ एक होने की साधना करते हैं। इनमें से योग का ज्ञान किसको अधिक है? क्या हमें सब व्यक्त रूपों की ओर से मुंह मोड़ लेना होगा और अपरिवर्तनशील अव्यक्त को पाने के लिए यत्न करना होगा, या हमें व्यक्त रूप की भक्ति करनी होगी और उसकी सेवा के रूप में कर्म करना होगा? क्या हमें परम की या व्यक्तिक परमात्मा की, ब्रह्म की या ईश्वर की उपासना करनी है?

श्रीभगवानुवाच

2. मय्यावेश्य मनो ये मां नित्ययुक्ता उपासते।
श्रद्धया परयोपेतास्ते मे युक्ततमा मताः ॥

श्री भगवान् ने कहा :

(2) जो लोग अपने मन को मुझमें स्थिर करके, सदा निष्ठापूर्वक और परम श्रद्धा के साथ मेरी पूजा करते हैं, मैं उन्हें योग में सबसे अधिक पूर्ण समझता हूं।

गुरु पक्का निश्चायक उत्तर देता है कि जो लोग परमात्मा की उसके व्यक्त रूप में पूजा करते हैं, उन्हें योग का अधिक अच्छा ज्ञान है।

उपासना का अर्थ है पूजा।[1]

3. ये त्वक्षरमनिर्देश्यमव्यक्तं पर्युपासते।
सर्वत्रगमचिन्त्यं च कूटस्थमचलं ध्रुवम् ॥

(3) किन्तु जो लोग अनश्वर, अनिर्वचनीय, अव्यक्त, सब जगह विद्यमान, अचिन्तनीय, अपरिवर्तनशील (कूटस्थ), गतिरहित (अचल) और निरन्तर एक-सा रहने वाले (ध्रुव) की उपासना करते हैं;

4. सन्नियम्येन्द्रियग्रामं सर्वत्र समबुद्धयः।
ते प्राप्नुवन्ति मामेव सर्वभूतहिते रताः ॥

(4) वे सब इन्द्रियों को वश में करके, सब दशाओं में समानचित्त रहते हुए, सब प्राणियों के कल्याण में आनन्द अनुभव करते हुए (अन्य लोगों की भांति ही) मुझको ही प्राप्त होते हैं।

सन्नियम्य : संयम में रखते हुए। यहां हमसे इन्द्रियों को वश में रखने को कहा गया है, उनका पूर्णतया वर्जन करने को नहीं।

सर्वभूतहिते रताः : सब प्राणियों के कल्याण में आनन्द अनुभव करते

---

1. उपासना का अर्थ है—निरन्तर ध्यान। शंकराचार्य का कथन है : "उपासन नाम यथाशास्त्रम् उपास्यस्य अर्थस्य विषयीकरणेन सामीप्यम् उपगम्य तैलधारावत् समानप्रत्ययप्रवाहेण दीर्घकालं यद् आसनम्, तद् उपासनम् आचक्षते।"

हुए। जो लोग विश्वात्मा के साथ अपनी एकता को अनुभव कर लेते हैं, वे भी जब तक शरीर धारण किए रहते हैं, संसार के कल्याण के लिए कार्य करते रहते हैं। देखिए 5, 25, जिसमें यह कहा गया है कि मुक्त आत्माएं सब प्राणियों के कल्याण में आनन्द अनुभव करती हैं।

यहां मानवता की सेवा को योग का एक आवश्यक अंग बताया गया है। महाभारत में यह प्रार्थना की गई है : "मुझे कौन वह पवित्र मार्ग बताएगा, जिससे होकर मैं सब दुःखी हृदयों में प्रवेश पा सकूं और उनके कष्ट को इस समय और सदा के लिए अपने ऊपर ले सकूं?"

तुकाराम से भी तुलना कीजिए :

"वह मनुष्य सच्चा है
जो दुःखियों को छाती से लगाता है;
इस प्रकार के मनुष्यों में
स्वयं भगवान्
अपने महिमाशाली रूप में निवास करता है;
ऐसे मनुष्य का हृदय लबालब भरा रहता है
करुणा, विनम्रता और प्रेम से;
वह सब परित्यक्तों को अपना लेता है।"[1]

5. **क्लेशोऽधिकतरस्तेषामव्यक्तासक्तचेतसाम्।**
अव्यक्ता हि गतिर्दुःखं देहवद्भिरवाप्यते ॥

(5) जिनके विचार अव्यक्त की ओर लगे हुए हैं, उनकी कठिनाई कहीं अधिक है, क्योंकि अव्यक्त का लक्ष्य देहधारी प्राणियों द्वारा प्राप्त किया जाना बहुत कठिन है।

लोकातीत परमेश्वर की खोज सजीव ईश्वर की, जो सब वस्तुओं और व्यक्तियों की आत्मा है, पूजा की अपेक्षा अधिक कठिन है। 'अवधूतगीता' में दत्तात्रेय कहता है : "मैं उसे किस प्रकार प्रणाम करूं जो अरूप है, अभिन्न है, जो आनन्दमय है और अनश्वर है, जिसने प्रत्येक वस्तु को स्वयं अपने द्वारा

1. एम॰ के॰ गांधी : सौंग्स फ्रॉम प्रिज़न (1934), पृ॰ 129

अपने में ही व्याप्त किया हुआ है।"[1] अपरिवर्तनशील को मन द्वारा सरलता से ग्रहण नहीं किया जा सकता और यह मार्ग अपेक्षाकृत अधिक दुर्गम है। उसी लक्ष्य तक हम व्यक्तिक ईश्वर की भक्ति के मार्ग द्वारा अपनी सारी शक्तियों को—ज्ञान, संकल्प और अनुभूति को—परमात्मा की ओर मोड़कर अधिक सरल और स्वाभाविक ढंग से पहुंच सकते हैं। तुलना कीजिए : "यदि रहस्यवादी योगी ध्यान लगाकर निर्गुण और निष्क्रिय ज्योति के दर्शन करते हैं, वे दर्शन करते रहें। मेरी तो केवल यही लालसा है कि मेरी प्रसन्न आंखों के सम्मुख वह श्याम ही प्रकट होता रहे, जो यमुना के रेतीले तट पर दौड़ता रहता है।"[2]

विभिन्न मार्ग

6. ये तु सर्वाणि कर्माणि मयि संन्यस्य मत्पराः।
अनन्येनैव योगेन मां ध्यायन्त उपासते ॥

(6) परन्तु जो लोग अपने सब कर्मों को मुझमें समर्पित करके, मुझमें ध्यान लगाए हुए, अनन्य भक्ति से ध्यान करते हुए मेरी पूजा करते हैं;

7. तेषामहं समुद्धर्ता मृत्युसंसारसागरात्।
भवामि नचिरात्पार्थ मय्यावेशितचेतसाम् ॥

(7) जो अपने विचारों को मुझ पर केन्द्रित करते हैं, हे अर्जुन, मैं इस मृत्यु द्वारा सीमित संसाररूपी समुद्र से उनका शीघ्र ही उद्धार कर देता हूं।

परमात्मा उद्धार करने वाला, रक्षक है। जब हम अपने हृदय और मन को उसकी ओर लगा देते हैं, तो वह हमें मृत्यु के समुद्र से ऊपर उठा लेता है और हमें शाश्वत (अमरता) में स्थान प्रदान करता है। जिसकी प्रकृति वैराग्य या

---

1. येनेदं पूरितं सर्वमात्मनैवात्मनात्मनि।
निराकारं कथं वन्दे ह्यभिन्नं शिवमव्ययम् ॥
दमिश्क के सेंट जॉन से तुलना कीजिए : "दृश्यमान पक्ष से हमारे विचारों को एक आध्यात्मिक उड़ान की ओर उठना चाहिए और परमात्मा की अदृश्य महिमा की ओर ऊपर उठना चाहिए।"

2. ध्यानावस्थिततद्गतेन मनसा तन्निर्गुणं निष्क्रियं,
ज्योतिः किञ्चन योगिनो यदि पुनः पश्यन्ति पश्यन्तु ते।
अस्माकं तु तदेव लोचनचमत्काराय भूयाच्चिरं,
कालिन्दीपुलिनेषु यत्किमपि तन्नीलं तमो धावति ॥

संन्यास की ओर नहीं है, उसके लिए भक्ति का मार्ग अधिक उपयुक्त है। भागवत में कहा गया है : "भक्ति का मार्ग उसके लिए सबसे अधिक उपयुक्त है, जो संसार से न तो बहुत ऊबा हुआ है और न संसार में बहुत आसक्त है।"[1] यह हमारे स्वभाव पर आधारित है कि हम प्रवृत्ति-धर्म, कर्ममार्ग, को अपनाएं या निवृत्ति-धर्म, संन्यास के मार्ग, को।

8. मय्येव मन आधत्स्व मयि बुद्धिं निवेशय।
निवसिष्यसि मय्येव अत ऊर्ध्वं न संशयः ॥

(8) तू अपने मन को मुझमें लगा। अपनी बुद्धि को मेरी ओर लगा। उसके बाद तू केवल मुझमें ही निवास करता रहेगा, इसमें कोई सन्देह नहीं है।

9. अथ चित्तं समाधातुं न शक्नोषि मयि स्थिरम्।
अभ्यासयोगेन ततो मामिच्छाप्तुं धनञ्जय ॥

(9) हे धनंजय (अर्जुन), यदि तू अपने चित्त को स्थिरतापूर्वक मुझमें लगाने में असमर्थ है, तब तू अभ्यासयोग द्वारा (चित्त को एकाग्र करने के द्वारा) मुझ तक पहुंचने का यत्न कर।

यदि यह आध्यात्मिक दशा स्वतः उत्पन्न नहीं हो जाती, तो हमें एकाग्रीकरण का अभ्यास करना चाहिए, जिससे हम आत्मा को स्थिरतापूर्वक परमात्मा की ओर ले जाने के उपयुक्त बन सकें। इस अभ्यास द्वारा भगवान् शनैः-शनैः हमारे स्वभाव पर अधिकार कर लेता है।

10. अभ्यासेऽप्यसमर्थोसि मत्कर्मपरमो भव।
मदर्थमपि कर्माणि कुर्वन्सिद्धमवाप्स्यसि ॥

(10) यदि तू अभ्यास द्वारा भी मुझे प्राप्त करने में असमर्थ है, तब तू मेरी सेवा को अपना परम लक्ष्य बना ले; मेरे लिए कर्म करता हुआ भी तू सिद्धि (पूर्णता) को प्राप्त कर लेगा।

यदि मन की बहिर्मुख प्रवृत्तियों के कारण अथवा अपनी परिस्थितियों के कारण एकाग्रीकरण का अभ्यास भी कठिन जान पड़े, तब सब कर्म परमात्मा

---

1. न निर्विण्णो नातिसक्तो भक्तियोगोऽस्य सिद्धिदः। 11, 20, 7

के लिए करने चाहिए। इस प्रकार व्यक्ति को शाश्वत वास्तविकता का ज्ञान हो जाता है।

कई बार 'मत्कर्म' का अर्थ परमात्मा की सेवा, पूजा, फूल और फल चढ़ाना, धूप जलाना, मन्दिर बनवाना और वेद-शास्त्रों का अध्ययन करना इत्यादि लगाया जाता है।[1]

11. अथैतदप्यशक्तोऽसि कर्तुं मद्योगमाश्रितः।
सर्वकर्मफलत्यागं ततः कुरु यतात्मवान् ॥

(11) यदि तू इतना भी करने में असमर्थ है, तब तू मेरी अनुशासित गतिविधि (योग) की शरण ले और अपने-आप को वश में करके सब कर्मों के फल की इच्छा को त्याग दे।

मद्योगम् आश्रितः : मेरी आश्चर्यजनक शक्ति में शरण लेकर। —श्रीधर।

यदि आप अपने सब कर्म भगवान् को समर्पित नहीं कर सकते, तब फलों की इच्छा रखे बिना कर्म कीजिए। कामनाहीन कर्म, निष्काम कर्म, के योग को अपना लीजिए। हम सारे व्यक्तिगत प्रयत्नों का त्याग कर सकते हैं, अपने-आप को पूरी तरह एकमात्र परमात्मा की रक्षक शक्ति के भरोसे छोड़ सकते हैं, फल के सब विचारों को त्यागकर आत्म-अनुशासन और कर्म में लग सकते हैं। मनुष्य को भगवान् के हाथों में एक बच्चे जैसा बन जाना चाहिए।

12. श्रेयोहि ज्ञानमभ्यासाज्ज्ञानाद्ध्यानं विशिष्यते।
ध्यानात्कर्मफलत्यागस्त्यागाच्छान्तिरनन्तरम् ॥

(12) ज्ञान निश्चित रूप से (एकाग्रीकरण के) अभ्यास से अधिक अच्छा है; ध्यान ज्ञान से अच्छा है; फल का त्याग ध्यान से भी अच्छा है; त्याग से तुरन्त शान्ति प्राप्त हो जाती है।

श्रीधर ने 'ज्ञान' की व्याख्या आवेश या आत्मा को परमात्मा की ओर प्रेरित करने के रूप में, और 'ध्यान' की व्याख्या परमात्मा से भरे होने के रूप में,

1. अभिनवगुप्त 'मत्कर्माणि' को 'भगवत्कर्माणि'—जैसे पूजा, जप, स्वाध्याय, होम इत्यादि—का समानार्थक मानता है।

भगवन्मयत्वम् के रूप में की है और यह आत्मा पर स्वयं भगवान् के पूर्ण अधिकार द्वारा पूरा होता है। 'सूर्यगीता' से तुलना कीजिए : "भक्ति ज्ञान से अच्छी है और लालसाहीन कर्म भक्ति से अच्छा है। जो कोई वेदान्त के इस सिद्धान्त को समझ लेता है, उसे ही सर्वश्रेष्ठ मनुष्य समझना चाहिए।"[1] भक्ति, ध्यान और एकाग्रीकरण का अभ्यास, ये सब कर्म के फलों के त्याग की अपेक्षा अधिक कठिन हैं। कर्म के फल का त्याग अशान्ति के कारणों को नष्ट कर देता है और एक आन्तरिक निस्तब्धता और शान्ति को जन्म देता है, जो कि आध्यात्मिक जीवन का असली आधार है। भक्ति पर ज़ोर देने का परिणाम यह होता है कि ज्ञान गौण हो जाता है और मन श्रद्धालु और उपासनायुक्त हो जाता है और सब कर्म परमात्मा को समर्पित करने के कारण पवित्र हो जाते हैं।

सच्चा भक्त

13. अद्वेष्टा सर्वभूतानां मैत्रः करुण एव च।
निर्ममो निरहङ्कारः समदुःखसुखः क्षमी ॥

(13) जो व्यक्ति किसी प्राणी से द्वेष नहीं करता, जो सबका मित्र है और सबके प्रति सहानुभूतिपूर्ण है, जो अहंकार और ममता की भावना से रहित है, जो सुख और दुःख में समान रहता है और जो धैर्यवान् है;

14. संतुष्टः सततं योगी यतात्मा दृढनिश्चयः।
मय्यर्पितमनोबुद्धिर्यो मद्भक्तः स मे प्रियः ॥

(14) जो योगी है, सदा सन्तुष्ट रहता है, अपने-आप को वश में रखता है, जो दृढ़-निश्चयी है, जिसने अपने मन और बुद्धि को मुझे अर्पित कर दिया है; मेरा वह भक्त मुझे प्रिय है।

इन श्लोकों में गीता में सच्चे भक्त के गुणों, आत्मा की स्वतन्त्रता, सबके प्रति मित्रभाव, धैर्य और प्रशान्तता का उल्लेख किया गया है।

15. यस्मान्नोद्विजते लोको लोकान्नोद्विजते च यः।
हर्षामर्षभयोद्वेगैर्मुक्तो यः स च मे प्रियः ॥

---

1. ज्ञानादुपास्तिरुत्कृष्टा, कर्मोत्कृष्टमुपासनात्।
इति यो वेद वेदान्तैः स एव पुरुषोत्तमः ॥ —114, 77

(15) जिससे संसार नहीं घबराता और जो संसार से नहीं घबराता और जो आनन्द और क्रोध से, भय और उद्वेग से रहित है, वह भी मुझे प्रिय है।

वह किसी के लिए कष्ट का कारण नहीं बनता; और न कोई उसे कष्ट का अनुभव करा सकता है।

16. अनपेक्षः शुचिर्दक्ष उदासीनो गतव्यथः।
सर्वारम्भपरित्यागी यो मद्भक्तः स मे प्रियः॥

(16) जो किसी से कोई आशा नहीं रखता; जो शुद्ध है; कर्म में कुशल है; जो उदासीन (निरपेक्ष) है और जिसे कोई कष्ट नहीं; जिसने (कर्म के सम्बन्ध में) सब आग्रहों को त्याग दिया है, वह मेरा भक्त मुझे प्रिय है।

वह अपने सब कर्मों के फलों का त्याग कर देता है। उसके काम कुशलतापूर्ण, दक्ष, शुद्ध और वासनारहित होते हैं। वह अपने-आप को कल्पना या स्वप्नों में नहीं खो बैठता, अपितु संसार में अपने मार्ग को जानता है।

17. यो न हृष्यति न द्वेष्टि न शोचति न काङ्क्षति।
शुभाशुभपरित्यागी भक्तिमान्यः स मे प्रियः॥

(17) जो व्यक्ति न प्रसन्न होता है, न द्वेष करता है, न दुःख मानता है, न इच्छा करता है और जिसने भले और बुरे दोनों का परित्याग कर दिया है और जो इस प्रकार मेरी भक्ति करता है, वह मुझे प्रिय है।

18. समः शत्रौ च मित्रे च तथा मानापमानयोः।
शीतोष्णसुखदुःखेषु समः सङ्गविवर्जितः॥

(18) जो शत्रु और मित्र दोनों के साथ एक-सा बर्ताव करता है; जो मान और अपमान को समान दृष्टि से देखता है; जो सर्दी-गर्मी और सुख-दुःख में एक जैसा रहता है और जो आसक्ति से रहित है;

समः शत्रौ च मित्रे च। ईसा से तुलना कीजिए : "वह अपने सूर्य को बुरे और भले दोनों पर उदित करता है और वर्षा को न्यायी और अन्यायी दोनों पर बरसाता है।"[1]

---

1. मैथ्यू 5, 45

19. तुल्यनिन्दास्तुतिर्मौनी संतुष्टो येन केनचित्।
अनिकेतः स्थिरमतिर्भक्तिमान् मे प्रियो नरः ॥

(19) जो निन्दा और प्रशंसा को एक समान समझता है; जो मौन रहता है (वाणी को अपने वश में रखता है) और जो कुछ मिल जाए, उसी से सन्तुष्ट रहता है; जिसका कोई नियत निवास-स्थान नहीं है; जिसकी बुद्धि स्थिर है और जो मुझमें भक्ति रखता है, वह मुझे प्रिय है।

अनिकेतः : जिसका स्थिर घर न हो, गृहहीन। यद्यपि वह सब सामाजिक कर्त्तव्यों को पूरा करता है, फिर भी वह किसी एक परिवार या घर से बंधकर नहीं रहता। क्योंकि ये सब आत्माएं किसी अमुक परिवार या अमुक सामाजिक समूह के लिए नहीं जीतीं, अपितु समूचे रूप में मानव-जाति के लिए जीती हैं, इसलिए उनका कोई नियत घर नहीं होता। उनकी अन्तःप्रेरणा उन्हें जहां भी ले जाए, वे वहीं जाने को स्वतन्त्र होती हैं। वे किसी एक स्थान से बंधकर नहीं रहतीं और न किसी एक सम्प्रदाय तक ही सीमित रहती हैं। वे अतीत से भी नहीं बंधी होतीं और न किसी अपरिवर्तनीय प्राधिकार की रक्षा करने के लिए ही बाधित होती हैं। उन्हें सदा समूचे रूप में मानवता के कल्याण का ध्यान रहता है। ये संन्यासी किसी भी सामाजिक समूह में प्रकट हो सकते हैं। महाभारत से तुलना कीजिए : "जो व्यक्ति जो कुछ मिल जाए, वही पहन लेता है; जो कुछ मिल जाए, उसी से पेट भर लेता है; जहां जगह मिल जाए वहीं सो जाता है; उसे देवता लोग ब्राह्मण कहते हैं।"[2]

20. ये तु धर्म्यामृतमिदं यथोक्तं पर्युपासते।
श्रद्दधाना मत्परमा भक्तास्तेऽतीव मे प्रियाः ॥

(20) परन्तु जो लोग श्रद्धापूर्वक मुझे अपना सर्वोच्च लक्ष्य मानते हुए इस अमर

---

1. येनकेनचिदाच्छन्नो येनकेनचिदाशितः।
यत्र क्वचन शायी स्यात् तं देवाः ब्राह्मणं विदुः ॥
—शान्तिपर्व 245, 12

साथ ही देखिए विष्णुपुराण, 3, 7, 20 :
न चलति निजवर्णधर्मतो यः,
सममतिरात्मसुहृद्विपक्षपक्षे
न हरति न च हन्ति किञ्चिदुच्चैः,
सितमनस तमवेहि विष्णुभक्तम् ॥

ज्ञान का अनुसरण करते हैं, वे भक्त मुझे बहुत ही अधिक प्रिय हैं।

श्रद्दधानाः : श्रद्धा रखने वाले। अनुभव प्राप्त होने से पहले आत्मा में श्रद्धा होनी चाहिए, जिसके साथ मन और प्राण की सहमति विद्यमान रहती है। जिन लोगों को अनुभव प्राप्त हो जाता है, उनके लिए यह दृष्टि का विषय है; अन्य लोगों के लिए यह श्रद्धा है, एक पुकार या एक विवशता।

जब हम वस्तुओं में एक आत्मा को देखने लगते हैं, तब समचित्तता, स्वार्थपूर्ण इच्छाओं से मुक्ति, हमारे सम्पूर्ण स्वभाव का अन्तर्यामी आत्मा के प्रति आत्मसमर्पण और सबके प्रति प्रेमभाव उत्पन्न हो जाता है। जब ये गुण प्रकट हो जाते हैं, तब हमारी भक्ति पूर्ण हो जाती है और हम परमात्मा के अपने आदमी बन जाते हैं। तब हमारा जीवन आकर्षण और विकर्षण की शक्तियों, मित्रता और शत्रुता, सुख और दुःख द्वारा प्रेरित नहीं होता, अपितु केवल इस एक ही इच्छा से प्रेरित होता है कि हम अपने-आप को परमात्मा के प्रति अर्पित कर दें और इस प्रकार संसार की सेवा के लिए अपने-आप को अर्पित कर दें, जो संसार भगवान् के साथ एकरूप है।[1]

इति ··· भक्तियोगो नाम द्वादशोऽध्यायः।

यह है 'भक्तियोग' नामक बारहवां अध्याय।

---

1. तुलसीदास के शब्दों में :

"हे प्रभु, मुझ पर करुणा कीजिए;
कि मैं अच्छे और शुद्ध का अनुसरण कर सकूं;
कि सीधी-सादी वस्तुओं से सतुष्ट रहूं;
कि अपने साथियों का साधनों के रूप में नहीं, अपितु साध्य के रूप में प्रयोग कर सकूं;
कि उनकी मन, वचन और कर्म द्वारा दृढ़तापूर्वक सेवा कर सकूं;
कभी द्वेष या लज्जा का कोई शब्द मुंह से न निकालूं;
सब स्वार्थ और अभिमान को त्याग दूं;
दूसरों की निन्दा न करूं;
मन को शान्त रख सकूं;
चिन्ताओं से रहित हो जाऊं और तुमसे दूर न भटकूं;
न सुख के और न दुःख के कारण;
मेरे चरणों को इस मार्ग पर चला दो;
और मुझे इस मार्ग पर दृढ़ रखो;
केवल इस प्रकार मैं तुम्हें प्रसन्न कर सकूंगा और तुम्हारी ठीक-ठीक सेवा कर सकूंगा।"

—एम॰ के॰ गांधी : सोंग्स फ्रॉम प्रिज़न (1934), पृ॰ 52

अध्याय 13

शरीर क्षेत्र है, आत्मा क्षेत्रज्ञ है, और इन दोनों में अन्तर

क्षेत्र और क्षेत्रज्ञ

अर्जुन उवाच

प्रकृतिं पुरुषं चैव क्षेत्रं क्षेत्रज्ञमेव च।
एतद्वेदितुमिच्छामि ज्ञानं ज्ञेयं च केशवः ॥

अर्जुन ने कहा :

हे केशव (कृष्ण), मैं यह जानना चाहता हूं कि प्रकृति और पुरुष क्या हैं? क्षेत्र और क्षेत्रज्ञ, ज्ञान और ज्ञेय का उद्देश्य क्या है?

कुछ संस्करणों में यह श्लोक प्राप्त नहीं होता। शंकराचार्य ने इस पर टीका नहीं की है। यदि इसे सम्मिलित कर लिया जाए, तो गीता के श्लोकों की कुल संख्या 701 हो जाएगी और 700 नहीं रहेगी, जो कि परम्परागत रूप से मानी हुई संख्या है। इसलिए हमने श्लोकों पर संख्या डालते हुए इसे सम्मिलित नहीं किया।

श्रीभगवानुवाच

1. **इदं शरीरं कौन्तेय क्षेत्रमित्यभिधीयते।**
एतद्यो वेत्ति तं प्राहुः क्षेत्रज्ञ इति तद्विदः ॥

श्री भगवान् ने कहा :

(1) हे कुन्ती के पुत्र (अर्जुन), यह शरीर क्षेत्र कहलाता है और जो मनुष्य

इसको जानता है, उसे तत्त्व को जानने वाले लोग क्षेत्रज्ञ (क्षेत्र को जानने वाला) कहते हैं।

प्रकृति अचेतन गतिविधि है और पुरुष निष्क्रिय चेतना है। शरीर वह क्षेत्र कहा जाता है, जिसमें घटनाएं घटती हैं; वृद्धि, ह्रास और मृत्यु सब इसमें ही होती हैं। निष्क्रिय और अनासक्त चेतन मूल तत्त्व, जो सब सक्रिय दशाओं के पीछे साक्षी-रूप में रहता है, क्षेत्रज्ञ है। चेतना और उन पदार्थों में, जिनका कि चेतना निरीक्षण करती है, यही सुपरिचित अन्तर है। क्षेत्रज्ञ चेतना का प्रकाश है, सब विषयों (पदार्थों) का जानने वाला है।[1] साक्षी व्यक्तिगत शरीरधारी मन नहीं है, अपितु वह ब्रह्माण्डीय चेतना है, जिसके लिए सारा ब्रह्माण्ड ही एक विषय या पदार्थ है। यह शान्त और नित्य है और साक्षी बनकर देखने के लिए इसे इन्द्रियों और मन के प्रयोग की आवश्यकता नहीं होती।

क्षेत्रज्ञ परमेश्वर है, जो इस संसार के विषय या पदार्थ रूप में नहीं है। वह सब क्षेत्रों में ब्रह्मा (संसार का बनाने वाला) से लेकर घास की पत्ती तक में सीमित करने वाली दशाओं द्वारा अन्य वस्तुओं से पृथक् किया जाता है, यद्यपि वह सब सीमाओं से रहित है और किसी भी प्रकार की श्रेणियों के रूप में उसकी परिभाषा नहीं की जा सकती।[2] अपरिवर्तनशील चेतना को ज्ञाता या क्षेत्रज्ञ केवल आलंकारिक रूप में (उपचारात्) कहा जाता है।

जब हम मानवीय आत्मा की प्रकृति को जानने का प्रयत्न करते हैं, तो हम या तो इसे ऊपर की ओर से जानना शुरू कर सकते हैं या नीचे की ओर से; दैवीय मूल तत्त्व की ओर से अथवा मूल प्रकृति की ओर से। मनुष्य दुहरा, आत्मविरोधी प्राणी है; वह मुक्त भी है और दासता में बंधा हुआ भी; वह देवताओं के समान है और उसमें उसके पतन के चिह्न भी हैं अर्थात वह प्रकृति में अवतीर्ण हुआ है। पतित प्राणी के रूप में मनुष्य का निर्धारण प्रकृति की शक्तियों द्वारा होता है.। वह पूर्णतया तात्त्विक शक्तियों, इन्द्रियों के वेगों, भय और चिन्ता से प्रेरित प्रतीत होता है। परन्तु मनुष्य की इच्छा अपनी पतित प्रकृति पर

1. साथ ही देखिए श्वेताश्वतर उपनिषद्; 6, 16; और मैत्रायणी उपनिषद् 2, 5
2. क्षेत्रज्ञं मां परमेश्वरम् असंसारिणं विद्धि जानीहि सर्वक्षेत्रेषु यः क्षेत्रज्ञः ब्रह्मादिस्तम्बपर्यन्तानेकक्षेत्रोपाधिप्रविभक्तं तं निरस्तसर्वोपाधिभेदं सदसदादिशब्दप्रत्ययगोचरं विद्धि। —शंकराचार्य

विजय पाने की होती है। प्राणि-विज्ञान, मनोविज्ञान और समाज-विज्ञान जैसे वस्तु-रूपात्मक विज्ञानों ने जिस मनुष्य का अध्ययन किया है, वह एक स्वाभाविक प्राणी है और वह संसार में होने वाली प्रक्रियाओं की उपज है। परन्तु कर्ता के रूप में मनुष्य का एक और उद्‌गम स्थान है। वह संसार का शिशु नहीं है, वह प्रकृति नहीं है, वह प्रकृति के वस्तु-रूपात्मक सोपान-तन्त्र का अंग नहीं है, वह उसका अधीनस्थ अंश नहीं है। पुरुष या क्षेत्रज्ञ को अन्य पदार्थों या द्रव्यों में से ही एक पदार्थ नहीं माना जा सकता; उसे केवल कर्ता माना जा सकता है, जिसके अन्दर अस्तित्व का रहस्य छिपा हुआ है, जो एक व्यष्टि के रूप में सम्पूर्ण विश्व है। इसलिए वह संसार का, या अन्य किसी अंगी का एक अंश नहीं है। व्यावहारिक प्राणी के रूप में वह एक 'लाइबनिट्ज' के शक्ति-केन्द्र की भांति हो सकता है, जो सब ओर से बन्द है और जिसमें कोई दरवाज़े या खिड़कियां नहीं हैं। कर्ता के रूप में वह असीमता में प्रवेश करता है और असीमता उसमें प्रवेश करती है। क्षेत्रज्ञ एक ऐसे रूप में, जिसकी व्यष्टित: आवृत्ति नहीं हो सकती, सार्वभौम है। मानव-प्राणी सार्वभौम असीम और सार्वभौम विशिष्ट का एक संयोग है। अपने कर्तात्मक पहलू की दृष्टि से वह सम्पूर्ण (अंगी) का एक अंश नहीं है, अपितु स्वयं ही सम्भाव्य सम्पूर्ण है। उसे वास्तविक रूप देना, सार्वभौमता को उपलब्ध करना मनुष्य का आदर्श है। कर्ता अपने-आप को सार्वभौम अन्तर्वस्तु से भर लेता है—अपनी यात्रा के अन्त में सम्पूर्णता में एकता को उपलब्ध कर लेता है। मनुष्य की विलक्षणता दो आंखों और दो हाथों के सामान्य नमूने पर बना होने में नहीं है, अपितु उसके आन्तरिक मूल तत्त्व में है, जो जीवन की एक गुणात्मक अन्तर्वस्तु की सृजनात्मक प्राप्ति के लिए उसे प्रेरित करता है। उसमें एक अद्‌भुत विशेषता है, जो असामान्य है। आदर्श व्यक्तित्व बेजोड़ होता है और उसे उसी रूप में दुहराया नहीं जा सकता। प्रत्येक व्यक्ति मंज़िल पर पहुंचकर एक ऐसा बेजोड़ (अद्वितीय) रूप वाला प्राणी बन जाता है, जो बिलकुल निराला होता है, जिसे उसी रूप में दुहराया नहीं जा सकता और न उसके स्थान पर किसी अन्य को रखा जा सकता है।

2. क्षेत्रज्ञं चापि मां विद्धि सर्वक्षेत्रेषु भारत।
क्षेत्रक्षेत्रज्ञयोर्ज्ञानं यत्तज्ज्ञानं मतं मम ॥

(2) हे भारत (अर्जुन), तू सब क्षेत्रों में मुझे क्षेत्रज्ञ समझ। क्षेत्र और उसके जानने वाले के ज्ञान को मैं सच्चा ज्ञान समझता हूं।

शंकराचार्य का मत है कि परमेश्वर अपनी ब्रह्माण्डीय विभूतियों के कारण संसारी प्रतीत होता है, ठीक वैसे ही जैसे कि व्यष्टि-आत्मा शरीर के साथ अपनी एकत्व बुद्धि से बंधा हुआ प्रतीत होता है।[1] ईसाई सिद्धान्त के अनुसार, पतन मनुष्य के अन्दर विद्यमान परमात्मा की मूर्ति को, जो कि स्वतन्त्रता है, भूल जाना है और बाह्य वस्तुओं में फंस जाना है, जो कि परवशता है। तत्त्वतः मनुष्य प्रकृति का अंश नहीं है, अपितु आत्मा का अंश है, जो प्रकृति की अविरामता में हस्तक्षेप करता है।

3. तत्क्षेत्रं यच्च यादृक्च यद्विकारि यतश्च यत्।
स च यो यत्प्रभावश्च तत्समासेन मे शृणु ॥

(3) अब मुझसे संक्षेप में यह सुन कि क्षेत्र क्या है, वह किस प्रकार का है, उसमें क्या-क्या परिवर्तन होते हैं और वह कहां से आया है और वह (क्षेत्र को जानने वाला) क्या है और उसकी शक्तियां क्या हैं।

क्षेत्र के अवयव

4. ऋषिभिर्बहुधा गीतं छन्दोभिर्विविधैः पृथक्।
ब्रह्मसूत्रपदैश्चैव हेतुमद्भिर्विनिश्चितैः ॥

(4) ऋषियों द्वारा विविध मन्त्रों में इसका गान अनेक ढंग से और पृथक् रूप से किया गया है और इसका वर्णन उचित तर्क वाले और निश्चायक अभिव्यक्ति वाले ब्रह्मसूत्रों द्वारा भी किया गया है।

यहां गीता से यह बात ध्वनित होती है कि इसमें उन्हीं सत्यों का प्रतिपादन किया गया है जो वेदों, उपनिषदों और बादरायण द्वारा रचित ब्रह्मसूत्रों में पहले से ही विद्यमान हैं। वैदिक मन्त्रों को छन्द कहा जाता है।

---

1. तत्रैवं सति क्षेत्रज्ञस्येश्वरस्यैव सतोऽविद्याकृतोपाधिभेदतः संसारित्वम् इव भवति यथा देहाद्यात्मत्वम् आत्मनः।

5. महाभूतान्यहङ्कारा बुद्धरव्यक्तमव च।
इन्द्रियाणि दशैकं च पञ्च चेन्द्रियगोचराः ॥

(5) महान् पांच तत्त्व, अहंकार, बुद्धि और साथ ही अव्यक्त, दस इन्द्रियां और मन और पांच इन्द्रियों के विषय;

ये क्षेत्र के अवयव हैं, अनुभव की अन्तर्वस्तु, सांख्य-दर्शन के चौबीस मूल तत्त्व। मानसिक और भौतिक के भेद वस्तु-रूपात्मक तत्त्व से सम्बन्धित हैं। वे स्वयं क्षेत्र के अन्तर्गत ही भेद हैं।

शरीर, इन्द्रियों के वे रूप, जिनके द्वारा हम कर्ता को पहचानते हैं, वस्तु-रूपात्मक पक्ष से सम्बन्धित हैं। अहंकार एक कृत्रिम रचना है, जो चेतन अनुभव से पृथक् हो जाने से उत्पन्न होता है। दर्शन करने वाली चेतना वही है, चाहे वह नील आकाश को आलोकित करे, या किसी लाल फूल को। जिन क्षेत्रों को आलोकित किया जा रहा है, वे भले ही विभिन्न हों, परन्तु उन्हें आलोकित करने वाला प्रकाश वह एक ही है।

6. इच्छा द्वेषः सुखं दुःखं सङ्घातश्चेतना धृतिः।
एतत्क्षेत्रं समासेन सविकारमुदाहृतम् ॥

(6) इच्छा और द्वेष, सुख और दुःख, स्थूल देह का पिण्ड (शरीर), बुद्धि और स्थिरता, यह संक्षेप में उसके विकारों समेत क्षेत्र का वर्णन है।

मानसिक रुझानों को भी क्षेत्र की विशेषता बताने वाला कहा गया है, क्योंकि वे भी ज्ञान के विषय हैं।

जानने वाला कर्ता है और उसे किसी पदार्थ या वस्तु के रूप में बदल देने का अर्थ है—अज्ञान, अविद्या। वस्तु-रूपात्मकीकरण का अर्थ है कर्ता को वस्तुओं के जगत् में ढकेल देना। वस्तु-जगत् में कुछ भी ऐसा नहीं है, जो प्रामाणिक वास्तविकता हो। हम अपने अन्दर विद्यमान कर्ता को केवल वस्तु-जगत् की हमको दास बनाने वाली शक्ति पर विजय प्राप्त करके और उसमें घुल-मिल जाने से इनकार करके ही प्राप्त कर सकते हैं। इसका अर्थ है प्रतिरोध, कष्ट। आसपास के जगत् और उसकी रूढ़ियों से सहमत हो जाना कष्ट को कम कर

देता है; और इससे इनकार करने से कष्ट बढ़ता है। कष्ट ही वह प्रक्रिया है, जिसमें से गुज़रकर हम अपनी सच्ची प्रकृति के लिए संघर्ष करते हैं।

ज्ञान

7. अमानित्वमदम्भित्वमहिंसा क्षान्तिरार्जवम्।
आचार्योपासनं शौचं स्थैर्यमात्मविनिग्रहः ॥

(7) विनय (अभिमान का अभाव), ईमानदारी (छल-कपट का अभाव), अहिंसा, सहनशीलता, सरलता, गुरु की सेवा, शुद्धता (शरीर की और मन की), स्थिरता और आत्मसंयम।

8. इन्द्रियार्थेषु वैराग्यमनहङ्कार एव च।
जन्ममृत्युजराव्याधिदुःखदोषानुदर्शनम् ॥

(8) इन्द्रियों के विषयों से वैराग्य, अहंकारशून्यता और जन्म, मृत्यु, वृद्धावस्था, बीमारी और दुःख की बुराइयों को समझना;

9. असक्तिरनभिष्वङ्ग पुत्रदारगृहादिशु।
नित्यं च समचित्तत्वमिष्टानिष्टोपपत्तिषु ॥

(9) अनासक्ति, पुत्र-पत्नी-घर इत्यादि के साथ मोह न होना और सब अभीष्ट और अनभीष्ट घटनाओं के प्रति निरन्तर समानचित्तता का भाव;

10. मयि चानन्ययोगेन भक्तिरव्यभिचारिणी।
विविक्तदेशसेवित्वमरतिर्जनसंसदि ॥

(10) अनन्य रूप से अनुशासित भाव से मेरे प्रति अविचल भक्ति, एकान्त स्थान में निवास करना और जनसमुदाय के प्रति अरुचि;

11. अध्यात्मज्ञाननित्यत्वं तत्त्वज्ञानार्थदर्शनम्।
एतज्ज्ञानमिति प्रोक्तमज्ञानं यदतोऽन्यथा ॥

(11) निरन्तर आत्मा के ज्ञान में मग्न रहना, सत्य के ज्ञान के उद्देश्य की अन्तर्दृष्टि—यह (सच्चा) ज्ञान कहा गया है; और जो कुछ इससे भिन्न है, वह अज्ञान है।

गुणों की इस सूची से यह स्पष्ट है कि ज्ञान के अन्तर्गत नैतिक गुणों के अभ्यास का भी समावेश है। केवल सैद्धान्तिक अध्ययन से काम नहीं चलेगा।[1] नैतिक गुणों के विकास द्वारा नित्य अपरिवर्तनशील आत्मा का प्रकाश, जो सबको साक्षी-रूप से देख रहा है, परन्तु किसी में आसक्त नहीं है, नश्वर रूपों से पृथक् पहचाना जाता है और उसके साथ नश्वर रूपों का घपला नहीं होता।

12. ज्ञेयं यत्तत्प्रवक्ष्यामि यज्ज्ञात्वामृतमश्नुते।
अनादिमत्परं ब्रह्म न सत्तन्नासदुच्यते ॥

(12) अब मैं तुझको यह बतलाऊंगा कि जानने योग्य (ज्ञेय) क्या है, जिसको जान लेने से शाश्वत जीवन प्राप्त हो जाता है। वह है परब्रह्म, जिसका कोई आदि नहीं है और जो कहा जाता है कि न तो सत् (अस्तित्वमान्) है और न असत् (जिसका अस्तित्व नहीं है)।

अनादिमत् परम् : आदिरहित, अनादि भगवान्। —शंकराचार्य।

अनादि मत्परम् : आदिरहित (अनादि) और मेरे द्वारा शासित। —रामानुज।

वह नित्य है, जो अस्तित्व और अनस्तित्व, आदि और अन्त के सब अनुभवगम्य विरोधों से ऊपर है और यदि हम उसे प्राप्त कर लेते हैं, तो जन्म और मरण केवल बाहरी घटनाएं रह जाती हैं, जो आत्मा की नित्यता को स्पर्श नहीं कर पातीं।

क्षेत्र का जानने वाला, क्षेत्रज्ञ

13. सर्वतःपाणिपादं तत्सर्वतोऽक्षिशिरोमुखम्।
सर्वतःश्रुतिमल्लोके सर्वमावृत्य तिष्ठति ॥

(13) उसके हाथ और पैर सब जगह हैं; उसकी आंखें, सिर और मुख सब ओर हैं; उसके कान सब दिशाओं में हैं; वह सबको आवृत्त करके संसार में निवास कर रहा है।

---

1. नायमात्मा प्रवचनेन लभ्यो न मेधया न बहुना श्रुतेन। कठोपनिषद्, 2, 22; मुण्डकोपनिषद् 3, 2—3

अनुभव के सब विषयों के एक कर्ता के रूप में उसे सबको आवृत्त करने वाला और सब जगह हाथ-पैर-आंख-कान वाला बताया गया है। दर्शक प्रकाश के बिना कोई अनुभव हो ही नहीं सकता। क्योंकि भगवान् के दो पक्ष हैं, एक लोकातीतता और अनासक्ति का, दूसरा अनात्म (प्रकृति) के साथ प्रत्येक विशिष्ट संयोग में अन्तर्व्यापिता का; इसलिए उसे विरोधाभासों की एक शृंखला के रूप में वर्णित किया गया है। वह बाहर है और अन्दर भी, अचल है और चल भी, दूर है और पास भी, अविभक्त है और फिर भी विभक्त है। महाभारत में कहा गया है कि जब आत्मा प्रकृति के गुणों से संयुक्त रहता है, तब उसे क्षेत्रज्ञ कहा जाता है; जब वह उन गुणों से मुक्त हो जाता है, तब वह परमात्मा कहलाता है।[1]

14. सर्वेन्द्रियगुणाभासं सर्वेन्द्रियविवर्जितम्।
असक्तं सर्वभृच्चैव निर्गुणं गुणभोक्तृ च ॥

(14) वह ऐसा प्रतीत होता है कि उसमें सब इन्द्रियों के गुण हैं और फिर भी वह किसी भी इन्द्रिय से रहित है; वह अनासक्त है; फिर भी सबको संभाले हुए है; वह गुणों से (प्रकृति के क्रमविधान से) रहित है और फिर भी उनका उपभोग कर रहा है।

इस श्लोक में बताया गया है कि ईश्वर परिवर्तनशील है और अपरिवर्तनशील भी; वह सब कुछ है और एक है। वह सब-कुछ देखता है, परन्तु शारीरिक आंख (चर्मचक्षु) द्वारा नहीं; वह सब-कुछ सुनता है, परन्तु शारीरिक कान द्वारा नहीं; वह सब-कुछ जानता है, परन्तु सीमित मन द्वारा नहीं। श्वेताश्वतर उपनिषद् से तुलना कीजिए, 3, 19 : वह आंख के बिना देखता है; वह कान के बिना सुनता है। ईश्वर की विशालता गुणों के आरोप (अध्यारोप) और निषेध (अपवाद) द्वारा स्पष्ट की गई है।

15. बहिरन्तश्च भूतानामचरं चरमेव च।
सूक्ष्मत्वात्तदविज्ञेयं दूरस्थं चान्तिके च तत् ॥

(15) वह सब प्राणियों के बाहर है और अन्दर भी। वह अचल है और

1. आत्मा क्षेत्रज्ञ इत्युक्तः संयुक्तः प्रकृतेर्गुणैः।
तैरेव तु विनिर्मुक्तः परमात्मेत्युदाहृतः ॥ —शान्तिपर्व 187, 24

चलायमान भी। वह इतना सूक्ष्म है कि उसे जाना नहीं जा सकता। वह बहुत दूर है और फिर भी वह पास है।

16. अविभक्तं च भूतेषु विभक्तमिव च स्थितम्।
भूतभर्तृ च तज्ज्ञेयं ग्रसिष्णु प्रभविष्णु च ॥

(16) वह अविभक्त (अविभाज्य) है और फिर भी वह प्राणियों में विभक्त हुआ-सा प्रतीत होता है। यह समझना चाहिए कि वह सब प्राणियों का भरण-पोषण करता है, उनका विनाश करता है और फिर नये सिरे से उन्हें उत्पन्न करता है।

डायोनीसियस से तुलना कीजिए : 'विभक्त वस्तुओं में अविभक्त'। सब वस्तुएं उसी से निकलती हैं, उसी द्वारा संभाली जाती हैं और फिर वापस उसी में ले ली जाती हैं।

17. ज्योतिषामपि तज्ज्योतिस्तमसः परमुच्यते।
ज्ञानं ज्ञेयं ज्ञानगम्यं हृदि सर्वस्य विष्ठितम् ॥

(17) वह ज्योतियों की भी ज्योति है। वह अन्धकार से परे कहा जाता है। वह ज्ञान है; ज्ञान का विषय है और ज्ञान का लक्ष्य है—वह सबके हृदय में स्थित है।

प्रकाश-स्वरूप परमात्मा सब प्राणियों के हृदय में निवास करता है। इनमें से कई स्थल उपनिषदों के उद्धरण हैं। देखिए श्वेताश्वतर उपनिषद् 3, 8 और 16; ईशोपनिषद्, 5; मुण्डकोपनिषद् 13, 1, 7; बृहदारण्यक उपनिषद्, 4, 4, 16।

ज्ञान का फल

18. इति क्षेत्रं तथा ज्ञानं ज्ञेयं चोक्तं समासतः।
मद्भक्त एतद्विज्ञाय मद्भावायोपपद्यते ॥

(18) इस प्रकार क्षेत्र, ज्ञान और ज्ञान के विषय का संक्षेप में वर्णन कर दिया गया है। जो मेरा भक्त इस बात को समझ लेता है, वह मेरी दशा को प्राप्त होने योग्य बन जाता है।

जब भक्त नित्य अन्तर्वासी ब्रह्म को देख लेता है, तब वह दिव्य स्वभाव

को धारण कर लेता है, जिसकी विशेषताएं स्वतन्त्रता, प्रेम और समानता हैं। "वह मेरी दशा में पहुंच जाता है।"

प्रकृति और आत्मा

19. प्रकृति पुरुषं चैव विद्ध्यनादी उभावपि।
विकारांश्च गुणांश्चैव विद्धि प्रकृतिसम्भवान् ॥

(19) तू इस बात को समझ ले कि प्रकृति और पुरुष (आत्मा) दोनों अनादि (आरम्भहीन) हैं; और इस बात को भी समझ ले कि रूप (विकार) और गुण प्रकृति से ही उत्पन्न हुए हैं।

जिस प्रकार ईश्वर नित्य है, उसी प्रकार उसकी प्रकृतियां भी नित्य हैं।[1]

दो प्रकृतियों, प्रकृति और आत्मा, पर अपने अधिकार के द्वारा ईश्वर विश्व की सृष्टि, स्थिति और प्रलय करता है। इस स्थान पर वर्णित पुरुष सांख्य का बहुगुणात्मक पुरुष नहीं है, अपितु क्षेत्रज्ञ है, जो सब क्षेत्रों में एक ही है। गीता प्रकृति और पुरुष को दो स्वतन्त्र मूल तत्त्व नहीं मानती, जैसा कि सांख्य मानता है, अपितु उन दोनों को एक और उसी ईश्वर के निकृष्ट और उत्कृष्ट रूप मानती है।

20. कार्यकरणकर्तृत्वे हेतुः प्रकृतिरुच्यते।
पुरुषः सुखदुःखानां भोक्तृत्वे हेतुरुच्यते ॥

(20) प्रकृति को कार्य, करण (साधन) और कर्तृत्व (अभिकर्ता होना) का कारण कहा जाता है और आत्मा को सुख और दुःख के अनुभव के सम्बन्ध में कारण कहा जाता है।

'कार्यकरणकर्तृत्वे' के स्थान पर एक और पाठ है 'कार्यकारणकर्तृत्वे'। देखिए फ्रैंकलिन ऐजर्टन : भगवद्गीता खण्ड 1, पृ० 187 पर टिप्पणी।

शरीर और इन्द्रियां प्रकृति द्वारा उत्पन्न की जाती हैं और पुरुष द्वारा सुख और दुःख का अनुभव कुछ निश्चित सीमाओं के अधीन है। आत्मा का

---

1. नित्येश्वरत्वाद् ईश्वरस्य, तत् प्रकृत्योरपि युक्तं नित्यत्वेन भवितुम्। —शंकराचार्य।

परमानन्दपूर्ण प्रभाव वस्तु-रूपात्मक प्रकृति के साथ एकरूपता के कारण सुख और दुःख से कलंकित (मलिन) हो जाता है।

21. पुरुषःप्रकृतिस्थो हि भुङ्क्ते प्रकृतिजान् गुणान्।
कारणं गुणसङ्गोऽस्य सदसद्योनिजन्मसु ॥

(21) प्रकृति में स्थित आत्मा प्रकृति से उत्पन्न गुणों का उपभोग करती है। इन गुणों के साथ आसक्ति अच्छी और बुरी योनियों में उसके जन्म का कारण बनती है।

22. उपद्रष्टानुमन्ता च भर्ता भोक्ता महेश्वरः।
परमात्मेति चाप्युक्तो देहेऽस्मिन्पुरुषः परः ॥

(22) शरीर में स्थित परमेश्वर साक्षी, अनुमति देने वाला, संभालने वाला, उपभोग करने वाला, महान् प्रभु और परमात्मा कहलाता है।

यहां परम आत्मा उस मनःशारीरिक व्यक्ति से भिन्न है, जो प्रकृति की गतिविधियों में फंसे रहने के कारण पृथक करने वाली चेतना से ऊपर उठकर अमर आत्मा बन जाता है। गीता में क्षेत्रज्ञ और परमेश्वर में कोई भेद नहीं किया गया है।[1]

23. य एवं वेत्ति पुरुषं प्रकृतिं च गुणैः सह।
सर्वथा वर्तमानोऽपि न स भूयोऽभिजायते ॥

(23) जो कोई इस प्रकार गुणों के साथ-साथ आत्मा (पुरुष) और प्रकृति को जान लेता है, वह भले ही किसी प्रकार भी कार्य क्यों न करता रहे, फिर जन्म नहीं लेता।

सर्वथा वर्तमानोऽपि : चाहे वह सब प्रकार काम करता है; चाहे वह जीवन की किसी भी दशा में क्यों न हो। —रामानुज।

मुक्ति के विभिन्न मार्ग

24. ध्यानेनात्मनि पश्यन्ति केचिदात्मानमात्मना।
अन्ये सांख्येन योगेन कर्मयोगेन चापरे ॥

---

1. क्षत्रज्ञश्वरयोर्भेदानभ्युपगमाद् गीताशास्त्रे। —शंकराचार्य।

(24) कुछ लोग आत्मा द्वारा आत्मा में आत्मा को उपासना (ध्यान) द्वारा देखते हैं; कुछ अन्य लोग ज्ञानमार्ग द्वारा और कुछ अन्य लोग कर्ममार्ग द्वारा इस प्रकार आत्मा का दर्शन करते हैं।

यहां सांख्य शब्द का प्रयोग ज्ञान के लिए हुआ है।

25. अन्ये त्वेवमजानन्तः श्रुत्वान्येभ्य उपासते।
तेऽपि चातितरन्त्येव मृत्युं श्रुतिपरायणाः॥

(25) परन्तु कुछ अन्य लोग इस बात को (योग के इन मार्गों को) न जानते हुए अन्य लोगों से सुनकर उपासना करते हैं; और वे भी जो कुछ उन्होंने सुना है, उस पर आस्था रखते हुए मृत्यु के परे पहुंच जाते हैं।

जो लोग गुरुओं[1] की प्रामाणिकता पर भरोसा रखते हैं और उनके उपदेश के अनुसार उपासना करते हैं, उनके हृदय भी परमात्मा की दया के प्रति खुल जाते हैं और इस प्रकार वे शाश्वत जीवन को प्राप्त कर लेते हैं।

26. यावत्सञ्जायते किञ्चित्सत्त्वं स्थावरजङ्गमम्।
क्षेत्रक्षेत्रज्ञसंयोगात्तद्विद्धि भरतर्षभ॥

(26) हे भरतों में श्रेष्ठ (अर्जुन), तू इस बात को समझ ले कि जो कोई भी स्थावर या जंगम वस्तु उत्पन्न हुई है, वह क्षेत्र और क्षेत्रज्ञ के संयोग द्वारा ही उत्पन्न हुई है।

सम्पूर्ण जीवन आत्म और अनात्म के मध्य होने वाला व्यापार है। शंकराचार्य के मतानुसार इन दोनों का संयोग अध्यास के ढंग का है, जिसमें एक को ग़लती से दूसरा समझ लिया जाता है। जब यह भ्रम दूर हो जाता है, तब बन्धन समाप्त हो जाता है।

27. समं सर्वेषु भूतेषु तिष्ठन्तं परमेश्वरम्।
विनश्यत्स्वविनश्यन्तं यः पश्यति स पश्यति॥

(27) जो व्यक्ति परमात्मा को सब वस्तुओं में समान रूप से निवास करता हुआ और उन वस्तुओं के नष्ट होने पर भी उसे नष्ट न होता हुआ देखता है,

---

1. श्रुतिपरायणाः, केवलपरोपदेशप्रमाणाः स्वयं विवेकरहिताः। —शंकराचार्य।

वही वस्तुतः देखता है।

जो कोई सब वस्तुओं में विश्वात्मा को देखता है, वही सचमुच देखता है और अपने-आप भी सार्वभौम बन जाता है।

'जब वस्तुएं नष्ट होती हैं, तब भी वह कभी नष्ट नहीं होता।' यदि सब वस्तुएं विकासात्मक पुष्टि की एक अविराम दशा में विद्यमान हैं, तब परमात्मा परिवर्तनहीन नहीं हो सकता। उदाहरण के लिए, बर्गसन परमात्मा को संसार में पूर्णतया अन्तर्व्यापी मानता है, जो कि संसार के परिवर्तनों के साथ परिवर्तित होता रहता है। विकासशील परमात्मा का, जिसकी कि विश्व के विकास की प्रक्रिया के एक अंश-रूप में कल्पना की गई है, तब अस्तित्व ही समाप्त हो जाएगा, जब विश्व की गति समाप्त हो जाएगी। तापगतिविज्ञान (थर्मोडाइनैमिक्स) के दूसरे नियम में एक घटनाहीन निष्प्रवाहता और पूर्ण विश्राम की दशा ध्वनित की गई है। एक विकसमान या वर्धमान परमात्मा संसार का स्रष्टा या उद्धारकर्ता नहीं हो सकता। वह धार्मिक भावनाओं का समुचित विषय नहीं है। इस श्लोक में गीता हमें विश्वास दिलाती है कि जब संसार का अस्तित्व समाप्त हो जाता है, तब भी परमात्मा जीवित रहता है और बना रहता है।

28. समं पश्यन् हि सर्वत्र समवस्थितमीश्वरम्।
न हिनस्त्यात्मनात्मानं ततो याति परां गतिम् ॥

(28) क्योंकि वह ईश्वर को सब जगह समान रूप से विद्यमान देखता है, इसलिए वह अपने आत्म द्वारा अपनी सच्ची आत्मा को चोट नहीं पहुंचाता; और तब वह सर्वोच्च लक्ष्य (परम गति) को प्राप्त कर लेता है।

29. प्रकृत्यैव च कर्माणि क्रियमाणानि सर्वशः।
यः पश्यति तथात्मानमकर्तारं स पश्यति ॥

(29) जो व्यक्ति इस बात को देख लेता है कि सब कर्म केवल प्रकृति द्वारा किए जा रहे हैं और साथ ही यह कि आत्मा कर्म करने वाली नहीं है, वही वस्तुतः देखता है।

सच्ची आत्मा कर्म करने वाली (कर्ता) नहीं है, अपितु केवल साक्षी है। वह

दर्शक है, अभिनेता नहीं। शंकराचार्य का कथन है कि इस बात का कोई प्रमाण नहीं है कि जो अकर्ता, अव्यय और सब गुणों से रहित है, उसमें किसी प्रकार की विविध-रूपता हो सकती है, वैसे ही, जैसे कि आकाश में किसी प्रकार की विविध-रूपता नहीं होती।[1] कर्म मन और बुद्धि पर प्रभाव डालते हैं, आत्मा पर नहीं।

30. यदा भूतपृथग्भावमेकस्थमनुपश्यति।
तत एव च विस्तारं ब्रह्म सम्पद्यते तदा॥

(30) जब वह इस बात को देख लेता है कि सब वस्तुओं की पृथकता की दशा उस एक में ही केन्द्रित है और उसमें से ही यह सारा विस्तार होता है, तब वह ब्रह्म को प्राप्त कर लेता है।

जब प्रकृति की विविधता और उसके विकास का मूल उस शाश्वत एक में ढूंढ़ लिया जाता है, तब हम भी शाश्वता को प्राप्त कर लेते हैं। "वह आत्मा की सर्वव्यापी प्रकृति को प्राप्त कर लेता है, क्योंकि सब प्रकार की सीमितताओं का कारण आत्मा की एकता में विलीन हो जाता है।" —आनन्दगिरि।

31. अनादित्वान्निर्गुणत्वात्परमात्मायमव्ययः।
शरीरस्थोऽपि कौन्तेय न करोति न लिप्यते॥

(31) क्योंकि परमात्मा अनश्वर है, अनादि है और निर्गुण है, इसलिए हे कुन्ती के पुत्र (अर्जुन), यद्यपि वह शरीर में निवास करता है, फिर भी वह न तो कोई कर्म करता है और न उसमें लिप्त होता है।

32. यथा सर्वगतं सौक्ष्म्यादाकाशं नोपलिप्यते।
सर्वत्रावस्थितो देहे तथात्मा नोपलिप्यते॥

(32) जिस प्रकार सर्वव्यापी आकाश अपनी सूक्ष्मता के कारण किसी वस्तु से लिप्त नहीं होता, उसी प्रकार सब शरीरों में स्थित आत्मा भी किसी प्रकार लिप्त नहीं होती।

---

1. क्षेत्रज्ञमकर्तारं सर्वोपाधिविवर्जितम्। निर्गुणस्याकर्तुर्निर्विशेषस्याकाशस्येव भेदे प्रमाणानुपपत्तिः।

33. यथा प्रकाशयत्येकः कृत्स्नं लोकमिमं रविः।
क्षेत्रं क्षेत्री तथा कृत्स्नं प्रकाशयति भारत ॥

(33) जैसे एक सूर्य इस सारे संसार को प्रकाशित करता है, उसी प्रकार हे भारत (अर्जुन), क्षेत्र का स्वामी (क्षेत्री) इस सारे क्षेत्र को प्रकाशित करता है।

क्षेत्रज्ञ सारे क्षेत्र को, अस्तित्वमानता के सम्पूर्ण संसार को प्रकाशित करता है।

34. क्षेत्रक्षेत्रज्ञयोरेवमन्तरं ज्ञानचक्षुषा।
भूतप्रकृतिमोक्षं च ये विदुर्यान्ति ते परम् ॥

(34) जों लोग अपने ज्ञान-चक्षुओं से इस प्रकार क्षेत्र और क्षेत्रज्ञ के अन्तर को और सब प्राणियों के प्रकृति से मुक्त हो जाने को जान लेते हैं, वे सर्वोच्च (भगवान्) को पा लेते हैं।

भूतप्रकृति : वस्तुओं और प्राणियों का भौतिक स्वभाव।

इति ˙ ˙ ˙ क्षेत्रक्षेत्रज्ञविभागयोगो नाम त्रयोदशोऽध्यायः।

यह है 'क्षेत्र और क्षेत्रज्ञ के भेद का योग' नामक तेरहवां अध्याय।

अध्याय 14

सब वस्तुओं और प्राणियों का रहस्यमय जनक

सर्वोच्च ज्ञान

श्रीभगवानुवाच

1. परं भूयः प्रवक्ष्यामि ज्ञानानां ज्ञानमुत्तमम्।
यज्ज्ञात्वा मुनयः सर्वे परां सिद्धिमितो गताः ॥

श्री भगवान् बोले :

(1) अब मैं तुझे वह सर्वोच्च ज्ञान भी बताऊंगा, जो सब ज्ञानों में श्रेष्ठ है और जिसे जानकर सब मुनि इस संसार से ऊपर उठकर परम सिद्धि (पूर्णता) तक पहुंच गए हैं।

2. इदं ज्ञानमुपाश्रित्य मम साधर्म्यमागताः।
सर्गेऽपि नोपजायन्ते प्रलये न व्यथन्ति च ॥

(2) इस ज्ञान का सहारा लेकर और मेरे स्वरूप वाले बनकर वे सृष्टि का समय आने पर भी जन्म नहीं लेते; और न वे प्रलयकाल आने पर दुःखी ही होते हैं।

शाश्वत जीवन अनिर्देश्य परब्रह्म में विलीन हो जाना नहीं है, अपितु एक ऐसी सार्वभौमता और आत्मा की स्वतन्त्रता को प्राप्त कर लेना है, जो अनुभवगम्य गतिविधि से ऊपर उठी हुई है। इसकी स्थिति सृष्टि और प्रलय की प्रक्रियाओं से अप्रभावित रहती है, क्योंकि यह सब प्रकार के प्रंकटनों (विभूतियों) से

बढ़कर है। मुक्त आत्मा उन्नति करता हुआ ब्रह्म के समान हो जाता है और एक अपरिवर्तनशील अस्तित्व धारण कर लेता है, जो नित्यरूप से उस परमेश्वर के प्रति सचेत रहता है, जो विश्व के विविध रूपों को धारण करता है। यह स्वरूपता या तद्रूपता नहीं है, अपितु केवल समानधर्मता या गुणों की समानता है। वह उसके साथ एक स्वभाव वाला हो जाता है, जिसकी कि वह खोज कर रहा होता है और सादृश्य मुक्ति प्राप्त कर लेता है। वह अपनी बाह्य चेतना और जीवन में ब्रह्म को अनुभव कर लेता है। तुलना कीजिए : "इसलिए तुम पूर्ण बनो, ठीक वैसे ही, जैसे कि तुम्हारा पिता, जो स्वर्ग में है, पूर्ण है।" मैथ्यू 5, 48। शंकराचार्य का मत इससे भिन्न है। उसका विचार है कि साधर्म्य का अर्थ स्वभाव की तद्रूपता है, गुणों की समानता नहीं।[1]

3. मम योनिर्महद्ब्रह्म तस्मिन्गर्भं दधाम्यहम्।
संभवः सर्वभूतानां ततो भवति भारत॥

(3) महान् ब्रह्म (प्रकृति) मेरा गर्भ है; मैं उसमें बीज डालता हूं और हे भारत (अर्जुन), उससे ये सब वस्तुएं और प्राणी उत्पन्न होते हैं।

यदि हम केवल प्रकृति की उपज होते, तो हम शाश्वत जीवन को प्राप्त नहीं कर सकते थे। इस श्लोक में यह बात स्पष्ट रूप से कही गई है कि सारा अस्तित्व ब्रह्म की ही एक अभिव्यक्ति है। वह विश्व का बीज है। इस संसार के प्रसंग में वह हिरण्यगर्भ, विश्व-आत्मा, बन जाता है। शंकराचार्य का कथन है : "मैं क्षेत्र और क्षेत्रज्ञ को संयुक्त करता हूं, जिससे हिरण्यगर्भ का जन्म होता है और उससे सब प्राणी उत्पन्न होते हैं।" भगवान् वह पिता है, जो गर्भ में, जो कि अनात्म है, बीज, जो कि सारभूत जीवन है, डालता है और इस प्रकार प्रत्येक व्यष्टि के जन्म का कारण बनता है। यह संसार ससीम पर हो रही असीम की क्रीड़ा है। देखिए 2, 12 पर टिप्पणी। यहां लेखक ने असत्, प्रलय या रात्रि, में से रूप के विकास के सृष्टि-सिद्धान्त को अपनाया है। सब वस्तुओं के रूप,

---

1. मम परमेश्वरस्य साधर्म्यं मत्स्वरूपता न तु समानधर्मतां साधर्म्यम्, क्षेत्रज्ञेश्वरयोर्भेदानभ्युपगमाद् गीताशास्त्रे। —शंकराचार्य।
मम ईश्वरस्य साधर्म्यं सर्वात्मत्वं सर्वनियन्तृत्वम्, इत्यादिधर्मसाम्यं साधर्म्यम्। —नीलकण्ठ।
मम साधर्म्यं मद्रूपत्वम्। —श्रीधर।

जो अथाह शून्य में से उत्पन्न होते हैं, परमात्मा से ही निकले हैं। वे ही वे बीज हैं, जिन्हें वह असत् में डालता है।

4. सर्वयोनिषु कौन्तेय मूर्तयः संभवन्ति याः।
तासां ब्रह्म महद्योनिरहं बीजप्रदः पिता ॥

(4) हे कुन्ती के पुत्र (अर्जुन), जहां कहीं भी जिन किन्हीं भी योनियों में जो भी रूप उत्पन्न होते हैं, उन सबकी योनि महान् ब्रह्म है और मैं पिता हूं, जो कि बीज डालता है।

सब जीवित रूपों की माता प्रकृति है और पिता परमात्मा है। क्योंकि प्रकृति भी परमात्मा की ही एक प्रकृति (स्वभाव) है, इसलिए परमात्मा विश्व का पिता और माता दोनों ही है। वह विश्व का बीज और गर्भ दोनों है। इस धारणा को पूजा के कुछ रूपों में उपयोग किया गया है; पूजा के ये रूप उस वस्तु से विकसित हुए हैं, जिसकी कुछ आधुनिक पवित्रतावादी अश्लील लिंग-पूजावाद कहकर खिल्ली उड़ाते हैं। परमात्मा की आत्मा हमारे जीवनों में प्राण डालती है और उन्हें वैसा बनाती है, जैसा कि उन्हें परमात्मा बनाना चाहता है।

ब्रह्म इस संसार का वीर्यरूप कारण है। सब वस्तुएं ब्रह्म के वीर्याणुओं (लोगोई स्परमेटिकोई) अर्थात् प्राणदायिनी आत्माओं द्वारा भौतिक तत्त्व के गर्भाधान के परिणामस्वरूप उत्पन्न होती हैं। उनके द्वारा ही परमात्मा संसार में अपना काम चलाता है। ब्रह्म (लोगोस) के ये बीज ही वे आदर्श (विचारात्मक) रूप हैं, जो भौतिक तत्त्व के स्थूल संसार को वस्तुओं और प्राणियों के रूप में ढालते हैं। वे आदर्श या विचार, होने वाली वस्तुओं के नमूने, सबके सब परमात्मा में विद्यमान हैं। प्रकटन (अभिव्यक्ति) की प्रत्येक़ सम्भावना का मूल उसकी अव्यक्त में तत्स्थानीय सम्भावना में है; उसमें वह शाश्वत कारण के रूप में विद्यमान रहती है, जिसका कि अभिव्यक्ति एक-बाह्य प्रकट-रूप है। परमात्मा को सृष्टि का, उसके सम्पूर्ण विस्तार समेत नित्य दर्शन होता रहता है। सुकरात और प्लेटो की रचनाओं में विचारों और भौतिक तत्त्व की द्वैत के रूप में कल्पना की गई है, जहां विचारों के सूक्ष्म जगत और भौतिक तत्त्व के स्थूल जगत के मध्य विद्यमान सम्बन्ध को समझ पाना बहुत कठिन है। गीता में इन दोनों को ब्रह्म का अंश बताया गया है। परमात्मा स्वयं ही बीज-रूपी विचारों को स्थूल

जगत् के रूपों में अवतरित करता है। ये बीज-रूप विचार, जिनका उद्गम दैवीय है और जो कारण-रूप ब्रह्म (लोगोस) के अंश हैं, परमात्मा के प्रति हमारे प्रेम की व्याख्या करते हैं। जहां परमात्मा एक अर्थ में मानवीय प्रकृति के लिए अनुभवातीत है, वहां आत्मा में ब्रह्म की एक प्रत्यक्ष अभिव्यक्ति भी है। विश्व की यह प्रक्रिया तब तक चलती रहती है, जब तक कि कारण-रूप मूल (ऐल्फा) और अन्तिम निष्पत्ति (ओमेगा) परस्पर मिल न जाए।

अच्छाई, आवेश और निष्क्रियता (सत्त्व, रज और तम)

5. सत्त्वं रजस्तम इति गुणाः प्रकृतिसम्भवाः।
निबध्नन्ति महाबाहो देहे देहिनमव्ययम् ॥

(5) हे महाबाहु (अर्जुन), अच्छाई (सत्त्व), आवेश (रजस) और निष्क्रियता (तमस्), ये तीन गुण प्रकृति से उत्पन्न हुए हैं और ये अनश्वर शरीरी (आत्मा) को शरीर में बांधकर रखते हैं

अनश्वर आत्मा को जन्म और मरण के चक्र में फंसा हुआ प्रतीत कराने वाली शक्ति गुणों की शक्ति है। वे गुण 'प्रकृति के आद्यघटक हैं और सब तत्त्वों के आधार हैं। इसलिए उन्हें इन तत्त्वों में विद्यमान गुण नहीं कहा जा सकता।'—आनन्दगिरि। उन्हें गुण इसलिए कहा जाता है, क्योंकि उनकी उत्पत्ति सांख्य के पुरुष या गीता के क्षेत्रज्ञ पर आश्रित है। गुण प्रकृति की तीन प्रवृत्तियां हैं या वे तीन धागे हैं, जिनसे प्रकृति की रस्सी बटी गई है। सत्त्व चेतना के प्रकाश को प्रतिध्वनित करता है और उसके द्वारा आलोकित होता है और इसलिए उसकी विशेषता चमक (प्रकाश) है। रजस में बहिर्मुख गतिविधि (प्रवृत्ति) है और तमस् की विशेषता जड़ता (अप्रवृत्ति) और लापरवाही (प्रमाद) है।[1] सत्त्व पूर्ण विशुद्धता और द्युति है, जब कि रजस् अशुद्धता है, जो कि गतिविधि की ओर ले जाती है और तमस् अन्धकार एवं जड़ता है। क्योंकि गीता में गुणों का मुख्य रूप से व्यवहार नैतिक अर्थ में किया गया है, इसलिए हमने सत्त्व के लिए अच्छाई, रजस् के लिए आवेश और तमस् के लिए निष्क्रियता शब्द का प्रयोग किया है।

---

1. 11 और 22, 12 और 22, 13

ब्रह्माण्डीय त्रैत में इन तीन गुणों में से एक-एक का प्राधान्य प्रतिबिम्बित है; रक्षक विष्णु में सत्त्व का, स्रष्टा ब्रह्मा में रजस् का और प्रलयंकर शिव में तमस् का। सत्त्व विश्व की स्थिरता में सहायक है; रजस् विश्व की सृजनशील गतिविधि में; और तमस वस्तुओं की जीर्ण-शीर्ण होने और मरने की प्रवृत्ति का प्रतिनिधि है। ये गुण संसार की स्थिति, उत्पत्ति और प्रलय के लिए उत्तरदायी हैं गुणों का ईश्वर के तीन पक्षों पर आरोप इस बात का सूचक है कि ईश्वर का सम्बन्ध वस्तु-रूपात्मक या व्यक्त जगत् से है। परमात्मा मानवता में उसके उद्धार के लिए संघर्ष कर रहा है और देवतुल्य आत्माएं उसके इस उद्धार के कार्य में उसके साथ सहयोग करती हैं।[1]

जब आत्मा अपने-आप को प्रकृति के गुणों के साथ एक समझने लगती है, तब वह अपनी नित्यता को भूल जाती है और मन, प्राण तथा शरीर का उपयोग अहंकारपूर्ण तृप्ति के लिए करती है। बन्धन से ऊपर उठने के लिए हमें प्रकृति के गुणों से ऊपर उठना होगा और त्रिगुणातीत बनना होगा; तब हम आत्मा के स्वतन्त्र और अदृश्य स्वभाव को धारण कर सकेंगे। तब सत्त्व उन्नयन (सब्लीमेशन) द्वारा चेतना का प्रकाश, ज्योति बन जाता है, रजस् तप बन जाता है और तमस् प्रशान्तता या शान्ति बन जाता है।

6. तत्र सत्त्वं निर्मलत्वात्प्रकाशकमनामयम्।
सुखसङ्गेन बध्नाति ज्ञानसङ्गेन चानघ ॥

(6) इनमें से अच्छाई (सत्त्व) विशुद्ध होने के कारण प्रकाश और स्वास्थ्य का कारण बनती है। हे निष्कलंक अर्जुन, यह सत्त्व-गुण आनन्द और ज्ञान के प्रति आसक्ति के कारण मनुष्य को बांधता है।

यहां ज्ञान का अर्थ निम्नतर बौद्धिक ज्ञान है।

सत्त्व हमें अहंभाव से मुक्ति नहीं दिलाता। यह भी इच्छा उत्पन्न करता है, भले ही वह इच्छा अच्छी वस्तुओं के लिए हो। आत्मा, जो कि सब आसक्तियों से मुक्त है, यहां आनन्द और ज्ञान के प्रति आसक्त रहती है। यदि हम अहंभाव

---

1. ईसाइयाह से तुलना कीजिए, जो मसीयाह के विषय में इस प्रकार कहता है : "उसने हमारे कष्टों को सहा और हमारे दुःखों को झेला। वह हमारे अपराधों के लिए आहत हुआ। हमारी शान्ति के लिए दंड उसे सहना पड़ा और उसके द्वारा खाए कोड़ों से हम स्वस्थ होते हैं।" (53, 45)

के साथ सोचना और कामना करना बन्द न करें, तो हम मुक्त नहीं हैं। ज्ञान का सम्बन्ध बुद्धि से है, जो कि प्रकृति की एक उपज है और उसको विशुद्ध चेतना से भिन्न समझा जाना चाहिए, जो कि आत्मा का सार-तत्त्व है।

7. **रजो रागात्मकं विद्धि तृष्णासङ्गसमुद्भवम्।**
तन्निबध्नाति कौन्तेय कर्मसङ्गेन देहिनम् ॥

(7) तू यह समझ ले कि आवेश (रजस्) आकर्षण के (अनुरागात्मक) ढंग का है, जो लोभ और आसक्ति से उत्पन्न होता है। हे कुन्ती के पुत्र (अर्जुन), यह शरीरी (आत्मा) को कर्म के प्रति आसक्ति द्वारा जकड़कर रखता है।

यद्यपि आत्मा कर्ता नहीं है, फिर भी रजोगुण उसके द्वारा इस विचार से कर्म करवाता है कि 'मैं कर्ता हूं'। —आनन्दगिरि।

8. **तमस्त्वज्ञानजं विद्धि मोहनं सर्वदेहिनाम्।**
प्रमादालस्यनिद्राभिस्तन्निबध्नाति भारत ॥

(8) तू यह समझ कि निष्क्रियता अज्ञान से उत्पन्न होती है और सब देहधारियों को मोह में (भ्रम में) डाल देती है। हे भारत (अर्जुन), यह लापरवाही, आलस्य और निद्रा (के गुणों के विकास) द्वारा बन्धन में डाल देती है।

9. **सत्त्वं सुखे संजयति रजः कर्मणि भारत।**
ज्ञानमावृत्य तु तमः प्रमादे संजयत्युत ॥

(9) हे भारत (अर्जुन), अच्छाई अर्थात् सत्त्व-गुण मनुष्य को आनन्द में और रजोगुण कर्म में लगाता है, किन्तु तमोगुण बुद्धि को ढककर प्रमाद की ओर लगाता है।

10. **रजस्तमश्चाभिभूय सत्त्वं भवति भारत।**
रजः सत्त्वं तमश्चैव तमः सत्त्वं रजस्तथा ॥

(10) हे भारत (अर्जुन), सत्त्व रजस् और तमस् को दबाकर उन पर विजयी होता है। रजस् सत्त्व और तमस को दबाकर उन पर विजयी होता है और इसी प्रकार तमस् सत्त्व और रजस को दबाकर उन पर विजयी होता है।

तीनों गुण सब मानव-प्राणियों में विद्यमान रहते हैं, भले ही वे अलग-अलग मात्राओं में हों। कोई भी उनसे बचा हुआ नहीं है और प्रत्येक आत्मा में कोई-न-कोई एक गुण प्रधान होता है। मनुष्यों को उस गुण के आधार पर, जो उनमें प्रधान होता है, सात्त्विक, राजसिक अथवा तामस कहा जाता है। जब शरीरशास्त्र में शरीर की प्रकृतियों (ह्यूमर) का सिद्धान्त प्रचलित था, तब मनुष्यों का वर्गीकरण चार प्रकृतियों में से किसी एक की प्रधानता के कारण रक्त-प्रधान (सैंगुइन), पित्त-प्रधान (बिलियस), कफ-प्रधान (लिम्फ़ैटिक) और चेता-प्रधान (नर्वस) के रूप में किया जाता था। हिन्दू वर्गीकरण में मानसिक विशेषताओं को ध्यान में रखा गया है। सात्त्विक प्रकृति अपना उद्देश्य प्रकाश और ज्ञान को बनाती है; राजसिक प्रकृति अशान्त और बाह्य वस्तुओं की लालसा से पूर्ण होती हैं। सात्त्विक स्वभाव की गतिविधियां स्वतन्त्र, शान्त और स्वार्थरहित होती हैं, जब कि राजसिक स्वभाव सदा सक्रिय रहना चाहता है और शान्त नहीं बैठ सकता और उसकी गतिविधियां स्वार्थ-लालसा से लिप्त रहती हैं। तामसिक प्रकृति निष्क्रिय और जड़ होती है। उसका मन अन्धकारपूर्ण और भ्रान्त होता है और उसका सारा जीवन निरन्तर अपने परिवेश के सम्मुख झुकते चले जाने का ही होता है।

11. सर्वद्वारेषु देहेऽस्मिन्प्रकाश उपजायते।
ज्ञानं यदा तदा विद्याद्विवृद्धं सत्त्वमित्युत ॥

(11) जब ज्ञान का प्रकाश शरीर के सब द्वारों से बाहर फूटने लगता है, तब यह समझा जा सकता है कि सत्त्व-गुण बढ़ रहा है।

सर्वद्वारेषु देहेऽस्मिन् : इस शरीर के सब द्वारों में ज्ञान के प्रकाश की पूर्ण शारीरिक अभिव्यक्ति हो सकती है। चेतना का सत्य भौतिक तत्त्व में अभिव्यक्ति का विरोधी नहीं है। ब्रह्म को भौतिक स्तर पर भी अनुभव किया जा सकता है। मानवीय चेतना को दिव्य बनाना, भौतिक्ष तत्त्व तक प्रकाश को पहुंचाना और सम्पूर्ण जीवन का रूपान्तर कर देना योग का लक्ष्य है।

जब हमारे मन आलोकित हो उठते हैं और इन्द्रियां तीव्रतर हो जाती हैं, तब सत्त्व-गुण प्रधान होता है।

12. लोभः प्रवृत्तिरारम्भः कर्मणामशमः स्पृहा।
रजस्येतानि जायन्ते विवृद्धे भरतर्षभ ॥

(12) हे भरतों में श्रेष्ठ (अर्जुन), जब रजोगुण बढ़ जाता है, तब लोभ, गतिविधि, कार्यों का प्रारम्भ, अशान्ति और वस्तुओं की लालसा—ये सब उत्पन्न हो जाते हैं;

रजोगुण की प्रधानता से जीवन और उसके सुखों को पाने के लिए आवेशपूर्ण प्रयत्न उत्पन्न होता है।

13. अप्रकाशोऽप्रवृत्तिश्च प्रमादो मोह एव च।
तमस्येतानि जायन्ते विवृद्धे कुरुनन्दन ॥

(13) हे कुरुनन्दन (अर्जुन), जब तमोगुण बढ़ जाता है, तब प्रकाश का अभाव, निष्क्रियता, लापरवाही और केवल मूढ़ता, ये सब उत्पन्न होते हैं।

जहां प्रकाश सत्त्व-गुण का परिणाम है, वहां अप्रकाश या प्रभाव का अभाव तमोगुण का फल है। ग़लती, ग़लतफ़हमी, लापरवाही और निष्क्रियता, ये तामसिक स्वभाव के विशेष चिह्न हैं।

14. यदा सत्त्वे प्रवृद्धे तु प्रलयं याति देहभृत्।
तदोत्तम विदां लोकानमलान्प्रतिपद्यते ॥

(14) जब देहधारी आत्मा उस दशा में विलय को प्राप्त होती है, जब कि सत्त्वगुण प्रधान हो, तब वह सर्वोच्च (भगवान्) को जानने वालों के विशुद्ध लोकों में पहुंचती है।

वे मुक्ति नहीं पाते, अपितु ब्रह्मलोक में जन्म लेते हैं। मुक्ति की दशा निस्त्रैगुण्य अर्थात् त्रिगुणातीतता है।

15. रजसि प्रलयं गत्वा कर्मसङ्गिषु जायते।
तथा प्रलीनस्तमसि मूढयोनिषु जायते ॥

(15) जब रजोगुण प्रधान हो, उस समय विलय को प्राप्त होने पर वह कर्मों में आसक्त लोगों के बीच जन्म लेती है; और यदि उसका विलय तब हो, जब कि तमोगुण प्रधान हो, तब वह मूढ़ योनियों में जन्म लेती है।

16. कर्मणः सुकृतस्याहुः सात्त्विकं निर्मलं फलम्।
रजसस्तु फलं दुःखमज्ञानं तमसः फलम् ॥

(16) अच्छे (सात्त्विक) कर्म का फल सात्त्विक और निर्मल कहा जाता है; राजसिक कर्म का फल दुःख होता है और तामसिक कर्म का फल अज्ञान होता है।

17. सत्त्वात्संजायते ज्ञानं रजसो लोभ एव च।
प्रमादमोहौ तमसो भवतोऽज्ञानमेव च ॥

(17) सत्त्व-गुण से ज्ञान उत्पन्न होता है, रजोगुण से लोभ उत्पन्न होता है और तमोगुण से प्रमाद, मूढ़ता और अज्ञान उत्पन्न होता है।

यहां तीनों गुणों के मनोवैज्ञानिक परिणाम बताए गए हैं।

18. ऊर्ध्वं गच्छन्ति सत्त्वस्था मध्ये तिष्ठन्ति राजसाः।
जघन्यगुणवृत्तिस्था अधो गच्छन्ति तामसाः ॥

(18) जो लोग सत्त्व-गुण में स्थित होते हैं, वे ऊपर की ओर उठते जाते हैं; रजोगुण वाले लोग मध्य के क्षेत्र में रहते हैं और तामसिक प्रवृत्ति वाले लोग जघन्य कर्मों में लगे रहकर नीचे की ओर गिरते जाते हैं।

आत्मा का विकास तीन सोपानों में होता है; यह निष्क्रिय जड़ता और अज्ञान की अधीनता से भौतिक सुखों के लिए संघर्ष द्वारा ऊपर उठती हुई ज्ञान और आनन्द की खोज की ओर बढ़ती है। परन्तु जब तक हम आसक्त रहते हैं, भले ही वह आसक्ति श्रेष्ठ वस्तुओं के प्रति क्यों न हो, हम सीमित रहते हैं और इसलिए सदा एक असुरक्षा की भावना बनी रहती है, क्योंकि रजस् और तमस् हमारे अन्दर विद्यमान सत्त्व पर हावी हो जा सकते हैं। सर्वोच्च आदर्श नैतिक से ऊपर उठकर आध्यात्मिक स्तर पर पहुंचना है। अच्छे (सात्त्विक) मनुष्य को सन्त (त्रिगुणातीत) बनना चाहिए। जब तक हम इस स्थिति तक न पहुंच जाएं, तब तक हम केवल निर्माण की दशा में हैं; हमारा विकास अपूर्ण है।

19. नान्यं गुणेभ्यः कर्तारं यदा द्रष्टानुपश्यति।
गुणेभ्यश्च परं वेत्ति मद्भावं सोऽधिगच्छति ॥

(19) जब देखने वाला (द्रष्टा) इन गुणों के अलावा अन्य किसी कर्ता को नहीं

देखता और उसको भी जान लेता है जो कि इन गुणों से परे है, तब वह मेरे स्वरूप को प्राप्त हो जाता है।

"तब ब्रह्म के साथ उसकी तद्रूपता व्यक्त हो जाती है।" —आनन्दगिरि।

20. गुणानेतानतीत्य त्रीन्देही देहसमुद्भवान्।
जन्ममृत्युजरादुःखैर्विमुक्तोऽमृतमश्नुते ॥

(20) जब शरीरधारी आत्मा शरीर से उत्पन्न होने वाले इन तीन गुणों से ऊपर उठ जाती है, तब वह जन्म, मरण, वृद्धावस्था और दुःखों से मुक्त हो जाती है और उसे शाश्वत जीवन प्राप्त हो जाता है।

देहसमुद्भवान् : इसमें यह अर्थ निहित है कि गुण शरीर के कारण उत्पन्न होते हैं। "ये वे बीज हैं, जिनमें से शरीर विकसित होता है।" —शंकराचार्य। सात्त्विक अच्छाई भी अपूर्ण है, क्योंकि इस अच्छाई के लिए भी इसके विरोध के साथ संघर्ष की शर्त लगी हुई है। ज्योंही यह संघर्ष समाप्त हो जाता है और अच्छाई पूर्ण बन जाती है, त्योंही वह अच्छाई नहीं रहती और वह सब नैतिक बाधाओं से ऊपर उठ जाती है। सत्त्व की प्रकृति का विकास करने के द्वारा हम उससे ऊपर उठ जाते हैं और लोकातीत ज्ञान को प्राप्त करते हैं।[2]

जो त्रिगुणातीत है, उसकी विशेषताएं

अर्जुन उवाच

21. कैर्लिंगैस्त्रीन्गुणानेतानतीतो भवति प्रभो।
किमाचारः कथं चैतांस्त्रीन्गुणानतिवर्तते ॥

अर्जुन ने कहा :

(21) हे प्रभु, जो इन तीन गुणों से ऊपर उठ जाता है, उसकी क्या पहचान होती है? उसका रहन-सहन कैसा होता है? वह इन तीनों गुणों से परे किस प्रकार पहुंचता है?

---

1. देहोत्पत्तिबीजभूतम्।
2. जिस प्रकार हम कांटे से कांटे को निकालते हैं, उसी प्रकार सांसारिक वस्तुओं का त्याग करने के द्वारा हमें त्याग को भी त्याग देना चाहिए। कण्टकं कण्टकेनेव येन त्यजसि तं त्यज। सत्त्व-गुण के द्वारा हम रजस् और तमस् पर विजय पाते हैं और उसके बाद स्वयं सत्त्व से भी ऊपर उठ जाते हैं।

जीवन्मुक्त की, जो व्यक्ति वर्तमान जीवन में ही पूर्णता को प्राप्त कर चुका है, उसकी क्या विशेषताएं होती हैं? ये विशेषताएं बहुत कुछ वही हैं, जो स्थित-प्रज्ञ की हैं (2, 25 से आगे) और जो भक्त की हैं, (12, 13 से आगे)। इससे यह स्पष्ट है कि पूर्णता की विशेषताएं एक-सी ही हैं, चाहे उस पूर्णता को किसी भी प्रकार प्राप्त कर लिया जाए।

श्रीभगवानुवाच

22. प्रकाशं च प्रवृत्तिं च मोहमेव च पाण्डव।
न द्वेष्टि संप्रवृत्तानि न निवृत्तानि काङ्क्षति ॥

श्री भगवान् ने कहा :

(22) हे पाण्डव (अर्जुन), जो व्यक्ति प्रकाश, गतिविधि और मूढ़ता के उत्पन्न होने पर उन्हें बुरा नहीं मानता और जब वे न हों, तब उनके लिए इच्छा नहीं करता;

23. उदासीनवदासीनो गुणैर्यो न विचाल्यते।
गुणा वर्तन्त इत्येव योऽवतिष्ठति नेङ्गते ॥

(23) जो उदासीन (निस्पृह या तटस्थ) की भांति गुणों द्वारा विचलित न होता हुआ बैठा रहता है, जो यह समझता हुआ, कि केवल गुण ही कर्म कर रहे हैं, अविचलित भाव से अलग रहता है;

वह प्रकृति के परिवर्तनों को देखता है, परन्तु उनमें उलझता नहीं। गुणों का विशुद्ध प्रकाश, दिव्य गतिविधि और पूर्ण शान्ति के रूप में उन्नयन किया जाता है।

24. समदुःखसुखः स्वस्थः समलोष्टाश्मकाञ्चनः।
तुल्यप्रियाप्रियो धीरस्तुल्यनिन्दात्मसंस्तुतिः ॥

(24) जो सुख और दुःख को समान समझता है, जो अपने आत्म में ही स्थित रहता है, जो मिट्टी के ढेले, पत्थर और स्वर्णखण्ड को समान समझता है, जो प्रिय और अप्रिय वस्तुओं में एक-सा रहता है, जिसका मन स्थिर है और जो निन्दा और स्तुति को एक जैसा समझता है;

25. मानापमानयोस्तुल्यस्तुल्यो मित्रारिपक्षयोः।
सर्वारम्भपरित्यागी गुणातीतः स उच्यते ॥

(25) जो मान और अपमान में समान रहता है और जो मित्रों और शत्रुओं के प्रति एक-सा है और जिसने सब कर्मों का परित्याग कर दिया है, उसे गुणातीत अर्थात् गुणों से ऊपर उठा हुआ कहा जाता है।

26. मां च योऽव्यभिचारेण भक्तियोगेन सेवते।
स गुणान्समतीत्यैतान्ब्रह्मभूयाय कल्पते ॥

(26) जो अनन्य भक्तियोग से मेरी सेवा करता है, वह तीनों गुणों से ऊपर उठ जाता है और वह ब्रह्म बन जाने के योग्य हो जाता है,

वह मुक्ति के उपयुक्त हो जाता है।

27. ब्रह्मणो हि प्रतिष्ठाहममृतस्याव्ययस्य च।
शाश्वतस्य च धर्मस्य सुखस्यैकान्तिकस्य च ॥

(27) (क्योंकि) मैं अमर और अनश्वर ब्रह्म का, शाश्वत धर्म और परम आनन्द का निवास-स्थान हूं।

यहां पर व्यक्तिक ईश्वर को परब्रह्म का आधार बताया गया है। शंकराचार्य ने इसका अर्थ यह निकाला है कि परमेश्वर इस अर्थ में ब्रह्म है कि वह ब्रह्म का व्यक्त रूप है। ब्रह्म अपने भक्तों पर अपनी करुणा ईश्वर-भक्ति के द्वारा दिखाता है और वह परमेश्वर व्यक्त शक्ति है और इसलिए वह स्वयं ब्रह्म ही है। शंकराचार्य ने एक और वैकल्पिक व्याख्या भी प्रस्तुत की है : ब्रह्म व्यक्तिक ईश्वर है और इस श्लोक का अर्थ है, "मैं जो कि अनिर्देश्य और अनिर्वचनीय हूं, उस निर्दिष्ट ब्रह्म का निवास-स्थान हूं, जो कि अमर और अविनाश्य है।" नीलकण्ठ ने ब्रह्म का अर्थ वेद माना है। रामानुज ने ब्रह्म की व्याख्या मुक्त आत्मा के रूप में और मध्व ने माया के रूप में की है। मधुसूदन ने इसे व्यक्तिक ईश्वर माना है। कृष्ण ने अपने-आप को परम, अनिर्दिष्ट ब्रह्म के साथ तद्रूप कर लिया है।

इति ··· गुणत्रयविभागयोगो नाम चतुर्दशोऽध्यायः।

यह है 'तीनों गुणों के विभेद का योग' नामक चौदहवां अध्याय।

अध्याय 15

जीवन का वृक्ष

विश्ववृक्ष

श्रीभगवानुवाच

1. ऊर्ध्वमूलमधःशाखमश्वत्थं प्राहुरव्ययम्।
छन्दांसि यस्य पर्णानि यस्तं वेद स वेदवित्॥

श्री भगवान् ने कहा :

(1) लोग उस अनश्वर अश्वत्थ (पीपल का पेड़) के विषय में बताते हैं, जिसकी कि जड़ें ऊपर की ओर हैं और शाखाएं नीचे की ओर हैं। उसके पत्ते वेद हैं; और जो इस बात को जान लेता है, वह वेदों का ज्ञाता है।

कठोपनिषद् से तुलना कीजिए : "यह विश्व-वृक्ष, जिसकी कि जड़ें ऊपर की ओर हैं और शाखाएं नीचे की ओर, शाश्वत है।"[1] यह संसार-वृक्ष है। महाभारत में विश्व की प्रक्रिया की तुलना एक वृक्ष से की गई है, जिसे कि ज्ञान

---

1. 5, 1। साथ ही देखिए ऋग्वेद 1, 24, 7
मैं संसार-वृक्ष का मूल हूं। तैत्तिरीय उपनिषद् 1, 10
पैटैलिया और्फिक तालिका यह संकेत करती है कि हमारा शरीर पृथ्वी से आता है और हमारी आत्मा स्वर्ग से आती है। "मैं पृथ्वी का और तारों वाले आकाश का पुत्र हूं; परन्तु मेरी जाति केवल स्वर्ग की ही है।" प्लेटो से तुलना कीजिए : "जहां तक हमारी आत्मा के सबसे अधिक प्रभुत्वशील अंश का सम्बन्ध है, उसको हमें इस रूप में समझना चाहिए: हम यह घोषणा करते हैं कि परमात्मा ने हममें से प्रत्येक को अपनी मित्रतापूर्ण आत्मा के रूप में उस प्रकार की आत्मा दी है, जो हमारे शरीर के ऊपरी सिरे में स्थित है और जो यह देखकर कि हम पार्थिव नहीं, अपितु स्वर्गिक वनस्पति हैं, हमें पृथ्वी से ऊपर उस स्वर्ग की ओर उठाती है, जो हमारा आत्मीय है।" टिमैइयस, 90 ए।

की मज़बूत तलवार द्वारा काटा जा सकता है, ज्ञानेन परमासिना। क्योंकि इस वृक्ष का उद्‌गम परमात्मा से होता है, इसलिए यह कहा गया है कि इसकी जड़ें 'ऊपर' हैं; क्योंकि यह संसार के रूप में फैलता है, इसलिए इसकी शाखाए 'नीचे की ओर' कही जाती हैं। यह संसार एक जीवित शरीर है, जो भगवान् के साथ संयुक्त है।

प्राचीन विश्वास के अनुसार यह कहा जाता है कि वैदिक यज्ञ संसार को बनाए रखता है, इसलिए मन्त्र उसके पत्ते हैं, जो कि तने और शाखाओं समेत इस वृक्ष को जीवित रखते हैं।

2. **अधश्चोर्ध्वं प्रसृतास्तस्य शाखा**
गुणप्रवृद्धा विषयप्रवालाः।
अधश्च मूलान्यनुसन्ततानि,
कर्मानुबन्धीनि मनुष्यलोके॥

(2) इसकी शाखाएं ऊपर और नीचे फैली हुई हैं, जिनका पोषण गुणों द्वारा होता है। इन्द्रियों के विषय इसकी टहनियां हैं और नीचे मनुष्यलोक में इसकी जड़ें फैली हुई हैं, जिनके परिणामस्वरूप कर्म होते हैं।

शंकराचार्य ने इसका यह अर्थ किया है कि नीचे की ओर फैली हुई जड़ें गौण हैं। ये वासनाएं हैं, जिन्हें कि आत्मा अपने पूर्वकर्मों के फल के रूप में साथ ले जाती है।

3. **न रूपमस्येह तथोपलभ्यते,**
नान्तो न चादिर्न च संप्रतिष्ठा।
अश्वत्थमेनं सुविरूढमूल-
मसङ्गशस्त्रेण दृढ़ेन छित्त्वा॥

(3) इस प्रकार इसका वास्तविक रूप यहां दिखाई नहीं पड़ता; न इसका अन्त, न आदि और न इसका आधार ही दिखाई पड़ता है। इस पक्की जड़ों वाले अश्वत्थ (पीपल के वृक्ष) को अनासक्ति की दृढ़ तलवार से काटकर;

---

1. अश्वमेधपर्व 47, 12-15

4. ततः पदं तत्परिमार्गितव्यं,
यस्मिन् गता न निवर्तन्ति भूयः।
तमेव चाद्यं पुरुषं प्रपद्ये,
यतः प्रवृत्तिः प्रसृता पुराणी ॥

(4) तब यह कहते हुए कि "मैं उस आद्य पुरुष में शरण लेता हूं, जिससे यह विश्व की प्राचीन धारा निकली है," उस मार्ग की खोज करनी चाहिए, जिस पर गए हुए लोग फिर वापस नहीं लौटते।

शिष्य अपने-आप को वस्तु-रूप से पृथक् करके उस आद्य चेतना में शरण लेता है जिससे विश्व की ऊर्जाएं निकलती हैं।

5. निर्मानमोहा जितसङ्गदोषा
अध्यात्मनित्या विनिवृत्तकामाः।
द्वन्द्वैर्विमुक्ताः सुखदुःखसंज्ञै-
र्गच्छन्त्यमूढाः पदमव्ययं तत् ॥

(5) जो लोग अभिमान और मोह से मुक्त हो गए हैं, जिन्होंने बुरी आसक्तियों को जीत लिया है, जिनकी सब इच्छाएं शान्त हो गई हैं, जो सदा परमात्मा की भक्ति में लगे रहते हैं, जो सुख और दुःख के रूप से ज्ञात द्वैतों से मुक्त हो गए हैं और मूढ़ता से रहित हो गए हैं, वे उस शाश्वत पद (दशा) को प्राप्त होते हैं।

व्यक्त जीवन केवल एक अंश है

6. न तद्भासयते सूर्यो न शशाङ्को न पावकः।
यद्गत्वा न निवर्तन्ते तद्धाम परमं मम ॥

(6) उसे न तो सूर्य प्रकाशित करता है, न चन्द्रमा और न अग्नि। वह मेरा परम धाम है, जहां पहुंचकर फिर वापस नहीं लौटना होता।

तुलना कीजिए: कठोपनिषद् 5, 15; मुण्डकोपनिषद 2, 2-10।

इस श्लोक में अपरिवर्तनशील ब्रह्म की ओर संकेत किया गया है, जिसे तपस्या के अभ्यास द्वारा प्राप्त किया जा सकता है।

ईश्वर संसार का जीवन है

7. ममैवांशो जीवलोके जीवभूतः सनातनः।
मनःषष्ठानीन्द्रियाणि प्रकृतिस्थानि कर्षति ॥

(7) मेरा अपना ही एक अंश नित्य जीव बनकर जीवन के संसार में पांच इन्द्रियों को और उनके साथ छठे मन को, जो कि प्रकृति में स्थित हैं, अपनी ओर खींच लेता है।

ममैवांशः : मेरा अपना ही एक अंश। इसका यह अर्थ नहीं है कि भगवान् को टुकड़ों में विभक्त या खण्डित किया जा सकता है। व्यष्टि भगवान् की एक गति है, एक महान् जीवन का केन्द्र। आत्मा वह नाभिक है, जो अपने-आप को विस्तारित कर सकती है और हृदय और मन द्वारा, एक घनिष्ठ संयोग द्वारा, सारे संसार को आत्मसात् कर सकती है। वास्तविक अभिव्यक्तियां, सम्भव है कि, आंशिक हों, परन्तु व्यष्टि आत्मा की वास्तविकता ब्रह्म है, जो मानवीय प्रकट-रूप में पूरी तरह सामने नहीं आता। मनुष्य में विद्यमान परमात्मा की मूर्ति स्वर्ग और पृथ्वी के मध्य बना एक सेतु है। विश्व में प्रत्येक व्यष्टि का शाश्वत महत्त्व है। जब वह अपनी सीमितताओं से ऊपर उठ जाती है, तब वह अतिव्यक्तिक (सुपरपर्सनल) परब्रह्म में विलीन नहीं हो जाती, अपितु भगवान्[1] में निवास करती रहती है और विश्व की गतिविधि में परमात्मा की एक हिस्सेदार बन जाती है।

शंकराचार्य ने यह अर्थ निकाला है कि आत्मा ईश्वर का उसी रूप में एक अंश है, जिस प्रकार एक घड़े या घर के अन्दर का आकाश सम्पूर्ण आकाश का एक अंश है। रामानुज की दृष्टि में आत्मा परमात्मा का वस्तुतः एक अंश है। वह संसार में तत्त्वतः एक व्यष्टि आत्मा बन जाता है और इन्द्रियों के विषयों का सेवन करने के कारण बन्धन में फंस जाता है।

जीवभूतः : एक जीवित आत्मा बनकर। शंकरानन्द का कथन है : "शाश्वत अंश क्षेत्रज्ञ की दशा को प्राप्त करके नाम और रूप को व्यक्त करने के उद्देश्य से ज्ञाता बन जाता है।"[2] भगवान् किसी रीति से (प्रकारान्तरेण) जीव

---

1. निवसिष्यसि मय्येव, 12, 8
2. नामरूपव्याकरणाय क्षेत्रज्ञतां गतः प्रमाता भूत्वा तिष्ठति।

बन जाता है। सारतः वह जीव नहीं होता, अपितु उसका रूप धारण कर लेता है। वह जीवभूत होता है, जीवात्मक नहीं।

जीवात्मा नानाविध ब्रह्म का एक केन्द्र है और दिव्य चेतना के एक पहलू को ही अभिव्यक्त करती है। जीव का सम्बन्ध व्यक्त संसार से है और वह उस एक (ब्रह्म) पर आश्रित है। आत्मा वह एक है, जो इस सारे व्यक्त विश्व को संभाले हुए है। जीव की पूर्णता अपनी विशिष्ट प्रकृति की अभिव्यक्ति में ही है। यदि वह ब्रह्म के प्रति सही मनोवृत्ति रखता है, तो उसका स्वभाव उन प्रभावों से रहित होकर शुद्ध हो जाता है, जो उसे घटाते और विकृत करते हैं और उस जीव का व्यक्तित्व स्पष्टता से सामने आ जाता है। जहां व्यक्ति तत्त्वतः परमात्मा के साथ एक है, वहां व्यक्त जगत् में प्रत्येक व्यक्ति ब्रह्म का एक आंशिक व्यक्त रूप है। हममें से प्रत्येक उस दिव्य चेतना की एक किरण है, जिसमें कि हमारा अस्तित्व, यदि हम होने दें, तो रूपान्तरित हो सकता है।

प्रकृतिस्थानि : उनके स्वाभाविक स्थानों में। —शंकराचार्य। प्रकृति से बने हुए शरीरों में रहते हुए। —रामानुज।

8. शरीरं यदवाप्नोति यच्चाप्युत्क्रामतीश्वरः।
गृहीत्वैतानि संयाति वायुर्गन्धानिवाशयात् ॥

(8) जब ईश्वर शरीर धारण करता है और जब वह शरीर को छोड़ता है, तब वह इन (इन्द्रियों और मन) को साथ ले जाता है, जैसे कि वायु सुगन्धों को उनके स्थानों से ले जाती है।

विश्व अस्तित्व में जब आत्मा भटकती रहती है, तब सूक्ष्म शरीर उसके साथ रहता है।

9. श्रोत्रं चक्षुः स्पर्शनं च रसनं घ्राणमेव च।
अधिष्ठाय मनश्चायं विषयानुपसेवते ॥

(9) वह कान, आंख, स्पर्श की इन्द्रिय, स्वाद की इन्द्रिय और नासिका तथा मन का उपयोग करता हुआ इन्द्रियों के विषयों का आनन्द लेता है।

10. उत्क्रामन्तं स्थितं वापि भुञ्जानं वा गुणान्वितम्।
विमूढा नानुपश्यन्ति पश्यन्ति ज्ञानचक्षुषः॥

(10) जब वह शरीर को छोड़ता है या उसमें रहता है या गुणों के सम्पर्क में आकर उपभोग करता है, उस समय मूढ़ लोग (अन्तर्वासी आत्मा को) नहीं देख पाते। परन्तु जिनके ज्ञान की आंख है (या ज्ञान जिनकी आंख है), वे उसे देख पाते हैं।

11. यतन्तो योगिनश्चैनं पश्यन्त्यात्मन्यवस्थितम्।
यतन्तोऽप्यकृतात्मानो नैनं पश्यन्त्यचेतसः॥

(11) यत्नपूर्वक साधना में लगे हुए योगी लोग उसे आत्मा में स्थित देखते हैं, परन्तु अबुद्धिमान और अनुशासनहीन आत्माओं वाले लोग यत्न करके भी उसे नहीं देख पाते।

12. यदादित्यगतं तेजो जगद्भासयतेऽखिलम्।
यच्चन्द्रमसि यच्चाग्नौ तत्तेजो विद्धि मामकम्॥

(12) सूर्य में जो तेज है, जो इस सारे संसार को प्रकाशित करता है और चन्द्रमा में और अग्नि में जो तेज है, उसको तू मेरा ही तेज समझ।

13. गामाविश्य च भूतानि धारयाम्यहमोजसा।
पुष्णामि चौषधीः सर्वाः सोमो भूत्वा रसात्मकः॥

(13) इस पृथ्वी में प्रविष्ट होकर मैं अपनी प्राण-शक्ति द्वारा सब प्राणियों को धारण करता हू; और रस से भरा हुआ सोम (चन्द्रमा) बनकर मैं सब जड़ी-बूटियों (या वनस्पतियों) का पोषण करता हूं।

14. अहं वैश्वानरो भूत्वा प्राणिनां देहमाश्रितः।
प्राणापानसमायुक्तः पचाम्यन्नं चतुर्विधम्॥

(14) जीवित प्राणियों के शरीर में मैं जीवन की अग्नि बनकर और उनके अन्दर आने वाले श्वास और बाहर निकलने वाले श्वास में मिलकर मैं चारों प्रकार के अन्नों को पचाता हूं।

पचामि : शब्दार्थ है पकाना।

15. सर्वस्य चाहं हृदि सन्निविष्टो
मत्तः स्मृतिर्ज्ञानमपोहनं च।
वेदैश्च सर्वैरहमेव वेद्यो
वेदान्तकृद्वेदविदेव चाहम् ॥

(15) और मैं सबके हृदय में बैठा हुआ हूं; मुझसे ही स्मृति और ज्ञान तथा उनका विनाश होता है। वस्तुतः मैं ही वह हूं, जिसको सब वेदों द्वारा जाना जाता है। मैं ही वेदान्त का बनाने वाला हूं और मैं ही वेदों का जानने वाला हूं।

अपोहनम् : हानि, विनाश, निषेध।

परम पुरुष

16. द्वाविमौ पुरुषौ लोके क्षरश्चाक्षर एव च।
क्षरः सर्वाणि भूतानि कूटस्थोऽक्षर उच्यते ॥

(16) इस संसार में दो पुरुष हैं—एक नश्वर और दूसरा अनश्वर; नश्वर ये सब अस्तित्व (वस्तु एवं व्यक्ति) हैं और अपरिवर्तनशील (कूटस्थ) अनश्वर है।

17. उत्तमः पुरुषस्त्वन्यः परमात्मेत्युदाहृतः।
यो लोकत्रयमाविश्य बिभर्त्यव्यय ईश्वरः ॥

(17) परन्तु इनसे भिन्न एक और सर्वोत्तम आत्मा है, जिसे परम आत्मा कहा जाता है, जो अमर ईश्वर के रूप में इन तीनों लोकों में प्रविष्ट होता है और इनका भरण-पोषण करता है।

सदा परिवर्तनशील विश्व में विद्यमान आत्मा क्षर है; अक्षर वह नित्य आत्मा है, जो अपरिवर्तनशील है, गतिहीन है और जो परिवर्तनशील वस्तुओं में भी अपरिवर्तनशील है।[1] जब आत्मा इस अपरिवर्तनशील की ओर अभिमुख हो

---

1. भीष्म से तुलना कीजिए, जो महाभारत में कृष्ण के विषय में कहता है : वेदवेदांगविज्ञानं बल चाप्यधिकं तथा।

1. तुलना कीजिए, अमरकोश : एकरूपतया तु यः कालव्यापी स कूटस्थः।

जाती है, तब सांसारिक गतिविधि उससे छूट जाती है और वह आत्मा अपने अपरिवर्तनशील नित्य अस्तित्व में पहुंच जाती है। ये दोनों परस्पर ऐसे विरोधी नहीं हैं, जिनमें कि मेल हो ही न सकता हो, क्योंकि ब्रह्म एक और अनेक दोनों ही हैं; वह नित्य ही अजन्मा है और साथ ही विश्व के रूप में प्रवहमान भी है।

गीता की दृष्टि में यह गतिमय जगत् भगवान् की सृष्टि है। ब्रह्म इस संसार को अपना लेता है और इसमें कर्म करता है; वर्त एव च कर्मणि। विश्व के उद्देश्य की दृष्टि से भगवान् ईश्वर है, पुरुषोत्तम, सारे संसार का स्वामी, जो प्रत्येक प्राणी के हृदय में निवास करता है।[1]

परम आत्मा : सर्वोच्च आत्मा। आत्मा में विद्यमान ईश्वर। गीता का संकेत यहां अज्ञात-अथाह परमेश्वर की ओर नहीं है, अपितु उस ईश्वर की ओर है, जो इस सृष्टि के अन्दर बसा हुआ है और इसे चला रहा है।

गीता उस व्यक्तिक परमात्मा की धारणा की स्तुति करती है, जो अपने में कालातीत अस्तित्व (अक्षर) और लौकिक आरम्भ (क्षर) इन दोनों को मिलाए हुए है।

शंकराचार्य ने परिवर्तनशील (क्षर) की व्याख्या इस परिवर्तित होते हुए संसार के रूप में और अपरिवर्तनशील (अक्षर) की व्याख्या माया-शक्ति या ईश्वर की शक्ति के रूप में की है और भगवान् को नित्य, शुद्ध, बुद्ध और क्षर और अक्षर की परिमितियों से मुक्त बताया है।

रामानुज 'अक्षर' क़ा अर्थ मुक्त आत्मा लेता है। इस संसार में दो सार तत्त्व हैं, जिनमें से एक आत्मा है और दूसरा जड़ (निर्जीव); ये ही अक्षर और क्षर हैं। इन दोनों से ऊपर परमात्मा है, जो विश्व से परे है और साथ ही विश्व में व्याप्त भी है। दो पुरुषों की व्याख्या दो प्रकृतियों के रूप में भी की जा सकती है; एक तो परमात्मा की अपनी सारभूत प्रकृति, अध्यात्म, और दूसरी निम्नतर प्रकृति, प्रकृति। श्वेताश्वतर उपनिषद् से तुलना कीजिए, 1, 10।

---

1. अव्ययः, सर्वज्ञत्वेन ईश्वरधर्मेण, अल्पज्ञत्वेन जीवधर्मेण वा, न व्येति क्षीयते वर्धते वेत्यर्थः। —नीलकण्ठ।

18\. यस्मात्क्षरमतीतोऽहमक्षरादपि चोत्तमः।
अतोऽस्मि लोके वेदे च प्रथितः पुरुषोत्तमः॥

(18) क्योंकि मैं क्षर (नश्वर) से ऊपर हूं और अक्षर से भी ऊपर हूं, इसलिए इस संसार में और वेद में मैं ही पुरुषोत्तम माना जाता हूं।

मुण्डकोपनिषद् से तुलना कीजिए, 2, 1, 1–2। अक्षरात् परतः परः पुरुषः।

19\. यो मामेवमसम्मूढ़ो जानाति पुरुषोत्तमः।
स सर्वविद्भजति मां सर्वभावेन भारत॥

(19) जो कोई भ्रान्तिहीन होकर मुझ पुरुषोत्तम को इस प्रकार जान लेता है, समझो कि उसने सब-कुछ जान लिया है। और हे भारत (अर्जुन), वह अपने सम्पूर्ण अस्तित्व से (अपनी सम्पूर्ण आत्मा से) मेरी पूजा करता है। ज्ञान भक्ति की ओर ले जाता है।

20\. इति गुह्यतमं शास्त्रमिदमुक्तं मयानघ।
एतद्बुद्ध्वा बुद्धिमान्स्यात्कृतकृत्यश्च भारत॥

(20) इस प्रकार हे पापरहित (अर्जुन), मैंने तुझे यह सबसे अधिक रहस्यपूर्ण सिद्धान्त बता दिया है। हे भारत (अर्जुन), इसको जानने के बाद मनुष्य बुद्धिमान् (ज्ञानी) बन जाता है और उसके सब कर्त्तव्य पूर्ण हो जाते हैं।

इति ··· पुरुषोत्तमयोगो नाम पञ्चदशोऽध्यायः।

यह है 'पुरुषोत्तम योग' नामक पन्द्रहवां अध्याय।

अध्याय 16

दैवीय और आसुरीय मन का स्वभाव

दैवीय स्वभाव वाले लोग

श्रीभगवानुवाच

1. अभयं सत्त्वसंशुद्धिर्ज्ञानयोगव्यवस्थितिः।
दानं दमश्च यज्ञश्च स्वाध्यायस्तप आर्जवम्॥

श्री भगवान् ने कहा :

(1) निर्भयता, मन की शुद्धता, ज्ञान और योग का बुद्धिमत्तापूर्ण विभाग, दान, आत्म-संयम और यज्ञ, शास्त्रों का अध्ययन, तप और ईमानदारी;

भारतीय धार्मिक प्रतीकवाद में देवों, जो चमकते हुए हैं, और असुरों (दैत्यों) में, जो अन्धकार के पुत्र हैं, किया गया भेद बहुत प्राचीन है। ऋग्वेद में हमें देवताओं और उनके तमोमय विरोधियों में संघर्ष दिखाई पड़ता है। रामायण में भी श्रेष्ठ संस्कृति के प्रतिनिधियों और असंयत अहंवादियों में इसीं प्रकार का संघर्ष दिखाया गया है। महाभारत में पाण्डवों, जो कि धर्म, नियम और न्याय के भक्त हैं, और कौरवों में, जो कि सत्ता के प्रेमी हैं, हुए युद्ध का वर्णन किया गया है। ऐतिहासिक दृष्टि से मानव-जाति आश्चर्यजनक रूप से एक ही नमूने की रही है और आज भी हमें महाभारत के काल की भाति ही कुछ मनुष्य ऐसे मिलते हैं, जो देवताओं के समान भले हैं और कुछ ऐसे, जो पैशाचिक रूप से पतित हैं और कुछ ऐसे, जो निन्दनीय रूप से उदासीन रहते हैं। ये हैं उन मनुष्यों के सम्भावित विकास, जो कि कुछ कम या अधिक हम जैसे ही हैं। देव और असुर, दोनों का जन्म प्रजापति से हुआ है। छान्दोग्य उपनिषद् 1, 2, 1।

2. अहिंसा सत्यमक्रोधस्त्यागः शान्तिरपैशुनम्।
दया भूतेष्वलोलुप्त्वं मार्दवं ह्रीरचापलम् ॥

(2) अहिंसा, सत्य, क्रोधरहितता, त्याग, शान्ति, दूसरों के दोष ढूंढ़ने से विरक्ति, प्राणियों पर दया, लोभरहितता, मृदुता, लज्जा और अचंचलता (स्थिरता);

3. तेजः क्षमा धृतिः शौचमद्रोहो नातिमानिता।
भवन्ति संपदं दैवीमभिजातस्य भारत ॥

(3) तेज, क्षमा, धैर्य, पवित्रता, द्वेषहीनता, अत्यन्त अभिमानी न होना, हे भारत (अर्जुन), ये उस व्यक्ति के गुण हैं, जो दैवीय स्वभाव लेकर जन्म लेता है।

मानव-जाति अहुरमज्द के राज्य और अहरीमन के राज्य में नहीं बंटी हुई। प्रत्येक मनुष्य में प्रकाश और अन्धकार के ये दोनों राज्य विद्यमान हैं।

गुरु ने यहां पर उन लोगों के पहचान कराने वाले गुण बताए हैं, जो दैवीय पूर्णता तक पहुंचने की साधना कर रहे हैं। अब वह उन लोगों के गुण बताता है, जिनका उद्देश्य सत्ता, यश और सुविधापूर्ण जीवन प्राप्त करना है। दोनों में भेद न तो ऐकान्तिक ही है और न सर्वांगीण ही। अनेक व्यक्तियों में दोनों प्रकार के स्वभावों का अंश मिला रहता है। महाभारत में कहा गया है : "कुछ भी सम्पूर्णतया अच्छा या सम्पूर्णतया बुरा नहीं है।"[1]

आसुरीय स्वभाव वाले लोग

4. दम्भो दर्पोऽभिमानश्च क्रोधः पारुष्यमेव च।
अज्ञानं चाभिजातस्य पार्थ संपदमासुरीम् ॥

(4) पाखण्ड, घमण्ड, अत्यधिक अभिमान, क्रोध, कठोरता और अज्ञान, हे पार्थ (अर्जुन), ये उन लोगों की विशेषताएं हैं, जो आसुरीय स्वभाव लेकर उत्पन्न होते हैं।

इनके अपने-अपने परिणाम

5. दैवी संपद्विमोक्षाय निबन्धायासुरी मता।
मा शुचः संपदं दैवीमभिजातोऽसि पाण्डव ॥

1. नात्यन्तं गुणवत् किञ्चिन्नात्यन्तं दोषवत्तथा।

(5) दैवी सम्पदा (गुण) मोक्ष दिलाने वाली और आसुरी सम्पदा बन्धन में डालने वाली कही जाती है। हे पाण्डव (अर्जुन), तू दुःखी मत हो, क्योंकि तू (दिव्य भवितव्यता के लिए) दिव्य सम्पदा लेकर उत्पन्न हुआ है।

यहां एक भक्त हिन्दू के परम्परागत गुणों को एक जगह संकलित कर दिया गया है, जो जीवन की एक 'दैवीय' दशा के सूचक हैं। असुर लोग चतुर और ऊर्जस्वी (शक्तिशाली) होते हैं, परन्तु वे अत्यधिक अहंकार के शिकार होते हैं और उनमें नैतिक धर्मभीरुता नहीं होती और न उनका कोई आध्यात्मिक लक्ष्य ही होता है।

आसुरीय स्वभाव

6. द्वौ भूतसर्गौ लोकेऽस्मिन्दैव आसुर एव च।
दैवो विस्तरशः प्रोक्त आसुरं पार्थ मे शृणु ॥

(6) इस संसार में दो प्रकार के प्राणियों का सृजन किया गया है। दैवीय और दूसरे आसुरीय। दैवीय स्वभाव वालों का विस्तार से वर्णन किया जा चुका है। हे पार्थ (अर्जुन), अब तू मुझसे आसुरीय स्वभाव वालों के विषय में सुन।

देखिए बृहदारण्यक उपनिषद् 1, 3, 1।

7. प्रवृत्तिं च निवृत्तिं च जना न विदुरासुराः।
न शौचं नापि चाचारो न सत्यं तेषु विद्यते ॥

(7) आसुरीय स्वभाव वाले लोग न तो कर्म (प्रवृत्ति) के मार्ग को जानते हैं और न त्याग (निवृत्ति) के मार्ग को। उनमें न पवित्रता पाई जाती है, न सदाचार और न सत्य ही उनमें पाया जाता है।

8. असत्यमप्रतिष्ठं ते जगदाहुरनीश्वरम्।
अपरस्परसंभूतं किमन्यत्कामहैतुकम् ॥

(8) वे कहते हैं कि यह संसार अवास्तविक है; इसका कोई आधार नहीं है; इसका कोई ईश्वर (स्वामी) नहीं है; यह किसी नियमित कारण के परिणामस्वरूप नहीं बना; संक्षेप में, यह केवल इच्छा द्वारा बना है।

अप्रतिष्ठम् : आधार के बिना, नैतिक आधार के बिना। यह भौतिकवादियों का दृष्टिकोण है।

अपरस्परसम्भूतम् : नियमित विधि से न बना हुआ। इसकी दूसरे रूप में भी व्याख्या की गई है। ईश्वर द्वारा अधिष्ठित जगत् एक सुनिश्चित व्यवस्था के अनुसार बना है, जिसमें कि कुछ वस्तुएं नियमों के अनुसार अन्य वस्तुओं से बनती हैं और भौतिकवादी इस बात को अंस्वीकार करते हैं कि संसार में कोई ऐसी व्यवस्था और नियम है; और उनका मत है कि वस्तुएं योंही बन जाती हैं। उनका विश्वास है कि संसार में कोई नियमित पौर्वापर्य नहीं है और यह संसार केवल आनन्द के उपभोग के लिए बना है।

"यह लोकायतिकों का दृष्टिकोण है कि काम-वासना ही सब प्राणियों का एकमात्र कारण है।"—शंकराचार्य।

9. एतां दृष्टिमवष्टभ्य नष्टात्मानोऽल्पबुद्धयः।
प्रभवन्त्युग्रकर्माणः क्षयाय जगतोऽहिताः॥

(9) इस दृष्टिकोण को दृढ़तापूर्वक अपनाकर ये अल्पबुद्धि, नष्टात्मा और क्रूरकर्मा लोग संसार के शत्रु बनकर इसके विनाश के लिए उठ खड़े होते हैं।

10. काममाश्रित्य दुष्पूरं दम्भमानमदान्विताः।
मोहाद्गृहीत्वासद्ग्राहान् प्रवर्तन्तेऽशुचिव्रताः॥

(10) कभी तृप्त न होने वाली लालसा के वशीभूत होकर पाखण्ड, अत्यधिक अभिमान और अहंकार से युक्त मूढ़ता के कारण ग़लत दृष्टिकोण अपनाकर वे अपवित्र निश्चयों के अनुसार कार्य करते हैं।

बृहस्पतिसूत्र से तुलना कीजिए, जिसमें कहा गया है कि काम (वासना) ही मनुष्य का सर्वोच्च लक्ष्य है।[1]

11. चिन्तामपरिमेयां च प्रलयान्तामुपाश्रिताः।
कामोपभोगपरमा एतावदिति निश्चिताः॥

---

1. काम एवैकः पुरुषार्थः।

(11) अनगिनत चिन्ताओं से, जो कि उनकी मृत्यु के साथ ही समाप्त होंगी, दबे हुए और अपनी इच्छाओं की तृप्ति को ही सर्वोच्च लक्ष्य मानते हुए और यह समझते हुए कि बस, यही सब-कुछ है;

यह भौतिकवादी सिद्धान्त है जो हमसे कहता है कि खाओ, पीओ और मौज करो, क्योंकि मृत्यु अवश्यम्भावी है और उसके आगे कुछ नहीं है।[1]

12. आशापाशशतैर्बद्धाः कामक्रोधपरायणाः।
ईहन्ते कामभोगार्थमन्यायेनार्थसञ्चयान् ॥

(12) लालसाओं के सैकड़ों जालों में बंधे हुए वासना और क्रोध के वश में होकर वे अपनी इच्छाओं की तृप्ति के लिए अन्यायपूर्ण उपायों द्वारा ढेर-की-ढेर सम्पत्ति एकत्र करने के लिए प्रयत्न करते हैं।

13. इदमद्य मया लब्धमिमं प्राप्स्ये मनोरथम्।
इदमस्तीदमपि मे भविष्यति पुनर्धनम् ॥

(13) यह आज मैंने प्राप्त कर लिया है; इस इच्छा को मैं पूरा कर लूंगा। यह मेरा है और यह धन भी (भविष्य में) मेरा हो जाएगा।

14. असौ मया हतः शत्रुर्हनिष्ये चापरानपि।
ईश्वरोऽहमहं भोगी सिद्धोऽहं बलवान्सुखी ॥

(14) इस शत्रु को मैंने मार डाला है और अन्य शत्रुओं को भी मैं मार डालूंगा। मैं ईश्वर हूं; मैं उपभोग करने वाला हू, मैं सफल हूं; मैं बलवान् हू और सुखी हूं।

अपने-आप को ईश्वर समझना सबसे बड़ा पाप, शैतान का पाप है।

सत्ता प्राप्त करने और प्रभुत्व जमाने का प्रलोभन बहुत व्यापक रहा है। अन्य लोगों पर शासन करने की प्रवृत्ति ने मनुष्य को दास बना दिया है। दिव्य आत्माएं इस प्रलोभन को अस्वीकार कर देती हैं, जैसे कि एकान्त में ईसा ने किया था।

---

1. यावज्जीवेत्सुखं जीवेदृणं कृत्वा घृत पिबेत्।
भस्मीभूतस्य देहस्य पुनरागमनं कुतः ॥

परन्तु आसुरी आत्माएं इन लक्ष्यों को अपना लेती हैं और वे अभिमान, आत्मश्लाघा, अतिलोभ, द्वेष और नृशंसता को गुंण बताकर उनकी प्रशंसा करती हैं।

15. आढ्योऽभिजनवानस्मि कोऽन्योऽस्ति सदृशोमया।
यक्ष्ये दास्यामि मोदिष्य इत्यज्ञानविमोहिताः॥

(15) 'मैं धनवान हूं और ऊंचे कुल में उत्पन्न हुआ हू: मेरे समान और कौन है? मैं यज्ञ करूंगा; मैं दान दूंगा; मैं आनन्द मनाऊंगा;' वे अज्ञान के कारण मूढ़ बने हुए इस प्रकार की बातें करते हैं।

16. अनेकचित्तविभ्रान्ता मोहजालसमावृताः।
प्रसक्ताः कामभोगेषु पतन्ति नरकेऽशुचौ॥

(16) अनेक विचारों के कारण भ्रान्त, मूढ़ता के जाल में फंसे हुए और इच्छाओं की तृप्ति के आदी बने वे अपवित्र नरक में गिरते हैं।

17. आत्मसंभाविताः स्तब्धा धनमानमदान्विताः।
यजन्ते नामयज्ञैस्ते दम्भेनाविधिपूर्वकम्॥

(17) मिथ्या गर्व में भूले, हठी, अभिमान और धन के अहंकार से भरे वे उन यज्ञों को, जो केवल नाम के यज्ञ होते हैं, पाखण्ड के साथ और नियमों का ध्यान रखे बिना करते हैं।

18. अहङ्कारं बलं दर्पं कामं क्रोधं च संश्रिताः।
मामात्मपरदेहेषुं प्रद्विषन्तोऽभ्यसूयकाः॥

(18) अहंकार, बल और अभिमान और काम और क्रोध के वश में होकर ये द्वेषी लोग उनके अपने तथा अन्य लोगों के शरीरों में निवास करने वाले मुझसे घृणा करते हैं।

"परमात्मा उनके बुरे जीवन के साक्षी के रूप में निवास करता है।" शंकराचार्य।

19. तानहं द्विषतः क्रूरान्संसारेषु नराधमान्।
क्षिपाम्यजस्रमशुभानासुरीष्वेव योनिषु॥

(19) इन क्रूर, द्वेष करने वालों को, जो कि मनुष्यों में सबसे नीचे हैं, और बुरे कर्म करने वाले हैं, मैं जन्म और मरण के इस चक्कर में सदा आसुरीय योनियों में ही भेजता रहता हूं।

20. आसुरीं योनिमापन्ना मूढा जन्मनि जन्मनि।
मामप्राप्यैव कौन्तेय ततो यान्त्यधमां गतिम् ॥

(20) आसुरी योनियों में पड़े हुए ये मूढ़ प्राणी जन्म-जन्मान्तर में भी मुझे प्राप्त नहीं कर पाते, अपितु हे कुन्ती के पुत्र (अर्जुन), ये निम्नतम दशा की ओर ही गिरते जाते हैं।

हमें सलाह दी गई है कि हम इस आसुरीय स्वभाव को त्याग दें। इसका अर्थ पूर्वनिर्णय नहीं है, क्योंकि यह कहा गया है कि परमात्मा की ओर मुड़ने और पूर्णता प्राप्त करने का मार्ग हमारे लिए सदा खुला है। किसी भी स्थिति में यह असम्भव नहीं है। अन्तर्वासी आत्मा प्रत्येक आत्मा में विद्यमान है, और इसका अर्थ है कि अमरत्व की आशा सर्वदा बनी रहती है। बड़े से बड़ा पापी भी, यदि वह परमात्मा की ओर अभिमुख हो जाए, तो मोक्ष प्राप्त कर सकता है। देखिए 4, 36।

नरक का तिहरा द्वार

21. त्रिविधं नरकस्येदं द्वारं नाशनमात्मनः।
कामः क्रोधस्तथा लोभस्तस्मादेतत्त्रयं त्यजेत् ॥

(21) आत्मा के विनाश की ओर ले जाने वाले इस नरक का द्वार तिहरा है, जो काम, क्रोध और लोभ से बना है। इसलिए मनुष्य को इन तीनों को त्याग देना चाहिए।

22. एतैर्विमुक्तः कौन्तेय तमोद्वारैस्त्रिभिर्नरः।
आचरत्यात्मनः श्रेयस्ततो याति परां गतिम् ॥

(22) हे कुन्ती के पुत्र (अर्जुन), जो अन्धकार की ओर ले जाने वाले इन तीन द्वारों से छूट जाता है, वह उन कर्मों को करता है, जो उसकी आत्मा के लिए कल्याणकारी हैं और तब वह सर्वोच्च स्थिति (परम गति) तक पहुंच जाता है।

कर्त्तव्य के लिए शास्त्र प्रामाणिक ग्रन्थ है

23. यः शास्त्रविधिमुत्सृज्य वर्तते कामकारतः।
न स सिद्धिमवाप्नोति न सुखं न परां गतिम्॥

(23) परन्तु जो व्यक्ति शास्त्र के नियम को छोड़ देता है और अपनी इच्छाओं के अनुसार कार्य करता है, उसे न तो पूर्णता (सिद्धि) प्राप्त होती है, न सुख प्राप्त होता है और न सर्वोच्च लक्ष्य ही प्राप्त होता है।

24. तस्माच्छास्त्रं प्रमाणं ते कार्याकार्यव्यवस्थितौ।
ज्ञात्वा शास्त्रविधानोक्तं कर्म कर्तुमिहार्हसि॥

(24) इसलिए क्या करना चाहिए और क्या नहीं करना चाहिए, इसके निर्धारण के लिए तू शास्त्र को ही प्रमाण मान। शास्त्रों में बताए गए नियमों को जानकर तुझे इस संसार में अपना काम करते जाना चाहिए।

शास्त्र : धर्मग्रन्थ।[1]

इच्छा की प्रेरणा के स्थान पर सही कर्म का ज्ञान आना चाहिए। परन्तु जब आत्मा की स्वतन्त्रता का सर्वोच्च लक्ष्य प्राप्त होता है, तब व्यक्ति सहज प्रवृत्ति द्वारा कार्य नहीं करता और न नियमों के अनुसार ही कार्य करता है, अपितु सम्पूर्ण जीवन की आत्मा में एक गम्भीर अन्तर्दृष्टि द्वारा कार्य करता है। सामान्यतया हम अपनी व्यक्तिगत इच्छाओं के अनुसार कार्य करते हैं, और उसके बाद अपने आचरण को नियत सामाजिक विधानों के अनुसार नियमित करते हैं, और अन्त में जाकर जीवन के अर्थ के गम्भीरतर उद्देश्य को समझते हैं और उसके मार्गदर्शन के अनुसार कार्य करते हैं। इच्छा की प्रेरणा (18, 59), नियमों द्वारा मार्गदर्शन (16, 24) और आत्मा की स्वतःस्फूर्तता (18, 64, 11, 33) ये तीन सोपान (दशाएं) हैं।

इति ··· दैवासुरसम्पद्विभागयोगो नाम षोडशोऽध्यायः।

यह है 'दैवीय और आसुरीय सम्पदाओं के भेद का योग' नामक सोलहवां अध्याय।

---

1. तुलना कीजिए :

शास्ति यत्साधनोपायं, पुरुषार्थस्य निर्मलम्।
तथैव बाधनोपायं तत्शास्त्रमिति कथ्यते ।

अध्याय 17

धार्मिक तत्त्व पर लागू किए गए तीनों गुण

श्रद्धा के तीन प्रकार

अर्जुन उवाच

1. ये शास्त्रविधिमुत्सृज्य यजन्ते श्रद्धयान्विताः।
तेषां निष्ठा तुका कृष्ण सत्त्वमाहो रजस्तमः ॥

अर्जुन ने कहा :

(1) हे कृष्ण, जो लोग शास्त्रों के विधानों की परवाह न करते हुए श्रद्धा से युक्त होकर यज्ञ करते हैं, उनकी क्या स्थिति होती है? उनकी श्रद्धा सात्त्विक होती है या राजसिक या तामसिक?

ये लोग जान-बूझकर शास्त्रों के नियमों का उल्लघन नहीं करस्ते, अपितु इन्हें उन नियमों का ज्ञान नहीं होता।

शंकराचार्य का कथन है कि व्यक्ति की श्रद्धा का प्रकार उसकी शास्त्रों के विधानों के साथ अनुकूलता या प्रतिकूलता पर निर्भर नहीं होता, अपितु उस व्यक्ति के चरित्र और उसके द्वारा अपनाई गई उपासना पर आधारित होता है।

रामानुज ने अपेक्षाकृत कम उदार दृष्टिकोण अपनाया है और उसका विचार है कि जो लोग अज्ञान के कारण अथवा जान-बूझकर उपेक्षा के कारण शास्त्रों का उल्लंघन करते हैं, चाहे वे श्रद्धावान् हों या श्रद्धाहीन, वे निन्दनीय हैं।

श्रीभगवानुवाच

2. त्रिविधा भवति श्रद्धा देहिनां सा स्वभावजा।
सात्त्विकी राजसी चैव तामसी चेति तां शृणु ॥

श्री भगवान् ने कहा :

(2) प्राणियों की श्रद्धा उनके स्वभाव के अनुसार सात्त्विक, राजसिक और तामसिक होती है। अब इसके विषय में सुन।

3. सत्त्वानुरूपा सर्वस्य श्रद्धा भवति भारत।
श्रद्धामयोऽयं पुरुषो यो यच्छ्रद्धः स एव सः ॥

(3) हे भारत (अर्जुन), प्रत्येक व्यक्ति की श्रद्धा उसके स्वभाव के अनुसार होती है। मनुष्य श्रद्धामय होता है; जिसकी जैसी श्रद्धा होती है, वह ठीक वही होता है।

यहां पर लेखक उन कुछ प्रश्नों पर विचार करता है, जो सम्भवत: उसके काल में बहुत रुचिकर विषय थे। ये प्रश्न श्रद्धा, भोजन, यज्ञ, तपस्या, दान, संन्यास और त्याग के बारे में हैं।

सत्त्व : स्वभाव, प्रकृति।

श्रद्धा किसी विश्वास को स्वीकार कर लेने का नाम नहीं है। यह तो किसी निश्चित आदर्श के लिए मन की शक्तियों के एकाग्रीकरण द्वारा आत्मा को प्राप्त करने का प्रयत्न है।

श्रद्धा मानवता पर पड़ने वाला आत्मा का दबाव है। यह वह शक्ति है, जो मानवता को, न केवल ज्ञान की दृष्टि से, अपितु आध्यात्मिक जीवन की समूची व्यवस्था की दृष्टि से उत्कृष्टतर की ओर बढ़ने की प्रेरणा देती है। सत्य की आन्तरिक अनुभूति के रूप में आत्मा उस लक्ष्य की ओर संकेत करती है, जिस पूरा प्रकाश बाद में पड़ता है।

अन्ततोगत्वा किसी भी धार्मिक विश्वास का अन्तिम और अविवाद्य प्रमाण विश्वास करने वाले के हृदय का साक्ष्य ही है।

एक लोकप्रिय श्लोक में कहा गया है कि धर्म जिन लक्ष्यों को हमारे सम्मुख प्रस्तुत करता है, वे व्यक्ति की अपनी-अपनी श्रद्धा के अनुसार सिद्धिदायक होते हैं।[1] भागवत में कहा गया है कि उपासना का फल उपासक की श्रद्धा के अनुसार ही होता है।[2] जो कुछ हम हैं, वह अपने अतीत के कारण हैं और हम अपने भविष्य का निर्माण कर सकते हैं। प्लेटो से तुलना कीजिए : "अपनी इच्छाओं का रुझान और हमारी आत्माओं का स्वभाव जैसा-जैसा होता है, हममें से प्रत्येक ठीक वैसा ही बन जाता है।"[3] गेटे से तुलना कीजिए : "केवल निष्ठा ही जीवन को शाश्वत बनाती है।"

4. यजन्ते सात्त्विका देवान् यक्षरक्षांसि राजसाः।
प्रेतान्भूतगणांश्चान्ये यजन्ते तामसा जनाः ॥

(4) सात्त्विक मनुष्य देवताओं की पूजा करते हैं; राजसिंक मनुष्य यक्षों और राक्षसों की पूजा करते हैं और तामसिक मनुष्य आत्माओं (प्रेतों) और भूतों की पूजा करते हैं।

तमोमय मनुष्य वे हैं, जो मृतकों और भूत-प्रेतों की पूजा-पद्धति को चलाते हैं।

5. अशास्त्रविहितं घोरं तप्यन्ते ये तपो जनाः।
दम्भाहङ्कारसंयुक्ताः कामरागबलान्विताः ॥

(5) वे लोग प्रदर्शनप्रिय और अहंकारपूर्ण और काम-वासना और राग (किसी वस्तु की लालसा) की शक्ति से प्रेरित होकर उग्र तपों को करते हैं, जो कि शास्त्रों द्वारा विहित नहीं हैं।

6. कर्षयन्तः शरीरस्थं भूतग्राममचेतसः।
मां चैवान्तःशरीरस्थं तान्विद्ध्यासुरनिश्चयान् ॥

---

1. मन्त्रे तीर्थे द्विजे देवे दैवज्ञे च भेषजे गुरौ।
यादृशी भावना यस्य सिद्धिर्भवति तादृशी ॥
2. श्रद्धानुरूपं फलहेतुकत्वात्। 8, 17
3. लौज़, 904 सी।

(6) अपनी मूर्खता के कारण वे अपने शरीर में विद्यमान तत्त्वों के समूह को सताते हैं और शरीर के अन्दर निवास करने वाले मुझको भी सताते हैं। इन लोगों को तू आसुरीय संकल्प वाला समझ,

यहां कुछ लोगों द्वारा प्रदर्शन के उद्देश्य से बालों के कुर्ते पहनने, या शरीर को कीलों से छेदने इत्यादि की अपने-आप को कष्ट देने की पद्धतियों की निन्दा की गई है। कई बार शारीरिक दुर्बलता के कारण मतिभ्रम उत्पन्न हो जाते हैं, जिन्हें कि ग़लती से आत्मिक दिव्य दृष्टि समझ लिया जाता है। आत्म-अनुशासन को ग़लती से शारीरिक यन्त्रणा नहीं समझ लिया जाना चाहिए। इसके साथ गौतम बुद्ध की चेतावनी की तुलना कीजिए : "तपस्या का आदत के अनुसार पड़ा हुआ अभ्यास, या अपने-आप को जड़ बना देने का अभ्यास, जो कष्टदायक, अनुचित और लाभरहित है, नहीं किया जाना चाहिए।"[1] शरीर का सच्चा अनुशासन स्वच्छता इत्यादि के अभ्यास द्वारा होता है, जो श्लोक 14 में दिया गया है।

तीन प्रकार का भोजन

7. आहारस्त्वपि सर्वस्य त्रिविधो भवति प्रियः।
यज्ञस्तपस्तथा दानं तेषां भेदमिमं शृणु ॥

(7) भोजन भी, जो कि सबको प्रिय है, तीन प्रकार का होता है। इसी प्रकार यज्ञ, तप और दान भी तीन प्रकार के होते हैं। तू इनका भेद सुन।

8. आयुःसत्त्वबलारोग्यसुखप्रीतिविवर्धनाः।
रस्याः स्निग्धाः स्थिरा हृद्या आहाराः सात्त्विकप्रियाः ॥

(8) जो भोजन जीवन, प्राणशक्ति, बल, स्वास्थ्य, आनन्द और उल्लास को बढ़ाते हैं, जो मधुर, चिकनाई से युक्त, पोषक और रुचिकर होते हैं, वे सात्त्विक लोगों को प्रिय होते हैं।

9. कट्वम्ललवणात्युष्णतीक्ष्णरूक्षविदाहिनः।
आहारा राजसस्येष्टा दुःखशोकामयप्रदाः ॥

---

1. धम्मचक्कप्पवत्तनसुत्त।

(9) जो भोजन तीखे, खट्टे, नमकीन, बहुत गरम, चरपरे, रूखे और जलन उत्पन्न करने वाले होते हैं, जो दुःख, शोक और रोग उत्पन्न करते हैं, वे राजसिक लोगों को पसन्द होते हैं।

10. यातयामं गतरसं पूति पर्युषितं च यत्।
उच्छिष्टमपि चामेध्यं भोजनं तामसप्रियम् ॥

(10) जो भोजन बिगड़ गया हो, बेस्वाद हो, सड़ गया हो, बासा हो, जूठा हो और गन्दा हो, वह तामसिक लोगों को प्रिय होता है।

क्योंकि शरीर खाए हुए भोजन से ही बनता है, इसलिए भोजन की क़िस्म का बहुत महत्त्व है।[1]

तीन प्रकार के यज्ञ

11. अफलाकाङ्क्षिभिर्यज्ञो विधिदृष्टो य इज्यते।
यष्टव्यमेवेति मनः समाधाय स सात्त्विकः ॥

(11) जो यज्ञ फल की इच्छा न रखने वाले लोगों द्वारा, जिनका यह विश्वास होता है कि यज्ञ करना उनका कर्त्तव्य है, शास्त्रीय नियमों के अनुसार किया जाता है, वह सात्त्विक कहलाता है।

गीता का यज्ञ वेदों के समारोहपूर्ण जैसा यज्ञ नहीं है। यह तो सामान्य तौर पर बलिदान का कार्य है, जिसके द्वारा मनुष्य अपनी सम्पत्ति और अपने कार्यों को सबके अन्दर विद्यमान एक ही जीवन की सेवा के लिए समर्पित कर देता है। इस प्रकार की बलिदान की भावना वाले लोग प्रसन्नतापूर्वक मृत्यु तक को भी, चाहे वह अन्यायपूर्ण ही क्यों न हो, स्वीकार कर लेंगे, जिससे कि संसार

---

1. छान्दोग्य उपनिषद्, 7, 26, 2। आहारशुद्धौ सत्त्वशुद्धिः। यहां सत्त्व का अर्थ है अन्तःकरण। हम जिस भी प्रकार का भोजन करते हैं, उसका हमारी आत्मसंयम की शक्ति पर प्रभाव पड़ता है। तुलना कीजिए :

विश्वामित्रपराशरप्रभृतयः वाताम्बुपर्णाशनाः,
तेऽपि स्त्रीमुखपङ्कजं सुललितं दृष्ट्वैव मोहं गताः।
शाल्यन्नं दधिदुग्धगोघृतयुतं ये भुञ्जते मानवाः,
तेषामिन्द्रियनिग्रहो यदि भवेत् विन्ध्यस्तरेत् सागरम् ॥

उनके बलिदान द्वारा उन्नति कर सके। सावित्री यम से कहती है कि अच्छे लोग अपने कष्ट-सहन और बलिदान द्वारा संसार को संभालते हैं। सन्तो भूमिं तपसा धारयन्ति।

अफलाकाङ्क्षिभिः : जो किसी फल की आशा नहीं रखते। वे सही काम करते जाते हैं, परन्तु उसके परिणामों के प्रति निरपेक्ष रहते हैं। किसी भी सुकरात या गांधी को केवल इस बात का ध्यान रहता है कि वह ठीक काम कर रहा है या ग़लत काम; वह भले आदमी का अभिनय कर रहा है या बुरे आदमी का; और इस बात का ध्यान नहीं रहता कि वह जीवित रह सकेगा या उसे मरना पड़ेगा।

12. अभिसन्धाय तु फलं दम्भार्थमपि चैव यत्।
इज्यते भरतश्रेष्ठ तं यज्ञं विद्धि राजसम् ॥

(12) परन्तु हे भरतों में श्रेष्ठ (अर्जुन), जो यज्ञ किसी फल की आशा से या प्रदर्शन के लिए किया जाता है, तू समझ ले कि वह राजसिक है।

13. विधिहीनमसृष्टान्नं मन्त्रहीनमदक्षिणम्।
श्रद्धाविरहितं यज्ञं तामसं परिचक्षते ॥

(13) जो यज्ञ नियम के अनुसार नहीं है, जिसमें कोई अन्न नहीं बांटा गया, जिसमें मन्त्र नहीं पढ़े गए और जिसमें दक्षिणा (पुरोहित का शुल्क) नहीं दी गई, जो श्रद्धा से रहित है, उसे लोग तामसिक कहते हैं।

अन्न का वितरण और शुल्क का देना दूसरों की सहायता करने के प्रतीक हैं, जिनके बिना सारा कर्म स्वार्थपूर्ण होगा।

तीन प्रकार का तप

14. देवद्विजगुरुप्राज्ञपूजनं शौचमार्जवम्।
ब्रह्मचर्यमहिंसा च शारीरं तप उच्यते ॥

(14) देवताओं की, ब्राह्मणों की, गुरुओं की और विद्वानों की पूजा, पवित्रता, ईमानदारी, ब्रह्मचर्य और अहिंसा, यह शरीर का तप कहलाता है।

15. अनुद्वेगकरं वाक्यं सत्यं प्रियहितं च यत्।
स्वाध्यायाभ्यसनं चैव वाङ्मयं तप उच्यते ॥

(15) ऐसे शब्द बोलना, जो दूसरों को बुरे न लगें, जो सत्य हों, जो प्रिय हों, जो हितकारी हों और नियमित रूप से वेदों का पाठ—यह वाणी का तप कहलाता है।

तुलना कीजिए : "अप्रिय और हितकारी वचन का कहने वाला और सुनने वाला कठिनाई से ही मिलता है।"[1]

16. मनःप्रसादः सौम्यत्वं मौनमात्मविनिग्रहः।
भावसंशुद्धिरित्येतत्तपो मानसमुच्यते ॥

(16) मन की प्रशान्तता, सौम्यता, मौन, आत्मसंयम और मन की पवित्रता—यह मानसिक तप कहलाता है।

17. श्रद्धया परया तप्तं तपस्तत्त्रिविधं नरैः।
अफलाकाङ्क्षिभिर्युक्तैः सात्त्विकं परिचक्षते ॥

(17) यदि इस तीन प्रकार के तप को सन्तुलित मन वाले व्यक्तियों द्वारा फल की इच्छा रखे बिना, पूर्ण श्रद्धा के साथ किया जाए, तो वह सात्त्विक तप कहलाता है।

18. सत्कारमानपूजार्थं तपो दम्भेन चैव यत्।
क्रियते तदिह प्रोक्तं राजसं चलमध्रुवम् ॥

(18) जो तप सत्कार, सम्मान या प्रतिष्ठा पाने के लिए किया जाता है या

---

1. अप्रियस्य च पथ्यस्य वक्ता श्रोता हि दुर्लभः। —महाभारत, शान्तिपर्व, 63, 17

यदि तुम चाहते हो कि तुम्हारे होंठ त्रुटियों से बचे रहें,
तो सावधानी से पांच बातों का ध्यान रखो :
किस विषय में तुम्हें बोलना है, किससे तुम्हें बोलना है,
और कैसे, और कब, और कहां बोलना है।

—*'अनसैन्सर्ड रिकलैक्शन्स'*

(देखिए थर्लबी हाल, लेखक, डब्ल्यू॰ ई॰ नौरिस, खण्ड 1, पृ. 35)

प्रदर्शन के लिए किया जाता है, वह राजसिक तप कहलाता है, वह अस्थिर और अस्थायी होता है।

19. मूढग्राहेणात्मनो यत्पीडया क्रियते तपः।
परस्योत्सादनार्थं वा तत्तामसमुदाहृतम् ॥

(19) जो तप मूर्खतापूर्ण दुराग्रह के साथ अपने-आप को कष्ट देकर या दूसरों को हानि पहुंचाने के लिए किया जाता है, वह तामसिक तप कहलाता है।

इसके बाद दान के तीन प्रकार बताए गए हैं।

तीन प्रकार का दान

20. दातव्यमिति यद्दानं दीयतेऽनुपकारिणे।
देशे काले च पात्रे च तद्दानं सात्त्विकं स्मृतम् ॥

(20) जो दान ऐसे व्यक्ति को, जिससे किसी प्रतिफल की आशा नहीं है, इस भावना से दिया जाता है कि दान देना हमारा कर्त्तव्य है, और जो उचित स्थान में, उचित समय पर और योग्य व्यक्ति को दिया जाता है, वह दान सात्त्विक माना जाता है।

इस प्रकार का दान पूर्ण आत्मसमर्पण की ओर ले जाता है।

ग़रीबों को दिया गया दान केवल ग़रीबों की ही नहीं, अपितु दान देने वालों की भी सहायता करता है। जो देता है, वह पाता है।

21. यत्तु प्रत्युपकारार्थं फलमुद्दिश्य वा पुनः।
दीयते च परिक्लिष्टं तद्दानं राजसं स्मृतम् ॥

(21) परन्तु जो दान किसी प्रतिफल की आशा से या भविष्य में किसी लाभ की आशा से दिया जाता है और जिस दान को देने में क्लेश होता है, उसे राजसिक माना जाता है।

22. अदेशकाले यद्दानमपात्रेभ्यश्च दीयते।
असत्कृतमवज्ञातं तत्तामसमुदाहृतम् ॥

(22) जो दान ग़लत स्थान पर या ग़लत समय पर या अयोग्य व्यक्ति को बिना

उचित समारोह के या तिरस्कारपूर्वक दिया जाता है, वह तामसिक दान कहा जाता है।

रहस्यमय ध्वनि 'ओम् तत् सत्'

23. ओंतत्सदिति निर्देशो ब्रह्मणस्त्रिविधः स्मृतः।
ब्राह्मणास्तेन वेदाश्च यज्ञाश्च विहिताः पुरा॥

(23) 'ओम् तत् सत्' यह ब्रह्म का तीन प्रकार का प्रतीक समझा जाता है। प्राचीन काल में इसके द्वारा ब्राह्मण, वेद और यज्ञों का विधान किया गया था। देखिए 3, 10।

'ओम्' परम सर्वोच्चता का सूचक है; 'तत्' सार्वभौमता का और 'सत्, ब्रह्म की वास्तविकता का सूचक है। तैत्तिरीय उपनिषद् में कहा गया है, "सच्च तच्चाभवत्"[1]। यह सत् (जो अस्तित्वमान है) बन गया और तत् (जो परे है) बन गया। वह ब्रह्म ब्रह्माण्डीय संसार भी है और उससे परे भी है। यह चेतना की तीन दशाओं का प्रतीक है—जागृति, स्वप्न और सुषुप्ति—जो लोकातीत दशा (तुरीय: चौथी) की ओर ले जाती हैं। देखिए माण्डूक्य उपनिषद्। साथ ही देखिए भगवद्गीता 7, 8 और 8, 13।

24. तस्मादोमित्युदाहृत्य यज्ञदानतपःक्रियाः।
प्रवर्तन्ते विधानोक्ताः सततं ब्रह्मवादिनाम्॥

(24) इसलिए ब्रह्मवादी लोगों द्वारा शास्त्रों द्वारा बताई गई यज्ञ, दान और तप की क्रियाएं 'ओम्' शब्द का उच्चारण करके की जाती हैं।

25. तदित्यनभिसन्धाय फलं यज्ञतपःक्रियाः।
दानक्रियाश्च विविधाः क्रियन्ते मोक्षकाङ्क्षिभिः॥

(25) 'तत्' शब्द का उच्चारण करके यज्ञ और तप और दान की विविध क्रियाएं प्रतिफल की इच्छा रखे बिना मोक्ष की इच्छा रखने वाले लोगों द्वारा की जाती हैं।

---

1. 2, 6

26. सद्भावे साधुभावे च सदित्येतत्प्रयुज्यते।
प्रशस्ते कर्मणि तथा सच्छब्दः पार्थ युज्यते ॥

(26) 'सत्' शब्द का प्रयोग वास्तविकता और अच्छाई के अर्थ में किया जाता है; और हे पार्थ (अर्जुन), 'सत्' शब्द का प्रयोग प्रशंसनीय कार्य के लिए भी किया जाता है।

27. यज्ञे तपसि दाने च स्थितिः सदिति चोच्यते।
कर्म चैव तदर्थीयं सदित्येवाभिधीयते ॥

(27) यज्ञ, तप और दान में दृढ़ता से स्थित रहना भी 'सत्' कहलाता है और इसी प्रकार इन प्रयोजनों के लिए किया गया कोई काम भी 'सत्' कहलाता है।

28. अश्रद्धया हुतं दत्तं तपस्तप्तं कृतं च यत्।
असदित्युच्यते पार्थ न च तत्प्रेत्य नो इह ॥

(28) बिना श्रद्धा के जो यज्ञ किया जाता है, जो दान दिया जाता है, जो तप किया जाता है या कोई कर्म किया जाता है, हे पार्थ (अर्जुन), वह 'असत्' कहलाता है; उसका न तो इस लोक में और न परलोक में ही कोई लाभ होता है।

इति ··· श्रद्धात्रयविभागयोगो नाम सप्तदशोऽध्यायः।

यह है 'श्रद्धा के तीन प्रकार के भेद का योग' नामक सत्रहवां अध्याय।

अध्याय 18

निष्कर्ष

संन्यास कर्म का नहीं, अपितु कर्म के फल का किया जाना चाहिए

अर्जुन उवाच

1. संन्यासस्य महाबाहो तत्त्वमिच्छामि वेदितुम्।
त्यागस्य च हृषीकेश पृथक्केशिनिषूदन ॥

अर्जुन ने कहा :

(1) हे महाबाहु (कृष्ण), मैं संन्यास और त्याग का पृथक्-पृथक् सच्चा रूप जानना चाहता हूं, हे हृषीकेश (कृष्ण), हे केशिनिषूदन (कृष्ण)! (वह मुझे बता।)

गीता में कर्म के संन्यास पर नहीं, अपितु इच्छा का त्याग करके कर्म करते रहने पर ज़ोर दिया गया है। यही सच्चा संन्यास है। इस श्लोक में 'संन्यास' शब्द का प्रयोग सब कर्मों के परित्याग के लिए और 'त्याग' शब्द का प्रयोग सब कर्मों के फल के त्याग के लिए किया गया है। मुक्ति कर्म द्वारा या सन्तान द्वारा या धन द्वारा नहीं मिलती, अपितु त्याग द्वारा मिलती है।[1]

गीता का कथन है कि मुक्त आत्मा मुक्ति के बाद भी सेवा में लगी रह सकती है और गीता उस दृष्टिकोण का विरोध करती है, जिसका यह मत है कि सारा कर्म अज्ञान से उत्पन्न होता है और जब ज्ञान का उदय हो जाता है, तब कर्म समाप्त हो जाता है। गीता का गुरु इस दृष्टिकोण को, कि जो व्यक्ति कर्म

1. न कर्मणा न प्रजया धनेन, त्यागेनैकेनामृतत्वमानशुः। तैत्तिरीय आरण्यक 10, 10, 3

करता है, वह बन्धन में फंसा हुआ है और जो स्वतन्त्र (मुक्त) है और वह कर्म कर ही नहीं सकता, ग़लत मानता है।

श्रीभगवानुवाच

2. काम्यानां कर्मणां न्यासं संन्यासं कवयो विदुः।
सर्वकर्मफलत्यागं प्राहुस्त्यागं विचक्षणाः॥

श्री भगवान् ने कहा :

(2) बुद्धिमान् लोग 'संन्यास' का अर्थ इच्छा द्वारा प्रेरित कर्मों का त्याग समझते हैं; सब कर्मों के फलों के त्याग को विद्वान् लोग 'त्याग' कहते हैं।

जड़ता या निष्क्रियता आदर्श नहीं है। हमारे सम्मुख जो आदर्श रखा गया है, वह स्वार्थपूर्ण इच्छा के बिना और लाभ की आशा के बिना, इस भावना के साथ किया गया कर्म है कि 'मैं कर्ता नहीं हूं; मैं अपने-आप को सार्वभौम आत्मा के प्रति समर्पित कर रहा हूं।' गीता कर्मों के पूर्ण संन्यास की शिक्षा नहीं देती, अपितु सब कर्मों को निष्काम कर्म अर्थात् इच्छारहित कर्म में बदल डालने की शिक्षा देती है।

परन्तु शंकराचार्य का मत है कि यहां जिस प्रकार के त्याग की शिक्षा दी गई है, वह केवल कर्मयोगियों पर लागू होती है और ज्ञानियों के लिए कर्मों का पूर्ण परित्याग अत्यावश्यक है। शंकराचार्य का मत है कि ज्ञान और कर्म साथ-साथ रह ही नहीं सकते।

3. त्याज्यं दोषवदित्येके कर्म प्राहुर्मनीषिणः।
यज्ञदानतपःकर्म न त्याज्यमिति चापरे॥

(3) कुछ विद्वान् लोगों का कथन है कि 'कर्म को दोष समझकर त्याग देना चाहिए,' जब कि अन्य विद्वानों का कथन है कि 'यज्ञ, दान और तप के कर्मों का त्याग नहीं करना चाहिए।'

4. निश्चयं शृणु मे तत्र त्यागे भरतसत्तम्।
त्यागो हि पुरुषव्याघ्र त्रिविधः संप्रकीर्तितः॥

(4) हे भरतों में श्रेष्ठ (अर्जुन), अब तू मुझसे त्याग के सम्बन्ध में सच्चाई को

सुन; हे मनुष्यों में श्रेष्ठ (अर्जुन), त्याग तीन प्रकार का बताया गया है।

रामानुज ने त्याग को (1) फल का त्याग, (2) इस विचार का त्याग कि आत्मा कर्ता है और इस प्रकार आसक्ति का भी त्याग और (3) यह अनुभव करते हुए कि सब कर्मों का करने वाला परमात्मा है, कर्तृत्व के सम्पूर्ण विचार का त्याग—इन तीन भागों में बांटा है।

5. यज्ञदानतपःकर्म न त्याज्यं कार्यमेव तत्।
यज्ञो दानं तपश्चैव पावनानि मनीषिणाम्॥

(5) यज्ञ, दान और तप के कर्मों का त्याग नहीं करना चाहिए, अपितु उन्हें करते ही रहना चाहिए· क्योंकि यज्ञ, दान और तप बुद्धिमान लोगों को पवित्र करने वाले होते हैं।

इस दृष्टिकोण के विरुद्ध, कि सब कर्मों का त्याग कर देना चाहिए, क्योंकि वे बन्धन में डालने वाले हैं, गीता यह कहती है कि यज्ञ, दान और तप[1] का त्याग नहीं करना चाहिए।

6. एतान्यपि तु कर्माणि सङ्गं त्यक्त्वा फलानि च।
कर्तव्यानीति मे पार्थ निश्चितं मतयुत्तमम्॥

(6) परन्तु इन कर्मों को भी आसक्ति को और फलों की इच्छा को त्यागकर ही करना चाहिए। हे पार्थ (अर्जुन) यह मेरा सुनिश्चित और अन्तिम मत है।

गुरु सुनिश्चित रूप से कर्मयोग के अभ्यास के पक्ष में है। कर्मों का त्याग नहीं करना केवल उन कर्मो को स्वार्थपूर्ण आसक्ति और फलों की आशा के बिना करना है। मुक्ति बाह्य कर्म या अकर्म का विषय नहीं है; यह तो एक अकर्तृक दृष्टिकोण को अपनाना और अहंकार का आन्तरिक परित्याग है।

शंकराचार्य के इस कथन का, कि यह बात ज्ञानियों के लिए, जो कि सब कर्मों का परित्याग कर देते हैं, नहीं कही गई (ज्ञाननिष्ठाः सर्वकर्मसंन्यासिनः), गीता के मूल पाठ द्वारा समर्थन नहीं होता। तुलना कीजिए, बृहदारण्यक

1. तुलना कीजिए : त्रयो धर्मस्कन्धा यज्ञस्तपो दानमिति।

उपनिषद्, 4, 4, 22। "वह ब्रह्म ही है, जिसे ब्राह्मण लोग वेदों के अध्ययन द्वारा और आसक्तिरहित होकर किए गए यज्ञ, दान और तप द्वारा जानना चाहते हैं।"

7. नियतस्य तु संन्यासः कर्मणो नोपपद्यते।
मोहात्तस्य परित्यागस्तामसः परिकीर्तितः॥

(7) किसी भी नियत किए गए (करने योग्य) कर्म का त्याग उचित नहीं है। अज्ञान के कारण इस प्रकार के कर्म का त्याग तामसिक ढंग का त्याग कहलाता है।

8. दुःखमित्येव यत्कर्म कायक्लेशभयात्त्यजेत्।
स कृत्वा राजसं त्यागं नैव त्यागफलं लभेत्॥

(8) जो व्यक्ति कर्त्तव्य का त्याग इसलिए कर देता है कि उसे करने मे कष्ट होता है, या उसमें शारीरिक दुःख का भय है, वह राजसिक प्रकार का त्याग करता है और उसे त्याग का फल नहीं मिलता।

9. कार्यमित्येव यत्कर्म नियतं क्रियतेऽर्जुन।
सङ्गं त्यक्त्वा फलं चैव स त्यागः सात्त्विको मतः॥

(9) परन्तु जो व्यक्ति नियत कर्त्तव्य को अपना करने योग्य कार्य मानकर करता रहता है और उसके प्रति सम्पूर्ण आसक्ति तथा फल को त्याग देता है, उसका त्याग सात्त्विक माना जाता है।

करने योग्य कर्म वह है, जो विश्व के प्रयोजन के साथ समस्वर हो।

10. न द्वेष्ट्यकुशलं कर्म कुशले नानुषज्जते।
त्यागी सत्त्वसमाविष्टो मेधावी छिन्नसंशयः॥

(10) उस बुद्धिमान् व्यक्ति को, जो त्याग करता है, जिसके संशय समाप्त हो गए हैं और जिसका स्वभाव सात्त्विक है, अप्रिय कर्म से कोई घृणा नहीं होती और प्रिय कर्म से कोई अनुराग नहीं होता।

11. न हि देहभृता शक्यं त्यक्तुं कर्माण्यशेषतः।
यस्तु कर्मफलत्यागी स त्यागीत्यभिधीयते॥

(11) किसी भी देहधारी प्राणी के लिए कर्म का पूर्ण त्याग कर देना असम्भव है। परन्तु जो कर्म के फल को त्याग देता है, वही त्यागी कहलाता है।

12. अनिष्टमिष्टं मिश्रं च त्रिविधं कर्मणः फलम्।
भवत्यत्यागिनां प्रेत्य न तु संन्यासिनां क्वचित् ॥

(12) जिन्होंने त्याग नहीं किया है, उन्हें मृत्यु के पश्चात् कर्म का तीन प्रकार का—प्रिय, अप्रिय और मिश्रित (मिला-जुला)—फल मिलता है। परन्तु जिन्होंने त्याग कर दिया है, उन्हें कोई फल नहीं मिलता।

शंकराचार्य अत्यागी कर्मयोगियों को मानते हैं और संन्यासी उनको मानते हैं, जिन्होंने शरीर-धारण के लिए अनिवार्य कर्म के सिवाय बाक़ी सब कर्मों का त्याग कर दिया है।

कर्म प्रकृति का एक कार्य है

13. पञ्चैतानि महाबाहो कारणानि निबोध मे।
सांख्ये कृतान्ते प्रोक्तानि सिद्धये सर्वकर्मणाम् ॥

(13) हे महाबाहु (अर्जुन), अब तू मुझसे सब कर्मों को करने के लिए आवश्यक इन पांच उपकरणों को समझ ले, जैसे कि वे सांख्य-सिद्धान्त में बताए गए हैं।

यहां सांख्य का अर्थ वेदान्त है। —शंकराचार्य।

'कृतान्ते' की व्याख्या 'कृतयुग के अन्त में', इस प्रकार की गई है; अर्थात् उस रूप में, जैसा कि मूल सांख्य में बताया गया है।

14. अधिष्ठानं तथा कर्ता करणं च पृथग्विधम्।
विविधाश्च पृथक्चेष्टा दैवं चैवात्र पञ्चमम् ॥

(14) कार्य का स्थान और इसी प्रकार कर्ता, विविध प्रकार के साधन, विविध प्रकार की चेष्टाएं और पांचवां भाग्य;

'अधिष्ठान' या कर्म का स्थान, इससे भौतिक शरीर की ओर संकेत है।

कर्ता : करने वाला। शंकराचार्य के मतानुसार वह गोचर आत्मा है—

उपाधिलक्षणो अविद्याकल्पितो भोक्ता—मन:शारीरिक आत्म, जो ग़लती से जीव को सच्ची आत्मा समझ लेता है। रामानुज की दृष्टि में यह वैयक्तिक आत्मा जीवात्मा है; मध्व की दृष्टि से यह सर्वोच्च भगवान् विष्णु है।

कर्ता कर्म के पांच कारणों में से एक है। सांख्य-सिद्धान्त के अनुसार पुरुष या आत्मा केवल साक्षी है। यद्यपि, यदि बिलकुल ठीक-ठीक कहा जाए, तो आत्मा अकर्ता अर्थात् कर्म को न करने वाली है, फिर भी उसका साक्षी-रूप में रहना प्रकृति की गतिविधियों को प्रारम्भ कर देता है और इसलिए आत्मा को निर्धारक कारणों में सम्मिलित किया गया है।

चेष्टा : प्रयत्न : शरीर के अन्दर प्राण शक्तियों की क्रियाएं।

दैवम् : भाग्य : यह उस अमानवीय तत्त्व का प्रतिनिधि है, जो मानवीय प्रयत्न में बाधा डालता है और उसका निपटारा करता है। यह वह बुद्धिमान् और सर्वदर्शी संकल्प है, जो संसार में क्रियाशील है। सब मानवीय क्रियाओं में एक ऐसा तत्त्व है, जिसकी कोई व्याख्या नहीं की जा सकती; जिसे संयोग, भवितव्यता, भाग्य या मनुष्य के अतीत जीवनों के कर्मों द्वारा संचित शक्ति कहा जाता है। यहां उसे दैव कहा गया है। मनुष्य का काम समय के तालाब में एक कंकड़ छोड़ देना है और सम्भव है कि हम उससे उठने वाली लहरों को दूर किनारे तक पहुंचते न देख सकें। हो सकता है कि हम बीज बोएं, किन्तु उस फसल को तैयार होते न देख सकें, जो हमारे अपने हाथों की अपेक्षा उच्चतर हाथों में रखी हुई है। दैव या मानवोत्तर भाग्य एक सामान्य ब्रह्माण्डीय आवश्यकता है, जो उस सबका परिणाम है, जो कि अतीत में हो चुका है, और जो अलक्षित रहकर शासन करती है। यह अपने अगणित उद्देश्यों के लिए व्यक्ति के अन्दर कार्य करती रहती है।

दैव या भाग्य में विश्वास निष्क्रियता के लिए बहाना नहीं बनना चाहिए। मनुष्य एक संक्रमण की एक दशा है। उसे अपनी पाशविक आनुवंशिकता से ऊपर उठकर दैवीय आदर्श तक पहुंचने के अपने उद्देश्य का ज्ञान है। प्रकृति, आनुवंशिकता और परिवेश के दबाव को मनुष्य के संकल्प द्वारा जीता जा सकता है।

---

1. तुलना कीजिए : पूर्वजन्मकृतं कर्म तद् दैवमिति कथ्यते। —हितोपदेश।

15. शरीरवाङ्मनोभिर्यत्कर्म प्रारभते नरः।
न्याय्यं वा विपरीतं वा पञ्चैते तस्य हेतवः॥

(15) मनुष्य अपने शरीर, वाणी या मन द्वारा जो भी कोई उचित या अनुचित कर्म करता है, उसमें ये पांच उपकरण अवश्य होते हैं।

16. तत्रैवं सति कर्तारमात्मानं केवलं तु यः।
पश्यत्यकृतबुद्धित्वान्न स पश्यति दुर्मतिः॥

(16) ऐसी दशा में जो विकृत मन वाला मनुष्य अपनी अप्रशिक्षित बुद्धि के कारण अपने-आप को एकमात्र कर्ता समझता है, वह सच्ची बात को नहीं देख रहा होता।

कर्ता पांच उपकरणों में से एक है और इस प्रकार जब वह कर्ता को ही एकमात्र कारण मान लेता है, तब वह एक तथ्य को गलत समझ रहा होता है।

शंकराचार्य ने व्याख्या इस प्रकार की है, "विशुद्ध आत्मा को कर्ता समझता है।" यदि वह विशुद्ध आत्मा पर कर्तृत्व का आरोप करता है, तो वह तथ्य को गलत समझता है। सामान्यतया जीव को कर्ता समझा जाता है, परन्तु वह मानवीय कर्म के मुख्य निर्धारकों में से, जो सबके सब प्रकृति की उपज है, केवल एक है। जब अहंकार को अहंकाररूप में पहचान लिया जाता है, तब हम उसके बन्धनकारी प्रभाव से मुक्त हो जाते हैं और हम विश्वात्मा के विशालतर ज्ञान में जीवन-यापन करते हैं; और उस आत्मदर्शन में सब कर्म प्रकृति की उपज है।

17. यस्य नाहंकृतो भावो बुद्धिर्यस्य न लिप्यते।
हत्वापि स इमांल्लोकान्न हन्ति न निबध्यते॥

(17) जो अहंकार की भावना से मुक्त है, जिसकी बुद्धि मलिन नहीं है, वह इन सब मनुष्यों को मारता हुआ भी मारता नहीं है और वह (अपने कर्मों के कारण) बन्धन में नहीं पड़ता।

मुक्त मनुष्य अपने कार्य को विश्वात्मा के उपकरण के रूप में और विश्व की व्यवस्था को बनाए रखने के लिए करता है। वह भयंकर कर्मों को भी किसी

स्वार्थपूर्ण उद्देश्य या इच्छा के बिना करता है; केवल इसलिए कि वह उसका आदिष्ट कर्त्तव्य है। महत्त्व कर्म का नहीं, अपितु उस भावना का है, जिसके साथ वह किया गया है। "यद्यपि वह लौकिक दृष्टि से मारता है, फिर भी वह वस्तुतः नहीं मारता।" —शंकराचार्य।[1] इस स्थल का यह अर्थ नहीं है कि हम दंड से मुक्त होकर अपराध करते रह सकते हैं। जो व्यक्ति विशाल आत्मिक चेतना में जीवन-यापन करता है, उसे कोई पाप करने की आवश्यकता ही न होगी। बुरे काम अज्ञान और पृथक् चेतना के फलस्वरूप उत्पन्न होते हैं और परमात्मा के साथ एकता की चेतना के फलस्वरूप केवल अच्छे काम ही किए जा सकते हैं।

ज्ञान और कर्म

18. ज्ञानं ज्ञेयं परिज्ञाता त्रिविधा कर्मचोदना।
करणं कर्म कर्तेति त्रिविधः कर्मसंग्रहः ॥

(18) ज्ञान, ज्ञान का उद्देश्य और जानने वाला कर्ता; कर्म के लिए प्रेरणा इन तीन प्रकारों की होती है। साधन, कर्म और कर्ता, यह तीन प्रकार का कर्म का संग्रह है।

देखिए 13, 20।

'कर्मचोदना' का अभिप्राय मानसिक आयोजना, और 'कर्मसंग्रह का अभिप्राय कर्म के वास्तविक कार्यान्वयन से है और इन दोनों के तीन-तीन पहलू हैं।

19. ज्ञानं कर्म च कर्ता च त्रिधैव गुणभेदतः।
प्रोच्यते गुणसंख्याने यथावच्छृणु तान्यपि ॥

(19) गुणों के विज्ञान में ज्ञान, कर्म और कर्ता गुणों के अन्तर के अनुसार केवल तीन प्रकार के कहे गए हैं। अब तू इनके विषय में ठीक-ठीक सुन।

यहां सांख्य-दर्शन का निर्देश किया गया है और वह कुछ मामलों में प्रामाणिक है, हालांकि सर्वोच्च सत्य के मामले में प्रामाणिक नहीं है।

---

1. लौकिकीं दृष्टिम् आश्रित्य हत्वापि···पारमार्थिकीं दृष्टिम् आश्रित्य न हन्ति।

तीन प्रकार का ज्ञान

20. सर्वभूतेषु येनैकं भावमव्ययमीक्षते।
अविभक्तं विभक्तेषु तज्ज्ञानं विद्धि सात्त्विकम् ॥

(20) जिस ज्ञान के द्वारा सब वस्तुओं और प्राणियों में एक ही अनश्वर सत्ता दिखाई पड़ती है, जो विभक्तों में भी अविभक्त रूप में विद्यमान है, उस ज्ञान को तू सात्त्विक ज्ञान समझ।

21. पृथक्त्वेन तु यज्ज्ञानं नानाभावान्पृथग्विधान्।
वेत्ति सर्वेषु भूतेषु तज्ज्ञानं विद्धि राजसम् ॥

(21) जिस ज्ञान के द्वारा विभिन्न प्राणियों में उनकी पृथकता के कारण अस्तित्व की विविधता दिखाई पड़ती है, उस ज्ञान को राजसिक समझना चाहिए।

22. यत्तु कृत्स्नवदेकस्मिन् कार्ये सक्तमहेतुकम्।
अतत्त्वार्थवदल्पं च तत्तामसमुदाहृतम् ॥

(22) परन्तु जो ज्ञान किसी एक कार्य को ही सब-कुछ मान लेता है और उसके कारण का कोई ध्यान नहीं रखता और तत्त्वार्थ को नहीं समझ पाता और जो संकीर्ण है, वह तामसिक ढंग का ज्ञान कहलाता है।

तीन प्रकार का कर्म

23. नियतं सङ्गरहितमरागद्वेषतः कृतम्।
अफलप्रेप्सुना कर्म यत्तत्सात्त्विकमुच्यते ॥

(23) वह कर्म, जिसे करना आवश्यक है, जिसे आसक्ति के बिना किया जाता है और जिसे राग-द्वेष से शून्य होकर, फल की इच्छा से रहित व्यक्ति द्वारा किया जाता है, सात्त्विक कर्म कहलाता है।

24. यत्तु कामेप्सुना कर्म साहङ्कारेण वा पुनः।
क्रियते बहुलायासं तद्राजसमुदाहृतम् ॥

(24) परन्तु जो कर्म फल की प्राप्ति की इच्छा रखने वाले व्यक्ति द्वारा बड़े

परिश्रमपूर्वक या अहंकार की भावना से प्रेरित होकर किया जाता है, वह राजसिक ढंग का कर्म कहलाता है।

बहुलायासम् : बहुत परिश्रम के साथ।

कष्ट की अनुभूति, यह भावना कि हम कुछ अप्रिय कार्य कर रहे हैं और यह कि हमें बड़े कष्ट और परिश्रम में से गुज़रना पड़ रहा है, कर्म के मूल्य को समाप्त कर देती है। चेतनापूर्वक यह अनुभव करना कि हम कोई बड़ा काम कर रहे हैं, हम कोई महत्त्वपूर्ण बलिदान कर रहे हैं, स्वयं बलिदान की विफलता है। परन्तु जब कोई काम किसी आदर्श के लिए किया जाता है, तब वह प्रेमपूर्वक क़िया जा रहा श्रम होता है और उस दशा में बलिदान भी बलिदान के रूप में अनुभव नहीं होता। किसी अप्रिय कार्य को कर्त्तव्य की भावना से, सारे समय अप्रियता का अनुभव करते हुए करना राजसिक ढंग की वस्तु है, परन्तु उसे पूर्णतया आत्मचेतना-रहित होकर प्रसन्नतापूर्वक मुस्कुराते हुए करना, जैसे कि सुकरात्त ने हलाहल पिया था, सात्त्विक ढंग का कर्म है। प्रेम द्वारा किए जाने वाले कर्म और कानून द्वारा किए जाने वाले कर्म में, करुणा द्वारा किए जाने वाले कर्म और दायित्व (विवशता) के कारण किए जाने वाले कर्म में यही अन्तर है।

25. अनुबन्धं क्षयं हिंसामनवेक्ष्य च पौरुषम्।
मोहादारभ्यते कर्म यत्तत्तामसमुच्यते ॥

(25) जो कर्म अज्ञान के कारण हानि या हिंसा का विचार किए बिना और अपनी मानवीय क्षमता का विचार किए बिना किया जाता है, वह तामसिक कर्म कहलाता है।

कर्मों के अन्य लोगों पर होने वाले परिणामों का भी सदा विचार कर लिया जाना चाहिए; केवल स्वार्थपूर्ण उद्देश्यों का त्याग कर दिया जाना चाहिए।

तीन प्रकार के कर्ता

26. मुक्तसङ्गोऽनहंवादी धृत्युत्साहसमन्वितः।
सिद्ध्यसिद्ध्योर्निर्विकारः कर्ता सात्त्विक उच्यते ॥

(26) जो कर्ता आसक्ति से रहित है, जो अहंकारपूर्ण बातें नहीं करता, जो धैर्य

और उत्साह से युक्त है और जो सफलता और विफलता द्वारा विचलित नहीं होता, वह सात्त्विक ढंग का कर्ता कहा जाता है।

27. रागी कर्मफलप्रेप्सुर्लुब्धो हिंसात्मकोऽशुचिः।
हर्षशोकान्वितः कर्ता राजसः परिकीर्तितः ॥

(27) जो कर्ता राग (आवेश) से प्रेरित होता है, जो अपने कर्मों का फल पाने के लिए उत्सुक रहता है, जो लोभी होता है, जिसका स्वभाव हिंसापूर्ण होता है, जो अपवित्र होता है, जो आनन्द और शोक के कारण विचलित हो जाता है, वह कर्ता राजसिक कहलाता है।

28. अयुक्तः प्राकृतः स्तब्धः शठो नैष्कृतिकोऽलसः।
विषादी दीर्घसूत्री च कर्ता तामस उच्यते ॥

(28) जो कर्ता असन्तुलित, असंस्कृत, हठी, धोखेबाज़, द्वेषी, आलसी, दुःखी और काम को टालता जाने वाला होता है, वह तामसिक कहलाता है।

प्राकृतः : 'बौद्धिक दृष्टि से बिलकुल असस्कृत और बच्चे की तरह।'
—शंकराचार्य।

तीन प्रकार की बुद्धि

29. बुद्धेर्भेदं धृतेश्चैव गुणतस्त्रिविधं शृणु।
प्रोच्यमानमशेषेण पृथक्त्वेन धनञ्जय ॥

(29) हे धन को जीतने वाले (अर्जुन), अब तू गुणों के अनुसार बुद्धि और धृति (धैर्य या धारणा करने की शक्ति) के तीन भेदों को सुन, जिन्हें मैं पूर्णतया और पृथक्-पृथक् करके बताता हूं।

30. प्रवृत्तिं च निवृत्तिं च कार्याकार्ये भयाभये।
बन्धं मोक्षं च या वेत्ति बुद्धिः सा पार्थ सात्त्विकी ॥

(30) जो बुद्धि कर्म और अकर्म को समझती है; जो करने योग्य कार्य और न करने योग्य कार्य को समझती है; जो इस बात को समझती है कि किससे डरना चाहिए और किससे नहीं डरना चाहिए क्या वस्तु आत्मा को बन्धन

में डालती है और क्या वस्तु मुक्त करती है; हे पार्थ (अर्जुन), वह बुद्धि सात्त्विक होती है।

31. यया धर्ममधर्मं च कार्यं चाकार्यमेव च।
अयथावत्प्रजानाति बुद्धिः सा पार्थ राजसी ॥

(31) जिस बुद्धि के द्वारा मनुष्य धर्म और अधर्म को, करने योग्य कार्य और न करने योग्य कार्य को ग़लत ढंग से समझता है, हे पार्थ (अर्जुन), वह बुद्धि राजसिक होती है।

32. अधर्मं धर्ममिति या मन्यते तमसावृता।
सर्वार्थान्विपरीतांश्च बुद्धिः सा पार्थ तामसी ॥

(32) जिस बुद्धि के द्वारा अन्धकार में डूबा हुआ मनुष्य अधर्म को धर्म समझता है और सब बातों को एक विकृत रूप में (सत्य के विपरीत) देखता है, हे पार्थ (अर्जुन), वह बुद्धि तामसिक होती है।

तीन प्रकार की धृति

33. धृत्या यया धारयते मनःप्राणेन्द्रियक्रियाः।
योगेनाव्यभिचारिण्या धृतिः सा पार्थ सात्त्विकी ॥

(33) वह अविचल धृति, जिससे एकाग्रता द्वारा मनुष्य मन, प्राण (जीवन देने वाला श्वास) और इन्द्रियों की गतिविधियों को नियन्त्रण में रखता है, हे पार्थ (अर्जुन), वह धृति सात्त्विक प्रकार की होती है।

धृतिः : ध्यान की स्थिरता, जिसके द्वारा हम उन बहुत-सी बातों को जान पाते हैं, जिन्हें हमारी साधारण दृष्टि देख पाने में समर्थ नहीं है; इसकी शक्ति अतीत के लिए पश्चात्ताप और भविष्य के लिए चिन्ताओं के साथ हमारी अनासक्ति के अनुपात में होती है।

34. यया तु धर्मकामार्थान्धृत्या धारयतेऽर्जुन।
प्रसङ्गेन फलाकाङ्क्षी धृतिः सा पार्थ राजसी ॥

(34) जिस धृति के द्वारा मनुष्य अपने कर्त्तव्य, आनन्द और सम्पत्ति से उनके

परिणामस्वरूप फलों की इच्छा करते हुए दृढ़तापूर्वक चिपका रहता है, हे पार्थ (अर्जुन), वह राजसिक प्रकार की होती है।

35. यया स्वप्नं भयं शोकं विषादं मदमेव च।
न विमुञ्चति दुर्मेधा धृतिः सा पार्थ तामसी ॥

(35) जिस धृति के द्वारा कोई मूर्ख व्यक्ति निद्रा, भय, शोक, विषाद और अभिमान को नहीं त्यागता, हे पार्थ (अर्जुन), वह तामसिक प्रकार की होती है।

तीन प्रकार का सुख

36. सुखं त्विदानीं त्रिविधं शृणु मे भरतर्षभ।
अभ्यासाद्रमते यत्र दुःखान्तं च निगच्छति ॥

(36) हे भरतों में श्रेष्ठ (अर्जुन), अब तू मुझसे तीन प्रकार के सुख के विषय में सुन। जिस सुख में मनुष्य दीर्घ अभ्यास के द्वारा आनन्द अनुभव करता है और जिसमें उसके दुःख का अन्त हो जाता है;

37. यत्तदग्रे विषमिव परिणामेऽमृतोपमम्।
तत्सुखं सात्त्विकं प्रोक्तमात्मबुद्धिप्रसादजम् ॥

(37) जो सुख शुरू में तो विष जैसा प्रतीत होता है और जो अन्त में अमृत के समान होता है, जो आत्मा को स्पष्ट रूप में समझ लेने के फलस्वरूप उत्पन्न होता है, वह सात्त्विक प्रकार का सुख होता है।

38. विषयेन्द्रियसंयोगाद्यत्तदग्रेऽमृतोपमम्।
परिणामे विषमिव तत्सुखं राजसं स्मृतम् ॥

(38) जो सुख इन्द्रियों और इन्द्रियों के विषयों के संयोग से उत्पन्न होता है और जो शुरू में अमृत-सा किन्तु अन्त में विष जैसा लगता है, वह सुख राजसिक कहलाता है।

39. यदग्रे चानुबन्धे च सुखं मोहनमात्मनः।
निद्रालस्यप्रमादोत्थं तत्तामसमुदाहृतम् ॥

(39) जो सुख आरम्भ और अन्त, दोनों में आत्मा को भ्रम में डाले रखता है, जो निद्रा, आलस्य और प्रमाद से उत्पन्न होता है, वह तामसिक प्रकार का सुख कहा जाता है।

सुख जीवन का सार्वभौम उद्देश्य है। बात केवल इतनी है कि यह उन गुणों के अनुसार, जिनकी कि हमारे स्वभाव में प्रधानता है, विभिन्न प्रकार का होता है। यदि हमारे अन्दर तमस् प्रधान होता है, तो हम हिंसा और जड़ता, अन्धता और त्रुटियों से सन्तुष्ट रहते हैं। यदि हमारे अन्दर रजस् की प्रधानता है, तो हमें सम्पत्ति और सत्ता, अभिमान और यश में सुख मिलता है। मानव-प्राणी का सच्चा सुख बाह्य वस्तुओं पर अधिकार करने में नहीं है, अपितु उच्चतर मन और आत्मा की पूर्णता में, जो वस्तु हमारे अन्दर आन्तरिकतम है, उसके विकास में है। हो सकता है कि इसका अर्थ कष्ट और संयम हो, परन्तु यह हमें आनन्द और मोक्ष तक पहुंचा देगा। जब हम सर्वोच्च आत्मा के साथ और अन्य सब प्राणियों के साथ एक हो जाते हैं, तब हम ज्ञान और सदाचार के आनन्द से ऊपर उठकर शाश्वत शान्ति और उल्लास, आत्मा के आनन्द, तक पहुंच सकते हैं।

मनुष्य के स्वभाव और स्वधर्म द्वारा नियत किए गए विभिन्न कर्त्तव्य

40. न तदस्ति पृथिव्यां वा दिवि देवेषु वा पुनः।
सत्त्वं प्रकृतिजैर्मुक्तं यदेभिः स्यात् त्रिभिर्गुणैः॥

(40) न तो इस पृथ्वी पर और न स्वर्ग में देवताओं में ही कोई ऐसा प्राणी है, जो प्रकृति से उत्पन्न हुए इन तीन गुणों से मुक्त हो।

41. ब्राह्मणक्षत्रियविशां शूद्राणां च परन्तप।
कर्माणि प्रविभक्तानि स्वभावप्रभवैर्गुणैः॥

(41) हे शत्रुओं को जीतने वाले (अर्जुन), ब्राह्मणों, क्षत्रियों, वैश्यों और शूद्रों की गतिविधियां उनके स्वभाव से उत्पन्न गुणों के अनुसार अलग-अलग प्रकार की होती हैं।

चार वर्णों वाली यह व्यवस्था हिन्दू समाज की कोई अपनी विलक्षण वस्तु नहीं है। यह सब जगह लागू होती है। यह वर्गीकरण मानव-स्वभाव के प्रकारों पर आधारित है। चारों वर्णों में से प्रत्येक की कुछ सुनिर्दिष्ट विशेषताएं हैं, भले

ही उन्हें आत्यन्तिक या अनन्य नहीं समझना चाहिए। ये सदा जन्म (आनुवंशिकता) द्वारा निर्धारित नहीं होतीं।

गीता का उपयोग इस समय विद्यमान समाज-व्यवस्था के, जो कि बहुत ही अनम्य (लचकहीन) और गड़बड़झाले की है, समर्थन के लिए नहीं कहा जा सकता। गीता चार वर्णों के सिद्धान्त को अपनाती है और उसके क्षेत्र और अर्थ को विस्तृत करती है। मनुष्य का बाह्य जीवन ऐसा होना चाहिए जो उसके आन्तरिक अस्तित्व को अभिव्यक्त करता हो; ऊपरी तल आन्तरिक गहराई को प्रतिबिम्बित करने वाला होना चाहिए। प्रत्येक व्यक्ति का एक अपना जन्मजात स्वभाव होता है और उसको अपने जीवन में प्रभावी बनाना उसका कर्त्तव्य, स्वधर्म है। प्रत्येक व्यक्ति भगवान् का एक केन्द्र-बिन्दु (फोकस), ब्रह्म का एक अंश है। उसकी भवितव्यता अपने जीवन में इस दिव्य सम्भावना को साकार करना है। विश्व की एक आत्मा ने संसार में आत्माओं की विविधता उत्पन्न की है, परन्तु ब्रह्म का विचार हमारी सारभूत प्रकृति, हमारे अस्तित्व का सत्य, हमारा स्वभाव है; गुणों का उपकरण (यन्त्र) हमारा स्वभाव नहीं है, जो कि अभिव्यक्ति का माध्यम-मात्र है। यदि प्रत्येक व्यक्ति उस काम को करे, जो उसके लिए उपयुक्त है, यदि वह अपने स्वभाव के विधान का, अपने स्वधर्म का, पालन करे, तो परमात्मा अपने-आप को मानव-प्राणियों की स्वतन्त्र इच्छा-शक्तियों में अभिव्यक्त कर सकेगा। संसार के लिए जो कुछ भी आवश्यक है, वह सब संघर्ष के बिना हो जाएगा। परन्तु मनुष्य वह काम कम ही करते हैं, जो उन्हें करना चाहिए। जब वे यह समझकर कि वे सम्पूर्ण जगत् की योजना को जानते हैं, घटनाओं का निर्धारण करना शुरू कर देते हैं, तब वे इस धरती पर शरारत करने लगते हैं। जब तक हमारा कर्म हमारे स्वभाव के अनुकूल होता रहता है, तब तक हम धर्मात्मा रहते हैं; और यदि हम उसे परमात्मा को समर्पित कर दें, तो हमारा कर्म आध्यात्मिक पूर्णता का एक साधन बन जाता है। जब व्यक्ति में विद्यमान ब्रह्म पूरी तरह प्रकट हो जाता है, तब वह शाश्वत अनश्वर पद को, शाश्वतं पदम् अव्ययम् को, प्राप्त कर लेता है।[1] मानव-जीवन हमारे सम्मुख जो समस्या प्रस्तुत करता है, वह हमारे अपने सच्चे आत्म को खोज निकालने और उसके सत्य के अनुसार जीवन-यापन करने की समस्या है; अन्यथा हम अपने स्वभाव के प्रति

1. 18, 56

पाप कर रहे हैं। स्वभाव पर इतना ज़ोर देना इस बात का सूचक है कि मानव-प्राणियों को व्यष्टियों के रूप में देखा जाना चाहिए और प्रकारों (वर्गों) के रूप में नहीं। अर्जुन को बताया गया है कि जो व्यक्ति एक योद्धा के रूप में वीरतापूर्वक युद्ध करता है, वह ज्ञान की शान्ति के लिए परिपक्व बन जाता है।

स्वभाव के मोटे तौर पर चार प्रकार हैं और उनके अनुरूप ही सामाजिक जीवन के भी चार प्रकार हैं। इन चार वर्णों का निर्धारण जन्म या रंग द्वारा नहीं होता, अपितु उन मनोवैज्ञानिक विशेषताओं द्वारा होता है, जो हमें समाज के कुछ सुनिश्चित कर्त्तव्यों के लिए उपयुक्त बनाती हैं।

42. शमो दमस्तपः शौचं क्षान्तिरार्जवमेव च।
ज्ञानं विज्ञानमास्तिक्यं ब्रह्मकर्म स्वभावजम् ॥

(42) प्रशान्तता, आत्मसंयम, तपस्या, पवित्रता, सहनशीलता, ईमानदारी, ज्ञान, विज्ञान और धर्म में श्रद्धा, ये ब्राह्मण के स्वाभाविक गुण हैं।

जो लोग ब्राह्मण-वर्ण के हैं, उनसे आशा की जाती है कि उनमें मानसिक और नैतिक गुण होंगे। तुलना कीजिए, धम्मपद, 393 : "बड़े-बड़े बालों से या वंश से या उच्च कुल में जन्म लेने से कोई ब्राह्मण नहीं बनता। जिसमें सत्य और धर्म है, वही ब्राह्मण है।" सत्ता अन्तर्दृष्टि को दूषित और अन्धा कर देती है। अनियन्त्रित सत्ता मानसिक शान्ति के लिए घातक है। इसलिए ब्राह्मण प्रत्यक्ष सत्ता को त्याग देते हैं और आग्रह तथा प्रेम द्वारा एक सामान्य नियन्त्रण बनाए रखते हैं और सत्ता को धारण करने वाले लोगों को पथभ्रष्ट होने से बचाते हैं।

43. शौर्यं तेजो धृतिर्दाक्ष्यं युद्धे चाप्यपलायनम्।
दानमीश्वरभावश्च क्षात्रं कर्म स्वभावजम् ॥

(43) वीरता, तेज, धीरता, सूझ-बूझ, युद्ध से मुंह न मोड़ना, दानशीलता और नेतृत्व—ये क्षत्रिय के स्वाभाविक कर्त्तव्य हैं।

यद्यपि क्षत्रिय आध्यात्मिक नेता होने का दावा नहीं कर सकते, फिर भी उनमें वे गुण होते हैं, जिनके द्वारा वे आध्यात्मिक सत्यों को कर्म की आवश्यकताओं के अनुसार ढाल सकते हैं।

44. कृषिगौरक्ष्यवाणिज्यं वैश्यकर्म स्वभावजम्।
परिचर्यात्मकं कर्म शूद्रस्यापि स्वभावजम् ॥

(44) कृषि, पशुपालन और व्यापार, ये वैश्य के स्वाभाविक कर्त्तव्य हैं। शूद्र का स्वाभाविक कर्त्तव्य सेवा का कार्य करना है।

यह सब मनुष्यों को सामाजिक जीवन में उच्चतम स्थिति तक उठने के लिए एक जैसी सुविधाएं देने का प्रश्न नहीं है, क्योंकि मनुष्यों की शक्तिया अलग-अलग प्रकार की होती हैं, अपितु यह सब लोगों को एक समान अवसर देने का प्रश्न है, जिससे कि वे अपनी-अपनी प्रतिभाओं को फलवती बना सकें। हर किसी को अपनी दशाओं और प्रयत्न के अनुसार अपनी मानवीय पूर्णता तक पहुंचने का अवसर मिलना चाहिए, जो कि ज्ञान और सदाचार का फल है। इस बात से बहुत कम अन्तर पड़ता है कि हम मिट्टी खोदते हैं या कोई व्यवसाय चलाते हैं या किसी राज्य का शासन करते हैं या किसी कोठरी में बैठकर ध्यान लगाते हैं। वर्ण-व्यवस्था इस बात को मानती है कि विभिन्न मनुष्य सामान्य हित के लिए विभिन्न रूपों में, प्रत्यक्ष रूप से उन तीव्र आवश्यकताओं को पूरा करने के द्वारा, जिनका कि पता सबको चलता रहता है, और अपने जीवन और कार्य में सत्य और सौन्दर्य के साक्षी रहने के द्वारा अपना अंशदान करते हैं। समाज एक कृत्यात्मक संगठन है और उन सब कृत्यों को, जो कि समाज के स्वास्थ्य के लिए आवश्यक हैं, सामाजिक दृष्टि से समान समझा जाना चाहिए। अलग-अलग प्रकार की क्षमताओं वाले व्यक्ति एक सप्राण सुगठित सामाजिक व्यवस्था में बंधे हुए हैं। प्रजातन्त्र एकरूपता की स्थापना के लिए प्रयत्न नहीं है, क्योंकि वह असम्भव है, अपितु यह संगठित विविधता के लिए प्रयत्न है। मनुष्यों की क्षमताएं समान नहीं होतीं, परन्तु समाज के लिए सब मनुष्य समान रूप से आवश्यक हैं और उनकी विभिन्न स्थितियों से प्राप्त होने वाले उनके अंशदानों का मूल्य भी समान है।[1]

श्री गैरल्ड हर्ड ने अपनी पुस्तक 'मैन दी मास्टर' (1942) में 'समाज के चतुर्विध संगठन' की आवश्यकता पर ज़ोर दिया है। वह लिखते हैं : "ऐसा प्रतीत होता है कि मानव-समाज में सदा से चेतना के चार प्रकार या स्तर रहे हैं। पहले स्तर के विषय में हम पहले ही बता चुके हैं। ये आंखें या स्पर्श-सूत्र (ऐंटैना) हैं, संकट-काल में देखने वाले और अनुभव करने वाले···। आंखों के नीचे हाथ हैं; अग्रमस्तिष्क के पीछे चालक केन्द्र है। (शेष अगले पृष्ठ पर)

45. स्वे स्वे कर्मण्यभिरतः संसिद्धिं लभते नरः।
स्वकर्मनिरतः सिद्धिं यथा विन्दति तच्छृणु ॥

(45) अपने-अपने काम में लगा हुआ प्रत्येक व्यक्ति सिद्धि (पूर्णता) को प्राप्त कर लेता है। अब तू यह सुन कि किस प्रकार अपना कर्त्तव्य करते हुए मनुष्य सिद्धि प्राप्त करता है।

स्वे स्वे कर्मणि अभिरतः : अपने-अपने काम में निष्ठापूर्वक लगा हुआ। हममें से प्रत्येक को हमारे अपने स्तर पर अपनी अनुभूतियों और मनोवेगों के प्रति निष्ठावान् होना चाहिए; अपने स्वभाव के स्तर से ऊपर का कर्म करने की चेष्टा खतरनाक है। हमें अपने स्वभाव की शक्ति के अन्दर रहते हुए पूर्णतया अपने कर्त्तव्य का पालन करना चाहिए।

46. यतः प्रवृत्तिर्भूतानां येन सर्वमिदं ततम्।
स्वकर्मणा तमभ्यर्च्य सिद्धिं विन्दति मानवः ॥

(46) जिससे ये सब प्राणी उत्पन्न होते हैं और जिसने इन सबको व्याप्त किया हुआ है, उस परमात्मा की पूजा अपने कर्त्तव्य के पालन द्वारा करता हुआ मनुष्य सिद्धि (पूर्णता) को प्राप्त कर लेता है।

कार्य भगवान् की पूजा है, परमात्मा के प्रति मनुष्य की श्रद्धांजलि।

देखने वालों के नीचे दो मानसिक श्रेणियां हैं; ऊपरी और निचली मध्यम श्रेणियां, राजनीतिज्ञ और तकनीक-विशेषज्ञ। हमारी वर्तमान संकट की दशा मुख्य रूप से उनके कारण ही है। इनमें से एक ने प्रशासन के क्षेत्र में, सामाजिक उपकरणों के क्षेत्र में बहुत प्रगति करके दैत्याकार राज्यों का अस्तित्व सम्भव बना दिया है और इस प्रकार अपने उन आन्तरिक दबावों को, जिनका कि समाधान नहीं हुआ है, और अधिक तीव्र बना दिया है। दूसरे ने, अर्थात् तकनीक-विशेषज्ञ ने, संयन्त्रों में, शक्ति के यन्त्रजात में और भौतिक उपकरणों में और भी अधिक तकनीकी प्रगति करके हमारे समाजों को अधिवृद्धियां (हाइपरट्रौफ़ीज), असन्तुलित आन्तरिक रचना वाले शरीर, बना दिया है और ये एक-दूसरे के लिए घातक हैं। इन दो मध्यम वर्गों के अलावा, जो कि पहले ही व्यष्टीकृत होने के कारण अस्थिर और विघटनशील बन चुके हैं, एक और आधारभूत, अविशेषज्ञ, ननुनच न करने वाला वर्ग, या जनता, बच जाता है—अर्थात् अनुयायी वर्ग। यह वर्ग न केवल श्रद्धा रखने में समर्थ है, अपितु यह श्रद्धा के बिना इकट्ठा रह ही नहीं सकता, श्रद्धा के बिना यह जी ही नहीं सकता।" (पृ. 133-37)। श्री हर्ड ने यह भी स्मरण कराया है कि "समाजविज्ञान की आर्य-संस्कृत विचारधारा, जिसने पहले-पहल समाज के इस चतुर्विध गठन की रूपरेखा बनाई थी, और उसका नामकरण किया था, हमारी भी उतनी ही है, जितनी की भारत की।" (पृ. 145)।

गीता का मत है कि गुण और क्षमता कृत्यात्मक विभागों का आधार हैं। पुनर्जन्म के सिद्धान्त को स्वीकार करते हुए गीता यह मानती है कि मनुष्य का जन्मजात स्वभाव उसके अपने अतीत-जीवनों द्वारा निर्धारित होता है। पूर्णता के सब रूप एक ही दिशा में नहीं होते। प्रत्येक व्यक्ति अपने से ऊपर किसी वस्तु को, अपने से ऊपर उठने को लक्ष्य मानकर चलता है, चाहे वह व्यक्तिगत पूर्णता के लिए यत्न करता हो, चाहे वह कला के लिए जीता हो या चाहे वह अपने साथियों के हित के लिए कार्य करता हो। साथ ही देखिए 18, 48 और 60।

47. श्रेयान्स्वधर्मो विगुणः परधर्मात्स्वनुष्ठितात्।
स्वभावनियतं कर्म कुर्वन्नाप्नोति किल्बिषम्॥

(47) अपना धर्म (नियम) यदि अपूर्ण ढंग से भी पालन किया जा रहा हो, तो भी वह दूसरे के धर्म से, जिसका कि पालन पूर्णता के साथ किया जा सकता है, अधिक अच्छा है। अपने स्वभाव के द्वारां नियत किए गए कर्त्तव्य का पालन करने वाले व्यक्ति को पाप नहीं लगता।

देखिए 3, 35। अपने मन को उन कामों में लगाने का, जो कि हमारे स्वभाव से मेल नहीं खाते, कोई लाभ नहीं। हममें से प्रत्येक के अन्दर अस्तित्वमान् (नाम-रूपमय) होने का एक मूल तत्त्व विद्यमान है, दिव्य आत्म-अभिव्यक्ति का एक विचार। वही हमारा वास्तविक स्वभाव है, जो हमारी विभिन्न गतिविधियों में अंशतः अभिव्यक्त होता है। अपने विचारों, महत्त्वाकांक्षाओं और प्रयत्नों में उसके द्वारा दिखाए गए पथ पर चलकर हम परमात्मा द्वारा हमारे लिए नियत लक्ष्य को अधिकाधिक रूप में प्राप्त करते जाते हैं। जिसे हम प्रजातन्त्र कहते हैं, वह जीवन की एक ऐसी पद्धति है, जिसमें प्रत्येक मानव-प्राणी के एक व्यष्टि बनने के, एक अपूर्व इकाई बनने के अधिकारों का सम्मान करने की आवश्यकता होती है। हमें किसी भी मनुष्य से कभी भी घृणा न करनी चाहिए, क्योंकि वह कुछ ऐसा काम कर सकता है, जिसे अन्य लोग नहीं कर सकते।

48. सहजं कर्म कौन्तेय सदोषमपि न त्यजेत्।
सर्वारम्भा हि दोषेण धूमेनाग्निरिवावृताः॥

(48) हे कुन्ती के पुत्र (अर्जुन), मनुष्य को अपने स्वभाव के उपयुक्त कार्य को छोड़ना नहीं चाहिए, चाहे उसमें दोष भी क्यों न हों; क्योंकि जैसे आग धुएं से ढकी रहती है, उसी प्रकार सब कार्य दोषों से आच्छन्न हैं।

कर्मयोग और परम सिद्धि (पूर्णता)

49. असक्तबुद्धिः सर्वत्र जितात्मा विगतस्पृहः।
नैष्कर्म्यसिद्धिं परमां संन्यासेनाधिगच्छति ॥

(49) जिसकी बुद्धि सब जगह अनासक्त रहती है, जिसने अपने आत्म को वश में कर लिया है और जिसे कोई इच्छा शेष नहीं रही है—वह संन्यास द्वारा उस सर्वोच्च दशा तक पहुंच जाता है, जो सब प्रकार के कर्म से ऊपर है।

गीता ने इस बात को दुहराया है कि आध्यात्मिक पूर्णता के लिए संयम और इच्छारहित होना आवश्यक है। विषयों के प्रति आसक्ति, एक अहंकार की भावना, हमारे निम्नतर स्वभाव की विशेषता है। यदि हमें अपने आत्मवर्शी और स्वत:प्रकाशित सच्चे आत्म का ज्ञान प्राप्त करना हो, तो हमें अज्ञान और जड़ता से युक्त तथा सांसारिक सम्पत्ति से प्रेम रखने वाले अपने निम्नतर स्वभाव पर विजय पानी होगी।

नैष्कर्म्य : सब कर्मों से ऊपर उठ जाने की स्थिति। यह सब प्रकार के कर्मों से पूर्ण प्रत्यावर्तन नहीं हैं। इस प्रकार की निष्क्रियता तब तक सम्भव नहीं है, जब तक हम शरीर धारण किए हुए हैं। गीता का आग्रह आन्तरिक संन्यास पर है। क्योंकि अहंकार और प्रकृति एकजातीय हैं, इसलिए मुक्त आत्मा ब्रह्म या विशुद्ध आत्मा बनकर, जिसे कि निस्तब्ध, शान्त और निष्क्रिय बताया गया है, प्रकृति के जगत् में यह जानते हुए कार्य करती है कि ब्रह्म क्या है।

यहां सर्वोच्च दशा का वर्णन ब्रह्म में प्रवेश करने के रूप में सकारात्मक रूप में नहीं, अपितु काम (इच्छा) से मुक्त होने के नकारात्मक रूप में किया गया है।

50. सिद्धिं प्राप्तो यथा ब्रह्म तथाप्नोति निबोध मे।
समासेनैव कौन्तेय निष्ठा ज्ञानस्य या परा॥

(50) हे कुन्ती के पुत्र (अर्जुन), अब तू संक्षेप में मुझसे यह सुन कि सिद्धि को प्राप्त कर लेने के बाद व्यक्ति ब्रह्म को कैसे प्राप्त करता है, जो कि ज्ञान की सर्वोच्च निष्पत्ति है।

शंकराचार्य ने लिखा है : "इस प्रकार बिलकुल स्वतःस्पष्ट, सरलता से ज्ञेय, बिलकुल निकटस्थ और मनुष्य की आत्मा बना हुआ ब्रह्म भी अज्ञानी मनुष्यों को, जिनकी बुद्धि अज्ञान द्वारा उत्पन्न नाम-रूपों के पृथकविध तत्त्वों में बहकी हुई है, अज्ञात, कठिनाई से जानने योग्य, बहुत दूरस्थ और ऐसा प्रतीत होता है, मानो वह कोई पृथक् वस्तु हो।"[1] जिस प्रकार अपने शरीर को जानने के लिए किसी प्रमाण की आवश्यकता नहीं होती, उसी प्रकार आत्मा को जानने के लिए भी किसी प्रमाण की आवश्यकता नहीं है, क्योंकि वह तो शरीर से भी निकटतर है। जब हम बाह्य वस्तुओं से विमुख हो जाते हैं और अपनी बुद्धि को प्रशिक्षित करते हैं, तो वह तुरन्त पहचानी जाती है। देखिए 9, 2।

51. बुद्ध्या विशुद्धया युक्तो धृत्यात्मानं नियम्य च।
शब्दादीन्विषयांस्त्यक्त्वा रागद्वेषौ व्युदस्य च॥

(51) विशुद्ध बुद्धि से युक्त होकर, अपने-आप को दृढ़तापूर्वक संयम में रखकर, शब्द आदि इन्द्रियों के विषयों को त्यागकर और राग और द्वेष को छोड़कर;

52. विविक्तसेवी लघ्वाशी यतवाक्कायमानसः।
ध्यानयोगपरो नित्यं वैराग्यं समुपाश्रितः॥

(52) एकान्त में निवास करता हुआ, अल्प आहार करता हुआ, वाणी, शरीर और मन को संयम में रखता हुआ और सदा ध्यान और एकाग्रता में लीन रहता हुआ और वैराग्य में शरण लिये हुए;

---

1. अविद्याकल्पितनामरूपविशेषाकारापहृतबुद्धीनाम्, अत्यन्तप्रसिद्धं सुविज्ञेयम्, आसन्नान्तरम्, आत्मभूतम्, अप्यप्रसिद्धं, दुर्विज्ञेयम्, अतिदुरूहम्, अन्यदिव च प्रतिभात्यविवेकिनाम्।

ध्यानयोग को यहां द्वन्द्व समास माना जाता है, जिसका अर्थ है 'आत्मा के स्वभाव के विषय में ध्यान और उसपर मानसिक एकाग्रता।' —शंकराचार्य।

53. अहङ्कारं बलं दर्पं कामं क्रोधं परिग्रहम्।
विमुच्य निर्ममः शान्तो ब्रह्मभूयाय कल्पते ॥

(53) और अहंकार, बल, घमण्ड, इच्छा, क्रोध और सम्पत्ति को त्यागकर, ममत्त्व की भावना से रहित और शान्त चित्त वाला वह ब्रह्म के साथ एकाकार होने के योग्य हो जाता है।

अत्तार ने इब्राहीम एधम की एक उक्ति उद्धृत की है : "साधक के लिए आनन्द का द्वार खुले, इससे पहले उसके हृदय से तीन आवरण हटने चाहिए। पहला आवरण तो यह है कि यदि उसे दोनों लोकों का साम्राज्य एक शाश्वत उपहार के रूप में दिया जाने लगे, तो भी वह आनन्दित न हो; क्योंकि जो भी कोई किसी सिरजी गई वस्तु के लिए आनन्दित होता है, वह लोभी है; और लोभी मनुष्य को परमात्मा का ज्ञान नहीं हो सकता। दूसरा आवरण यह है कि यदि उसके पास दोनों लोकों का साम्राज्य हो और वह उससे ले लिया जाए, तो उसे इस प्रकार अपने दरिद्र हो जाने पर शोक नहीं करना चाहिए; क्योंकि यह क्रोध का चिह्न है; और जो क्रुद्ध होता है वह कष्ट पाता है। तीसरा आवरण यह है कि उसे किसी भी स्तुति या पक्षपात के कारण बहकना नहीं चाहिए, क्योंकि जो कोई बहकता है उसकी आत्मा क्षुद्र होती है और इस प्रकार के व्यक्ति की आंखों पर (सत्य की ओर से) पर्दा पड़ा रहता है। साधक को उच्च मन वाला होना चाहिए।" ब्राउन : ए लिटरेरी हिस्ट्री ऑफ़ पर्शिया, खण्ड 1, (1902), पृ० 425

सर्वोत्तम भक्ति

54. ब्रह्मभूतः प्रसन्नात्मा न शोचति न काङ्क्षति।
समः सर्वेषु भूतेषु मद्भक्तिं लभते पराम् ॥

(54) ब्रह्म के साथ एकाकार होकर और प्रशान्तात्मा बनने पर उसे न तो कोई शोक होता है और न कोई इच्छा ही होती है। सब प्राणियों को समान समझता हुआ वह मेरी सर्वोच्च भक्ति को प्राप्त कर लेता है।

यह श्लोक इस बात का एक और संकेत है कि गीता की दृष्टि में व्यक्ति का निर्गुण ब्रह्म में विलीन हो जाना ही सर्वोच्च स्थिति नहीं है, अपितु उस भगवान् की भक्ति सर्वोच्च स्थिति है, जो अपने अन्दर अचल और चल दोनों को मिलाए हुए है।

55. भक्त्या मामभिजानाति यावान्यश्चास्मि तत्त्वतः।
ततो मां तत्त्वतो ज्ञात्वा विशते तदनन्तरम्॥

(55) भक्ति के द्वारा वह इस बात को जान लेता है कि मैं वस्तुतः कौन हूं और कितना हूं; तब तत्त्व-रूप में मुझे जान लेने के बाद वह मुझमें प्रवेश करता है।

ज्ञाता अथवा भक्त परमेश्वर, पूर्णपुरुष, के साथ आत्मज्ञान और आत्मानुभाव में एकाकार हो जाता है। ज्ञान और भक्ति दोनों का एक ही लक्ष्य है। ब्रह्म बनने का अर्थ है—परमात्मा से प्रेम करना, उसे पूरी तरह जानना और उसमें प्रवेश कर जाना।

इस शिक्षा का अर्जुन के मामले में प्रयोग

56. सर्वकर्माण्यपि सदा कुर्वाणो मद्व्यपाश्रयः।
मत्प्रसादादवाप्नोति शाश्वतं पदमव्ययम्॥

(56) मेरी शरण में आकर निरन्तर सब प्रकार के कर्मों को करता हुआ वह मेरी कृपा से शाश्वत और अमर पद प्राप्त करता है।

कर्मयोग का भी लक्ष्य यही है। इन तीन श्लोकों में लेखक बताता है कि ज्ञान, भक्ति और कर्म साथ-साथ ही रहते हैं। बात केवल इतनी है कि कर्म इस ज्ञान के साथ किया जाता है कि प्रकृति ब्रह्म की शक्ति है और व्यक्ति परमात्मा का केवल एक उपकरण (निमित्त) है। अपने मन को परब्रह्म में लगाकर और उसकी कृपा से, चाहे वह कुछ भी क्यों न करता रहे, वह शाश्वत रूप से परम धाम में निवास करता है।

57. चेतसा सर्वकर्माणि मयि संन्यस्य मत्परः।
बुद्धियोगमुपाश्रित्य मच्चित्तः सततं भव॥

(57) अपने चित्त में सब कर्मों को मुझे समर्पित करके मुझे भगवान् समझकर बुद्धि की स्थिरता का अभ्यास करता हुआ तू अपने विचारों को निरन्तर मुझमें लगाए रख।

"मन, संकल्प और चेतना द्वारा सदा मेरे साथ एकाकार रह।" विश्व के ईश्वर के प्रति पूर्ण आत्मदान के फलस्वरूप वह ईश्वर हमारे जीवन की आत्मा बन जाता है।

58. मच्चित्तः सर्वदुर्गाणि मत्प्रसादात्तरिष्यसि।
अथ चेत्त्वमहङ्कारान्न श्रोष्यसि विनङ्क्ष्यसि ॥

(58) अपने चित्त को मुझमें स्थिर करके तू मेरी कृपा से सब कठिनाइयों को पार कर जाएगा; परन्तु यदि अहंकार के कारण तू मेरी बात न सुनेगा, तो तू विनष्ट हो जाएगा।

मनुष्य मुक्ति या नरकवास में से किसी एक को चुनने के लिए स्वतन्त्र है। यदि मोहवश यह समझें कि हम सर्वशक्तिमान् की इच्छा का प्रतिरोध कर सकते हैं, तो हमें कष्ट उठाना पड़ेगा। परमात्मा की अवज्ञा अहंकार की भावना के कारण होती है और अन्ततोगत्वा वह निश्शक्त रहती है।

59. यदहङ्कारमाश्रित्य न योत्स्य इति मन्यसे।
मिथ्यैष व्यवसायस्ते प्रकृतिस्त्वां नियोक्ष्यति ॥

(59) यदि अहंकार के वश में होकर तू यह सोचे कि 'मैं नहीं लड़ूंगा' तो तेरा यह निश्चय व्यर्थ है। प्रकृति तुझे विवश करेगी।

'न लड़ने की' इच्छा उसकी केवल ऊपरी प्रकृति (स्वभाव) की अभिव्यक्ति होगी; उसका गम्भीरतर अस्तित्व उसे युद्ध की ओर ले जाएगा। यदि वह कष्ट के भय से अपने शस्त्र त्याग देता है और युद्ध रो विरत हो जाता है और यदि युद्ध उसके बिना भी चलता रहता है और वह अनुभव करता है कि उसके युद्ध से विरत रहने के परिणाम मानवता के लिए विनाशकारी होंगे, तो वह विश्वात्मा के निष्ठुर दबाव द्वारा हथियार उठाने के लिए प्रेरित किया जाएगा। इसलिए उसे विश्व के विकास का निषेध और विरोध करने के बजाय उसमें सहयोग करना और उसे आगे बढ़ाने का यत्न करना चाहिए। यदि वह ऐसा करे, तो वह सारतः

निर्धारित उपकरण से बदलकर एक निर्धारक उपकरण बन जाएगा। अर्जुन की निम्नतर प्रकृति उसके भ्रम का और उसके अपने अस्तित्व के उच्चतर सत्य से पतन का कारण बनेगी। अब अर्जुन ने सत्य को देख लिया है और वह स्वार्थ के लिए नहीं, अपितु भगवान् के सचेत उपकरण के रूप में कार्य कर सकता है। साधक को सारे स्वार्थपूर्ण भय का त्याग करना होगा और अपने आन्तरिक प्रकाश का आदेश मानना होगा, जो उसे सब संकटों और बाधाओं के पार ले जाएगा।

परमात्मा हमारे सम्मुख शर्तें रख देता है और उन्हें स्वीकार करना हमारा काम है। हमें बहाव के विरुद्ध संघर्ष करने में अपनी शक्ति का अपव्यय नहीं करना चाहिए। हममें से अधिकांश लोग स्वाभाविक मनुष्य होते हैं, जो अपनी छोटी-छोटी योजनाओं के विषय में बहुत उत्सुक, आवेशपूर्ण और सुनिश्चित होते हैं। परन्तु हमें बदलना होगा। जिस उपाय द्वारा हम अधिकतम उपयोगी सिद्ध हो सकते हैं वह परमात्मा की इच्छा के सम्मुख सिर झुका देने का ही है। सेण्ट फ्रांसिस डि सालेस की एक प्रिय प्रार्थना में इस पूर्ण अधीनता की इस भावना को संक्षेप में इस प्रकार प्रकट किया गया है : "हां पिता, हां, और सर्वदा हा।"

60. स्वभावजेन कौन्तेय निबद्धः स्वेन कर्मणा।
कर्तुं नेच्छसि यन्मोहात् करिष्यस्यवशोऽपि तत् ॥

(60) हे कुन्ती के पुत्र (अर्जुन), तू भ्रम के कारण (मोहवश) जिसे करना नहीं चाहता, उसे भी तू इच्छा न होते हुए भी अपने स्वभाव से उत्पन्न कर्म के कारण बंधा हुआ करेगा।

अपने स्वभाव की विवश कर देने वाली शक्ति के द्वारा तुम उसकी ओर धकेल ही दिए जाओगे।

61. ईश्वरः सर्वभूतानां हृद्देऽशेर्जुन तिष्ठति।
भ्रामयन्सर्वभूतानि यन्त्रारूढानि मायया ॥

(61) हे अर्जुन, ईश्वर सब प्राणियों के हृदय में निवास करता है और वह उन सबको इस प्रकार घुमा रहा है मानो वे किसी यन्त्र पर चढ़े हुए हों।

हमारे जन्मजात स्वभाव और उसके भाग्यनिर्णायक बलप्रयोग का सम्बन्ध उस भगवान् द्वारा नियन्त्रित रहता है, जो हमारे हृदय में निवास करता है और हमारे विकास का पथप्रदर्शन करता है और उसे संयत रखता है। वह शक्ति, जो घटनाओं का निर्धारण करती है, जैसा कि हार्डी की रचनाओं में दिखाई पड़ता है, अन्धी, अनुभूतिशून्य और विचारहीन संकल्प-शक्ति नहीं है, जिसे कि हम 'भाग्य', 'भवितव्यता' या 'दैवयोग' का नाम देते हैं।[1] विश्व के नियमों पर शासन करने वाली आत्मा, विश्व की आयोजना के विकास का अध्यक्ष परमात्मा, प्रत्येक प्राणी के हृदय में भी स्थित है और उसे शान्त नहीं बैठने देता। "तेरे बिना हम क्षण-भर भी जीवित नहीं रह सकते। सत्य-रूप में तू हमारे अन्दर और बाहर सदा विद्यमान रहता है।"[2]

भगवान् हमारे अस्तित्व का आन्तरिकतम आत्म है। सम्पूर्ण जीवन उसके जीवन की लय की गति है और हमारी शक्तियां और कर्म सबके सब उससे ही निकले हैं। यदि हम अपने अज्ञान के कारण इस गम्भीरतम सत्य को भूल जाएं, तो इससे सत्य नहीं बदल जाता। यदि हम सचेत रूप से उस परमात्मा के सत्य में जीवन-यापन करें, तो हम अपने सब कर्म परमात्मा के हाथों में छोड़ देंगे और अपने अहंकार से छुटकारा पा जाएंगे। यदि हम ऐसा न करें, तब भी सत्य की ही विजय होगी। कभी-न-कभी हमें परमात्मा के प्रयोजन के सम्मुख घुटने टेकने ही पड़ेंगे, परन्तु उस समय तक इस बीच की अवधि में किसी प्रकार की विवशता नहीं है। भगवान् हमारा स्वेच्छापूर्वक सहयोग चाहता है, जिससे सौन्दर्य और अच्छाई का प्रसव-पीड़ा के बिना और प्रयासहीन रूप से जन्म हो जाए। जब हम परमात्मा के प्रकाश के लिए पारदर्शक माध्यम बन जाते हैं, तो वह अपने कार्य के लिए हमारा उपयोग करता है।

---

1. एक ऊंघते हुए बुनने वाले की भांति,
जिसकी उंगलियां दक्षतायुक्त लापरवाही से खेलती रहती हैं,
संकल्प-शक्ति ने एक अनमने भाव से बुनना शुरू किया है,
तब से, जब जीवन पहले-पहल शुरू हुआ था, और वह सदा इसी प्रकार बुनती रहेगी।
2. त्वां विहाय न शक्नोमि जीवितुं क्षणमेव हि।
अन्तर्बहिश्च नित्यं त्वं सत्यरूपेण वर्तसे ॥

62. तमेव शरणं गच्छ सर्वभावेन भारत।
तत्प्रसादात्परां शान्तिं स्थानं प्राप्स्यसि शाश्वतम् ॥

(62) हे भारत (अर्जुन), तू अपने सम्पूर्ण अस्तित्व के साथ उसी की शरण में जा। उसकी कृपा से तुझे परम शान्ति और शाश्वत धाम प्राप्त होगा।

सर्वभावेन : अपने सम्पूर्ण अस्तित्व के साथ। हमें अपने अस्तित्व के सब स्तरों पर ब्रह्म की चेतना अनुभव होनी चाहिए। राधा का कृष्ण के प्रति प्रेम आध्यात्मिक से लेकर शारीरिक तक, अस्तित्व के सब स्तरों पर अखण्ड प्रेम का प्रतीक है।

अर्जुन से कहा गया है कि वह परमात्मा के साथ सहयोग करे और अपना कर्त्तव्य पूरा करे। उसे अपने अस्तित्व की सम्पूर्ण स्थिति को बदलना होगा। अपने-आप को भगवान् की सेवा में लगा देना होगा। तब उसका मोह समाप्त हो जाएगा, कार्य और कारण का बन्धन टूट जाएगा और वह फिर छायाहीन प्रकाश को, पूर्ण समस्वरता और सर्वोच्च आनन्द को प्राप्त कर लेगा।

63. इति ते ज्ञानमाख्यातं गुह्याद्गुह्यतरं मया।
विमृश्यैतदशेषेण यथेच्छसि तथा कुरु ॥

(63) इस प्रकार मैंने तुझे यह ज्ञान बतलाया है, जो सब रहस्यों से बड़ा रहस्य है। इस पर भलीभांति विचार करने के बाद तेरी जैसी इच्छा हो, वैसा कर।

विमृश्यैतद् अशेषेण : इस पर भलीभांति विचार करके। हमें अपनी बुद्धि का प्रयोग करना होगा,[1] और अपने विवेक से काम लेना होगा।

यथा इच्छसि तथा कुरु : जैसी तेरी इच्छा हो, वैसा कर। परमात्मा देखने में तटस्थ या निरपेक्ष प्रतीत होता है, क्योंकि उसने चुनने का निर्णय अर्जुन के हाथ में छोड़ दिया है। उसकी यह प्रतीयमान निरपेक्षता उसकी इस चिन्ता के कारण है कि हममें से प्रत्येक उसके पास अपनी स्वेच्छा से ही पहुंचे। वह

---

1. तुलना कीजिए, महाभारत, 12, 141, 102

तस्मात् कौन्तेय विदुषा धर्माधर्मविनिश्चये।
बुद्धिमास्थाय लोकेस्मिन् वर्तितव्यं कृतात्मना ॥

किसी पर भी दबाव नहीं डालता, क्योंकि स्वतन्त्र स्वत:स्फूर्तता बहुत मूल्यवान् है। सहयोग के लिए मनुष्य को मनाया जाना है, उस पर दबाव नहीं डाला जाना; उसको आकृष्ट किया जाना है, हांका नहीं जाना; उसे मनाकर तैयार किया जाना है, विवश नहीं किया जाना। भगवान् अपना आदेश ऊपर से नहीं थोप देता। परमात्मा की पुकार को स्वीकार करने के लिए या अस्वीकार कर देने के लिए हम हर समय स्वतन्त्र हैं। एकत्व स्थापित करने वाला आत्मसमर्पण साधक की पूर्णतम सहमति से किया जाना चाहिए। परमात्मा हमारे बदले आरोहण का काम नहीं करता, हालांकि यदि हम लड़खड़ाने लगें, तो वह हमें सहायता देने के लिए सदा तैयार रहता है और जब हम गिर पड़ें, तो हमें धीरज बंधाता है। वह तब तक धैर्य से प्रतीक्षा करने को तैयार है, जब तक हम उसकी ओर अभिमुख न हों।

मानवीय स्वतन्त्रता के सिद्धान्त और पूर्व नियतवाद (पूर्वनिर्णयन) के सिद्धान्त के मध्य संघर्ष के कारण यूरोप और भारत में काफ़ी वाद-विवाद हुआ है। टॉमस ऐक्वाइनास का मत है कि संकल्प-शक्ति और मानवीय प्रयत्न की स्वतन्त्रता का मनुष्य के उद्धार में बहुत बड़ा हाथ होता है, यद्यपि स्वयं संकल्प-शक्ति को भी परमात्मा की कृपा के समर्थन की आवश्यकता पड़ सकती है। "पूर्वनिर्णयनवादियों को भी अच्छे कार्यों और प्रार्थना के लिए यत्न करना होगा; क्योंकि इन उपायों के द्वारा पूर्वविधान को सुनिश्चितम रूप से पूरा किया जा सकता है··· और इसलिए प्राणी पूर्वविधान को आगे बढ़ाने में सहायक तो हो सकते हैं, परन्तु वे उसमें बाधा नहीं डाल सकते।"[1] मनुष्य इस बात के लिए स्वतन्त्र है कि वह परमात्मा द्वारा प्रस्तुत की गई उसकी कृपा को अस्वीकार कर दे। बोनावेन्त्यूरा का विचार है कि परमात्मा मनुष्यों पर कृपा करना चाहता है, परन्तु केवल उन लोगों पर, जो अपने आचरण द्वारा अपने-आप को उस कृपा को ग्रहण करने के लिए तैयार करते हैं। डन्स स्कौटस की दृष्टि में, क्योंकि इच्छा की स्वतन्त्रता परमात्मा का आदेश है, इसलिए परमात्मा भी मनुष्य के निश्चय पर कोई सीधा प्रभाव नहीं डाल सकता। मनुष्य चाहे तो परमात्मा की

1 सम्मा थियोलोजिका। अंग्रेज़ी अनुवाद इंगलिश डोमीनिकन प्रौविन्स के पादरियों द्वारा। द्वितीय संस्करण (1929), खण्ड 1, क्यू॰ 23, अनुच्छेद 8

कृपा के साथ सहयोग कर सकता है, पर वह चाहे तो सहयोग से विरत भी रह सकता है।

आध्यात्मिक नेता हम पर शारीरिक हिंसा द्वारा, चमत्कार-प्रदर्शन द्वारा या जादू द्वारा प्रभाव नहीं डालते। सच्चा गुरु मिथ्या दायित्व नहीं लेता। यदि शिष्य कोई ग़लती भी कर बैठे, तो वह उसे केवल सलाह देगा और यदि शिष्य की चुनाव करने की स्वतन्त्रता पर आंच आती हो, तो वह उसे गलत रास्ते से भी वापस लौट आने के लिए विवश नहीं करेगा। ग़लती भी विकास की एक दशा है। गुरु शिष्य के प्रारम्भिक क़दमों को उसी प्रकार उत्साहित करता है, जिस प्रकार पिता बच्चे के लड़खड़ातें क़दमों को बढ़ावा देता है। जब शिष्य फिसलकर गिरता है, तो गुरु सहायता के लिए अपना हाथ आगे बढ़ाता है, पर अपने मार्ग को चुनने और अपने क़दमों को संभांलकर रखने का काम वह शिष्य पर ही छोड़ देता है।

कृष्ण केवल सारथी है; वह अर्जुन के निदेश का पालन करेगा। उसने कोई शस्त्र धारण नहीं किया हुआ। यदि वह अर्जुन पर कोई प्रभाव डालता है, तो वह अपने उस सर्वजयी प्रेम द्वारा डालता है, जो कभी समाप्त नहीं होता। अर्जुन को अपने लिए स्वयं विचार करना चाहिए और अपने लिए स्वयं ही मार्ग खोज निकालना चाहिए। उसे उन सीधे-सादे अन्धविश्वासों के आधार पर कार्य नहीं करना चाहिए, जो कि आदत से या शब्दप्रमाण से प्राप्त हुए हैं। अस्पष्ट मान्यताओं को अनिवार्य रूप से और भावुकतापूर्वक अपना लिए जाने के फलस्वरूप कट्टर धर्मान्धताएं उत्पन्न हुई हैं और उनके कारण मनुष्यों को अकथनीय कष्ट उठाना पड़ा है। इसलिए यह आवश्यक है कि मन और विश्वासों के लिए कोई तर्कसंगत और अनुभवात्मक औचित्य ढूंढ़े। अर्जुन को एक वास्तविक अखण्डता की अनुभूति प्राप्त करनी होगी; परन्तु उसके विचार उसके अपने हैं और गुरु द्वारा उस पर थोपे नहीं गए हैं। दूसरों पर अपने सिद्धान्तों को थोपना शिक्षण नहीं है।

अन्तिम अनुरोध

64. सर्वगुह्यतमं भूयः शृणु मे परमं वचः।
इष्टोऽसि मे दृढ़मिति ततो वक्ष्यामि ते हितम् ॥

(64) अब तू मेरे सर्वोच्च वचनों को सुन, जो सबसे अधिक रहस्यपूर्ण हैं। क्योंकि तू मेरा प्रिय है, इसलिए मैं तुझे यह बतलाऊंगा कि तेरे लिए क्या वस्तु हितकर है।

65. मन्मना भव मद्भक्तो मद्याजी मां नमस्कुरु।
मामेवैष्यसि सत्यं ते प्रतिजाने प्रियोऽसि मे ॥

(65) अपने मन को मुझमें लगा; मेरा भक्त बन; मेरे लिए यज्ञ कर; मुझे प्रणाम कर। इस प्रकार तू मुझ तक पहुंच जाएगा। मैं तुझे सचमुच इस बात का वचन देता हूं, क्योंकि तू मुझे प्रिय है।

जिस सर्वोच्च उपदेश के साथ गुरु ने नौवें अध्याय (34) को समाप्त किया था, उसी चरम रहस्य को यहां फिर दुहराया गया है।

विचार, पूजा, यज्ञ और श्रद्धा इन सबको परमात्मा की ओर लगाया जाना चाहिए। हमें परमात्मा के सम्मुख एक सरल, अविराम और विश्वासपूर्ण आत्मसमर्पण के साथ पहुंचना चाहिए। हमें अपने-आप को इस ईसाई पद के शब्दों में उसके सम्मुख खोल देना चाहिए :

"हे प्रिय, मैं अपने-आप को तेरे हाथों में सौंपता हूं,
सदा तेरा, केवल तेरा बनने के लिए।"

परमात्मा हमें वापस अपने पास ले आने के लिए अपनी दयालुता, प्रेम और उत्सुकता के अपने स्वभाव को प्रकट करता है। वह इस बात की प्रतीक्षा कर रहा है कि यदि हम केवल अपने हृदय उसके लिए खोल दें, तो वह उनमे प्रवेश कर जाए और हम पर अधिकार कर ले। हमारा आत्मिक जीवन हमारे उस तक जाने पर भी उतना ही निर्भर है, जितना कि उसके हम तक आने पर। यह केवल हमारा परमात्मा तक आरोहण नहीं, अपितु परमात्मा का मनुष्य तक अवरोहण भी है। कवि ठाकुर के शब्दों पर ध्यान दें :

"तुमने उसकी निःशब्द पदचाप नहीं सुनी?
वह आता है, आता है, नित्य आता है।"

परमात्मा का प्रेम हमारी आत्माओं पर दबाव डाल रहा है और यदि हम

अपने-आप को उसके अनवरत आगमन के लिए खोल दें, तो वह हमारी आत्मा में प्रविष्ट हो जाएगा, वह हमारे स्वभाव को स्वच्छ कर देगा और उसे मुक्त कर देगा और हमें दमकते हुए प्रकाश की भांति चमका देगा। परमात्मा, जो सहायता के लिए सदा उद्यत है, केवल इस बात की प्रतीक्षा कर रहा है कि हम उससे विश्वासपूर्वक सहायता के लिए अनुरोध करें।

66. सर्वधर्मान् परित्यज्य मामेकं शरणं व्रज।
अहं त्वा सर्वपापेभ्यो मोक्षयिष्यामि मा शुचः॥

(66) सब कर्त्तव्यों को छोड़कर तू केवल मेरी शरण में आ जा। तू दुःखी मत हो; मैं तुझे सब पापों (बुराइयों) से मुक्त कर दूंगा।

हमें स्वेच्छापूर्वक उस परमात्मा के दबाव के प्रति आत्मसमर्पण कर देना चाहिए हमें उसकी इच्छा के सम्मुख पूरी तरह झुक जाना चाहिए और उसके प्रेम में शरण लेनी चाहिए। यदि हम अपने छोटे-से आत्म में विश्वास को नष्ट कर दें और उसके स्थान पर परमात्मा में पूर्ण विश्वास जमा लें, तो वह परमात्मा हमारा उद्धार करेगा। परमात्मा हमसे पूर्ण आत्मसमर्पण चाहता है और उसके बदले में हमें आत्मा की वह शक्ति प्रदान करता है, जो प्रत्येक परिस्थिति को बदल देती है।

अर्जुन विभिन्न कर्त्तव्यों के कारण—कर्मकाण्डीय और नैतिक कर्त्तव्यों के कारण—चिन्तित था। वह सोचता था कि युद्ध के परिणामस्वरूप वर्णसंकरता उत्पन्न हो जाएगी, पितरों की उपेक्षा हो जाएगी और गुरुओं के प्रति आदर करने इत्यादि पवित्र कर्त्तव्यों का उल्लंघन हो जाएगा। कृष्ण उसे इन नियमों और प्रथाओं के विषय में चिन्ता न करने को कहता है और उसे केवल उसमें (कृष्ण में) विश्वास करने और उसकी इच्छा के सम्मुख सिर झुकाने को कहता है। यदि अर्जुन अपने जीवन, कर्म, अनुभूतियों और विचारों का पवित्रीकरण कर ले और अपने-आप को परमात्मा को समर्पित कर दे, तो परमात्मा जीवन के संघर्ष में उसका मार्गदर्शन करता रहेगा और अर्जुन को किसी बात से डरने की आवश्यकता नहीं है। आत्मसमर्पण अपने-आप से ऊपर उठने का सरलतम उपाय है। "केवल वही व्यक्ति दिव्य प्रकाश का चिन्तन करने के उपयुक्त है, जो किसी वस्तु का दास नहीं है, यहां तक कि अपने सद्‌गुणों तक का भी दास नहीं है।" —राइज़ब्रौक।

यदि हमें अपनी भवितव्यताओं को वास्तविक रूप देना हो, तो हमें भगवान् के सम्मुख नग्न और निश्छल रूप में खड़े होना चाहिए। हम कभी-कभी अपने-आप को ढांपने और सत्य को परमात्मा से छिपाने का व्यर्थ प्रयास करते हैं। गोपियां इसी ढंग से अपनी भवितव्यताओं को वास्तविक रूप देने में असफल रही थीं।

हम परमात्मा की खोज तक नहीं करते, उसके स्पर्श की प्रतीक्षा करने की तो बात ही दूर की है। जब हम उसकी ओर अभिमुख हो जाते हैं और उसे अपने सम्पूर्ण अस्तित्व में रम जाने देते हैं, तब हमारी ज़िम्मेदारी समाप्त हो जाती है। तब वही हमसे काम करवाता हैं और हमें सब दुःखों के पार ले जाता है। यह उस भगवान् के प्रति निश्शेष आत्मसमर्पण है, जो हमें संभाल लेता है और हमें हमारी अधिकतम सम्भावित पूर्णता तक ऊपर उठाता जाता है। यद्यपि ईश्वर इस संसार को कुछ नियत नियमों के अनुसार चलाता है और हमसे आशा करता है कि हम अपने स्वभाव और जीवन में अपने स्थान पर आधारित उचित कर्मों के नियमों के अनुकूल काम करें, परन्तु यदि हम उसकी शरण में चले जाते हैं, तो हम इन सब नियमों से ऊपर उठ जाते हैं। मनुष्य को कोई ऐसी सहायता प्राप्त होनी चाहिए, जो बाहरी सहायता प्रतीत होती हो, क्योंकि उसकी आत्मा अपने-आप को उस जाल में से नहीं छुड़ा सकती, जिसमें वह अपने ही प्रयत्न द्वारा बंधी हुई है। जब हम निश्शब्द रहकर परमात्मा की प्रतीक्षा करते हैं और केवल यह चाहते हैं कि वह हम पर अधिकार कर ले, तब वह सहायता आ पहुंचती है। तुलना कीजिए : "जो व्यक्ति स्वयं मेरे द्वारा बताए गए गुणों और दोषों की परवाह नहीं करता, जो सब कर्त्तव्यों को छोड़कर केवल मेरी सेवा करता है, वह सबसे श्रेष्ठ है।"[1]

रामानुज के अनुयायी इस श्लोक को चरम श्लोक अर्थात् सम्पूर्ण पुस्तक का अन्तिम श्लोक मानते हैं।

---

1. अज्ञात्वैवं गुणान् दोषान् मयादिष्टानपि स्वकान्।
धर्मान् सन्त्यज्य यः सर्वान् भजेत् स किल सत्तमः ॥

इस उपदेश का पालन करने का फल

67. इदं ते नातपस्काय नाभक्ताय कदाचन।
न चाशुश्रूषवे वाच्यं न च मां योऽभ्यसूयति ॥

(67) तू इसको किसी ऐसे व्यक्ति को मत बताना, जिसने जीवन में तप न किया हो, या जिसके अन्दर श्रद्धा न हो, या जो आज्ञाकारी न हो, या जो मेरी बुराई करता हो।

इस सन्देश को समझने में केवल वे ही लोग समर्थ हैं, जो अनुशासित हैं, प्रेमपूर्ण हैं और जिनमें सेवा करने की इच्छा विद्यमान है; अन्य लोग, सम्भव है, इस सन्देश को सुनें और सुनकर इसका दुरुपयोग करें।

68. य इमं परमं गुह्यं मद्भक्तेष्वभिधास्यति।
भक्तिं मयि परां कृत्वा मामेवैष्यत्यसंशयः ॥

(68) जो इस परम रहस्य को मेरे भक्तों को सिखाता है और मेरे प्रति अधिकतम भक्ति दिखाता है, वह अवश्य ही मुझ तक पहुंचेगा।

जो लोग पहले दीक्षित हो चुके हैं, उनका यह कर्त्तव्य हो जाता है कि वे अपने अदीक्षित भाइयों को भी दीक्षित करें।[1]

69. न च तस्मान्मनुष्येषु कश्चिन्मे प्रियकृत्तमः।
भविता न च मे तस्मादन्यः प्रियतरो भुवि ॥

(69) मनुष्यों में उससे अधिक मेरा प्रिय कार्य करने वाला और कोई नहीं है; और संसार में उससे बढ़कर मुझे और कोई प्रिय होगा भी नहीं।

वे महात्मा लोग, जो संसार के सागर को पार कर चुके हैं और जो दूसरे लोगों को उसे पार करने में सहायता देते हैं, परमात्मा को सबसे अधिक प्रिय हैं।

---

1. असंस्कृतास्तु संस्कार्याः भ्रातृभिः पूर्वसंस्कृतैः।

तुलना कीजिए :

दुर्जनः सज्जनो भूयात् सज्जनः शान्तिमाप्नुयात्।
शान्तो मुच्येत बन्धेभ्यो मुक्तश्चान्यान् विमोचयेत् ॥

दुष्ट मनुष्य सज्जन बन जाए; सज्जन को शान्ति प्राप्त हो; शान्त मनुष्य बन्धन से छूट जाए और मुक्त मनुष्य दूसरों को मुक्त कराए।

70. अध्येष्यते च य इमं धर्म्यं संवादमावयोः।
ज्ञानयज्ञेन तेनाहमिष्टः स्यामिति मे मतिः ॥

(70) और जो व्यक्ति हमारे इस पवित्र संवाद का अध्ययन करेगा, मैं ऐसा समझता हूं कि वह ज्ञानयज्ञ द्वारा मेरी पूजा कर रहा होगा।

71. श्रद्धावाननसूयश्च शृणुयादपि यो नरः।
सोऽपि मुक्तः शुभांल्लोकान्प्राप्नुयात्पुण्यकर्मणाम् ॥

(71) और जो मनुष्य श्रद्धा के साथ बिना ईर्ष्या किये इस संवाद को सुनेगा, वह भी मुक्त होकर पुण्यात्माओं के आनन्दमय लोकों में पहुंच जाएगा।

72. कच्चिदेतच्छ्रुतं पार्थ त्वयैकाग्रेण चेतसा।
कच्चिदज्ञानसम्मोहः प्रनष्टस्ते धनञ्जय ॥

(72) हे पार्थ (अर्जुन), क्या तूने एकाग्रचित्त होकर इस सबको सुना है? हे धनंजय (अर्जुन), क्या तेरी अज्ञान के कारण उत्पन्न घबराहट (सम्मोह) दूर हो गई है?

निष्कर्ष

अर्जुन उवाच

73. नष्टो मोहः स्मृतिर्लब्धा त्वत्प्रसादान्मयाच्युत।
स्थितोऽस्मि गतसन्देहः करिष्ये वचनं तव ॥

अर्जुन ने कहा :

(73) हे अच्युत (कृष्ण), तेरी कृपा से मेरा मोह (भ्रम) नष्ट हो गया है और स्मृति फिर लौट आई है। अब मेरे सन्देह समाप्त हो गए हैं और मैं स्थिर हो गया हूं। मैं तेरे कहे के अनुसार काम करूंगा।

अर्जुन अपने नियत किए गए कर्म की ओर अभिमुख होता है, अहंकारपूर्ण मन से नहीं, अपितु आत्मज्ञान के कारण।[1] उसके भ्रम नष्ट हो गए हैं और उसके सन्देह दूर हो गए हैं। परमात्मा के चुने हुए साधन के रूप में वह संसार

1. अज्ञानसम्मोहनाश आत्मस्मृतिलाभः। —शंकराचार्य।

के स्वामी द्वारा नियत किए गए कर्त्तव्य को स्वीकार करता है। अब वह परमात्मा के आदेश के अनुसार काम करेगा। उसने इस बात को अनुभव कर लिया है कि परमात्मा ने उसे अपने प्रयोजन के लिए बनाया है, उसके अपने प्रयोजन के लिए नहीं। ठीक वस्तु का चुनाव करने की स्वतन्त्रता नैतिक प्रशिक्षण पर निर्भर है। केवल अच्छाई द्वारा हम आत्मा की स्वतन्त्रता तक ऊपर उठ सकते हैं, जो हमें उस अपरिष्कृतता में से बाहर निकाल ले जाती है, जिसकी ओर शरीर का झुकाव रहता है। अर्जुन पर प्रलोभन का आक्रमण हुआ था और उसने मुक्ति देने वाली विजय की ओर जाने वाला मार्ग खोज लिया। वह अनुभव करता है कि वह परमात्मा के आदेश को पूर्ण करेगा, क्योंकि उसे बल देने के लिए परमात्मा विद्यमान है। हमारा कर्त्तव्य है कि हम इस श्लोक की भावना के अनुसार जीवन-यापन करें, "हे हृषीकेश, मेरे हृदय में बैठा हुआ तू जैसा मुझे आदेश देता जाता है, वैसा मैं करता जाता हूं।"[1] ईसा कहता है : "मैं अपनी इच्छा पूरी करना नहीं चाहता, अपितु उसकी इच्छा पूरी करना चाहता हूं, जिसने मुझे भेजा है।" हमें उस प्रकार जीवन बिताना चाहिए, जिस प्रकार परमात्मा अपने शाश्वत जीवन में हमसे अपने जीवन-यापन करवाता। उसी वस्तु को चाहना, जो कुछ परमात्मा चाहता है, दिव्य जीवन का रहस्य है। जब ईसा ने चिल्लाकर कहा था कि 'यह प्याला मुझसे आगे चला जाए', उस समय भी वह अपनी रुचि को प्रधानता दे रहा था और व्यक्तिगत तृप्ति चाहता था। वह कटु अपमान और मृत्यु से बचना चाहता था, परन्तु जब उसने कहा कि 'तेरी इच्छा पूर्ण होगी'—'करिष्ये वचनं तव'—तब उसने अपने पृथक् अस्तित्व को त्याग दिया और अपने-आप को उस पिता (परमात्मा) के कार्य के साथ एकरूप कर दिया, जिसने उसे भेजा था।[2] इस विकास का अर्थ है सब बहानों और चालबाज़ियों को त्याग देना, सब आवरणों को हटा देना, एक वस्त्रापहरण (चीरहरण), आत्मा का अपने-आप को शून्य बना देना।

---

1. त्वया हृषीकेश हृदिस्थितेन यथा नियुक्तोऽस्मि तथा करोमि।
2. मार्क 14, 32-41। "पिता (परमात्मा) ने मुझे जैसा आदेश दिया था, मैं वैसा करता हूं।" —जॉन 14, 31

संजय उवाच

74. इत्यहं वासुदेवस्य पार्थस्य च महात्मनः।
संवादमिममश्रौषमद्भुतं रोमहर्षणमद्॥

संजय ने कहा :

(74) इस प्रकार मैंने वासुदेव और महान् आत्मा वाले पार्थ (अर्जुन) के मध्य हुए इस आश्चर्यजनक संवाद को सुना है, जिससे मेरे रोंगटे खड़े हो गए हैं।

75. व्यासप्रसादाच्छ्रुतवानेतद्गुह्यमहं परम्।
योगं योगेश्वरात्कृष्णात्साक्षात्कथयतः स्वयम्॥

(75) व्यास की कृपा से मैंने स्वयं इस परम रहस्यपूर्ण योग को साक्षात् स्वयं योगेश्वर कृष्ण द्वारा उपदेश दिए जाते हुए सुना है।

व्यास ने संजय को यह शक्ति प्रदान की थी कि वह रणभूमि में होती हुई घटनाओं को दूर बैठा हुआ भी देख और सुन सकेगा, जिससे वह उन सब घटनाओं को अन्धे राजा धृतराष्ट्र को सुना सके।

76. राजन्संस्मृत्य संस्मृत्य संवादमिममद्भुतम्।
केशवार्जुनयोः पुण्यं हृष्यामि च मुहुर्मुहुः॥

(76) महाराज, मैं केशव (कृष्ण) और अर्जुन के इस अद्भुत और पवित्र संवाद को बारम्बार स्मरण करके आनन्द से पुलकित हो रहा हूं।

77. तच्च संस्मृत्य संस्मृत्य रूपमत्यद्भुतं हरेः।
विस्मयो मे महान् राजन् हृष्यामि च पुनः पुनः॥

(77) और जब-जब मैं हरि (कृष्ण) के उस अत्यन्त आश्चर्यजनक रूप को याद करता हूं, तो मुझे बहुत विस्मय होता है; मैं बार-बार पुलकित हो उठता हूं।

संस्मृत्य संस्मृत्य : जब-जब मैं याद करता हूं। कृष्ण और अर्जुन का संवाद तथा परमात्मा की वास्तविकता कोई दार्शनिक प्रस्थापनाएं नहीं हैं, अपितु आध्यात्मिक तथ्य हैं। हम उनके अर्थ को केवल उनको कह-सुन-भर लेने से नहीं समझ सकते, अपितु प्रार्थना और ध्यान के रूप में उन पर मनन करके समझ सकते हैं।

78. यत्र योगेश्वरः कृष्णो यत्र पार्थो धनुर्धरः।
तत्र श्रीर्विजयो भूतिर्ध्रुवा नीतिर्मतिर्मम ॥

(78) जहां योगेश्वर कृष्ण हैं और जहां धनुर्धारी पार्थ (अर्जुन) है, मुझे लगता है कि श्री (सौभाग्य), विजय, कल्याण और नीति (नैतिकता) भी अवश्य वहीं रहेंगी।

गीता का उपदेश योग है और उस उपदेश को देने वाला योगेश्वर है। जब मानव-आत्मा प्रबुद्ध और ब्रह्म के साथ एक हो जाती है, तब सौभाग्य और विजय, कल्याण और नैतिकता सुनिश्चित हो जाती हैं। हमसे कहा गया है कि हम दिव्य दर्शन (योग) और ऊर्जा (धनुः) का संयोग करें और इनमें से पहले को विकृत होकर पागलपन में या पिछले को बर्बरता में न बदल जाने दें। दिव्य जीवन के सुमहान् तत्त्व—जिन्हें बैरन वौन ह्य गल 'धर्म के महान् केन्द्रीय तत्त्व' कहना पसन्द करता था—योग, उपासना द्वारा परमात्मा की प्राप्ति, और उस परमात्मा की इच्छा के सम्मुख पूर्ण वशवर्तिता, और धनुः अर्थात् विश्व की आयोजना को आगे बढ़ाने में सक्रिय भाग लेना है। आत्मिक दिव्य दर्शन तथा समाज-सेवा साथ-साथ चलने चाहिए। यहां मानवीय जीवन के दुहरे उद्देश्य, व्यक्तिगत पूर्णता तथा सामाजिक कार्यक्षमता का संकेत किया गया है।[1] जब प्लेटो ने यह भविष्यवाणी की थी कि तब तक संसार में अच्छी शासन-व्यवस्था स्थापित नहीं होगी, जब तक कि दार्शनिक लोग राजा नहीं बन जाएंगे, तब उसका अभिप्राय यही था कि मानवीय पूर्णता उच्च विचार और न्याय्य कर्म के परस्पर विवाह की-सी एक वस्तु है। गीता के अनुसार, मनुष्य का सर्वदा यही लक्ष्य रहना चाहिए।

इति ... मोक्षसंन्यासयोगो नामाष्टदशोऽध्यायः।
इति श्रीमद्‌भगवद्‌गीता-उपनिषदः समाप्ताः।

यह है 'संन्यास द्वारा मोक्ष' नामक अठारहवां अध्याय।

भगवद्‌गीता उपनिषद् समाप्त।

---

1. तुलना कीजिए : "मैं तो उस पवित्र संसार को जानना चाहता हूं, जिसमें ब्राह्मणत्व (ब्रह्म) और राजत्व (क्षत्र) दोनों मिलकर साथ-साथ चलते हों।"

—वाजसनेयिसंहिता, 20, 5

प्रमुख सहायक ग्रन्थ

- के॰ टी॰ तैलंग : दि भगवद्गीता, 1882
- ऐडविन आर्नल्ड : दि सांग सैलेश्शियल, 1885
- ए॰ महादेव शास्त्री : दि भगवद्गीता, 1901
- एल॰ डी॰ बार्नेट : दि भगवद्गीता, 1905
- ऐनी बेसेंट तथा भगवानदास : भगवद्गीता, 1905
- श्री अरविन्द : ऐस्सेज़ ऑन गीता, 1928
- डब्ल्यू॰ डगलस पी॰ हिल : दि भगवद्गीता, 1928
- बालगंगाधर तिलक : गीतारहस्य अंग्रेज़ी, अनुवाद, 1935
- डी॰ एस॰ शर्मा : दि भगवद्गीता, 1937
- फ्रैंकलिन ऐजर्टन : दि भगवद्गीता, 1944
- स्वामी प्रणवानन्द तथा क्रिस्टोफ़र इशर्वुड : दि भगवद्गीता, 1945
- महादेव देसाई : दि गीता एकार्डिंग टू गांधी, 1946

अनुक्रमणिका

•••

हिन्द पॉकेट बुक्स द्वारा प्रकाशित

स्वामी विवेकानन्द के जीवन पर आधारित उपन्यास

पूत अनोखो जायो

नरेन्द्र कोहली

स्वामी विवेकानन्द के जीवन पर किसी भी भाषा में लिखे गए उपन्यासों में सर्वश्रेष्ठ!

भारतमाता ने अनेक अनोखे पुत्रों को जन्म दिया है। वे अपने कर्म-बंधन में बंध कर नहीं, संसार को एक संदेश देने के लिए आए थे। स्वामी विवेकानन्द उन सब में विरले हैं। वे स्वयंसिद्ध हैं। यह उन्होंने अपने समय में ही साबित कर दिया था।

स्वामी विवेकानन्द ने कहा कि हिंद महासागर के तल का सारा कीचड़ यदि अंग्रेजों के मुंह पर मल दिया जाए, तो भी वह कम होगा। उन्होंने उससे कहीं अधिक मेरी मां को कलंकित किया है।

मां के सम्मान की रक्षा के लिए, अपने देश से सहस्रों योजन दूर, शब्दों के माध्यम से एक महासंग्राम छेड़ने वाले योद्धा के जीवन पर लिखा गया एक अद्‌भुत उपन्यास, जिसमें लेखक का अपने नायक से अविस्मरणीय तादात्म्य हुआ है। आइए, पढ़ें सदी के सर्वाधिक विख्यात योद्धा संन्यासी की महागाथा।